# 贺龙传

HELONG ZHUAN

刘秉荣 著

人民出版社

# 目　　录

中共第一号烈士之死

处决熊贡卿

"老百姓"来到了红三军

"萧克石梁会贺龙"

"万坪大捷莫大业"

众怒批夏曦

红二、六军团东征

南下湘中

"可敬的朋友与革命同志"

转战乌蒙山

转战滇东

贺龙敲"石鼓"

翻越哈巴大雪山

过中甸

甘孜城贺龙发怒

飘动的篝火

"今日之险为最"

三大主力胜利会师

红二方面军的反军阀主义

东渡黄河

蒋介石说他再也不想见贺龙

# 序

贺捷生

在纪念中国工农红军长征胜利 80 周年、中国共产党建党 95 周年、我父亲贺龙诞辰 120 周年之际，人民出版社决定由刘秉荣同志创作描写我父亲的传记《贺龙传》，以宏扬先辈们的伟大革命精神，我认为这是对先辈们最好的纪念。

为写这部新版《贺龙传》，刘秉荣同志用了 38 年的工夫。可以说，这是一部下了苦功的书。

我与秉荣同志相识于 1980 年。1980 年 6 月总参谋部《贺龙传》编写组成立时，他由北京军区宣传部调到了编写组工作。他对工作认真负责，对同志真诚坦荡。他曾不止一次地对我说："我是个农民的儿子，初中只上了一年，能为贺龙元帅写传记是组织上的信任，是元帅亲人们的信任，只有鞠躬尽瘁，死而后已。"

秉荣同志自 1980 年以来，即"破万卷书，走万里路"，不辞辛苦地收集有关军史、党史方面的史料，实地考察，多方采访、查档。经中央军委领导批准，他先后到中央档案馆、军委档案馆以及全国各地的档案馆、博物馆、图书馆查阅相关资料，常常是一壶水、一个面包，一坐就是一整天。在中央档案馆查阅档案资料时，中午没处休息，只好坐在柿子树下，靠着柿子树打个盹儿，蚂蚁都钻到他衣服内。在四川省档案馆查档案时，因交通不便，他骑车到 100 多里外的一座山里的四川省档案馆的库房里查尘封资料，他和看库的老头儿一起睡地铺，喝红薯粥。没有复印机，只好手抄。辛苦之极，使人难以想象。多年来，为写好我父亲的传记，他先后采访了众多的我军高级将领，也采访了众多的国民党内著名人物，还采访了诸如袍哥头目等社会人物。他为了采访一位当年的四川袍哥大头目，骑车在成都大街小巷寻找，几乎找了半个成都城才找到。他采访了我父亲早年在川军部队时的一位姓邱的参谋长，当时这人已95岁，在他采访后不久老人即离世了。如今，他当年采访的人早已作古，因而，他的采访笔记就成为珍贵的史料了。

多年来，秉荣同志已走遍了全国各地，进行实地考察，千方百计掌握第一手资料。绝不采取"拿来主义"，把别人的劳动成果化为己有。我父亲和红军当年战斗的地方都山高路险，人迹难寻，秉荣同志不辞辛劳地踏进这些红土地，寻觅我父亲和红军当年的战斗遗迹。当时，我父亲率领红军主要战斗在湘鄂川黔边，那一带都是高山峻岭，特别是川东一带历来素有"养儿不用娇，西秀黔彭走一遭"之说，而这里恰又是当年红军活动最多的地方，秉荣同志不顾道路艰险，多次到这一带采访。1980年12月23日，他在彭水采访时，他所乘坐的吉普车与公交客车相撞，大客车跌入千米深渊，他幸免于难。这些艰难的采访，更使他深感当年红军的创业之艰。

秉荣同志在完成查阅档案、采访和实地考察的基础上，以严肃认真的态度进行创作。他对作品反复修改，力求故事生动、史实准确。他说，小说是作者生活积累的结果，写文学史传是作者辛劳采访的结果。他说，作者若要给后人留下真实的文学史传，就必须进行深入的采访，要做到亲自查（资料），亲耳听，亲眼见，靠捕风捉影、"拿来主义"是不行的。他尤其反对那些把别人辛苦采访的成果无偿拿过来，加上一些文学语言，七拼八凑地篡改成书，再动用媒体和掌权的领导拼命吹捧，蒙哄不明真相的读者，最后俨然以"大师"自居，他认为这是极不道德的行为。因为目前我国的著作权法中还没有对史料使用是否侵权的认定，因而使这些"文贼"钻了空子，他们用剪刀加糨糊加电脑就制作了所谓的精品，他对这样的行为深恶痛绝。

多年来，秉荣同志以严肃认真的态度进行着创作。不辞辛苦地实地考察、采访、查档，可谓读万卷书，行万里路。

1983年，他创作出版了长篇评书《菜刀记》，这是写我父亲早期革命的作品，书出版后即在广播电台播出，反响很大。此后，他怀着对老一辈革命家崇敬之情，积极写作。先后出版了多部颂扬我父亲丰功伟绩的长篇著作，计有《菜刀记》《反南昌》《贺龙演义》《福将贺龙》《洪湖血浪》《神龙元帅》《喋血洪湖》《贺龙大传》《洪湖曲》《贺龙姐弟》《贺龙全传》等著作。其中《洪湖曲》获全军第五届图书奖。《贺龙全传》经单田芳先生录制成长篇评书后，先后在全国 800 多家广播电台播放，收听者家喻户晓，反响强烈，并获得了全国长书金奖。这些作品的出版，不仅宣传了我父亲和红军的丰功伟绩，还抢救、挖掘、保存了许多珍贵的党史、军史、战史史料。从 1980 年至今，秉荣同志潜心研究我父亲的业绩 38 年了，他已成为目前国内外最著名的研究我父亲的专家。

此外，秉荣同志还先后出版了有关军史的著作，计有《中共领袖蒙难记》《西路军魂》《红海忠魂》《魂飘重霄九》《红一方面军纪实》《红二方面军纪实》《红四方面军纪实》《中央红军长征实录》《红二方面军长征实录》《彭德怀传奇》《朱良才传略》《朱声达将军传》《中国工农红军全传》《八路军新四军全传》等军史的著作。其中《中国工农红军全传》和《八路军新四军全传》经总政批准、军科专家审定出版，为我军创建以来国内外唯一的文学史传，填补了军史文学史传长卷的空白。出版后，各方反响强烈。而今，秉荣同志在日积月累的基础上，又完成了描写我父亲的传记《贺龙传》。我父亲的一生，跨越了两个世纪，参加过讨袁护国、护法战争，北伐战争，出任过南昌起义的总指挥，创建红军和湘鄂西革命根据地，率领红二方面军长征，创建了晋绥敌后抗日根据地，指挥了解放祖国大西北、大西南的战争。建国后，又出任了国家体委主任、国防工业委员会主任、中央军委副主席等职。"文革"期间受林彪、"四人帮"迫害而死。这部书历史的跨度大，难度大，要对民国史、党史、军史、战史以及建国后的国家体育建设、国防建设、军队建设、"文化大革命"等大大小小的事件都要清楚来龙去脉，对众多人物要详细了解和深刻的理解。秉荣同志是全身心地投入了这部书的创作的。当他把这部《贺龙传》书稿给我后，我是一口气读完的。书中不仅对我父亲叱咤风云一生的描写使我感动，而所写到的和我父亲一起战斗的战友们也使我动情，其中有许多章节催人泪下，深感到这部书比他以往写的传记文笔更加流畅，情节更生动感人。书中不仅广采博引，叙事周备，史料翔实，且有许多情节鲜为人知，特别有许多新的史料注入，是他不断研究史学的新成果。所以我认为，这部传记不仅是一部难得的革命传统的教科书，更是一部好的文学传记书，也为中国近现代史的研究方面提供了有重要参考价值的史料。

父亲贺龙诞辰 122 周年了，他给我们留下的最宝贵的财富是革命精神，这种精神是中华民族最优秀精神的集中体现。这种精神就是把国家民族的前途、人民的利益放了首位，父亲正是有了这种崇高的思想和信念力量，才使他敢为人先，无私无畏、百折不挠、前仆后继、不怕牺牲，在恶劣的环境中，凭着英勇和智慧，取得了一个个的斗争的胜利。在中国共产党走过 97 年历程的今天，更要发扬这种革命的精神。而这种崇高的精神，正是我们现代一些人尤其是一些共产党员身上所缺少的。愿这种革命精神代代相传下去，伟大的中华民族必定立于世界之林。

2018 年 8 月 1 日

# 第一章　军家的后代

## 刘氏兜头

湖南省的西部，俗称湘西，这湘西有条澧水，其水乃湘省四大水系之一。这四大水系为湘江、资江、沅水、澧水。那澧水流经 7 县之后，注入洞庭湖。这 7 县，乃桑植、大庸、慈利、石门、临澧、澧县、津市。

澧水之源，出自桑植境内西北的一处叫东瓜棚之地。这桑植，位于湘、鄂、川、黔 4 省边境。四周高山峻岭，大小山头三万多座。著名的有猪食头、模英界、四门岩等，系武陵山系。民谣曰："大庸有座天门山，离天只有三尺三，桑植有座猪食头，一截伸在天里头。"因而人谓桑植为"九山半水半土"。桑植按习惯又分内半县和外半县，内半县多系高山峻岭，稻田稀少，几十里无人烟。人皆以苞谷、番薯为食。外半县田地稍多，人口亦较密。由于桑植县内皆大山，因而交通极为困难，仅澧水可通小木船至陈家河，全长不足 70 华里，且滩多水急，秋冬无法行驶，每年通航不过 4 个月。旱路均为羊肠小道。

桑植人丁以苗族、土家族为主，其次为汉族。汉设充县，元末明初设柿溪土司。清朝雍正初年，"改土归流"，废除了土司制度，将柿溪土司与慈利县属军民安抚所合并为桑植县。桑植东接慈利、石门，南邻大庸（即今张家界）、沅陵，西达永顺龙山、来凤，北抵宣恩、鹤峰。

桑植虽地处偏僻，然而这里气候宜人，土地肥沃，尤其盛产茶叶、天麻。又因为这里地处僻壤，官府于此鞭长莫及。

桑植居民，分为"军、民、客、苗、土"5 个支脉。"军"乃官府调派此地守关隘的军人，后留于当地；"客"乃客家。军客多为汉族。

虽然自咸丰年间苗汉合流，但实际上，清政府管不了那许多，因此，这个地方受封建制度和官吏恶霸的盘剥压迫，更为厉害。历代都有绿林豪杰，挨不过官府恶霸的逼压，啸聚山林，杀富济贫，自立为王。

咸丰四年，湘西一带遇见了百年不遇的大旱，稻秧刚刚插下，一连3个月，滴雨未落。这禾苗全部枯萎，赤地千里。庄稼人全慌神了。各庙里整日价香烟缭绕，钟磬齐鸣，求佛降雨。眼看过了农历六月，依然骄阳似火。谁成想，到了农历七月七日那天，牛郎织女天河配，两人一悲伤，天降大雨，那雨就像天河决了口子，一连半月不止，湘、资、沅、澧4条江水，以翻江倒海之势，奔腾怒吼，冲毁房屋、淹没田园。春旱秋涝，年景还能好吗？刚到秋后，就有人剥树皮充饥了。

那年头，庄稼人每年要交皇粮。有时候，皇上要是一高兴，就发话了："那地方受了灾，皇粮免了吧！"可皇上说这类话的时候不多，一是当皇上的，吃的是山珍海味，穿的是锦衣龙袍，哪里能想到老百姓的死活？二是地方官轻易也不报灾。为啥？要是上头免了皇粮，他们不就没了捞油水的地方么？因此有了灾也不报。

这年秋后，那穿马蹄袖、戴红顶子帽的湘西道台又下了条文，什么条文？要老百姓照旧交纳皇粮。行文自然也下到了桑植，老百姓们一见官家贴出缴粮的告示，全发愁了。这灾荒的年月儿，连口都糊不住了，到哪儿去弄粮啊！那些地头蛇们自然也知道老百姓没有粮，可他们会算计，出了新道道儿，什么道儿？让老百姓用天麻、茶叶等土特产品顶替。老百姓虽然满肚子不高兴，也无可奈何，胳膊拧不过大腿呀。

重阳节的前一天，桑植县各乡的受苦人都急忙忙地挑着七拼八凑的"皇粮"来到桑植县城。老百姓为什么这么着急缴皇粮？原来这官家有个规定，用现在的话说就是"土政策"。按这"土政策"的规定，重阳节之前，要不把粮米交清，衙门就要出"滚单"。什么叫滚单？就是送粮的日期超过一天，粮谷就要翻一番。这么一翻，就会把许多人家翻得倾家荡产。

距桑植县城北50里处，有个洪家关，洪家关一带的老百姓，为了赶在出"滚单"之前把粮谷送进官仓。天还没亮就打着火把急忙忙地上了路。到了城里，却见收粮的官仓大门紧闭。大伙儿只好耐着性子等着。到了日头两竿子高，那收官粮的还不见踪影。这工夫，人越聚越多，看看晌午歪了，大门还是紧闭，人们都急了，为什么？因为这是最后一天了，就是开始收粮，也要有一大部分人赶不上趟了。

粮官为啥不开秤收粮呢？因为是灾荒年，知道老百姓一时凑不上皇粮，大都要挤到最后这一天来缴。如果拖过了这一天，那数目就要翻一番。这一翻，他们得到的油水就大鼻子他爹——老鼻子了。头天晚上，粮官同县官就合计了多半宿。合计好后，几个人又推了阵牌九，烧了两个烟泡子，天快明时才躺下。到了晌午，那粮官还打着呼噜，肚皮朝天地睡大觉呢。

人们在外面可真急了，好些人望着衙门的大门骂开了。骂是骂，可没人敢出头去喊粮官，都怕惹事。俗话说：枪打出头鸟嘛！正在大伙着急的时候，人群里闪出一个人来，这人好相貌，大高个儿，宽肩膀，浓眉毛，张飞胡子根根见肉，一开口声像洪钟，震得人耳朵"嗡儿嗡儿"的响。只见他往台阶上一站，两手把腰一插，喊道："乡亲们，狗官们不收粮，是逼我们出血，大伙儿等着，等我去抓那狗日的粮官！"

人们一瞅，哟！这不是洪家关的贺廷璧吗？果然不差，此人正是贺廷璧，人称"璧大王"。这贺廷璧可不是个一般人，他自小儿讨饭到了武当山，有个叫了然的和尚，见他有出息，就把他留下了。贺廷璧一边帮了然做些庙中杂活儿，一边跟了然练武，前后3年，练就一身好功夫。后来贺廷璧去应考，主考官说他是粗野之人不懂礼义之法，不准他进入黉门。这黉门就是当时的高级学府。贺廷璧一怒之下，打了守门官，吓跑了监考官，大闹了考场，被官府抓住，在大牢里整整押了3年。出狱后，贺廷璧那为国为民之心化为飞灰，便回到家中，一边种田一边教人习武。由于他为人豪爽，又好打抱不平，因此，在乡亲之中威信很高。贺廷璧常握剑在手，愤慨人世，几番要举义旗，推翻这清政府，都因时机不到，没能如愿，只把那"大志之心"藏在肚里。

这天，贺廷璧也去交皇粮，他是头晌午赶到的，见人们都聚在官仓门前，焦急地等待粮官，看到众人渐渐地由焦急到了愤怒，就像那一堆干柴，一点火星就能燃起熊熊大火。贺廷璧平时也早恨透了这帮贪官污吏，这时候，他内心那股火气，同群众的火气合到了一起，立时怒火攻心，一晃身便上了官仓门口的高台阶，发了话。

大伙儿一瞅贺廷璧出头了，知道他是个人物，武艺超群。好多人胆子也壮了，都嚷嚷说："璧大王，咱们一块去找那懒猪！"

这时，只见贺廷璧转过身，双脚尖一点地，就将身拔上了墙。随后跳进院里，几步就到了正屋前。

贺廷璧到了正屋前，撕破窗纸一看，只见那粮官肚皮朝天，使劲地打着呼噜，睡得正香。贺廷璧那股火气可就上了脑门儿啦。他四下里一望，见墙根儿有个水缸，心中有了主意，便拿瓢舀了一瓢水，飞起一脚，踢开屋门，顺手把那水向粮官泼去。那粮官经冷水一激，只惊得"啊呀"一声，滚身爬了起来，定神一瞅，只见一个粗莽的庄稼汉子，手中拿着瓢，横眉立目地冲他发怒。粮官哪里受得了这个气，随手抓起身边的铁秤砣就朝贺廷璧砸去。贺廷璧一闪身，只听"哗啦"一声，原来那铁秤砣砸碎了门上的玻璃，又飞到外面，正好有个当差的，听到屋里有响动，过来看看，那秤砣不偏不歪，正好打在那当差的太阳穴上，那当差登时"啊呀"一声，"扑通"栽倒，一命呜呼了。这时，粮官又抄起了大秤杆子，贺廷璧这回可不客气了，他望着这无恶不作的家伙，心里的恨一股一股往上涌，心说："狗日的，老子让你见阎王爷去吧！"说着，浑身的气就运到了胳膊上，又从胳膊上运到了拳头上，一咬牙，那拳头可就出去了。贺廷璧这个拳头此刻约有千斤力量。这一拳下去，只听"扑哧"一声，像砸在一个西瓜上一样，粮官那脑袋立时裂了几瓣儿，连吭也没吭一声，就倒在了地上。

这工夫，有几个马快挥刀舞棍进了门。一见粮官和那当差的倒在地上，便抽刀举棍来捉贺廷璧。贺廷璧一见马快们来势很凶，顺手抄起两条板凳，就在屋中打了起来。贺廷璧虽然有本事，可一来屋内太狭窄，二来手中武器不济，马快人又多，一不小心，被几个马快抓住。就在这时，又有几个缴粮的汉子跳进了院，他们打开了大门，这门外的百姓"哗"地一下都涌了进来，人们见马快捆起了贺廷璧，有人高声喊道："贺廷璧为大伙儿打抱不平，咱们能看着他吃亏吗？"

这一喊，大伙都嚷："王八蛋们，快放贺廷璧！"

大伙儿喊着，呼啦啦拥上前，有的抄扁担，有的举棍子，乒乓五六，把几个马快打得直了眼儿，都见阎王爷去了。大伙儿救了贺廷璧，有人又放了把火，不一刻，熊熊的大火就燃了起来。

这下漏子可捅大了，送粮人都知道闯了大祸，怎么办呢？那贺廷璧望着烈焰飞腾的官仓，一跺脚说："乡亲们，官逼民反，民不得不反，我们不反是死，反了倒有出路，我们反了吧！"

他这一声吼，就跟那晴天上打了个霹雳一样，把人们的心都震动了，大伙儿一看事到了这个份上，只有造反这一条路了，人们都喊着："反了！反了！我们反了！"

一时间，这贺廷璧就集合了1000多人，直奔衙门。这天，那县官没睡在衙门，睡在了他的一个娇头家里，当他听说老百姓们反了，撒腿就要跑，他往哪儿跑！桑植县谁不认识他？没出县城，就给人抓了回来。贺廷璧就用这县官脑袋祭了旗，而后打开了兵械库，取出刀枪剑戟、斧钺钩叉。又杀死了桑植县的几个土豪恶霸，开仓济民。老百姓见贺廷璧举义旗除奸恶，没有不赞成的。不几天，又有许多人参加了这支农民军。且有秀才李晖、廪生谷启虞等。这时，太平军由粤入湘，又攻至湘西，湘西震动，贺廷璧与李晖、谷启虞等在桑植揭竿为旗，响应太平军。而后，贺廷璧便与李、谷等率领着这支队伍打下了附近的几个县城。立时，声威震动了澧水两岸，轰动了湘西。据《永顺县志》载："咸丰四年（1854年），桑植乱民滋事。是年九、十月间，（永顺塔卧）众遂公推彭土司后裔名盖南者为之长，涂正洛为次长，同时起义。桑植李晖、覃序宾、贺廷璧遥为声援，既承众戴，深念民艰，慨然兴军，用张光复之旗，誓打腥膻之秽。"

时各县告急文书雪片般飞到湖广总督府。湖广总督立即派兵遣将，对农民义军进行了镇压。于是，贺廷璧、李晖、谷启虞、覃序宾等率领着农民军同官军展开了血战。前后3年，杀死官兵无数。官府没了办法，就悬赏白银3万两买贺廷璧的脑袋，时农民军中有个叫崔尖头的，大名崔昌忠，是贺廷璧身边的人，这小子是个奸人，没别的本事，就会投机钻营，他一瞅这3万两白银的告示，就动了心，心想："我要有这3万两白银，可是享不尽的荣华，受不尽的富贵，再娶个小老婆。得了，一不做二不休，我把贺廷璧宰了吧。"这么着，这崔昌忠就暗里勾结官府，趁那贺廷璧吃醉酒的当儿，把贺廷璧抓进了大牢，时为咸丰五年（1855年）。

当时，那大清国的律条是每年秋后，对犯了死罪的犯人斩首示众，起名儿叫"秋斩"。贺廷璧犯了"反抗朝廷"的罪，自然要斩首无疑了。于是，斩首的时间定了这年秋后。

贺廷璧的女人姓刘，也是个穷人家的女儿。那年月，乡下人生女娃都认为倒霉，不溺死就算这孩子命大，哪里还有名字。因此，这女人过了门儿跟上贺廷璧也没个名字，只有官府填人口名册时，才写上"贺刘氏"三个字。

这刘氏虽出身贫苦人家，但性格同丈夫一样，刚直不阿，对官府、富人有一股刻骨的仇恨。丈夫造反被捕，犯了杀头之罪，刘氏虽然心如刀割，可她没落一滴泪。只是把仇恨，忍在心头。

寒来暑往，眼看秋斩的日子到了。这一天，刘氏到桑植死囚牢里去探监，戴着刑具的贺廷璧见到她后，咬着牙，一字一句地说："我死后，你把我埋在天子山上，我要看那帮混蛋王八蛋的下场！"

贺廷璧还要说什么，可狱卒已把刘氏带走了。刘氏边走边对丈夫说："你只管放心，咱们贺家人是有血性的。"

"秋斩"这天到了，刑场设在桑植县城东关的草坪上。这地方历年是杀人的场地。官府的杀人布告一贴出，看"秋斩"的人就去了不少，这些人大多是城里穿长袍马褂、有头有脸的人物。他们一是看热闹消遣，二是杀贺廷璧他们解了恨。

午时三刻就要到了，时桑植县太爷坐着大轿来到了刑场。大轿落地之后，县太爷端坐公案之上，而后，3声号炮，有4名刽子手带上贺廷璧。贺廷璧戴着手铐脚镣，凛然正气地走进刑场。县太爷眼望着贺廷璧，一阵嘿嘿冷笑之后，拉长了嗓门儿，阴阳怪气地说："贺廷璧，你的能耐哪？一会儿你的嘴就要啃草皮了。"

啃草皮，就是说人头要落地了，这在当地是莫大耻辱的事。

只见那贺廷璧浓眉倒立，虎目圆睁，狠狠地朝县太爷吐了口唾沫，骂道："狗官，爷今世不能食你肉，九泉之下也要追你的鬼魂。"

县太爷火了，连连拍着桌子喊："斩！斩！快点给我斩首！"

只见那刽子手们架过贺廷璧，抢起那鬼头大刀就要行刑。正在这时，人群里倏地冲过个人来，只见她，青布裹头，青布长衫，青布鞋袜，浑身上下一身青。大伙一看，不是别人，而是贺廷璧的女人刘氏。当刽子手举刀这一刻，那刘氏疾步扯衣跪在贺廷璧面前，用衣襟凌空接住贺廷璧的头颅，转身离开刑场。

刘氏这一兜头的举动，直吓得县太爷及绅士们一个个目瞪口呆，不知所措。那刘氏兜着丈夫的头颅，头也不回，直奔鹰嘴崖，将丈夫的头，埋在了这湘西最高的山峰之上。

贺廷璧为民身死，刘氏赴刑场兜头，这一悲壮情景，震动了许多人的心灵。不久有人编了一出汉戏，戏名叫《刘氏兜头》，至今这戏还在湘西民间一带流传。正是：英雄正气传千古，巾帼长歌流万年。

关于"刘氏兜头"，《桑植县志》载："乙卯（1855年）春，（清军）

班师回部，解匪首30余人……刘氏仗义兜头。"

## "活龙"降世

洪家关是个美丽的山村。村里村外，青松翠竹掩映，丁冬溪水长流。尤其是那丁冬的溪水，从条条山谷中流出，流到洪家关时，先是绵绵缠缠，千曲百折，不肯离去，就像一条锦帕玉带，绕村一周，然后浩荡进澧水，入长江，一泻东海。远远地看去，这村子就像一颗绿色的明珠，有5条山脉刚好汇到这里，恰似5个龙头，正在张口戏珠。因此，这地方有"五龙捧圣之地"之说。这自然是美好的传说，但这洪家关确实是个"山不愿去，水不愿流，山明水秀鸟鱼醉，地灵人杰英雄出"的所在。

这洪家关上，住着几百户人家，大都出身贫寒，全靠织布养蚕，绩麻种谷为生。贺龙就诞生在这个美丽的山村。

贺龙的始祖贺崇先，居住在湖北省安陆县贺集乡贺家湾，清朝初年从军。康熙初年奉命随安陆府协台郝尔德率部入湘，驻守慈利的九溪，是个中下级军官，后与当地车氏女人结婚，贺崇先就在九溪安家落户。贺崇先夫妻生有贺应贵、贺应科、贺应琪三子，其中两子因病夭亡，仅留贺应贵一人。后贺崇先带兵战死于战场。贺应贵继父从军，到了桑植军民安抚所服役。贺应贵和田氏夫人共生五子，分别取名贺象、贺虎、贺龙、贺凤、贺凰。这五子中除贺凰无后外，其余四亲兄弟的后人就是如今洪家关贺姓四大房的第三代祖人。而从第四代起，贺氏家族即按照"大廷良士、文学兴邦、光宗耀祖、世代永昌"16字排辈取名。贺龙的曾祖父贺良仕（字衡山）是个武秀才，为人正直。墓表称他不惜"家道中落"，出资修了洪家关的一座雕龙画栋的大桥，这座桥的修建，使河两岸畅通无阻，而今这桥还在，起名"贺龙桥"。贺龙祖母罗氏，是桑植县乐育土家族头人之女，贺氏族谱中称她"幼有丹质，温惠慈顺，娴于礼义"，堪称民间妇女的典范。由于贺良仕致力修桥，致使家道中落，然罗氏深明大义，毫无怨言，节衣缩食，全力支持丈夫的善举。

贺龙的父亲贺士道排行老三，自幼习武，又学了裁缝手艺，家中有几亩薄田，忙时种地，闲时走乡串村做裁缝。妻子王氏，名金姑，鹤峰县人，亦为穷家女子。

贺士道与王氏金姑结婚后，连生三胎，都为女孩，分别取名贺英（又为民英，香姑）、贺五姐、贺三妹。贺士道烧香求佛，盼着生一个男孩，好接替贺家香火。

1896年3月22日（清光绪二十二年农历丙申年二月初九）这天下午，太阳快落山的时候，西北天空上忽然变了天气，那天气来得好生奇怪，只见那墨黑墨黑的云块，齐刷刷地从天边压了过来，工夫不大，就把个天空布得严严实实，天地间一下全黑了。那霹雷一声紧似一声，闪电也是一道接一道，仿佛要把这山河劈开一般。就在这工夫，那奔腾的澧水，忽然间咆哮起来，河水一下涨了3尺多高，浪排翻滚，吼声震天，老百姓都被这奇异的天气惊呆了，不知要发生什么事情。有些胆大的人跑到外边观看那天气。忽然，有人惊叫起来："吊龙了！"这一喊，使得许多人都跑出来观看。

原来，在那齐头乌云的边沿上，有一个长长的圆柱，悬在半空中晃动。圆柱一边晃，那尖尖的尾巴一边向下延伸，愈延伸愈晃得厉害。

洪家关上的人都跑出来看稀奇了。这时，一个叫谷兴楼的老汉仰天哈哈大笑起来，笑罢，他拍着巴掌喊："好了好了，这回可好了，老百姓的日子要好了！"

人们让他说得莫明其妙，大家围住了他，贺士道也围了上来，大伙问他什么好了。谷兴楼指着挂在天上晃动的圆柱说："你们知道那是什么吗？那是龙，是真龙降世了。想当年朱洪武坐天下时，就是天上降下真龙，如今，大清国气数尽了，需要真龙天子拯救百姓，这不，真龙降世了。你们看那齐压压的云彩，那是瑞气！"

有人问他："谷爷，这真龙降在哪里呀？"

谷兴楼说："这我怎么知道，那是天机，天机不可泄露，反正要降在洪福之地。"

这时有人又喊道："龙尾巴伸到河里了。"

大伙儿一看，可不，只见那翻腾的河水被卷上天空，就在这当儿，一个霹雳，"咔啦"一声，洪家关村头的一棵大树被劈下半边，震得人们心头发颤。这时，云更低，天更黑了。吓得谷兴楼冲天作揖说："是我的不对，泄了天机，老天爷怪罪了。"

谷老汉说着急忙忙跑回了家，众人见状也都跑进了屋。这时候，只见狂风大作，雷雨交加，那雨下得那个大呀，就听得"哗——哗——"地一片响声，天地间的一切一切都淹没在雨水里，就好像整个宇宙，都成了水的世界。

就在这时，在洪家关村东头的一间房子里，贺士道的妻子临产了。贺士道一边忙着烧水，一边自言自语：真不凑巧，妻子临产，偏偏赶上这么个天气，出来进去的多不方便。正念叨着，突然屋外一阵风刮过，哎呀，这风可真大，只刮得贺士道这房子咔咔作响，房顶上的瓦啪啪地往下直摔。跟看这房子要散架一般，这工夫，只听得"咣啷"一声巨响，像是天崩地裂一样，门前落了件东西，直把个贺士道吓了一身冷汗。天暗雨急，他也看不清落下的是什么，正当他自个儿揉那"怦怦"跳的心口时，听到屋里传来一阵婴儿的哭声。接着，那接生婆一挑门帘走了出来，笑眯眯地对贺士道说："士道哇，恭喜你，生了个男伢子。"

贺士道急忙忙进去一看，见妻子正抱着孩子，脸上露出了带有疲倦神情的笑容。贺士道忙从妻子怀里接过孩子一看。刚出世，就伸胳膊动腿的，好像要挣扎着跑到世界上去。贺士道把孩子交给妻子说："这孩子虎虎实实的，是咱贺家的后代。"他说着，倒了碗红糖水，递给接生婆一碗，递给妻子一碗，接生婆喝着红糖水，笑道："士道哇，现在到了啥时候了？"

贺士道说："大概到了卯时了。"

接生婆说："卯时是金鸡开口的时辰。士道哇，你这伢子福分大呀。"

贺士道说："表婶婶，怎么个大呀？"

接生婆说："这娃儿出生时天上吊了龙，还是多大的福分呀？"

贺士道咧嘴笑笑："生在咱这穷人家，有福人也没福了。"他嘴里这样说着，心里可有说不出的乐。

风雨整整地翻腾了一夜。第二天天明时，呵！空气那个新鲜，山川树木让雨水洗得那个干净，就别提了。这贺士道得了儿子，心里也像雨过天晴的天气一样，喜得眉眼儿全开了。他哼着花灯戏去开门。

贺士道把门一开，一下子愣了，怎的？原来，在他的门前，横躺着一条石龙，这石龙有丈把来长。四爪着地，把地都砸了有半尺深的坑。贺士道认识这条石龙，是后山龙王庙院子当中的，这龙怎么到了这里呢？贺士道猛然想起夜里听到的巨大的声响，才知这是大风刮来的。

这时节，村里好多人都围了过来，大家见风把石龙刮到贺士道门前，没有不吃惊的。谷兴楼捋着胡子说："天上的真龙，地上的石龙都惊动了，大清国的气数要尽了。"

这时，贺士道告诉谷兴楼，说自己的女人夜里生了个男娃儿。老者一听，拍着巴掌边说："好！好！好！这娃儿来的时辰太好了，起了名字没有？"

贺士道回说没有，谷老汉说："这孩子一出生，就搅动了天地，天上真龙，地上石龙一起动。我看单名一个龙字吧。"

这时，又有一位老者凑过来，此人是清朝的秀才，因屡试不中，在村里当了个私塾先生，洪家关地处偏乡僻壤，像秀才这样功名的人就算得上有相当文化水平的人了。这位秀才姓贺叫良六，和贺士道还是个本家，论辈分，贺士道还管他叫叔叔。贺良六听了谷兴楼的话后，手捻着几根胡子慢悠悠地念道："龙，能大能小，能升能隐，大则吞云吐雾，小则隐蚧藏形，升则飞腾于宇宙之间，隐则伏于波涛之内，龙乘时变化，犹人得志而纵横四海，龙之为物，可比世之英雄也。"念罢，晃着脑袋，连连赞叹说："贺龙这名字，起得好，好名字啊！士道哇，娃儿就叫贺龙吧！"

贺士道笑笑说："穷苦人，有个名字就行了。名字起得再好，该受穷还受穷。"

贺良六晃着头说："不然，名字乃人之根本也，朱洪武坐天下就沾了名字的光。这朱么，……洪么……"贺良六歪着脑袋，眯着眼，"朱"了一阵，"洪"了一阵，几根胡子都快捋掉了，也没捋出下文来，最后只好说："反正有本书上讲了朱洪武得天下，是因为沾了名字的光，回头我查查。"

贺士道说："六叔，不用查了，就叫贺龙吧。"

贺良六说："好，就叫贺龙。可是还得起个字，按咱们贺家的家谱，这孩子一辈该排在'文'字上。"贺良六说着又眯眼想了想说："三国有个关云长是个英雄。就取其字音叫文常。还要起个大号。"贺良六迈着八字步，背着手低着头，在地上走了两圈儿后说："龙升腾而起青云，三国中的赵子龙名云，嗯，好哇。"他说罢，迭起两个指头，说："好哇，这号就叫个云卿吧。"

就在贺龙出世的这天夜里，桑植县内还发生了一件奇事。什么奇事？原来那桑植县内，有个有钱有势的恶霸，名叫崔昌忠，其祖上崔桂林，因出卖清末农民起义领袖、贺龙上辈先人贺廷璧而得了万两白银，因此发家。他先买了个澧州的州官。这小子当了澧州的州官后，恨不得将地皮刮下3尺。到了崔昌忠这一代，那财发得可就大了，连武汉都有他的买卖。

常言道，有钱能买鬼推磨，崔昌忠用这些钱走动了上司。上边有了势力，下边呢，护院保镖的也一帮一串，到处盖的是房子，谁还敢叫他崔昌忠？都叫他崔大爷。背后可骂他个狗血喷头，骂他们老崔家祖宗八辈没做好事，出了这么一个祸害。甭别的，光那大闺女、小媳妇就让他糟踏无数了。别看他长了一脸横肉，可他要是瞧着谁家姑娘长得俊，不弄到手决不罢休。崔昌忠虽然有钱有势，可他这心里老是觉着不踏实，总像有鬼跟着似的。为啥？他心虚呀？他发财是靠害人发的，因此，他深居简出，出门儿也是前后保镖的几十个。生怕出闪失，因他在桑植县城盖了所宅院，时常回来住住。

就在贺龙出生的这天下午，崔昌忠从桑植回到澧州，他坐的是八人抬的大轿，半路上走到一个叫卧虎岗的地方，就遇到了这场天气。他这时恰好走到前不着村、后不靠店的地方，没法子，只好躲在了林中，恰好一个炸雷，响在这片林子上空，顿时就把个崔昌忠给炸死了。这事让那些亲眼见到崔昌忠被雷击的人一说可就热闹了。说有个大火球，围着崔昌忠乱转，只吓得崔昌忠跪地求饶，说以后再也不干缺德事了，可那火球还是炸了，直把个崔昌忠烧成了糊家雀。

洪家关的老百姓听说崔昌忠被雷击死了，没有一个不拍巴掌叫好的，都说是"天理报应"！那谷兴楼老汉听说后，乐得胡子扎撒着，说："一龙降世一虎亡，老天爷有眼！"

贺士道听到此事，跪在地上直冲西北磕头。

有的读者会问：你讲贺龙元帅降生，又是吊龙又是劈虎的，是不是宣传封建迷信？这些用不着笔者详细解释，因为对这大自然的奇异现象，到了今天，已经完全能用科学来回答了，如，像那"天上吊龙"，其实就是巨大的龙卷风。崔昌忠被雷击，是因为他躲在了树下。那石龙被抛到贺士道家门前，是龙卷风的巨大力量。这些自然现象偶然巧合，也就构成了贺龙元帅降生的奇巧故事。后来，贺龙元帅受到了人民的尊敬爱戴，于是，在民间，老百姓就把这些巧合的自然现象，加以传奇性的描绘，把贺龙说成了"活龙"。

贺龙乃贺氏第三代长房贺象之后。先祖贺大忠，曾祖贺廷宰。祖父贺良仕。前文述过，贺龙父亲贺士道是贺良仕的第三子。贺龙的母亲王金姑，是个从湖北鹤峰县被人卖到桑植四门岩麻家当丫头的苦命人。在麻家受尽折磨，不堪其苦。时贺士道在那里做裁缝，得知此事，他路见不平，倾其所有，将王金姑赎出，后来结为夫妇。王金姑为人忠厚善良，刻苦勤俭，是旧时代一个典型的农村劳动妇女。因为多子多女、生活艰难、操劳过度而体弱多病。因此，贺龙一生下来，她就没有足够的乳汁来喂养儿子，饿得贺龙整天"呱呱"啼哭。贺龙有个堂嫂叫陈桂英。看见孩子饿得可怜，常常把贺龙抱过来，用自己的乳汁喂他。可怜的贺龙，长到四五岁，常常吃不饱，实在饿得受不了，就跑到陈桂英家里去找饭吃。大姐贺英追着喊："常伢，快回来！嫂嫂家的饭也不够吃呀！"贺龙听了，只得快快地走回来，可是，好心的堂嫂还是盛了一碗饭送了过来，拍着贺龙的脑壳说："常伢，吃吧。"

有话则长，无话则短。转眼的工夫贺龙7岁了。这贺龙确实长得十分惹人喜爱，俗话说，从小看大，3岁知老，这贺龙虽是个小儿，那举止言谈都与那一般村童不同，生来喜爱枪棍。与儿童们一起玩耍时，这贺龙总要当首领做头头儿，尤爱出兵摆阵。村中人看了，都暗暗称奇。

这天晚上，贺士道同妻子商量了一下，觉得贺龙也不小了，该送学堂启蒙了。这么着，贺士道又凑了几块钱，找到教私塾的贺良六。贺良六不愿收，说贺龙性太野，后来见了光洋，才笑眯眯地答应了此事。

贺龙上学了，可一本《三字经》没念完，就因为淘气遭老师打板子而辍学。自此，贺龙随父练武。

贺龙上学不用心，练武却舍得下功夫。贺士道会武功，便把自己所学的本领，都传给了贺龙。谷兴楼老汉年轻时上过武当山，会武当拳，他把自己所学的拳术，也都传给了贺龙。贺龙到了10岁时，就能与贺士道打个平手了。

贺龙10岁这年的一天，他随谷兴楼老汉到桑植县城赶场。

路上，谷老汉给贺龙讲了"刘氏兜头"的故事。这个故事，在桑植、永顺一带广为流传。后来，贺龙经常对人说："贺廷璧攻城，对后人影响很大。桑植城外八斗溪立有36块石碑，其中一块就是贺廷璧的。"

桑植县城不大，可也挺繁华。澧水穿城而过，城墙依山而建。河边码头不少，湾里停泊着一条条篷船。城中有条主要街道，青石铺就的路面，街两边都是铺子。街里平时就很热闹，逢赶场之时，人就更多了。

贺龙同谷兴楼老汉正走着，忽然街里一阵大乱，行人们都急忙闪开，只见一骑着高头大马的人走来，他身后还有几个帮闲。在高头大马前边，有个女子，手脚被捆绑，赤身露体，骑在一头驴上。这是怎么回事？原来，这骑马人就是朱海珊。在桑植城中，朱家是个大族。朱海珊因有钱有势，当了朱姓族长。在这朱家族中，有个年轻的寡妇，叫秀秀，22 岁，本是洪家关人，三年前嫁到一木匠家，没想到婚后第二年，木匠害病死了，年轻的女子不甘寂寞，便和船上一个叫顺顺的水手相好了。那时候，一个寡妇要偷男人，是大逆不道。顺顺每月随船沿澧水往返常德、澧水、桑植之间。这一日，顺顺又来到桑植，到了晚上，他偷偷来到秀秀家。秀秀早等他了，她把灯花挑亮，顺顺把两块洋胰子给了秀秀，说："白天不敢来，怕人见了说三道四。"

秀秀哭了，说："顺顺哥，我跟你一起走吧。"

顺顺没吭声，抽了几口烟说："别急，我慢慢凑足了钱，就把你买走。朱海珊说族中人讲了，没 500 块大洋你走不脱。"

秀秀说："什么族中人，还不是朱海珊的主意，这个族长，坏透了，老磨缠我，前天又来我这里，要动手动脚，被我骂跑了。"

两人正说着话，"呼啦"一声门开了，闯进三四个人来，不由分说，将两人捆绑起来，押到祠堂。祠堂里，朱海珊坐在当中，一脸横肉。当秀秀和顺顺押到他面前时，他宣布了"族规"。当着秀秀的面，将顺顺两脚打断。第二天，便将秀秀的衣服脱光，让她赤身露体，骑在驴上，在桑植城中游街。朱海珊骑着高头大马，跟在后边，两只淫眼紧紧地盯着秀秀那光鲜鲜的肉体。在他马前马后，是族中的几个帮闲。

年轻的寡妇被游了街，自然引起人们的观看，可当人们一看到被剥光衣服的秀秀，许多人都掩面低头，暗骂朱海珊此举是缺德损寿。谷老汉看到这情景，连忙背过脸去，说道："罪过罪过。"

贺龙认得秀秀，秀秀还教他挑过野菜。如今他见秀秀被脱光衣服，捆绑在驴背上，不知是怎么回事。便问了下谷兴楼。谷老汉指着朱海珊说："都是他，办这缺德损寿之事，这让一个年轻女子，如何活下去？"

谷老汉这么一说，贺龙这才看到朱海珊，他一瞅朱海珊满脸横肉，又见满面泪水的秀秀，不由得怒从心头起，恨由胆边生。见路边摆着条扁担，便顺手抄起，一个箭步到了近前，朝着朱海珊就狠狠地打了一扁担，朱海珊这个恶棍，两眼正盯着秀秀那光鲜鲜的肉体，没料到贺龙打他，那扁担重重地打在他后背上，打得他顿时口吐鲜血，栽倒马下。帮闲们赶紧去扶他。贺龙趁乱跑了。

贺龙这一扁担把朱海珊打得不轻，在床上足足卧了半年，总算没死。

他是横行惯了的人，哪能吃这样的亏。便暗中派人打听打他的人。最后，打听到是贺龙。朱海珊听了，眼珠子立时圆了，他拍着桌子喊："不杀龙崽，誓不为人！"

桑植城中有个叫李玄的人，因他会"金钟罩，铁布衫"的硬气功，掌上有千斤之力，江湖上人送外号"李铁掌"。他是常德人，因在乡中同人口角，失手打死了人，判了死罪。朱海珊见他武艺好，就花钱把他保了出来。李铁掌为人义气，深感朱海珊的救命之恩，便留在桑植教人习武为生。

这天，朱海珊把李铁掌叫到面前，要他去洪家关杀贺龙。这李铁掌知道贺龙是贺廷璧的后人，就暗中把朱海珊要他杀贺龙的信息告诉了贺士道。

贺士道听了李铁掌之语，自然感激万分，遂把贺龙送到了鹤峰县王家河的外婆家。

贺龙在外婆家呆了一年，适辛亥革命爆发，湘西一地也刮起了风雨，桑植县知事也跑了。贺龙就回到了洪家关，他除了帮着父亲种地外，就练功习武，还到了樵子湾、钟家塔等地求师。12 岁时，因在洪家关集上痛打骑马撞人的恶霸陈小藩之子涉讼，陈家告到官府，在家族和主持正义者的帮助下，打赢了官司。到了抗日战争时期贺龙给作家沙汀讲起这件事时说："你们不要看，我小的时候还打过官司呢！大家晓得，清朝的时候，一个领班那有多么凶啊！什么案件都要先经过他，手下总是养起好几十个徒弟。我们县里领班叫陈小藩，无恶不作，随便捉人呀，勒索呀，什么坏事都干。他的两个儿子更是豪强霸道，没人惹得起。一骑起马来，那个劲呀，不管人呀，摊子呀，撞翻了，你自己倒霉。有一次，他跑到我们那里去了，照例骑起马在街上乱撞。我就拖出一根棍子，站在大门口说：'是好样的给老子来撞！'这个狗娘养的硬是撞来了呢！我就给他一顿打。许多哥哥兄弟啊，也都出来帮助我，因为满街全是姓贺的。还不到半点钟，打得他头破血流，赶紧跑了。可是，一跑回去，马上就在衙门里告我。大家又替我担心，说：'这下怎么办呢？'我父亲也着急了。到了审问那天，把我们族里的好多有功名的人都请来了，预先教我怎么做口供，因为，实际上我打了别人呀！你们还没有看过清朝时候问案的情形，好威严哟！把你一带上堂，就夹棍、板子'啪'地一声堆在你面前。说起来我还是满大胆呢！我才不管你那一套。我说：'我怎么敢打他呢？我在街上卖东西，他骑马乱撞，把我的酒罐呀，油罐呀，全碰烂了，要他赔，还打我一顿。'除了这个，我另外还有个供词，是一个姓王的举人跑上门教给我的。这个举人与陈小藩仇恨很深——这也是个无恶不作的恶棍，后来叫老百姓杀了。他要我暴露陈小藩的黑幕：怎么勒索人，挖苦人，见钱就抢，并且，要我咬定那个小领班是下乡来抓人的，结果，连陈小藩的领班也革职了。"

# 赶马川东

1911 年，贺龙已 15 岁了，时已到了民国，然政局动荡，民不聊生。这一年，湘西一地先是大旱，接着又是雹灾、水灾。百姓日子没法过了，纷纷四处逃难。贺士道也着了慌，他把贺龙叫到身边说："常常，今年收成没指望了，这一冬一春的日子没有着落，你去杜家山你姐夫家里，跟他去赶马吧。"

赶马帮的生意，实在不是件容易事，历尽风霜酷暑，雨雪冰霜，晓行夜宿，跋山涉水不说，还要小心土匪打劫。尤其是过往军队，时有拉夫拉马的事情发生。说起来，如果不是为衣食所迫，谁为此奔波？吃那辛苦？担那风险？

贺龙的姐夫叫谷绩廷，常年赶马。他们这个马帮共有 13 人往来于湘鄂川黔边。他们这次去的方向是川东、黔东，行程上千里。一路全是高山峻岭，荒村野店，有时三两天不见人影。时有豺狼虎豹出没，土匪也很多，单身客人根本不能走。就是三五客人同行，也时常出事，要是再遇上霪雨天气，那艰难的情形，更是一言难尽。

谷绩廷带着马帮奔的是四川东边的酉阳、秀山、黔江、彭水。这一路的道路甚是艰险。有句土话，叫"养儿不用娇，酉秀黔彭走一遭"。这酉秀黔彭山高水恶，偏壤穷乡。历朝历代，都是发配犯人的地方。酉秀黔彭虽然偏僻，乌江却由此经过，然后到了涪陵，入了长江，由于有这条江水，那些从长江运来的各种物资就通过乌江水道，再经过酉、秀、黔、彭到达湘、黔各地。湘、黔各地的土特产品，也经过乌江、长江送到全国。因此，这酉、秀、黔、彭就成了湘鄂川黔边物资交流的集散地。

谷绩廷一行这次是去川东驮回盐巴到桑植出售。湘西不出盐，所以盐很贵。去时，他们驮的是当地产的药材。从杜家山出发，走在通往川东的大路上。说是大路，实际上就是那羊肠小道。贺龙长到15岁，还是第一次出远门。他心中好不快活，牵着大青骡子，走在前头，不时左瞧右望。正值春暖花开之际，那望不断的青山绿水，说不尽的鸟语花香，实在令人心旷神怡。贺龙看着，十分高兴，觉得天地如此之大，也觉得自己一下长大了。可是，这一路之上，他的心情也十分沉重，看到走过的山村，一片破败景象，田野荒芜，百姓缺吃少穿，苦难不堪。到了川东，光景更加凄凉。因为川东一带头年遇到大旱，米贵如珠，大路之上，到处有饿倒的尸体。有几次，贺龙见到跪倒在路边乞讨的老人、小孩，他心里很难过，就把兜里的一点点钱给了他们。谷绩廷见到贺龙这样子，叹了口气说："常常，天底下穷人无数，你背座金山也救不过来呀！"

谷绩廷一行，晓行夜宿，经不尽的雪雨风霜，受不完的饥疲劳碌。这一天，来到了川东酉阳境地，这酉阳在清末时是个州地，在这方圆一带也是个繁华去处。从宋元开始，这一带就成了流放犯人之地。

贺龙随姐夫一行来到酉阳城中，找好歇铺，喂上马。谷绩廷等人去卖药材，让贺龙去买些米。贺龙同歇铺掌柜的借了条口袋，就到了街上。在粮食市，他见多是卖观音土的，便问一个老汉："老人家，这粉子土吃了没害吗？"

老汉叹了口气说："人吃五谷杂粮还生病，这吃土能好吗？可不吃又有啥法子？我一家七口人，吃这土已经胀死两口了，这年月活着不如死了好哇。"

老汉说着说着，眼里滚出了泪珠。老汉这一落泪，贺龙心里更难过了。他的鼻子有些发酸，不忍心看老汉那青得像干菜一样的脸色，一低头离开了那里。

贺龙离开了粮食市，又到了一个街口，见一堆人围在那里，他挤进去一看，原来是个卖唱的，只见一个瞎子拉着胡琴，一个十七八岁的姑娘，手里拿着碟儿，边敲边唱。姑娘长得挺秀气，唱得也清脆。

姑娘唱得凄凄惨惨，听得人不由得落泪。唱完之后，瞎子怀抱胡琴，那又黑又脏的手端起一个盘子，哆嗦地到众人面前，可给钱的人不多。贺龙把兜里仅有的一个铜板，放到盘内。

第二天，谷绩廷一行又起身前行，两日后，到了一个叫龚滩的地方，这地方，仍归酉阳管辖，是乌江中的一个大码头，由涪陵而至的船走到这里就到头了，因为再往上乌江水不仅急，且处处险滩，船不能行驶。所以，来自湘西、黔东、鄂西的货物，都在这里装船运走。而运往黔东、湘西、川东各地的物资，也大都由此上岸。因而这里比西阳还要繁华热闹。

谷绩廷这一行到了龚滩时，天色已晚，找了歇铺，一夜无话。第二日，谷绩廷等去办货，贺龙到码头去看乌江。他站在码头上，看着那滚滚的江水，排浪滔天，浩浩荡荡，惊叹不已。

贺龙下看时，猛然见码头前一阵大乱，忙挤过去看，这一看不打紧，只气得他铁胆生烟。贺龙见到了甚？

原来，在龚滩镇地面上有个恶棍，此人姓冉叫水亭，外号"冉太横"，又叫"冉老顶"。为甚叫这么个外号，因为他太横行霸道了，老顶就是顶坏、顶不是人。冉太横不仅有势，还有一身武功，学过七十二路武当拳，会硬气功。冉太横，身高8尺，膀大腰圆，一副凶相，扫帚眉，蒜头鼻子、火盆嘴，他手下还有一帮人，都是混混，跟着他吃码头。往来的客商，路过龚滩，都要给他送礼进贡，不然就甭想落脚做生意。冉太横成了龚滩镇上一霸。

这天上午，冉太横来到街上，他走到码头边儿，见一群人围着爷儿俩卖唱的。冉太横一瞅卖唱的姑娘十七八岁，虽然缺少暖饱，面容憔悴，可仍然惹人喜爱，特别是那清脆脆的喉咙，如莺鸣燕啭，冉太横看了，不由得酥了半个身子，上前就调戏。

这时，那些听唱的、看热闹的一见事不好，都闪了。就在这当儿，贺龙来到了近前，一瞅这卖唱的爷儿俩，心说：这不是在西阳卖唱的爷儿俩么？又见冉太横如此欺人，立时气得两目圆睁，他一跺脚，一捋袖子，就奔了过去。俗话说，初生牛犊不怕虎。若是久走江湖的人，要遇见了这茬口，早就躲了，贺龙哪管这些，就在别人都散开时，他一个箭步就到了冉太横身后，抡起铁拳，照着冉太横后脑勺，用尽全身力气，狠狠地就是一拳，那冉太横连声也没吭，便翻身栽倒。

冉太横不是会金钟罩铁布衫吗？怎么这么不经打？俗话说，明枪易躲，暗箭难防。如果贺龙同冉太横较量，自然不是冉太横的对手，眼下呢，这冉太横正调戏卖唱女，他做梦也没想到有人在背后打抱不平暗算他。贺龙正在气头上，如果平时这一拳有500斤分量，这会儿那拳头可就有千斤，所以这一拳下去冉太横连声也没吭就倒了。

当下，贺龙让卖唱的父女快走，那父女千恩万谢，走了。

正在这时，贺龙的手腕被一人抓住，谁？他姐夫谷绩廷。原来，谷绩廷刚刚买好盐，正往歇铺里走，听到街上人嚷嚷说有个少年打了冉太横。谷绩廷是久走江湖的人，他知道冉太横厉害，一打听这少年的模样儿，便断定十有八九是贺龙。谷绩廷那血顿时就涌上了脑门儿。三脚两步跑到码头上，一瞅，动手打人的正是贺龙，便一个箭步上去，一把将他拉住。喝道："你疯了！"

贺龙一瞅是姐夫到了，高兴地说："姐夫，快帮我打他们，娘妈的，这群狗太可恶了！"

谷绩廷发急地说："你呀你呀，你惹了大祸了，还不快走！"

贺龙说："我打坏人，惹什么祸？"

谷绩廷知道三言两语跟他说不清楚，拉起他就跑。到了歇铺，急对其他人说："快，快走，不然我们就离不开此地了！"

众人听说贺龙闯了祸，急忙忙结了歇铺的账，装好盐驮子，慌张张赶着马匹上路往回返。

谷绩廷一行过了酉阳，又过了秀山，直到湘西境内，这才放慢了脚步，谷绩廷埋怨贺龙说："你呀，你呀，你真是个惹祸班头，出一趟门就惹了是非，往后，龚滩这条道我们不能走了。"

贺龙笑道："姐夫，你这打虎的英雄，怎么还怕他冉太横？"谷绩廷曾打死过三只老虎，故贺龙才如此说。

谷绩廷说："老虎有 10 只都不可怕，可冉太横打不得的。这人间之虎，比 10 只老虎都可怕。"说完，又道："这道理你还不懂。"

冉太横遭了贺龙一顿狠打之后，直躺了三天，才缓过气来。又养了两个月，慢慢地能动弹了。贺龙这顿狠打太厉害了。亏得冉太横是练过功的人，要是换成别人，非死不可。冉太横是横惯的人，他如何吃得下这个亏，稍能动弹，立时查访，从歇铺的登记册上，知道打他的是湘西桑植的贺龙。又打听到贺龙降生时搅动了天上真龙，遂报告了酉阳县衙，说贺龙是妖孽，不除要乱世。县衙与冉太横都是穿一条裤子的，冉之语自然得听，遂沿途贴了告示，画影图形地捉拿"祸龙"。

关于贺龙赶马生涯，同他一起赶过骡子的张盛勋回忆说："民国初年，我 33 岁。大约在 4 月间，我赶四匹骡子给石门县磨市'太和鹤'茶号驮盐。一天，天刚亮，从桑植县走马坪上路，煞黑时歇到一家伙铺，刚刚喂完骡子，走进一个小骡客，有十三四岁年纪，身上背着一捆马草，手里牵一匹小花骡。他进来后，搬条高板凳站在上面下了驮子，又把骡子拴好，铡好草让骡子吃。我望着小骡客搞事利索，心里夸奖他：这么小的伢就出来赶马，真不错。我走向前去问他：'小伙计，你贵姓？'这伢儿朗声答道：'老板，我姓贺。'我连忙摆了一下手说：'什么老板，我是张骡客。走，吃饭去。'那时，一般的骡子客要见荤菜才吃饭，我也不例外，但这个姓贺的伢儿不吃荤菜，也不喝酒，一个人坐在桌角边，端一碗包谷粉子饭，面前放一碗'和渣'大口大口地吃着。歇铺老板走过来收碗筷，见他没吃肉，边走边嘀咕：'还没骡肚子高，就出门赶骡子，皇帝老子的钱是那么好赚的？'这伢儿紧锁着浓眉，怒视歇铺老板，几口扒完碗里的饭菜。我看不过意，对老板说：'不要多讲了，人家是个伢儿，能出来谋生就很不错了。'"

## 两把"柴刀"砍盐局

贺龙随姐夫赶马，一转眼就是两年。这时节，湖南桃源县旅居日本的老人覃振，追随孙中山先生，进行"二次革命"，在东京成立了"湘西同乡会"，有桑植人陈图南在日本留学，奉派回国至湘西。

1914年冬天的一个早晨，桑植城里高等小学教书的老师陈图南来到洪家关。陈图南是桑植县军家峪人，日本留学生，在日本参加了同盟会。并于1914年7月8日在日本加入了中华革命党。而后，他被委派为川、黔、湘、鄂联络使，回桑植联络仁人志士，扩大革命党，筹备枪支弹药，组织反袁武装。陈返乡以后，四处奔波，物色人才。得知贺龙敢同恶势力抗衡，在桑植小有名气，遂登门造访，并为贺龙讲了"三民主义"，使贺龙对孙中山的主张有了了解。并经陈图南介绍，贺龙加入了中华革命党。在一次做兵运工作中，他在沅陵与大庸交界处，被当地团警队逮捕，押到沅陵。这是贺龙投身民主革命后第一次坐牢。经父亲和堂兄的营救，蹲了1个月又4天牢房的贺龙走出了狱门。

1916年3月17日，时贺龙已20岁，这日，他同王家坪的徐云成、刘家坪的韦寿卿、韦寿山等21条好汉，用两把砍柴刀，劈了芭茅溪的盐税局，夺了13条毛瑟枪，拉起了一支农民武装。接着，在洪家关召开了"桑植讨袁民军"成立大会。贺龙被推为桑植讨袁军总指挥。他率领这支讨袁民军攻占了桑植县城，杀了城内头号大恶霸朱海珊，并推选革命党人卓晓初代理知县掌事。贺龙还要姐夫谷绩廷当桑植县警备队队长，谷绩廷不愿干，贺英也相劝，谷绩廷这才答应了。同年 4 月，贺龙组织了大庸、慈利、永顺、桑植、龙山五县农民暴动。占领永顺、龙山、桑植三县。

贺龙等刀劈芭茅溪盐税局，起到了号召群众的作用，洪家关附近有不少青年都加入到贺龙的队伍。贺龙指挥他们乘胜又打下了分水岭团防局和上溪河盐税局，自此，贺龙的名声震动湘西。

韦寿云后来回忆说："大家悄悄进村，摸到盐局门口。盐局是两层楼的木房，大门用杠子顶得死死的，屋里没有一点动静。贺龙和四个学过武术的人，一个'肩撞'，撞开大门。由于用力过猛，连人带板倒在地上。我们点燃火把一齐冲进去。这时候，税警队长被惊醒，从耳门里一齐眉棍扫过来。韦敬斋手快，一把扭住棍子，顺势一拖，贺龙柴刀一挥，砍倒了队长。我们又打开右边房门，四个人冲进去，把盐局局长从床脚下拖出来，把屋里的八支毛瑟枪拢了。楼上的敌兵被惊醒了，抄起小椅子守住楼梯口。因为当时毛瑟枪不方便，打一发塞一粒子弹，他们又被打得手忙脚乱，武器也用不好了，只好抄椅子。贺龙一步跨上王占标的肩头，抄起一把柴刀往楼上冲，打伤了一个敌兵，我们又跟着上去两个人，楼上三个兵一见，吓得赶快缴枪。这时候，四支火把将满院子照得通红，天也快亮了，老百姓以为盐局起了火，都围了过来看。贺龙命令局长把盐局的账本、公事全部交出来，抬到院子里一把火烧了；把两柜子的钱财散发给老百姓。第二天，我们一到桑树垭，洪家关的乡亲就放起鞭炮来迎接我们。……我们背起枪耀武扬威地走进了洪家关大街，连原先怕事的老人也翘起大拇指说：'贺家常伢子有胆子，有本事'。"

到了 1927 年，毛泽东率秋收起义部队在三湾进行改编时，面对部队中一些人因起义之后受到一连串的挫折、情绪低落时，毛泽东说："贺龙同志两把柴刀起家，现在当军长，带了一军人。我们现在不只两把柴刀，我们有两营人，还怕干不起来吗？"毛泽东是个巧妙的鼓动家。经他一说，部队官兵的心情为之一振。他们说："贺龙同志两把菜刀能够起家，我们几百人还不能起家吗？"于是，"两把菜刀闹革命"便不胫而走，流传开来。其实，贺龙砍盐局用的是两把柴刀，由于毛泽东说的是湖南话"柴"和"菜"音相近，听者误把"柴刀"听成"菜刀"，也就这样传讲下来，笔者调查时，当地老人都讲是"两把柴刀砍盐局"。由于种种原因，此后没有人再出面把"菜刀"更正为"柴刀"，因此，笔者除此前的使用和在这里把"菜刀"与"柴刀"做一说明外，此后文字中仍延用已成为惯语的"菜刀"。

笔者在写这段史书时,还思索一个问题,即八一南昌起义部队是贺龙拉起的 20 军,而 20 军的根是芭茅溪砍盐局所拉起的队伍。追溯起来,人民军队的根子是两把柴刀所拉起的队伍,而"砍盐局"也是中国革命星星之火的第一束点燃武装革命的火星。

贺龙在后来谈到这段历史时说:"蔡锷起义后,1916 年,我 20 岁,这时湘西农民都起来了,反对地方军阀统治。我和陈图南、谷绩廷领导桑植农民起义,先后提了盐局和沈典三的枪,在县城杀了大劣绅朱海珊。"

1916 年 4 月 16 日,湖南都督府军事厅长程潜在靖县召开有 48 个县的代表支持的湖南人民反袁大会,并被推举为湖南护国军总司令,誓师讨袁。经湘西护国军左翼司令罗剑仇介绍,贺龙率领的数百名桑植讨袁民军被正式编入护国军。蔡锷任命贺龙为"湘西讨袁护国军"第 1 营营长。

6 月初,贺龙率本部人马同罗剑仇一起,围困了盘踞在大庸的北洋军。7 月,依附北洋军的王子瓯请出兵来解救,贺龙指挥人马坚决抵抗。双方对峙到 8 月初,湖南督军汤芗铭被逐,谭延闿二次督湘,派州镇守使卿衡、湘西镇守使蔡矩猷到大庸调停,湘西战火始告平息。

夏日的湖南,闷热、多雨,天空乌云滚滚。民军受骗上当了!

谭延闿为削弱各地方势力,于 8 月 21 日令湘西各路民军分别开往长沙、常德听候整编。还没同军阀政客打过交道的贺龙不知谭延闿囊中之计,又适逢母病,便回家探亲,将队伍交给罗剑仇率领。罗剑仇带着队伍开往桃源。途经河洑时,被卿衡预先埋伏的一旅湘军包围,人马均被湘军收编。

贺龙从两把柴刀夺枪带队伍起,参加讨袁之战和湘西护法之役,虽遭到暗算,这支队伍被收编,但他在政治、军事上都受到实际锻炼,取得了经验教训,也打出了一定的声威。时有湖南省长曾继吾在《湖南各县风俗调查笔记》中写道:"桑植地处偏僻,昔年风俗淳朴,民性耿直,自民五(1916 年)军兴,匪风颇炽。贺龙以贩夫走卒,揭竿作乱,不数年荣绾军符,总领数千,身跻显要,名震乡邦……"

这段经历,对于年仅 20 岁的贺龙来说,搞武装斗争仅仅是开始,但是,他那风华正茂、立志从戎、为民除害兴国的斗志,随着岁月的变化而放出光彩。

贺龙回到家中时,母亲已经逝世,他不胜悲痛,遂将母亲安葬,墓地选在了一渡口旁，并请石匠做了一石碑，上刻"民故显妣王太君之墓"。

后来，当贺龙成为千军万马将领时，一些人便说贺龙母墓埋在了风水宝地上。缘由是这渡口白天千人作揖（摇桨的姿势像作揖），夜晚千盏明灯。为此，国民党下令兵丁扒贺龙母坟。当地百姓得知后，将石碑搬走，将坟土铲平，使兵丁们找不到。这些均为旁话。

贺龙处理完母亲丧事，便赶回桃源，方知队伍已被收编，旋即到常德，在南门码头登上了"戴生昌"商轮抵达长沙。贺龙找到了罗剑仇后，只见他头戴冲天帽，肩打领章。罗剑仇见了贺龙，很是高兴，刚要开口，贺龙劈头问道："咱们的队伍呢？"

罗剑仇说："文常，回家说话。"

于是，他俩乘车到了罗剑仇的住所——一座环境幽雅的小院。老妈子沏了茶，罗剑仇说："家母病好了么？"

贺龙落泪不语，罗剑仇已知不测，没再多问，就说："生死有命，富贵在天，这是老太太的寿数到了。"

贺龙说："只是我没能尽孝。"

罗剑仇叹了口气，说道："自古忠孝不能两全，现在好了，袁世凯归西，革命已经成功。"

贺龙的眉毛一挑说："袁世凯上西天了，他左右的那些狗杂种还在，怎么能说革命成功？"

罗剑仇说："不讲那些，还是讲眼前吧，如今谭都督正在用人之际，我们找找他。"

谭延闿是湖南茶陵人。极善看风使舵，又会拉拢各方势力，人送其号为"甘草"，缘甘草能调和百药。

谭延闿见贺龙不是等闲之辈，在民军中威望很高，就委任他为湖南督军署咨议员。并拨出两支粮船让他收税。这在别人眼中，是一个不错的美差，贺龙听了，却气愤地说："叫我替你们收黑心税？做梦吧，老子打的就是税官！"说完，拂袖而走。

罗剑仇追上贺龙，又把他拉到家中，劝着说："文常，你的抱负我知道，我们为穷人争斗了多年，中华民国也不过只换了个旗号，富人还是富，穷人照样穷。"他吸了口烟，又说："如今那些讨袁领袖，都去做官享福，你20出头，正是快活的好时光……"

贺龙听到这里，又起身拂袖而走。罗剑仇紧跟他几步，喊道："文常，有什么事需要我办的，还来找我。"

贺龙头也不回地走了。

在长沙，贺龙遇到了堂兄贺连元，经他介绍，贺龙同林德轩相识。林德轩是湖南石门县人，早年留学日本，加入同盟会，在护国战争中历任讨袁军旅长，湖南清乡督办，湘西护法军长。辛亥元老黄兴在沪病逝不久，湖南的革命党人用"正谊社"名义开展活动，以龙璋、覃振为正副社长，林德轩、林伯渠、廖湘芸、罗迈（即李维汉）等为会员。他们秘密策划，准备利用黄兴迁葬长沙的时机，推翻湖南军阀势力，目标是督军谭延闿、湘军赵恒惕、湖南善后督办中将主任梅子根，口号是"攻谭、杀赵、灭梅"。

贺龙同林德轩相见之后，林德轩笑道："你的大名我早就听说了，年轻人就要有勇往直前的精神。"又说："说来我们还是亲戚呢，贱内是你们贺氏门中人，你要管我叫姐夫。"

贺龙早就听说过林德轩的情况，他对林德轩的革命精神甚是敬佩，便把自己不当咨议员的情况说了一遍，林德轩赞扬说："好！有骨气！"

接着，两人一番长谈，林德轩的话，贺龙越听越爱听；贺龙的见解，林德轩也赞赏不已，彼此只恨相见之晚。最后，林德轩说："文常，我听人说你出生时天上吊龙，风雨大作？"

贺龙笑而不答。

林德轩说："听说你的祖上也有叫贺龙的。"

贺龙说："是我祖上入湘后第三代祖中有叫贺龙的。"

林德轩笑道："与祖上重名要犯煞气的。"

贺龙说："一个武人，有点煞气倒好！"

经林德轩介绍，贺龙同正谊社其他成员相识，自此，贺龙又投入反对湖南军阀的斗争。

当时，革命党人正密谋策划炸毁谭延闿的住宅，暗杀梅子根。廖湘芸将炸谭宅任务交给了贺龙。正当贺龙怀揣手榴弹，寻找时机之际，刺杀梅子根的革命党人董清，在青石街开枪落空，引起了军阀们的惊恐，遂连夜搜查拘捕刺客，在贺龙住所福元旅馆，贺龙与军警交火，贺龙打伤了两名军警，趁乱逃走。

谭延闿查明刺客是革命党人贺龙、董清，遂画像捉拿二人。

就在这时，赵恒惕同湘军第2师师长陈复初关系闹僵，陈复初跑到了北京，通过段祺瑞的亲信傅良佐告谭延闿、赵恒惕的状。傅良佐是湘西人。林德轩等审时度势，改变了策略，将"攻谭"改为"拉谭"，愿同谭一起，对付北洋政府。谭延闿正孤掌难鸣之际，欣然同意。随后，革命党人提出解除对贺龙的通缉，谭延闿遂顺水推舟，做了个人情。

# 菜刀显威

同年 8 月，段祺瑞政府下令撤销了谭延闿的职务，任命傅良佐为湖南督军。贺龙又奉命刺杀傅良佐派来的秘书长和副官长，结果这两人未至，贺龙刺杀未成。

这时，段祺瑞依靠日本帝国主义的势力，推行他的武力统一中国的政策，首先废弃了"临时约法"，以造成个人权势。段的此举，遭到了西南各省的一致反对。时孙中山得到部分海军的拥护，邀请旧国会议员前往广东开会。8 月下旬，旧国会在广州举行非常会议，选举孙中山为大元帅，组织护法政府，护法运动自此开始。

当时的湖南，地当南北要冲。湖南革命党人决定，由林修梅在湘南起义，张溶川、周翟生在湘西起义。林修梅是林伯渠的堂兄，革命党人，在湘军中威望很高。

按照革命党人的部署，贺龙同罗剑仇一起从长沙辗转到湘西南的洪江。罗剑仇是到周翟生部任支队长的。两人从洪江到了辰溪，罗留在了辰溪，贺龙又到了沅陵。在沅陵，他同林修梅派去的代表罗福龙相会。罗剑仇被林修梅任命为护法军湘西左翼游击司令，但只是个空衔，没有队伍。贺龙与罗福龙相会后，罗福龙要贺龙设法拉队伍。

贺龙决心回乡重整旗鼓。当他赴桑植途中，遇到了贺锦斋，两人一起回到了洪家关。

这时，南北两军在湖北打得正恶，张学济的湘西民军也奉命开赴湖北作战。贺龙见时机很好，就邀了 18 个弟兄，扛着 3 条枪，去参加援鄂作战。

澧州有个援鄂民军司令，叫王子才，有 30 余人，20 多条枪，他素敬贺龙，闻贺龙到来，便奉送贺龙 9 条枪，并给贺龙安了个营长的头衔，贺龙便随王子才部开到湖北石首，仅与北洋军一江之隔。

王子才的顶头司令叫荣金芳，还没同北洋军作战，就吓跑了。王子才见状，即把队伍交给贺龙也跑了。这样，贺龙就成了湘军援鄂民军第 1 路所属游击司令，参加了援鄂战争。

不到两个月的时间，贺龙再次拉起的队伍，发展到 100 多人，70 多条枪。

时间易去。1917 年的冬天，斗争形势又发生了变化。时南北军停战言和，北洋督军傅良佐弃职逃跑。

湖北鄂军第 9 师师长黎元才遭到北洋军重兵围困。孙中山电令湘西将领援鄂。贺龙和罗福龙奉林修梅之命前往。

湘西护法军总司令张溶川想把罗福龙、贺龙的人马带走，遂趁机把贺龙和罗福龙骗到常德扣押起来，后因慑于林修梅的声威，在队伍收编后，将二人释放。

贺龙见队伍被收编，闷闷不乐，决心回乡，再拉队伍。

贺龙离开常德，水陆兼程来到桃源、慈利两县交界的两水井，忽见大树下坐着一个人，轻轻地歌道："桑植有个贺文常，不怕猛虎不怕狼，两把柴刀手中拿，砍得赃官见阎王。"

贺龙看了看这人，年纪十七八岁，长得很精干，却不认识。便停住脚，问："小伙子，你认识贺文常？"

小伙子看了看贺龙，摇下头说："不认识。"

贺龙又问："你要到哪里？"

小伙子说："我要去常德找贺龙贺文常。"

贺龙问："你找他做啥？"

小伙子再次打量了一下贺龙，反问说："你认识贺龙？"

贺龙说："我不仅认识，而且同他关系相当密切，你有事可以跟我说。"

小伙子又仔细地看了看贺龙的胡子，突然像明白什么似的说："你就是贺龙！"

贺龙说："兄弟，你的眼力不错，我就是贺龙。"

小伙子猛地站了起来，握住贺龙的手说："我找你找的好苦哇。"接着又说："大庸官家坪有个姓周的恶棍，他欺压良善，被我用棍子打死了，就跑了出来，要找你投军。"

贺龙听了，说："原来你是个杀人犯呀！"

小伙子说:"跟你学的,杀坏人没罪。"又补充一句:"是我太爷要我去找你的。"

贺龙说:"你太爷是哪个?"

小伙子说:"太爷叫吴佩卿,我是他侄孙,叫吴玉霖。"

贺龙略想了下说:"你是吴佩卿的侄孙啊!不是外人,前些年赶马我们就在一起。"贺龙又说:"你跟我打算怎么干?"

吴玉霖两手把对襟袄一分,只见胸前腰带上斜插着两把闪亮的菜刀。贺龙见了,拍着他的肩说:"玉霖,好样的。干吧,乱世出英雄!"

贺龙和吴玉霖在一个叫两水井的地方,各持菜刀一把,杀了县太爷的两个护兵,缴了两支枪——贺龙的这次两把菜刀夺枪,也成了后来人们传讲的贺龙两把菜刀闹革命的一个缘由。

为了保存这两支枪,贺龙和吴玉霖到处躲藏,昼伏夜行,衣服被荆棘撕烂。后来,转到了石门南昌乡,见官府还在通缉。贺龙想了想,就把枪暂时埋在了南昌乡哥老会龙头大爷陈跃武家。不久,他又买了一条枪。

转眼间,1918年春天到来,林德轩被广东政府任命为湖南省湘西护法军第5军军长,住在石门,贺龙前往拜访。林德轩对贺龙以两把菜刀重新起家,大加赞赏,遂委任他为湘西护法军第5军第1团第1营营长,并令其驻防桃源。

1918年,南北两军战事再起。北军冯玉祥部先占澧州,后占常德。不久,吴佩孚发出致大总统冯国璋南北停战电。由于吴佩孚与西南军人公开表示合作,段祺瑞不得不表示同意。8月下旬,北京政府召开了国务会议,南北双方停战。这样,进入湘西的北洋军旅长冯玉祥便与湘西护法军和解,冯玉祥出任了澧州镇守使。湘西各军也重新划分了防区。此时,湘西北的永顺、龙山、保靖、桑植归林德轩辖区,于是,贺龙就随林德轩由桃源、黄石移防到桑植。

当时,湘西一带土著武装很多。贺龙把许多土著武装编到自己的队伍内,于是,贺龙的队伍声威大震,并占领了桑植城。

此时,贺士道也来到军中,帮助贺龙做些军务。他告诉贺龙,谷绩廷也拉起了一支人马,被委任为澧州游击第2支队司令,驻防安乡刘家河,贺英亦随军行动。贺龙听了,很是高兴。

不久,贺龙部队移往桃源的黄石紫云山法华寺内。贺龙同寺中长老智莲和尚结下很深的友谊。四年后,长老坐化,贺龙闻之,特立碑悼念。其文写道:"戊午(1918 年)夏,予随刘司令汉元率偏师驻扎于寺,维持家乡丧乱。先君立堂公亦随军,智莲左右趋承,朝夕奉侍父,不啻子弟之侍父,予至今犹念之!岂先君之明德有以感之欤,抑别有前生之缘而未束欤?"

碑文提及的刘汉元,桑植人,也以两支枪为本钱,拉起了一支 18 人的队伍,成为民军中一支队伍的游击司令。贺龙兵驻黄石间,刘汉元率这支队伍到达黄石,与贺龙会师,其人马也编入贺龙队伍内。贺龙的队伍,日益壮大。

贺龙人马在黄石住了半年,又移防桑植。

## 父弟之死

当贺龙率军驻防桑植时,桑植的边界上,驻有靖国军林德轩的第 5 军所属马吉祥部,这个家伙倚仗 1 团人马的势力,胡作非为,害得百姓叫苦连天。父老兄弟们知道贺龙同林德轩有交情,纷纷向他告状。贺龙听了大怒,他到了第 5 军军部驻地陈家河,向林德轩报告了马吉祥鱼肉乡民的罪恶。林德轩听后,怒挑双眉,说:"真是岂有此理,我们靖国军的宗旨是为民众服务,岂能祸害一方。文常,你先回去,我定严惩马吉祥。"

贺龙见林德轩怒气冲冲,信以为真。当他回到桑植后,林德轩对马吉祥的害民行径,却依然视而不见。贺龙一打听,原来马吉祥同林德轩私交很深。贺龙无奈,只得将怒火压在心头。

马吉祥在林德轩袒护之下,更加有恃无恐。这年初秋,他竟在驻地明目张胆地召开分赃大会,公然分配从百姓家勒索来的钱财。贺龙闻之大怒,他在得到旅长涂月池的默许下,带所部人马,包围了会场,当场把马吉祥击毙,并令其部下缴枪,共缴获了长短枪 47 支。

贺龙处死了马吉祥,虽然百姓们交口称赞,但得罪了林德轩,林对左右说:"贺龙非囊中之物。"遂对贺龙持有戒心。

这时候的湘西政坛军界,混乱异常。后来人称湘西王的陈渠珍,湖南浏阳人,原为清军一督队官,奉军令由川援藏,辛亥之役后,他反叛朝廷,由西藏经青海入甘肃抵兰州,经雪山过草地穿沙漠,九死一生。他辗转到湘西后,在湘西镇守使田应诏手下任中校副参谋长,后田应诏任湘西靖国军第 1 军军长。田本是花花公子,生性浪荡昏庸,当了湘西镇守使后，便踌躇满志，贪图享乐，懒理公务。他见陈渠珍精明能干，就让其代理湘西靖国军第 1 军军长职。陈渠珍见时机已到，便以替田应诏训练骨干为名，主办军官队，实为培养自己的实力。这样，第 1 军的 4 个团军官，多出自陈的部下。他见时机已到，便夺了田应诏之权。

陈渠珍掌握大权之后，就排挤驻湘西的靖国军各路队伍。当时，有谢重光第 2 军，周则范第 3 军，林德轩第 5 军等。陈渠珍挑动各军内部矛盾。其中谢重光因贩鸦片分赃不均被其内部的人打死。周则范手下的团长廖相云在酒宴间杀死周，夺了军权。而另两个团长蔡钜犹、刘叙彝即起兵为周则范报仇。林德轩见陈渠珍在湘西势大，自己立脚不住，便将队伍开走，并给贺龙下了开拔命令，贺龙经一番权衡之后，决计脱离林部，依然率营留驻在桑植，保境安民。

贺龙拒随林德轩率部留在桑植后，没过几天，便收到两张委任状，一张是陈渠珍送来的，委他为支队司令，驻防沅陵；另一张是澧州镇守使王子豳来的，委他当团长。贺龙看着两张委任状，思索良久，最后决定依附王子豳，缘由是自己同陈渠珍素无往来，与王子豳虽然过去交过手，但那时各为其主。另外，王子豳在武昌首义中，曾率领"武字军"，智取荆州，在消灭最后一支清军的战斗中，被孙中山先生赞为"奋勇能战"的将领，他掌管澧州后，也做过一些好事。而且澧州与桑植相隔甚远，其鞭长莫及。因此，接了王子豳的委任状。

贺龙这一决定不打紧，却惹恼了一个人，这人就是谷膏如。

谷膏如是洪家关人，早年曾和贺龙一起赶马，贺龙刀劈盐局拉起队伍后，他参加了贺龙队伍，后与贺龙在慈利搞枪时被捕入狱。当他出狱时，贺龙已拉起了一支队伍，并当了营长，又驻防桑植。谷膏如便前来投奔贺龙。贺龙念旧谊，委其为营部参谋。谷膏如是个奸诈之辈，他想把贺龙的队伍变为己有，眼看贺龙接受了王子豳的委任，便暗中同陈渠珍拉上了关系，陈为掌握这支队伍，便对谷许愿，说只要谷把贺龙的人马弄到手，就委其为团长。这样，谷膏如竟生了杀害贺龙之心。

一天中午，贺龙正在县城东门王家大屋营房午睡。谷膏如见有机可乘，就怀揣利刃，意欲行刺，不料被贺英发现。谷膏如见事泄，慌忙逃跑，逃跑时丢下了尖刀。贺英对贺龙说："这谷膏如神色慌张，又丢下尖刀，要对你动手，你以后要小心。"

距洪家关不远的地方，有个村庄叫三屋凼（凼，音 náng）。在这村内有个巫师叫王朝章，因其排行老二，故人又呼其为章二老，章二老自称自己是鲤鱼精显圣，因此到处装神弄鬼，愚弄乡民。同时，又网罗了一群"弟子"，在村内画符念咒。

谷膏如有个亲戚在三屋凼，人称王财东，家中很有银钱。谷膏如刺杀贺龙未遂，就逃到了这个亲戚家中。在这里，他看到章二老的蜈蚣旗很有号召力，弟子们对章二老也很尊敬，便把这位"神仙"请到亲戚家中，与这个"神仙"套近乎。席间，双方谈到贺龙时，章二老因对贺龙驻防桑植后剿"神兵"很不满，谷膏如就顺竿爬，恶狠狠地说："贺龙是龙精，圣水要向贺龙家中喷，利刀要向贺龙脑壳砍！"

由于谷膏如和"神仙"臭味相投，两人一拍即合，就在这时候，贺龙派了两名部下到了三屋凼，向老百姓宣传破除迷信，不要信神信鬼。谷膏如知道了，便和章二老一起密谋，竟把贺龙的这两个部下秘密抓起来，挖心剖腹，残酷杀害。

贺龙闻知此事后，怒火满腔，决计亲自到洪家关，了解真实情况，以便还击。谷膏如就对章二老说："趁贺龙没有了解底细，我们把他收拾了。"

章二老当即表示赞成。又说："会烧的烧七月，不会烧的烧腊月。"

这天，是旧历七月二十七日，夜幕沉沉，洪家关的人们正在酣睡之际，章二老、谷膏如偷偷摸摸地率领"神兵"，从泉峪、二户坪和陈家山方向，扑向洪家关，到了村里，首先从洪家关大桥头贺龙家开刀。

其实，这天晚上贺龙已回到了县城。"神兵"们没有抓到贺龙，就向贺姓家族人及"贺半街"附近的村民乱杀乱砍，放火焚烧房屋，村民顿时乱成一片。贺龙的父亲贺士道闻讯跑到了刘家坪，躲在刘光告家。其余亲属，都藏在苞谷地里。贺连元的两个儿子和大女儿被砍死，小女儿贺学绒被活活摔死。洪家关大桥被烧毁。章二老穷凶极恶地边杀边喊："要把贺子贺孙，斩草除根！"

天快亮时，章二老才带着"神兵"离开。这一夜的烧杀，洪家关上的房屋被烧毁200多间，残害致死30多人。受害户达48家。

贺龙在桑植城中闻讯后，急率人马奔赴洪家关。只见村上浓烟滚滚，哭声震天。贺龙悲愤至极，当他安抚那些被害的家人时，一些人埋怨说："出了一条龙，全族跟着穷。"

有个上年纪的人对贺龙说："你看看吧，一人玩枪，全族遭殃。死的死了，烧的烧了，往后的日子怎么过呀？"

贺龙此时咬牙切齿，怒火燃胸。他完全理解族人们的心情，遂悲愤地说道："贺家人杀不绝，房子烧不光。年轻人跟我拉队伍，女人们投娘家。"并坚决表示：这笔血债一定要让章二老偿还！当天，贺姓家族中不少青年人，跟着贺龙走了。

复仇的火种，埋在乡民们的心间。时隔不久，章二老被乡民们擒住，很快就被贺龙处死祭祖。谷膏如吓得逃到了永顺王村。

贺龙投到王子豳部下之后，便想借他之力，扩充自己的武装力量。贺龙的堂叔贺勋臣，在王身边干事，贺龙想方设法通过贺勋臣的活动，使王子豳答应配给贺龙部300条枪和300箱子弹。为表诚意，贺龙决定要父亲贺士道和弟弟贺文掌、副官贺植卿，带着重礼去澧州，拜会了王子豳。为安全起见，贺龙并决定派十几名武装相随，另有一些商人同往。

1920年的5月16日，贺士道一行起程奔澧州。第一天，他们经杜家山、双溪桥、走马坪，到寒池峪投宿。次日，他们继续前行。当走到天子山下的三人潭时，突然从乱草丛、密林和溶洞内蹿出许多人来，各持武器呼啸着直奔贺士道等人。贺士道见势不妙，飞马而走。匪徒们乱枪射击，贺士道回枪抵挡，不料腰部中弹落马。匪徒们狂叫着扑来，贺士道滚下河中，负伤泅渡到对岸，又遇土匪拦截，贺士道措手不及，被砍落河内，被河水卷走。贺文掌和贺植卿等，均遭匪徒袭击。贺文掌不慎被匪徒们抓住。贺植卿拼死逃脱。护兵和商人们也多死于混乱之中。

这伙匪徒之首是陈继之，为谷膏如所勾引，埋伏于此，原来，贺士道等起程至澧州之事，为谷膏如探知。当贺士道等起程后，他便急从杜家山蹿到叶家桥，勾结了陈继之，聚集数百名土匪，埋伏于三人潭处，趁机打劫。贺文掌被匪徒们抓住之后，谷膏如、陈继之令匪徒们把他捆绑着扔进大蒸笼里，活活蒸死。

贺龙闻讯后，火急赶到三人潭，但只打捞到父亲尸体和弟弟的几块骨头。这杀父蒸弟和妄杀商人之仇，更使贺龙怒火满胸，他挥刀砍断一棵树怒道："我贺家杀不绝，斩不尽，此仇不报，誓不为人！"

不久，陈继之这股匪徒，被贺龙好友钟慎吾军歼灭，陈继之死于乱军之中，而谷膏如却自此不知去向，销声匿迹了。

1920年7月，湘西发生兵变。谭延闿第三次督湘不久，便指使其亲信、澧州副镇守使卿衡，在王子豳赴慈利间，将其杀害于途中，夺得了澧州镇守使大权。

王子幽之子王育寅，当时已掌握澧州的军权，发誓要为父报仇。7 月 26 日，在慈利的东岳观，集中了 7000 人马，哭师起兵，自封为常澧护国军总司令，并派人赴桑植请贺龙出兵作战。

贺龙与卿衡早有旧隙，今见王育寅相请，满口应承，遂起兵赴慈利，会同王育寅，将慈利城团团围住。

慈利城中的卿衡共有五个营的兵力，难以抵御。贺龙军中原有一门小钢炮，又赶制了两门松树土炮，以居高临下之势，向城中猛攻。贺龙亲自带队，攻破了北门。王育寅的部将黄虎、周铁鞭也分别从东西两门发动进攻，不消半日，慈利的三座城门均被攻破。卿衡见大势已去，急带残兵越墙而逃，逃到常德，才站住脚。

王育寅攻占慈利后，继以"逃贼犹存，大仇斯在"为题，向全省发出通电，要求湖南当局严惩卿衡。卿衡所为原秉谭延闿之意，卿衡大败自然触动其心肝。谭大怒，立即发电，令湘西各路军队，出击讨伐王育寅部。

王育寅本是有勇无谋之人，闻知此情，顿时慌乱，急与左右相商，并邀请贺龙拜问大计。

众皆无计可施。惟贺龙提出："请林修梅来主军中大事，谭军必不敢来。"

王育寅经一番权衡，同意了贺龙的意见。

林修梅是林伯渠的堂兄，革命党人，在湘军中威望很高。谭延闿第三次督湘后，为使自己独揽湘军大权，把林修梅派往广东，出任湘军驻广东的代表，实则削其兵权。贺龙当年在长沙时，就同林修梅相识。

王育寅采纳了贺龙的意见之后，遂派代表到广东谒见孙中山。孙先生即一面致函王育寅，称其"报仇雪恨，古称孝勇，更以为国为湘之急，共襄大业"；一面派林修梅回湘西"察看助理"，"肩此重任"。同时电告谭延闿："王育寅派员前来，自请援粤，文以其颇知大义，遂令林修梅亲往该处视察一切，望赞此举，毋使林君独为其难。"

林修梅到慈利后，王育寅自愿让位，甘为副职。林修梅在慈利登台誓师，就任湘西靖国军总司令，委任贺龙为湘西靖国军第 3 梯队团长。之后，又发了"援粤讨桂"的通电。10 月中旬，发兵常德。贺龙率部当先，激战三天，攻克常德。谭延闿见势不妙，急调湘军第 1 旅旅长宋鹤庚部，常德败军李蕴珩部，一起反扑。林修梅率队与宋、李部周旋了数月，虽有孙中山先生的支持，但终因寡不敌众，加之王育寅不很好合作，被迫辞职离湘赴武汉。贺龙对林修梅之走，恋恋不舍，洒泪而别。

这次军事行动失利后，贺龙只得率本部人马，返回桑植。

这当儿，陈渠珍已完全掌握了湘西的军政大权。他派人说服了贺龙，遂委任贺龙为湘西巡防军第2支队司令，隶属右翼司令张云龙。

在那多事之年，风云变幻无常。1920年底，湘军内讧，谭延闿出走，赵恒惕、林支宇分别就任湘军总司令和省长。赵恒惕上台后，初喊的口号是"湘省自治"，继而又提出"联省自治"，其意是想并吞鄂省。1921年7月20日，援鄂战争爆发，贺龙审时度势，看出这是一场不义之战，遂在桑植按兵不动，几接援鄂前敌总指挥鹤庚的命令，他才随同张云龙部，移师公安。这时，"援鄂"已败，当年9月，贺龙部移驻桃源，其部队改称为"湘西巡防军剿匪游击第2支队"。

# 第二章　入川讨贼

## 贺龙接到孙中山先生的信

1921 年 4 月 7 日，非常国会在广州开会，赞成孙中山提出的关于取消军政府，选举总统，设立正式政府的意见。孙中山当选为非常大总统。5 月 8 日，孙先生宣告担任广州国民政府总统。

时孙中山劝告北洋军阀政府大总统徐世昌即日引退，以谢国民。又派了程潜、汪精卫到南宁告诉陈炯明，言称自己决计北伐讨贼。12 月，孙中山抵桂林，组织了大本营，计划北伐。

这当儿，四川境内的拥护广州革命政府的第 1 军熊克武部，打败了依附北洋政府的第 2 军刘湘部。而直系军阀吴佩孚又想借用川军杨森和黔军袁祖铭之力，武力统一四川。四川内战局面严重。孙中山面对此形势，当即召见了正在上海闲居的原川军第 6 师师长石青阳，令他火速入川，组织人马，援助熊克武，扫荡在四川的北洋各军。

石青阳接受任务后，便进入川东的酉阳一带。他在酉阳的龙潭镇主持召开了会议，与会者多是他的旧部但懋辛、余际唐、刘成勋、吕超等，石青阳要求这些人要听孙中山的话，以国事为重。

龙潭会议之后，石青阳抵达湘西保靖，面会旧交陈渠珍。当年陈渠珍曾与湘西镇守使田应诏翻过脸。当田欲加罪陈之时，陈渠珍逃跑并投身于石青阳，石委其以要职，因此，两人过从甚密。

石、陈两人见面之后，彼此高兴。但是，当石青阳把他此行的目的一讲，陈渠珍的眼珠一转，想到了贺龙。陈渠珍早就看到贺龙非"池中之物"，不如趁此机会送个人情，当下，陈渠珍便把贺龙推荐给了石青阳。石青阳也早听说贺龙之名，便点头应允。于是，陈渠珍派人把贺龙叫到保靖行营，引见了石青阳。

这时的贺龙正想把队伍拉出去，以图大的发展，遂欣然同意。陈渠珍见贺龙应允，很是高兴，又给他增加了一营兵力，并配了枪支弹药。

石青阳回川不久，贺龙便率领本部人马抵达酉阳的龙潭镇。他在这里会见了熊克武的代表余际唐，但懋辛的代表吴咏南，石青阳的助手汤子模，黔军旅长周西成等人。

时孙中山委任石青阳为川东边防军部司令。石青阳委任贺龙为川东边防军警卫旅旅长，担负了长江上游防务。就在这当儿，广州的陈炯明趁孙中山离开广州之机发动了叛乱，孙中山被迫撤往上海，讨贼之举只得暂停。贺龙部住在彭水县的郁山镇。他眼见国事纷乱，心情沉重，当闻孙先生抵沪，便毅然派周参谋带信专程赴沪，晋见孙先生，表达自己忧国忧民之情。孙中山见了贺龙的信，当即给贺龙回信，鼓励他为国家建功立业。信中写道：

> 云卿先生鉴：
>
> 周参谋持大扎。备悉一是。边徼久戍，艰基苦逾恒，而壮志不渝，忠诚自矢，真可为干城之寄，当勉望于无穷者也。
>
> 川中久苦内战，迩来以各将领互开诚悃，共企新图，遂有开发实业计划，前各有书来陈说，文曾力赞其成，不独为弥息争，昭苏民困之要图，而给养有恃，简练益精，一俟会讨有期，建瓴而下，且可以襄成大业，幸协图之。
>
> 我驻闽各军实力充裕，稍事休息，即须出讨。驻桂之张、朱各军，现已下迫梧州，西江震动，陈逆料难久逭。切望秣厉待时，共勘大难。此复。
>
> 即询

贺龙接到孙先生的信后，非常高兴。他决心跟随先生，革命到底。

1923年农历三月，孙中山以大元帅名义，任命熊克武为四川讨贼联军总司令，但懋辛、刘成勋、吕超、郑士英、石青阳、赖心辉、余敬唐分任军长和各边防司令。贺龙一团人马编在汤子模师，隶属石青阳部下。

北洋军阀头子曹锟听说孙中山兴师北伐，慌忙调集几路人马抵挡。计有川军杨森的第2军，邓锡侯的1个师，田颂尧的1个师，刘存厚两个师，川边镇守使陈遐伶1个师，川康善后督办刘湘1个师。曹锟又令黔军总司令袁祖铭及甘肃、陕西出兵，5省的5路大军，统由直鲁豫巡检使吴佩孚节制指挥。

同年4月，熊克武指挥讨贼军向盘踞四川的北洋政府军队开始了全面进攻。熊克武坐镇中军；但懋辛部由遂宁向成都进攻；赖心辉部由隆昌进攻；刘成勋部由新津出击；石青阳部由川东出发。

石青阳部以贺龙团为先锋，进攻的第一个目标是涪陵。涪陵系川东重镇，长江及乌江即于此处汇合，是乌江下游物资集散地。涪陵内驻有杨森1个团。

贺龙率本部人马从乌江的龚滩上船后，顺流急下，半日间到了彭水。侦察人员报告说，涪陵城中驻杨森1团人马。贺龙即召集各级军官，指出："涪陵我很熟悉，其地形是两面临江一面靠山。敌人如据险扼守，我军不能前进，只有一鼓作气，打敌不备。"贺龙传令，凌晨4时开饭，5时出发。

第二天5时，全团人马乘船直奔涪陵，那船顺流而下，飞快似箭，接近涪陵时，突然天降大雾，对面不见人影。贺龙下令弃舟登岸，乘大雾向守敌发动攻击。霎时，满城枪弹齐鸣。

杨森部队其实侦察有误，杨森人马在头天黄昏之际又增加了一团人，然两团人马于大雾之中，只听满城枪声、杀声一片，不知贺龙人马多少，立时乱作一团，四处奔逃。

讨贼军愈战愈勇，待红日高照、雾散天明之时，贺龙人马占了涪陵。这时，才知道城中守敌陡然增兵，若非大雾，定吃大亏。官兵听了，也都以手加额庆幸。当下，贺龙下令，出榜安民。

## 怒扣日轮

北军第2军军长杨森，在重庆得知涪陵失守，不由得大惊失色。忙对左右说："这石青阳只一个团便打掉我两个团，看来这部队厉害。石青阳既得涪州，必然进攻重庆。"

他手下第1师师长范绍增报告说："军长，目前重庆弹药极缺，请军长早日打算。"

杨森说："我前几日已电告吴巡检使，说不日弹药即运来，可没料涪州丢失，断了交通要道。"

范绍增着急地说："赶快报告吴大帅，让他想法儿快些运来，晚了重庆就丢了。"

杨森听范绍增说的也有道理，立刻向吴佩孚发了急电。

此时，素称"秀才大帅"的吴佩孚正坐镇中州洛阳庆贺他的 50 大寿。好家伙，那气派真够大的，各方显要人物去洛阳祝寿的达六七百人。吴正在喜头上，忽接到杨森告急电报，知道熊克武占了涪陵，登时眼就圆了。吴佩孚正看《龙凤呈祥》的戏，他把电报三下五除二的就撕了，戏也不看了，叫来了他的心腹白坚武。吴佩孚微闭着眼，慢声慢气地说："坚武啊，快些把弹械送往重庆，前方等着弹药呢。"

白坚武吸了吸嘴唇说："大帅，这军火不好运呀。"

"为什么呢？"

"大帅，从水路抵重庆，必经涪陵，现在涪陵已落入敌人手中，我们怎能通过？"

吴佩孚说："那你看还有什么办法吗？"

白坚武的白眼珠往上一翻，随后附耳低言，吴佩孚点头。


这一日深夜两点，贺龙查哨刚刚躺下，参谋长陈图南跑了过来，他连连叫道："团长！团长！"

贺龙翻身坐起，问道："有事？"

陈图南说："参谋瞿伯魁刚由汉口出差回来，向我报告了一个情况。"

"什么情况？"

"瞿参谋在会客室等团长。"

贺龙披上了衣服，走了出来，见到瞿伯魁，向他问了辛苦。瞿伯魁说："团长，有件稀奇事，你分析分析，我寻思这里一定有说道。"

贺龙点了烟，慢慢地吸着后，瞿伯魁说出了奇事的缘由。

原来，瞿伯魁到汉口去做了趟买卖。瞿不是参谋吗？怎么又做起买卖来？原来，那时部队军饷没有保证，所以部队也做买卖。这日，瞿伯魁从宜昌搭日本轮船"云阳丸"号回涪陵，走到万县的时候，天还没黑，轮船便停在河对门陈家坝码头。到了夜间二更时，这船忽然开动了，逆水向上游走，走了有十来里，在一个僻静的水面上停了下来。瞿伯魁是个心细的人，他问自己：为什么靠了码头的船，黑夜里又移动到这么一个怪地方呢？如果是装货，天明时为何不装，偏要到黑夜，而且到这么个僻静地方来装？瞿伯魁正想着，又有一条轮船开到这里，这船叫"宜阳丸"，也来装货。两条轮船，偷偷摸摸的行径，使瞿伯魁断定，船上的货，肯定是不可告人的黑货。什么黑货？他眼珠转了转，想：当今正值两军作战之时，绝不是普通货物。一定是吴佩孚给杨森运送的子弹、枪械。瞿伯魁又暗中摸了摸货物的形状，心中更明白了八九分，不由得暗暗高兴，算计了一下路程，两条船明日必宿涪陵。谁知到了第二天，船行到了涪陵下游 20 里的一个叫小乡场的地方，即抛锚停泊。而且禁止一切旅客上下船。瞿伯魁更断定船上的货物，一定是弹械无疑了。他们知道涪陵已失，两轮不敢靠近，准备第二日凌晨开船，闯关而过。船上封锁了所有旅客。瞿伯魁思来想去，最后，顺着铁锚链下了水，泅水上岸，一气跑了 20 里，到了涪陵，又敲开城门，报告情况。瞿伯魁说到这里后，用断定的语气道："团长，如果我们截住这两条船，一定能获得大批枪弹。"

贺龙把手中烟斗一磕，站起身，眉毛一扬说："伯魁，你做了件有功的事，先回去休息吧，我决不能让这两条船跑掉。"

当下，贺龙、陈图南两人立即商量对策。陈图南说："船上既然运的是军火，那就一定有了足够的准备。如果用火力强行封锁，打着了弹药，两条船会报销，这样我们抓不住证据，日本人不会答应我们的，那样事情就闹大了，还会引起国际争端。文常，此事切不可儿戏。"

贺龙深深地吸了一口烟，在地上走了两圈后，又坐在椅子上，沉思良久，忽然计上心来，兴奋地对陈图南说："日本人贪财好利，一向瞧不起中国军队，咱们就抓他这个弱点。"

接着，他就把自己的打算如此这般地说了一遍。陈图南听了鼓掌道："这个办法好，这叫姜太公钓鱼，愿者上钩。"说罢，陈图南眼睛一转说："日本人一向蛮横，视中国军队如同草芥，如果不服检查怎么办？"

贺龙那大巴掌往桌子上一拍："开枪！娘妈的，我不信他日本人不怕死！"他说着，站起身，在地上走了几步说："洋人这样的横行霸道，都是他娘的活人惯的，今日犯在我贺龙手里，也让他尝尝中国人的厉害。"

贺龙说罢，叫过勤务兵："告诉 3 营长，命他带两个连，埋伏在荔枝园码头后面的高地，如果明晨两艘日本船不靠岸，就用火力封锁江面。"

说话的工夫，天就亮了。江上薄雾将散，就见两艘挂着膏药旗的日本轮船，"突突突"地冒着黑烟开到了涪陵码头。这时候，只见岸上黑压压的四五百客人，挥帽舞巾，表示要上船。船呢？没有停，那速度却慢多了。只见两条船上的日本人在叽哩咕噜地说话。说什么？原来这些人都是见钱眼开，他们一瞅岸上这四五百人要乘船，1 人 1 元钱船钱，转眼就几百元到手了。从涪陵到重庆，不过半日，船上也搭不了什么。商量了一下，两条船就慢慢地向岸边靠拢。这些洋人，真是像贺龙说的那样，被卖国贼们惯坏了，压根儿就没把中国军队放在眼内。所以，明知岸上有讨贼军，心里想的却是四五百元大洋，早把讨贼军的事忘在脑后了。

两条船刚一靠岸，这四五百名乘客呼啦啦就上了船，占了领航台、机器仓、货仓、船主室、客仓。船主一下子就慌了，那脸上的横肉丝哆嗦开了。知道这些乘客来者不善，可还是大着胆子说："你们要干什么？"

贺敦吾是个大个子，五大三粗的身板儿往船主面前一站，笑道："老子姓贺，要检查你们的船。"

船主一听急了，眼睛努着说："放肆，太君的船，统统地，不许检查。"

贺敦吾粗眉毛一立说："不许你用这种口气说话，告诉你，这是中国的江河。"他说着，冲上船的人一挥手："检查！"

船主一见这情形，脸刷地黄了，他嗖地掏出手枪，要打贺敦吾。贺敦吾立即飞起一脚，正踢在船主的手腕子上。船主的手一松，那枪立时落入水中。这时候，有个留小胡子的日本兵开了枪，打倒了两名士兵和一名中尉副官。贺敦吾真火了，大喊一声："还击！"

"哗——"一阵枪响，船主和几个日本人立时中弹毙命。没死的日本人，像枪械仓里的大副、二副等都束手就擒。两条船全部扣住了。从船上清出了大批军火，单是子弹就是 130 多万发。

贺敦吾将没打死的日本人都押上了岸。两条船共有 17 名日本人，还有吴佩孚的军械处长。贺龙开庭审问这些人。法庭设在团部所在地涪陵北岩钩琛书院。

为了使日本人看到中国军队气势，审讯堂外，禁卫森严，审讯堂内，气氛肃然。一队彪形大汉，怀抱鬼头刀，将日本人押进堂内。这些日本人，有的耷拉脑袋了，有的靠那武士道精神做支柱，依然一脸凶煞之气，不把中国人放在眼内。就在这时，"啪"地一声惊堂木响，审判官用日语厉声喝道："叭嘎呀噜，你们狗胆包天，竟敢深入中国内河私运军火，助长内战，该当何罪？来人哪！拉出去，枪毙！"

审判官说完日语，又用汉语重复了一遍。这时，那些日本人见审判官真的要枪毙他们，吓坏了。没武士道的，有武士道的，都趴在地上磕头求饶。审判官一抬手示意左右，又用日语喝道："尔等犯我中华民国之法，本应从严惩处，姑念尔等稍存认罪之心，尚怀改悔之意，可予稍容宽待，暂行收监，听候发落处理。来人哪！押下去！"

把日本人押下去之后，审判官长出了一口气，原来此人就是参谋长陈图南。贺龙走过来说："图南，你这审判官不错。"

陈图南抽了根烟，说："我也出了一口在日本留学时的气。"说完，他又说："文常，那些日本驻我国的使节还会找麻烦的。"

贺龙说："别拿他当盘菜。"

被贺龙扣下的"云阳"、"宜阳"二轮船，原来是日清轮船公司的。贺龙与汤子模以前敌总指挥名义，以快邮代电方式，向在汉口的日本日清公司发了一封抗议信，内称："现在我军正奉命讨伐吴佩孚、刘湘，两军对垒之际，该公司轮船公然为吴贼载运大量武器弹药，前往接济被我围困之敌，显然故意违反国际公法，参与中国内战，与本军为敌。……涪陵作为战区，早经宣布戒严。该公司云阳、宜阳两轮，既已到岸接客，何以不受检查？'云阳丸'何以砍锚脱逃？'宜阳丸'何以开枪射击？使我官兵受到伤亡？由于两轮严重违犯中国戒严法，该公司应负如下责任：甲、对我方伤亡官兵，应赔偿一切损失，承担一切后果。乙、依据戒严法规定，供犯罪之物没收，宜阳、云阳两轮，是此犯罪主体，应依法没收，除'宜阳丸'已经我方扣留外，现在逃亡之'云阳丸'，应由公司交出，一并没收。丙、该公司应向本军正式道歉，并保证以后不再违法私运军火及其他禁运货物。……根据中日内河航行通商条约第七条明白规定，不得私运军火、毒品及其他禁运物资。如不遵守条件，故意违犯，其情节重大者，得停止其营业。试问此次云阳、宜阳两轮，公然参与我国内战，在作战区内，冒烟突火，输送武器。难道情节之重大有过于此吗？本军素持宽大，如果该公司能够不吝改过，办好善后，则处罚只是没收两轮，否则我军执法相绳，除禁止在本戎区营业外，还将报我政府，停止其全部营业，以儆效尤。"

讨贼军前敌总指挥汤子模并于当日电告熊克武，称："昨晚得探报，宜阳、云阳两轮停泊清溪，今拂晓通过涪城。云卿统便衣百余人，装做客商搭船，以小船接近'宜阳丸'，该船乃向云卿射击，幸云卿奋勇先登，击毙船主及其解运官兵数人，吴子玉之军械处长张介一被擒。获子弹82万发，并查获袁（祖铭）、赵（荣华）致张函称：限四日，设法运弹至渝，即行反攻，否则危矣。……似此情形，敌方需弹甚急，万难支持。敌人失此大批子弹，心胆俱落，本军得此子弹，士气百倍振奋。……所获子弹补充贺（龙）康（俊武）两部，即率大军进攻江北，现重庆动摇，贼心胆寒，当令前敌，猛攻渝城，时机已至，不可失也。"

事过两天，日本驻宜昌总领事贵根来到贺龙部队说情，要贺龙把抓起的日人放掉。贺龙不予理睬。直到1924年，川军总司令刘成勋转来北京政府外交部的来电，言说日本公使馆请求释放云阳、宜阳日人云云。最后，经日清轮船公司赔偿10万大洋，才算了事。贺龙又将大洋全部发给了将士。此为后话，不提。

石青阳将截获的弹药装备了部队。

# 激战浮屠关

1923年9月20日，贺龙与汤子模奉命攻打重庆。

重庆位于长江、嘉陵江汇合之处，系川黔的交通枢纽，是长江上游经济、文化中心。重庆城三面环江，形如半岛，依山建城，素有"山城"之称。唐朝为渝州，所以又简称为渝。

杨森闻听石青阳的大兵已临城下，又听说军火被劫，心中十分着忙，一面向代总司令赵荣华告急，一面加强防务，在朝天门经千厮门、临江门到牛角沱沿嘉陵江南岸一带派驻重兵。人员不够，便把市民、学生都赶上前线。各处江岸，深沟高垒，闭关固守，等待援军。

石青阳大军到了重庆，司令部设在重庆南岸老厂。第三天，全军发动了总攻。枪炮一响，就是一场激战。这重庆城中有个地名叫浮图关，浮图关是全城的制高点，占领了浮图关，重庆便能立时拿下。杨森深知这浮图关的重要，早就安了重兵把守，并配备了轻重火器，挖沟垒堡。攻打浮图关的任务，石青阳交给了黔军第八混成旅长周西成和贺龙两部。周西成从南面攻打，贺龙从东面攻打，准备一起到浮图关上会合。

周西成领受了任务，便带兵从南面向浮图关进攻。攻打浮图关，必经黄沙溪。黄沙溪是浮图关第一道大门，为了抢过黄沙溪，周西成整整打了一天，死伤了好几百人，那死尸把沙沟都填满了，可还是攻不下。周西成真急了，他用手枪把帽子一挑，要亲自上去。这时，他的参谋长皮得双悄声说："旅长，可不要忘了老本呀。"

一句话，把周西成说得直了眼，他把帽子一扔说："妈的，算我倒霉，啃上了这个硬骨头。"

皮得双说："不好啃的骨头不会扔吗？"他薄嘴唇一翻说："我们的侧翼是贺龙的独立团，咱们佯攻，打滑头仗，让贺龙跟敌拼去，我们养精蓄锐，坐山观虎斗，等贺龙把敌人磨得差不多了，我们这拳头再打出去，浮图关唾手可得，这既不伤我们部队元气，又夺得头功，旅长，你说呢？"

周西成一拍桌子："妈的，有这样好主意，你怎么不早说啊？"

皮得双说："现在说也不迟呀。"

"不迟？他娘的，把好几口袋'山药蛋'扔进去了。"

什么叫"山药蛋"？"山药蛋"就是人脑袋，这是军阀们的行话。周西成扯着嗓门儿喊："快传令，给我佯攻。不能来真格的。"

周西成这个旅一佯攻，敌人的火力调了过来，把贺龙的部队压得抬不起头，几次冲锋都没成功。贺龙真火了。他把手枪一举，高喊着："弟兄们，跟我来！"

陈图南一把没抓住，贺龙已跳出战壕。团长带着冲锋，士兵们还有不奋勇向前的吗？一霎时，喊声大震，枪炮齐鸣。守浮图关的敌兵一瞅这架势，都庙里失火——慌了神了。不少人调头就往后跑。正巧杨森赶来督战，他抓住了一个学生兵，厉声问道："为什么退下来？"

那学生兵慌张答道："枪坏了。"

杨森也没说话，从那学生兵手中拿过枪，冲着这学生一搂扳机，"砰"的一声枪响了，这学生兵连话也没说一句就没命了。杨森把枪一扔，朝死尸踢了一脚说："你的枪不是坏了吗？"

杨森的兵丁见状，不敢退了，阵脚才稳住。贺龙的部队没能攻上来。

这时候，天黑了，陈图南对贺龙说："团长，天已黑了，弟兄们打了一天，我看收兵吧。"

被炮火薰得浑身泥土、脸目漆黑的营长贺锦斋说："不妥，古人云：战事之要，不战则已，战则须挟全力；不动则已，动则须操胜券。如有把握，算到五六分，便须放手大胆，现今敌人枪弹消耗将尽，我们要放松，正给敌人喘息之机。"

贺龙说："说得对，现在敌人已经支持不住，夜间战斗，他们摸不清虚实，更好进攻。"

正说着话，只见西北方变了天气，好家伙，一会儿的工夫，那浓云如泼墨一样染了过来，先是霹雷闪电，接着，大雨倾盆。贺龙一见此情，高兴地说："这是天助我们成功。命令部队，冒雨进攻。"

这时，雨越下越猛，凭借大雨，贺龙这个团，一鼓作气，冲上了浮图关。杨森的部队一下子垮了。

周西成于大雨之中忽然听不到关上枪响，急忙派人打探，才知贺龙占了关。也赶紧把队伍拉上去。贺龙是个正直人，自然不曾料到周西成肚里的鬼，亲热地同周西成共祝胜利。而后对周西成说："周旅长，此关十分重要，请旅长把守，我带兵追敌。"

周西成正想保存实力，自然满口答应。

贺龙借雨得胜，不仅吓跑了敌人，也吓坏了敌人，时敌军中传出贺龙是龙变的，能生云，能吐雾。一传俩，俩传仨，一霎时，北军中都传讨贼军中有条活龙，一打仗就唤雨行风。这个传说不知怎么传到北军耳朵里，也都纷说活龙的事，后来越传越神，说这条龙身后跟着龙虎兵，这些兵会使"张手雷"、"混天镜"，雷一响，人震昏，镜一照，人就倒。打仗的时候，那些士兵们一见变了天气，就都害了怕，说"活龙"又施法术了。有的还没接火就吓得撒腿就跑。

杨森连着丢了两城，又没弹药接济，心中着忙，急急败退宜宾。

讨贼军占领重庆之后，11 月 23 日，孙中山大元帅通令嘉奖。云："自直奉军阀恃其武力，勾结金壬（原电文如此——引者注）扰乱四川。本大元帅特令川军将领，分道讨伐，来犯各股，以次廓清。此次胜利，皆由我将士忠勇奋发，克集大勋，闻讯之余，深为嘉慰。……至此有功将校，首先传令嘉奖。"

11 月 25 日，孙中山委任贺龙为四川讨贼军第 1 混成旅旅长。

## "贺师长英姿侠见"

杨森丢失了重庆、涪陵，败退至宜宾。石青阳在重庆稍整队伍，便率师向宜宾进攻。刚要出兵，忽闻袁祖铭部队从泸州来攻打重庆，杨森也收拾残兵回师会攻，刘存厚亦奉曹锟、吴佩孚之命，率两个师从南郑起兵，星夜援川。三路兵马，声势浩大。接着，吴佩孚又令邓锡侯、卢金山、陈国栋、田颂尧四路兵马，作为第二梯队，攻打重庆，决心将重庆这个战略要地夺回。

熊克武见北洋军势大，便下令撤退，会攻成都。重庆复落入杨森手中。

贺龙旅原驻江北，接到撤退令后，遂由安岳、乐至退到淮州。在此借沱江防卫工事又与杨森部隔河相持月余。而后，经镇子场、廖家场、赵家渡进入成都，与赖心辉指挥的讨贼军会师于东门外牛市口。

讨贼军占领成都后，不久，发生内讧。刘成勋当时是四川省省长，他怕但懋辛取代他，赖心辉也怕但懋辛当省长，他自己也想当省长。这样一来，讨贼军就失去了战斗力。熊克武本就是没有实际兵权之人，他只有叹息而已。

这时，曹锟撤了代司令赵荣华的职，另命袁祖铭为代司令；又命令各路将大批军火、钱物源源不断地运到四川，补充北洋各部队。经过两个月的准备，北洋军人马齐备，袁祖铭、杨森、刘湘等各路军队分别由水旱两路，向讨贼军逼近。这时候，讨贼军因坐失良机，加之内部你倾我轧，见北洋军大举进攻，只好仓促应战。关铁山一战，讨贼军大败，人马自相践踏，遗丢辎重粮秣不计其数，赖心辉几乎被人抓住。熊克武败至三台。杨森又以迅雷不及掩耳之势围攻三台。杨军把熊克武团团围住。幸得贺龙奋力抢救，才得以脱险。

这时，周西成投靠了袁祖铭，赖心辉、刘成勋投靠了吴佩孚，熊克武见大势已去，一面安排所剩部队退出四川，一面向孙中山发电，要求解职。

贺龙与汤子模从永川过河，在江津与袁祖铭部队打了一仗，到了中白沙，与熊克武相遇，一起退至合江。

此时，石青阳见大势已去，也分手了。部队何去何从？贺龙部将许多人主张回湘西。贺龙说："我们不能离开熊锦帆（熊克武字锦帆）。"

这样，贺龙就率部随熊克武进入黔境，经娄山关、桐梓、湄潭、洞口、思南、秀山。1923年11月，贺龙人马到达松桃。这时，孙中山已于同年2月由上海回到广州，再组大元帅府。

不久，广州军政府派议员杨宝安、袁荷生来贺龙部视察。

四川讨贼失败之后，许多事情引起了贺龙的反思。他感到孙中山的主张深得人心，自己拥护孙中山没有错，但讨贼军内部矛盾重重，派系林立，各谋私利，而自己又不得不受制于他们，政治上是被他们牵着走的，他感到自己应当直接与广州政府取得联系，直接听命于孙中山，于是他要参谋刘达伍代表他去广州面见孙中山，面呈自己的主张。

刘达伍，原为黔军袁祖铭帐前参军。1920年同贺龙相识。因钦佩其为人，脱离黔军，来贺龙处担任参谋，成了贺龙的好朋友。后任国民革命军第20军1师1团团长，并随贺龙参加了南昌起义，后任工农红军第4军参谋。1928年红军在石门县遭国民党军袭击，其身负重伤，返回了云南老家。关于贺龙要刘达伍面见孙中山事宜，刘达伍回忆说："这天晚上他一进来，我就觉得有什么公事要谈。说了几句闲话之后，他果然就提出问题来了：'达伍兄'，贺龙将军今天对我的称呼很客气，'我们相交几年了，你对我贺龙有什么看法？'这个问题叫我怎么回答呢？我告诉他：'我在军队里干了20来年了，要是我愿意跟着袁祖铭或者杨希闵，都可以升官发财。我不愿跟他们，千里迢迢来投奔你，这就是对你的看法。''你认为我走的路子对吗？''你常常说，你要为天下的受苦人打天下，谁能说这条路子不对？不过打来打去，还没有打出一个天下来，你也还在摸夜路啊！''你说得对。满清倒了，袁世凯死了，全国仍是乱糟糟的，大小军阀各霸一方，我们这几千人，又能怎么样？我天天都在想这个问题。'于是，贺龙将军和我谈到方向问题。他说：'从全国来看，在广州的南方政府是最有希望的革命力量。孙中山提出的三大政策深得人心，拥护孙中山和南方政府，是我们的正确方向。但是，我们和广东没有直接联系。这些年，在政治上让别人牵着鼻子走，不能继续这样下去了，我们应该直接和广东联系。'谈到后来，贺龙将军提出，要我当他的代表到广州去。第二天，我便带着贺龙将军致孙中山大元帅的专函出发了。我到广州时间大约是10月20日左右。第三天，我便在大元帅府会见了参谋长李烈钧。李烈钧在四川时听说过贺龙将军的名字，他表示非常钦佩贺龙将军的革命热情，带来的信，他负责亲自交给孙大元帅。几天以后，孙中山离开广州北上，我的任务没有完成，只好在广州等下去。这样，直到孙中山先生在北京逝世，我才返回部队。"

贺龙人马在松桃稍事停留后，又到了铜仁。

铜仁乃黔东富地，素有"人杰地灵"之称。贺龙的司令部设在周逸群家中。

周逸群原名周立凤，1896年出生于铜仁城中一周姓大家族中。少时聪敏过人，喜好读书。其叔思想进步，对他加意培养，其成长受叔影响较大。19 岁时，即东渡日本在东京庆应大学攻读政治经济学。俄国十月革命成功，马克思主义传到日本，周逸群认准马克思主义是中国革命的指路明灯。回国后，周逸群即同进步青年李侠公创办了《贵州青年》。1924 年初，他加入了中国共产党。同年 3 月考入了黄埔军校。周逸群写诗赠李侠公：废书学剑走羊城，只为黎元苦匪兵，斩伐相争廿四史，岂无白刃可亡秦!? 从今不做书生态，脱去蓝衫换战襟。

周逸群在中共黄埔特别支部领导下学习和工作。同年底，他和共产党员蒋先云、李劳工等成立了"火星社"，这是黄埔成立初期共产党在黄埔军校中的秘密革命团体。

时周逸群经常给家中寄多种进步刊物。贺龙即让人给他读了周逸群寄来的书刊，他感到周逸群不同常人。

这时，贺龙的亲友王尚质、谷逢源考入了黄埔军校，他们也给贺龙寄来了许多进步书籍。这些进步书籍，使贺龙大有顿开茅塞之感，他对左右说："共产党的章程好。"

1924 年 9 月，第二次直奉战争重新开火。孙中山见时机很好，便召开了军事会议，发表了《讨贼宣言》，又发表了《北上宣言》，决意兴兵讨伐曹锟、吴佩孚。会后，孙中山委任了熊克武为建国联军总司令。熊克武也在贵州联络西南各省组织了川滇黔建国联军，准备假道湖南，攻取荆沙，同广东人马会师武汉。同年 9 月 22 日，熊克武率建国联军分 3 路向湘西进军，并以贺龙旅为先锋。

熊克武此次虽然是假道湘西，但引起湘西军阀惶惶不安。陈渠珍令其旅长杨永清发电询问贺龙："兄此次来沅，其宗旨若何?"贺龙急回电，说明于湘政无任何用意。

贺龙治军，一向很严，其部队素有仁义之师之称。此次入湘之前，对部队已进行了检查，严肃军纪，并在沿途贴出告示：本部过境，军纪严明……

时贺龙的基本队伍是 3 个团，由黔入湘途中，先后收编了 10 个团。由于这些部队成分复杂，更未经过严格训练，纪律也不好。贺龙决定在司令部增设一个新兵训练处，他让从保定军官学校毕业的王育英当处长，并决定成立一个随营学校（后改名为军官教导团），由各营、连挑选文理清顺的官佐 300 名入学，仿效外地军官学校的做法，每期 3 个月，专门训练营、连以上军官。在军官教导团开学典礼上，贺龙发表了讲话，他说："我们现在正处在列强竞争、内政不修的时候，要想巩固国防，刷新政治，必须以军政为前提，训练一支具有军事素质的军队。……从来那些训练有素的军队，都非常注意训练部队的实力，所以能以小敌大，以少胜多，如周武王以三千人为一心，能胜亿万敌众。近来，西欧各个列强对于军事训练特别重视。他们实行兵役制，按籍征名，更番补退，培养军队，训练士兵，我们应该奋起直追。……练兵之道，首在教育，古今中外都是如此。我们的部队虽然成立已久，但因长年转战，东征西讨，时刻在枪林弹雨里生活，所以训练抓得不够，以至作战虽然勇敢，而造就不大。……设官教导，实难再缓。希望全体官佐肩负重任，挺起精神，精研深造，检验揣摩。自始至终，努力前进。"

1925 年 1 月 19 日，长沙《大公报》发表了贺龙的讲话，这是迄今能找到的贺龙关于军事训练的最早的一篇讲话。讲话的中心内容是想学习列强，振兴军队，要把自己的部队训练成一支军政有素的军队。

贺龙部队中有个部下叫田鸿钧，大庸人，为第 6 梯团团长。此人早年曾随贺龙参与湘西暴动，后来投靠了澧州镇守使唐荣阳。贺龙回湘兵讨唐荣阳时，他倒戈投贺，同贺龙的关系不可谓不深。但是，他的部队甚为腐败，强占民家，敲诈百姓，勒索商贾，且屡教不改，影响很坏。贺龙下令旅长谷青云将其部缴械解散。田鸿钧负隅顽抗，被当场击毙，下属营长罗效之逃跑。贺龙为此贴出布告曰："军人服从，首在其纲，第 6 梯团，不守规章，特令解散，罪有应当，诸色人等，毋得惊慌。"

就在贺龙这支部队向湘西开拔之际，北洋军的冯玉祥发动了"北京政变"，即"首都革命"，将清废帝溥仪驱逐出皇宫，并将所部改组为国民军，自任总司令兼第 1 军军长。

孙中山应冯玉祥、段祺瑞电邀，北上谈判。如此，北洋军阀的基础动摇。时熊克武遵循大元帅府训令，西南的川滇黔建国联军在常德组编就绪，熊克武任总司令，下属 2 个军 5 个师。第 1 军军长余际唐、第 2 军军长汤子模。贺龙为第 1 师师长，下辖 2 个旅，第 1 旅旅长谷青云，第 2 旅旅长贺敦武。随即人马进驻澧州。时该州镇守使为唐荣阳，其闻贺龙兵至，即布阵阻挡。贺龙率全师官兵与唐荣阳奋战一天，唐军大败，澧州为贺龙所占。与此同时，汤子模军进驻大庸、慈利、石门一线。

澧州攻克后，贺龙又乘胜攻占了津市，出榜安民。唐荣阳统治澧州时，苛捐杂税多如牛毛，百姓苦不堪言。贺龙深知民间之疾苦，立即下令，所有苛捐杂税，一律取消。

捷报飞传广州，广东大元帅府立即派了覃振专程往湘西，犒赏三军。

此时贺龙全师官兵已发展到1万余人，成为一支装备充足、英勇善战的劲旅。熊克武检阅后赞道："师次津澧，厉兵秣马，士气益励，堪称表率。"

孙中山先生北上后，北洋根基动摇，那些依附北洋政府的川军杨森、刘湘之流，立即调转枪口，都派代表来向熊克武赔礼、认罪，表示决心痛改前非。

这当儿，河南督军胡景翼也派来代表，同熊克武商量一起会攻武汉。要熊部沿粤汉铁路直取武昌，胡部派大部队出武胜关，直取汉口。

熊克武即令贺龙师为前部，大军直指武汉三镇。

正当贺龙率人马行进之际，意想不到的事接连发生，先是胡景翼因割疗疮散了毒，三天病故。紧接着，民主革命的伟大先行者、开国元勋、大元帅孙中山于1925年3月12日在北京逝世。消息传出，犹如晴天霹雳，熊克武放声大哭。贺龙在澧州闻讯，放声痛哭说："孙先生在世，国家有希望，孙先生没了，国家如何是好？这中华民国为何如此多的灾难？"左右也只是泪洒戎装。

为悼念孙先生，贺龙令全师停操1个月，降半旗三天志哀，官兵们为先生戴孝一年半，以表敬仰之情。

由于孙先生的逝世，全国斗争形势突变。北方军阀，意欲合力对付广东革命政府；而广东革命政府内，各派对未竟的革命事业全然不顾，拼力争权；在湖南，被赵恒惕赶走的谭延闿，也野心大发，想利用熊克武这支军队之力，赶赵下台。赵恒惕为此非常恼怒，便在常德面会熊克武，要他的部队出湘境。

正在这时，代行建国联军大元帅的胡汉民命熊克武班师回广东休整，待机再出师北伐，熊克武决计班师离湘回粤。决心之后，熊克武到津市面会贺龙，谈了意图。贺龙听了熊要班师回广东之语，便直言不讳地说："如今广州政府究竟落入何人之手，尚未明了。如果大权落入反对孙先生的人手中，班师回广东恐怕没什么好处。"

熊克武说："云卿，你说的这话，我不是没想过，不过先生刚刚去世，我便不听指挥，怕有人说我的闲话，还是以大局为重吧！"

贺龙感叹地说："司令为人太忠厚了，在现在世道上，为人太忠厚是不行的。"

熊克武长叹一声后，说："云卿，你也准备一下，大军不日起程。"

贺龙没有马上回答，稍停一下，说："司令，我有个想法，想和你商量一下。"

熊克武说："云卿，有话你就讲吧！"

贺龙坦诚地说："司令，我这 1 师人马，可否驻在澧州不动？如果司令到广东一切顺利，我再去不迟，如有意外，司令也有个退身之处。"

熊克武沉吟良久说："也好。"又说，"只是，你一支孤军如何能站住？"

贺龙答道："我的兵马，原本湘军，湘军还湘，名正言顺。"

熊克武听了点点头，认为贺龙讲的有道理。当熊克武率人马离湘后，贺龙即发表了"留湘"通电。当时，湖南省长赵恒惕正与湘西副镇守使蔡钜猷互争短长，兵戈相见。因贺龙通电倾向性态度不明显，赵对贺龙不放心。于是，贺龙又发了第二次通电，云："自今日始，毋论任何人，倘有勾结奸人，以反抗我政府，扰害我人民者，即是吾湘人之公敌。"

赵恒惕见电后，虽然对贺龙还不甚放心，但贺龙早已成万人之军，雄踞澧州，事实既成。于是，便顺水推舟，做了人情，命贺龙为澧州镇守使，下辖 7 个县。接着，赵恒惕又派了省议员熊贡卿为省府代表，长驻澧州，而实为监督贺龙行为。贺龙与其表面周旋，内心里却提防不测。

熊克武率领建国联军爬群山，过峻岭，迎风雨，顶酷暑，长途跋涉，人马受尽了千辛万苦，这日，到了广东境内。驻扎之后，熊克武带领随从赴广州，领受任务。

熊克武万没想到他刚抵广州，蒋介石、汪精卫就把他和随从人员都逮捕起来，押到了虎门，缘由说他与叛军陈炯明有勾结。熊克武被囚后，蒋介石又派了张辉瓒、朱培德突然包抄了建国联军。混乱之中，陆军上将、军长汤子模也被其部下师长罗瑾光开枪打死。这支由石青阳游说而起，熊克武率领转战川黔湘数年的劲旅，除了贺龙的 1 师未遭劫难外，其余各部队，全被缴械。

贺龙部队官兵得知建国联军被缴械后，都齐声称赞贺龙之英明。长沙《大公报》为此发表文章，称赞贺龙果断选择留湘是"俾使万余子弟得以生还"，"贺师长英资侠见，千古卓绝"。

后来，杀汤子模的罗瑾光途经武汉，又被汤子模之侄汤祖檀击毙。贺龙闻之，嗟叹不已。

当贺龙出任澧州镇守使时，澧州镇守使唐荣阳连夜逃走，而后，同蔡矩猷勾结一起，盘踞津澧各要隘，扰害百姓。贺龙上任后即发出通电，宣布："唐荣阳盘踞要隘，数年来，横征暴敛，奸淫掳掠……龙虽不才，敬率所部，效命前驱，以靖地方，而安良善。"通电之后，贺龙即发兵征剿，亲率第1、第2两旅及炮兵团、警卫团，由澧州城出发，拂晓前在新安东南与唐荣阳所部朱、乌、胡等支队激战，唐部不支，纷纷向石门方向退去。贺龙即指挥所部奋力追赶，唐荣阳见贺龙势大难抵，即由石门退到慈利。

赵恒惕虽然委任贺龙为澧州镇守使，却时刻想把贺龙搞掉。同年9月，赵恒惕要贺龙让出澧州所属4个县的地盘，贺龙不睬，赵恒惕大怒，发兵讨伐，贺龙见态势于己不利，遂率部退入贵州投靠了袁祖铭。袁祖铭要贺龙驻防铜仁，1926年初，贺龙率部赶走了盘踞在铜仁的"贵州清乡东路司令"罗良玉，二次进占铜仁。

# 第三章　挥师北伐

## "桑植出了一条龙！"

贺龙率师到达铜仁后，一面为民众兴办福利事业，一面招兵买马，坐等良机。

时光易去，风云多变。这时，全国形势发生了很大的变化。1926 年 1 月 1 日至 19 日，中国国民党在广州召开第二次全国代表大会，由于共产党和国民党左派代表占了很大优势，大会决定进一步贯彻"联俄、联共、扶助农工"的三大政策。接着，广东革命政府在中国共产党和苏联的帮助下，一举东征，讨平陈炯明叛军。

两广基地奠定后，广东革命政府于同年 7 月 1 日发表了《北伐宣言》，成立了国民革命军。7 月 9 日，革命军由广州誓师北伐。国民革命军共辖 8 个军。第 1 军军长蒋介石，第 2 军军长谭延闿，第 3 军军长朱培德，第 4 军军长李济深，第 5 军军长李福林，第 6 军军长程潜，第 7 军军长李宗仁，第 8 军军长唐生智。湘军唐生智因于 6 月 2 日在衡阳通电宣布参加国民革命军，遂被任命为第 8 军军长。8 个军的人马，分 4 路进发。一路向湖北进军，一路向江西进军，一路向福建进军，一路向江浙、安徽进军。兵锋直指北洋军阀吴佩孚、孙传芳。

为了联合各方势力，广东革命政府又派张任民、张瑞华赴贵阳，争取贵州军阀袁祖铭参加北伐。

袁祖铭虽然占据了贵州，但贵州地区本是"天无三日晴，地无三尺平，人无三分银"之地，难养重兵。他几次想向外扩展，均未能如愿。这时，张任民、张瑞华到了贵阳，说服袁祖铭北伐。但袁久经风霜，老奸巨猾，当时北伐军胜负如何，他还看不出眉目，可又想趁此机会，扩展地盘。双方经过　番讨价还价后，袁祖铭答应参加北伐。广东革命政府便任命他为国民革命军左翼总指挥，彭汉章为第 9 军军长，王天培为第 10 军军长。彭汉章亲自到铜仁，与贺龙商谈北伐之事。贺龙听说讨伐吴、孙，欣然赞同。贺龙部被编为国民革命军第 9 军第 1 师，贺龙为师长，第 2 师师长杨其昌，第 3 师师长毛鸿翔。1926 年 8 月 6 日，贺龙与杨、毛联合发表北伐通电，继而彭汉章又与贺龙、杨其昌、毛鸿翔发表了讨伐吴佩孚的通电。

这一日，万里无云，风和日丽，风景秀丽的铜仁城东门外的大广场上，贺龙和全体官兵召开了北伐誓师大会。一杆红底白边黑字大旗，迎风招展，大旗上写着："国民革命军第九军第一师"。大旗两旁是两杆红旗，这是铜仁父老赠送贺龙和第 1 师官兵的。红旗上书 8 个大字，一面是"勋高三楚"，一面是"威镇双江"。贺龙军装整齐，斜挎战刀，一抹短胡修得齐齐整整，站在队伍前面，显得十分威武。全体官兵列队肃立，向国父孙中山宣誓，决心完成国父遗志，统一祖国，振兴中华。誓毕，齐声高唱"打倒列强"的军歌。歌声雄壮慷慨，不由得令人热血沸腾。接着，由铜仁县县长代表铜仁各界讲话。他先祝贺贺龙就任 1 师师长，而后说："贺师长率师北伐，是完成总理遗嘱之壮举，我后方民众，要众志成城，爱国助军，做好支前工作。贺师长治军爱民，成绩卓著。现已就职北伐，我代表铜仁各界，敬祝师长和全体官兵，奋勇立功，争取国民革命军北伐胜利成功。"

接着，贺龙致词，他用洪亮的声音说："这次革命军北伐，就是要打倒北洋军阀及其走狗。本师官兵，多系来自民间的贫苦农民，可以说，我们是老百姓的队伍。我全师将士，决不辜负各界父老兄妹的嘱托，一定按照总理遗嘱，努力奋斗，扫清妖氛，统一南北，使全国同胞，都过上幸福生活。"

贺龙恳切陈词，全场掌声雷动。随后，军乐高奏，礼炮三响，北伐队伍，步伐整齐浩浩荡荡，全城百姓，夹道欢送，敲锣打鼓，鞭炮齐鸣，令人激奋。

贺龙率第 1 师由铜仁出发后，首战告捷，攻克麻阳。接着，乘胜前进，连夺辰溪、沅陵。而后，大军分水旱两路直扑常德府。

常德地处洞庭湖之南，旧称武陵，晋代诗人陶渊明在《桃花源记》中写的"人间仙境"武陵，就指此地的桃源县。常德位于洞庭湖之口，地势平坦。该城分 8 门，城墙高大，四围挖有护城河，守敌将其部队摆在常德西，构筑工事。

这时，北伐军已攻克长沙。常德震动。贺龙遂不失时机地命令贺敦武为前锋，向常德守军发起了攻击。常德守军将领是叶开鑫，系湘军第 3 师师长。双方经过 3 天激战，叶部大败。贺龙部夺取常德后，与唐生智第 8 军属下的教导师会合。

常德各界代表数百人，在下南门码头列队欢迎贺龙。贺龙讲话致谢。当即将师部设在了李恒泰公寓。

在国民革命军攻克长沙后，总政治部主任邓演达为加强左翼的九、十两军政治宣传工作，组成了以宣传科长周逸群为队长、陈恭为副队长的国民革命军左翼军宣传队，队员 30 名，均为共产党员。

周逸群到了常德，径直来到了贺龙司令部，有门卫挡住，周逸群掏出名片，递与卫兵说："烦二位通禀一声。"

卫兵接过名片去报告，贺龙很快满脸笑容地迎了出来。他老远就放声称道："周先生，我可把你盼来了！"

周逸群迎了上去，笑道："贺师长，我也把你想死了！"

他俩说话间，贺龙紧紧地握住周逸群之手，左瞧右看，直把逸群打量个够，笑道："不是帅爷，是个相爷的样子。"两人说罢哈哈大笑。

贺龙把周逸群让到屋里，说："几时到的？"

周逸群说："刚刚到。"

贺龙又哈哈大笑道："逸群哪，不知为什么，我们还没见过面，就比老朋友还亲，咱俩是不是前世就结下缘啦？"

周逸群说："是有缘分，你为民众一片真心。我呢，也为百姓真心一片。两个真心碰到一块，还能不亲吗？"

贺龙给周逸群点着一支香烟，说："你们共产党不兴结拜，要是兴结拜，你我现在就写兰谱。"

周逸群说："兰谱还不就是一张纸？只要我们奋斗目标一致，兰谱算个什么？"

贺龙连连点头："有道理。"又说："逸群，我们队伍驻铜仁时，可吃了你家不少粮食哟！"

周逸群说："我只怕你们吃的少。"

说罢，两人再一次哈哈大笑起来。贺龙对马弁说："备酒，把参谋长也请来。"

周逸群紧接着说："多备一些。"

贺龙答道："足够你喝的。"

"不光我喝，另外还有 30 人。"

"什么人？"

"30 个'红脑壳'人！"

"那好哇，我贺龙做梦都想'红脑壳'，他们来了，你怎么不早说？"

当下，贺龙吩咐安排酒饭，招待全体宣传队员，并把他们都视为上宾。一刹那，全师官兵都晓得共产党派人来了，领头的叫周逸群。

贺龙从周逸群到来以后，真是如鱼得水，似龙得云。两人交谈，十分投缘，只恨相见太晚。贺龙对周逸群说："我从两把菜刀砍盐局起，一心跟孙先生，护国护法，入川讨贼，刀刀剑剑，拼拼杀杀，刀剑丛中拼了几年，单是我的亲人就三个遇害，可打来打去打出个什么结果呢？那些军阀还是军阀，贪官还是贪官，老百姓过的还是苦光景。这是怎么回事，难道我跟孙先生错了吗？"他停下来又说："逸群，这阵子，我一直琢磨这个道道儿，可琢磨不透哇。我问过陈图南，他说，人不为己，天诛地灭，谁打仗流血都为自己。我就不同意他这么说，我贺龙就不是为自己。无论走到哪里，我都除贪官恶霸，给老百姓办好事。可除来除去，贪官恶霸不但不尽，还越来越多。逸群，你说这是怎么回事呢？"

周逸群听了贺龙一番言语，很有感慨，他说："文常，你从两把菜刀砍盐局起就踩着孙先生的脚步，跟着孙先生革命，革命了半天也没个眉目。你跟孙先生没有错，那孙先生为国为民也是一片真心。错在哪里呢？错在孙先生依靠的力量上。孙先生自己没有军队，他是借这伙军阀力量去消灭那一伙军阀，结果打来打去，不管谁胜了，还是军阀掌政，老百姓能好吗？！"

贺龙听了，鼓掌大笑说："逸群，你这一句话就把我心头上几年的谜团解开了。这些年来，我贺龙就是在军阀堆里滚来滚去，没个结果，就说入川讨贼吧，征战了两年多，眼看就消灭了杨森、刘湘的军队，可那赖心辉却和杨森他们一样混账。亏得赖心辉没当省长，他要当省长，同样祸害老百姓。逸群，眼前的事你说怎么办呢？"

周逸群答道："孙先生临终之前，看出这步棋了，先生创办的黄埔军校，就是要培养自己的力量。之后，先生又实行了'联俄、联共、扶助农工’的三大政策。可惜，先生刚刚看到光明，就不幸病逝了。”

贺龙望着周逸群说：“逸群，我们为啥现在才见面，为啥不早见面？”

周逸群说：“现在也不晚呀！”

贺龙摇着手说：“晚了晚了，我贺龙白白地拼杀了几年，要是死了，为谁卖的命都不知道。”

周逸群说：“人认识事物总要有个过程嘛，孙先生提出三大政策，还不是他撞了多少次南墙才醒过梦的。”

贺龙笑道：“孙先生撞墙我也跟着撞了墙。”

周逸群也笑说：“说不定以后还会撞墙呢。”

贺龙又说：“有你在就撞不了墙拉！”说到这里，贺龙十分认真地说：“逸群，你在我这师里，当个政治部主任吧，也开导开导我的部队。”

这时，贺锦斋走了进来，他听到了贺龙的话，笑道：“文常，你不怕别人笑你成‘红脑壳’么？”

贺龙认真地说：“我还真想成个‘红脑壳壳’，就怕人家不要。”

就这样，贺龙把周逸群安排为师政治部主任，其余30名共产党员，都成了贺龙部队中的政治工作人员。这些共产党员一到部队，就像酵母一般，工夫不长，整个部队就有了新变化。官兵们情绪高涨，热情地支持地方农民协会组织。贺龙见了，格外高兴。

此时，常德一带的各色杂牌土匪很多。周逸群建议贺龙消灭和收编这些土匪，这样做既可整顿地方社会治安，又能加强北伐兵力，贺龙很赞成这个行动。周逸群便编了快板，令人抄写，遍布四乡。

常德既克，贺龙又率师进军澧州。澧州守军贺耀祖，闻听常德已失，知道贺龙必攻澧州，一方面收罗常德败兵，一方面收募乡勇，在澧州构筑工事，妄图阻挡北伐军。

这一日，大军逼进澧州。前卫部队是罗忠义带领1个营，罗忠义是周逸群带来的共产党员，他本来叫罗义，听说要北伐了，便在义字前加了个“忠”字，成了罗忠义。此营也多为共产党员。在澧州南边有个叫热水坑的地方，罗忠义率部同贺耀祖的1个团展开了激战。这热水坑是个不太大的山，因为有温泉而得名，是澧州的屏障。贺耀祖那个团在山头上构筑了工事，又派了个大刀督战队。那仗十分激烈。罗忠义赤膊露胸，挥着大刀，带领部队向上冲。热水坑的一个山口边儿有座桥，只杀得桥下积尸累累，把河水都给挡住了。罗忠义豹眼圆睁，终于将敌人阵地冲垮。虽然贺耀祖的大刀督战队砍掉了几颗血淋淋的人头，以警贺兵，但贺耀祖的官兵们还是败退下来。正在罗忠义与敌人激战之际，贺龙亲率大部队从后面偷袭了澧州。贺耀祖见大势已去，急忙率残部弃城而逃。

攻克澧州后，贺龙正要乘胜追击贺耀祖残部，这时，北伐军陆海空三军总司令蒋介石进行了调和。贺耀祖原是蒋介石的同学，都是日本士官生。他一做工作，贺耀祖愿意北伐讨吴。

贺耀祖倒戈了。贺龙又率部向荆州、沙市进发。这一带是北洋军卢金山部队的防地，卢是吴佩孚任命的长江上游总司令，驻守在湖北的沙市、公安一带。贺龙部同卢金山的部队交了火。

公安是常澧之咽喉，荆沙之锁钥，上可扼恩施、宜昌，下可控汉口、沔阳。三国时，吴国大将吕蒙曾据此安营扎寨，蜀主刘备也在此筑城坚守。卢金山知道这里是要地，遂委其第 8 师 16 旅旅长张福臣为宜昌戒严司令，第 7 师师长阎德胜为防御司令、刘学仪为副司令，杨荫为防御总指挥，并令第 7 师师长王都庆到公安巡防，第 26 师师长于学忠在沙市督战。

9 月 13 日，谷青云旅欧百川部克公安，首战告捷，士气大振。贺龙继续指挥人马，同杨其昌师协同，意欲强渡长江。

在公安附近有个地方，叫黄津口。黄津口处有个地方叫斥湖堤，在长江南岸。卢金山在这里放了重兵，意欲背水一战。他还从沙市调来了大炮封锁江岸。斥湖堤一带芦苇丛生，易守难攻。两军刚一接火，第 2 旅旅长贺敦武就在马王庙牺牲。噩耗传来，正在师指挥所的贺龙脸青了，眼红了，抓起战刀，亲自上阵。士兵们见师长来了，一个反冲锋把敌人打回去了。可是，这时节，北军从沙市调来的大炮响了，猛烈的炮火将北伐军压了回去。那时候，贺龙军中最好的武器就是毛瑟枪，至多每个连有 1 挺机枪。

后退之后，参谋长陈图南对贺龙说："师长，斥湖堤一线敌人置重兵防范，再打，要丢本钱了。"

贺龙眼一瞪说："胡说，打滑头仗不是我们干的！我们不啃这硬骨头，让友军去啃，我贺龙干不出来！"

陈图南脸上露出了一丝苦笑。贺龙变平语气说："图南啊，我们 1 个师在这里吸住敌军 3 个师的兵力，友军就能在其他战场长驱直入。"

陈图南说："师长，你的心思我明白，可总是要考虑我们的兵力。目前，敌人多我三倍，又有重炮。我们呢，弹药也不多了，补充也上不来，部队连续作战，十分疲劳。这些，师长难道没考虑吗?"陈图南吸了吸嘴唇又说："贺旅长的不幸，对部队是一大损失。"

贺龙说："这些我都考虑过，我们的主力比起北洋军来，人数上是少，可我们的队伍会打仗，至于补给的运输，逸群正和当地的农协会联系，求他们帮助我们运弹药、给养，协同作战。"

陈图南冷笑一声说："那些乌合之众，只能吓唬吓唬兔子。"

贺龙生气地说："我不准你这样胡说!"

两人正说着，忽然不远处枪炮大震。此时，天色已黑，一轮圆月如同白昼。贺龙步出屋外，卫兵跑得气喘吁吁地报告道："师长，北军又进攻了。"

"多少人?"

"不清楚，只见黑压压的一片。"

原来，那卢金山得知贺龙手下旅长贺敦武阵亡，又败了一阵，心下得意，想趁机一举将贺龙师击溃。便以重金收买了附近的土匪杨洪、丁虎几千人，趁月夜分 3 路向贺龙部队进攻。

敌兵来势凶猛，战斗十分激烈。"豹子营"营长罗忠义（热水坑战斗后，罗忠义营被称为"豹子营"）弹中腹部，肚肠崩流，他仍不顾，直到战死。

此时，贺龙真急了，他从没打过这样的吃亏仗，把帽子一甩，提刀冲向前沿。就在这时，只听四面八方枪炮齐鸣，喊杀声号角声，似有千军万马，从天而降。各种声音里，夹着"消灭卢金山，打倒北洋军阀"的喊声。那些北洋军一见背后枪声响，以为是北伐军援军到了。特别是那些收编的土匪，本系乌合之众，呼啦一下，散了大半，土匪一跑，动摇了北洋军阵脚，贺龙指挥人马一个反扑，可把卢金山的部队打苦了。卢部又处背水作战，纷纷落入江中。贺龙又乘势指挥部队抢上了船，一鼓作气，追到了北岸，残余之敌沿江跑了。于是，贺龙率部队直追到沙市，方才止步。

原来，援军是周逸群动员了农民协会，用土枪、鞭炮，擂鼓鸣号，吓炮了敌人。

这天傍晚，贺龙同周逸群来到江边，两人沿着江边慢步走着，贺龙说："逸群，我真不明白，你们共产党员怎么打仗那么勇敢? 我带兵也七八年了，还没见过那么勇敢不怕死，又那么知情懂理的兵。"

周逸群答道："说起来很简单，因为我们共产党，是无产阶级的先锋队，他们不为名不为利，为的是劳苦大众的解放，依靠的对象是劳苦大众。因此，他们都有无畏的革命精神。"

周逸群谈到这里时，贺龙一边不住地点头，一边赞许说："共产党的章程对头，要想使穷苦人翻身，就得靠穷苦人。"贺龙说着，忽然停住脚步，说："逸群，我也想加入你们的党，你们要不要？"

周逸群点着头说："当然要了。"

贺龙立即说："那就算我一个。"

周逸群诚恳地说："云卿，加入共产党可是要有条件的，需要党的组织培养和考验，够条件了，才能吸收。"

贺龙说："逸群，那你就培养培养我吧。"

周逸群笑道："好哇，如果能把你培养入了党，不光我高兴，我们的党也会高兴的。"

这时候，江边有一位捕鱼老汉，一边摇船一边唱道："太阳出来一点红哟，桑植出了一条龙哟，两把菜刀砍盐局，如今占了沙市城哟……"

周逸群笑道："云卿，听到没有，老百姓赞你是一条龙呢。"

贺龙摇头说："不，我算个啥子龙哟，你们共产党才是真龙。"

两人哈哈大笑起来。

## 李仲公策反贺龙

同年9月底，贺龙人马又克石首。这时贺龙加紧休整部队，准备宜昌会战，不料患了眼疾，医生诊断为操劳过度。他与周逸群相商，由周暂代其指挥部队后，即赴汉口诊治眼疾，顺便看望亲眷。

贺龙一走，早对周逸群满腹牢骚的师参谋长陈图南，立时撕破脸皮，公开顶撞周逸群。周逸群为顾全大局，依然态度平和，陈图南却毫不退让。

贺龙从汉口回到部队，闻知此事，对陈图南之举甚为恼怒，但念旧谊，只好进行调和。

12月6日，北伐军宜昌会战打响。贺龙部奉命攻打鄂西之敌，并亲赴前线督战。下令刘夔第2旅由张家厂进攻，贺锦斋旅为预备队，向贵璋旅由歇溪跟进，杨百福骑兵团由官庙前进。全师人马于拂晓发动攻击，是日占领了杨林寺。遂电告前敌总指挥部和总参谋部，前敌指挥部即通令嘉奖贺龙部。

攻克杨林寺后，贺龙率师攻占了松滋。松滋守军为敌第18师，其扼险固守。贺龙命令部队："誓死攻击，坚决拿下松滋。"

命令一下，第1、第2旅在离松滋20里之木马口、草溪附近，将敌击溃，遂乘胜占领了松滋城。当天，贺龙发电与前敌指挥部，云："龙于宥日完全克复松滋，即联同王指挥所部，将南岸一律肃清，当即雇集船只于13日午后由桃路口强渡，占领石宝山，以断沙、宜交通，向溃逃当阳之敌追击。……龙于午后2时，躬率全部洗清北岸，向窜渔董市、江口之敌猛追。遵唐（生智）总指挥略，向枝江、宜都纵进，会攻宜昌。"

在松滋，贺龙部队稍事休整。因原副师长王操如在收复津澧战斗中积劳病故，其职由陈图南升任，陈淑元任参谋长。1旅旅长谷青云有病，其职由贺锦斋担任。2旅旅长由刘夔担任。

休整之后，贺龙指挥人马，断绝沙市至宜昌的交通，向溃逃当阳之敌跟踪追击。连克董市、江口，进逼当阳，直指宜昌。

12月7日午后2时，王天培部首入宜昌与敌巷战。继而贺龙部攻入宜昌。此时宜昌之敌，已如惊弓之鸟，四散而逃。卢金山见大势已去，只得通电下野，逃往重庆。于学忠也逃往鄂北。杨森一看大势不好，立即求助于朱培德，要求参加北伐队伍。

宜昌一仗，贺龙和王天培两部大获全胜。仅贺龙师即缴获步枪3000支，连枪百余支，并俘敌数千名，毙敌团长3名，营长5名，士兵2000余名。唐生智通电嘉奖，谓："贵师迭克要隘名城，严冬从征，各官兵之辛苦可知，于党国俱足称欣，特电祝贺。"

12月23日，国民革命军前敌总指挥唐生智，同苏联军事顾问巴罗夫一行数十人到达宜昌，慰问部队，并宣读了国民革命军总司令部的命令，宣布贺龙师为直属总部的独立15师，贺龙仍为师长。

此时，中共湘区省委夏曦、郭亮，也主持召开庆祝大会，祝贺贺龙、王天培部取得宜昌会战胜利。

宜昌会战之后，贺龙收编了北洋军人马枪械，因而惹得王天培等各方势力眼红。何键对贺龙也似鲠在咽。这时，贺龙部新收编的两个旅人马因军纪不良，造成了不好的社会影响，何键、王天培等就此大做文章，勾结地主和不法商人，到武汉国民政府告贺龙的状，说什么贺龙在宜昌强行捐款，独霸胜利果实。一时间，闹得满城风雨。那些别有用心之人，竟要求解散贺龙部队。

这时，贺龙已发现新收编的部队军纪不严之情，遂立即将涂震亚旅的编制撤销，新编独立2旅彭斌部也予解散，并通电声明。

尽管贺龙断然采取了这些实际行动，何键等人仍以讹传讹，甚至要求解散贺龙部队。

这时，知道贺龙部队真实情况的各方人士为贺龙等打抱不平。武汉国民政府即派吴玉章前往宜昌调查。吴玉章是中共党员，他以国共两党双重身份，率领一个代表团到鄂西调查。他经多方了解后，真相大白，对贺龙十分钦佩。贺龙在峡州饭店与他会面，两人谈得非常投心，大有相见恨晚之感。

于是，吴玉章力排众议，将谣言讹语尽扫。同时，提出调贺龙部抵武汉，保卫武汉国民政府，以免贺龙部在鄂西被众多的右派势力鲸吞。贺龙为此甚为感激。吴玉章对此回忆说："我们到宜昌一看，装备精良的何键第1师和兵员众多的王天培已剑拔弩张，做好战斗准备，就要向贺龙民军开火。民军处在枪少人少的不利地位。何键和那些地主、商人天天到我跟前嘀咕，他们痴心地指望我同意他们消灭民军的反动计划。我当场把何键申斥了一顿，然后提出一个解决方案，把贺龙同志的民军调到武汉去保卫革命中心，以避免在力量悬殊的情况下被吃掉。"

1927年春，冰消雪融之际，方案获准。贺龙率领全师官兵，乘轮船顺江而下，移鄂城，担负起保卫武汉三镇的重任。

鄂城是长江下游的要地，为湖北的东南大门，上连武汉三镇，下连赣皖两省，原为北伐军右翼李宗仁部防区。

贺龙全师人马开赴鄂城后，师部设在汉口法租界，各旅团驻刘家庙、湛家矶、阳逻、鄂城一线，全师官兵已达2万人，共12个团之多。

这时，北伐各方势力都排斥异己，扩大自己势力。蒋介石对西南军人一直视为异己，总想设法吞掉。袁祖铭在出任北伐军左翼总司令后，迟迟按兵不动，蒋介石知他有坐山观虎斗之意，自然不能相容。武汉一攻克，蒋即密令唐生智设法除掉了袁祖铭、彭汉章等。

贺龙归附袁、彭两人，是"明知不是伴，事急且相随"。其对左右说："袁祖铭死，彭汉章坐牢，是庸人自扰，咎由自取，不足为惜。"遂于2月13日，电至北伐军总部，表明了态度："绝对服从，听候调遣。"

2月中旬，武汉国民政府对国民革命军进行了整编。贺龙的独立第15

师隶属第4军张发奎指挥。这时，蒋介石为网罗西南军阀，秘密派了他的秘书长李仲公和亲信杨殷之带了金钱和委任状到武汉策动西南将领拥蒋。李原籍贵州，早年留学东洋，原为汪精卫的人，后投靠蒋介石，时为蒋介石的秘书长、中央党部书记官长。

李仲公到武汉时，正巧贺龙离开武汉到部队巡视。驻守汉口的独立第15师秘书长严仁珊获悉李仲公的秘密使命后，迅速电告贺龙："数日内不必返汉。"

本来这个时期的武汉就已经是风风雨雨，贺龙接到电报认为其中必有文章，不能亲自了解怎么成？即于3月12日回到汉口。这天刚好是贺龙31岁生日。贺龙的家属亲友正在为贺龙生日准备欢聚，贺龙返回，自是皆大欢喜。作为知心好友的周逸群是贺龙的座上客，他向贺龙说："云卿，蒋介石的秘书长李仲公带了厚礼为你祝寿！"

贺龙哼了一声说："他搞啥子名堂？"

周逸群说："见面就知道了。"

3月14日，李仲公拜访了贺龙。贺龙予以接待。李仲公说了许多赞扬贺龙的好话，并说蒋介石感慨千军易得，一将难求。然贺龙的态度不冷不热，使李一时摸不着底，李邀请贺龙第二天赴宴。贺龙答应了。

3月15日，李仲公宴请在汉口的西南将领，酒过三巡，李仲公透露了蒋介石的意图，并且当面约贺龙在当晚到贺的秘书长严仁珊家打牌谈心。严仁珊是贵州人，是贺龙早年拜把子的大哥，又是周逸群的舅父，在严家打牌谈心，可以博得贺龙信任，也可以使周逸群减少警惕。

当晚，李仲公一到严仁珊家，贺龙就将其逮捕，派人押送到武汉政府北伐军总司令唐生智的指挥部。李仲公毕竟是蒋介石的秘书长，尽管蒋介石与当时的武汉国民政府主席汪精卫有着尖锐的矛盾，但也有着很深的历史渊源和千丝万缕的关系。两个月后，在北伐军总政治部主任邓演达的作保下，唐生智将李仲公释放了。

## 陈图南叛变

4月12日，蒋介石在上海发动反革命政变，在南京建立国民政府，宁汉分裂。贺龙奉命率部移师汉口。

武汉国民政府此时面对北方的张作霖和南京的蒋介石两个政敌，经过国共两党联席会议决定，决定先行北伐讨张，然后东征讨蒋。此时武汉出师的北伐军，以唐生智为总指挥，下辖三个纵队，分左、中、右三路，贺龙部为右翼。4月19日，北伐军在武昌南湖举行了国民革命军第二次北伐誓师大会。

就在这时，贺部驻汉口谌家矶的一团，发生了闹饷事件。其起因是唐生智视贺龙部队为"杂牌"，又怀疑贺龙同共产党有联系，因此，在财政上另眼对待贺龙师，使该师官兵数月未能发饷。陈图南因贺龙靠近共产党，特别是贺龙同周逸群关系密切，陈图南断定周逸群之位将来必在自己之上，遂决定趁官兵们闹饷之机，将周逸群搞垮，以便日后相机夺得贺龙兵权。时陈图南暗里命令他的心腹串通一些官兵，煽动闹饷，扬言不发饷不上火车。这么一煽动，下边就乱了。乱得最凶的是第1团。这个团是贺龙收编的土匪罗仁和周大脚两支队伍，这两支队伍根底本来就差，加上陈图南派人一折腾，就更乱了。那些兵丁你嘴对我耳，我嘴对你耳地议论。这个说："饷钱都让贺龙送给共产党的官太太过生日了！"

那个说："别看那个周逸群嘴上说得好听，暗地里把军饷钱都送到了上海，买公馆了！"

有的说："姓贺的姓周的喝兵血！"

有的说："不发饷不上火车！"

这些人越说越热闹，越说火气越大，越传越邪乎。几个煽动最凶的反动军官说："哪个连要是不发饷就上车，大家开他的火！"

果然，贺龙下了出征令后，这第1团官兵闹饷事发了。贺龙听到此事后，略一沉思，即对身边一个勤务兵说："把皮包夹着，跟我到1团去。"

到了第1团，贺龙下令全团官兵集合，由他训话。全团集合后，贺龙威严地站在队伍前面。大家见勤务兵夹着一个大皮包，寻思准是来发饷了。有的小声嘀咕："看来师长还是怕闹，一闹就发饷了。"

贺龙亮开嗓门儿问道："兄弟们，我们是什么军队？"

有人答道："是国民革命军！"

贺龙问："国民革命军是干什么的？"

答："打倒列强，铲除军阀！"

"对，打倒列强，铲除军阀！"贺龙重复了一句，又说："今天，我们又有了任务，要到河南打奉军。可是，我贺龙却不能按时给弟兄们发饷。"贺龙说到这儿时，队伍中有人骚动。贺龙停了一下，又说："我贺龙，自两把菜刀砍盐局以来，没扛房子没带地，两个肩膀扛着一个脑袋，为了什么？为的是老百姓能过上好日子。今天，国难当头，国家正用人之际，有人挑拨是非，怨我贺龙不发饷，还说不发饷就不上火车。"他厉声喊道："这是成心破坏，要受到军法制裁的。话又说回来，你们谁也没卖给我贺龙，可是我贺龙行得正、立得直，我贺龙对得起大家。我要行不正、立不直，你们枪毙了我，我还要感谢大家为民除了害。可是，你们谁做了破坏革命的行为，我贺龙也不能饶！"他说着，那两道眉毛竖了起来，炯炯的目光朝人群里一扫，这目光厉害呀，就像两道寒光一样，那些怀揣小兔羔的人，一见这光景，"小兔羔儿"立时"砰砰"地跳起来。队伍静得连个咳嗽声都没有。忽然，他大喊一声："1、4、5连长出列！3营副出列！"

3个连长、1个营副立刻走出了队伍。他们望着贺龙那咄咄逼人的目光，腿都哆嗦开了。3营副的腿肚子都转了筋。这时，贺龙朝勤务兵一指手，那勤务兵"哗"地拉开了皮包。原来皮包里装的是棕绳。勤务兵拿着绳子，几下就把这4个人捆了起来。贺龙手指这4人说："这4个人煽动军心，破坏北伐，罪该枪毙，拉下去！"

话音没落，又过来几个卫兵，把这4个人押着向队伍左边的铁路桥走去。1、5连长在前，4连长、3营副在后，几个人被押着走在队伍前边时，那4个人突然用煽动的口气喊道："各位弟兄就眼见我们这样去死吗？闹得饷钱不是大家的吗？"

他们这一嗓子厉害，有个叫李清林的士兵，外号"油葫芦"，平时就二虎巴叽的，这两天又有点病，病得昏沉沉的，他正搭拉着脑袋迷糊，听到4个人这么一喊，不知哪儿来的精神头儿，立刻举枪喊道："报告师长，杀不得呀！"随着话音儿，就朝贺龙打了一枪，子弹"嗖"地将贺龙的大沿军帽打飞了。这下子，队伍可乱了。而贺龙却依然站在那里不动。英雄的神威震慑了部队，不一会儿，队伍便平静了。李清林被抓了出来。带到贺龙面前，贺龙问道："什么时候当的兵？"

李清林哆嗦说："我原在叶开鑫部，才补过来日子不多。"

贺龙骂道："娘妈的，我说你的枪打不准，要是我的兵，老子脑壳儿早掉了！"

李清林吓得尿都流了。贺龙说："念你一时糊涂，快回部队去。"

李清林磕头回到队伍中，这时，贺龙又高声喊道："弟兄们，有人说，我们的饷钱让周主任拿走修公馆去了，这是胡说八道。"他从皮包里拿出一张银票，说："周逸群主任近日回了铜仁老家，卖了祖传的家产，给你们做饷钱，周主任，还有那些共产党员，他们一步一个脚印地工作，难道你们看不见吗？"

贺龙这一番话，说得许多人都低下头，有的人落下了泪，贺龙又望了队伍一眼，而后，"刷刷刷"地解开了衣服扣子，手拍着带补丁的汗衫说："弟兄们，你们跟我贺龙南征北战图个什么？图个穷人不受气。如今，咱们北伐，经济困难，几个月没发饷钱，就挺不住了，就闹事了。我问大家一句，你们这样做，是给我好看，还是让那些王八蛋看热闹？"

这时，队伍中有人喊道："我们的脑袋都交给老百姓了，就是三年不发饷也一样干！"

就在第1团闹饷的同时，其他几个团也被陈图南煽动闹起饷来。并有同陈图南关系密切的机枪营营长陈策勋、手枪营营长陈佑卿、步兵营营长刘锦星和艾麻子等，趁机拖走了300余人，还有800余人逃跑。

闹事这天，陈图南、陈淑元、刘燮、柏文忠等人却故意躲在大智门大陆旅馆里搓麻将。当此事件平息之后，陈图南则劝贺龙附蒋，并说必有高官可做，同时故意向贺龙透露了许克祥欲搞事变的消息。贺龙当即将此情况告诉周逸群。周逸群立即告知武汉市公安局，并报告中共中央。这时，武汉市公安局长是新上任的共产党员吴德峰，他迅速派便衣在大陆旅馆将陈图南等四人逮捕。刘燮拒捕，被当场击毙。经审讯，此三人供认不讳。原来向贺龙开枪的士兵李清林，系陈图南派人收买的兵痞，他们意欲在混乱中搞掉贺龙、周逸群之后，由陈任15师师长，而后投蒋反共。5月9日，武汉市公安局在市府路将陈淑元、柏文忠、陈图南三犯处决。时《汉口国民日报》载文称："公安局昨日奉令枪决蒋逆派来的反动分子陈图南、陈淑元、柏文忠三名。"

此后，武汉国民政府迫于压力，由汪精卫、谭延闿等人主动出面，为贺龙部发了数月欠饷。这样15师军心才安定下来。

15师闹饷事件，成为当年轰动武汉的一大政治事件，亦是贺龙一生中经历的重大风险之一。

1927年4月28日，贺龙率独立15师前卫部队，与右翼总指挥张发奎等分乘20多列军车，北上讨伐奉军。

## 战逍遥克临颖

15师进至广水时，奉命停止前进。这时，有反动的迷信组织红枪会，聚众数千人，在信阳以南的东双河、柳林一带破坏交通，拦截军车，妄图切断北伐军与武汉的联系，牵制大军北进。与此同时，又有山匪数千人，乘驻防柳林的36军北上之机，在柳林发动了暴乱，匪兵拆毁铁路，抢物杀人，严重阻碍了北伐军的行进。

15师接受扫清土匪和红枪会徒的任务后，贺龙依照周逸群的安排，首先进行了广泛宣传。把印有"师长贺龙、政治部主任周逸群"的布告到处散发，宣传北伐的意义，揭穿北洋军阀的反动欺骗。

接着，贺龙派人迅速摸清土匪和会徒的情况，而后做了军事部署，下令第1团攻打九里关，第2团攻打插旗山，第3团攻打铜鼓台，第5团为总预备队。贺龙特别指出："千万不可轻视这些土匪，他们人数多，不怕死，吴佩孚、孙传芳都拿他们没办法。"又叮嘱："匪徒靠近时再开火！"

战斗打响后，土匪漫山遍野杀来，吼声如雷，真似天崩地裂一般。当他们临近贺部人马百米时，贺龙一声令下，军号齐鸣，子弹齐飞，密如急雨。霎时间，匪徒人仰马翻，尸横遍野。但匪徒依然不退，轮番冲锋。贺龙命各部队坚决顶住，又令第5团投入战斗。战斗从午后3时直打到日落，残匪才向罗山方向狼狈逃去。

贺龙消灭了红枪会后，又挥师北进。这时，冯玉祥也率国民军由陕西向河南进军。一个南北会师、歼灭北军的局面就要形成。

这时的北军，由于屡战屡败，士气低落。军阀张宗昌可真着了急。这天，他亲自召集了参谋人员，商问大计。张宗昌骂骂咧咧地说："他妈的，赤化党天天打胜仗，我们天天打败仗，这是什么道理？"

大伙儿看着张宗昌发火，知他是个鲁莽之人，杀人如割草，不敢说话。张宗昌见大伙儿不言语，把桌子一拍："我日你们的祖宗，都他妈的哑巴啦？"

这时，一个参谋战兢兢地说："帅爷，革命军打仗，不单靠军队，他们会宣传，宣传的很得人心，所以我们吃亏。"

张宗昌倒是从善如流，他马上说："他妈的，他们赤化党能宣传，我们为什么不宣传？"

张宗昌骂完之后，下了个命令，从速训练宣传人员，而且限期完成。张宗昌发了指示，下边人赶紧去办。过了一个礼拜，速成训练班子组成了，张宗昌亲自去检查。他来到训练班，问："你们训练的怎么样？"

头头答："报告大帅，可以了。"

张宗昌说:"那好,你们先宣传给我听听。"

那些被训练的宣传人当即表演,说张宗昌如何英明,如何爱民等等。张宗昌一听就火了,大骂道:"你们这些混蛋东西,纯粹胡说八道!"大伙儿都傻了眼了,一个个直着眼望着张宗昌。张宗昌接着骂道:"妈的,我张宗昌把老百姓害苦了,你们把我说得这样好,谁能相信?"

宣传人员都面面相觑,不知所措。有个胆大的,壮起了胆子问:"帅爷,我们宣传的方法不对,帅爷有什么吩咐?"

张宗昌咳嗽了一声说:"你们听着,应该这样说,张宗昌是个混蛋王八蛋,他刮地皮,害得老百姓好苦。但是他打你们,手里拿着的,是一根木棍子。要是把他打跑了以后,赤化党来了,他们嘴上说好听的,可打你们的时候,拿的是铁棍子,比他打你们痛十倍、百倍,你们老百姓要少受罪,还是要帮张大帅打赤化党吧!"

大伙儿一听,这是什么话呀?可也没有敢说个"不"字。这么着,这些人就印了布告,到乡下宣传。

这时,张作霖的军事顾问、日本关东军少将山田次郎即日要到郑州,做张学良、吴佩孚的军事顾问。这个山田次郎是个杀人的魔头。日俄大海战时,他一次就亲手砍死俄军31名,把刀刃都砍卷了。有人说他那把刀三天不杀人会自动出鞘。

张作霖的电报一到,可把吴佩孚乐坏了,也忙坏了。亲自安排山田的住处、吃喝,连妓女都给找了好几个,还专门找了个日本妓女。而后,吴佩孚、张学良亲到郑州火车站迎接山田次郎。但见:郑州站,乱哄哄,四队警察八队兵,百名暗探在其中。吴大帅,摆威风,腆着肚子挺着胸,脸上肉皮儿紧绷绷,仁丹胡子齐整整,王八圆眼使劲睁,黄缎马褂光闪闪,"司提克"拐棍提手中。肥墩墩身子像个瓮,光亮脑皮儿透着青。"吴"字帅旗在身后,帅旗四角绣着龙。张少帅,更威风,戎装打扮透着凶。你看他,头戴金边红穗大檐帽,两块肩章亮铮铮。王八盒子左肩挎,走路皮鞋咯噔噔。两人来到月台上,屁股还跟着一窝"蜂":有遗老,有遗少,三教九流都挂名。有披绿,有穿红,有胖的像个大酒篓,有瘦的像个大人灯。那挎刀的雄赳赳的真露脸,那抹粉的扭扭捏捏散香风。

这时,离火车到站还有两个多钟头,可这些人在吴大帅、张少帅率领之下,一个个都像木头人一样,站在那月台之上,那脑袋都像线扯似的,冲着北望去,在他们的心中,那从北来的不是火车,而是希望、救星。这些遗老遗少、三教九流的人们，此刻可真感激那胡子大帅呀，在北伐军已经进入河南，他们的心正砰砰跳的时候，胡子大帅给他们送来了定神丸。可是，这两个小时月台上的恭敬也不是那么好过的，火辣辣的太阳照得他们头皮冒油。冒油归冒油，可谁也不敢离开，甚至连咳嗽都堵着嘴，好像只有这样对山田才心诚。

吴大帅此时更是毕恭毕敬，他站在那里，虽然只觉得两脚发麻，腿肚子发胀，可是依然纹丝不动。

10点钟，那些欢迎的人脖子都酸麻麻的了，火车才终于开了过来。车头一进月台，乐队立即奏乐。所有的人都笔管条直地站立，眼珠子全瞪圆了，有的人出气都不匀停了。列车终于停了下来。当那花车车厢门一开，吴大帅在前，张少帅随后，恭恭敬敬地迎了过去。这工夫，乐队奏乐更欢了。可是，从车上下来的却是一个满脸络腮胡的将官。张学良认识此人，姓李名青川，是张大帅府中的卫队司令，外号李大胡子。李青川下了火车之后，工夫不大，又从车上下来一人，这人是日本国名将山田次郎，他杀人全不眨吧眼儿。

当下，那吴大帅朝山田次郎深深地鞠了一躬，张少帅也举手行了军礼。这月台上的人也都毕恭毕敬地行了礼，真比大年三十请祖宗还虔诚。

山田次郎来到了郑州之后，便给吴佩孚、张学良出谋划策，将那直奉军摆在了漯河、汝南、确山一线。20万大军，还配有飞机、大炮、坦克车，并向南推进。

北伐军继续向北推进的时候，时值6月天气，大雨滂沱，道路泥泞不堪。当地老百姓很贫穷，住房很紧，北伐军都在野外宿营。为此，民众都甚受感动，呼之为"仁义之师"。农协会的各级组织，都积极支援北伐军，帮助干各种勤务。

奉军经山田调拨后，豫中方面向南推进到河南的西平、上蔡一线，皖北进展到合肥、六安一线。豫中方面的奉军为奉军第3、第4方面军两军团。奉军第3、第4方面军总指挥为张学良和韩麟春，进西平的人马为荣臻、胡毓坤、赵恩臻3个军，进上蔡的为富双英军。

时进攻上蔡、西平的为国民革命军张发奎之第4军，双方一场激战，奉军不支，荣臻、胡毓坤的第16、17联军和赵恩臻的第11军由西平沿铁路后退至漯河，与唐生智第8军隔河相望。富双英之人马为张发奎部包围。赵恩臻下令陈琛的独立46旅前去支援，未果，富遂被俘，陈琛因此以不听指挥和救援不力之罪而被枪决。

陈琛，字耕哉，乃奉军中一员战将，与韩麟春最要好。韩此时下令杀陈，也是万不得已。

张发奎率部于上蔡、西平大胜之后，又迅速令人马绕出周家口，迂回到漯河奉军的后方，漯河奉军面临被包围的形势。

张学良见势不妙，急令开封的王树常第10军乘夜前往增援，以掩护全军撤退，迎击张发奎人马。王是于珍被撤职后接任第10军军长职的。

王树常遂以何柱国为先头部队，何率全旅途经郑州时，见到张学良与韩麟春，张谓何道："此次耕哉正法，是出于万不得已，若不杀一儆百，军纪就没法维持。不过，咳！就是芳辰（韩麟春号）才有这样狠心！"

何感叹一番，急率兵抵前线。

北伐军于上蔡、西平大捷之后，唐生智即制订了第二次作战部署。

临颍乃许昌的屏障，时奉军各路人马6万余人集中在这一带，从东、西、南三方摆开阵势，3万人集中于临颍城东。并在北起辛庄、南至聂庄一线深挖了20余里呈方形的攻击防御型战壕。临颍正面，即南面的京汉路和西部地区，除荣臻第17军外，还配有胡毓坤第16军等部，3万余人依托王庄、十里铺、熊庄、安庄一线防御阵地，在小商桥以北的南马河两岸据险而守。

时唐生智令张发奎的第2纵队放弃向北攻击之计划，转向攻击临颍之敌，以期将正面敌之主力部队，一举歼灭。张急令贺龙独立15师放在正面攻击。令黄琪翔第12师经宋庄向临颍前进，攻击临颍城东、北两端之敌。蔡廷锴率第10师于逍遥镇西北之孔庄沟西一带，向鄢陵、扶沟方向警戒，张发奎亲率26师为总预备队。

5月27日拂晓，贺龙指挥独立15师经黄连城西，向小商桥发动攻击。此地素为兵家必争之地，南宋绍兴（公元1140年），中兴名将岳飞提兵北伐，曾与金兀术大战于此，抗金英雄杨再兴于此壮烈牺牲。

何柱国率部于临颍下车后，即与张发奎部相遇。北伐军善于山地战，且素用"迅速接敌，勇猛突破"的战术。何乃战将，对北伐军战术已有了解，其知北伐军火力远不如奉军，遂决定发挥奉军之长处，其见一小村孤立于大片麦田之间，判断北伐军必利用此小村为掩护，遂将全旅轻重火力都集中朝向小村。

果然不出何之所料，北伐军利用麦苗作隐蔽，匍匐前进，主力集中在小村方面，如此则完全暴露在奉军火力之下，奉军轻重火器一齐发射，北伐军死伤惨重。

然北伐军士气甚旺，前仆后继，冲锋不止，竟将青天白日旗插到奉军散兵壕内达11次之多。然冲到壕前人已极少，何柱国从望远镜中看到，奉军阵地前尸横遍野，北伐军的进攻锐气已大挫，而奉军坦克预备队尚没使用。

在其他各战场上，均战况激烈。但见烟尘蔽日，杀声震天，炮声轰鸣，血肉横飞，尤以城东战斗最为激烈，张发奎第4军第12师，伤亡尤为惨重。贺龙部第5团，伤亡达400余人，第4军军旗丢掉，后被贺龙部夺回。第76团团长沈久成身负重伤，第77团团长共产党员蒋先云三次负伤，三次奋起，竭力拼搏，直至阵亡。

就在双方激战之际，冯玉祥率领的西北国民革命军攻克洛阳，向郑州推进。

这一天，张发奎的第4军与奉军交手之后，叶挺部队激战于汝南，贺龙率师激战于遂平，第8师师长杨其昌率部激战确山，张发奎亲率大军出豫东打击张宗昌的鲁军。

由于直奉军调整了部署，构筑了坚固的工事，用飞机大炮向北伐军狂轰滥炸，北伐军打得十分艰难。

贺龙率5个团打了整整一天，由于敌人炮火猛烈，十几次冲锋都不能奏效。看看天色已晚，枪声逐渐平息下来。贺龙的指挥部设在一个土凹里，卫兵要搭帐篷。贺龙制止说："大家都在阵地里，我为什么享受特殊？"

卫兵不再说了，知道他因为战斗进行得不顺利，心情焦躁，便都坐在地上。贺龙啃了两口馒头，回身看看几个卫兵，都疲倦地靠在土坎上，猛然想到："一天的战斗，从早到晚，我疲劳敌人也疲劳，敌人的大炮飞机白天发挥威力，而这夜晚就成了瞎子，我当避敌之长，用我之长。利用黑夜，发挥我军的长处，打敌一个措手不及。"想到这里，他叫来周逸群。

周逸群干什么去了？原来，他正在战壕里同士兵一起商量如何打北军的事。听到贺龙叫他，赶紧赶过来，他一到指挥所，贺龙便问："逸群，这仗该怎么个打法？"

周逸群知道贺龙已胸有成竹，便笑道："根据我在战士之中了解到的情况，敌人的步兵不可怕，而是飞机、大炮压得我军抬不起头来。大家都说应当夜战，避敌之长，击其之短。"

贺龙拍着双手说："咱们想到一块去了。"他一指天空："依我说，咱们今夜发动攻势，打他个措手不及。"

周逸群说："对，要打他个措手不及，我们疲劳，敌人也疲劳。放心吧，我们部队中的共产党员会发挥作用的。"

贺龙说："逸群，我现在越来越感到你们共产党员一个个都是好样的，吃苦在前，享受在后，打仗勇敢，不怕牺牲。打完仗，你可一定要介绍我入共产党啊！"

周逸群说："只要你真心向共产党，共产党是欢迎你的。"

贺龙一拍胸脯："我这心早就交给共产党了。"说着，他拿起电话，下了人马连夜全线出击的作战令。

夜袭敌军这招还真灵，直奉军本来就是老爷兵，平时训练也不严，官兵生活又十分悬殊，白天打了一天仗，早就没了精神了。那些当官的，军师长们坐上车去逛窑子，旅团长们找"野妓"，剩下的营连长也都离开了阵地，找地方"抽口"去了。

贺龙师全线趁夜一出击，这北军就跟开了口子的河水一样，"哗"地就四散跑开了。黑夜里，也不知北伐军有多少人。只杀得北军哭爹的、喊妈的、尿裤的、丢了鞋掉了帽的，真是爬的爬滚的滚，有的抱着烟枪就见了阎王爷。

贺龙指挥部队乘胜追击，杀到天光大亮，把个直奉军杀了个落花流水，直退到漯河、逍遥镇一线才站住了脚。

贺龙师把直奉军追到了逍遥一线之后，部队真是疲劳到极点了。战斗了一天一夜，谁还挺得住啊。那些挖工事的人，挖着挖着就倒在那里睡着了。

俗话说：路遥知马力。这关键的时刻，贺龙队伍中的共产党员都显示出硬骨头，一个个带头咬牙坚持。那中原饱受北军之苦的老百姓，在农民协会的组织下，也帮助军队烧饭、送弹药、抬伤员。

这一带百姓可让北军糟蹋苦了，不知有多少无辜者给割下了耳朵，不知有多少人家被抢劫一空，不知有多少村子的鸡狗猪兔等家禽被杀光。而今，看到北伐军来打"王八犊子军"，大家能不高兴吗？不论男女老少，都来帮助北伐军，烧水的烧水，挖工事的挖工事。这样一来，北伐军得到了休息时间。

贺龙的右翼是杨其昌的第8师，该师和奉军一接火，奉军的飞机大炮一轰炸，尤其是那坦克车，轰隆隆地开过来，哪里挡得住？吓得杨其昌把师部向后撤了30里。

这样一来，直奉军就从漯河、临颍等地抽重兵，将贺龙师围在了逍遥镇南沙河一侧。这一天，敌军出动几十架飞机，几十辆坦克，架起大炮向贺龙阵地狂轰滥炸。这沙河北岸有座塔，塔高13层。贺龙就把指挥部设在塔下，他带着几部电话，爬到了塔顶，指挥部队反击。在塔上指挥，太危险了。大家都劝他不要这样做，贺龙坚决不听，他对部下说："我要死了，告诉周主任，部队由他指挥。"

他说着就爬到了塔尖。站在塔顶，四处敌情，一目了然。原来那北面之敌，受到沙河的阻挡，坦克和步兵都不能冲到河南面，只有隔河射击。

西面敌军光喊不冲，原来被北伐军吓破了胆，只在那里乱放枪。东面的敌人倒是很凶，在坦克掩护之下，轮番冲锋，打头的几辆坦克，被贺锦斋指挥士兵打趴下了，把后面坦克的路也挡住了。南面是个大村庄，卢获初带一个旅凭着村落同敌人周旋。看来最艰苦的是东面。

贺龙举起望远镜，仔细地观察东面战场，他看清了，东面几里远的地方有个小树林，那里是炮兵的阵地。贺龙说了声"娘的，先收拾他的炮兵"。他抓起电话，给贺锦斋下了命令："你速派一支突击队，顺河边摸到前面的小树林里，给我砸掉那个炮兵阵地。"

贺锦斋此时还不知贺龙上了塔，他以为贺龙派人侦察到了情况，便立即组成了一个30人的突击队，直奔敌人炮兵阵地，为了不让敌人发现，贺锦斋让这30个人化了装，装成直奉军，悄悄地摸到了敌人炮兵阵地。到了近前，一阵猛烈扫射，把那些炮手打了个稀里哗啦，死的死，逃的逃。这30个人占了阵地，立即调转炮口，向敌军阵地一阵猛轰，直打的敌军晕头转向，真不知从哪里来的炮火，一个个撒腿就往后逃。贺锦斋一看敌人跑了，立即命令吹冲锋号，号音嘀嗒一响，全旅"哗"地一出击，东路敌人彻底垮了。

东路敌军一垮，北、南、西三路敌军也慌了。正在这时，北路敌人炮兵阵地里轰轰响了两声，两门大炮上了天，炮手们被炸得血肉横飞。原来做炮弹的工人们恨死了那些军阀，他们同情革命，故意做成自爆炸弹，混在了普通炸弹之中。

这两门炮一炸，炮手们都以为北伐军冲了过来，一个个都撒丫子就跑。那些步兵也傻眼了，不知怎么回事，又听河那边冲锋号乱吹，也都慌了，扭头就往后跑。

这一切，在塔上的贺龙都看得真切，他立即给北面部队下了出击命令。沙河本不算宽，5、6月份正是水浅的时候，部队毫不迟疑地涉水过河。顿时喊杀声、枪声大震，把个北军吓得只恨爹娘少生两条腿。那南、西两方敌军，本来势弱，见东、北两方败了阵，也都扭头四散逃跑。奉军的飞机在天上盘旋，也不敢炸，因为分不清是哪方部队，全搅在一起了，只好在天上瞎哼哼。

这仗整整打了一天，到了下午三四点钟，各路直奉军都被击退。这时候贺龙接到第2旅的报告，说逍遥镇东北十里左右的一片树林内，敌人被围后，一直死守，不仅不投降，而且拼命反扑，连大刀督战队都出动了，看样子急于杀出一条血路逃跑，从郑州方向飞来的二十几架飞机前来接应，好像围住了什么大官。贺龙闻报，急忙爬上塔顶，借着夕阳，举起望远镜仔细一看，立即断定那树林内被围的是个大家伙。他立即命令旅长卢荻初率两个团急速冲向树林，配合第2旅火速解决战斗。

卢荻初带两个团上去之后，贺龙又见从郑州方向来了十数架飞机增援，由于双方战斗已经白热，搅在了一起，飞机也不敢扔炸弹。

贺龙见战斗还不能迅速解决，急了，骂道："娘妈的，看样子非要老子亲自动手不可。"

贺龙把战刀一举，飞身上马，带着1个骑兵营冲了过去。

这场战斗一直杀到日落西山，才算罢手，把个直奉军杀了个落花流水。被围之兵，一个没跑掉。

战斗结束之后，贺龙急忙命令参战部队清点俘虏。奇怪的是，所俘军官没发现大头目。贺龙亲自审问了俘虏，这才知道日本名将山田次郎被围在树林之中。贺龙当时就传令，检查所有战俘，翻看尸体，查找山田次郎。

非常奇怪，查来找去，没有山田次郎半点踪影。贺龙忙找卢荻初，问他有无突围之敌。卢荻初说："师长，被围直奉军全部消灭，为了消灭这股军队，我们可是牺牲了不少弟兄。"

贺龙对副官说："传我的命令，命令三军将士，火速查找山田。也告诉当地农民协会，协助查找。"副官答应着，急急出了师部去布置。

原来，这山田次郎是到前线了解战事，他万没想到直奉军打仗那样

"草鸡"，败退得如此神速。他刚走到逍遥镇，败军就已经跑到了他的眼前，把他甩给了革命军。山田次郎见势不好，想坐车逃跑，可公路被直奉军扔的辎重堵塞，他只好弃车逃入林内，混在军中。后来，他见大势已去，便化了装，装成直奉军，脸上抹了血，藏在尸体之下。天黑之后，他跑了出去，因为不识路途，肚中又饥，便闯进了逍遥镇一老乡家。被老乡抓住，送到了贺龙师部。

开头，这山田次郎还说他是个兵。贺龙闻听之后，命令把他带到师部，贺龙站在他面前，只扫了一眼，那两道利剑似的目光就刺得山田次郎浑身冷汗直流。贺龙劈手把他的衣服撕开，山田次郎的前胸立刻露出白白的皮肉。贺龙二话没说，抡起巴掌，左右开弓，"啪啪"两个大耳光子，直打得山田次郎在地上转了三个圈儿，才站定脚。没容他站稳脚，贺龙喊道："来人哪，拉出去，毙了！"

这山田次郎真慌了，扑通跪在地上，冲着贺龙咕咚咕咚地磕头，那头磕得跟捣蒜一般，嘴里还喊着："饶命，我是山田次郎。"

贺龙一声冷笑道："我早就闻到你身上的东洋味儿了。"他一挥手："押送武汉。"

几个兵丁立即把山田次郎押了出去。

奉军大败之后，贺龙又指挥人马克临颍，而后继续北进，很快跨过黄河，占领了郑州、开封。

这工夫，冯玉祥的西北军也出潼关占了洛阳。

时政治部主任彭泽湘向武汉政府报告云："奉逆自失去漯河天险后，即大批增援，集中临颍，反攻正面……欲与我军争此生死一着。我36军、4军、11军、贺师，奋勇争先，前仆后继，以血肉之躯，与如雨水之弹火相搏，英勇牺牲……不仅夺得极多之战利品，并将张学良之卫队俘获数名，此役实为从来没有之恶战，前方武装同志之劳苦，可惠可告，而我们死伤亦极甚重大……"

5月30日，许昌为北伐军所占。6月1日，北伐军第2纵队第36军与冯玉祥会师郑州。

国民革命军克郑州后，冯即下令骑兵第1旅向荥泽方面追击。

骑1旅抵黄河南岸后，因黄河铁桥为直奉联军所破坏，遂于黄河南岸警戒。第3旅旅长张华堂率所部追敌至开封附近时，唐生智的刘兴部、贺龙部开抵开封，开封遂克。开封乃十二朝古都，清朝时为河南省省会，民国袭之。

至此，中原要地郑州、开封次第克复。黄河南岸敌军基本肃清。

武汉国民政府通电嘉奖贺龙部，称："诸将士忠勇用命，冲锋陷阵，建此勋功，弥深庆慰。"

由于贺龙指挥有方，部队勇猛善战，武汉国民政府决定将其领导的独立 15 师扩编为军，授予国民革命军 20 军的番号。6 月 15 日，武汉国民政府正式通过此决定，并将周逸群升任为第 20 军政治部主任。

6 月 26 日，贺龙率部班师回汉。而这时武汉的形势已日益恶化，湖南的国民党反动军官许克祥在长沙发动"马日事变"后，反共势力愈加嚣张。

# 第四章 反南昌

## 东征讨蒋

贺龙人马 6 月 26 日回师武汉时，汪精卫尚未公开叛变。正在这时，忽传闻何键的 35 军要在汉口闹事，一时间，风雨满城，人心惶惶。邓演达等国民党左派中心人物被迫秘密出走。而犯了右倾投降主义错误的中共中央总书记陈独秀，和共产国际代表都对汪精卫集团采取无原则的让步和妥协，危急关头，竟下令解散了武汉的工人纠察队，使国民党反动势力的气焰更加嚣张。

28 日上午，贺龙专程拜望了第 6 军政治部主任、共产党员林伯渠，两人交谈了对目前时局的看法，使贺龙颇受启发。

在这重大的转折关头，对于贺龙这支生力军，各方势力几乎天天都在争夺。汪精卫唆使唐生智派人拉拢贺龙。蒋介石对贺龙恩威并用，软硬兼施。7 月初，周恩来在周逸群的陪同下，在苏联顾问鲍罗廷公馆会见了贺龙，使贺龙更加清醒。面对极其复杂而严峻的形势，贺龙对周逸群坚定地表示："不管形势怎么变，我贺龙要始终站在共产党和工农大众一边。"

对于蒋、汪的说客，贺龙断然拒绝。他把蒋介石派来的说客朱绍良"礼送"九江。

贺龙为表明自己的态度和政治立场，从位于英租界辅堂里 92 号寓所搬进了鲍罗廷的公馆。这里是中共中央上层核心人物活动聚集之处。贺龙在此结识了许多中共要人。

后来，周恩来在一次谈话中说："八一起义前，党中央改组后的几个临时负责人，瞿秋白、张国焘和我曾酝酿过在武汉起义，当时动员了叶挺的 11 军，贺龙的两个师，时贺龙还不是共产党员，在那里有周逸群做党的工作。起义决定打国民党左派旗号，要搞土地革命，反对国共分裂。提法、口号是正确的，但起义如何搞大家都不清楚。"

由于种种原因，没有在武汉起义。

7月5日，国民革命军第2方面军在武昌旧督军署内，举行了盛大的就职大典。而后，与会者联名通电讨蒋。次日，汪精卫正式提出了东征讨蒋案，武汉国民政府遂决定东征讨蒋。唐生智为总司令，何键从江左岸进兵，程潜、张发奎从江右岸进兵。叶挺、贺龙两部为先锋。

贺龙接受了任务后，即同叶挺一起，各率本部人马，连夜上船。顺滔滔江水，浩浩荡荡，直奔南京。哪知部队到了九江之后，突然接到汪精卫命令，要贺、叶两部原地待命。

原来，汪精卫集团也"分共"了，并秘密召开了"分共"会议。至此，宁汉合流，国共两党关系彻底决裂。

汪精卫在武汉宣布"分共"的当天晚上，周逸群立即找到贺龙，怒挑双眉说道："文常，汪精卫宣布了'分共'，现在正在武汉抓捕共产党员和工友们！"

贺龙一拍桌子道："东征讨蒋，汪、唐却令大军按在这里不动，我琢磨这其中定有缘故。"他抬起头来又说："逸群，我对共产党是没说的，可有一点对你们不满意，你们抓工会、抓农会，连妇女、童子军都抓，就是不抓枪杆子，我这目不识丁的人还知道枪杆子厉害呢！"

周逸群叹了口气说："一言难尽，以后你会明白的。现在，党中央要我和你谈一谈，请文常伸手帮助共产党渡过这难关。"

贺龙立即诚恳地答道："逸群，有什么话你就说吧！"

周逸群接着说："现在武汉反动政府正到处抓工人纠察队和共产党员，为了不使我们党受更大的损失，我们有一大批党员和积极分子要安排在你的部队里。"

贺龙毫不犹豫地说："请你转告党中央，我贺龙脑袋掉了也要救这些'红脑壳壳'。"他想了想，又说："这样吧，我在九江大摆宴席，庆贺我荣升20军军长，你们那些党员、团员、积极分子，都来做我的客人。"

贺龙同周逸群谈话的第二天晚上，第20军驻九江军部门前，张灯结彩，披红挂绿，4对巨大的宫灯，悬挂门前，一串五彩电灯，分外耀眼。大门口8个卫兵站岗，这8个兵，都20岁上下，一个赛一个地精神，握着一水的汉阳造，刺刀闪亮，威风凛凛。虽然是夜晚，大门口出出进进的人实在不少。尤其使人眼馋的，是许多脚夫抬着贴着大红喜字的箱子，使人猜想到那里面肯定是满箱的金银财宝。

这天，九江城中从天擦黑开始，冷枪声就一直响个不断。街头巷尾，到处是军警。干什么的？是奉了汪精卫的指示，抓捕共产党员，抓捕工友、农友。

追捕队中，有个队长叫田三，因为一脸大麻子，大伙儿都叫他田麻三。

这天晚上，田麻三领了个任务，什么任务？到九江东升旅馆里抓三名共产党员。这三名党员，一个是黄埔二期学生罗正永，一个是武汉工人纠察队总部负责人张力发，还有一个是办报纸的陈金华，都是被通缉捉拿的共党要犯。

田麻三从汉口跟到九江后，拿耳朵一摸，摸到了这三人住到了东升旅馆内。当下，便带着六个弟兄，每人都腰别王八盒子枪，直奔东升旅馆。

到了东升旅馆，三人不在。田麻三一打听说这三人到了第20军军部，于是田麻三等又奔第20军。这时，已经到了夜里9点多钟。7月天气，正是九江一年之中最热的时候，虽然到了9点钟，还是热得很，然而兵荒马乱年月，街上几乎没有乘凉之人。田麻三到了20军军部大门口，见一拨又一拨的人都进了20军军部大门，有些人他认识，都是在共产党里干事的。这时，田麻三心里明白了，人说CP（注：指共产党员）、痞子都往20军军部里跑，敢情这20军是痞子窝呀。好啊，我田麻三露脸发财的时机到了。想到这里，他对后边的几个人一甩头，说：“走，跟我进军部去搜！”

那几个追捕队员打愣愣儿，其中有个队员说：“队长，这贺龙可不是好惹的！”

田麻三把脖子一梗说：“你们又想吃肉又怕烫嘴，没出息，就凭你们这耗子胆也成不了大气候。知道吗，抓三个共产党就5000块大洋，要是抓了‘痞子窝儿’，得给多少大洋？”田麻三见这几个人还有点腿打颤，又一拍胸脯说：“怕个鸟！老子有特别追捕证，是汪主席亲手批的。”说着把追捕证拿出来让这几个人看了看。

这几个人一瞧田麻三手中的“真货”，胆子也都壮了起来。这几个人摸了摸屁股后头的枪，便挺胸腆腹地来到军部大门前。到了门口，田麻三也不打招呼就往里撞。门卫一把攥住了他的后脖领，像老鹰抓小鸡一样把田麻三提起来，问道："小子，想干什么？"

田麻三的嗓子被衣服扣子卡住了，话也说不成句了："搜……"

门卫说："瞎了你的狗眼啦？没看这是什么地方吗？"

田麻三眉眼一斜，随手拿出追捕证，晃了晃说："上边有令，就是国民政府会议厅里有 CP，老子也照搜不误。"

门卫骂道："娘的，抓共产党？那共产党在战场上流血拼命的时候，你小子钻到哪里去了？如今过河拆桥了。"

田麻三说："老子不管这个，你有话跟上边说去，老子是例行公事。"说着朝身后一摆手："进去搜！"

这几个追捕队员就要往里撞，那几个"门神爷"就上起了刺刀。田麻三本是个混混出身，天不怕地不怕的玩意儿，虽然门卫上了刺刀，他那小脑瓜儿依然一晃，说："小子，要找麻烦是不是？告诉你们说，要是误了老子的公事，你们吃不了兜着走。"

正在这工夫，贺龙走了过来。八个卫兵一见贺龙，立刻举手敬礼。贺龙朝田麻三看了一眼说："干什么的？"

门卫报告说："军长，他们要进军部搜捕共产党。"

贺龙淡淡一笑说："噢，搜捕共产党的？"

田麻三虽然觉得自己有特捕证，说话气儿粗，可如今一见贺龙的面，那头皮儿也是有些发麻，他赶忙笑着说："军长，有几名'红脑壳壳'进了军部大门了。"

贺龙说："好哇，只要有共产党进了我的大门，你们只管进去搜，见到了就抓走。请进吧。"

八个卫兵立刻闪开了一条路，田麻三见贺龙允许进去搜查，忙点头哈腰说："谢谢军长。"说着，又很得意地看了那几个卫兵一眼，便大摇大摆地进了军部。

贺龙带着田麻三和那几个追捕队员，转过院子，走过长廊，来到了一间很大的餐厅。田麻三进了餐厅一瞅，只见那餐厅灯火辉煌，男男女女的几百口子都围在圆桌面上，每张桌上只摆了一盆冬瓜和一盆豆腐，豆绿色碗里装着不知是水是酒。田麻三嗅了嗅，大厅里没有酒味儿。他正愣神儿，贺龙对他说："各位是不是也坐下来，小饮几杯？"

田麻三带着那软硬不吃的神情说："谢谢，我们有公务在身。"说着，贼眉鼠眼地打量着这些赴宴人。

贺龙说："既然各位不肯赏脸，那我们就自来了。"

这些赴宴之人都是干什么的？都是从武汉各地来避难的工友和共产党员。贺龙转过身来，环视了一下大厅，很平静地说："诸位宾朋，我贺龙荣升20军军长，在汉时各界朋友意欲为我祝贺，因为东征讨蒋，免了。今日到了九江，各位朋友又为我祝贺，使我盛情难却，可说起来惭愧，我贺龙连军饷都发不出了，只能用冬瓜、豆腐招待大家，待我东征讨蒋胜利归来，到那时，再答谢各位。"说着端起碗，客人们也都端起碗。

贺龙的话说到这里的时候，田麻三摇头晃脑地走到贺龙身边说："军长，今天来给您祝贺的这些人里，可有不少是共产党，我们要带走一些……"

没等田麻三把话说完，贺龙"啪"地把碗扔在地上，脸一沉说："混账，今天是我贺龙的大喜日子，你们竟敢来我宴席上抓人，你们是抓共产党还是抓我的脸面？"

田麻三一瞅贺龙火了，赶紧取出特捕证，递给贺龙，说："军长，这是汪主席、唐司令亲手批的，我们……"

贺龙接过特捕证，连看也没看，"嚓嚓"几下撕得粉碎，冲外边喊道："来人哪，把这几个混账小子拉出去给我毙了！"

田麻三的脸一下子白了，扑通跪在地上，磕头求饶说："军长饶命，小的有眼无珠，有眼无珠。"说着，"啪啪"地打起自己的嘴巴来。

贺龙理也不理，对身边人说："给上边打个电话，就说有几个混账，闯我的军部，被我毙了。"

田麻三一听，吓得边打自己嘴巴边哭喊："军长饶命，小的瞎了狗眼！"

贺龙依然不理，端起豆绿色碗，那些难友们也都端起碗。之后，大家兴奋地一饮而尽。这工夫，几个持枪的兵把田麻三等人拉了出去。

田麻三刚被拉走，有个贴身副官小声对他说："军长，南京来人了。"

贺龙一惊，忙问："在哪里？"

"在客厅。"

贺龙沉吟了一下说："好，我这就去。"他说完转身对参加宴会的人说："各位朋友，我去处理一件事，提前退席了。"说着离开了座位。

贺龙走进客厅，一抬眼，见里面坐着一个人，此人五短身材，半截袖的白绸子汗衫，手握一把折扇儿。那人一见贺龙，忙起身施礼道："贺军长，不认识吧？"说着掏出了一张名片，递给了贺龙。

贺龙接过名片一瞅，那名片写的是：南京国民政府中央军事委员会高级参谋朱绍良。贺龙眼看着名片儿，脑子里可就转开了，心里说："这小子干什么来了？不用问，黄狼子给鸡拜年，没安好心。"想着便说："朱高参深更半夜地来我这里，是无事不登三宝殿喽？"

朱绍良没有言语，而是笑吟吟地从皮包里取出一张委任状，说道："贺军长，兄弟来九江之前，蒋总司令要我转告军长，蒋总司令对军长的大智大勇大仁大义十分钦佩，只恨无缘，未能早日相见。今日特派兄弟前来，不顾汪精卫盘查之险，黉夜化妆拜见军长。蒋司令意欲委任军长为江西省主席，不知军长意下如何？"说着把那印有青天白日的委任状送到贺龙面前。

贺龙没看那委任状，而是取出烟斗，慢慢地吸着烟后，说："江西省主席？官不小哇，就怕我贺家祖坟里没有那样的风水，架不住这样大的官呀！"

朱绍良笑道："贺军长笑话，像军长这样有雄才大略之人，正是祖上积了阴德，才出了军长这样前途光明无限之人。"

贺龙又慢慢地吸了口烟说："蒋介石要我跟他搭伙，那我有个条件。"

朱绍良赶忙说："军长有何条件只管明言。"

贺龙把脸色一沉，两目一竖说："我贺龙这次东征，就是讨蒋，就是兴师问罪。他蒋介石破坏孙先生的三大政策，破坏革命，屠杀工农群众，屠杀共产党，是个十恶不赦的罪人。我贺龙是堂堂正正之人，岂能跟他成一丘之貉？你告诉他，我贺龙要的，不是他蒋介石的委任状，我要的是他的脑袋！"

朱绍良听罢，那双小眼儿滴溜溜地乱转，脸皮儿由白变黄，由黄变绿，刚要再开口，只见贺龙高喊道："来人哪！"

朱绍良一听这三个字儿，脑门儿"刷"地渗出一层汗珠儿，他想起了李仲公，便扑通一声跪在地上，哀求道："军长，大恩大德。"

贺龙背转脸，倒背着手说："给我抓起来。"

贺龙话音一落，立时过来几个卫兵，把朱绍良捆绑起来，贺龙又一抬手："押下去！"

几个兵丁便推推搡搡地把朱绍良带走了。

贺龙命人押走朱绍良之后，回到室内，依然余怒不消。他只觉得内心里像塞了一团麻，乱糟糟又烦又闷。这工夫，外面又下起了大雨，雷鸣电闪，雨骤风狂。室内的一台老式挂钟，当当响了两下，已经到了深夜2时，贺龙望着屋外风雨，没有丝毫睡意。他想起了工友、农友支援北伐军作战的情形，想起那些不怕流血牺牲、英勇奋斗的共产党员们，想起蒋、汪挥刀屠杀工、农友，屠杀共产党员的暴行，他只恨得钢牙欲碎，两眼冒火。

在贺龙的掩护下，武汉和两湖各地被解散的工人纠察队、农民自卫军及在"清党"中被各处"礼送"的共产党员、共青团员，都被巧妙地收到了第20军中。像段德昌、陈赓、陈章甫等优秀共产党员，著名记者范长江等，还于20军中担任了重要职务。

7月23日晚，谭平山在九江饭店的第20军司令部会见了贺龙。

谭平山是早期的共产党员，国共两党合作时，曾任国民党中央组织部长，后任农工部长，在许多重大问题上，他同陈独秀、汪精卫都有不同的看法，并多次争吵。汪精卫"分共"之后，中共中央改组后组成的临时中央派李立三、邓中夏、谭平山、恽代英等前往九江，组织北伐军中的部分力量，重回广东，继续革命，反对新军阀。20日，谭平山在九江主持召集有关负责同志开会。会上，提出了在军事上赶快集中南昌，运动20军参加南昌暴动。这时候，鲍罗廷、瞿秋白正在庐山，李立三、邓中夏带着九江会议的意见，上山请示了鲍、瞿。瞿秋白即到武汉，向中共中央请示。暴动方案决定后，谭平山即做争取贺龙的工作。

当谭平山把中国共产党准备组织武装暴动的打算告诉贺龙后，贺龙立即说："早该动手了！"又愤愤地说道："什么东征讨蒋？汪蒋早已穿了一条裤子，那南京武汉要人，明来暗往，如同穿梭，干什么？还不是明里踢脚，暗里拉手？谭先生放心吧，共产党怎么说，我就怎么干。"贺龙说到此，又以斩钉截铁的语气补充说："南昌暴动，无论成功与失败，我都干。失败了，我换上草鞋，再上山拉队伍！"

谭平山听了以后，激动地握着贺龙的手，说："贺军长，共产党永远忘不了你！"

7月24日，邓中夏、谭平山、恽代英、李立三等在九江举行第二次"谈话会"，进一步讨论南昌暴动事。因谭平山已探知贺龙对南昌暴动的态度，遂决定于28日以前集中南昌，28日晚举行暴动。

会议之后，瞿秋白把在南昌举行武装起义的决定由九江带到汉口，中共临时中央常委对此进行了讨论。

会上，中共中央常委及鲍罗廷都赞同，并决定以周恩来为书记，李立三、恽代英、彭湃为委员组成前敌委员会，组织和领导南昌暴动。

## "共产党要我怎么干我就怎么干！"

正当中共临时中央积极组织南昌起义之际，汪精卫、唐生智、张发奎等在庐山上定下密计，他们要把贺龙、叶挺骗上庐山，借机夺了他俩的兵权，而后再把这两支人马调开。

时第4军参谋长叶剑英也参加了这个会议。叶剑英是个秘密的共产党员，其真正的身份还没有公开，他见汪、唐要加害叶挺、贺龙，心里甚是着急。

散会后，叶剑英立即寻机下了庐山，飞马直奔九江。叶剑英先会见了叶挺。这时叶挺正准备上庐山赴会。叶剑英把汪、张在庐山会议上策划的阴谋一讲，叶挺顿时后背流了冷汗。叶剑英又说："要想法通知贺龙，咱们找个地方商量紧急对策。"

叶挺说："甘棠湖中不会引起人们的注意，咱们上小划子，到湖中商议。"

当下，叶挺派人去通知贺龙，说在甘棠湖中吃酒。贺龙赶到湖边，叶挺在船头相迎，贺龙上了船，这才发现叶剑英，还有高语罕、廖乾吾，贺龙惊喜地握叶剑英等人的手。

小船离开湖岸，漂到湖心。叶剑英把所知道的庐山开会的机密底细告诉了叶、贺。三人经过慎重磋商，一致认为：不去庐山开会，迅速把队伍开往南昌。

关于这一段历史，贺龙曾回忆说："当时，叶挺、黄琪翔的司令部，设在甘棠湖中的一座庙里。朱培德走了以后，叶挺同志、叶剑英同志和我，三个人在湖中小划子上开了一个会。我们谈到并决定了三件事：第一，考虑是否到庐山。他们问我去不去？我说，不去，他们同意了，并说这样很好。第二，张发奎命令队伍要集中德安，我们研究不到德安，而是离开牛行车站到南昌。第三，决定叶挺的部队明天（25日）开，我的部队后天开。我的车皮先让给叶挺。"

7月25日，周恩来到了九江，同李立三等开会。周恩来讲了中共临时中央决定在南昌举行暴动的决定。李立三等与会者皆赞同，并要邓中夏将详细计划回武汉报告中央。当天，周恩来又到了第20军军部会见贺龙，把行动计划告诉他。贺龙毫不迟疑地回答："我完全听共产党的话，要我怎样干就怎样干。"

周恩来听了，很动情地说："贺军长，在蒋、汪屠杀共产党的时候，你保护了我们不少党员、工农骨干，共产党感谢你呀。"

贺龙摇头说："怎么能说这话呢？共产党员都是好样的，自从和共产党接近以来，我贺龙眼明心亮了，我很愿同共产党一起做事，只怕做得不好。"

周恩来说："不然，在我们共产党最倒霉的时候，你不顾个人利益，为国为民，这种品德，难能可贵。"

周恩来说到这儿时，贺龙站了起来，他用郑重而又恳切的语言说："恩来，如果你们共产党看得起我，就让我加入共产党吧。"

周恩来他们何尝不想要贺龙立即入党？可在贺龙入党的问题上，党内有着争论，周恩来握着贺龙的手说："你一定会入党的。"

周恩来的话只能说到这个份上，贺龙说："恩来，我两年前就向逸群提出入党之事，两年了，难道你们还不信任我吗？我把心早就全盘托给共产党了。"

周恩来说："贺军长，我们党是了解你的，相信我的话，你，一定会入党的。"

就在这天，贺龙在九江饭店召开了营以上军官会议。会上，贺龙宣布了南昌起义计划，并提出，愿意跟共产党走的欢迎，不愿意的，可以离开，但不许拉走队伍！

贺龙那洪钟般的声音，回荡在大厅里，也激荡着每一个军官的心。第20军军官们都高声说："军长，你说怎么干我们就怎么干！我们跟你走定了！"

一些胆小怕死的人，想到共产党正在倒霉时刻，心里打起了鼓。更有一些反动军官，听贺龙讲要投共产党，连夜就逃跑了。

对这些军官的举动，有人报告贺龙，建议去追。贺龙说："天要下雨，娘要嫁人，由他去吧！"

当天夜里，贺龙率20军广大官兵上了火车，火车一声长鸣，穿破茫茫雨雾，直奔古老的南昌城。

在南浔铁路线上，有个地方叫涂家埠，位于修水、密水会合处，南浔铁路从这两水会合处穿过，江面上高架一座铁路大桥，叫做涂家埠大桥。

汪精卫、唐生智见贺龙、叶挺不上庐山，很是焦急，遂派人炸了涂家埠大桥，贺龙、叶挺人马被阻在桥的一端。

当地的农协会组织迅速组织渔民，用船接来附近的铁路工人。附近各村的农友也都赶到现场，共同抢修。不到半日，大桥修好，载有贺龙、叶挺人马的列车，驶过了大桥，奔向南昌。

列车抵南昌后，第20军军部设在了中华圣公会，周恩来到第20军军部见贺龙，告诉他，这次由共产党组织领导的南昌暴动决定由贺龙担当暴动的总指挥。

贺龙一拍胸膛说："共产党如此相信我，我坚决听从共产党的指挥。"

周恩来握着贺龙的手说："今天晚上，在江西大旅社，我们召开一个重要的会议，党内在南昌的主要领导同志都参加，你也去参加。许多人都想见见你。"

周恩来又对贺龙说："你的20军目前只有两个师，再给你编1个师，作为第3师，你看谁来当师长呢？"

贺龙不假思索地说："我推荐周逸群当师长。"

周恩来点头赞同。

1927年7月28日晚上，江西大旅社内灯火辉煌。在这大旅社的喜庆厅内，群英聚会，共同商议南昌暴动的大事。坐在当中的是周恩来。此外还有李立三、恽代英、谭平山、徐特立、廖乾吾、高语罕、刘伯承、夏曦、彭湃、郭亮、吴玉章、林祖涵、叶挺、方维夏、朱蕴山、毛泽覃、柳直荀、朱德，等等。贺龙一入会场，周恩来立即站了起来，满面笑容地说："贺龙同志，到这里来坐。"周恩来指着贺龙说："我介绍一下，这位就是镇湘西、扫黔川、战逍遥、克开封的名将贺龙。"

周恩来说罢，大家一一与贺龙握手。贺龙同在座的许多人是老朋友。会议气氛热烈坦诚。当谈到准备动员第二方面军总指挥张发奎参加南昌暴动的时候，贺龙说："张发奎刚刚命令希夷（叶挺字希夷）和我去庐山呢！希夷和我拒绝了。我说他们是黄鼠狼给鸡拜年，没安好心。我的根据是：头一件，张发奎参加暴动事在九江朱培德亲口向我和希夷讲的。第二件，叶剑英见到下命令的电报，找我和希夷讲的。说张和汪精卫决定调我们两个上庐山，为的是抓住我和希夷，解除兵权，把部队调往德安。命令是由汪精卫和张发奎联名拍发的。他怎么可能到南昌来参加暴动呢？我们若要拉张发奎就不必干，若干就不必拉张发奎。因为我们搞的是反对蒋介石、反对汪精卫的武装大暴动，这件事，张发奎是一定不愿意干的，他和汪精卫的关系深得很呢！"贺龙还不知道共产国际代表想拉张一起回师广东的情况。贺龙意见，与会者均赞同。会议最后，周恩来说："根据中共临时中央的指示，南昌起义前敌委员会现在组成，前委会的任务，担负指挥前敌一切事宜。前委书记为周恩来，委员有李立三、恽代英、彭湃。"

前委会组成之后，又成立了参谋团，参谋团负责一切具体的军事指挥。参谋长为刘伯承，参谋由周恩来、叶挺、贺龙担任。

参谋团下辖第二方面军。第二方面军总指挥由贺龙担任，前敌指挥由叶挺担任。第二方面军下辖两个军，即 20 军和 11 军，20 军军长贺龙兼，11 军军长叶挺兼。第 20 军下辖 3 个师，1 师师长贺锦斋，2 师师长秦光远，3 师师长周逸群。

贺龙开罢前委会回到驻地便把部队中团以上军官召集到军部，召开了紧急会议，布置南昌行动的军事行动计划。会上，贺龙对着 6 团长刘达五说："你们团负责解决老营盘的敌 79 团。"

这时候，4 团长贺文选站起来说："报告军长，79 团是敌人主力团，还是交给我们团去啃吧。6 团武器不如我们，我们团有战斗经验的老兵也多。"

贺龙说："你们团还有更硬的任务，程潜的 53 团交给你们来消灭。娘的，这个团一直跟在我们身后，这回要让他们知道我们的厉害。"贺龙又对 2 团团长李士丹说："伪江西省政府由你们解决，那里有 2 个营和 1 个特务连护卫，周围地形也复杂，你们要事先暗派人侦察好地形，要突然袭击，减少伤亡。"

就在起义如箭在弦之际，张国焘到了南昌，张国焘从九江连发两封密电，说共产国际和莫斯科都不同意暴动，张国焘到南昌后，参加了在系马桩开的前委会，会上，张国焘又提出国际意见，要南昌的人马随张发奎南下广东。与会者对张国焘的行为表示了极大的愤慨。周恩来严肃地说："同志们，起义势在必行。我们若不动手，就是等着人家宰割。还有，起义的一切工作都准备好了，起义的计划已经有很多人知道。"

谭平山说："贺龙已决心追随共产党一块儿干，我们不能让他失望。"

张国焘撇了下嘴说："贺龙这个土匪出身的军人，以往同共产党的关系，只是个互为利用的关系，在今天共产党倒霉的时候，他能把惨淡经营多年的老本交给共产党吗？我认为，他比张发奎的革命性，还要差得多……"

张国焘说到这里，谭平山猛地拍起了桌子，骂道："混蛋，我不允许你这样诬蔑贺龙！"

这时候，周逸群严肃地说："贺龙同志已是第 7 次申请入党了。我认为他完全够一个共产党员，可我们党内有的同志还要考验他，在目前，有许多共产党员都自动脱了党，有的甚至向敌人屈膝投降，而贺龙却积极要求入党，对这样的同志，我们还不放心吗？可我们党内有的领导同志还要考验他，真是岂有此理。"

周恩来强忍着怒气指着张国焘说："国焘，你为什么出尔反尔？开始，你对起义一万个赞成，短短的十几天，你又来泼冷水。中国共产党刚刚要举起刀枪，你又来制止，我问你，你怀的是什么目的？"

7 月 31 日这天晚上，朱德利用自己与滇军的旧谊在南昌市大士院 23 号伪南昌市长李尚庸宅，宴请了朱培德的驻守在南昌的第 3 军第 23 团团长卢泽明、第 24 团团长萧胡子和一姓蒋的副团长。

这天晚上，第 20 军第 1 团副营长赵福生将暴动计划密送朱培德部后，贺龙得知此情，立即向周恩来作了汇报，为此，暴动时间临时改变，提前 2 小时进行。

8 月 1 日凌晨 2 时，叶挺、贺龙等两万人马，一个个颈系红领带，臂缠白毛巾，奋不顾身地冲向敌军。

在天主堂，起义军的 71 团向驻这里的敌第 6 军 57 团发动了进攻；起义军 72 团向贡院内的敌第 3 军 23 团发起进攻；在新营房，起义军 72 团 3 营和广东农军向敌第 3 军 20 团发起了冲锋；顺化门外，起义军 20 军教导团、第 6 团，第 11 军第 10 师，对驻在小营房和老营房的敌军 79 团、80 团，实行了围攻；在百花洲、吕祖祠、高升巷、敌卫戍司令部也响起了枪声。

第 20 军第 1 师师长贺锦斋，指挥着部队进攻朱培德第 5 路军的总指挥部——章江路的藩台衙门，敌于此配备 1 个精锐的警团卫。敌并将机枪架在了小楼上，控制了制高点。攻击发起之后，敌军火力就将进攻部队压得不能抬头。贺龙一见此情，立即命令第 20 军警卫营营长刘力劳带警卫营对敌火力进行封锁。刘力劳见贺龙身边也没卫兵，有些迟疑，贺龙说：

"我这里你不用担心，军人嘛，天天要和子弹打交道，身上不穿两个眼，那不能算军人，不要再迟疑，立即执行命令!"

刘力劳急忙转身走了。这时候，四处枪声更为激烈，子弹的呼啸声，手榴弹、炮弹的爆炸声，直把个南昌震翻了。

这时候，第1师的第4团第3营赶到了，营长王炳南立即指挥部队发起了冲锋。部队刚刚接近敌指挥部的门口，敌人的机关枪就"哒哒哒"地叫了起来，立时，有十几人倒在血泊之中。王炳南又组织了第二次冲锋，还没接近敌指挥部，又有十几人倒了下去。这下子，王炳南可真急了，把衣服一甩，帽子一掀，就要亲自带队伍冲上去。

贺龙见王炳南甩掉衣服，光着膀子要往上冲，他厉声喝道："王炳南，你要干什么?"

王炳南骂道："奶奶个熊，老子就不信拿不下这个鸟玩意儿。"

贺龙训斥道："娘妈的，你跟老子打了十多年仗了，老子教你这样打的吗?"他命令说："正面佯攻，主力绕到侧翼，从东西两侧屋顶迂回进击。"

王炳南不敢怠慢，立即重新组织了部队。命令第1连从正面佯攻，2、3连从两侧民房进攻。命令下达后，起义军的健儿冒着呼啸的子弹，翻墙越脊，冲进了敌军指挥部。最后，将敌军压缩在钟楼、街亭、鼓楼顶等制高点。时敌人在鼓楼上架了3挺机枪，居高临下，机枪"哒哒哒"地叫着，压得起义军抬不起头来。

这时候，共产党员陈守礼向王炳南请求，去炸掉鼓楼的火力点，王炳南拍着陈守礼肩膀说："若炸掉鼓楼，你立头功。"

陈守礼立即带了10个手榴弹，正要出击，这时候，贺龙走了过来，他握着陈守礼的手说："祝你成功。"贺龙又回首对王炳南说："机枪掩护。"

立时，那"哒哒哒"的机枪子弹，都呼啸着飞向鼓楼。只见陈守礼，背上了手榴弹，看好了前进的路线，就向鼓楼冲去。

东边的天际，已微露晨曦，地面上，朦朦胧胧。陈守礼借着院内假山、树木的掩护，渐渐地接近了鼓楼。就在他即将接近鼓楼时，敌人发现他，向他射击。陈守礼中弹倒下。陈守礼是倒下了，可他只是左臂负了伤，鼓楼里的敌人，却以为他牺牲了，没再注意。好个陈守礼，又忍痛爬着接近鼓楼。看看到了近前，陈守礼摸起了1个手榴弹，一跃而起，向敌人扔去，"轰"的一声，手榴弹在鼓楼里爆炸了，紧接着，他一连甩了四颗，只炸得鼓楼里的敌人"哇哇"乱叫。

就在他甩第五颗时，楼内的残敌向他开枪射击，立时，英雄的鲜血洒在了这庄严的大地上。

这工夫，一阵冲锋号响，第3营官兵们高喊着杀声冲了过去。朱培德的第5路军指挥部的敌人全部被解决。

1927年8月1日天光大亮之际，枪声平息。南昌城中1.3万多名敌军全部缴械，时全城一片欢腾，庆祝这胜利的时刻到来。

上午9时，由谭平山主持的中央特别委员会和各省代表联席会议召开。会议讨论了《联合会议宣言》，决定了起义政权机关"中国国民党革命委员会"人选。贺龙、宋庆龄、谭平山7人当选为主席团成员。与此同时，贺龙还被任命为国民革命军第二方面军兼代总指挥和参谋团成员。

南昌暴动，开创了中共以革命武装反对反革命武装的新纪元。

南昌暴动胜利之后，军事委员会决定南下广东，先取东江，再取广州，在广东建立革命根据地。

后来斗争的形势发展证明，南下广东是下策。起义军若在江西、湖南建立革命根据地，才是上策。周恩来回忆说："南昌暴动的大方向是正确的，但没有就地发动农民，没有建立革命根据地，在大方向正确的前提下，犯了政治错误。"

当时，在江西和两湖，特别是湖南，农民运动已经有了很大的发展，广大的农民，正需要革命的武装力量去支援他们。而广东，虽然工农参加了反帝反军阀的斗争，但是，他们并没有从地主阶级剥削下解放出来，起义军把全部的希望寄托在打开海口，争取外援上。这一招棋可就走错了。有人说，起义军中那么多英明而又有才智之人，为什么都一致同意下广东呢？说来，原因是无情的，这许多英明之人一致认为正确的东西，结果是错误的，这教训太深刻了。

起义军南下之后，时值8月，赤日炎炎，且后有追兵，前有堵截之敌。不两日，蔡廷锴率部于进贤县叛逃。接着，起义军又于壬田和会昌与拦截之敌激战。敌退后，起义军进入了瑞金城。人马在此进行了休整，并召开了祝捷大会。会上军民联欢，好不热闹。

这时候，前委从报上得知张发奎已发表了与共产党决裂的声明。于是，前委会又做出了决定，取消张发奎总指挥的职务，由贺龙任第二方面军总指挥。周恩来又向党组织提议，吸收贺龙加入中国共产党。党组织一致同意了周恩来的建议。贺龙入党的介绍人为周逸群和谭平山。

这天晚上，周逸群把党组织的决定告诉了贺龙，这位刀剑丛中的英雄，竟激动得落下了泪珠儿。

第二天上午，在瑞金锦江河畔的一所小学校内，举行了贺龙的入党仪式。周恩来主持了这个仪式。在党旗面前，贺龙举起了拳头，庄严地进行宣誓。仪式完毕，谭平山、周恩来、李立三、恽代英、廖乾吾等都祝贺他成为一名中国共产党党员。

前委在瑞金又召开了会议，商讨下一步军事行动计划。张国焘提议由瑞金至长汀、潮汕，可走水路，前委同意了张国焘的建议。都认为到了潮汕，有了海口，国际上也可接应。起义军决定入闽之后，即分路行进。第1路是叶挺、贺龙主力；第2路是谭平山带革命委员会各机关；第3路由李立三指挥上千名大脚妇女和青壮年男子抬担架运伤病员；第4路由周士第率本部人马做后卫。

长汀古称汀州，坐落在群山环抱之中，碧绿的汀江水从城中穿过，许多房屋沿江而筑，更有不少房屋赖以支撑的粗木杆直插江边水中，因而这山城颇有水乡风味儿。

9月2日，前敌委员会在汀州又召开了会议。会上有两种意见：一种是周恩来、叶挺主张主力军由三河坝经松口取惠州，以少部兵力趋潮汕。但这个战略方针部队行动过于迟缓，敌人有集中兵力攻击之可能。贺龙、刘伯承及俄国顾问纪功等认为当以主力取潮汕，留一部分兵力于三河坝监视梅县之敌，再经揭阳出兴宁、五华，取惠州，但此方针使兵力分散。最后，决定依第二种意见安排兵力，这样起义军便在三河坝进行分兵。这一决定，史称为"悲惨的决定"。缘叶挺的部队是全军的主力，把叶挺的部队拆散，也就等于把主要力量拆散了。如果不分兵，起义军共有15个团，而桂系军阀加陈济棠部不过17个团，敌兵与起义军数量不相上下，而起义军战斗力又强于敌。三河坝的分兵，便使得敌人对起义军分头各个击破，致使后来起义军全军覆灭。

9月10日，起义军人马抵上杭。这时，在壬田战斗中负伤的20军第4团团长贺文选牺牲了，贺龙即在上杭东门林家祠堂主持召开了烈士追悼会。

9月12日，贺龙又率人马经闽西永定，向广东大埔行进。9月18日，贺龙指挥人马一举攻下大埔县城。

当贺龙人马向大埔行进之际，朱德率部队直奔三河坝。

接着贺龙人马又从大埔出发，直奔潮汕。沿途那些土匪、民团，都吓得望风而逃。潮州警备司令何辑伍，听说起义大军直指潮州，慌了手脚，慌忙逃窜。

9月23日晚，起义军兵不血刃占了潮州。贺龙与周恩来住在西湖桥涵碧楼。

次日，周逸群率第3师占领汕头。贺龙遂与革命委员会和参谋团移驻汕头，并以"国民革命军第二方面军总指挥"头衔发布了安民告示。

由于起义军的前委轻敌，汤坑一战，起义军失利，人马损失过半。

起义军汤坑失利后，前委打算撤向潮州，再回福建，当行至揭阳时，又得知潮汕已为敌所占，便决定奔向海陆丰。这次行军，起义军的21军的1、2师走在前面，24师和革命委员会机关断后。在乌石一地，起义军又被陈济棠的人马冲散。

总指挥贺龙被冲散之后，看看身边仅有数人，这时候，整个乌石盆地已枪声大作，分不清敌我。贺龙对身边的副官说："部队行进的目标是海陆丰，贺锦斋的1师和2师两个团已奔那里，我们也要到那里！"

当下，判断了一下方向，贺龙便带着身边这几个人奔海陆丰而去。走到下午4点多钟，与2师6团相遇，团长是刘达伍。

贺龙见了刘达伍，问："你的团还有多少人？"

刘达伍说："能打仗的还有400多人。"

贺龙点下头说："很好，还有一定实力。"

刘达伍说："总指挥，我们打败仗了。"

贺龙说："胜败乃兵家常事。不足虑。"

队伍正向前走时，有侦察员急急跑来报告："说敌兵已据险堵住前边的山口，起义军人马均堵在那里，已牺牲了不少人。"

贺龙急问："那山口叫什么名？"

侦察员说："叫云落。"

贺龙回身对刘达伍说："集合部队，我来指挥，从云落冲过去！"

贺龙话音儿没落，刘达伍忙摇着双手说："总指挥，那地方打不得。"

贺龙问："为什么打不得？"

刘达伍说："那地方叫云落，大将怕犯地名，你叫贺龙，又叫云卿

(倾的谐音），云落了，你这条龙也就飞不起来了。那地方不能打，想那三国的庞统，号凤雏，结果亡在落凤坡。"

贺龙听罢，哈哈大笑道："你还是个旧军人，我就不信这一套，我这条龙，有云就上天，云落了，我就入大海，我要翻江倒海！"

刘达伍还是犹豫。贺龙说："甭替我担心，我死不了，我从两把菜刀砍盐局至今，这许多年来，也不知遇了多少个死了，都没死掉，这回也死不了，你快集合部队，攻打云落。"

刘达伍只好按贺龙命令集合部队。云落一仗，是一场悲惨壮烈的战斗，起义军战士们子弹打光了，用刺刀同敌人拼，宁可站着死，也不跪着活。一直打到天黑，起义军不支，人马被敌人打散了。

南昌暴动终于失败了。事后，刘达伍多次对人讲："南昌暴动南下失败，是贺总指挥这个大将犯了地名，贺总指挥在云落保住了命，就算他命大了！"

# 第五章 一进洪湖

## 反嘴镇兄弟相逢

起义军在潮汕失败后，贺龙与卢冬生到了香港，又到了上海。党组织要他去苏联学习，贺龙提出到湘西拉队伍。中共临时中央批准了他的请求，并组成了以郭亮为书记的湘西北特委。贺龙等乘江轮赴汉口。

贺龙在 7 月底率军"东征讨蒋"离开武汉时，家眷来不及疏散，留在了汉口。南昌暴动后，唐生智查封了第 20 军留守处，查抄了在鲍罗廷公馆里的贺龙私人住房。眷属们闻风而逃，东躲西藏，不知去向。12 月间，秦光远终于找到了她们，将贺龙夫人向元姑、女儿贺金莲，还有胡琴仙等接到了上海。向元姑化名王向氏，贺金莲化名王金莲，胡琴仙化名王琳，在泰辰里住了下来。王琳回忆说："1927 年冬，贺龙到上海后，住在霞飞路泰辰里 70 号一栋 4 层楼上。那时，上海反动派到处贴有贺龙的照片，悬赏 10 万大洋捉拿他。但是，贺龙沉着镇定，若无其事，说：'他（指反动派）来我走，他走我来'。贺龙还告诉我，嘴巴要紧点，眼睛放尖点，胆子要大点。他叫我不要怕。说上海拉黄包车的、当茶房的都有我们的人。他比划着说，好比一个碗，一只手端过来，几双手都过来了。在上海，他叫我去看电影，进馆子吃饭，照相馆照相，装得阔一点，我都不敢去。他笑我像三请樊梨花，都不肯出寨。"

贺龙奉命去湘鄂边组织武装后，向元姑回了桑植，后在家乡病故。王琳、贺金莲留在上海。泰辰里改为中国共产党的一个机关，王琳在这个机关里当服务员。不久，机关被国民党特务破坏，王琳、贺金莲被捕入狱，受尽折磨。贺金莲夭折狱中。抗日战争爆发后，王琳被释放出狱，自此隐名埋姓，流落上海，后来，她也返回了桑植故里。晚年定居成都。十年动乱中，有人企图利用这位经历坎坷的王琳，对她百般威胁，让其诬陷贺龙。王琳不从，她说："在我和贺龙相处的日子里，我认为他是个好人。"

贺龙一行人到了汉口后，在汉口的谢弄北里，与湖北省委书记郭亮见面。郭亮见了贺龙，真是高兴异常。

贺龙从怀中取出一纸，说："郭亮，这是周恩来写给你的信。"

郭亮接过信看去，信上写道："中央决定在湘西北组织特委，发动群众，造成武装暴动的局面，并让贺龙、周逸群等同志返湘工作，特委书记由兄担任，其他委员为贺龙、周逸群、柳直荀、徐特立，贺、周、柳、徐诸同志到汉后，你等在汉计划一下路线事宜等。"落款是"弟伍豪"。

郭亮看罢信说："云卿，去湘西的事，回头再商量，省委正组织武汉三镇年关暴动。暴动总指挥由蔡申熙担任，你来了，这总指挥当然是你的了。"

蔡申熙，于 1924 年加入中国共产党。黄埔军校第 1 期学生。北伐间，初于国民革命军第 4 军中任营长，后于贺龙第 20 军中任团长，参加了南昌暴动。蔡见了贺龙等也非常高兴。遂告诉贺龙，暴动日子定在腊月廿三日灶王爷上天之日，趁鞭炮齐鸣时行动。

贺龙等不顾旅途疲劳，立即投入了暴动前的准备工作之中。

暴动的一切准备都很顺利，孰料在暴动即将开始之际，印刷暴动传单的工厂为敌人所破坏，敌人迅速掌握了暴动的情况，一时间，全城大乱。敌警车急鸣，军警全部出动，捉拿"暴动分子"。时省委决定所有参加暴动的人员，立即转移。郭亮留下处理各方面工作，贺龙、周逸群等即动身赴湘西。

当天晚上，贺龙化妆成阔老板，卢冬生等装成随员，乘一辆道奇牌汽车到了临江码头。时码头上戒备森严，军警林立，盘查往来行人。卢冬生凭着几卷光洋，打通了关卡，贺龙等遂上了江轮。

贺龙上了江轮后，见周逸群已到船上，还有李良耀。李乃华容人，曾于长沙师范学校读书，大革命时加入中国共产党。后于湖北省委工作。贺龙一行赴湘西，郭亮即要李良耀同去。

江轮逆江而上，时值隆冬，但见沿江两岸，到处是枯枝败叶，哀鸿低鸣，一片萧瑟之景。

船行一日，到了三江口，此地相传乃三国周瑜火烧曹操 80 万兵马之处。江中芦苇丛生，人烟稀少，自古为江洋大盗出没之所，江轮于一个码头上停下不走了。贺龙等急问情由。账房说："数月前，一群盗匪占据了前边的观音洲，为首的外号'混江龙'，这些盗匪打家劫舍，杀害无辜，孤舟不敢行走，只有集聚十几条船，趁夜悄悄通过。"

贺龙问："这些盗贼有多少人？"

账房说："听说不过一二十人。"

贺龙说："一二十个鸟人怕他做甚？"

账房说："他们手中有枪。官府不但不敢惹他们，还给他们下了团防的令。"

贺龙听了，忽地眼睛一亮。待账房走后，遂对周逸群道："走，下混江龙的枪去。"

之后，贺龙、周逸群、卢冬生、李良耀等离舟上了岸。化妆成大老板，利用拜望"混江龙"之机，下了"混江龙"的团防的16支枪。

贺龙遣散团丁，将16支枪带回船上。时天尚未黑。贺龙等也没言明。

半夜时分，江轮启程。次日清晨，江轮抵洪湖腹地。

洪湖为江汉腹地一片水域，由大小几十个湖泊组成，夏、商、周各朝时为荆州的云梦地所辖。春秋为州国，秦时属南郡。隋朝后改为沔阳县，后虽改府或州，然沔阳二字延续下去。洪湖素有水乡之称，物产丰富，为鱼米之乡。因其东近武汉，南逼长沙，西通川陕，退亦可据水泊之险，故其战略地位十分重要。

江轮行到了一个叫"反嘴"的地方，此地又称"东风窗子"。贺龙等忽见岸上有一群人向江轮招手，有的还大喊。船上人皆不知为何，以为又遇到了土匪。贺龙定睛细看，见人群中有贺锦斋，遂令江轮靠岸。

岸上喊话者真的是贺锦斋，贺锦斋于潮汕被打散之后，辗转到了上海，寻找党组织不见，便到了武汉，在武汉遇到了旧部刘玉仁，经刘玉仁介绍与黄鳌相识。黄鳌亦为中国共产党党员，时于洪湖拖起了一支百余人队伍，驻扎在反嘴。黄鳌遂邀贺锦斋去反嘴，指挥这支游击队。贺锦斋高兴地答应了黄的要求。便同黄鳌一起到了反嘴。很快，队伍发展到200多人，又打劫了一家商号，得金千两。当贺龙等在观音洲下了"混江龙"的枪后，消息传到贺锦斋、黄鳌等人耳中。贺、黄料定此举非常人，遂于码头上拦截江轮。

贺龙等与贺锦斋、黄鳌相会之后，大家均有说不出的高兴。而后，来到游击队驻地，共述别过之情，均感慨万端。当天，"洪湖红五子"之一的刘绍南来见贺龙，刘绍南亦为中国共产党党员，其为沔阳人，1926 年春奉党组织令于沔阳开展工作。刘与革命青年彭国材、涂位云、贺闯、李德珍喝了鸡血酒，后 5 人被洪湖百姓誉为“红五子”。

众人遂把洪湖的革命斗争形势向贺龙、周逸群等做了报告。

大革命失败后，湖北省委召集了洪湖地区的共产党负责人萧仁鹄、邓赤中、黄国庆、刘绍南等，指示他们“用武装的革命反对武装的反革命”。萧、邓等人遂于洪湖中发动群众，举行暴动，建立了一支 300 余人的游击队，由萧仁鹄任队长，邓赤中、刘绍南、彭国材为副队长。除这支游击队外，在洪湖内还有许多游击队，不过这些游击队人数较少，多则几十人，少则三五人。

贺龙提出召开各游击队负责人联席会议。几天后，各游击队负责人均到了反嘴。有萧仁鹄、彭国材、邓赤中、吴仙洲、李兆龙、刘革非、邹资生、段玉林、陈香波等，出席会议的还有监利县委书记熊传藻及各县县委负责人。为防敌人破坏，联席会议于监利剅口黄家墩召开。会议由周逸群主持。会上，与会者讲了方方面面的情况。特别是熊传藻，把监利年关暴动准备情况详细讲了一遍。熊最后说：“我们监利形势好似一堆干柴，一点即着，剅口一带的群众，正在日夜赶造长矛大刀呢。”

贺龙听罢，说：“监利县委的暴动组织的发动、物质准备都很好。这样吧，年关暴动首先从监利发动，然后在各地展开！”

联席会议上还做出决定，把吴仙洲、萧仁鹄、贺锦斋领导的游击队和鄂中特委领导的武装合编成“中国共产党湖北沔阳工农红军第 5 军”。总指挥贺龙、军长贺锦斋。下辖 3 个大队，1 大队队长萧仁鹄，2 大队队长滕树云，3 大队队长刘绍南。会上并决定年关暴动重点消灭土豪和团防，缘这些土豪和团防比国民党正规军更坏。暴动时间定于大年三十晚上。

转眼到了大年三十，工农革命军各路人马即按计划分头行动。贺龙亲率一队人马到了监利县朱河王庙，杀了大土豪张烟灰。

就在这天夜里，其他各路游击队也一起动手，纷纷杀死土豪恶霸。贺锦斋率众杀死上车湾的大恶霸易属。各游击队都挑起工农革命军的旗号，一时间，洪湖百姓，都道贺龙来洪湖了，活龙得水，乘云上天。那些地主豪绅都吓得屁滚尿流，纷纷逃往汉口。

贺龙指挥着工农革命军于石首、监利、华容境内，连克了上车湾、朱河、长冈庙、调弦口等市镇，摧毁了团防局，杀了土豪劣绅，缴枪百余支。

1928 年 2 月 18 日，贺龙率人马攻打监利县城未果，退至石首焦山河，在焦山河，贺龙、周逸群召开了联席会议。会议决定，贺龙、周逸群的任务是赴湘西拖队伍，不能在洪湖久留，当速抵湘西，依山建军。洪湖的武装，交给石首中心县委，由李兆龙指挥，在当地开展武装斗争。

会议之后，贺龙偕周逸群、卢冬生、黄鳌、贺锦斋及石首中心县委宣传部部长李良耀等一行离开焦山河，直奔湘西。

贺龙等走后不久，刚刚组建起的这支武装力量便因内部意见不一，互不服气而分裂，萧仁鹄带一支队伍走了。日子不多，这些武装力量便被团防武装各个击破，萧仁鹄被中央调到河南工作。后剩下的少数队员，由彭国材、贺闯率领，躲进了洪湖一荒岛中。

## 英雄虎胆

贺龙、周逸群一行 10 余人离开石首后，即往湘西行进，一路上，晓行夜宿，渴饮饥餐。这一日，行至一个叫毛笔街的地方，看看近午，大家腹中饥饿，便决定进镇找点饭吃，恰好有一临街饭铺，几个人便走了进去，要了饭菜吃起来。正吃着，忽然街面上传来一阵乱糟糟脚步声。贺龙隔窗望去，来的是一队兵丁。几个人立时神情紧张，忙把手枪掏出。就在这时，饭铺门帘一挑，十几个兵丁涌了进来，贺龙正要动手，只见为首一军官向贺龙施礼说："军长一向可好？"

贺龙见那军官对自己恭恭敬敬，不像有恶意的样子，遂问道："你是谁？"

那人道："军长当年在澧州当镇守使时，小的在军长手下当过班长，如今，小的在临澧县团防警备大队当大队长。"

贺龙淡淡一笑说："今儿你是来抓我啦？"

那人说："小的不敢。军长大德，小的永世不忘。小的前来是给军长送信的。如今南京汉口都下了通缉令，要抓军长，武汉方面已严令湘鄂西各处团防，对往来行人严加盘查，说抓住军长领大赏呢。"

贺龙笑道："看来我这头成金的啦。我倒要看看谁有这胆量来取。"

那人说："军长还是小心为好。"

说话间，贺龙等吃罢饭，谢过旧部，一行继续西进。

贺龙这个旧部向贺龙报告的情况，全是实情。自打贺龙、周逸群在洪湖地区组织暴动后，桂系军阀 18 军军长湘鄂西"剿共"司令陶钧便急将贺龙抵洪湖的军情急报南京。南京方面当即电令陶钧，要其抓住贺龙，就地正法。同时电令湘西王陈渠珍、湘军 11 师师长李觉，捉拿贺龙，不得有误。

湘西王陈渠珍自接南京电令后，即与其参谋长戴季韬相商。戴谓陈道："咱们湘西有句俗话，叫'上树莫上尖，走路莫走边，事事留一半，日后好相见'。想那贺龙不是池中之物，今虽龙入浅滩，亦不可与其结怨，况师长与贺龙当年亦有旧交，我看不要操之过急，看两步棋再说。"

陈渠珍听了，感到戴季韬之言有理。陈乃极圆滑之人，凭其圆滑手腕，坐上了湘西王宝座。他虽为国民政府的师长，然其对共产党，亦不肯认真得罪。其吩咐戴季韬："对捉贺龙事不要认真布置，若弟兄们跟贺龙过不去，也不去拦，他们捉了贺龙，咱们也有功，他们吃了苦头，算他们倒霉。"

贺龙一行离开毛笔街后，经张家湾、关山等地，取道石门，这日月上东山之际，到达蒙泉乡。蒙泉乡游击队队长为张海涛，中国共产党党员。贺龙等决计到张海涛处歇脚。

众人到得村头，见村子很静。贺锦斋要贺龙等在村头等待，而后和黄鳌一起进了村。两人摸到了张海涛的家——一家山货店门，见门掩着，轻轻拍了拍门，不见动静。两人料想事不妙，这时，黄鳌发现对面墙上贴着一张告示，近前一看，原来是"铲共队"贴的，内有"张海涛为赤匪，当处极刑"之语。黄鳌说："快走，张海涛遇害了。"

当下，两人匆匆出村，把情况报告了贺龙。众人赶紧离开蒙泉乡，行到一座破旧的五道庙时，都感到极累。贺龙说："咱们进庙歇歇吧。"

庙已破败，无有僧人。可谓"无僧风扫地，缺烛月为灯"。幸好院内放了不少柴草。贺龙等各自扒了个窝儿，都躺下了。黄鳌躺在了贺龙身边，忍不住问贺龙："总指挥，你这当年坐八抬轿的人，没想到今天睡草窝吧？"

贺龙说："南昌暴动时，我就向党下了保证，我说张发奎怕失败，我不怕，失败了我上山，脱下皮鞋穿草鞋。"

黄鳌听了贺龙之语，对贺龙愈加敬重。

众人因行路疲乏至极，一觉天明。贺龙醒后见天色阴沉，四野灰蒙蒙，又因张海涛遇害，心情很沉重。贺锦斋说："咱们到石门县找罗效之吧。"

罗效之系中国共产党党员、石门县委常委、军事部长。贺龙等决计找罗。天大亮时，众人进了一小镇，进饭馆吃饭时，黄鳌见掌柜的出了门，怕有意外，也跟了出去看看动静，没走几步碰见了石门县立小学教员、石门县委委员、共产党员宋人杰。宋将黄鳌拉到墙角，告诉他，说罗效之已叛变投敌，并诓骗了大部分武装，石门县党组织破坏严重。只有曾庆轩带少数武装在南乡坚持斗争。最后说："罗效之正带着民团沿途设卡抓贺龙，是我表弟告诉我的，他是挨户团的小队长。"

黄鳌说："贺龙就在屋里吃饭，你要见他么？"

宋人杰很高兴地同贺龙见了面，而后把敌情简要地告诉了贺龙。这时掌柜的进了门，急急对贺龙说："快走吧，清乡团要来抓你哩。"

贺龙说："你怎么认识我？"

掌柜的说："贺镇守使大名鼎鼎，哪个不知哪个不晓？"又说："石门通桑植的大道，都有清乡团堵截，那些清乡团要捉你发大财呢。"

贺龙笑着说："我快成唐僧肉了，他们抓我发大财，就不怕掉脑壳？"

掌柜的说："白花花的 10 万大洋，谁不爱呀。"

贺龙等见如是说，不敢久停，遂告别了宋人杰和掌柜的，走小路，穿荒山，天黑时，到了慈利的杨家溪。李良耀见街口有一歇铺，遂问掌柜的："有空房吗？"

掌柜的见来人都长衫打扮，遂道："空房有，不过，要到前边挨户团办个手续，小的才敢留宿。"

正这时，一人到了贺锦斋面前，惊喜地说："这不是师长么，怎么到了这里？快到家中坐。"

此人叫杨玉仁，原是贺锦斋部警卫营 1 连连长。南昌暴动失败后，杨玉仁回到家，办起了山货店。

众人到了杨玉仁家，杨玉仁见到贺龙、周逸群更加惊喜。遂摆酒相迎。正这时，一人进了门。杨玉仁见了忙笑道："是薛大哥。"又指贺锦斋等说："队伍上的一些弟兄来看我。他们和我一样，都改行做生意。"又对众人道："这位薛同芳，是黄埔生，如今在家养病。"

薛同芳不客气地坐下，翘着二郎腿，很傲地问："几位从哪儿来？"

李良耀说："从汉口来。"

薛同芳说："听说贺龙在汉口搞暴动？"

贺龙突然反问一句："听说你是黄埔生？"

薛同芳晃着脑袋说："不错。"又说："本人极信仰三民主义，此乃救国之根本。"

贺龙又问："你看蒋介石如何？"

薛同芳道："蒋介石么，当然是领袖了。"

贺龙劈口又说："我看你像个暴动分子！"

薛同芳听了，脸儿都吓白了，急忙起身说："天不早了，我该回家了。"说完急急出了门。

贺龙望其背影叹道："究竟不是革命的材料啊！"

这时饭好了，杨玉仁招呼贺龙等吃饭。大家刚端碗，杨玉仁的伯父杨成真慌慌张张进来，说："玉仁，挨户团听说你家来了客，要来逼枪（即夺枪)！"又补充说："是我街坊康子民的侄儿康四告诉我的，快走吧。"

贺龙说："咱们连夜转移。"

贺龙话音没落，忽听外边有人嚷："不好了，有人逼枪了！"

原来薛同芳出门后，李良耀不放心，跟到门外，看看情况，便躲在墙根下，正这时，一个鬼鬼祟祟的人冲李良耀走来，没容李良耀看清来人，就觉得脑后风起，他急忙闪头，耳朵被刺穿，接着，腹部又挨一刀，正好这里一妇女出门泼水，见了此情，吓得大喊了一声，这一嗓喊得贺龙等出了门。

贺龙见李良耀倒在血泊之中，知道有情况，急令黄鳌背起李良耀，随后众人急急出了庄。这时，后山响起了枪声，杨玉仁带着贺龙等，走小路绕开了挨户团，大家轮流背着李良耀，转移到一个叫杨柳铺的地方。在这里，贺龙找到了他当年的一个把兄弟，又留下了一些光洋，贺龙对其把兄弟和杨玉仁说："良耀交给你们了，无论如何要想法治好他的伤。伤好了你们去找我。若死了，就替我安葬了。"

之后，大家望着昏迷的李良耀，洒泪而别。

贺龙等一行离开杨柳铺，继续西行，经慈利东岳观，抵江垭。越往前行，山势愈加险恶，沟谷愈深，林木愈密，人烟愈少。

这一日，贺龙等到了桑植县境，正行走间，突然从丛林中闯出一个汉子，说："贺胡子，前边去不得，陈黑已经烧开了油锅，等着割你的心肝下酒呢。"

时又有几个百姓从林中走出，其中一个说："贺胡子，陈策勋已经安排好去南京的人，等着拿你的头去南京领赏，回头在上海买洋房，娶洋老婆呢。"

又一个说："还要唱三天大戏，戏班子都定下了。"

贺龙笑问："你们怎么知道我是贺龙？"

众百姓又说："陈策勋下了通令，谁要给贺龙报信儿，灭门九族。谁要抓住贺龙，他亲自给这家挂匾。"

陈策勋原为贺龙第 20 军的营长，贺龙率队第二次北伐时，陈策勋和其叔父、独立第 15 师参谋长陈图南等一起闹饷，陈图南被处决，陈策勋后叛变投敌，当了桑植保安大队大队长，陈渠珍对其所辖部队进行改编时，保安大队升为保安团。陈策勋当了团长，桑植保安团下设 4 个大队，1 大队大队长陈黑，2 大队大队长张太松，3 大队大队长刘玉九，4 大队大队长钟慎吾。这 4 个大队长除钟慎吾外，一个比一个坏。南京捉拿贺龙的通令下到桑植后，陈策勋急忙召集 4 个大队长相商。其道："贺龙今虽龙入浅滩，然虎死威气在，不可轻敌。"

一番商议后，陈策勋下令钟慎吾守竹叶坪，此乃桑植第一关，陈黑守陈家坪，张太松、刘玉九守另外要道。

贺龙听了众百姓之语后，谢过他们，继续前进。

时已早春天气，远山近树，均已泛绿，先闻鸟语花香，又听猿声长啼，看看红日当头，转眼玉兔东升。贺龙对周逸群说："前边就是竹叶坪了。听百姓说竹叶坪由钟慎吾守卫，钟慎吾是我的旧部，与我交谊很深。"言罢转身对贺锦斋说："文绣，你去趟竹叶坪，就说我来了。"

贺锦斋答应着走了。贺龙等于竹林中休息。约莫个把时辰，贺锦斋回来了，他身后还有几个人。其中一大个子见到贺龙，异常高兴地上前说："胡子，可把我想死了。"

这人正是钟慎吾。贺龙也紧拉着钟慎吾的手说："慎吾，怎么样，手下有多少人？"

钟慎吾说："有百十人，你来了都交给你。"

贺龙又把周逸群、卢冬生等向钟慎吾一一做了介绍。大家彼此相见，都分外高兴。

当下，钟慎吾带着贺龙等进入竹叶坪。这竹叶坪地势果然险恶。众皆谓若非钟守此关，纵插翅难飞。

贺龙等行进到竹叶坪，钟慎吾摆酒接风。席间，钟慎吾把桑植情况向贺龙等介绍一番。钟长叹一声道："桑植这地方，真是多灾多难，自你走后，兵匪未断。永顺的萧善堂、向碧峰、田少卿、向子云，大庸的周铁鞭，慈利的朱凯际，带着他们的人马，数次攻占桑植城，祸害百姓。"

贺龙骂道："一群王八蛋！"

钟慎吾说："如今桑植有'八大诸侯'。"

贺龙问："都是谁？"

钟慎吾说："咱们桑植不是分内四乡外四乡吗，内四乡有刘子维、张太松、李玉书、李益二；外四乡有彭德轩、刘玉九、陈星如、刘锦星。这八个人，每人都有300人枪，陈策勋当了桑植保安团长后，这些人都投靠了他。不过，真心投靠他的也寥寥。"

贺龙问："都有谁听陈策勋的。"

钟慎吾说："最铁的数陈黑，如今守着陈家坪，要在那里抓你。"

贺锦斋说："陈家坪地势更险，一夫当关，万夫莫开。陈黑若有准备，怕不好过哩。"

钟慎吾想想说："我看你们在我这儿住上一段时间，瞅机会过去。"

贺龙说："那要到何时？"他猛地一拍桌子说："趁陈黑还没醒过梦来，我只身进陈家坪，给他个黑虎掏心！"

周逸群等都感到贺龙此举太冒险，贺龙说："我意已决，你们不必阻拦，我现在就动身。"

钟慎吾知贺龙一言出口，驷马难追，遂道："我带兵接应你。"

当下，贺龙化了装，骑快马直抵陈家坪。到了村口吊桥旁，有兵丁喊问："干什么的？"

贺龙答："我是钟队长手下的王副官，有急信送给陈队长。"

兵丁说："陈队长申酉戌亥四个时辰不会客。"

原来，这四个时辰陈黑吸大烟，不准人打扰他。

贺龙说："钟队长的事很急，要误了大事，我们谁也吃不消。"说着，扔过一把光洋。

站岗的兵丁见了光洋，高兴了，几个人一合计，就把吊桥放下了，贺龙牵马过了桥。对几个兵丁说："烦请哪位弟兄带我去见陈队长。"

其中一兵丁道:"陈队长就住在前边的祠堂,王副官亲自去见吧。"

贺龙牵马到了祠堂门口,把马拴好,而后推门进去,只见室内烟气腾腾,祠堂正中拢着一盆炭火,炭火上架着铜瓢。陈黑正猫着腰汗流似水地熬着鸦片烟。贺龙走到近前说:"陈队长怎么还自己动手,让勤务兵熬就行了。"

陈黑熬得正认真,也没看来人是谁,随口答道:"勤务兵掌握不了火候,熬得没劲儿,还是自己熬好。"

贺龙又说:"贺龙已经到了近前,你还有心思熬烟?放跑了贺龙,陈策勋可饶不了你。"

贺龙的话使陈黑一怔,他抬眼一看,见贺龙果真站在面前,手不由一抖,瓢内的烟膏子泼到了火上,"轰"的一声,烟火燃起,顿时满屋浓烟。贺龙趁势上前,飞起一脚,将陈黑踢倒,说时迟那时快,贺龙又双手紧紧掐住陈黑的脖子,只把个陈黑掐得双腿乱蹬,脸憋得像个紫茄子。那脚刚好踢翻火盆,火盆烧着陈黑的脚,疼得陈黑浑身乱颤,然贺龙狠狠地掐住不松手,过了一刻,陈黑就没气儿了。贺龙见陈黑死了,这才松了手。而后出了祠堂,牵马到了村头,向兵丁们打了个招呼,又扔了一把光洋,过了吊桥,飞马回到竹叶坪。

钟慎吾等听贺龙杀死陈黑的经过,无不赞叹贺龙英雄虎胆。黄鳌叹道:"真是闻名不如见面,今日我才见到总指挥的神威了。"

当下,钟慎吾令其兵丁向陈家坪放枪。一时间,枪声大作。守关兵丁赶忙向陈黑报告,这才发现陈黑被杀死。不知谁喊了一声:"队长遇害了!"

这一嗓子,真如同送了个报丧帖子,兵丁们都乱了套,又有人喊了名:"贺龙来了!"

这一喊更是火上加油。哗啦一下,兵丁们散了大半。钟慎吾人马趁势抢占了陈家坪。

贺龙等占了陈家坪后,刘玉九、张太松等闻陈黑被贺龙杀死,无不胆寒,均派人向贺龙递"降书"。贺龙告诉来人说:"只要他们改邪归正,不究往事。"

陈策勋闻贺龙杀了陈黑,大怒,遂将指挥部设在了空树壳,要亲自捉拿贺龙,贺龙因队伍尚未拉起,又闻洪家关附近的一些土著武装正在酝酿刀兵,遂决定绕路经麦地坪到洪家关。

## "胡子果然转回乡"

1929年阳历2月28日，农历二月二龙抬头之日，贺龙一行来到了洪家关。洪家关的父老乡亲都到了十里长亭相迎。正欲刀兵相见的各路土著武装也纷纷派人来见。

乡亲们拥簇着贺龙进了家中——其家早已被匪徒们烧过多次，仅剩几间破房。贺龙向涌入院内的人不断问候。贺锦斋回到阔别多年的家乡，又见乡亲们对贺龙十分的爱戴，当即吟诗一首：

> 大地乌云遮太阳，一一朝消散又重光，
>
> 忽闻各处人声嚷，胡子果然转回乡。

时有一些上了年纪的人，对贺龙"丢了皮鞋穿草鞋"想不通。一位年长的老汉对贺龙说："你有三不该呀，一不该把队伍全盘托出北伐，二不该倾家荡产搞南昌暴动，三不该死心塌地跟共产党走，你是不识时务啊！"

贺龙对老人家说："我贺龙南征北战，刀剑丛中十几年，才找到共产党，才看到只有共产党才是穷人的救星。"贺龙大声对乡亲们说："北伐时，共产党员们冲锋在前，流血在前，在北伐胜利在望之际，蒋介石发动了'四·一二'大屠杀，汪精卫分共，他们双手沾满了共产党员的鲜血。他们是地主豪绅的走狗，是穷人的死敌。天下的穷人，只要跟着共产党走，革命就一定能成功！"

这时，人群中有人问："胡子，你说'红脑壳壳'好，我们也想入。"

贺龙说："入'红脑壳壳'不容易哩，共产党考验了我三个年头，我才当了'红脑壳壳'。"

大家正说话时，贺龙的大姐贺英来了。时贺英身穿粗布衣，头上挽着粑粑髻，用个簪子别着。腰中别着短枪。身后跟着几个兵，一副巾帼英雄之姿。贺龙南昌暴动失败的音信传来，凶信一个接一个，有说贺龙死于乱军中的，有说被洋鬼子抓走丢进洋牢的，有说被国民党正法的。这些恶语贺英虽然不信，然内心亦焦虑。当贺龙出现在洪湖，国民党派兵四下围堵贺龙的消息传到桑植后，贺英喜出望外，便派人四处打探，得知贺龙回到洪家关，立时飞马而来。姐弟会面，自是一番欣喜。

当下，贺龙把周逸群、黄鳌、卢冬生等向贺英一一做了介绍。而后，贺龙向乡亲们问起桑植的革命情况。

桑植虽偏乡僻壤，然大革命的洪流亦荡涤了这里的污泥浊水。时领导桑植农民运动的为共产党员谷及峰、彭玉珊等。他们带领农协会员，与当地的恶霸地主展开激烈的斗争，处决了大恶霸朱愚农，使得一般的豪绅地主闻风逃匿。"马日事变"后，反动势力渐起，最后，农协会垮了，轰轰烈烈的农民运动被镇压下去。

贺龙听了各方面介绍的情况后，便与周逸群等相商，决计先把贺龙当年旧部召集一起，组织一支武装力量，打开局面。

贺龙"招兵买马"的大旗一树，不几天，便召集了3000多人马，遂打出了工农革命军的旗号，这些人马中，有梨树垭的李云清、杜家山的谷志龙、红土坪的刘玉阶、五洋关的贺炳南、袁家坪的王炳南等，"八大诸侯"也各派代表向贺龙输诚。

工农革命军建立后，由贺龙任军长，周逸群为党代表，黄鳌为参谋长，贺锦斋为第1师师长，王炳南为第2师师长。贺英也将自己掌握的武装交给贺龙，而后，又返回鱼鳞寨。贺龙指挥着工农革命军，一举攻占了桑植县城。当夜，成立了中共桑植县委。刚好李良耀赶来——李良耀伤势好转即赶到桑植。遂由李良耀出任县委书记。

工农革命大旗一举，立时引起敌人的恐慌。桑植保安团团长陈策勋即向湘省当局发了告急电文。

湘省主席何键、清乡督办鲁涤平接到陈策勋告急电后，急报南京。南京下令湘鄂黔三省，要其趁贺龙立足未稳，一举荡之。

时贵州军阀、国民革命军第43军军长李燊接到南京电令，即令其驻湘西第3师第5旅龙裕仁部，会同陈策勋，"围剿"贺龙人马。

龙裕仁接令后即率本部人马杀向桑植，贺龙遂指挥工农革命军于梨树垭、三屋回等地迎战。

由于工农革命军刚刚成立，武器又七拼八凑，加之弹药奇缺。扫荡团防局还可，与正规军打仗就不行了，抵挡一阵便不支了，纷纷后退，钟慎吾不幸中弹身亡。贺龙见不能再战，急令人马后退。龙裕仁下令其部紧追，工农革命军被冲散，贺龙、黄鳌带数百人撤到一个叫罗峪的地方。周逸群、贺锦斋等不知去向。

罗峪乃"八大诸侯"之一刘子维的防地。贺龙即派人与刘子维联系。贺龙初到洪家关时，刘子维亦派人前往输诚。今见贺龙兵败，立即翻脸，并将来人耳朵削掉。

贺龙见刘子维如此无理，因兵败，只好忍下这口气，率残部转移到苦竹坪。遂派人寻找周逸群等，几天后，周逸群、贺锦斋、王炳南等都来了。又陆续收拢了一些战士。大家见面，谈到钟慎吾的牺牲，都伤感不已。

这天晚上，贺龙与周逸群促膝长谈，贺龙长叹一声道："真没想到，这些兵抓来容易，垮得也容易。"

周逸群说："是啊，建立革命武装，是不简单的，要做很多艰苦的工作。不能像抓豆子，抓来容易，手·松就散了。应当有受苦人做骨干。"稍停，周逸群又说："这次跟着你干队伍的，什么想法都有，且大多数是想升官发财，再有，我们的部队也没训练，这样的武装怎么能打仗呢？"

贺龙边听边点头，周逸群想想说："我们在焦山河会议上决定明年的6月湘西部队和洪湖部队会师的计划，从目前情况看，实现有一定困难，我有个想法，我去洪湖，与那里同志一起建立根据地，迎接会师。"

贺龙听了，沉吟不语，周逸群知道贺龙舍不得自己走，遂又说："我走了，你会干好的。我想，洪湖更需要我。"

当天晚上，在苦竹坪的一间四面漏风的房内，贺龙、周逸群、贺锦斋、黄鳌等工农革命军领导人召开了会议，会议作出决定，周逸群再返洪湖，贺龙等留下继续战斗。

第二天早上，周逸群扮成一教书先生，骑着一头大青驴，与贺龙等洒泪而别。周逸群与贺龙情同手足，这一走，使贺龙十分难过。

周逸群走后，贺龙又重整队伍，转移到鹤峰的红土坪谷大姐处。

谷大姐名谷德桃，乃洪家关横路湾人，因其能双手打枪，勇敢非凡，且做了许多对革命工作有利的事，故人称"谷大姐"。

贺龙在谷大姐处驻下后，旋在桑、鹤界收集失散人马，准备再战。

到了6月下旬，有探马侦知龙裕仁部退出桑植，贺龙知敌已麻痹，遂于桑植的小埠头处埋伏兵，伏击了龙旅后卫，击毙了敌旅参谋长张恭，并缴获了部分辎重。一时间，又军威重震。使工农革命军发展到1500余人。

这时，陈策勋设计突袭洪家关，而于中途埋下伏兵，贺龙率兵救援时，中敌之计，团长李云清阵亡。贺龙不敢恋战，率队退到了桑植的罗峪。

贺龙率队刚到罗峪，中共湘西特委代表陈协平来到了工农革命军中。传达了湖南省委和湘西特委的指示，为：撤销湘西北特委，将其并入湘西特区。工农革命军定名为中国工农红军第4军。由贺龙任军长，黄鳌任参谋长，下设1个师和几个支队，由贺锦斋任师长、张一鸣任党代表。几个支队的领导分别由文南浦、贺桂如、贺佩卿等担任。陈协平任秘书长。1师下辖2个大队，分别由王炳南、贺文炎任大队长。并决定于军中成立中共湘西前敌委员会，前委由贺龙、陈协平、李良耀、贺锦斋、张一鸣等组成，贺龙任书记。

1929年8月1日，在罗峪召开纪念南昌暴动一周年的大会上，中国工农红军第4军正式成立。全军计1500余人。

第4军成立了，但在如何建军上，大家看法不一，而当时又无章可循，尤其是贺锦斋，对中共中央制定的某些政策认识不清，因而言行上相悖，并公然将张贴的标语扯下并撕碎。贺龙大怒，在前委召开的会议上，严肃地批评了贺锦斋，并给予了党内警告处分。对于一些人拖队伍当山大王的思想，也进行了批评。会上，决定对部队进行整顿。

红4军经过整顿后，部队面貌大有改变。就在这时，有侦察员报告，说黔军龙裕仁旅要调防回黔东。贺龙问："知道他们从哪里走吗？"

侦察员说："听说走葫芦壳。"

贺龙听了，眼睛一亮，把手中烟斗一磕说："他想走，没那么容易。"

罗峪离葫芦壳百十里路，贺龙带队伍连夜赶到葫芦壳埋伏了人马，封锁了消息。

龙裕仁部多系土匪出身，走到哪里，抢到哪里，因而行军时，身背大包小兜的。还有的赶着骡子、挑着担子。行至葫芦壳时，天又下起了大雨，那些兵丁一步三滑，只顾走路，哪里想到有甚伏兵。

当龙旅人马都进了伏击圈后，贺龙一声令下，顿时枪声响彻山谷，加之电闪雷鸣，更不知有多少人马。可把龙旅官兵吓坏了，然人马挤在葫芦壳内，想跑跑不了，想躲躲不了，你拥我挤成了团。不到三个时辰，这一旅人马，除了龙裕仁坐滑竿和少数随从逃跑外，其余大部被歼。龙旅继任的参谋长亦被俘，其被带到贺龙面前时，不住磕头求饶，谓其上有八旬老母。贺锦斋见其状笑吟道："万弩千弓对寇仇，霎时大半变浮鸥，一人怕死真堪笑，跌跪尘埃只磕头。"

这一仗，不仅缴获了大批枪弹，且使红军声威大震，一些土著武装纷纷归顺。红4军力量顿又大增。

就在这时候，中共湖南省委和中共湘西特委来了紧急指示，要红4军火速赶到石门，支持石门党组织进行的南乡暴动。

贺龙接到通知，不敢怠慢，立即率队前往。

石门位于澧水中游，邻接鄂省，虽系偏远之地，然大革命时期也搞得轰轰烈烈。其中有影响的共产党员有苏清锡、张海涛、邓恒泰、袁任远、阎昌奎等。"马日事变"后，阎昌奎等惨死敌手，军事部长罗效之叛变。中共湖南省委又派伍伯显到石门。伍抵石门后，即同袁任远一起建立了一支武装力量。首先于南乡消灭了石门县20余名警察，打出了"暴动队"的旗号。端了夏家港团防局。与侯宗汉领导的一支武装合编一起，以石门的太浮山为依托，与敌人周旋，队伍扩大到千余人。

时何键下令石门、慈利、常德、临澧、桃源五县团防联合"围剿"，并令湘军陈嘉佑团前往，鉴此情，中共湖南省委和湘西特委令红4军前往增援。当贺龙接到省委、特委指示之际，暴动队已被敌人打垮，遂率红4军火速奔石门。

当贺龙率人马行至石门北磨岗隘时，中共湘西特委机关遭敌破坏，特委委员蔡以诚等被捕，蔡供出了贺龙率红4军开进石门的计划，湘敌大惊，遂集中3个师和数县团防武装开赴石门，要一举"包剿"红4军，而此情，省委、特委丝毫不知。

当贺龙率红4军行进至石门碟阳时，天色已晚，又阴雨绵绵，遂下令宿营，师部和大队驻新开寺，贺龙随军部手枪队及前委住曾庆轩家。

半夜时分，突然枪响。贺龙猛然惊醒，侧耳一听，对左右说："这枪不一般，不是民团，是国民党正规军，快撤！"

由于敌人有准备，红4军处于被动，加之天黑，贺龙指挥也不灵了，人马被打散。敌人边冲边喊抓贺龙，使得四野都响起抓贺龙的声音。贺龙知陷入敌人重围，急带手枪队向西北角冲去。七转八转，直到天明才突出重围，贺龙一看身边仅剩下几个人。

贺龙突围之后，即收拾部队，人马损失大半。参谋长黄鳌牺牲，众人无不伤感。这时贺龙才从侦察员处得知，夜袭之敌是敌第14教导师李云杰部。贺龙遂率残部退到澧县的泥沙镇。在这里，为牺牲将士开了追悼会。贺锦斋含泪写下了悼念战友诗："层层铁网逼周围，夜集深山湿战襟，为党为民何惧死？英灵从此入青云。"

追悼会后，贺锦斋回到屋中，想到革命屡屡受挫，战友接连牺牲，今后，漫漫征程之中，还不知有多少同志流血，其中亦可能有自己，忽然间，他想到父母双亲，不由叹道："自古忠孝不能两全。"遂提笔给弟弟贺锦章写了一信。写好后，即交给了勤务兵李贵卿，要他寄走。谁知这信竟成绝笔。是夜，石门团防队队长、叛徒罗效之率团防长和陈嘉佑的两个营偷袭了红4军。贺龙发现敌情严重，即下令全军撤退，贺锦斋率警卫营断后，这一场战斗，枪炮声震得群山乱抖，喊杀声摧得斗转星移。

到了金鸡报晓之际，红4军大部分人马撤走了，贺锦斋正要下令警卫营撤退，不料一粒子弹飞来，登时倒下，血流如涌，片刻身亡。这位优秀共产党员，时年27岁。李贵卿见了，哭喊了一声"贺师长"，这一声哭喊，竟为敌人知晓。敌群中有人竟叫道："贺龙打死了！"这一嚷更厉害了，敌人疯拥着扑了过来，将贺锦斋尸体抢了过去。

罗效之见打死了贺锦斋，很是高兴，遂令人将贺锦斋头砍下，悬在石门县城南关帝庙旗杆上，同时上报请功。长沙、武汉、南京各报纸都于显赫位置登了消息。谓："共产党的虎将贺锦斋击毙于泥沙！""湘西一龙一虎，虎死泥沙，龙入浅滩。"

罗效之因杀害贺锦斋有功，晋升为旅长。何键下令，谓贺龙已势孤力单，当趁火烧鱼，遂集中罗效之旅、周燮卿的保安团、朱疤子的保安团、黔军李燊1个团及杂七杂八土匪，达万余人，向红4军紧追不舍。

当敌大队人马向红4军进攻之际，红4军仅剩200余人。贺龙见敌势汹汹，不敢恋战，一直向西撤去。到了9月底，转移至湖北鹤峰县堰垭附近的大山中。这里山高林密，人烟稀少。老百姓缺衣少食，无粮供部队食用，而深山之中，又少土豪劣绅，因而部队给养无着。贺龙只得带人马在深山老林中转，寻找落脚之地。没有粮食，只得以野菜充饥，没有衣被，只得以茅草御寒。由于营养缺乏，许多人得了"鸡蒙眼"，就是夜盲症，由于吃不上盐巴，许多人周身无力。

这一日，贺龙带人马到了锁龙山。这锁龙山有个锁龙洞，洞很大，周围古树参天。贺龙便决定于此宿营。战士们寻了些野草当铺，胡乱吃了些煮野菜就睡下了。由于指战员们身体虚弱，虽已夜深，洞中仍尽是咳嗽之声。

贺龙躺在这冰冷的洞内，想到自己来湘西已八九个月，拉队伍三起三落，贺锦斋、黄鳌、钟慎吾等战友相继牺牲。虽说也打了胜仗，然终是败仗多，红4军仅剩下200多人，也被撵进这大山之中，要吃没吃，要喝没喝，眼看隆冬将至，该怎么办？这红军如何建立，根据地怎样创建？自己没搞过，他不由得又想念起周逸群来。若周逸群在，会拿出很多办法，而今，重担都放在自己肩上了。想着，他不由走出洞中，但觉冷风嗖嗖，抬眼一望，寒星眨眼。他想到哨兵一定很冷，便向哨位走去。到了近前，却不见人，定睛再看，只见一条枪挂在树上。哨兵不见了。贺龙知道，这哨兵受不了苦，挂枪离开了。自打部队进入这大山中，几乎天天有人挂枪而走。贺龙摘下枪，决定自己放哨。正在这时，猛听洞中"叭叭"两声枪响，接着洞中一阵大乱，有几个人跑了出来，贺龙看出跑在最前边的叫吴云清，他喊道："吴云清，跑什么？"

没想到吴云清竟举枪向贺龙射击，贺龙一闪身，子弹擦身而过。这当儿，后边人把吴云清等几人抓住。吴云清扑通一声跪在贺龙面前。另外几人也都跪下了。贺龙说："都起来！"

吴云清等不起。贺龙说："我待你们如何？"

吴云清说："军长待我们恩同父母。"

贺龙说："既然如此，那你们为什么要害我？"

几个人都不言语，好一会儿，一个叫朱炳章的结结巴巴地说："吴云清说军长没了龙气，跟军长只有吃苦。军长到了锁龙洞，大将犯了地名，不如杀了军长，去领赏钱……"

朱炳章话到这儿时，周围的人都火了，有几个人竟朝吴云清踢去。贺龙厉声喝道："住手！"

贺龙这一喊，局面才平静下来。贺龙用目光扫了一下众人，声音低沉地说："他们跟我出来，原本为发财的，可我把他们带入这深山老林，要吃没吃，要喝没喝。他们不明白受苦受罪为甚，只怨跟我受了罪，想打死我发财，我不怪他们，只怪我没有向他们讲明为甚受苦。"贺龙说到这儿，双手扶起吴云清说："你们走吧。"又说："你们跟了我几个月，按说该给你们一些铜板，可怜我贺龙身上一文没有。这条枪你们拿着，用以防身，万不得已，就卖了换饭吃。回去之后，务要学好。什么时候想回，我贺龙欢迎。"

贺龙的一番感人之语，只说得吴云清等放声大哭，几个人又跪在地上，说甚不走了。经贺龙再三相劝，几个人才洒泪告别了贺龙，向山外走去。

吴云清等人走后，贺龙把人集中起来，说："眼下敌人把我们团团围住，又隆冬将至，看来这个冬天我们吃野菜吃定了，吃苦吃定了，愿意走的，我贺龙不强留，愿吃苦的，留下跟我一道吃苦。"

贺龙言罢，大多数人都表示愿意留下，少数耐不住艰苦的，便离开了这里。到最后，红4军仅剩下92名成员，长短枪72支。人虽少了，可这92人都是真心实意干革命的。到后来，都成了红军的骨干。

部队整顿之后，贺龙又率领这92名成员转移到了一个叫猫耳台的地方，这地方更是山高林密，谷险沟深。人马宿在了一个石洞里。入夜，点燃了一堆火驱寒，指战员们围着火塘，火焰映照着一张张黄瘦的面孔，有的就火煮野菜，有的打草鞋，贺龙见一战士正吸烟，自己早已多日没烟吸了，便一把抢过，猛地吸了一口，呛得他连连咳嗽，眼泪都流了出来，原来那战士吸的是树叶，大家见贺龙的样子，都禁不住笑起来。这时，有人提议请军长讲个故事。贺龙想想说："我给大家念几句诗吧。"

贺龙这么一说，喧闹的声音没有了，只有火堆内燃烧树枝劈叭的响声。贺龙一字一句地念道："层层铁网逼周围，夜集深山雪满衣，为党为民何惧死，宝刀要向贼头挥！"

诗是贺锦斋生前写的，他曾多次念给大家听，而今贺龙在此景此情下念起这诗，不由得使大家想起贺锦斋，都难过地低下头。贺龙望望大家，又把火挑旺，而后，神情严肃地说："同志们，我们现在面临着重重困难，这是实情，可让我来看，这又不算困难，比起我两把菜刀砍盐局来，人多几倍，枪多几倍，更重要的，如今我们有共产党领导。"贺龙站起身，说："要说困难，我感到最大的困难，是我们与党失去了联系，几个月了，我们没得到党的指示。"

卢冬生说："军长，让我下山吧，我一定找到党组织。"

贺龙说："我们党员开个会，研究一下此事。"

就在这天晚上，贺龙等14名党员开了会，决定由卢冬生下山，与党组织取得联系。

第二天卢冬生便出发了。

卢冬生走后，贺龙便与91名指战员，过起野人般的生活。那艰苦之情，无法形容，时值隆冬，大雪纷飞，朔风凛冽，指战员缺衣少粮，不能行动，只待春暖花开。

这天，贺龙正与战士们一起套山鸡，忽见山谷之中，来了一支马队，有七八匹马，十几个人。因不知来者何人，贺龙等警觉地躲起。当马队走近时，贺龙和战士们都高兴地迎了上去，原来，来的人是大姐贺英。战士们都高兴地喊着："大姐来了！"

贺英从何而来？原来，卢冬生下山之后，他想先去找党组织，后一寻思，贺龙等指战员如今困在山中，缺少弹药，缺少吃穿，莫不如去鱼鳞寨，把此情告诉大姐贺英，请大姐帮红军解燃眉之急。这样，他就到了贺英驻地，把贺龙受困的情形说了一遍。贺英正为得不到贺龙消息而焦急。听卢冬生讲罢，立即动身寻找贺龙，卢冬生也辞别贺英，去常德寻党组织了。

贺英带着马队，驮着银元、布匹、子弹，行了几日，到了这深山之中。

贺英同贺龙等见面后，她见指战员穿得像叫花子，一个个面黄肌瘦，头发又长又乱，心里说不出的难受，她忍住泪指着战士们笑着说："常常，你这条龙，怎么带了一群猴儿兵啦。"

贺龙笑着说："你别看他们是猴，他们会七十二般变化，到了春暖花开之际，他们就一变十，十变百，百变千，变成千千万万猴儿兵。"

贺龙的话说得大家都笑了。

战士们卸下银元、布匹、弹药。大家卸着，对大姐的雪中送炭无不感激万端。

贺英遂把卢冬生去了鱼鳞寨的情况说了一遍。而后问："常常，下一步你打算怎么办呢？"

贺龙叹了口气说："我来湘西快 1 年了，拉队伍几起几落，如今队伍到了这个地步。"贺龙又说："天寒地冻，缺衣少穿，兵微将寡，这都好办，最大的难处，是和党组织失去联系。队伍怎么搞，心里没底呀。"

贺英说："常常，你想想，过去人家提着脑袋跟你东挡西杀，图的是升官发财，而今你跟上了共产党，共产党为穷人打天下，这些人明白这个理吗？"稍停，贺英又说："你总要有个东西把人家的心拴住才行啊！"

贺龙说："我入党晚，共产党这一套怎么搞，我还没弄熟，周逸群要在就好了。"

贺英说："我听周逸群说过，队伍里有 CP、CY（共产党和共青团的英文缩写），就有了骨架儿。如今你的队伍里有多少 CP、CY？怎么才能让他们当好骨架儿？"

贺英的一番话，说得贺龙频频点头。

贺英走后，贺龙召开了14名党员大会，成立了党支部，亲任书记。

## 邬阳关收"神兵"

转眼间，又是一年春草绿，依然十里杏花红。湘鄂西大山之中，响起了第一声春雷。1929年的春天到了，一场春雨过后，草木发青。这天，贺龙站在山头，遥望东方天际，但见一轮红日，放射出万道金光，使山山岭岭，染了一层金色。春天到了，万物更新。猛然间，贺龙感慨万端，他想到卢冬生，卢冬生走了许久，怎么还不回呢？难道他没找到党？

就在这天，卢冬生回来了，并带来了周逸群及中共湘西前敌委员会的指示。贺龙和指战员都喜出望外。当即召开红4军党员大会，卢冬生传达了中共湘西前敌委员会的指示，时中共湘西前敌委员会受湘西、鄂西两个特委的委托，负责领导红4军和湘鄂边地方党，更名为中共湘鄂西前敌委员会，由贺龙任书记，张一鸣、陈协平、李良耀、汪毅夫、罗统一为委员。周逸群的信中介绍了洪湖地区开展革命斗争的情况，介绍了朱德、毛泽东在江西井冈山建立革命根据地的情形，讲了半年前中国共产党在莫斯科召开的第六次全国代表大会的精神。当贺龙听到卢冬生讲毛、朱在井冈山建立根据地的情形时，连连点头说："是啊，白鹤还要有个滩头，野鸡还要有个山头，建红军得有个根据地才行。"

卢冬生还带来了中共鄂西特委、施鹤特委的信件。中共施鹤特委是中共湖北省委1927年8、9月间建立的。委员有杨维藩、金裕汉等，由杨维藩任书记。施鹤特委下辖恩施、鹤峰、建始、利川、宣恩、来凤、咸丰7县。这一带，敌人的势力较弱，并谓施鹤特委在这一带的工作也很有成效。贺龙等经过讨论，决定红4军到鄂西活动，扩大红军队伍，建立革命根据地。

这天，是湘鄂西大山中难得的好天气，风和日丽，贺龙率领91余名红军骨干，直奔鄂西，打算与杨维藩会合。

鄂西一地与川东、湘西交界，这些地方，山连山，川连川，山高林密。百姓生活更为困难，受压迫更深。由于地处偏乡僻壤，这一带有很多"神兵"。"神兵"乃封建迷信的武装组织。其迷信鬼神，打仗时画符念咒，谓刀枪不入。鄂西有名的"神兵"头子有黑洞的王大菩萨王锡九，鄢阳关的陈宗瑜，利川汪家营的铁拐李李长青，龙潭司的杨大瞎子等。杨维藩打入了王大菩萨队伍中，并当了王的"神兵"师长。

　　贺龙率人马行了一天，当晚在一个叫清风寨的地方宿营。在这里，打了一支抢亲的土匪队伍，缴获了一张请帖，是鄂西东山仙人宫大土匪王拔萃发出的，邀请这股土匪的匪首参加他的婚礼。王拔萃乃鄂西大土匪，手下有300人枪，盘踞仙人宫。仙人宫位于东山顶上，四周皆悬崖绝壁，仅一条羊肠小道通往山顶。可谓一夫当关，万夫莫开。王与仙人宫周围鹤峰、宣恩、恩施之县长及保安团团长，都是换帖弟兄，又踞险要之地，因此，无恶不作，百姓对其恨之入骨。

　　贺龙遂趁其不备，把王拔萃收拾了。而后，贺龙又率人马装成王拔萃的匪兵，直奔鹤峰，连夜杀死鹤峰县县长王利流，杀了城中土豪劣绅，打开监狱，放出了关押的穷苦百姓。由于兵微，贺龙不敢在鹤峰久停，当即退出鹤峰城，直奔宣恩沙道沟，数日后到达小光，原打算在利川、宣恩交界处的龙潭司、草坝等地创建根据地，见该地群众毫无组织，基础较差，遂经草场坝、咸丰的黑洞，进入利川县，在利川县的老屋基与杨维藩相见。

　　杨维藩见到贺龙，甚是高兴。贺龙问及杨的情况，方知杨虽为"神兵"王大菩萨手下的师长，然其所掌握的兵力，不过数十人，根本不能动摇王大菩萨的根基，且王大菩萨很反动，红军势单，若于此建立根据地，很难立足。遂决定争取部分"神兵"加入革命队伍，而后奔鹤峰、桑植，再图发展。

　　贺龙下决心之后，决定给"神兵"头子一个下马威。利川县汪家营子的"神兵"头子铁拐李李长青，在"神兵"中最坏。其手下有200多人，100多条枪，方圆百里内，无人敢惹，凡过往刀客，路过此地，都要登门送礼拜望，不然过不去汪家营子。贺龙决定先端铁拐李。

　　这天，正是汪家营子赶场之日，贺龙化妆成刀客"王胡子"，前去拜望铁拐李，趁势结果了铁拐李的性命，将该部缴械。

　　而后，贺龙又率人马东移。经南坪、柏场坝到恩施县的板桥，人马稍事休息，旋又出发。当日，抵建始县之梭步垭。探得建始城中无驻军，仅团防人枪数十，遂于当夜突袭了建始县。敌猝不及防，仅少数人逃跑，多数人被毙或俘，县长陆祖质亦被击毙。

因建始没有党的组织，贺龙决计放弃建始城。出发之际，下令烧毁县署一切公文，散发张贴传单，将城中豪绅浮财，大多分给穷人。

贺龙率人马离开建始后，即向鹤峰的邬阳关行进。

邬阳关地处建始、巴东、鹤峰三县交界之处，是巴东、建始通往鹤峰的重要门户。邬阳关上有支"神兵"，领头的为父子俩，父亲叫陈振元，儿子陈宗瑜。陈振元号海生，曾念过多年私塾，清末府试未中，于乡中闲时教私塾，忙时种田，其虽系文人，但练得一手好枪法。其妻陈玉兰，亦枪法精通，胆识过人。陈氏父子二人，均为行侠仗义之士，专抱打不平，在乡中威信极高，且专与官府豪绅作对。贺龙便派王炳南去会陈氏父子。

陈氏父子对贺龙为人早就敬仰。听说贺龙派人来会，十分高兴。亲自将王炳南迎到关上。宾主落座之后，王炳南取出贺龙写给陈振元的信，贺龙于信中邀请陈氏父子加入红军，陈氏父子甚是赞同。王炳南见状大喜，当即回报贺龙。

次日，贺龙带几名随从到邬阳关。陈氏父子到 10 里外相迎。入关后，陈氏父子盛宴贺龙一行。席间提出打孙峻峰事。贺龙怒道："孙峻峰这狗杂种，老子早就想端了他！"

当下，贺龙又向陈氏父子讲了番共产党、红军的道理，陈氏父子听得十分入耳。

自此，陈氏父子和其"神兵"均加入红军队伍。在贺龙指挥下，打垮了鹤峰团防，孙峻峰亦死于乱军之中。贺龙再占鹤峰城。

就在这时，贺龙收到了中共中央于 1928 年 10 月 4 日写给他的信，要调他到中央工作。

贺龙接到中共中央来信后，即召开湘鄂西前委会议，会上，众皆不同意他离开，缘他在湘鄂西影响甚大，其威望之高，号召力之强，敌人之惧是任何人不能相代的。前委遂致信中共中央，信中写道："云卿同志因红军无人负责及路途阻隔之故，暂难去中央工作，这并不是云卿不愿去沪，实在是事实的困难。"

后中央同意了中共湘鄂西前委的意见。

贺龙率队占鹤峰城后，即对人马进行了整编。按中央精神，贺龙名字不公开，为红 4 军秘密总指挥，下辖第 1 路指挥部，由王炳南任指挥，张一鸣为党代表；另设 3 个特科大队，第 1 大队由李以至负责，第 2 大队由陈宗瑜负责，第 3 大队由杨维藩负责。时全军有官兵 400 余人，200 余支枪。

1929 年 2 月 17 日，鹤峰县苏维埃成立，在城中关帝庙前召开了庆祝大会，上千名贫苦百姓参加。汪毅夫、陈宗瑜、吴天锡、范秋之、吴秉奎等 7 人当选为工农兵代表。吴天锡当选为县苏维埃主席。

鹤峰的赤色旗帜竖起之后，即引起各路敌人大恐，湘鄂西各县纷纷向上告急。两湖当局即令施鹤所属清乡司令和桑植、石门两县团防"会剿"红 4 军。就在众敌摇旗呐喊之际，红 4 军第 3 大队大队长杨维藩叛逃，并带走部分人马。杨因工作华而不实，为前委给予开除党籍 6 个月的处分。杨对此不满而反水。当其带反水人马逃至宣恩县雪罗寨时，为中队长黄涿与王德斌处死。黄复率受蒙蔽战士归队，贺龙遂任黄为大队长。

这时，四周"围剿"之敌步步紧逼鹤峰。军情甚急。贺龙主持召开了军事会议。贺龙说："今敌四面围攻，敌强我弱，我不可四面分兵，当击其一路，如此则震颤其他各路敌兵。当击哪一路呢？"贺龙把烟斗往桌上一磕说："先打王文轩，再打刘子维。王文轩这人跟我很熟，当年还是我的朋友，我来洪家关拖队伍，他还写信向我表示友好，今见敌势大，到了节骨眼上，就和我们不一心了。王今号称总指挥，其有权令各路团防，将王击倒，各路敌兵必然吓退。"

贺龙决心，众皆赞同。

王文轩，字宗凡，鹤峰铁炉坪三望坡人，家中豪富。常年豢养着护院的拳师。贺龙在澧州当镇守使时，王曾任贺龙部下营长。后回家拖起了几十人的队伍，先投靠夏斗寅，后投桂系并自封为"铁炉坪清乡总司令"。1928 年初贺龙回桑植时王文轩亦派心腹去见贺龙，表示愿与贺龙友好。王之举动为鹤峰县县长唐庭耀知晓，唐将其臭骂了一顿，说："贺龙戴了红帽子，背了时，把人马丢光了，你跟他背什么时？他要来打，取下他首级，发大财哩！"王文轩点头称是。而后更积极反共。

贺龙攻打王文轩的决心下后，即下令农民团抗击桑植等县团防，自己亲率人马，消灭王文轩这一路敌兵。令王炳南为前卫。王炳南依计，率本部人马，于天明之前，赶至野鸡沟。这一日，刚好大雾弥漫，接近野鸡沟时，王炳南一声令下，红军指战员都冲入敌阵。王文轩的兵丁，均系乌合之众，没有经过大的阵势，一见红军冲了过来，都慌了，稍微抵抗一下，便四散逃跑。红军紧追不舍。王文轩见势不好，坐上"二人抬"就跑，红军见了"二人抬"小轿，知道轿内坐的定是当官的，遂高喊："抓那轿了里的官!"王文轩听了,更是着急,赶紧从轿子里钻出,对一彪形大汉说:"快!快背我跑!"

这大汉叫唐云杰,为王的贴身护兵,因其力大无穷,故有"大力士"之称。被王文轩封为"御前镖师"。唐云杰见王文轩从轿内跌出,背起他就跑。追赶的红军战士喊道:"王匪,你跑不了啦,你就是钻到牛屁股里,也要把你搜出!"

王文轩伏在唐云杰背上,吓得魂不附体,忙说:"快撒光洋!"

左右忙在路上撒光洋,红军指战员却不去拣,依然在后面紧追。唐云杰背着王文轩跑了一程,只累得遍体生津,最后,终于跑不动了,将王文轩扔在地上,只身逃跑,王文轩被红军结果了性命。

贺龙大败王文轩人马后,又于桑植罗峪,消灭了刘子维部,这两仗,吓得其余各路团防,纷纷后退。贺龙又率队乘胜袭击了桑植城。桑植保安团团长陈策勋万没想到贺龙的兵马出现在桑植,只得仓促应战。不到3个小时,人马即大败,陈落荒而逃。贺龙二占桑植。

## 赤溪大捷

贺龙占桑植后,即宣布成立了桑植苏维埃政权。一时间,桑植城中锣鼓喧天,红旗招展,许多穷人子弟闻贺龙再占桑植,纷纷加入红军。大庸县土著武装覃辅臣部300余人亦投贺龙麾下。贺龙遂委任覃为中国工农红军第4军第2路军指挥。

贺龙占了桑植后,湘西王陈渠珍急忙召开紧急"剿共"军事会议。时陈渠珍部已编为湖南警备军第1军,陈任军长。参加会议的为湘西各县团防头子及第1军团以上军官。这会开得别提多泄气了。陈渠珍连问了数声"谁敢讨伐贺龙"?均无人敢答,为甚?这些人都感到贺龙一个冬天远离桑植,今春雷滚动之际回来了,重又出山,要龙腾九重,所以不敢应战,怕把命搭进去。

散会之后,陈渠珍见无结果,自然双眉紧蹙。正在这时,其手下第1旅旅长向子云来了。向子云因去长沙,未参加陈的会议,他见陈眉头不展,忙问其故。陈便将"剿共"会上无人敢出头与贺龙交战的情况说了一遍。向子云拍胸道:"军长不必多忧,想那贺龙,已今非昔比,其手下兵不过千,枪不过数百。有何难打?军长休长他人志气,灭自家威风,子云不才，愿提兵前往。"

陈渠珍听了大喜，遂令向子云夺回桑植城。时向部驻永顺，其即撺动人马，向桑植进发。

向子云原为贺龙手下的团长。贺龙闻向部来犯，即写一信，要其不必来攻，攻则不过送枪送死而已。

向子云看罢贺龙来信，把信撕碎，对送信人道："你去告诉贺龙，让他速献桑植城，我饶他一命，如若不然，定将其生擒。"随后，削掉来使的一只耳朵。

贺龙见送信人满身是血，又闻送信人之语，大怒，谓左右道："向子云口出狂言，定要他知道红军厉害。"言毕手握烟斗，眉头紧皱，计上心来。

向子云下决心攻打桑植后，即召集左右开了军事会议，时有人说贺龙军中有"神兵"，刀枪不入。向子云说："我以乌鸡黑狗血破之。"

遂令兵丁准备乌鸡黑狗血，女人的月经纸，以备破贺龙"神兵"之用。又让人准备了许多绳子，以备捆绑"红脑壳"之用。准备停当，即以副团长周寒之为先锋，去打头阵，自己坐镇中军。

贺龙定下消灭向子云之计后，即信步出城，来到了城外赤溪河渡口，赤溪河乃是桑植境内第二条大河，河水流急且深。当地老百姓有句俗语："放排只怕烂岩壳，摆渡只怕赤溪河。"

赤溪河渡口旁有个驻龙观，内有神位，贺龙见不少人从观内出出进进，见一张姓老爹亦从观内走了出来，遂问道："张老爹，怎么这么多人来上香？"

张老爹见是贺龙忙说："乡亲们听说向子云带兵要来打红军，都求神佛保佑红军打胜仗。"

贺龙说："告诉大家，不要心慌，仗一定能打好。只要大家听苏维埃政府的指挥。"

张老爹点着头走了。贺龙看了看赤溪河的水势，回到军部，当即召开军事会议，如此这般地说了一遍。众皆拍手叫好。会议之后，便各自依计而行。

桑植城西北 15 里有个南岔渡口，贺龙断定敌必由此处渡河，遂埋伏重兵于八斗溪西北高地，并派小部人马佯装失败，诱敌过河，迫其背水作战。周寒之果然上当，其见红军败逃，即令人马追赶，行至八斗溪高地一带，红军伏兵出击，周寒之仓皇后撤，然为时已晚，仅其与桑植县逃亡县长罗文杰带少数人逃过河，余皆为红军所歼。

周寒之逃过河后，继续前逃，于途中遇到向子云。向子云见周、罗狼狈之像，怒将周、罗骂了一顿，谓其二人无能。遂令其弟向子捷为先锋，继续向桑植进发。当其行至永顺塔卧镇时，当地士绅杀猪宰羊，犒劳向部官兵。

向子云一榻横陈，吞云吐雾，流连忘返。

向子捷率人马行至赤溪河后，见河中船只尽无，怕中贺龙之计，不敢过河，向子云大队赶到后，忙问其故。向子捷说："咱们探子报告，说桑植已为一座空城，贺龙等率队逃跑，渡口船只，一只不见，我恐有诈。"

向子云马上哈哈大笑道："怕甚？一定是贺龙闻我大军赶来，吓得逃跑了。"言罢，把马鞭一举："传我令，全旅人马，尽涉水过河！"

向子云大队人马渡河之后，直奔桑植城，果然，城的四门大开，乃一座空城。向子云进城后，一面令士兵四门把守，一面派飞马报告陈渠珍，说他已占桑植，不日即生擒贺龙。

向子云正得意之际，忽见城外枪声大作，号炮齐鸣。有数不尽的人马，呐喊着冲入城中，向子云见了，知是中计，慌忙上马，时有人报告，说西门没有红军，向子云慌忙从西门逃出，打马直奔赤溪河，身后红军呐喊着杀了过来。时正值7月中旬，骄阳似火，而红军指战员冒着炎炎烈日，不顾挥汗如雨，紧追不舍。向部人马跑到赤溪河边，纷纷跳入河中，向子云也抓着马尾下了河，向对岸游去，正在这时，突然河水陡涨，原来上游下了暴雨，山洪下泄。一个急浪卷来，将向子云卷入水底，一命呜呼了，其尸体一直漂流到津市，脖子上还挂着驳壳枪。向部1旅人马仅百余人逃脱，余皆被歼。

这一仗，是贺龙到湘鄂西拖队伍以来取得最大胜利的一仗。缴获枪千余支，歼敌2000人。震动了湘鄂西。各地土豪劣绅吓得纷纷逃窜。

赤溪大捷之后，众皆谓贺龙指挥有方。贺龙说："不是我计策好，是红军变了。你们想想，我初到桑植，敌人3000，我们3000，我们大败，钟慎吾身亡，经过这一年多，又是敌我各3000，敌人被我们消灭2000，而我们仅伤亡数十人。这一败一胜，说明我们红4军中，已有了党的坚强领导，有了坚实的骨干队伍，有了苏维埃政府的支持，我们红军已经打不散，拖不烂了，至于我贺龙，不过是出了些点子罢了，今后，我们还要按这条道走下去，红4军就会成为战无不胜、攻无不克的部队！"

贺龙之言，众皆认为有理。

赤溪大捷之后，红军力量壮大了，中共湘鄂西前委为了拔除桑植苏区四周团防据点，以打破敌人之包围，巩固和扩大苏区，决定由贺龙率红4军主力向大庸、慈利两县推进。由桑植县委书记李良耀、县苏维埃主席汪毅夫、留守的补充旅旅长谷海云三人组成"留守委员会"，负责后方事宜。

## "你们英雄所见略同"

贺龙在率红4军出发之前，根据前委指示，对红4军再次进行整编，分为两路纵队：第1路指挥王炳南，下辖5个团，第1团团长贺桂如，党代表龙在前；第2团团长文南甫，党代表吴协平；第3团团长陈宗瑜，党代表谭秉苏；第4团团长伍琴甫。第2路指挥卢冬生，下辖两个团，第5团团长章伯勋；第6团团长吴成虎。补充旅旅长谷海云，党代表汪毅夫。除补充旅留守桑植外，余皆随贺龙行动。

贺龙率红4军离开桑植后，即向大庸西教乡挺进。西教乡乃桑植通往大庸的必经之路，为著名天险。大地主熊相熙即依托天险，拉300支人枪的武装，并筑有寨堡，称霸一方。贺龙刚到桑植时，熊亦表示友好姿态，派人送信与贺龙，信中叙了旧情，贺龙亦深知熊的为人，因不愿树敌过多，也派人与其联络，表示友好。随着红4军的壮大，苏区的建立，熊称霸一方的势力受到革命势力的威胁，便露出狰狞之面孔，其与陈策勋等勾结一起，公然对抗红4军。贺龙决心首先除掉熊，拔除西教乡这个白点。

贺龙派王炳南率其部人马，由中湖向飞塔坡前进，取佯攻。贺龙亲率主力由桥头向敌之主寨教子垭攻击前进。时何键所属的李觉师吴玉霖团，亦助贺龙攻打熊相熙。

吴玉霖是贺龙旧部，当年曾同贺龙一起用两把菜刀夺枪，亦随贺龙南征北战，后入湘军何键部当了团长，驻防湘鄂西。因其与贺龙旧情极深，遂应贺龙之约，攻打熊相熙。

经过6昼夜苦战，土酋熊相熙不支，带少数人马弃寨而逃。红4军遂占了西教乡。继而又进击慈利夺取商业要地江垭。红4军所到之处，军中宣传人员，以标语、布告、讲演等形式，宣传中共主张，吸收贫苦农民加入红军。那些土著武装，慑于红军之声威，纷纷派代表向贺龙输诚，表示不与红军为敌。鄂西大股的"神兵"头周笃方、团防田少卿均派代表见贺龙，贺龙亦写信对其好言相抚。

贺龙率队游击了两个月后，闻湘敌吴尚师已进抵慈利，遂返桑植，休整人马。

这时候，刘鸣先来到了红4军，其带来了周恩来代表中共中央写给前委和贺龙的信。刘乃叶挺的副官长，时为中央联络员，与贺龙早就相识，二人相见，一番高兴，不多述。当下，刘鸣先取出周恩来信，贺龙看去，见信写道："去年年底冬生同志到来，得到了你们的报告，当即进行了研究，并将党的第六次代表大会决议案中我党总的政治路线，目前的革命形势以及游击战争主要任务告诉你们。信由卢冬生带去。以后，又得你们的报告，得悉你们不畏苦难，带领同志及士兵忍饥耐寒地作了英勇的斗争。你们发动了群众，夺取了敌人武器武装自己，消灭了许多反动民团、土匪，这些都是对的，不过游击战争最重要的是要有组织，要与群众有密切的联系。过去各处的游击战争，发生过一些不好的倾向，第一是脱离群众，使群众完全不了解游击战争的意义是为发动群众进行土地革命，第二是毁灭城市及大烧、大杀、大抢的倾向。这种倾向，足以妨害党在一般群众中甚至工人群众中的影响和发展。我们在党内必须极力肃清这种不正确的观念。游击战争的主要任务，是实现农民斗争的口号，削弱反动派的力量及建立红军。我们游击队势力所达到的区域，自然必须发展党的组织，扩大群众的组织，推动并帮助群众的斗争。扩大我们的宣传。"周恩来还于信中介绍了毛泽东、朱德在井冈山上的建军经验，信中称："在朱、毛军队中，党的组织是以连为单位的，每连建一个支部，连以下分小组，连以上有营委、团委等组织。因为每个连都有组织，所以在平日及作战时，都有党的指导和帮助。据朱、毛处来人说：'这样的组织，感觉还好。'将来你们部队建党时，这个经验可以备你们参考。关于红军发展方向，鄂西、湘西发展区域，究竟以何处为最好？原则上说，游击战争的发展，应该是向农村阶级矛盾与斗争更为激烈的地方，及党与群众组织有相当的基础的地方，以给养丰富、地势险峻的地方为最宜。"

贺龙看罢信后对刘鸣先说："我初来湘西，指挥人马打仗，还是我当讨贼军旅长那一套，北伐时那一套。碰了钉子，才学会了游击战。打得赢就打，打不赢就走，队伍在游击中慢慢地大了。"

刘鸣先说："毛泽东、朱德在井冈山也是这个打法，看来你们是英雄所见略同啊。"

这时，湘敌吴尚率师向桑植大举进犯，意欲一举全歼红4军。湘鄂西各处反动势力朱疤子、陈策勋、周矮子、罗效之、邢聋子、陈斗南等也纷起，率所部向红4军进攻。吴尚以阎仲儒旅为先锋。

湘鄂西敌军何以如此倾巢？原来，向子云兵败身亡之后，陈渠珍派了其副师长曾从吾率第1旅旅长陈斗南进驻永顺，接替向子云防备。曾出发之际，陈渠珍叮嘱曾，不要再与贺龙交锋，以保存实力为上策，而陈策勋、朱疤子等都坚决与贺龙为敌，不把陈的话放在耳内。陈策勋以"桑、鹤剿匪司令"的名义，发电向何键告急。何键遂派吴尚师会同湘鄂西各路团防前往桑植进剿。

贺龙接到敌情报告，见敌情严重，即召开前委会，前委会上决定避敌锋芒，向桑植西北部转移，再寻机攻敌弱处，时由伍琴甫的第5团为前部。

伍琴甫乃咸丰黑洞人，曾于邬阳关做"神兵""掌坛"师傅。同陈宗瑜为磕头弟兄。其投身于贺龙军中后，原以为能跟贺龙发财，经过数月，方知红军生活十分艰苦，便起反水之心。红4军驻防桑植时，伍便要其大弟子李怀芝与陈策勋暗通，表示要"弃暗投明"。陈策勋大喜，指示伍寻机摘贺龙脑壳。当前委决定向桑植西北转移时，伍便要李怀芝把红军行动暗告陈策勋。陈策勋遂联合各路人马，于红4军必经之路八大公山樟耳坪处埋伏。

樟耳坪又名割耳台，这里山高林密。贺龙叮嘱侦察人员仔细侦察，偏侦察员侦察不细，没有发现敌情。而伍琴甫团又做了前卫。当红4军人马行至割耳台时，突然由大岭槽山梁响起激烈枪声。贺龙勒住马问："怎么回事？"

很快前边传来话，说发现了敌情。敌人人数多少不清楚。说话间，枪声愈发激烈。又有人报告，说伍琴甫反水了。贺龙听了，四下一看，见红军人马全压在谷地，忙说："不好，我们中敌埋伏计了！"他抬眼见右侧叫土地垭的山梁上尚无枪声，断定敌人尚未占领，若敌人占了此山梁，红4军即有全军覆灭之险。贺龙遂下令谷海云率本部人马抢占土地垭。又命令其余各团抢夺大岭槽山梁。

阎仲儒的1个营亦向土地垭冲击。当谷海云部接近山顶时，敌军已占了山梁，其见红军冲了上来，轻重火器一齐开火，顿将红军压了下去。贺龙令谷海云再次组织兵力，务必抢下土地垭。谷海云遂集中全团轻重火器，掩护冲锋的队伍，向土地垭发动第二次攻击。

这时，割耳台四下都响起了枪声，敌人将红4军人马压到了谷底，处境十分险恶。在抢占一个叫节家台的山梁时，第1团团长贺桂如中弹牺牲。继而正面突击的4团团长陈宗瑜身亡。敌兵见红军大有被歼之势，都高喊着"抓红匪"，恶狠狠地向谷底扑去。这时候，如果再拿不下土地垭，红4军噩运难逃。而谷海云却垂头丧气地站在贺龙面前，说："军长，土地垭，我，实在拿不下了。"

贺龙听了，顿时二目圆睁，厉声说："我贺龙南征北战，什么恶仗没打过？一个小小的土地垭，我不信拿不下来！"他环视了一下，说："可惜卢冬生、王炳南没在我身边，此二人有一人在，土地垭何愁不下。"

贺龙话音刚落，一人大呼道："军长，给我1连人，我若夺不下土地垭，甘当军令！"

贺龙看时，见此人20岁左右，两目炯炯放光，一身英武之气。

贺龙问："你叫什么？"

那人说："我叫贺炳炎，松滋人，打铁的出身，刚入伍不久，在警卫连。"

贺龙见贺炳炎一表人才，心甚喜爱，遂令谷海云给贺炳炎两个连。贺炳炎接了军令后，没有强攻，而是以一连人佯攻，一连人迂回前进。时已太阳落山，雾气笼罩山谷。接近山头时，贺炳炎一马当先，冲在最前头，先甩出手榴弹，爆炸之后，趁烟雾冲上山顶，恰逢敌人一机枪射手，贺炳炎一枪结果这射手性命，夺过机枪，一阵扫射，山顶之敌，哭喊着逃走。红军大队涌上山头，敌见大势不妙，四散而去，土地垭遂被红军占领。贺炳炎下令两连人集中火力凭高向敌人射击。贺龙见贺炳炎占了土地垭，大喜，亦组织人趁敌人混乱之际，杀开一条血路，冲出重围，连夜向鹤峰方向转移。

这一仗，是贺龙回湘西拖队伍后第三次遭到重大挫折，两个团长牺牲，人马损失过半。

贺龙率红4军退到鹤峰红岩坪后，一面追悼阵亡官兵，一面重新整顿部队。并任命贺炳炎为第2团第1营营长。

贺龙率红4军在红岩坪休整后，本拟在鹤峰活动，见鹤峰敌情亦严重，遂率队向敌兵力较弱之五峰、长阳转移，趁长阳团防不备，一举攻克长阳县城。陈策勋等闻贺龙人马至五峰、长阳，又举兵“进剿”，贺龙见敌势大，遂率队转移至恩施，在恩施的红土溪、石灰窑，鹤峰的毛坪、宣恩的椿木营等地消灭了一些团防，收编了一些土著武装。

鄂西长阳县内，有一支游击队，队长李步云，原为一猎人，因官府欺压，揭竿而起，啸聚山林，手下200多人。贺龙联合李步云，攻克长阳，将长阳保安团团长赵连壁击毙。

贺龙率红4军占鹤峰、克五峰、破长阳，大败各路团防的“围剿”，吓得各路敌兵纷纷后退。红4军人马又日渐壮大，并形成了一个以鹤峰为中心，包括桑植、宣恩、五峰、长阳、松滋、石门等苏区在内的湘鄂边苏区。贺龙一面加紧扩大红军队伍，一面建立苏维埃政权。

转眼间又爆竹除旧，桃符更新，春风送暖，桃李芬芳。1930年的农历二月到了。这一天，贺龙正于军部内端坐，有勤务兵报告，说有洪湖来人求见。贺龙听说洪湖来人，急忙起身相迎，一见此人，顿时喜出望外。

# 第六章 二进洪湖

## 公安会师

来的人名万涛，四川黔江人，1904年生，原名万诗楷，号铁民。土家族，1924年加入中国共产党。大革命时，先后在重庆、武汉、鄂西等地进行革命活动，1928年7月任中共鄂西特委副书记兼组织部长。

贺龙与万涛见面，彼此格外高兴，万涛向贺龙传达了鄂西特委的指示，要贺龙率红4军东下洪湖与红6军会师。万涛又把洪湖苏区蓬勃发展之革命形势向贺龙介绍了一遍，贺龙听了，甚是高兴。

这里把洪湖苏区情况略作介绍。

周逸群自苦竹坪同贺龙分手之后，装作教书先生，到了石首打算找萧仁鹄、滕树云等人，哪里有这些人的影子。在石首县城，于城门的墙上，看到贴着被杀害的共产党员的告示。周逸群赶快离开，到了沙市，打算找特委机关，适见三辆囚车于街心通过。第二天，他在沙市见到告示，上写：

> 鄂西共匪头子张计储、曹壮飞，于今春煽动工人暴乱，被一网打尽，另两名匪首万涛、李兆龙潜逃。有知其下落者，通知本会，赏洋500元。捉拿扭送者，赏洋1000元，知情不报者，杀！窝藏罪犯者，杀！

周逸群从布告上知李兆龙、万涛尚在，决定寻找他们。在调关，他从团丁口内得知长江北有游击队活动，便决定去江北。

　　周逸群走了一天到了下车湾，见柳树上挂着尸体，知道必是同志遭害，在洪湖边的芦苇丛中，他偶然遇到洪湖红五子之一贺闯，从贺闯口中周逸群才得知方方面面的情况。原来，萧仁鹄在部伍打散之后，被中央调走，刘绍南在白庙被叛徒出卖遇害，监利县委书记邓赤中在土地沟牺牲，滕树云在小河口牺牲，李兆龙、段德昌、刘革非、彭国材等把几处游击队会合一起，计500余人，带到了洪湖一荒岛上，进行大练兵。于是，周逸群在贺闯的带领下，与段德昌相见。

　　段德昌是湖南南县九都人。1904年生。家境贫寒，其少年便愤慨社会，1925年加入中共。后入黄埔军校第四期。北伐时，为国民革命军第6军第5团党代表。其与彭德怀交往甚密，系彭入党介绍人。大革命失败后，段德昌被鄂西特委派到公安县任县委书记。其与共产党员戴补天、胡方熙等组织起百余人赤卫队，杀了大恶霸傅祖光，搞了年关暴动。此后，他带着赤卫队一打华容、二攻杨厂、三打白龙。后于桃花山与强敌遭遇，赤卫队仅剩十几人。段德昌又带这十几人与敌周旋，渐扩至百十人。在荷花怒放之际，段德昌奉鄂西特委指示，与华容领导的赤卫队会合，成立了赤卫队。段德昌任大队长、彭国材任副大队长。由于段德昌足智多谋，善用火攻，敌人皆呼其为"火龙"。

　　周逸群在贺闯护送下到了荒岛，与段、彭相会，商讨了如何在洪湖发展革命根据地，之后，周逸群与李兆龙一起到了沙市恢复鄂中临时特委，开会的有监利的马武、石首的屈阳春、公安的唐玉非、江陵的钱定生、沔阳的何金龙、宜昌的郑炽昌。经过讨论，选举周逸群为书记。会上决定各县组织暴动。结果，各县暴动相继失败，许多领导同志和优秀党员被杀。周逸群从血的教训中感到中央路线不对，遂对洪湖地区的现状、敌情、社情做了调查，而后，将实情写了材料上报中央，特别谈了对暴动的看法。中共中央致湖北省委并转鄂西临时特委的指示信中，对周逸群的报告进行了严厉的批评，说周逸群"要把共产党变成小资产阶级的农民党"，要求周迅速改变这种观点。

　　周逸群对中央的批评持不同意见，遂亲自赴中央，向周恩来进行了汇报，周恩来极认真地听了周逸群的汇报。后来，周恩来依据周逸群的谈话，起草了《给贺龙及湘鄂西前委的指示信》，信中对游击战争、建立农村根据地等方面，做了明确指示。

　　周逸群回洪湖后，湖北省委批准成立鄂西特委，由周逸群任书记、万涛任副书记。之后，周、万和段德昌一起在三屋墩对赤卫队进行了整编。在赤卫队里建立了党团组织，清除了不纯分子。赤卫队乃称"洪湖赤卫队"，由周逸群任队长、段德昌任参谋长。自此停止盲目暴动，发动群众，利用洪湖水泊网地，开展游击战争。与此同时，党员队伍逐渐扩大，建立了秘密的农协会、妇女会、少先队等组织。游击队时而集中，时而分散，打击罪大恶极的土豪劣绅，镇压贪官污吏。当敌人大举清乡时，则采取"你来我飞，你去我归，人多则跑，人少则搞"的游击战术。就这样，洪湖地区的革命力量，在严重的白色恐怖下，依然稳步发展，到了1929年3月春回大地之际，洪湖地区23个县的党组织都初步恢复。正值此时，蒋桂之战起，桂系军阀撤出了鄂西，周逸群、段德昌趁此时率赤卫队，在17天内作战21次，均大获全胜。随着军事上的胜利，洪湖赤卫队获得了相当的发展，人数达千人。编成3个大队，第1大队大队长彭国材，第2大队大队长贺闯，第3大队大队长段玉林，周逸群任总队长、段德昌任参谋长。

　　1929年12月中旬，洪湖赤卫队（后改为鄂西游击总队）编为中国工农红军独立第1师，辖两个纵队，6000人枪。师长段德昌，第1纵队司令王一鸣，第2纵队司令段玉林。12月下旬，鄂西地区党的第二次代表大会在石首的袁家铺召开，到会代表35人，会议由周逸群主持，万涛、段德昌、尉士均、罗正品等出席了大会。大会结合洪湖地区的实际情况，着重解决了党的组织问题、土地问题、游击战争和红军工作，并对职工运动、苏维埃建设、妇女运动、农民运动、青年运动等等问题进行了广泛讨论。大会自始至终强调高度民主。代表们发言热烈，气氛和谐。

　　1930年2月5日，独立第1师第1、2纵队在监利汪家桥会师，特委根据中央指示，宣布独立1师升编为红6军，军长孙德清、政委周逸群、副军长段德昌，参谋长许光达。下辖3个纵队，第1纵队司令由段德昌兼、政委王鹤；第2纵队司令段玉林、政委周容光。全军达7000人。红6军成立后，连克新沟咀、渔洋镇等重镇，使苏区迅速扩大。江陵、石首、监利、潜江、沔阳诸县大体连成一片。此时红军声威，震慑了洪湖地区敌胆，大小土豪，纷纷逃窜。1930年4月，鄂西特委在石首调弦口召开了江陵、石首、监利、沔阳、潜江5县工农兵贫民代表大会，宣布成立"鄂西苏维埃五县联县政府"，周逸群任主席。4月中旬，段德昌赴上海参加全国红军军事会议，中央要求贺龙领导的红4军与红6军迅速会合，组成红

2 军团，以便完成湖北省委的争取在湖北省首先胜利的计划。段德昌回洪湖后，鄂西特委即根据中央指示，派万涛赴鄂西，前往担任红 4 军政委，同时传达中央关于第 4、第 6 两军会师的指示精神。

话转回头。贺龙听了万涛传达的中央指示，十分高兴，当即召开前委会，对桑植、鹤峰苏区的工作进行了安排。由汪毅夫代理桑鹤区的前委工作，并担任中心县委书记，留下 1 个独立团和贺英领导的游击队守卫苏区。鹤峰由贺英负责，桑植由贺文渊负责。之后，贺龙便秣马厉兵，挥师东下。

一切准备停当后，贺龙即率红 4 军人马向长阳的资丘、海洋关行进，本拟到长阳、宜都、松滋。不料行至海洋关时，受到川军第 26 师郭汝栋部 3 个团和长阳、五峰两县团防的堵截。贺龙见敌势大，硬过于己不利，遂决计避敌主力，折回五峰，顺势占领了五峰县城，消灭了五峰团防。郭汝栋急调人马扑向五峰，贺龙再避敌之锋芒，回到鹤峰。第一次东下未果。

贺龙率师回鹤峰后，依然做东下的准备。到了 3 月中旬，接到了鄂西特委来信，知蒋、冯、阎大战将爆发，见川军郭汝栋部已从鹤峰撤走，遂决定第二次下洪湖，取道五峰经松滋到公安与红 6 军会师。

1930 年 3 月 20 日，贺龙率红 4 军第二次东下，遂以迅雷不及掩耳之势，占领了松滋刘家场。继而又占领了松邑、大市镇、磨市、刘市、沙道观等地。途经五峰时，消灭了五峰团防，建立了五峰县苏维埃政府。当贺龙率红 4 军进至松滋县刘家场时，敌独立第 14 旅彭启彪部 1 个团向红 4 军进攻。罗效之等各路团防武装 2000 余人亦摇旗呐喊相助。贺龙得知敌情后，大怒，决计先攻打石门罗效之部，遂令谷志龙团为前卫。红军主力的出现，使罗效之张皇失措，慌忙迎击。而谷志龙此时却令人马裹足不前。原来，谷与罗乃磕头兄弟。在关键时刻，为罗留了一条生路，使罗率队逃遁，红 4 军失去歼灭罗效之的机会。贺龙大怒，下令将谷志龙撤职。

时贺龙见敌军势大，不能东下，遂转道澧县，在澧县击溃了张家场之敌，并缴获了部分枪支。

一周后，贺龙探得蒋、冯、阎中原大战起，无暇顾及红军，遂决定第 3 次东下，首先集中兵力攻打石门团防，罗效之自知不敌，不敢应战，率队逃窜。贺龙率队过石门后，进入澧县内击溃彭启彪部 1 个营，正欲向公安县挺进，罗效之掘堤放水，红4军人马遇阻，贺龙只好率队返回松滋，再寻机东下。

这时，有侦察员报告，说红6军没有西进迎接红4军，而是东进攻打汉阳。原来，从1930年3月开始，主持中共中央工作的政治局委员兼宣传部长和中央秘书长的李立三的"左"倾思想日益膨胀，其在两个月内连续发表了《怎样夺取一省与几省胜利》等5篇文章，文章反复强调城市武装的重要性。按照这个基本思想，李立三于各种会议部署了一系列的"左"倾政策。从6月起，立三路线即在全党全面推开，为实现其制定的集中全国红军攻打大城市的冒险计划，命令红军离开根据地攻打长沙、武汉、南昌、九江等地，要求"打下长沙、夺取南昌、会师武汉、饮马长江"。李立三把乡村和城市的关系，比做人的头脑与心腹和四肢的关系，机械地认为红军在农村的革命战争，只斩断敌人的四肢，没有斩断敌人的头脑，没有炸裂敌人的心脏。以乡村包围城市，是一种错误观点。因此，李立三坚持"城市中心论"。

这时，湖北省委也相继召开了会议，通过了《湖北省委政治任务决议案》等文件，提出了完成地方暴动，集中红军进攻武汉、宜昌、沙市等中心城市，夺取湖北省首先胜利的决议。于是，本当向公安方向推进、迎接红4军的红6军，却被省委命令攻打汉阳，周逸群、段德昌均认为红6军攻汉阳，决无胜利把握，然省委"道道金牌"相催，只得从命。结果因武汉有国民党重兵把守，围攻红军只得后撤。这时中共中央才令红6军西去迎接红4军，两军会合后再攻武汉。于是，红6军攻占了公安县城。得知贺龙率红4军到达松滋河街子，即派人与红4军联络，派去的人于申津渡见到贺龙。时贺龙所派代表也于公安城见到段德昌等。周逸群、段德昌等闻贺龙率红4军将至，十分高兴，即与许光达等红6军负责人，往城西相迎。中午时分，贺龙等飞马而至。贺龙见到周逸群等，立即滚鞍下马，几步上前，紧紧抱住周逸群。虽然两人分手年余，然却如隔千秋一般，激动得一时不知如何是好。两军将领相见，都十分激动。贺龙又与段德昌、邝继勋等一一相见。大家千言万语涌上心头，一时却又不知说甚是好。

两军会师后，即于城外关帝庙前广场上召开了隆重的庆祝会师大会。战士们敲锣打鼓，高唱战歌，当地民众亦来庆贺，送来大批慰问品。

红4、红6军会师后，红4军住府场，红6军住峰口。人马住下后，贺龙和周逸群同去红6军，想解决会师后的一系列问题。两人在往峰口去的路上，见红6军做有工事，并面向红4军派出了警戒，贺龙吃惊，心想其中必有缘故，贺龙把想法告诉了周逸群。贺龙对此回忆说："周当时是特委书记又是政治委员，我们到峰口后，段德昌同志待逸群同志一下马，就把他拉进去，德昌把原委告诉了逸群，说是4军要提6军的枪。这时逸群就拉德昌出来和我一齐谈了。周是不发脾气的人，这次却大发脾气，问有人证、物证没有？当然找不出什么根据来，逸群同志就火了。当时就在德昌司令部里开了个会，未解决问题。会后，我即回府场，约定第二天开联席会议，4军、6军一起开。次日，4军负责同志全到了，地委以上地方干部也到了，6军只派了一个代表来，那次是许光达同志当6军代表。后来听说是邝继勋同志想当2军团总指挥，这次会后不久，邝即调回中央。"

接着，两军召开了联席会议，根据中共中央决定，成立了红2军团，由贺龙任军团总指挥，周逸群任总政委，孙德清任参谋长，柳直荀任政治部主任。红4军改为红2军，红2军军长由贺龙兼，政委朱勉之；红6军军长由邝继勋担任，政委柳直荀兼。并组成了军团前委会，前委书记周逸群。红2军下辖第4师和1个警卫团，师长王炳南、政委陈协平；红6军下辖第16、17两师，第16师师长王一鸣、政委王鹤；第17师师长段德昌、政委许光达。两军人达万余，枪5000余支。

## 周小康、邓中夏的家长作风

时中共中央要求湘鄂西地区的红军帮助鄂西与鄂西南地方暴动，而后向武汉迫进，与其他各路红军会师武汉。鄂西特委亦要红2军团乘会合之势攻取荆州、沙市。对于中央和特委的指示，贺龙、周逸群等于联席会上，进行了认真的讨论。贺龙说："2、6两军会师，力量虽然加强，可战术上彼此都不了解，攻打荆、沙这样的重镇，只恐力不从心，事倍功半。"

段德昌等亦同意贺龙的意见。周逸群说："文常说的，我亦赞成，可中央、省委、特委都如此指示，我们当如何处理才好。"

贺龙端着烟斗，沉吟一阵说："我看中央的许多指示中，只有要湘鄂西地区红军帮助鄂西与鄂西南地方暴动这一点接近实情。我们也可以执行。"稍停又说："如今蒋冯阎大战正酣，洪湖一带敌军都东调，洪湖各地仅留团防，我们当趁此时机，集中2、6两军兵力，用3个月的时间，拔除'白点',使苏区连成一片。我用人部队拔白点,无异于以拳击卵。待湘鄂西苏区连成一片后,再攻汉阳,与鄂豫皖苏区打通。那时,革命力量就大了。而实现这目标并不难。"

贺龙的意见,周逸群等都赞同。

然前委意见,鄂西特委不赞成。无奈,贺龙、周逸群决定首先攻打监利。

7月13日,红2、6两军攻打监利,因两军没有配合好,监利未克,只得退到江陵的新观、普济观一线休整。红2军团于此召开前委会议,决定放弃对中小城市的攻打,集中兵力拔除洪湖苏区的"白点",而后再逐渐向敌统治力量较弱的襄河北岸发展。

会毕,红2军团即兵分两路,贺龙与周逸群各率一路,贺龙率红2军一举扫除了龙湾、熊口等白色据点,然后跨东荆河,解放了潜江县城,迫使残敌退入襄北。复又指挥人马北渡襄河,攻占了天门重镇岳口。段德昌率红6军17师先后攻克了新沟嘴、杨林尾等地。迫残敌逃至东荆河以北。自此,洪湖苏区的江陵、监利、睛江、沔阳等县连成一片。接着,贺龙、周逸群又清除了洪湖地区的反动会道门白极会。

白极会被消灭后,贺龙、周逸群准备二次攻打监利城时,湖北省委再次致函贺龙、周逸群等,要红2军团攻打沙市。其函曰:"现在前委本身很右倾,当2、6两军会师时,全鄂西反动统治动摇非常,尤其是沙市市面恐慌已极,而当时敌驻军也仅一师,且红军声势浩大,群众斗争情绪异常高涨。此时,红军应立即攻占荆、沙,而你们且以声东击西的办法攻监利,监利不克,又提出拔除数县内的'白点儿',游击于潜、天一带。攻下潜江、岳口后,又经江陵返洪湖。省委两次督促你们进攻荆、沙,均不见回信,中央的方针是集中进攻,而你们是集中不进攻。"

对红2军团攻打荆、沙,省委、鄂西特委已多次发指示,贺龙、周逸群等均认为指示不实际,因而没有执行。对此,省委、特委均很恼火,认为红2军团会师后不打大城市是右倾,是前委违背了中央"集中进攻"的方针。

周逸群看罢省委的指示,没有做声,贺龙口嗑烟斗,也没开口。良久,周逸群说:"文常,你说如何办?"

贺龙手握烟斗,抬眼望周逸群,用斩钉截铁的语气说:"荆、沙不能打,攻打这样大城市,一、我们没有重武器,二、部队没有攻坚经验。"

稍停又道："如果是我过去的部队，武器精良，训练有素，荆、沙之地，不过在挥手之间！"

周逸群叹道："中央、省委、特委，都不深入实际，只知发号施令，打仗是要流血的。"言罢，想想又说："这样吧，我们召开前委会，红2军团的行动由前委做决定吧！"

当下，红2军团召开了前委会，与会者均认为荆、沙不能打，可再攻监利城。

会毕，贺龙即下令人马再做攻打监利的准备。正在这时，长江局军委巡视员、红2军团政治部主任柳直荀、特委书记周小康来到了。周小康一见贺龙、周逸群面，劈头问："中央、省委、特委的指示你们看到了吗？"他见周逸群点头，又说："为什么不攻打荆、沙？"

贺龙说："前委研究过了，就目前部队力量看，荆、沙不能打，监利估计能拿下。"

周小康脸色沉着说："对红2军团的行动，中央、省委很不满意。"他一扬手："召开前委扩大会议。讨论如何执行中央指示，如何同中央保持一致。"

当下，红2军团前委召开了扩大会议，会上，周小康对红2军团前委不执行中央、省委、特委的指示进行了严肃的批评，最后，周小康说："现在蒋冯阎正混战，全国的革命形势已经到来，我们一定要认清形势。甩掉右倾的帽子，争取军事上的更大胜利。如今，中央已命令红3军团攻打武昌，红一军团攻打汉口，我们红2军团，在攻下荆、沙后，挥师东下，攻打汉阳。"

柳直荀亦支持周小康的发言，对贺龙、周逸群的"拔白点儿"做法，不指名地进行了批评。

周、柳二人说完后，没人开口，贺龙说："中央批评红2、6两军会师后没攻打荆沙，不是我们不愿执行中央指示。中央提出的要在一省或数省内取得胜利，气魄不小。对于全局，我不了解，但就红2军团的实力，我很清楚，若要攻打，也需要做充分的准备。"贺龙稍停又说："2、6两军合在一起，不过万人，远不如我那20军，且武器落后，攻坚战部队也从没打过，硬打一定吃亏。"

段德昌说："守荆、沙之敌，为李虎臣师。李虎臣是西北军，极善防守。当年曾同杨虎城一起守西安孤城8个月。"

周小康说："把敌人看得过于强大，把自己力量估计过低，这正是中央批评你们的要害。"

周逸群说："既然中央、省委、特委都这样要求，我们坚决执行上级指示好了。"

于是红2军团决定攻打沙市。由于部队从没打过攻坚战，又没有重火器，指战员虽然作战勇敢，攻打了1天，红2军第10团团长张一鸣阵亡，许多营连干部牺牲。游弋在长江的英、日轮亦向红军开炮。贺龙见仗实在不能再打了，遂下了撤退令。这一仗，红军伤亡千余人。部队士气顿时低落。

红2军团撤到郝穴、潜江一带后，中共湖北省行动委员会依然不顾红2军团实际，继续命令红2军团进逼武汉，配合红3军团和鄂豫皖红军攻打武汉。贺龙、周逸群等虽然认为中央指示不妥，还是无条件地执行了。但在执行中，又按照普济观会议上确定的方案，兵分两路，红2军沿潜江、天门、京山地区前进。红6军沿监利、沔阳、汉川前进，拔除这一带的"白点儿"。

就在红2、6两军行动不久，邓中夏来到洪湖苏区。

邓中夏，原名邓康，湖南宜章人，1894年生，其从青年时代起即研究、传播马克思主义，为中共北方组织的创始人之一，曾当选为中央委员、中央政治局候补委员。担任过江苏省委书记、广东省委书记。亦为中国工人运动最早的组织者和领导者。领导过长辛店罢工、京汉铁路"二七"大罢工、开滦煤矿罢工、上海22个日本纱厂罢工和省港大罢工，在中共内资历极深，威望亦极高。

邓中夏来洪湖之前，是全总驻赤色职工国际代表。由于国内革命形势日益高涨，中共中央电令其回国。邓中夏回国后，即被派到红2军团任政治委员。

邓中夏到了红2军团后，了解到红2、6两军攻打荆、沙失利，不宜再攻武汉。遂连发四信，向中共中央请示，建议先将红2军团集中洪湖休整，召开会议，研究部队今后行动。信中写道："渡江截断武长及占领岳州，唯我观察，第2军团是否能担此重任，尚是问题，因其战斗能力实属有限，从上次进攻监利失败，此次进攻沙市无功可证。"

9月20日，在监利县的周老咀，邓中夏主持召开了前委扩大会议。会上，邓中夏传达了中央关于红2军团渡江直指岳州、截断武（汉）长

（沙）铁路、配合红一方面军攻打长沙的指示。贺龙、周逸群讲了红 2 军团的实际。邓中夏听了，沉吟良久说："中央的指示要执行，部队的实际要考虑。这样吧，监利地处洪湖中心，紧傍长江北岸，是敌人阻塞洪湖苏区南北通路的最大据点。红军曾两次攻打监利不克。我看 2、6 军渡江之前再打监利，打下监利，以振士气。"

邓中夏意见，众皆赞同。

周老咀会议之后，贺龙即撺动人马，向监利发起攻击。时监利守敌除团防外，有国民党新 3 师 1 个团，达 2000 余人。是夜，乌云密布，雷雨交加，贺龙下令人马奋力攻城。时有中共地下党员杨嘉瑞，策反了敌人两个连于火线起义，打死了营长王元生，里应外合，敌人不支。到天明时，国民党新 3 师龚炳垣团和保安团均被歼灭，时有 8 艘敌舰增援，亦被红军击退，从朱河方向来的敌之援军，亦被消灭于上车湾。这一仗的胜利，又使红军士气大振。

祝捷大会后，前委于监利城召开了联席会议，会上决定将鄂西特委改为湘鄂西特委。鄂西联县改为湘鄂西联县。邓中夏为特委书记兼红 2 军团政委，周逸群改做地方工作，代理湘鄂西特委书记，周小康改任特委组织部长。因邝继勋调走，段德昌任红 6 军军长。联席会上议定红 2 军团渡江，配合红一方面军攻打长沙。就在这当儿，中央命令到了，命令红 2 军团停止待命。因为红一方面军此时已撤离了长沙。

红 2 军团前委于朱河镇召开了会议，会议决定首先攻下新堤（今洪湖县城），收复沔阳，而后视形势发展再定，或渡江南征，或西攻沙市。就在前委于朱河开会间，中央又派了汤慕禹、刘鸣先到了红 2 军团。二人均是从莫斯科回国的。邓中夏见二人到了，大喜，其私下对贺龙说："汤慕禹在苏联学过军事，很有水平，我想让汤任 6 军军长，段德昌嘛，打游击还可以，指挥 1 个军有困难，又是个炮筒子脾气。"

贺龙听了，忙说："德昌有勇有谋，是难得之将才，还是不换为好。再说他才出任军长仅数日，换了会影响军心的。"

邓中夏说："中央的意见要汤慕禹任军长。"

贺龙手端烟斗，吸了口烟说："这样吧，既然中央一定要汤慕禹任军长，我不再兼 2 军军长职，由孙德清任 2 军军长，汤慕禹任军团参谋长。"

邓中夏见贺龙如此一说，也只好依从。遂于会上公布了新的任命。会议最后议定，不打新堤，转攻仙桃，缘新堤工事坚固，且周围水泊，不利大部队行动。攻下仙桃后，再攻岳口，而后兵分两路，红 6 军取天门、京山，红 2 军取钟祥、荆门。

会议之后，贺龙即率红 2 军团向仙桃进攻。很快将仙桃攻克。贺龙正要下令攻岳口，邓中夏却要贺龙下令人马南征。贺龙说："我当乘胜直抵京山、荆门。何以突然停止？"

邓中夏说："我们打下仙桃，已收复失地百余里，地方组织已无力接收，若再北进，势必造成红军远离根据地，大军冒进。当年太平天国攻城，就是随得随丢。"

贺龙说："古话说，打出地盘好吃饭，我们不打出地盘来，怎么扩大、巩固苏区？"

邓中夏依然坚持己见，贺龙等无奈，也只好依从。红 2 军团遂退回峰口整顿，准备南征。两人发生了第一次争论。

1930 年 10 月中旬，中央再次指示红 2 军团截断武长路，进攻岳州。红 2 军团前委经过讨论，决定由石首渡过长江，进攻南县、华容、公安、澧县、常德、安乡等县，造成湘鄂西赤色区域。

部队渡江之后，贺龙率红 2 军打南县，段德昌率 6 军打华容。南县攻克后，邓中夏要贺龙打安乡。贺龙说："从南县至安乡，途中要经五条大河，那地方我很熟，那些江河，不是地图上标的一条线，水宽流急，我们若打安乡，是背水作战。犯军事之大忌。"

邓中夏见贺龙说得有理，只得同意。遂按贺龙意见，攻打津市、澧州。贺龙率红 2 军攻打津市，段德昌率红 6 军攻打澧州。邓中夏随红 6 军行动。

贺龙率红 2 军投入战斗后，很快攻下津市、石门、临澧 3 县，消灭了川军张英、马坤山部，并缴获了不少国民党报纸。从报上，贺龙得知蒋冯阎中原大战已经结束，蒋介石于南昌成立行营，亲自部署"剿赤"事宜。贺龙对孙德清说："敌势力将发生重大变化，敌之'围剿'将开始，我们当速返洪湖，准备迎接敌之'围剿'，保卫苏区。江南一带群众基础弱，不宜再留。"

孙德清同意贺龙的意见。当下，贺龙将部队撤到河口。又亲自到了石门，面见邓中夏。邓中夏听贺龙说军队已撤至河口一带，神色很不高兴，说："云卿，没我的命令，你怎么就把部队撤回？"没容贺龙开口，邓中夏又说："云卿啊，我几次想开口，都咽了回去，在你的身上，还有旧军人的恶习啊！共产党的军队是有严格组织纪律的。"

贺龙没想到邓中夏把问题看得如此严重，他慢慢地吸了口烟说："你怎么批评我都行，可打仗的事儿，我好歹比你多打过几次，对蒋介石，我们不可儿戏。"说完把报纸给了邓中夏。

邓中夏看了看报纸说："敌人的报纸除了造谣就是造谣，我们怎能拿此当行动依据？"

这时，段德昌刚好进来，他插话说："贺总指挥说的对，即使敌人报纸满篇说的都是假话，我们也要返江北了。迅速做好巩固苏区的工作，以迎接湘鄂之敌的进攻。"

邓中夏是工运领袖，也是党内的著名理论家，党的创始人之一，但他对军事却不是内行，而又听不得贺龙等人意见。其见贺龙没有他的命令就将部队带回，已经恼火，又见段德昌随贺龙说，更是恼火。他用手拍了拍桌子说："部队的行动，仍按原计划进行，继续攻打澧州、津市。"言罢，拂袖而去。

贺龙、段德昌见状，只是闷头吸烟，默然无语。这当儿，万涛、周逸群派人送来告急信。信中写道："假如1、3军团又进攻长沙，则我们就要配合这一行动，而今，据各方消息，说明1、3军团已远离长沙，敌大军正在云集，大有'围剿'红军之势，红军当速返苏区，做好保卫苏区的准备。"

尽管周逸群等再三陈述红2军团回师洪湖之重要，邓中夏却依然坚持己见。要红2军团再次攻打津市、澧州。当时，政治委员有最后决定权，贺龙等无奈，只好执行。贺龙率红2军攻打澧州，段德昌率红6军攻打津市。这是贺龙与邓中夏发生的第二次争论。

这时，津市、澧州已驻进敌之正规部队，为陈渠珍之戴季韬部和李觉19师。蒋介石并为这两支部队装备了新式武器。段德昌指挥红6军攻打津市后，由于守敌武器精良，亦为正规军，攻打了一天一夜，虽将津市攻克，然伤亡甚重，参谋长刘仁载亦不幸牺牲。贺龙率红2军攻打澧州，攻打一天一夜没能攻下，却伤亡不少人马。其与孙德清相商后，决定停止攻打，将澧州团团围住。

这时候，原为张宗昌部、后为蒋介石收编的鄂籍将领徐源泉，被蒋任命为湘鄂川边区清乡督办，统一指挥第48师、第34师、第11师、新11师及新34师及川军第21军教导师和新2、3、5、7旅、暂编第19旅、湖北警备旅、湘军李觉第 19 师、李国钧部、周燮卿部、夏斗寅第 3 军等数万虎狼之敌，杀气腾腾地扑向洪湖。

这时候，红 2 军仍围打澧州。战斗旷日持久，不能结束。贺龙闻敌大兵将至，只得将人马向公安一带撤。而公安已为敌所占，贺龙率军打退公安之敌，又令第 12 团派兵将伤病员及物资运回洪湖。红 6 军也撤到松滋县的杨林寺、街河市一带。这时，进攻洪湖之敌，分路向洪湖苏区大举进犯，监利、华容、潜江相继失守，告急文书雪片般飞向红 2 军团前委。

在杨林寺的一座大庙里，红 2 军团前委召开了紧急会议。研究红 2 军团的行动方向。会议一开始，段德昌即说："立即回师洪湖，保卫苏区，打击敌人！"

贺龙把手中烟斗一磕说："我的意见也很明确，回洪湖。"

邓中夏表情很严肃地说："洪湖，不能回，原因么，洪湖系水网地带，河流湖泊太多，打游击是个好地方，大部队行动就不便了。我的意见，红 2 军团应当转至山区，凭借五峰、鹤峰、石门、长阳冲破敌之包围圈向外发展。以武陵山为依托，建立像井冈山那样的第二中央苏区。"

段德昌说："洪湖人民养育红军，今天，敌人要屠杀洪湖人民时，我们怎么能离开呢？这样做，对得起洪湖人民吗？洪湖水泊，正可为我们利用。我们的战士，多从洪湖而来，识水性，熟悉湖中一草一木，而敌人进了湖，就是瞎子、聋子、傻子！"

贺龙接着说："中夏同志提出创第二个中央苏区，搞新苏区可以，'中央'二字要去掉。中央苏区只能是一个，我们不能另立中央。"稍停又说："当年，我在熊克武的靖国军当师长时，孙中山先生逝世后，熊克武说要去广东组织新政府。我不赞成，没有去。中夏同志提出建第二个中央苏区，我也不赞成。"

会上，除汤慕禹、刘鸣先支持邓中夏意见外，许光达、王炳南等均主张回师洪湖。最后，邓中夏说："部队何去何从，容我再想想。"

贺龙说："强敌压境，我们不能久留于此。"

一连数日，邓中夏不下决心，贺龙等虽然焦急，亦无可奈何。这时，湘鄂西特委又派人送信告急。邓中夏看罢信，对贺龙说："段德昌不是一再要求回洪湖吗，我看可让他带伤病员回去。组织赤卫队，与敌周旋。"

贺龙听了，忙说："大敌当前，怎能让德昌离开？"

邓中夏说："开个会研究一下吧。"

贺龙此时很恼火，可他还是耐住了性子——毕竟邓中夏是中央派来的政委，毕竟是党内资历较深的同志。会议开始后，邓中夏提出两条意见，一是在刘家场一带选择阵地与敌人决战，二是段德昌回洪湖，汤慕禹任红6军军长。

贺龙说："找阵地与敌决战？这是叫花子跟龙王爷比宝，我们什么装备，敌人什么装备？德昌若回洪湖，把红6军带走。"

孙德清说："大敌当前，2、6两军不宜分开，要回，当一起回洪湖。"

邓中夏说："德昌同志还是要回洪湖。但不能带走军队，只能把伤病员带走。"

段德昌万没想到邓中夏如此决定，他只觉得一股热血涌上脑门儿，愤然起身质问邓中夏说："我今日就回洪湖，洪湖若丢失，我提首见你。红2军团若遭损失，你承担什么责任？"

邓中夏无言。

会议不欢而散。散会后，段德昌找到贺龙说："胡子，这是撤我的职啊！"

贺龙吸了口烟说："德昌，洪湖需要你，回去之后，再拖一支队伍。"

段德昌说："胡子，邓中夏不懂军事，又家长作风，我走了，你担子更重了。"稍停又说："我担心的不是洪湖，而是红2军团的前途命运啊！"

贺龙说："是啊，红2军团已四面临敌，而我们还在杨林寺徘徊不定。"

两人相对无语。

第二天一早，段德昌骑马奔洪湖，贺龙送了很远，两人才洒泪而别。

由于邓中夏对红2军团的何去何从举棋不定，结果，红2军团在杨林寺一带遭敌四面攻击，一场恶战开始，敌人首先杀向红6军，计有李觉师、陈渠珍等部，分路由西斋、宝塔市、官桥、石子滩等处向红6军进击，而此时红2军尚在数十里外的公安县。面对强敌，邓中夏却主张在杨林寺一带与敌人决战。贺龙听了，愤然而起，拍桌子说："这样做，是把红2军团推向绝地！部队要迅速撤退！"

这时，敌人先头已逼近杨林寺。邓中夏这才对贺龙说："依你吧。"

当下贺龙传令：红2军迅速向杨林寺靠拢，红16师迅速抢占杨林寺北山头，阻敌前进之路，以掩护大部队撤退。

双方人马很快接了火，而且一接火就十分激烈，阵地上，双方兵力犬牙交错。从凌晨打到黄昏，敌人不但不退，却越打越多。贺龙传令：人马趁夜色撤出战斗。夜半时分，红2军团人马向外撤退。偏偏收编的一支土匪队伍反了水，从背后向红军开火，使红2军团指挥部腹背受敌。亏得卢冬生带手枪队，将反水之敌打退。

贺龙同军团指挥部，向刘家场方向且战且走，黑夜之中，不知敌人有多少，但闻四野枪声如炒豆一般。到了黎明前，适天降大雾，军团指挥部这才甩开了敌人。贺龙清点了一下人数，身边仅有少数警卫人员和机关干部，其他各师团消息，一概不知。一夜激战，都很疲惫，邓中夏情绪低落。贺龙说："趁浓雾未散，快往刘家场撤。"

这一夜，红6军的两个师被敌冲散。红2军闻红6军为敌所围，迅速驰援，在街河市与李觉部接了火，激战之中，李部将红2军切割数块，部队上下失去了联络。孙德清带军部打到天光大亮，才甩开敌人。查点人数，三停人马失去两停。途中又与王炳南部相遇。这才向刘家场方向撤退。午时见到贺龙、邓中夏等。

这时，敌分路向刘家场杀来，红2军团只得经石门的子良坪、泥沙、赤绥河、南北墩向鹤峰方向退去。

红2军团人马退到鹤峰才站住脚，人马失去大半，枪支弹药辎重物资丢失无数。加之气候严寒，部队缺衣少穿，部队士气极为低落。

## 收编"共产军"

这天，红2军团人马退到了鹤峰的走马坪，走马坪也是鹤峰县内的一个大寨子。在此之前，贺龙曾带红军两次到过这里。红军严明的纪律，给村民们留下极深的印象。老百姓像待亲人一般招待红军。谁知，当贺龙这次带红军到寨子之后，寨子的人大都跑光了。那些没来得及跑的人，也都躲进了屋内，关门闭户，像是躲瘟神一般。贺龙听人报告了这些情况，甚觉奇怪，便来到了走马坪街心。一看，果然家家户户都关门掩窗，他看了一会儿，回身对邓中夏道："中夏，这个地方的百姓，一向很拥护红军，怎么今日对红军这般态度？"

邓中夏道："其中定有原因。"

当下，贺龙同邓中夏商议了一番，决定不打扰百姓。遂传命令，命令部队暂住在寨外歇息。

红2军团住下之后，贺龙便打算派人了解情况。正在这时，忽然接到姐姐贺英送来的一封信，这才知道有支"共产军"到了鹤峰一带，信中并略述了"共产军"的情况。

原来，这"共产军"里有三个首领，一个叫覃伯卿，一个叫甘占元，一个叫张轩。三个首领都是怎样的人呢？

覃伯卿，字正树，四川省川东忠县石宝寨人，生于1898年。早年留学日本，回国后，向往革命。1922年在成都参加了"社会主义青年团"、"赤心社"等革命组织，随即加入中国共产党，是四川第一批共产党员。杨森驻守川东时，覃伯卿在杨森部工作，秘密策反。1927年蒋、汪反共之后，覃伯卿正在杨森处。由于隐蔽较好，杨森不但没发现他是共产党员，反而要他做秘书并兼任随营军事政治学校教官，从事兵运工作。1928年，覃伯卿利用自己在杨森处的身份地位，同雷震寰、周伯仕等革命同志组织兵变，不慎被杨森察觉，兵变失败。覃伯卿遂逃回石宝寨家乡，继续拖队伍，进行武装斗争。1930年冬，四川军阀刘湘、王陵基、杨森混战之时，川东土著军阀甘占元、张轩被挤在矛盾之中，有被消灭之险，覃伯卿便以同乡之宜，将这两人拉到一起。甘、张两人各有千余人马，三支队伍合起来人马达3000，枪2000余支，便挑出了"共产军"的旗号。杨森得知此情后，派兵"围剿"这支队伍。共产军见杨森部队来势甚凶，抵敌不住，便退到川东黔江。杨森兵马继续追赶。时至冬日，大雪纷飞，部队在山林中缺衣少食，处境十分困难，开小差的也越来越多。覃伯卿与甘、张两人商量，要将"共产军"拉到湘鄂边，投奔贺龙红军。甘、张二人见杨森兵马围追甚紧，只好点头。这么着，覃伯卿便同甘占元、张轩带着3000余人马，于11月底，到达了湖北宣恩县境沙道沟，住下之后，覃伯卿便打算派人与贺英取得联系。

就在这时候，有二人来到了这支部队，见了覃、甘、张三位首领。来人是谁？一人名叫魏振清、一个名叫李占奎。这二人从哪里来的呢？原来覃、甘、张这支"共产军"一入鄂西，鹤峰县苏维埃政府上上下下的人员都慌了，不知道这是支什么样的队伍。为了防止意外，各区乡地方工作人员也都采取了紧急措施，坚壁了物资，埋藏了文件，都觉得情况很严重。这时候，贺英到了县苏维埃机关，提出了派人去摸清这"共产军"的虚实。贺英对县委的几位负责人说："既然这支部队自称是'共产军'，还喊出杀富济贫、打土豪的口号，我们可以派人去了解清楚他们的底细。"

县委书记汪毅夫也觉得贺英言之有理，便同意了贺英的意见。当下，贺英便先派了她游击队中的副官、善于交际应酬的魏振清和李占奎，去会这"共产军"，于是，这二人便骑马来到了沙道沟。

覃伯卿一见是贺英来的人，很是高兴，便说明'共产军'是来投奔贺龙红军的，请贺英给搭个桥。之后，覃、甘、张三人又热情地招待了魏、李一番。魏、李二人临别时，覃伯卿说："若能与贺英大姐相见，是我们'共产军'官兵之望。"

魏、李二人当即表示，一定转达。

魏、李二人回到了鹤峰，见到贺英，便把覃、甘、张三人欲见她的话说了一遍。贺英听了说："我明天就去。"

大家听说贺英要去会"共产军""掌盘子"的人，都劝她不可冒险，免入虎狼之口。贺英说："不然，不入虎穴，焉知底细。"遂不听大家劝阻。

第二天，贺英带着两名游击队员，骑马来到了沙道沟。覃伯卿等听说贺英来了，亲自出迎，像待贵客一样，将贺英让到上房。随即摆茶敬烟。大家一阵客气之后，覃伯卿便又说了他和"共产军"意欲投贺龙做红军的打算。贺英见覃伯卿言辞恳切，感情真挚，不似有恶意。但觉得甘占元、张轩二人却目有凶光，心藏不善。贺英待覃伯卿说完，便郑重地说道："你们要投红军，共产党和苏维埃人民当然欢迎你们。但是，人民的军队首先要爱护百姓，要服从苏维埃政府的命令，听从红军的指挥和调遣。"

覃伯卿说："大姐讲的在理，我们一切都听红军的指挥，听苏维埃政府的指挥。"

贺英见覃伯卿很真诚，又同一些下层的干部见了面。之后，覃伯卿将部队集合起来，要贺英讲话，贺英讲了番苏维埃人民群众欢迎"共产军"到鹤峰苏区的话。

贺英回到鹤峰，把情况向县委书记郭天明做了汇报，并谈了自己的看法，说这支队伍倾向革命，经过教育改造，会成为革命的力量。县委听了贺英的汇报，做出了决定，派人给这支队伍送去一批粮食、猪肉、蔬菜等等物资。覃伯卿等见了，很是高兴，随后，覃、甘、张三头领便带着这支队伍，到了鹤峰境内，住到了走马坪一带。这支"共产军"，除了覃伯卿带领的原来人马纪律较好外，那甘占元、张轩的部队，多系土匪出身，哪里懂得什么群众纪律？住下之后，少不了抓鸡摸狗，连偷带拿，拉夫派差，要料要草，把所住的村寨闹了个鸡飞狗跳墙，把老百姓都给吓跑了。

事情反映到鹤峰中心县委，县委便派了贺英去见覃伯卿、甘占元和张轩。贺英把"共产军"违反群众纪律的事一说，覃伯卿连连说道："大姐，我们这支部队，刚刚合到一起，都不懂得群众纪律，做了不少老百姓不高兴的事。这样吧，我们把人马带到奇峰关一带，等着贺龙军长派人收编，待编到贺龙军长队伍之内，这些士兵、官长的土匪恶习，就能改掉了。"

当下，贺英又将覃伯卿的意见报告了县委。县委同意之后，覃伯卿便将这支队伍带到了奇峰关一带。

就在这时，邓中夏、贺龙带着红2军团来到了走马坪。走马坪的老百姓听说红军又来了，以为又是先头的"共产军"，全都吓跑了。这时，贺英听说红2军团退到了鹤峰，便派人骑快马送来信，向贺龙报告了"共产军"欲投红军的情况。

贺龙看了信之后，将信交与邓中夏。邓中夏看罢，沉吟不语，贺龙见状，问道："中夏，你意如何？"

邓中夏说："云卿，我等新败，部队疲惫至极，若有战事，必定吃亏。覃、甘、张所部3000余人，而这三人来投红军，不知是真心还是权宜之计，还是另有他谋呢？大姐信中只讲这支人马来投我们，其他没有提及，若这三人反了水，他们3000人马，我们可吃不消哇。"

贺龙说："覃伯卿这人我不熟，甘占元、张轩我知晓。都是川东土著小军阀，曾依附过刘湘、王陵基、杨森等，朝秦暮楚，有奶便是娘。"

邓中夏眉头拧着说："他们为什么来投红军呢？"

这时，柳直荀、王炳南、孙德清诸将都走了进来，邓中夏把贺英的信给他们看了。众将都说此事宜慎重。柳直荀说："不管这三人是否真心，如今他们既然来相投，我们总要以礼相待。可派人送信与覃、甘、张三人，要他们来此相商收编一事，我们也能从中察看他们是否真心。"

贺龙想想说道："此事是我姐接的头儿，我看还是要她代劳吧。"

贺龙的意见，邓中夏等均同意。当下，邓中夏以贺龙名义写了封信，派人送与贺英。贺英接到信后，立即带上两名游击队员飞马奔奇峰关。

覃伯卿三人也听说红2军团来到了鹤峰，正要派人去联系，忽听贺英来了，很是高兴。覃伯卿即与甘、张二人亲自出关相迎，将贺英让到司令部内，分宾主落座，有人献茶。贺英便取出贺龙写给覃、甘、张三人的信。

覃伯卿看罢贺龙的信，真是高兴异常。说："大姐，我等盼归贺龙红军，如大旱盼甘露。今日得知贺军长到了，真是喜从天降。请大姐转告贺军长，对于贺军长的关怀，我们从内心中感谢，对于贺军长为改编我军所提的条件，我们全部服从。"

当下，双方又谈了些旁话，贺英遂同覃、甘、张三人告别。而后，又飞马来到走马坪。到了红2军团指挥部驻地，见到了贺龙。贺龙将邓中夏、柳直荀、孙德清、王一鸣、王鹤等红2、6军两军负责人，向贺英一一做了介绍，大家都早已闻知贺英英名，今日相见，自然都很高兴。邓中夏说道："贺大姐，我们有你这样一个革命的好大姐，真是高兴。"

贺英笑道："中夏同志，你过奖了，我若能给党做些事，也是共产党教给我的。"

接着，贺英便将覃伯卿的言语、态度向贺龙和邓中夏说了一番。贺龙听后，问道："姐姐，照你说来，覃伯卿投我们是一片诚心了？"

贺英说："覃伯卿的态度真诚无疑，而甘占元、张轩二人眼随心转，倒要提防。"

柳直荀说道："我们下个请帖吧，把这三人请来，当面谈谈。"

柳直荀的意见，大家都同意。

就在这时，红6军的侦察员抓到了一名侦探，从这人身上搜了一封信。贺龙立时气得豹眼圆睁，邓中夏也怒不可遏。原来，这是一封与敌人勾结里应外合的信。信中说要诱杀贺龙。贺龙见信大怒，当下将覃、甘、张三人诱到红2军团驻地杀了。其实，写信勾敌的是甘占元和张轩，覃伯卿对此一点不知，被冤杀。

覃、甘、张被杀之后，红2军团收编了这3000余人马。1931年元旦，天降大雪。在这大雪之中，在走马坪前的坪坝上，红2军团召开了收编大会。贺龙站在了雪地之中，亮着嗓门儿对收编的兵将们说道："从今以后，你们就是红军了。不错，我贺龙是红军的军长，可我是有'老板'的，我的老板就是共产党。我们大家要一起听共产党的，为穷苦人打江山，争天下！"

红2军团在走马坪收编共红军之后，前委便在走马坪召开了扩大会议，做出了依托五峰、鹤峰，进军石门，创造武陵山根据地的决定，1931年1月中旬，红2军团主力出师石门。

## "长胡子要上山，短胡子要下湖"

红2军团人马败走杨林寺后，湘敌李觉第19师、新编之陈渠珍第34师及湘鄂西各县团防，又摇旗呐喊杀了过来。在石门的白沙渡，红2军团主力与李觉和陈渠珍人马相会，双方大战。敌因新胜，气焰甚高，又有飞机助战，红军虽奋勇向前，终因伤亡过重而败走。再退到鹤峰、五峰一带。时值寒冬腊月，朔风紧吹，大雪纷飞。红2军团指战员缺衣少穿，缺粮少米，加之频繁战斗，不得休整，处境十分艰难。人马锐减，无奈，前委做出决定，在枝柘坪休整一个月。

时有贺龙旧友叶光吉赶着300匹骡子，驮着大批布、棉、鞋、袜去卖，经枝柘坪时，碰到贺龙。叶甚为高兴，说："总指挥，做梦也没想到在此碰到你呀。"

贺龙听说他赶着马帮而来，笑着说："好啊，你是福星啊，我正愁缺衣少穿，借点子给我如何？"

叶光吉说："借个啥呀，都给你了，连我也给你了。"

叶光吉，湖北宜都人，家境贫寒，少时拜师学兽医。后于湘鄂川黔边做生意，与贺龙交谊甚深。叶加入红军后，任运输大队大队长。

一日，大雪纷飞，纷纷扬扬的大雪使山山岭岭一片银白。贺龙与邓中夏坐在一吊楼内围着炭火谈心。贺龙说："部队今后的行动，不知你怎么考虑的。"

邓中夏拨着火说："我想，天暖之后，我们先向荆当远发展，而后，再向武当山发展。建立武当根据地。"

贺龙深深地吸口烟后说："咱们部队中的指战员多是洪湖人，如今洪湖面临强敌'围剿'之难，军心向洪湖啊！"

邓中夏说："这，我考虑过，古语云，从井救人，人固不救，救者必死。如今强敌围攻洪湖，我们若杀向洪湖，正中敌意。如此不但不解洪湖之围，反有被敌消灭之险。我当用'围魏救赵'之策。部队上山，吸引强敌。"

二人正说着，湘鄂西特委派交通送来了信。邓中夏看了，脸上顿时变色，贺龙看了，也默然无语。

原来，在 1930 年 9 月 24 日，中共中央于上海召开了六届三中全会，全会通过《关于政治状况和党的总任务》等议决案，选举了新的中央政治局，李立三被撤销了中央常委和兼任的宣传部长、秘书长工作。三中全会虽然对李立三路线进行批判，但还将其留在政治局。为此，共产国际对瞿秋白、周恩来等极为不满，认为瞿、周搞"调和"。1930 年 12 月 10 日，共产国际代表米夫由德国秘密来华。12 月 16 日，米夫主持召开了中央政治局会议，会上，瞿秋白在米夫的高压下，一而再，再而三地检讨，直把个三中全会说得一无是处。检讨自己犯了"调和主义"错误。1931 年 1 月 7 日，米夫以突然袭击的方式召开了中共六届四中全会，四中全会上争论十分激烈。米夫又一手遮天地压制了民主，把王明推上了高位，从此，拉开了中国共产党内部残酷斗争的序幕。时中共中央总书记虽然为向忠发，但因其文化低，大权旁落于王明身上。王明掌权之后，首先把反对自己的中国共产党老资格党员何孟雄等置于死地，又将罗章龙等开除党籍，对瞿秋白亦进行了无情的打击。而后，王明的一套比李立三更加"左"倾的理论出笼。从 1931 年 3 月份开始，王明、米夫又有计划地向全国各地派送中央代表，让这些代表作为"钦差大臣"，去执行其"左"倾路线。派了夏曦到湘鄂西中央分局任书记；派任弼时、王稼祥、顾作霖为中央代表团到中央根据地；派张国焘、陈昌浩、沈泽民到鄂豫皖苏区，张国焘任分局书记。其余各地，王明也都派了自己人。

夏曦，字蔓伯（也叫蔓白），1901 年 8 月 17 日出生于湖南益阳县桃仁镇。14 岁入益阳县立龙洲高等小学。后入湖南第一师范学校。在此结识了毛泽东、蔡和森、何叔衡、柳直荀等，加入新民学会，夏思想进步，五四运动中，勇敢地走向了革命斗争之路。1921 年毛泽东回乡建党，夏曦、郭亮等都加入了党组织，至此，夏曦更加积极投身于中国革命。北伐间，夏曦为中共湖南省委主要负责人之一。中共"五大"后，夏曦出任湖南省委书记。后入莫斯科东方大学学习。中共"六大"于莫斯科召开，夏曦参加了"六大"。其初时反对米夫、王明，后见王明势大，又投入米夫、王明怀抱。成了"二十八宿"之一。夏曦于 1930 年回国，被中共中央派往江苏省委任常委兼宣传部长。因其"效忠"米夫和王明，在中共六届四中全会上被增补为中央委员。王明往各根据地派"钦差大臣"时，把他派往湘鄂西苏区，担任分局书记要职，接替邓中夏。并要邓中夏迅速返回中央检查执行立三路线的错误。夏曦到洪湖区后，第一道"圣旨"就是撤掉邓中夏的职务，将红2军团改为红3军，由唐赤英任红3军政委。随后，派了交通将中共中央给湘鄂西特委的信和湘鄂西中央分局给红2军团前委的信送与红2军团前委。中央在给湘鄂西特委的信中，把个邓中夏说得一无是处，说他是立三路线在湘鄂西苏区的典型代表，是湘鄂西苏区出现的种种问题的罪魁祸首。

邓中夏、贺龙看罢中央来信，一时间，相对无语。邓中夏摇摇头说："真是不讲理了，我邓中夏到洪湖，所执行的哪点不是中央路线？哪点不是国际主义路线？我有什么错误？"

贺龙问："王明这人怎么样？"

邓中夏说："二十六七岁的青年。"

贺龙摇摇头说："二十六七岁便进政治局，太嫩了。"

邓中夏诚恳地说："云卿，我们相处时间也不短了，你看我有什么缺点呢？"

贺龙说："中夏，你在党内威望很高，办事也光明磊落。这不说了，在红2军团，感到你最大的缺点，就是家长作风严重，缺乏民主，听不得不同意见，其结果导致了军事上的失败。"

邓中夏轻轻地叹了口气。

当下，邓中夏便召开了红2军团前委会，邓中夏宣布了中央的指示。立时会场上哗然，不少人对红2军团改成红3军愤愤不平，认为错误是邓中夏犯的，不该记大家头上。邓中夏说："同志们，我邓中夏来湘鄂西后，犯了错误。错误无论多大，全部责任由我负，与同志无关。我同云卿交换了意见，自我当红2军团政委以来，听不得同志们的意见，家长作风严重。在这里，我向因我的错误而受害的同志们道歉，大家对我有什么意见，只管提出。"

邓中夏这一检讨，使得这许多工农出身的领导干部，本来对邓中夏满肚子火气，却烟消云散了。贺龙对邓中夏说："错误的责任不能由你一人承担，我这总指挥也要负责的。"

经前委会讨论决定，红2军团按中央指示改编为红3军，由贺龙任军长，经贺龙提议，在唐赤英未抵红3军前，仍由邓中夏任政委，孙德清任参谋长，柳直荀任政治部主任，下辖红7、8两师。7师师长孙德清兼、政委李剑如；8师师长王一鸣、政委王鹤。原来的湘鄂边独立团改为教导第1师，由王炳南任师长、陈协平任政治委员。并选出了邓中夏、贺龙、柳直荀、孙德清等7人为红3军的前委。会上确定王炳南、周小康、陈协平等留守湘鄂边。

会议之后，贺龙即率领红3军由枝柘坪北上。此时已春风荡漾，柳绿桃红，全军指战员听说打回洪湖，顿时士气大增。第一天即攻克巴东县野三关，歼灭川军戴天明旅1个团。而后乘胜抢占了巴东城。接着，全军横渡长江，连克秭归县、兴山县城。人马稍事休息，又向东挺进，攻克远安县城。远安克后，邓中夏又下令红7、8两师分头攻打当阳、荆门两县。这当儿，驻宜昌、沙市的川军教导3旅及48师补充1、2团前来增援，双方激战一天，敌援军蜂拥而至，贺龙见不可恋战，遂下令人马向敌兵力薄弱的北边撤退，一直退到距远安百余里的马良坪一带才停下来。

时徐源泉令第51师范石生部、第69师赵冠英部、教导3旅郭勋部计10个团兵力，分4路向红3军进逼。贺龙指挥人马于马良坪迎敌。因敌势大，红3军不支。遂趁夜色撤出战斗，进入了鄂西北地区。途经大观堂时，与中共鄂豫边领导的蓬山游击队会合，一举攻占了谷城县的石花街，人马于此休整数日。

红3军自枝柘坪出发以来，转战千里，部队伤亡甚重，处境十分困难。贺龙于前委会上建议部队不要再往北走，当以房县、均州为依托，创建鄂西北根据地，使人马得以休养。贺龙意见，众皆赞成。

鄂西北地处鄂、豫、川、陕边界的武当山区，地形险要，物产丰富。房县有千里房县之称，然这一带道教盛行，因而创建苏区难度很大。

红3军若于此创建根据地，必须克均州。均州位于鄂豫皖三省交界，南靠武当、北临汉水，因其城墙为石砌而成，高大坚固，易守难攻，故有"铁打的均州"之说。时均州守敌有69师赵冠英1个营，土著军阀张恒景的1个团。另有"八大豪绅"豢养的团丁。红3军抵均州城下后，贺龙即指挥人马攻打，城上滚木檑石和滚开的米汤一齐泼下。红军人马虽伤亡很多，城池依然不能攻克。贺龙即令停止攻击，而后骑马绕城观察一遍，心中有数。是夜，其令人找来十几床棉被，用水浸透，令几名战士顶着棉被带长绳子，绳子一端绑着成捆的干柴，趁夜色爬到南门洞，将柴堆在门洞内，用火点燃。大火很快燃起，将城门烧蹋。贺龙下令趁势攻打，守敌不支，红军遂攻入城中。均州为红3军所占。

红 3 军于均州城休整十数天后，敌 51 师李柱中旅、鄂豫边悍匪张连三等部向红 3 军进攻。贺龙见均州不能立足，遂率人马向武当山撤去。

武当山又名"参上山"、"太和山"，周围 400 公里，为道教圣地。红3 军在武当山下稍事休息，便欲翻山到山南房县一带，因部队中有不少伤病员，不便相随，贺龙、邓中夏等与山上道人相商后，把伤病员都寄放在道观中。

6 月 18 日，占领了房县城。

房县地处大巴、武当两山之间，南北窄，东西宽，最大直径达千里之远，因之有"千里房县"之称。房县山峦起伏，水陆不利，舟车商贾缩迹。红 3 军占房县后，即组成了以柳直荀为书记的中共鄂西北分特委。朱勉之、汤慕禹、张琪、蔡祝封等为执行委员。很快，房县建立了 105 个乡苏维埃政权，建立了游击队、赤卫队、红色补充军等群众武装。打了土豪劣绅，把土地分给了穷人。红 3 军人马亦得到短时间的休整。

7 月底，敌 51 师李柱中旅、第 32 师赵文启部、房县土匪张牛腿、郧县土匪马大脚等 9 团人马，分两路杀向房县。贺龙急调人马相迎。张牛腿因对房县地形十分熟悉而打到了房县城下。时守房县城的仅贾鸣钟 1 个团，张牛腿匪兵竟有 3 团之多。邓中夏、贺龙、柳直荀等均于城中，情况万分危急。贺龙亲自登城指挥作战。幸好天降大雨。使张牛腿人马攻城迟滞。第二天，红 7 师的两个团赶到，才把张牛腿打退。贺龙又亲率红 8 师将李柱中、赵文启部打退，马大脚等也被吓跑了。

敌 9 团人马被打退后，邓中夏、贺龙决定主力向外发展，以扩大苏区根据地。房县由柳克明率 1 团人马守卫。就在这时，万涛、段德昌率红 9 师前来迎接红 3 军的消息传来。邓中夏、贺龙决定率主力南下，迎接红 9 师。指战员听说南下洪湖，无不欢欣鼓舞。前委遂决定，组建红 9 军（未成立军部）25 师，由汤慕禹任师长、朱勉之任政委。与柳直荀一起，固守房县。而后，贺龙率大队人马由房县青峰镇出发，直奔洪湖。于保康击溃敌两团之众。这时，邓中夏又犹豫了。其对贺龙说："咱们主力远离房县，房县苏区若丢了怎么办？"

贺龙说："先打下南漳再说。"

邓中夏同意。当下，贺龙率队攻下南漳。南漳克后，邓中夏又犹豫不决，不想南下。贺龙说："要坚决南下，与红 9 师会师。"

邓中夏说："要是会不到呢？"

贺龙说："真的会不到，再返回房县。"

后来，在红3军中传有"长胡子要上山，短胡子要下湖"之语，即指邓、贺二人之争。"长胡子"为邓中夏，"短胡子"为贺龙。

这次邓中夏依了贺龙意见。于是，红3军继续南下。当部队进到离刘侯集不远的一个叫报信坡的小镇子时，邓中夏又不走了，他召集了一些政治干部开会，却没有一个军事干部参加。贺龙得知后对邓说："中夏，我已派李士奇一个骑兵连去刘侯集了，两个小时后即可知晓，你今天开的什么会，一个军事干部也没有参加？"又说："看到底是你犯错误，还是我犯错误。"

会上21团政委陈其枚不同意再回房县，还受了处分。会议正开时，李士奇回来了，报告说6军在刘侯集。与会者听了都高兴得跳了起来。

当下，贺龙写信叫李士奇去接段德昌，信上并请邓中夏签了字。李士奇是从苏联回来的，出身是工人，湖北人。

在荆门县刘侯集，红3军终于与段德昌、万涛率领的红9师会师。贺龙见到了段德昌，真是欢喜不尽。段德昌还带来了夏曦写给贺龙的一封信。信的内容大意说他夏曦上海与贺龙分手后，就到苏联去了，后来当选为候补中央委员。回来后中央派他到湘鄂西中央分局任书记等。段德昌对贺龙说："你们来得正好，得把拥护邓中夏的那些人惩一下。"

贺龙说不能怪他们。段德昌于欢喜中透着悲伤，贺龙感到段德昌内心有难言之事，经再三追问，段德昌才含泪道："胡子，逸群同志牺牲了。"

贺龙听了，只惊得两眼发直，大叫一声："痛煞我也！"

## 周逸群、邓中夏的牺牲

周逸群是怎样牺牲的呢？

周逸群改做地方工作之后，他深入实际，结合湘鄂西苏区具体情况，领导苏区军民，开展了政治、经济、文化等各方面斗争，取得了显著成效。到1930年底，仅洪湖苏区就建立了11个苏维埃政权，还有大片游击区。当蒋、冯、阎大战结束，敌人重兵向洪湖"围剿"时，周逸群连连发信向邓中夏告急，希望红军主力返回洪湖，以粉碎敌之"围剿"，而邓中夏却按兵于杨林寺一带不动，结果，红2军团大败，败走湘鄂边。周逸群无奈，只得将游击队集中，然不过300多人，他便带着这些人打游击。

敌人占领洪湖苏区后，即对苏区人民进行了血腥镇压，牺牲于敌屠刀下者数以万计。段德昌带伤病员回洪湖后，即和周逸群、彭国材、段玉林一起带游击队与敌周旋。红2军团于杨林寺大败后，不少人马被打散，段德昌收拢了这些失散人马，成立了洪湖独立团，段为团长。在东港口，伏击了敌徐源泉部的1个团，取得了东港口大捷。这一仗，震慑了敌军，纷传贺龙主力回了洪湖。敌"围剿"之势收了许多。

由于苏区青壮年纷纷加入独立团。独立团遂扩编为新6军，段德昌为军长、周逸群任政委，下辖江左、江右两个师，分别由段玉林、董朗负责。新6军依靠苏区人民，与敌人展开了英勇斗争。

到了1931年春意盎然之际，苏区各方面工作均已复苏。就在这时，夏曦到了洪湖苏区。

当夏曦向周逸群、段德昌等传达了六届四中全会精神，传达了中央撤销邓中夏党内外一切职务等决定后，周、段等都很高兴，但对中央提出的比李立三路线更"左"的"进攻路线"却大惑不解。为此，夏曦批评了他们思想右倾。由于夏曦在党内资历深，又是中央代表，他们也只得"理解的执行，不理解的也要执行"。

夏曦又下令，将新6军改为红3军的第9师，由段德昌任师长，陈培荫任政治委员。

是年5月间，"两广"反蒋，"围剿"洪湖之敌军相继撤出，段德昌趁此机会率红9师连续作战，苏区的江北区除监利、沔阳、潜江三县县城外，余皆解放。

这时，下车伊始的夏曦竟突然以中央分局书记的身份，取消了湘鄂西特委，周逸群被撤销了特委书记职务，改为巡视员，被派到长江以南的洞庭特区巡视。与此同时，夏曦又于中央分局机关报《红旗报》上连续发表了他的一系列"左"倾理论，特别是他提出的富农、中农都是反革命的理论，一下把苏区干部的思想搅乱了，使得一些地区出现中农反水事件。亏得周逸群做工作，才化险为夷。然对周逸群的工作，夏曦不但不支持，反而斥责和批评。周逸群忍辱负重，从实际出发，依靠群众、依靠党团骨干，在不长的时间内，便在江南苏区恢复和发展了20多个党支部，并指挥江右军攻下石首县城，夺得大批粮食弹药。时周逸群雄心勃勃，决心把800里洞庭造成割据局面，与洪湖成犄角之势。然其做法又受到夏曦的批评，夏斥周开辟洞庭苏区是"分散兵力"、"要逃跑"。周逸群虽然生气，也只好忍耐。时夏曦派刚由莫斯科回国的宋盘铭到江南，催促周逸群返回江北汇报工作。就在周逸群返回江北途中，遭到敌人的伏击，牺牲于岳阳的贾家凉亭，时年 34 岁。周逸群血洒洞庭，震动了苏区，苏区男女老幼，无不掩面痛哭。后来，苏区人民为了纪念他，将苏区首府瞿家湾的红色书店、红色小学，均命名为"逸群书店"、"逸群小学"。

周逸群牺牲后，6 月 20 日，夏曦主持召开了有各县县委书记参加的湘鄂西中央分局扩大会议。会上，夏曦宣告成立了湘鄂西临时省委，由崔琪任省委书记，万涛、杨光华、彭之玉等任常委。崔不久因病赴上海治疗，遂由杨光华代书记。至此，夏曦正式开始在湘鄂西全面推行王明路线。

这年夏天，湖北各地连降大雨，洪湖一片汪洋。江北苏区，几被全淹，灾民达百万。啕嚎之声，延绵千里。敌趁机集中兵马向苏区大举进攻，时红 9 师因苏区无粮，为减轻人民负担。打破敌之"围剿"，欲转移到外线作战。这时，中央分局令红 9 师向襄北发展，迎接红 3 军，并要万涛一起随军行动，待与红 3 军会合后，取代邓中夏的政委职务。

段德昌接受任务后，即率师北上，一战黄家场，二克沙洋，三克潜江。伏击敌萧之楚一部，并将缴获敌之械组建了红 27 团。之后，继续北上，终于在刘侯集，与红 3 军会合。

红 9 师与红 3 军会合后，当晚召开了团以上干部参加的前委扩大会议。由万涛传达了中共中央和湘鄂西中央分局的指示。会上通过了《关于反对邓中夏同志错误领导的决议》。改组了红 3 军前委，由万涛取代邓中夏的职务。由于柳直荀留在房县工作，红 3 军政治部主任由刘鸣先担任。会上，大家给邓中夏提了几十条意见。特别是段德昌，对邓中夏意见很大，轰得邓中夏直冒汗。贺龙说："中夏同志有学问，为人正派，不打击人，能照顾团结。我和中夏同志相处以来，争论也很多，有时还半红脸，可我感到他这政委很好相处。红 3 军的失利，中夏有责任，我这军长也是有责任的。"

最后，万涛根据大家提的意见，又结合六届四中全会的精神，将邓中夏的错误归纳了 12 条，说邓中夏执行的完全是李立三的路线，完全是右倾逃跑主义，曲解了共产国际关于革命根据地建设的指示。用创造新根据地的"左"的假话，来掩盖右的逃跑主义错误实质，因而，是反国际路线的。

事实上，邓中夏犯的是李立三的"左"倾盲动主义的错误，而夏曦、万涛等却用六届四中全会的精神来看待邓中夏的错误，说他犯了右倾逃跑主义，犯了右倾错误。更令人痛心的是，王明的"左"倾路线，对他进行了无情的打击，不但在政治上打击他，而且在经济上打击他。邓中夏到了上海后，中央不给他分配工作。1933 年 5 月，工人运动的杰出领袖、政治活动家邓中夏同志，第三次被捕，被敌人杀害于南京，时年 39 岁。

# 第七章　　三进洪湖

## 夏曦犯了众怒

红9师与红3军会师后，前委决定红3军立即南下洪湖，9月29日，正是秋风阵阵催人忙之际，贺龙率红3军从丰乐河东跨襄河，经洋梓镇南下。10月2日克钟祥，翌日到达京山县永隆河地区。

时襄北一带有敌34师、41师及新3旅残部，计7团之众，贺龙见其兵力部署分散，遂集中兵力，分头进击，以红7、8两师攻岳口，以红9师攻张截港。当日即将两地攻克，缴获了大批粮食和物资。贺龙即令运输队火速运往洪湖，解苏区缺粮燃眉之急。

就在红3军指战员满怀信心地重返洪湖之际，中共中央批评了湘鄂西中央分局，并要求分局写出检查。原来，在红9师北上迎接红3军之际，长江以南的苏区完全为敌人所占，敌人于苏区内烧杀抢掠。中央对江南苏区的丢失十分不满，因而，严厉批评湘鄂西中央分局失职。夏曦乃争功诿过之人。他接到中央的批评后，眼珠一转，即把责任完全推到万涛和段德昌身上，同时认为红3军南下，也是红3军领导不要后方，不要苏区，是立三路线的继续。他亲自向中央写了报告，内称："中央：江南苏区的丢失，我很痛心，在接中央指示之前，我们已经查明缘由。经过是这样的，在第9师克潜江后，不经中央分局批准，便突然地改变了军事计划，而冒进地脱离了苏区，北上攻荆门，又至刘猴集与7、8两师会师。这样一来，洪湖已无兵可守，便使得长江南岸的苏维埃政权，除石首县第七区外，全被摧残。……而红3军此次南下，将军师政治部及教导团统留房县，这完全证明，红3军的领导同志，还没有决心来巩固苏维埃政权，这根本表现了红3军的领导是脱离苏区，不要后方，不要群众的反国际路线的立三路线。"

接着，夏曦又以省军委主席团的名义，于 10 月 8 日向红 3 军发出训令。省军委主席团本来由夏曦、贺龙、万涛三人组成，而夏曦却以他和唐赤英、彭之玉三人名义签署了给红 3 军的训令。训令的内容和他写给中央的报告一样。并委任了红 3 军新的前委，以彭之玉为书记、唐赤英、贺龙为委员。万涛被排斥在外。同时令红 3 军速返洪湖。

红 3 军回到潜江县后，夏曦又分别给段德昌、陈培荫党内警告处分。而后，夏曦亲任红 3 军政委。

夏曦接任政委职后，其以学苏联红军编制为由，以省委名义下令将红 3 军改编为五个大团，取消了军部、师部，五个团直接归省委领导。如此一来，段德昌等均成了团长，贺龙也剩了光杆军长了。

这天，夏曦下令红 3 军开赴周老嘴整编。贺龙由于有事，没和大部队行动。到周老嘴时，天已黑了。他找来找去，没他的住房。缘由是军部取消了，所以没了他的住处。他同勤务兵牵着马在街上转悠时，见到了李剑如。李剑如是留过苏的，夏曦原准备要他接替陈培英的政委职，因为又取消了师部，李剑如便闲了下来。李剑如问贺龙："贺军长，你住哪里了，我去看你。"

贺龙说："我已没住处了。"

李剑如一怔说："怎么会没你的住房？"

贺龙没有回答，李剑如说： "天这么晚了，到我那里住吧，就在前边。"

这样，贺龙只好与李剑如住在了一起。是夜，二人谈了许多，谈到夏曦时，二人对夏曦的家长作风，不深入实际的作风，甚为感慨。李剑如说："贺军长，我看还是你找夏曦谈谈吧。不然这样下去要出乱子的。"

贺龙点点头。

第二天，贺龙找到夏曦，二人没交谈几句便争论起来。贺龙见夏曦如此听不得不同意见，心中很有气，可他还是耐着性子说："老夏，许多事你做的是很不合适的。我是中央分局委员，军委分会副主席，红 3 军军长，可在重大问题决策上，你不征求我的意见。你以省委名义给分局下指示，是分局领导省委还是省委领导分局？"稍停，贺龙又说："你为什么要取消各师？我认为这样决定是错误的。"

夏曦端坐那里不吭声，贺龙手端烟斗继续说："请你召开个党员大会。

计大家投票，如果大家赞成你，我离开这里，回中央去。"

夏曦说："你去找万涛吧，让他来回答你的话。"

贺龙真火了，他猛地站起说："为什么要找万涛？万涛被你撤了职，你不知道吗？如今省委书记是杨光华，那是你指派的，我问你，省委怎么可以随便做出取消各师师部的决议？我再问你，红9师北上迎红3军，是不是你派的？"贺龙见夏曦不语，大声说："红9师是按你的指令办的，而你却在决议中斥红9师做法错误，斥红3军南下错误，红3军南下错在哪里？"

夏曦依然不吭声，贺龙用烟斗敲桌子说："你夏曦来洪湖才几天？你情况不熟，与群众、与红军关系都不深，你今天处罚这个，明天处罚那个，处分了段德昌又不通知他，这对吗？万涛是个很好的同志，可组织红3军前委，你却不要他这政委参加。我说你组织的前委是个非驴非马的组织。我问你，你来洪湖后办的几件事，哪一件是有党性的？哪一件是对得起党的？"稍停贺龙又说："再说件芝麻大的事儿，我这当军长的到了苏区竟然没房子住，你能睡得安稳吗？"

任贺龙怎么说，夏曦只是阴沉着脸，不吭声。

夏曦的独断专行，严重的家长作风，惹得苏区内党政军各级干部强烈不满，怨声四起，不少干部忍耐不住，纷纷起来批评夏曦。

当时，对夏曦最不满的是万涛、段德昌、潘家辰等人。这几个人也不征求夏曦意见，便召集了个会议，把夏曦也请到了这个会上。段德昌指着夏曦说："红9师北上是军委主席团会议上决定的，才过去几天，你怎么就忘了？如果你忘了，我再把当时情况给你讲讲。当时会议上对9师行动，有两个方案，一是南下过江，保护江南苏区，但过江后必须把调关和焦山河两个据点拿下，并能守住，否则，若敌情严重，红9师就无法退回江北，只能走红2军团向鹤峰转移的老路。而攻下调关和焦山河，从敌我力量上看，我必伤亡惨重，且没把握。二是北上攻打沙洋之敌，这我们有把握，打下沙洋，夺得敌之给养，若探听到红3军消息，就接回洪湖。这个决议恐怕你不会忘记吧？而你，"段德昌怒冲冲地说："却瞒着大家，向中央报告假情况，让你老婆（夏曦爱人谭国甫当时管电台、翻译电码）向中央发歪曲事实假电文。"

几个人对夏曦的批评十分尖锐，夏坐在那里，汗流浃背，如坐针毡一般。

由于夏曦的行径引起了大家的强烈不满，中央分局、省委召开了联席会议。会上，万涛和夏曦发生了激烈的争论，与会者均发了言。经万涛要求，派人向中央报告，请中央主持公道，判断是非。会上决定派宋盘铭到中央反映情况。

宋盘铭即动身赴上海，暂且不提。

红3军回洪湖后，由于大水灾断收，军队给养无法解决，贺龙建议红3军离开苏区中心，到外围打击敌人，以解决给养问题，分局批准后，贺龙即率红3军在后港等地消灭川军两个营，又转至襄北，攻下皂市，歼敌曹振武团及武汉保安团各一部，俘敌800余人。随后在天门、京山一带游击，牵制了天门、岳口等处之敌，稳定了洪湖苏区的局势。

就在这时候，红四方面军取得了黄安、杜傅店、苏家埠等战役的重大胜利，粉碎了敌人对鄂豫皖苏区的第三次"围剿"。敌人大为恐慌，急将"围剿"洪湖苏区之敌抽调于平汉路以东地区，贺龙了解此情，决定以突然行动，突袭襄北之敌。

时守襄北应城、皂市、瓦庙之敌为敌48师。由于这三个地方位于汉口至宜昌的公路之中，所以敌方甚为看重。为确保这交通运输线，48师又分兵在皂市30里外的龙王集放一个团另两个营的兵力，在陈家河放两个营的兵力，三处成犄角之势。

1932年1月19日，贺龙下令段德昌由泗港渡襄河，突袭皂市。时值隆冬，气候严寒，红9师出发时，又值雨雪交加。段德昌指挥人马冒雨雪突袭了皂市，守城之敌大部被歼，余皆逃往应城。段德昌又按贺龙部署以两团兵力包围了龙王集之敌，以一团兵力包围了陈家河之敌。如此吸引敌之援军，达到围点打援之目的。国民党应县县长兼保安团团长蒋作宾，急派其工兵营前往救援。在距龙王集不远处为段德昌的伏兵所歼。

贺龙下令对龙王集、陈家河两处敌兵继续围而不打。此举使武汉震动。武汉绥靖公署主任、湖北省主席何成浚连电龙王集、陈家河之敌固守待援。同时命令第10军徐源泉部所属第4师第12旅旅长张联华，率部由孝感增援。张联华接令后，即沿汉宜公路前往驰援。

当其率人马行至一个叫木匠湾的地方，见四处丘陵起伏，公路两旁，遍生杂草短树，冬日雾气之下，视线更加不清，张联华的参谋长见此地形，心中生疑，怕有伏兵。张联华说："这大路两厢，贺龙纵有天胆，也不敢埋伏人马。"

遂不听劝,驱动人马继续前行。不到一刻钟,人马行到一个叫毛家畈的地方,突然,公路两厢枪声大作,无数人马杀出。原来,贺龙得知张联华敌军增援,遂令少数人马围困龙王集和陈家河,余皆埋伏于此。这一仗,张联华旅被全歼,敌另外三个团援军,也仅跑掉一个团。接着,贺龙又率人马攻克龙王集、陈家河。全歼守敌。这一仗,除全歼张联华旅外,还歼灭敌48师特务团、工兵营全部及矿警、民团等。俘敌旅长张联华以下共4000余人,缴获迫击炮20余门,轻、重机枪60余挺,步枪3000余支,子弹数万发。与此同时,红7师也先后袭击了汉阳之黄陵矶与朱儒山,歼灭钱大钧部一个营,威逼武汉外围,武汉三镇震动。

这当儿,留在房县的柳直荀、汤慕禹,因敌重兵"围剿",不能立足,奉中央分局命令,南下洪湖,与红3军独立团会合。

## "左"倾中央支持夏曦

再说赴上海的宋盘铭。宋抵上海时,中共中央总书记向忠发已于这年6月被捕叛变,王明到了莫斯科出任了中共驻共产国际代表,中共中央由博古主持工作。宋盘铭很快就带回了中央的指示信。中央在具体问题上支持大多数人的意见,但在总的路线上,又支持夏曦,说夏曦自到湘鄂西建立中央分局以来,执行的是中央的国际路线。中央还指示红3军整编为两个师和1个独立团,由贺龙任军长,夏曦不必兼政委,人选由中央选派。万涛等认为宋盘铭是中央分局成员,汇报问题有偏向,要求再派人去中央讨"公道"。这样,分局和省委第二次派了省苏维埃秘书长尉士均再赴中央汇报。按照中央的指示,红3军整编为两个师和1个独立团,贺龙任军长。刚刚整编完,柳直荀带来部队与红3军独立团又合编成第8师。

这时候,中共湘鄂西中央分局党的第四次代表大会在监利县周老咀召开,贺龙从前线赶回参加大会。到会代表127人,主席团成员有夏曦、贺龙、崔琪、杨成林、杨光华、万涛等9人,由夏曦作政治报告。由于报告有许多不符合实际之处,在讨论报告时,会上爆发了一场激烈争论。与会代表都愤怒谴责夏曦,发言激烈者达80多人,特别是万涛、段德昌、潘家辰、柳直荀、彭国材等,言词非常严厉,皆提出要清算夏曦的右倾逃跑主义。夏曦却对代表们提出的问题进行辩解,双方争执不下,贺龙亦对夏曦的报告中不实之词进行了严肃批评。

就在这时，尉士均回来了，回来的还有关向应。关向应以中央代表身份在会上传达了中央指示。关说："中央认为以万涛、潘家辰为首的小宗派反党活动，是反中央的、反国际路线的阴谋活动。中央命令，立即制止这种反党行为，不许以任何理由加以辩护。以免混淆是非，从而维护党的统一领导，这是我党更加布尔什维克化的崇高纪律，中央号召湘鄂西党组织在中央分局统一领导下，对反党分子进行严肃批判。"

关向应宣布了中央指示后，尉士均又报告了他去中央的经过。尉说："我去中央是万涛选的中间人物，但动身之前，万涛暗示我务必告倒夏曦。我把万涛的话告诉了中央，中央认为万涛指控夏曦是别有用心。便对我进行了教育，使我提高了认识，明辨了是非。我懂得了万涛的行径是反党的行为，在大是大非面前，我要站稳革命的立场，与万涛的反党行为划清界限，争取做一个百分之百的布尔什维克！"

关向应和尉士均两人的发言，使会议的内容立时来了个180度的大转变。代表们由斥责夏曦而一变为反万涛、潘家辰、杨成林。潘家辰气得当场昏了过去。贺龙虽然认为万涛、潘家辰等正确，但中央有如此严厉的指示，也只好依从。

大会通过了夏曦的《争取一省数省首先胜利》的政治报告和《为党的布尔什维克化而斗争》的决议。夏曦要求全省党团员迅速行动起来，揭露万涛、潘家辰的"右倾机会主义"，批判万涛"企图用两面派手段和括弧内'左'的词句，掩盖他右的实质"。中央的错误结论，使夏曦从政治上、组织上巩固了"左"倾冒险主义在湘鄂西苏区的领导地位，为全面的、深入的贯彻其"左"倾错误制造了条件和声势。

会后，万涛调回军委工作，中央派林电若补任宣传部长。关向应任红3军政委。

中央为夏曦撑了腰，使夏曦欣喜万分，而贺龙、段德昌于皂市、应城所取得的重大胜利，使夏曦更加欣喜若狂，头脑膨胀，开始不可一世了。

夏曦本不会打仗，可他却一揽红3军大权。湘鄂西省"四大"结束后，中央分局及省委又通过了《湘鄂西中央分局关于目前时局估计及湘鄂西党与红军紧急任务决议案》等几个决议和决定。对贺龙、段德昌以游击战为主的思想进行了批驳。夏曦斥贺、段的军事行动是"等待防御"、"因循守旧"、"保守主义"等，红3军应立即转变到阵地战、城市战、攻坚战方面。贺、段虽认为夏之举不妥，也只得依从。

1932年2月底，敌武汉绥靖公署主任何成浚命第10军军长徐源泉"清剿"洪湖苏区。徐即以其第48师韩昌峻之144旅打通皂市至天门的交通，以保障其供给线，并收复应城、岳口之交通，然后再直捣洪湖。

前委会上，夏曦要集中红3军人马，与敌决战。贺龙说："敌来势甚猛，我当集中兵力，以迅雷不及掩耳之势，歼敌一部。"

夏曦说："这种打法仍是中夏路线的继续。"贺龙不语。夏曦挥手说："摆开阵势，和敌人打阵地战，打出我红军的威风来。"又说："毛泽东在井冈山的16字打法，是童谣。"

贺龙说："老夏，我们红军是比以前强大了，可只能同自己相比，如果同敌人打硬仗，那是要饭花子同龙王爷比宝哇。"

夏曦听了斥道："贺胡子，你老是看敌人强大，看不到革命力量的强大。我看你受邓中夏右倾思想的流毒太深了。"

贺龙深深地吸了两口烟，没再吭声。

前委会后，贺龙率红3军迎敌。时有侦察员报告，说韩昌峻旅因连日天降大雨，被困在文家墩、李家场一带。贺龙听了大喜，决计先歼此敌。遂令红7师在吴堰岭一带钳制敌人，令段德昌率红9师从渔薪河、段玉林率红8师从蒋家场一带，分路冒雨袭敌。两路人马于天亮之前向韩敌发动攻击。红军指战员个个奋勇当先，直杀得韩敌溃不成军。敌142旅冒雨增援，为红7师打退。黄昏时分，韩旅被全歼。韩亦被俘。

红3军全歼敌1旅人马，取得了重大胜利，而夏曦却很不高兴，眼皮下垂，批评贺龙说："这仗虽然胜利了，可我们的计划暴露了，我们是要下大网，擒大鱼的。你们打仗，就是目光短浅，只盯眼前的微利，这种思想，必须克服。"

贺龙、段德昌等听了，真是哭笑不得。于是，红3军即按夏曦的部署展开了兵力，红7师的小部分兵力在张截港守卫，以保障襄河两岸的交通。大部兵力和红8、9师均向汉川的灰埠头、焚进寺一带集中，要与敌人的15个团的人马决一死战。红7师大部人马向红8、9师靠拢之际，便在瓦庙集与强敌相遇，仓促应战。夏曦闻讯，下令红8、9两师向红7师靠拢。双方一场恶战即在瓦庙集展开。敌人投入了11个步兵团及若干特种兵和空军共2万余人。从3月30日上午至4月5日，彼此恶战了7天7夜，虽然敌被杀伤不少，然红3军人马亦死伤惨重，且弹药殆尽。后双方都因支持不住而退。这一仗，红3军歼敌2000余人，并击落敌机1架，然自己亦伤亡2000余人。这分明是个消耗仗，而夏曦却兴奋不已，对贺龙说："像这样7天7夜持久剧烈之战斗，在中夏路线领导下2军团是没有的。这是中央分局在执行国际路线上的重大转变和成功。"

贺龙听了，只是苦笑。段德昌私下对贺龙说："胡子，这棋不能这样走，咱们红军可不敢同敌人对'车'。"

贺龙说："夏曦是分局书记，他的话是代表中央的，是金口玉言。"

段德昌哼了一声说："什么金口玉言，我看是屁眼子嘴。"

贺龙压低嗓门说："德昌，不要乱说。"

瓦庙集拼杀战之后，夏曦不顾部队的疲劳和减员，下令贺龙继续率红3军向敌人进击。特别指示要打阵地战，并说这是布尔什维克的进攻，贺龙无奈，只得执行。这当儿，留在鄂西北的红25师及房县游击大队在强敌压迫下离开鄂西北，在兴山县境内与教2师合编为红3军第4路游击队，后经沙洋返回洪湖，贺龙即将其改编为鄂西北独立团。

敌人瓦庙集一战虽损失甚重，然其前敌总指挥徐源泉却甚为高兴，其谓左右说："赤匪历年来得之于国军弹药兵器耗于斯役殆尽。我当乘势攻之，大获全胜将不远。"遂又集中20个团向襄北的刁汉湖区进行"围剿"。

夏曦得知敌情后对贺龙说："红3军要全力消灭来犯之敌。"

贺龙无奈，只得率人马相迎。双方于张家场一带展开激战。这一仗，双方激战了8天8夜，敌人伤亡800余人，而红军却伤亡1500余人。到了第9天，敌援兵又至，贺龙见继续打下去，红军有被全歼危险，遂不听夏曦继续坚守之令，令人马撤出阵地，退到天门灰市。

瓦庙集与张家场两场消耗战，使红3军受到极大损失。段德昌气愤地对贺龙说："胡子，这可是赔大本的买卖，仗不能这样打了。"

贺龙心情难过地说："是啊，仗不能这样打了，这赔本的买卖我们都看得很清楚，可夏曦却看不清，瓦庙集打了7天，打场消耗战，元气未复，又打张家场。再这样拼几次，红3军的老本都要拼光了。"

贺龙、段德昌等正背后数说夏曦之际，红8师参谋长胡慎己被抓，缘由是其要组织反革命暴动。这是怎么回事呢？

事情经过是这样的，当贺龙率红3军于前线激战之际，红9师特务连在天门县抓到敌人派进的特务，叫张锡候，其密会天门县军事部长杨国茂。张、杨是同学，张奉敌命，来天门游说杨反水。然杨警惕性很高，将其逮捕。这事本来很清楚，可分局保卫局大搞逼供信，结果又抓了杨国茂。严刑逼供下，搞出了个 5 月 18 日在苏区暴动的口供，夏曦轻信了这个口供，第二天即逮捕了红 8 师参谋长胡慎己、红 3 军补充团团长罗汉等。此后，牵扯面越来越大，抓的人越来越多。从军队到地方，从学校到机关，从江北到江南，一时间，苏区内到处抓 AB 团、改组派、第三党，肃反运动便一发不可收拾，在军队，每个连队都要作报告，揭发改组派。同时召开"战士大会"、"党员大会"、"积极分子会议"等。在不长的时间内，除胡慎己、罗汉等外，又抓了红 7 师参谋长赵奇、参谋处长朱元成，红 9 师参谋长张应南、参谋处长董士秀，红 8 师政治部主任戴君实、红 9 师政治部主任刘鸣先、红 7 师第 19 团政委刘革非。团的干部有 27 团团长杨嘉瑞、25 团团长张杰、20 团团长刘庶值、21 团团长蔡祝封、27 团参谋长李孝候。这些人一抓，红 3 军可就乱了。段德昌问贺龙："胡子，这是怎么回事？"

贺龙眉头锁着说："是啊，哪里有这么多改组派？我去找夏曦。"

当下，贺龙飞马来到中央分局驻地瞿家湾，径直来到夏曦住处。夏曦见到贺龙说："文常，我正要找你。唉，都是我们工作作风不深入，让改组派钻了空子，血的教训啊。从目前改组派的口供上看，江南苏区的丧失，敌人大举进攻，都有改组派作内应。"

贺龙用怀疑的口气说："有这么严重？"

夏曦极认真地说："相当严重。这些反革命的出身不是地主就是富农，有的是北伐时的知识分子、小资产阶级学生。他们混入了革命队伍，成了改组派、AB 团的骨干。"

贺龙说："有口供吗？"

夏曦拿出胡慎己的口供说："胡子，你看看。"

贺龙接过一看说："这不是胡慎己的亲笔字。"

夏曦说："他按了手印的。"

贺龙说："我要亲自审问胡慎己。"

夏曦听了，猛地站起说："难道你还不相信分局吗？"稍停，他语气略缓了下说："这些干部成了改组派，我没想到，这教训是深刻的，说明我们思想上右倾。"夏曦扬起脸又说："你也不要大惊小怪，国焘同志在鄂豫皖不是抓了许继慎吗？许是军长。中央也出了'富田事变'，军长、政委不都抓了吗？我们抓的不过是个师职干部而已，我们这里，恐怕大的还在后头。"

贺龙默默地离开夏曦处，他找到关向应，说："向应，怎么这么多干部都成了反革命?"

关向应说："我想，夏曦无论如何不会乱抓人的。他是党内老同志了。"

贺龙说："无论如何，我也不相信抓的那些人都是反革命!"

不久，在夏曦主持下，湘鄂西中央分局成立了肃反委员会。夏曦任书记，关向应为副书记，委员有马武、朱勉之、鲁易等。夏曦出任肃反委员会书记后，其家长制、独断专行的恶劣作风愈加膨胀。他捕风捉影，怀疑一切。凡反对过他的干部，几乎都作为改组派、AB团抓起。先后被抓的有万涛、潘家辰、柳直荀、彭国材、戴朴天、张宗理、栩栩、孙德清、李剑如、段玉林、省机关刊物《布尔什维克》编辑徐彬、省委候补委员侯蔚文、省总工会团委书记张昆第、监利县县委书记朱可庭、沔阳县县委书记徐二等。

夏曦又亲自组织了革命法庭，于瞿家湾召开了公审大会，会后，将这些洪湖苏区的忠诚儿女处以极刑，可叹这些敌人重金不能买其首的领导人，竟死于自己人的刀下，令人痛心疾首，成了千古奇冤。1957年，毛泽东同志写信与柳直荀的爱人李淑一，对于英烈忠魂，予以无限感慨与怀念。信中写了《蝶恋花·答李淑一》词一首。

时谢觉哉正在湘鄂西省委任秘书长，主办《工农日报》，本在夏曦肃杀的黑名单内，由于为敌潘善斋旅所俘，夏曦肃杀群英时，谢老正在敌营中关押，才幸免一死。后谢老于延安写诗斥夏曦道：

　　　"好人"不比"坏人"贤，一指障目不见天，
　　　抹尽良心横着胆，英贤多少丧黄泉。

　　　愚而自用成光杆，偏又多猜是毒虫。
　　　一念之差成败局，教人能不战兢兢?

　　　自残千古伤心事，功罪忠冤只自知，
　　　姓字依稀名节在，几人垂泪忆当时?

黑名单上字模糊，漏网原因是被停，

也须自我求团结，要防为敌作驱除。

## 红三军败退大洪山

就在夏曦肃杀万涛等"改组派"时，川军范绍增率 1 师人马杀向洪湖。范绍增没同红军交过手，认为红军几杆破枪，不算个啥。带队伍在沙市上了岸，杀气腾腾杀向洪湖。时贺龙正率人马在襄北一带与敌人展开阵地战，洪湖无兵，范绍增不费力地占了张金河、龙湾，又跨过荆河占了老新口，接着，又占了新沟嘴。

新沟嘴距中央分局和省委所在地周老咀仅数十里。夏曦接到军情，大惊失色，以十万火急的军情，报告了贺龙。贺龙闻讯，令段德昌率红 9 师前往迎敌，又命红 7、8 两师牵制襄北之敌。

段德昌接受命令后，立即赶到东荆河北岸，时夜间风雨大作，段下令人马连夜过河，在新沟嘴与省警卫团会合。而后，连夜冒雨构筑工事。由于红军弹药消耗甚多，得不到补充，段令人寻来许多梭镖枪、大片刀发给部队，要指战员准备肉搏。

范绍增因没把红军放在眼内，几天后才向红军发动进攻。其将两个团都摆在了正面儿，将一个团作为后援。进攻时，人马一窝蜂地从稻田里、堤埂上冲了过去。当范部冲上了襄河大堤、人马挤成团时，段德昌一声令下，摆在前面的机枪一起开火，由于敌群密集，射击距离近，敌人立时倒了一片。没倒的吓得抱头鼠窜。段德昌一声令下，埋伏的人马跃出了工事，手持梭镖、大刀杀向敌群。由于敌兵都是"川老鼠子"，人小个儿矮，肉搏之中自然吃亏。范绍增见其兵丁不支，急令其炮兵开炮支援，由于炮兵技术欠佳，炮弹都飞过了河。范绍增真急了，又令后续人马投入战斗，双方于襄河岸边展开了一场恶战。

段德昌又令骑兵营抄川军后路。两下夹攻，川军大败，人马四逃。红军喊杀声震天动地。吓得范绍增连其宝马"黑龙驹"都顾不上要了，换了身士兵衣服，滚进稻田，从老百姓家抢了头水牛，在几个随从护送下骑水牛逃跑了。这一仗歼敌三个团，俘敌 3000 余人，缴获大批枪支弹药。在段德昌率师与川军大战之际，贺龙亦率红 7、8 两师，击溃了敌另外两路向苏区的进攻，一路是 21 军教导师第 3 旅和第 2 师第 9 旅共五个团，该路敌由江陵东进；一路是敌 21 军两个团由监利北上，进攻沱子口，威胁新沟嘴。

红军大获全胜后，贺龙与段德昌在老新口相会。在茶馆里，二人喝着茶，贺龙说："德昌，仗打得不错。"

段德昌说："只可惜跑了范哈儿（范绍增外号范哈儿）。"

贺龙说："他跑得了初一，跑不了十五。"

二人喝茶的当儿，段德昌令人牵来一匹马，贺龙是极喜欢马也懂马的人，他看去，是匹川马，马虽不大，却膘肥体壮，前裆放进手，后裆放进斗。一身黑油油的细毛，颈上的鬃短而齐。贺龙顺手接过缰绳，那马见到贺龙，似见到故主一般，一声长嘶，摇头晃脑。贺龙说："我听人说，范哈儿有匹宝马叫黑龙驹。"

段德昌说："正是此马，连马夫都被我们俘虏了。"

贺龙听了，喜不自禁，飞身上马，那马长嘶一声，抖开四蹄，箭一样向前飞去。小碎步儿，踏起一溜烟尘。须臾，贺龙骑马而回说："真是宝马。坐在上面毫无颠簸之感，像坐轿子一般。"

段德昌笑着说："黑龙驹么，自然应是你贺龙的坐骑了。"

自此，这匹黑龙驹便成了贺龙的战马。

贺龙、段德昌取得粉碎敌三路进攻的重大胜利，夏曦喜不自禁，认为是其肃反的结果，遂向中央报告了成绩。中共"左"倾中央亦下指示称赞夏曦的肃反。这样一来，夏曦肃反劲头更足了。

1932 年的 6 月，蒋介石在庐山牯岭主持了"剿赤"会议。决定向中共各苏区进行第四次"围剿"。蒋亲任"鄂豫皖三省剿匪总司令"，其令何成浚为左路军总司令，徐源泉为副司令，"围剿"湘鄂西苏区。蒋介石还下令对各苏区进行经济封锁，严禁各种生活必需品和军用物资进入苏区。

何成浚、徐源泉回到汉口，即组成了 20 万人马，除徐部之鄂军外，还有长江上游王陵基之川军，萧之楚部 44 师，刘培绪旅，刘景芳警备旅，新编第 3 旅徐德佐部。陈渠珍之新编第 34 师，罗启疆之暂编 19 旅，川军郭勋部，湘军李觉第 19 师，张英第 11 师，李宗监第 7 旅等。20 万大军，分数路杀气腾腾地杀向洪湖苏区。

面对来势汹汹之敌，夏曦一面下令红军要不停顿地进攻，一面继续大搞肃反。他认为，敌人的大军进攻，是来抢救打入红军内部的 AB 团、改组派、第三党的。由于襄北之敌人于红军数倍，且多为国民党正规军，贺龙见无有歼敌之机，遂率队转至襄南，意欲消灭川军郭勋部。7月底，在荆门的鲁家集、沈家集一带与郭勋部接火，不料敌援军至，贺龙见再打下去于红军无益，遂率人马后退。夏曦闻之，认为贺龙思想右倾，于是命令红军筑碉堡，与敌"寸土必争"，死守苏区中心区域。贺龙、段德昌极力反对这种打法。由于段德昌在修碉堡时发笑为夏曦看见，夏曦当即给了段德昌党内处分。接着，夏曦又令贺龙率队攻打沙市和草市。贺龙对夏曦说："沙市、草市均为敌固守之重点，我们多次攻打，均没能下，且伤亡很重，而今……"

夏曦打断贺龙话，正色说："以前之所以没能攻下沙市，那是邓中夏的错误路线所致，如今我们按国际路线，按中央指示去打，沙市必指日可下。"又说："打不打沙市，是能不能同立三错误路线划清界限的具体表现。"

时夏曦已成为湘鄂西中央分局的"太上皇"，他的话是金口玉言。贺龙无奈，只得率红 7 师、红 8 师两师攻打沙市、草市。当即由潜江的龙湾、张金河出发，连夜绕道江陵县的郝穴、资福寺之间，在一个煤油厂内，贺龙部署了攻打计划：决定红 7 师攻沙市，红 8 师攻草市，均以突然动作攻击，打敌措手不及。时沙市城中有川军 1 师人马。战斗开始后，红8 师很快攻下草市，歼敌 500 余，而沙市之敌，固守城池，虽红 7 师将士反复攻城，终因城墙坚固，红军武器落后而未果。贺龙又令红 8 师人马参加攻城。沙市依然不下，夏曦见沙市不克，认为贺龙思想右倾，即派关向应前来督战。关抵红 3 军时，适逢川军王陵基两个旅的援军至，沙市城中人马亦倾城杀出。红 3 军大败，而夏曦遥控指挥贺、关，命令红军与敌人展开阵地战，不得后撤，否则军法从事。贺龙只得下令部队构筑工事，与敌抗争。

贺龙率红 7、8 师与敌人打了数天阵地战，敌越打越多，红军伤亡很大，而夏曦仍令坚守，贺龙心甚焦急，对关向应说："再打下去，就把老本都拼光了。"

关向应也感到仗不能再打了，想了想说："是不能再打了，可夏曦要我们打阵地战。"

贺龙怒说："夏曦距此有 200 多里，我们打仗，还要他遥控，这仗能打好吗？这才是活见鬼。"

关向应还是吸着嘴唇说："总而言之他是中央代表啊！"

贺龙眉毛一挑说："将在外，君命有所不受！部队立即撤退，责任我负。"

当下贺龙下令，人马撤出阵地。

当红7、8两师兵败之际，段德昌率红9师也奉夏曦之命，依照夏曦的"分兵堵口、阵地防御"之策，与由北面进攻苏区之敌交战。结果大败，敌人一直追到老新口按兵不动了，红9师才在新沟嘴站住了脚。

夏曦见贺龙率队后撤，脸上立时变色，没等夏曦开口，贺龙对夏曦说："敌军主力已占进襄南，我军当转到外线，集中主力在运动中相机歼灭敌军。襄北亦有贺炳炎、宋盘铭的独立团配合，几个胜仗，就打破敌之'围剿'……"

夏曦打断贺龙的话说："你这打法，还是受中夏思想的影响。我们主力要离开苏区中心，苏区必为敌所占。所以我们要防守与钳制敌人相结合。"

当下，夏曦决定，将红3军一分为二，由夏曦带红7师、警卫师主力以及洪湖中心区各县地方武装固守根据地，由贺龙、关向应率红8、9两师转入外线钳制敌人。贺龙虽然知道夏曦此决定必败，然无可奈何，其谓关向应道："如此分兵，我军必败。"

关向应说："何以见得？"

贺龙说："不分兵是一个拳头打敌人，分了兵变成两个拳头。而留在苏区的都是能打仗的部队，夏曦搞寸土必争，这是消耗战，从人力物力上我们都拼不过敌人。再有，"贺龙想了想说："肃反搞得人心惶惶，将士们没心思打仗了。"

关向应听了，默然无语。

当下，贺龙、关向应率红8、9两师转到了敌后、荆门一带，于这里寻机歼敌。夏曦率红7师等部，在苏区中心筑碉堡，挖战壕，决心与敌死战。

贺龙率红8、9两师从潜江县的浩子口转荆门地区后，在荆门横街突遭川军郭勋部8个团的偷袭，而鄂军18师和14师亦配合堵击。贺龙见敌势大，急令红8师第24团掩护主力转移。由于仓促应战，24团指战员来不及挖工事，只得利用地形地物展开战斗。战斗打响之后就十分激烈，敌连续发起冲锋，24团指战员虽奋力迎敌，然伤亡惨重，仅3营就有2个营长和3个指导员牺牲，9连、11连连长也牺牲了。主力虽然撤退了，而这个团却被敌人打散了。

贺龙指挥人马甩开敌人追堵后，即率红8、9两师在应城、安陆、随县、枣阳一带伺机歼敌，终因敌势大而未能寻到机会。时"围剿"红军之敌采取了每占一处便修碉筑堡，因而使红军无法立足，贺龙、关向应只得带红8、9两师，继续向北撤退，一直撤到大洪山一带，才站稳脚。

夏曦与贺龙、关向应分兵后，即令人马死守阵地。然敌势大，红军不支而大败。一直退到老新口才站住脚，人马伤亡无数，19团政委瞿登高被敌骑兵砍死。师长王一鸣见到夏曦后，向夏曦报告，说敌势太强，红军支持不住。夏曦大怒，下令将王一鸣抓起，以"改组派"罪名将王一鸣枪决，可怜王一鸣仅当了一个月的师长。

王一鸣死后，夏曦又任命叶光吉为红7师师长。同时将分局警卫团和军部警卫营合编到一起，组成了3个团，恢复了原建制的19、20、21团。时"剿赤"军分路进攻，夏曦又令红7师与敌决战。由红7师主要领导干部多被肃杀，部队又新败，士气大落，与"剿赤"军一交手，便败退下来，一直退到毛家口才站住脚。

这时，红7师的处境已极为险恶，其南面为滚滚长江水，东面是洪湖，北面、西南是敌军，而洪湖水面上亦被敌船封锁。夏曦到了此时，没了辙了。对叶光吉说："我们要想办法与贺龙他们会师。"

叶光吉说："夏书记，我们已被敌人重兵围住。只有杀开一条血路突围了。"

当天夜里，夏曦、叶光吉带队伍突围。突围中为敌人所发现。敌立时全线出击。红军完全处于被动挨打地位，没了战斗力。指战员听到枪声，纷纷乱跑，丢枪的，丢弹的，丢背包的，兵找不到官，官指挥不了兵。到后来，敌将红7师切割数块儿，红军仅一部分冲出重围，余皆为敌打散。

夏曦、叶光吉突围之后，见人马损失过半，不敢停留，继续北上，途中与周小康、王炳南会合。原来，周小康亦丢失了湘鄂边苏区，带着王炳南的独立团经石门到了洪湖。夏曦听说周小康丢失了湘鄂边苏区，大怒，顿时下令将周逮捕，而后处死，罪名也是"改组派"。而后，夏曦又令人马在沙岗一带做短暂停留，收容失散人马，随即将独立团改编成独立师，由王炳南任师长、卢冬生任政治委员。

这时，敌又集重兵向红军杀来，夏曦见大势已去，又探明贺龙人马在大洪山一带，遂令红7师在前，独立师在后，向襄北转移。时苏区的党政机关、工厂、医院、赤卫队、少先队及数万群众，均被围在瞿家湾。夏曦主张不救。后在卢冬生再三请求下，夏曦才给卢两营之众，令其杀回救护。

卢冬生率两营人马走后，夏曦又率队向北转移。在龙湾与北极会的"神兵"相遇，交锋之后，人马失去不少。甩掉"神兵"后，又与王陵基的"川老鼠子"相遇。亏得贺炳炎率骑兵奋勇冲杀，夏曦才得以突围，鲁易却在突围中牺牲。

十数天后，夏曦率红7师和独立师，在大洪山与贺龙、关向应会合。查点人马，三停已去二停，一停也似风中烛。至此，湘鄂西苏区的第四次反"围剿"斗争，完全失败，洪湖苏区完全丧失。指战员听说洪湖苏区丢失，无不悲痛万分。纷纷要求打回去，而夏曦此时已为敌势吓得胆裂魂飞，不敢再战了。

# 红三军溃退八千里

红军的失败，苏区的丢失，使夏曦情绪变得极坏，他对关向应说："我们这次算败惨了，中央一定要发大脾气的。"他锁着眉头说："向应，你说这原因是什么？"

关向应没开口，对于苏区的失败，他看得很清楚，敌人集重兵"围剿"是重要原因，但红军与敌死打硬拼，肃杀高级干部使部队伤了元气是更重要的原因。但他不敢说实话，他因受立三路线的牵连而受到处分。夏曦见关向应不吭声，又说："种种迹象表明，我们的失败，是由于改组派、第三党、AB团钻进了我们内部。当他们反动面目暴露之后，敌人见我们要把他们一网打尽时，便大举进攻苏区，想把他们解救出来。那些还隐藏在我们革命队伍内部的改组派，便趁机行事，才使得我们吃了败仗。"

当天夏曦就下令处死了尉士均，又把关向应叫到自己住处，说："向应，你说贺龙是不是改组派？"

关向应一惊，他没料到夏曦怀疑了贺龙，好在夏曦是用怀疑的口气问自己，便也用反问的口气说："不会吧？"

夏曦说："我对贺龙怀疑也是有根据的，像他这样一个旧军人，敌人能不打他的主意么？"

关向应说："贺龙可是在共产党最倒霉的时候入党的。"

夏曦说："改组派可是有迷惑人的一面，像万涛、柳直荀、孙德清……"夏曦话音一挑："难道贺龙就……"

夏曦虽然没有再往下说，可关向应已经明白了，夏曦要对贺龙下手。接着，夏曦又在纸条上写了一些人名，对关向应说："这些都是改组派，抓起来。"

关向应看了看，没有贺龙。

尉士均等人被抓或处死，更使得红3军上上下下人人自危，特别是干部，愈加惶惶不安，似有大祸临头一般。有的扔枪跑了，夏曦闻之，更说这些人是改组派了。

关向应见夏曦怀疑贺龙是改组派后，心中忐忑。便打算找贺龙谈谈，要贺龙有个准备。这天，关向应到贺龙屋子找贺龙，贺龙不在，一问，才知贺龙去钓鱼了。关向应遂到了村外，在一条小河畔，见贺龙口噙烟斗，垂钩稳钓。贺龙见关向应来了，很高兴地说："向应，中午请你品尝鲈鱼，这是中国四大名鱼。"

关向应叹道："鲈鱼虽美，只怕吃不下呀。"

贺龙说："又为部队打败仗事吧，胜败乃兵家常事，哪里有常胜将军？"

关向应说："若只是兵败，也还好办。只是文常要多加小心才是。"

贺龙手持鱼竿，仍端坐不动，说："向应，难道有人要害我不成？"

关向应刚要开口，一扭头见夏曦正走过来，忙站起身，还离老远就打招呼说："老夏，文常正钓鱼呢。钓的是四大名鱼中的鲈鱼。"

夏曦走了过来，他见贺龙端坐不动，笑着说："文常，我算服你了，打了败仗还有闲心钓鱼。"

贺龙头也不抬地说："你这段时间够辛苦的，我钓些鱼给你补养身子，看看，钓了不少鲈鱼了。"

夏曦看看篓子里的鱼说："鲈鱼是好鱼呀，《嘉佑本草》上说这鱼益筋骨。"

贺龙仍握杆端坐说："把你身子补壮了，好杀人啊！"

夏曦听了，反倒没恼火，而是一笑说："文常尽说笑话。"

贺龙口噙烟斗没吭声，关向应也没开口。三人沉默了一会儿，夏曦说："文常，你在国民党里有很高的威望，做过旅长、镇守使、师长、军长等大官，有人说改组派利用你的声望进行活动。"

贺龙依然声色不动地说："听话听音，这么说我是改组派了？"

夏曦说："我当然不希望你是改组派了。"

贺龙说："我是不是改组派不用问别人，你应该清楚，你应该做证。当年我带部队驻澧州时，你和郭亮去了我那里，你开口就要5万大洋，我那时全师的军饷只有6万大洋，你要5万，我就给你5万。因为你是代表共产党去要的，我贺龙对共产党如何，你写个证明吧。"

夏曦说："那是过去的事，有人反映你现在。"

贺龙说："过去我都拥护共产党，今天我是个党员了，难道对党还有二心？"贺龙说着，一扭脸见夏曦二目射有凶光，他想到被夏曦杀害的诸多干部，不由火起，扔下鱼竿，怒挑双眉说："夏曦，你今天怀疑这个，明天怀疑那个，我现在怀疑你是不是个真共产党员，'马日事变'时，你扔下省委跑了，到了洪湖，你成了太上皇。你听不得不同意见，你的话就是金口玉言。"贺龙厉声说："我问你，万涛、柳直荀、孙德清、潘家辰、王一鸣……"贺龙一口气说出许多被处死的干部名字后，面带怒容道："我不信他们是反革命分子，是什么改组派，我倒怀疑你是改组派！"

贺龙劈头盖脸的一番言辞，说得夏曦张口结舌，不知如何回答。一旁关向应说："胡子息怒，老夏是真共产党员，对于洪湖苏区的肃反，中央已经肯定了。"

夏曦赶紧说："是的，中央已经来了信，肯定了我们肃反的成绩。"

贺龙哼了一声说："中央肯定就没错了？陈独秀怎么错了？李立三怎么错了？"

夏曦脸沉着说："难道你怀疑以王明同志为首的中央不成？"

贺龙没有回答，却依然满面怒容。

这天，夏曦又把关向应叫到房内，恨恨地说："我真想把贺龙抓起来。"

关向应说："我劝你不要再怀疑贺龙，我敢用党性担保，他绝不是改组派。再说，你杀了贺龙，谁指挥这千军万马？"

夏曦没开口，却点点头。算是他对关向应话的默认。

夏曦打心眼里想杀贺龙，他迟迟不敢杀的缘由，就是贺龙在党内外威望太高，而他夏曦又不懂军事，他离不开贺龙，所以也就没敢对贺龙动手。

贺龙对此回忆说："夏曦不相信党，早有表现。在义家墩战斗后，他就下令捉了孙德清，孙是在与我一同到7师师部时被捉的。同时被捉的还有7师的政治部主任孙之涛，孙是四大文豪之一。那时捉人都是夏曦给关一个条子，关即按照夏的指示捉。条子根本不给我看。文家墩战斗之后，在红3军中大肆捉人。被捉的人都知道下场不妙，走时武器、皮包等等都作交待，并且走两天白区没有人跑。如果他们是反革命会这样吗？洪湖的区县干部在'肃反'中是杀完了。红3军中到最后有的连队前后被杀了10多个连长。夏在洪湖一直杀了几个月，只在这次'肃反'中就杀了1万多人。现在活着的几个女同志，是因为那时杀人先杀男的，后杀女的，敌人来了，女的杀不成才活下来的。洪湖失败后，夏与红3军在大洪山会合，在那里打圈子时，他仍然是白天捉人，夜间杀人。捉人、杀人都没有材料根据，都是指名问供。比如捉樊哲祥、谭友林等，理由就是因为他们曾在段德昌的领导机关刻过油印。3军回洪湖后的一些问题是'四大'会上的争论和'肃反'杀人留下的根子。"

红3军在大洪山一带稍事停留，做了短暂休整后，人马又有了精神，然此时夏曦却天天愁眉不展。因洪湖等各地苏区均为敌占领，无法再回去，红3军究竟往哪个方向发展，一时定不下来。于是，夏曦主持召开了分局扩大会议，会上，多数人主张打回洪湖、收复洪湖失地。少数人主张向鄂豫皖发展，与红四方面军会合。最后，夏曦做出决定：红3军向红四方面军靠拢。

决定之后，全军人马即向鄂豫皖方向开进。当行至枣阳县的王店时，突然发现了红四方面军的标语。从标语内容上，夏曦、贺龙等才知道红四方面军已退出了鄂豫皖苏区，向川北方向退去，敌人正分数路追击，红3军若再向鄂豫皖苏区前进，正与追击红四方面军之敌撞个正着。夏曦见状，不由心里发慌，急忙在王店召开分局扩大会议。会上讨论红军的去向。段德昌等仍提出回洪湖，夏曦只是摇头。最后，他提出将部队拉到湘鄂边，收复湘鄂边苏区。言罢，又吸着嘴唇说："只是，从哪里走？当阳、远安、荆门一带均有敌重兵，不能通过。"

宋盘铭插话说："夏书记，若我们离开洪湖，中央追问起来呢？"

夏曦坦然说："红四方面军可以丢掉鄂豫皖，我们为什么不可以丢洪湖？再说，湘鄂边也是苏区嘛，只是如何才能到那里？"

贺龙对夏曦说："只要你下决心，部队交给我就行了。"

夏曦说："你怎么走?"

贺龙说："部队已甚疲惫,且弹药奇缺,要避免打仗。因此,咱们走豫西,经陕南,再南下川鄂边。直奔桑植、鹤峰,恢复苏区。"

夏曦见贺龙说得有理,当即决定按贺龙提议行事。

第二日,红3军人马起程西进。时节令已到霜降,但见金风萧瑟,落叶凋零,凄雨淅沥。由于红3军败离苏区,给养无着,虽然天气转寒,而指战员大都身穿破衣,脚蹬草鞋。一个个面目黧黑,头发长乱,且生满了虱子、跳蚤。深秋的大洪山,入夜便寒气逼人。将士们由于缺衣少穿,又缺少被褥,到了夜间,只好两人合盖一床军毯。伤病员不能带,都要留在百姓家中。

两天后,贺龙率人马进入了桐柏山。这里本来就贫穷,加之当年歉收,兵匪抢掠,山中百姓已十室九空。红3军指战员面临缺粮威胁。只得以柿子、核桃、野菜等充饥,咬牙前进。

这当儿,敌马鸿逵部从后边追来,敌机亦不断轰炸。本来红军可以夜间行军,由于营养不良,许多指战员患了夜盲症,如此,使行军速度大减。

时马鸿逵令其第1旅旅长马金良为先锋,第2旅旅长马宝琳为第二路,骑兵旅旅长马腾蛟为第三路,马鸿逵坐镇中军,第3旅旅长马敏英为后队。4路人马紧追红军不舍。

这日,红3军进入豫西伏牛山西峡口,这里山高林密,崖险谷深。贺龙见此地形,问了问当地人,知此地为历史上绿林赤眉起义之所,心中有了主意,便叫过贺炳炎,如此这般说了一遍,贺炳炎点头。

当下,贺炳炎按贺龙指令,于密林深处埋伏了人马。伏击了马金良旅,大败了马家军,吓得马鸿逵人马裹足不前,红3军这才甩开了追兵。

红3军人马继续西进,一路之上,但见山势越来越险,峡谷越来越深,人烟越来越少。沿途又打退了一些土著军阀的袭击。这日,贺龙率人马到了位于鄂豫陕三省交界的荆紫关,荆紫关本为兵家常争之地,守关的一营敌人,闻贺龙率兵至,不敢应战,弃关而逃。贺龙遂占了荆紫关。人马稍事休息,又往西行,进入了陕南,这里依然崇山峻岭,更是地瘠民穷,人烟稀少,均为羊肠小路,交通十分困难,红军人马只好在这羊肠小路上行进。

这日,贺龙率红3军到了一个叫武关的地方,这地方也是个险要去处，当年李自成率军攻打此关时，伤亡了很多人马，而关未攻卜，因此，武关自此有"铁打"之说。

当红3军临近武关时，贺龙从抓获的敌探中得知，守关的敌兵为刘镇华部，关左边有萧之楚一个旅。红四方面军于一个月前曾于距武关数十里之遥的漫川关经过。过漫川关时仗打得很苦，军中大件辎重都丢失。过漫川关后向北面而去，到了哪里敌探说不清楚。

当下，贺龙叫来段德昌，二人一番计议，趁关上之敌未发觉之际，派了不少战士化妆进关为内应。之后，段德昌指挥人马攻关，化妆进关的战士于关内放火。内外夹攻，敌军大乱，弃关而逃。红军遂占了武关。

时已至隆冬。天气严寒，红3军指战员还有不少人穿单衣单裤。贺龙令人将缴获武关之敌的衣服，发给部队。指战员好歹有了御寒之物。稍事休息，继续西进。所经之处，全为层层山峦，指战员们跨谷翻山，这日到达了竹林关。这竹林关乃为由陕入川的第一道关口，其地形比荆紫关、武关更为险恶。守关的乃陕军张自祥旅的1个团。贺龙知此关不能硬攻，遂用重金买通当地人，使其带精锐红军绕小路抄到竹林关背后，乘夜色偷袭了该关，守敌弃关溃逃。

贺龙从俘虏口中得知红四方面军正向西安行进，敌军麇集关中平原，汉水一带敌兵力空虚，遂建议部队由竹林关折而向南，夏曦等皆赞同。于是，红3军人马向南行进。竹林关南侧为一道深谷，深谷两端，由一条一条栈道沟通。栈道架在两边悬崖绝壁上。深谷下面为乱石河滩，地形异常险峻。而除此无他路。贺龙便率红3军将士，由栈道小心通过。由于栈道上的木板年久失修，多已变朽，人马经过上面，几经践踏，朽木变碎，窟窿越来越多，有的人马因板断而掉入深谷中，跌得粉身碎骨。一些大炮因不能通过，也只得忍痛扔掉。

栈道通过之后，红3军人马继续前行，进入秦岭后，所过之处，无处不是大山。经过这些地方时，虽然有时还与敌军交火，但多系土著部队，一打即散。因此红军伤亡不大。

红3军一路行进之中，夏曦仍肃反不止。有时逮捕的人多了，来不及处理，夏曦就令人将这些犯人编成一队。在部队翻越秦岭时，夏曦令人将"改组派"用绳索连绑，每个"犯人"身上还背着两支枪和其他东西。每天，这些人只能分到两个生白薯充饥，还要负重行军，一个个被折磨得面黄饥瘦，有的倒在地上就死了。贺龙见了，心虽不忍，亦无可奈何。

这一日，红3军到了一个叫旧城的小镇，这地方位于大巴山中，在陕西、四川、湖北三省交界处，为三不管之地。小镇子不大，也有几家饭铺，村头有一座土地庙。红3军到了这里，完全把追敌甩开了。部队住下之后，夏曦又让关向应抓了红3军参谋长唐赤英。

贺龙见唐赤英被抓，急了，他推开夏曦房门，见夏曦正面对墙吸烟，大声说："老夏，为甚抓唐赤英？"

夏曦不紧不慢答："他是改组派。"

贺龙问："有什么证据。"

夏曦说："红军接连失败就是证据！"

贺龙说："你知道他是什么时间加入红军的吗？他为什么要建设红军？为什么壮大红军？红军的失败，你这书记要负什么责任？"

夏曦说："他们建设红军，最终目的是要消灭红军！"他挑着眉头说："我们的责任是没能及时把改组派肃清，以至使红军失败。"

贺龙说："照你这么说，我贺龙参加红军，建设红军，最终目的也是要搞垮红军了？"

夏曦没有言语。

尽管贺龙为唐赤英争辩，结果夏曦还是背着贺龙将唐于当天处死。

贺龙听说唐赤英的死讯，气得浑身乱抖，他怒冲冲地进了夏曦的门，质问夏曦，夏曦坐在那里，任你贺龙怎么说，一句不吭。气得贺龙指着夏曦脑门儿说："夏曦，我看你是赖死猴！"

就在这天夜里，夏曦给中共中央写了报告，内称："二次肃反始于六房嘴，差不多每天有敌人追击，每天战斗和行军，部队建制也破坏了。……二次肃反，亦是此时开始，本来第一次肃反，已经粉碎了改组派的组织体系，但是从军校毕业的学生中补充军事政治负责人，特别是李人一、唐赤英、李强、齐素卿等补充到红军中，在军事系统内，政治机关内和党的组织里，增加了这一部分改组派分子，故一些人又把粉碎了的改组派组织领导恢复起来，破坏阶级路线，以及涣散军事组织，是改组派当时主要的阴谋。……二次肃反共逮捕241人。这241人中有一个师长王一鸣，一个军委参谋长唐赤英，其次即是团长、营长以及第一次肃反中所残余的政治机关人员，连长这一级是多数。"

贺龙对夏曦发怒之后，又去找关向应。他对关向应说："向应，你为什么那么听夏曦的话，他让你抓人你就抓，他写给你的条子为甚不给我们看看?"

关向应只是摇头叹息。这时，有副官进来对贺龙说："夏书记请军长过去。"

贺龙便同两个勤务兵一起来到了夏曦住处，进了屋门，夏曦满脸是笑地说："胡子，来喝两盅。"

贺龙说："这酒的味道不错，只是苦酒难下咽。"

夏曦给贺龙倒了一盅酒后说："胡子，你知道吗？唐赤英、王一鸣、朱勉之这些人要拿你的头去蒋介石那里领赏呢，所以我把他们杀了。"

贺龙说："这决不可能，他们都是好同志。"

夏曦说："这正是他们的狡猾之处，他们用伪善面孔来蒙蔽人。"

正说着，贺龙的贴身勤务兵跑进来说："军长，不好了，我们的枪给下了!"

勤务员的话音没落，夏曦"霍"地站起来，贺龙也猛地站起。他看了夏曦一眼，把身上的白朗宁手枪往桌上一放说："我这里还有一支，你要不要!"

这时，夏曦的脸色变得极其难看，没有开口。贺龙把脸一沉，把桌子狠狠一拍，说："你想要，想要我也不给，告诉你，这支手枪，我当旅长时就带着它，北洋军阀、国民党反动派，都没下了我这支枪，你想下，我还不给!"

夏曦站在那里，一时不知如何是好。正这时，关向应走了进来，忙把贺龙拉走，这场风波才没起来，然贺龙同夏曦关系又疏远了一层。

红3军在旧城休息了半月，又继续南下。在巫山县大昌镇击溃川军一个营和保安团后，越过了巫山，渡过长江，进入了湖北巴东县境，攻克了巴东县城。

1932年12月底，红3军抵巴东县野三关，稍事休息，便进入鹤峰县境邬阳关。贺龙探得鹤峰城中仅有保安团，遂决定突袭鹤峰城。12月27日，人马由邬阳关起程，经金鸡口、鸡公坪、燕子坪，直抵鹤峰城。城中守敌闻贺龙人马至，吓得屁滚尿流地逃走。红军遂占了鹤峰城。

至此，红3军历经数月，行程8千里的突围结束。其间，许多人累死、饿死、病死、战死，被当做改组派杀死。红3军由出发时2.5万余人，锐减至万余人。而这万人也个个枯瘦如柴，体弱多病，如风中之烛。

# 第八章　红三军一败再败

## 贺龙斥夏曦是最大改组派

湘鄂边苏区失陷后，仅剩下了贺英领导的一支游击队，于桑植、鹤峰两县边界的四门岩山里打游击。游击队中还有一些家属和小孩，都是红军将士的妻儿，有的还怀了孕。艰难困苦之状，一言难尽。

红3军抵鹤峰后，贺英即带着廖汉生、刘列皇飞马到城中，与贺龙会面，姐弟相会，十分高兴。贺龙又把夏曦、关向应、段德昌向贺英做了介绍。贺英亲热地同夏、关、段等打招呼。这时，贺英问起邓中夏、柳直荀、卢冬生等。顿时，屋中人都哑口无言。夏曦说："大姐，别问了，邓中夏、柳直荀都犯了严重错误，卢冬生被打散了，生死不明。"

贺英又问起李良耀、周小康、万涛等人。贺龙说："大姐，都是党内的事，不要问了。"

夏曦说："大姐，明说吧，他们都是反革命，被处死了。"

贺英惊得张口结舌，不知说甚是好了。夏曦说："一尺深的水能看透，一寸厚的人心看不透啊。"

吃罢午饭，贺英、贺龙姐弟俩亲热地谈起了心。贺英向贺龙说起了王湘泉、贺佩卿、贺炳南三人。王湘泉等三人都是拖枪出身，在旧军队里混过。王湘泉的父亲是贺龙的舅父，王为贺龙的亲老表。贺龙从上海回湘西拖队伍时，三人投靠了贺龙。红3军离开湘鄂边后，三人见前途渺茫，就反了水，用反间计杀了革命大姐谷德桃。由于贺佩卿三人反共不反贺龙，受到了朱疤子、罗效之的围攻。贺炳南因四面被围无路可走而自杀。贺佩卿、王湘泉落荒而逃。之后，又拉起百余人队伍，二人想投敌，敌不信，便又想投红军，二人要贺英向贺龙说。贺龙听了，对贺英说："我写封信，你派人送去，只要他们悔过自新，红军欢迎。"

信写好后，贺英便拿信走了。

贺英走后第二天，红3军进驻太平镇毛坝。住下之后，夏曦派人找贺龙开会。夏曦主持召开了分局会议，但他只要贺龙、关向应参加。贺龙问其缘由，夏曦说别人都靠不住了。会议议题是讨论如何恢复湘鄂边苏区。贺龙首先开口说："要我看这个'反'不能肃了。苏区的丧失，不是敌人打垮的，是我们自己杀垮的。再肃杀下去，红军会不战而亡。"

关向应不语，夏曦一脸不高兴地说："你的话不对，苏区的丢失，正是由于改组派没肃清。因此，肃反不但要搞，而且还要更加深入地搞。"

贺龙哼了一声说："要深入先把你夏曦抓起，我看你是个大改组派。"

关向应对贺龙说："你不该这样说老夏。"

夏曦一摆手说："算了算了。胡子说我是鬼，我也变不了鬼。"

贺龙把烟斗磕了磕说："说一千道一万，也要先打个地盘好吃饭。让干部战士好好休息一下。"

夏曦说："打哪个县城？"

贺龙说："当然是桑植了。"

关向应对贺龙说："据侦察讲，桑植城中之敌闻你来吓跑了。你的威望太高了。"

夏曦说："胡子，应当让党的威望、红军的威望高过你的威望。"

贺龙说："老夏，别忘了，我贺龙是共产党员，是红军。"

关向应见二人又话不投机，忙说："算了算了。"他对夏曦说："肃反之事，文常说的也有道理……"

夏曦打断关向应的话说："难道我们眼睁睁地看着反革命分子搞破坏？"

关向应忙说："当然，肃反不能停，不过，杀人要慎重。"

夏曦说："宁可错杀，也不可使改组派漏掉一个！"

贺龙闷头吸烟不说话，关向应也不开口了。夏曦说："就这么定吧，打桑植。"

当天夜里，卢冬生回来了。卢冬生带两个营于敌重兵之中，不但救出数万群众，还在洪湖坚持了游击战争，两营人马扩大到3000多人，并打了许多胜仗。卢冬生打出独立师的旗号，使敌人误认为红3军主力到了洪湖。后来卢冬生得知红3军到了湘鄂边，便带着这支人马和缴获的数万光洋、布匹及大批弹药、药品，辗转来到鹤峰，时这支人马士气极为旺盛，与红3军的低落士气，对比鲜明。卢冬生归队，大家都很高兴，只有夏曦对卢冬生持怀疑，夏曦对关向应说："卢冬生只两营人马，竟战绩如此之大，而我们红3军两万多人，竟被敌追得无法立足。我怀疑卢冬生有问题，他扩来的军队，会不会是敌人故意安插的，卢冬生会不会为敌收买？"

关向应说劝一番，夏曦才没抓卢冬生。当关向应把夏曦对卢冬生的怀疑告诉贺龙后，贺龙气得把烟斗都拍断了。他强忍着火气说："向应，卢冬生的事不要再扩散，免得影响军心。"

在卢冬生回队的第三天，贺龙指挥人马占了桑植城。当天，夏曦又提出整理红军和肃反，关向应对此不做声，贺龙说肃反要停一个时期，有了反革命再说。夏曦不同意。气得贺龙向关向应提出："你当书记，我们开个会选一下。"

关向应听了贺龙话，当即批评贺龙无组织无纪律，而且批评得很严厉。

这时，贺佩卿、王湘泉接到了贺龙的信，带着队伍来到桑植见贺龙。贺龙将二人说了一顿，又安慰了一番。二人表示决心痛改前非。贺龙遂将二人收下。不料是夜二人均为夏曦所杀，缘夏曦谓贺龙收留二人是感情用事。当贺龙知二人人头落地后，他也只有感叹而已。

红3军占了桑植后，夏曦又召开了分局会议。这次会议"扩大"了段德昌和宋盘铭。会上，夏曦提出了要在红3军中"清党"，就是解散红3军中各级党组织，对党员进行重新登记，使肃反进一步深入。缘由是红3军内的"改组派"还有相当势力，对夏曦的提议，贺龙第一个反对，他说："我贺龙自两把菜刀砍盐局以来，讨袁护国、护法、北伐，直到找到了共产党，奋斗才有了方向，克服困难有了信心。为了入党，我受了考验。我贺龙找党多么不容易。红军和苏维埃是靠党领导的，没有共产党，还有什么红军、什么苏维埃！"

段德昌也气往头上涌，贺龙话音一落，他说："老夏，听你的话音儿，湘鄂西的党组织全坏了？"他愤愤道："要清党，先把你第一个清掉！"

宋盘铭说："我从小被党组织派到了莫斯科，在莫斯科入的党，这么多年来，是党培养了我，使我懂得了革命道理。解散党，无论如何我不同意。"

关向应于会上没表态。由于贺龙、段德昌、宋盘铭三人坚决反对，会议不了了之。

会后，贺龙找到关向应说："向应，我看夏曦越来越不像话了，我们选一下，你当书记吧。"

关向应听了，立时把脸沉下，严肃地说："夏曦是中央派的，我们要这样做，是无组织无纪律，是违纪行为。"

贺龙听了，没再开口。到了此时，真是有苦难言了。

这时，贺龙收到了覃辅臣的信。覃乃贺龙旧部，当年贺龙曾救过覃的一家，覃后来拉起了一支队伍，红3军抵鹤峰后，覃欲率队投红军，贺龙恐其又为夏曦所杀，便没收留，而是写了一信，要其到陈渠珍处，做陈的统战工作。

## 陈渠珍说贺龙是福将

这一日，陈渠珍正在乾城府第后花园花房中饮酒赏花。有参谋长戴季韬走了进来，恭敬地唤声："师长。"

陈渠珍听到声音，回转身来，见是戴季韬，遂问道："季韬，有什么事吗？"

戴季韬将一封电报送到陈渠珍面前，说："师座，何键来了电报，说贺龙率红军到了湘西，要我们前往'围剿'。"

陈渠珍接过电报往桌上一放说："电报上还说了些甚？"

戴季韬说："何键已将我师划归为湖北徐源泉指挥。"戴季韬说着，又将一封电报取出，说："徐源泉也来了电令，令我师火速'围剿'贺龙红军。"

陈渠珍在屋内慢慢地转了一圈儿，坐在了太师椅上，说："季韬，依你之意呢？"

戴季韬本是陈渠珍的心腹，陈渠珍在许多要事上，都与他相商。

当下，戴季韬便说："师座，长沙何键、武汉徐源泉都来了电令，我们必须行动才是，只是，那贺龙非等闲之辈，我们不能妄动。"

陈渠珍说："贺文常如大唐之程咬金，乃是一员福将，逢凶化吉，遇难呈祥。想当初，我俩相识之时，曾遇一道长，为我二人观相，说贺龙是福星，一有危难，必有神助，我们与其交手，当慎之又慎。"

戴季韬说："师座说得极是，我听人说，贺龙在九溪的祖坟，是'万牛捧圣'之地，那洪家关宅院后面山势，犹如万马奔腾，前面两山相抄，溪环如带，主大富大贵。前首左右前方，长桥横亘，就是衔接龙脉的……"

陈渠珍抽了口烟，说："季韬，蒋介石、何键、徐源泉如今都盯着我们，是因为我们有用，有与红军作战之用，所以能给我们官做。如果贺龙真的被消灭了，这些人就要对我们下手了，我们等于自取灭亡。蒋介石、何键、徐源泉，都是翻手云、覆手雨、反复无常的小人。再有，我们的人马损失了，弹药消耗了，谁给补充？事情摆得很清楚，蒋、何等人，要利用我们的手去打贺龙，他们坐收渔利，我们与贺龙，应彼此做到互不侵犯，方为上策。"

戴季韬说："师座说得有理，我们的队伍，除陈策勋、周燮卿等少数人外，多与贺龙无隙，且有许多人与贺龙有旧交。"戴季韬说到这儿，又进言道："师座，贺龙乃当世的英雄，咱们的将领，许多人听到贺龙的名字，无不胆战心惊，毛骨悚然。刘子维亲自跟我说过，说民国十六年，贺龙南昌造反失败回乡重拖队伍，被国军打败，身边只剩30多支枪，他住在刘子维家，依然朝气勃勃，毫无沮丧之色，夜间谈笑风生，滔滔不绝，就寝之后，刘子维去看他，不知去向。事后，他才知道，那晚，贺龙独自跑到冰天雪地的森林深处，席地而卧。刘问贺龙为何至此，贺龙说有人要暗算于他。果然，那夜有几个人合计要杀死贺龙，结果扑了空。这贺龙未卜先知，不是有神灵暗中保护么？"

陈渠珍听了，点点头说："从国共两党的势力来看，共产党要成大业，非一朝一夕之事。而国民党要消灭共产党，也非一朝一夕之事，依我看，政府早晚要将贺龙招安。贺龙若被招安，其官职定在我们之上，所以，我们不可与其结仇太深。"

戴季韬说："师座说得有理。"他一指电报，说："眼前之事，当如何办呢？"

陈渠珍说："我写封信与贺龙，你派人送与他，我们彼此若能暗中达成互不侵犯的协定，那才是上策。"

戴季韬点头称是。当下，陈渠珍便提笔给贺龙写了封信，那信写得挺客气，说他时时都想念与贺龙的旧交，如今贺龙的兵马来了，他陈渠珍愿与贺龙互不侵犯。正在这时，覃辅臣来见陈渠珍，言明贺龙之意，陈渠珍便把信给了覃，也要覃转达他的和平相处之意。覃持信走后，陈渠珍又召开了军事会议，商议了一番"围剿"贺龙部队事宜，怕的是与贺龙协议一旦不成，好刀兵相见。在这会上，组成了湘鄂边"剿共"的指挥部。陈渠珍任命龚仁杰为总指挥，周燮卿周矮子为副总指挥，王尚质为参谋长兼永顺、桑植联团指挥。第3旅旅长由周燮卿兼，下辖两个团，独立旅旅长柏树亭，新编第3团团长朱疤子，独立团团长张晋武，永顺保安团团长罗文杰，桑植保安团团长王尚质兼。除周燮卿旅驻桃子溪外，其余各部，均向永顺城集中待命。

这时，龚仁杰尚在长沙未回，指挥事宜便由参谋长王尚质担当。王尚质当天便到永顺进行军事部署。他临出发之时，陈渠珍对其叮咛说："尚质，只要贺龙不搞我们，我们不要主动出击。若其出击，我们也想法迫其他去。"

这王尚质也是陈的心腹之人，他深知陈的用心，当下说道："师座放心，我一定按师座的意图去办。"

王尚质到了永顺之后，便同驻桃子溪的周矮子通了电话，周燮卿告诉王尚质，说桑植已被贺龙占领，桑植的团队和士绅都逃到了永顺来了。王尚质便召开了军事会议。除了周燮卿因该部与红军遥遥相对，不能离开外，其余旅团长也都来了。王尚质说："如今贺龙的人马已占了桑植，约万余，师座要我们来此'围剿'红军，兄弟想听听各位的高见。"

周燮卿的第3旅的第1团团长田少卿首先发言道："不是我长他人志气，灭自己的威风，跟贺胡子搞，不是好玩的，他从两把菜刀砍盐局至今，南征北战，戎马二十几年，练就浑身胆，多少人想要他脑壳，到头来都抓鸡不着蚀把米，我看还是小心谨慎为好。"

独立团团长张晋武说："田兄言之有理，贺胡子着实不好惹，弄不好就赔本了。"

永顺保安团团长罗文杰是个少壮派，加之临开会之前，刚刚抽足了大烟，这会儿，浑身轻飘飘的如同驾云，听了这二人的话后，说："照你们的言语，同贺胡子就不能打仗了，难道那贺龙长了三头六臂不成？我是不信邪的，越怕鬼鬼越欺你。"

罗文杰讲完，一时没人开口了，王尚质见独1团团长柏树亭只是喝茶，遂问道："树亭，依你之见呢？"

柏树亭说："同贺胡子打仗，我看像是赌钱，过去我是赌输了。民国十八年，我在津市当营长，与贺胡子打仗，败了个稀里哗啦，连我的脑袋都差点儿搬了家，如今同贺胡子打仗，又似押宝一般，是输是赢，难说，可赌注还得下。"

田少卿又说道："贺胡子的厉害，大家是都知道的，可如今他是败将，从洪湖败退到湘西，虎落平川，如何与贺胡子决战，我们大家还是听王参谋长、龚指挥的吧。"

王尚质呢，因为有了陈渠珍的暗示，便说："大家议论得都很好，仗如何打，等龚指挥从长沙回来之后，我们商议一下再定吧。"

几个团、旅长正不想同贺龙的红军交手，听王尚质这么一说，正对心思。当下，便都起身回队。

接到由覃辅臣转来的陈渠珍的信后，夏曦没有马上表态，这时，贺龙说："我看我们可以同陈渠珍达成默契，互不侵犯。我们的部队，几千里的转战，急需休整，养精蓄锐，不宜再战。"

段德昌、宋盘铭也都同意贺龙的意见，关向应看看贺龙，又看了看夏曦的脸色，没有发言。夏曦一边卷烟，一边听着贺、段、宋之语，脸拉得老长。待三人说完之后，夏曦冷冷地说："我要批评你们，你们三人的思想，已极端右倾，陈渠珍是什么人？是湘西王，是土著军阀，是国民党的师长，是革命的敌人，我们是中国工农红军，与陈渠珍是水火不能相容的，怎么能同他达成互不侵犯的默契？"

贺龙听了夏曦一番言语，立即说："部队几个月来的行军打仗，疲惫已极，澡都没时间洗，发都没时间理，草鞋都没空儿打，弹药极缺，不能继续打仗了，应当好好休整。"

夏曦说："部队疲劳，我很清楚，可我们不能因为疲劳，就不打仗了。"他眼望着贺龙说："贺胡子，陈渠珍同你当年有旧交情，这不假，可那是当年，如今你和他是水火不能相容的仇敌。他写信的目的，我看是在耍手腕，拖时间，想调动军队攻打我们，我们当趁其兵力尚未集中之机，出其不意地将其击败。"夏曦说着，又喊来值班作战参谋，问："现在敌情怎样？"

值班参谋说："据侦察员报告，这两天内，除桃子溪周燮卿旅没动外，其余各处敌军，都正往永顺一带集结，似有大的举动。"

值班参谋说完，夏曦对贺龙等人说："怎么样？敌人正暗中调动部队呢，我们的部队如今疲劳不假，可兵法上说，许多胜利，往往在坚持一下之中，依我之见，我们当乘敌不备，迅速出击，将敌击溃。"

贺龙见夏曦坚决要打仗，便说："那好，要打我们就先打周矮子，这周矮子最反动，打败他，便起到敲山镇虎的作用。"

夏曦说："就这么决定。"他掏出怀表看了看说："今儿的会先开到这里，胡子，你去布置战斗事宜吧。"

第二天，贺龙指挥红3军，向驻守桃子溪的周矮子旅发动了攻击。桃子溪乃是永顺县内靠近桑植的一个重镇，是桑植通往永顺的咽喉之地。其镇的东面、北面皆平川，西面、南面是高山，其山名万灵山。山上和镇内，周矮子都设有重兵把守。对这一带的地形，贺龙很熟悉，他命令段德昌，分兵两路向桃子溪发起了攻势。一路向桃子溪北面的利福塔攻击，一路抄小路急行军绕到桃子溪南面，由南面的黄家寨处包剿。周矮子本是36个眼儿、72个转轴之心的人，知道自己是贺龙的死对头，贺龙兵马一到桑植，就派了许多密探，刺探红军情报，并在桃子溪附近各隘口布兵加岗，弹上膛，刀出鞘，时时都准备与红军决一死战。如此，贺龙指挥红军两路兵马一行动，周矮子就得到了信儿，其便当即下令，以一营之众占据险要之地，正面迎击，以两营之众占领左右翼高地。在这三处，集中了全旅的机关枪，扫射封锁。又命令一个团，严密警戒黄家寨方向，以防红军由黄家寨方向进击。周矮子自坐中军，指挥四方。

这天上午10点钟左右，双方激战开始，贺龙知道桃子溪西面高地的重要，便命令部队集中力量夺取西面高地。周矮子在这地方摆满了轻重火器，红军反复冲了几次，人马伤亡了许多，均没奏效。段德昌真急了，在这寒冬腊月之日，把衣服甩掉，赤膊挥刀，冲在了前头，主将段德昌带头冲锋，战士们自然不后退了，一时间，杀声震天。周矮子看看自己兵马渐渐抵挡不住，也急了，急令追击炮连向冲锋的红军开炮。霎时，炮火连天，将红军的冲锋压了下去。周矮子又急令轻重火器猛烈射击。红军终因弹药奇缺，敌又以逸待劳，伤亡很大，败退下去。周矮子见红军败退，遂又命令部队向红军发起追击，将红军追赶到桑植境内，方才罢手。这一仗，红3军损失了干部战士数百名。

周矮子占了便宜，忙电告陈渠珍，陈渠珍听了，少不了夸奖周矮子几句。而后，陈渠珍便同时给何键和徐源泉发了报捷电报，电文称："徐总指挥、湘省何主席，共匪贺龙率众万余，审犯永面，我周燮卿旅在桃子溪附近，迎头痛击贺龙，双方激战两昼夜，已将该部完全击溃，现正继续'追剿'之中，惟弹药缺乏，望能迅速补充，以利'清剿'。陈渠珍。"

周燮卿大败红军之后，十分得意。这一日，王尚质带着永顺各界士绅，前往桃子溪，慰问周燮卿部。周矮子便招待这些人吃饭，席间，周矮子对王尚质说："尚质，贺龙人马遭我一击，我军威大震，我本当一鼓作气而攻之，只因缺少子弹，便没敢深追，让贺龙逃了，若有子弹，哪怕他贺龙再狠，腿再长，也跑不了我的手心儿。"

周矮子语毕，王尚质挑着拇指说："周副总指挥乃降龙罗汉转世，想那贺胡子如今遇到对头了。"

周矮子笑道："各位同仁只管等喜讯，我早晚要取贺龙首级，届时，将10万元大洋的赏钱，送与各位。"接着，周矮子举起酒杯说："想当年，虎牢关前，关云长温酒斩华雄，今日，我周燮卿这杯酒也不喝了，待捉到贺龙之时，与各位再共饮。"

周矮子这么一说，那宴会上的各界士绅都一起说道："周副总指挥乃当世英杰，也是我湘西百姓之洪福。"

这些人一夸奖，把个周矮子乐得手舞足蹈，嘴都合不上了。

酒宴完毕之后，周矮子留住了王尚质，提出要举兵攻打桑植城。王尚质本不想发兵，可周矮子决心大，王尚质也不好阻拦，又见贺龙兵败，也就同意了周矮子的意见。当下，二人一番计议，决定将红军逼迫于洪家关附近，而后再施包围，一举而歼之。部队行动的部署是：周燮卿带第3旅由桃子溪出发，迅速由南岔渡河，以一部抄袭桑植之红军，策应本队进攻，其主力向洪家关前进，攻击红军之右翼；新编第3团团长朱疤子率全团由瑞塔铺出发，经双溪桥向洪家关挺进，攻击红军之左翼，实施包围攻击；参谋长王尚质亲率柏、张、田、王各团及直属1、2营为本队，由永顺出发，利用拂晓，渡过赤溪河，猛攻正面之红军，待收复桑植城后，即向洪家关前进，捕捉红军之主力。

王尚质同周燮卿商量好后，便回到了永顺，向各团下达出击命令。命令各团防，三天后拂晓出发。到了第二天晚上，周矮子给王尚质来了电话，发了火儿。怒冲冲地喊道："妈的，命令到了，为什么子弹不到，没有子弹，我跟贺龙打个鸟仗？"

王尚质赶紧解释说："周副总指挥，您别急，子弹很快就运到。"

周矮子继续在电话里大发脾气说："是不是陈师长怕我造反哪？不给子弹，我不搞了！"

王尚质听了，内心里骂道："狗日的，不就是胜了贺龙一仗吗？就不知天高地厚了。"心里骂，可嘴上不敢惹呀，只好说：　"子弹很快就运到。"

放下电话之后，王尚质立即又要通了陈渠珍的电话，将周矮子的态度向陈渠珍做了报告，陈渠珍说："尚质，要妥慰燮卿，告诉他，子弹正星夜赶运。"

当下，王尚质又将陈渠珍的言语，转告了周矮子，周矮子听了，依然在电话里骂骂咧咧，王尚质也不敢说什么。

为了打败贺龙，周矮子又暗中派了一连人到了贺龙祖坟，将贺龙家祖坟又扒了一遍。前文述过，国民党军曾多次扒贺龙家祖坟，但他们见贺龙依然身体健壮，依然指挥千军万马，便认为扒贺龙家的祖坟没找到正穴，风水没破。这次，周矮子还花重金请了个风水先生，在那风水先生的指点下，把贺家坟墓挖了个遍。之后，那个奉命挖坟的连长周二旦向周矮子报告，说这次挖到了正穴上，周二旦说到最后，拍着大腿说："这次贺龙家坟茔风水肯定破了，贺龙必死无疑。"

周矮子听了大喜。刚好这时子弹运到，周矮子立即向部队下了命令，要在次日进攻桑植，并派人向王尚质做了通报。这时，其余各团，都还没准备停当。王尚质便立即飞马赶到桃子溪，对周矮子说："周副总指挥，各团尚未准备停当，若明日发兵，恐于战不利。"

周矮子一挥手说："大丈夫用兵，岂可左顾右盼，如今贺龙一败再败，已成惊弓之鸟，一举擒拿贺龙，更待何时？明天不是二月二龙抬头的日子吗？我偏要让那贺龙抬不起头来。"遂不听王尚质之语，命令其人马于次日破晓开拔，直奔桑植。王尚质见周矮子如此行动，也只得下令，令所有兵马于翌日破晓进击红军。

按下湘西各"剿共"军不提，单说周矮子，带部队行到一个叫周家峪的地方时，先头搜索部队捉到了17名替红军贴标语的青年。遂报告与周矮子，请求如何处理。周矮子眼皮不抬地说："杀掉！"

手下人听了，立即将这17名青年推到了路边儿，正要行刑，适逢王尚质过来，问明缘由，阻拦说："不可乱杀。"

行刑人说："这是周副总指挥的命令。"

王尚质说："我是参谋长，你们告诉周副总指挥，就说我说的，此等顽民，杀之无益，徒增民愤，放掉他们，愈显我仁义之师，若这样乱杀，桑植人很快就被杀光。"

王尚质这么一说，行刑人不敢动手了。有人将此情报告了周矮子，周矮子听了，顿时把桌子一拍，说："立即杀掉！"又说："他参谋长算个屁，我是副总指挥，听我的！"

有周矮子这几句话，那17名青年遂被杀掉，尸弃路旁。王尚质得知后，心中恼恨，无奈周矮子手中握有实权，心中虽恨，亦不敢如何。

翌日，周矮子率其人马为先头部队，向桑植城的红3军开去，接近赤溪河时，天尚未明，便命令各部队展开队形，隐蔽过河前进。各团人马，自然都听令了，到了赤溪河边儿，士兵们怕红军隔河打枪，便举枪朝河对岸射击，一时间枪声大作。枪响之后，对岸竟什么动静都没有。周矮子心疑，举起望远镜看了看，由于天色未明，只见河对岸树影朦胧，看不清楚，周矮子不放心，遂派人渡河侦察。不一刻，侦察人员回报，说河对岸无有红军。周矮子遂下令渡河，这时，正值枯水时节，赤溪河水深不过膝，大队人马便蹚水过河。过河之后，直扑桑植城。距城尚有二里，又有探子向周矮子报告，说守桑植的红军已经退走，桑植为空城一座。周矮子听了报告，下令全旅进城，有人进言道："副总指挥，贺龙诡计多端，当年向子云与贺龙决战之时，桑植也为一座空城，莫非贺龙又有诈？"

周矮子听罢，在马上哈哈大笑道："贺龙连连兵败，其兵马只有招架之功，而无还手之力，如今他家祖坟风水又破了，已无神灵保佑，即便他真要唱一出空城计，吾又有何惧哉。"遂不听左右劝阻，进入桑植城后，又向陈渠珍发报："我已占桑植，贺龙等逃窜，我军正在追赶之中。"

这时王尚质、朱际凯、柏树亭、张晋武、田少卿等各路人马，也都齐聚于桑植。又有探子来报，说贺龙率红军经洪家关向鄂西撤去。王尚质便欲召开军事会议，商量"追剿"红军事宜。这时，龚仁杰从长沙回到了桑植，王尚质便把情况向龚做了报告。龚、王关系不错，也素恨周矮子目中无人，当下，他亲自主持召开了军事会议。周矮子虽然很狂，可在龚仁杰面前，也收敛了许多，官大一级压死人么。当下，龚仁杰决定，兵分两路，向鄂西追击贺龙，由龚仁杰、王尚质率田少卿、朱际凯、柏树亭、张晋武各团及直属1、2营为第1路，经垭晏向走马坪追击；由周矮子率本部人马为第2路，经五道水向鹤峰方向追击；由永顺保安团罗文杰部留守桑植城。两路人马表面上杀气腾腾，可暗地里都打开了小算盘。都怕中红军的埋伏吃大亏。追击之时，只见沿途民房都空空如也，想找粮食、夫役是绝不可能。惟有"分配土地给农民！""农民不缴地主租！""穷人不还富人钱！"等等的红色标语到处可见。可见红军是有准备的撤退。这样，越往前行，越是胆寒。行走了一程，两路人马，都各自虚晃一枪，说是贺龙人马已被打散，而后，便都退回了桑植。龚仁杰即向徐源泉报功，没几天，徐源泉便派了代表金足赤来表示慰劳。并宣布了新的委任令，委任龚仁杰为湘鄂边区"剿共"支队司令。周燮卿为副司令，周燮卿见龚仁杰位在己上，心中愤愤不平，却又无奈，只好把气吞在肚内。

红3军此时退到了哪里呢？原来，桃子溪一仗，红3军失利后，退回桑植城，贺龙向夏曦建议：部队连续作战，疲惫不堪，不宜再战，当退到鄂西，休养生息。夏曦无奈，只得同意贺龙意见。这样，红3军便主动退出了桑植城，第二天退到了鹤峰太平镇的茅坝。

# 中共第一号烈士之死

红3军退到毛坝之后，人马喘息未定，夏曦又召开了中央分局扩大会议。在这个会上，夏曦又提出解散党、团组织和创建新的红军的主张。贺龙、段德昌、宋盘铭再次坚决反对。因为没形成决定，夏曦只得作罢，然其心甚恨之。

红3军于茅坝稍事休整，又转移到走马坪。在走马坪，夏曦再次召开了中央分局会议。在这次会上，做出了发展鹤峰周围苏区和整编红3军的决定。将红8师建制取消。调出部分人员改做地方工作。其余人员加强红7、9两师。叶光吉、盛联均分任红7师师长和政委；段德昌、宋盘铭分任红9师师长和政委；卢冬生任教导团团长，关向应兼政委。

走马坪会后，红3军又转移到巴东的金果坪。这时已到了1933年的春节。时红9师住在邬阳关。

除夕这天，段德昌来看贺龙，还带来了酒。贺龙说："德昌，我正想找你谈谈哩。"

段德昌坐下后，贺龙吸口烟说："德昌，往后开会，你少对夏曦'放炮'了。我见夏曦望着你的背影，眼神儿都不对。"

段德昌说："难道他要杀我不成？"段德昌望望贺龙，又说："胡子，能不能给我40条枪，1营人，我下洪湖，三年后，如果洪湖不收复，红军队伍不扩大，我提首见你。"

贺龙忙说："德昌，你不要再提回洪湖了，夏曦已对你提打回洪湖之语很是不满，说你不愿爬山，怕吃苦，想打回洪湖的目的是要分裂红军。"

段德昌咬了阵嘴唇说："我真不知道夏曦是怎么想的。"稍停又说："我已给夏曦写了报告，要求组织上批准我回洪湖拖队伍。"

贺龙听了惊道："你何时写的报告？"

段德昌说："今早送去的。"

贺龙紧锁眉头说："你怎么不同我打个招呼呢？"

段德昌说："写个报告，谈谈个人意见，有何不可。"

贺龙吸了口烟，说："今天是大年三十，我们喝点酒吧，我让炊事班去做你爱吃的'沔阳三蒸'。"

当下，贺龙又令勤务兵把四邻找来，一起饮酒。正当众人高兴之际。有人报告说夏曦叫贺龙、段德昌到中央分局。贺龙只得要副官们陪着众乡邻饮酒，他同段德昌一起到夏曦处。

夏曦住的是一座吊楼。贺、段二人到楼下后。站岗的说："夏书记有令，只要军长一人上楼。"

贺龙说："有什么了不得的事，上楼还分先后。"

当下，贺龙只身上了楼。见楼上除夏曦外，还有关向应。二人正在饮酒。夏曦见了贺龙，忙招呼他坐下。贺龙刚坐下，忽听楼下一阵大乱，接着传来段德昌的喊声："胡子！"

贺龙猛地站起要下楼。夏曦不紧不慢地说："文常，坐下，喝酒。德昌的事你不要管，我已给他安排个过年的地方。"

贺龙一听夏曦话中有音儿，厉声问："到底怎么回事？"

夏曦面目一沉说："种种迹象表明，段德昌是个改组派的首领！"

贺龙说："段德昌出生入死为革命，哪个不知，哪个不晓？"

夏曦说："这正是改组派的狡猾之处，他们善于用伪善面孔蒙蔽人。你知道吗？红9师官兵在段德昌煽动下要打回洪湖。"他一拍桌子："这次打周矮子失利，一定是段德昌与周矮子有勾结。"

贺龙问："有什么证据？"

夏曦说："证据就是打了败仗。"说着，他把几张纸甩给贺龙说："你看看这是什么！"

贺龙一看，正是段德昌写的要求打回洪湖的请示，说："这也不能就说他是改组派。"

夏曦手指敲着桌子说："他这是分裂红军的表露。"言罢，又语重心长地说："胡子，你不要一天到晚只知道打仗，要睁眼看看，阶级斗争复杂着哩，我在莫斯科时，亲眼看到托派反斯大林同志的斗争。"夏曦见贺龙没开口，又说："你还不知道，周逸群没有死。"

贺龙惊喜地睁大眼说："真的?"

夏曦说："你听了一定会吓一跳。周逸群现在国民党那里。他是湘鄂西苏区最大的改组派。我撤了他的职，周逸群以为发现了他，吓得逃跑了，又造了个假象，说是被敌人打死了。"

贺龙听了连连摇头说："不可能，决不可能。"

夏曦面目沉着说："你早晚会清楚的。"

贺龙没说话，而是翻过烟斗，"当当"地在桌角上磕着。夏曦见他敲完了，又说："我还告诉你，王炳南、陈协平也是改组派。"

大概是太突然了，贺龙听后，手中的烟斗竟落在了地上。夏曦说："残酷的阶级斗争，会使你明白一切的。正是王炳南和陈协平，同周小康一起丢失了湘鄂边苏区。如今，他们二人，还在下边攻击分局领导，散布对分局领导不满的言论。所以，中央分局决定将他们逮捕。"

贺龙猛然把桌子一拍说："无论你怎么说，我也不相信他们是改组派!"

夏曦也高声说："这是分局的决定!"

贺龙说："我保留意见。"

一旁的关向应见贺龙气得发抖，遂将他劝下了楼。

大年初，夏曦又召开了中央分局会议，参加会议的除了贺龙、关向应外，还有宋盘铭、叶光吉、盛联均、卢冬生等。会议开始，夏曦就激动地高挑嗓门说："今天的会，有两个重要内容，一是告诉大家，段德昌、王炳南、陈协平是改组派，他们分裂红军，攻击中央分局领导，说什么苞谷饭不吃，尤其是段德昌，公然向中央分局写信，要回洪湖拖队伍。"

叶光吉等都很吃惊，但没敢开口。夏曦又说："这三个人极其顽固，段德昌被打得昏死数次，王炳南一条腿被打断，陈协平十指打折，可他们什么也不招。对他们，我们还要用重刑，一定撬开他们的口。第二个内容，"夏曦停了一下，见众人听得认真，又说："现已查明，在我们湘鄂西中央分局，改组派的首领是周逸群、万涛，第三党的首领是胡慎己和唐赤英，托派首领是刘鸣先和潘家辰，陈独秀派首领是谭蔚文和李剑如，罗章龙派首领为张琨弟和王进之，AB团首领柳直荀，而各派又统归周逸的改组派领导。他们的阶级成分，大多数是地主富农。所以，我们同他们的斗争，是无产阶级和资产阶级的斗争，是共产党同国民党的斗争。"夏曦站起身晃着手说："在斗争过程中，我们党内机会主义者，常常成为改组派有力助手。改组派利用他的威望，来干扰中央分局的路线。"夏曦说着，瞟了贺龙一眼，见贺龙闷头吸烟，又说："事实已很清楚，改组派已深深地打入了湘鄂西苏区和军队组织之中，在旧的基础上，改造党团组织是无用的了，必须解散湘鄂西苏区和红3军中的党团各级组织，党团员要重新登记。对公开自首的，也可以不开除党团籍，但自首仅限于连以下干部，营以上干部不允许自首。"

当下，夏曦又提出了解散党团组织，组成7人革命军事委员会。为：夏曦、关向应、贺龙、叶光吉、宋盘铭、盛联均、卢冬生。

自此，红3军中取消了党团各级组织。

夏曦在解散党团组织后，紧接着又开展了第三次肃反。凡说过要打回洪湖的干部，即被当做改组派抓起，而后刑讯逼供。受刑不过的，胡乱招供。如此恶性循环，不上十数天，又抓了数百名改组派分子。这些人10人为一串儿，用铁丝穿透肩胛骨，到各村寨游街。有不少人在游街中即死去。后来因改组派太多不好管理，又成立了改组派连。给这些人戴上手铐脚镣，吃饭行军都不取下，把枪挂在他们的脖子上。

正月里的一天，夏曦在邬阳关召开公审大会，公审段德昌、王炳南、陈协平。

大会会场设在一个坪坝子上，各连派了代表参加。这天，天气阴沉，黎明时分，先是飘起了雪花，后又大雪纷飞，山河顿成白色。到了近午，各县区苏维埃代表，各连代表均赶到了。贺龙赶到邬阳关后，对夏曦说："我要见段德昌三人。"

夏曦见贺龙一定要见，就随贺龙来到关押段德昌处。这屋子没窗户，包着铁皮的门打开后，里面黑洞洞的，什么也看不见，贺龙忍悲喊了声："德昌。"

话音落后，黑暗处响起一阵脚镣声。贺龙摸黑进去，将段德昌扶起，将段德昌扶到门外，这时，他看到段德昌遍体鳞伤，面容憔悴，仅20余天的光景，已变成了另外一个人。贺龙不由一阵心酸。强忍着热泪才没滚下来。这时，夏曦一旁厉声说："段德昌，你死到临头，还有何话就快说！"

段德昌怒视了夏曦一眼，转脸对贺龙说："胡子，我段德昌一生磊落光明，今落小人之手，死而无怨，我只求你三件事。"

贺龙扶着段德昌说："德昌，你说吧，我一定记住。"

段德昌说："洪湖人民为革命付出巨大牺牲，你不可忘记他们，这是一；第二，如今红3军子弹极缺，杀我时，不要用子弹，子弹留给敌人，对我，刀砍、火烧都可以；第三，你派人给我蒸碗粉蒸肉，这是洪湖的名菜，我最爱吃。我生不能回洪湖，死也要回洪湖。"

贺龙听罢，眼里泪不由扑簌簌落下。他强忍悲痛说："德昌，我记住了。"

贺龙含泪离开了段德昌，又来到关押王炳南和陈协平处，关二人的地方是个狗窝，四下不通风，人在里面，只能卷曲着身子。狗窝的小门打开后，一股臭气冲了出来，贺龙喊了声"炳南"，不见回答，又喊了声"协平"，也不见回声。用手一摸，摸到软绵绵一个人，拉出来一看，是王炳南，只见王炳南被打得浑身是伤，头肿得老大，打断的腿血渍斑斑，伤口都化脓发臭了。王炳南已昏死过去。接着，贺龙又拉出了陈协平，陈协平也遍体是伤，昏死过去。贺龙真火了，他劈手抓住夏曦衣领，怒道："夏曦，你，你不能这样折磨人！"

夏曦见贺龙真的动了怒，吓得脸色发白，晃着两手支吾说："文，文常，你，你听我说。"

贺龙用力一搡，夏曦不由后退几步，撞到了墙上，才没倒下。贺龙随即怒道："我不听你说！"

中午时分，公判大会开始。到会代表达数百人。夏曦坐在主席台上，下令将段德昌等一批所谓改组派分子押到会场。夏曦宣布"罪状"之后，即下令行刑。第一个被拉出的就是段德昌。段德昌昂首挺胸，面无惧色。他高声对到会代表们说："同志们，永别了，祝革命早日成功！中国共产党万岁，苏维埃万岁！"

夏曦见状，连连喊道："快快行刑！"

几名战士推着段德昌就往外走。这时，贺龙大步走了过来，大喝道："慢！"

战士们见是贺龙，只得停住。贺龙手端一碗粉蒸肉，他走到段德昌面前，含泪说："德昌，吃吧。"

段德昌见了贺龙，大滴的泪不由得滚了下来。贺龙对战士们说："还不快给段师长松绑。"

战士们不敢动手。贺龙亲为段德昌松了绑。又把粉蒸肉端给段德昌。段德昌拿起筷子，吃了一口，交给了贺龙，而后，深情地望了贺龙一眼，转身朝场外走去。贺龙急忙转过身，须臾，段德昌被刀砍死。接着被处死的是王炳南，第三个是陈协平……

一时间，鹅毛大雪铺天盖地飘来，山山岭岭，一片银白，像是痛悼英灵。

段德昌牺牲之际，年仅29岁，王炳南41岁，陈协平31岁，正是干一番轰轰烈烈事业的年龄，不料饮恨九泉之下。段德昌牺牲的噩耗传到洪湖，洪湖人民无不掩面痛哭，纷纷用各种方式，表达对"火龙将军"的思念之情。龚家墩的渔民还盖了座小庙，庙中供奉了"火龙将军"的牌位。牌位两旁的抱柱联为："生为民死为民为民而死虽死犹生；爱洪湖战洪湖因湖负屈英灵常在。"

全国解放后，段德昌被追认为"第一号烈士"。这大概也算对英灵的一点慰藉吧。

夏曦处决了段德昌等人后，便大张旗鼓地在红3军和苏维埃内进行"清党"。最后，红3军仅剩下了夏曦、关向应、贺龙、卢冬生4个党员了。

# 处决熊贡卿

就在夏曦于红3军内"清党"之际，贺英率领的游击队在鹤峰县的洞长湾被叛徒许黄生出卖，遭到了鹤峰县反动团防的袭击，贺英壮烈牺牲。贺龙闻讯，万分悲痛。他把游击队长徐焕然和廖汉生接到麻水红岩坪，勉励他们继承烈士遗志，与敌人斗争到底。

夏曦于湘鄂西中央分局连续3次的肃反，又解散了各级党团组织，直搞得人心惶惶，个个自危，哪里还有心思建设红军和苏区？时周矮子率队攻打红3军，被贺龙指挥红7师打走；五峰的团防彭西祖又率人马进犯，亦被贺龙率部赶跑。接着，朱疤子再犯，贺龙指挥红7师与其激战一日，朱部不支而退。时红9师无师长了，夏曦遂任命汤福林为红9师师长。

夏曦见红军士气低落，各县区乡苏维埃干部也躲躲闪闪。夏曦心中烦闷，遂又抓了叶光吉、宋盘铭和盛联均。

贺龙听说宋盘铭等 3 人又被抓，真是气极了，他拍着桌子骂道："娘妈的，如此下去，红 3 军的领导干部，岂不是杀绝了么。"

当下，贺龙去找夏曦，夏曦自然不听。贺龙无可奈何。他去找关向应，关向应也表示无有办法。

1933 年 6 月，湘鄂边"剿匪"总司令徐源泉，以 14 个团的兵力向红 3 军发动攻击。红军不支，只得向宣恩、鹤峰边界转移，转移中，叶光吉跳崖身亡，盛联均亦被处死。红 3 军一直退到宣恩的烧巴岩一带时，才把敌人甩开。中央分局遂于烧巴岩召开了会议。会议于一间茅草屋内举行，参加会议的只有夏曦、关向应、贺龙、卢冬生四人。四人坐定，夏曦说："目前红军中失败情绪、恐怖情绪严重，这无疑是改组派散布的，说明改组派还在行动。"

贺龙说："老夏，我看肃反无论如何不能再搞了。"

关向应说："就算还有改组派，也是星星点点了。"

贺龙又说："我们的电台坏了半年了，同中央失去了联系。各方面情况都不清楚，钻在山沟里跟瞎子一样，我看我们应当设法同中央取得联系。"

夏曦说："肃反的事，我认为不但要搞，还要更深入地搞，种种迹象表明，改组派活动还很猖獗。像宋盘铭、叶光吉，他们坚决反对清党，分局下决心清党后，逼得他们跳了出来。策划于密室，点火于基层。叶光吉知他罪恶深重，跳崖自杀了。事实告诉我们，对于隐藏很深的改组派分子，我们还要进一步清查。"

夏曦说完，贺龙、关向应、卢冬生都没开口。最后，夏曦念了由他起草的决议，决议题为《关于巩固发展湘鄂边新苏区，争取革命战争胜利的任务的决定》。决定有三个方面内容，一是继续清党，二是巩固现有苏区，三是开辟新苏区。在关于开辟新苏区的方法和政策上，贺龙、关向应主张首先建立若干工作点儿，然后由点到面，有步骤地开展工作，发动群众，对地主豪绅，杀罪大恶极的；对反动团防，按其反动程度，区别对待；对"神兵"尽力做争取和瓦解工作。由于贺、关、卢三人态度坚决，夏曦也只得依从。但在如何开辟新苏区的问题上，夏曦却决定兵分两路，由贺龙、关向应率红 9 师开辟新区，由夏曦、卢冬生率红 7 师保卫根据地。

烧巴岩会议的决议，实际上是一派空洞的号召，在党团组织和政治机关解散的情况下，要巩固党团组织，是空谈。红 3 军本来力量很弱，两个师分开行动就更弱了。

两天后，夏曦、贺龙分头带队行动。贺龙、关向应、汤福林率红3军军部、红9师和教导团从烧巴岩到宣恩、咸丰、利川境内开辟新苏区。这一带乃山高皇帝远之僻地，"神兵"很多。贺、关对"神兵"尽量争取，于咸丰黑洞收了200多"神兵"，在利川的青岩、夹背一带，也收了300多"神兵"。对于反动的"神兵"和团防，给予狠狠的打击。在鄂川边界栗子冲，有个民团头子叫张凤玉，因他长得像贺龙，就扮成假贺龙，令手下人扮成假红军，烧杀抢掠，败坏红军和贺龙声誉。贺龙闻之，带人马将其歼灭。是年11月初，在宣恩上洞坪，贺龙率部与敌新3旅和湖北省的一支保安团及陈渠珍手下龚仁杰、王尚质部大战一场，红军伤亡很大，败退至湖南龙山一带。时贺龙、关向应都深感红3军分开势单，想尽快会合。

夏曦、卢冬生率红7师亦遭到强敌围攻，不仅未达到巩固苏区之目的，反而把苏区丢失。到了12月中旬，红3军的7、9两师，终于在施、鹤边界的石灰窑会合了。时已天寒地冻，而红3军的指战员仍穿着破烂不堪的单衣。人马也仅剩3000余人，粮、弹、药均奇缺。反"围剿"遂归失败。尤为严重的是，同中央一直没能取得联系。指战员情绪非常低落，党团组织解散，军中失去中坚，不少人感到前途渺茫。有人挂枪逃走，有人思索，红旗到底能打多久。

贺龙提议，红3军应向川东酉阳、秀山、黔江、彭水发展，创建新的根据地。夏曦亦同意。于是，把恢复湘鄂边等苏区的口号，改成"创造湘鄂川黔边新苏区"的口号。

川东的酉阳、秀山、黔江、彭水四县，为川东偏僻之处，地势险要，交通闭塞。反动势力较弱。

1933年12月22日，红3军由湖北咸丰的活龙坪、水坝出发进入川东，突袭了黔江。黔江位于川东南边缘，史称之为"蛮夷之地"。守敌周化成弃城而逃。红军遂占了黔江。

川东之敌为川军田仲毅师和陈万仞师。田部驻防酉阳、秀山，陈部驻防黔江、彭水。陈的师部设在丰都，田的师部设在酉阳龙潭镇。红3军占黔江后，田、陈立即催动人马，杀向黔江。贺龙见敌势大，得夏曦首肯后，遂率人马撤离黔江城，向鄂西利川游击。在利川小河，与鄂敌遭遇，贺龙不敢恋战，率军南下，进入湘西龙山境内。

红 3 军进入龙山具境后，日夜游击，人马不得休整，甚是疲倦。部队减员不得补充，伤病员不得治疗。党团组织、政治机关解散了，政治工作没人抓了，一切都靠行政命令，各级司令部门名存实亡，红 3 军仅剩下了红军这面旗帜。湘鄂川黔边冬天亦十分严寒，指战员们缺衣少食，于寒风中发抖。而夏曦依然不断杀人，如此军心越发浮动，弃枪逃走者逐日增多。弄得夏曦时而长吁短叹，时而大发脾气。这期间，又有 27 团团长杨云生、25 团团长周大本等 70 余人被肃杀。

就在这当儿，蒋介石派了湖南省政府参议员熊贡卿到龙山游说贺龙，招安红军。贺龙与熊曾有旧谊。1925 年贺龙担任澧州镇使时，熊作为省府驻澧州镇守使官邸代表与贺龙相识。熊水旱兼程赶到恩施，湘鄂边"剿赤"军总指挥张刚为其洗尘。接着，熊给贺龙写了一信。派心腹梁素佛前往投书。

这当儿，红 3 军转移到龙山茨岩塘。贺龙接到熊贡卿的信后，看罢交给关向应，关向应看了后说："蒋介石要仿水浒，派人招安我们了。"

贺龙说："我看可以让这个熊贡卿来，通过他的口，我们了解一下方方面面的情况，回头再把他毙了，也为民除一害。"

关向应说："此举可行，不过要征求一下分局的意见。"

当下，贺龙去见夏曦。向夏曦报告了自己的意见。夏曦亦赞同。贺龙便给熊贡卿写了回信，信中热情地邀熊前来。而后，交给了梁素佛。梁见事成，高兴地返程。

熊贡卿接到贺龙的信，见贺龙应允他前往，十分高兴。次日，便乘滑竿，带着 50 名扈从，9 副用大红纸封的挑箱，10 匹骡子驮着包袱，前呼后拥地进了龙山境，又到了茨岩坪。

贺龙听说熊贡卿到了，假意到村口相迎。时熊头戴水獭皮帽，身穿青底儿团花长袍，外罩蓝缎子马褂，颌下几根黄须。由梁素佛搀扶下了滑竿。熊见到贺龙，立即几步上前，拱手说："贺军长，澧州一别十数载，可把我想死了。"

贺龙也客套了几句。之后，大家进村。到了军部，贺龙把熊让到吊楼内。熊让随从把箱子尽搬屋中。

时屋中间火塘的木柴烧得毕毕剥剥地响，屋中暖烘烘的。熊贡卿坐下后，见贺龙谈笑随便，那颗悬着的心才放了下来。二人叙了番旧谊之后，熊贡卿说："小老儿此次来鄂西之前，见到了蒋总司令，蒋总司令对将军甚是厚爱，渴望将军为念黎民百姓涂炭之苦而早日弃暗投明。"

贺龙吸了口烟说："是啊，贤臣当寻明主而事呀。"

熊贡卿高兴了，令人打开礼箱，从箱内拿出一套呢子军装，军装上缀金灿灿肩章，还有一张委任状。上面写着"委任贺龙为国民革命军第四方面军副总指挥"。接着，梁素佛又取出一张钱票。熊贡卿接过递给贺龙，说："这10万大洋，乃蒋总司令为将军安家之用。"又一指大大小小箱子，"这些都是慰劳弟兄们的"。

贺龙笑道："熊老先生为了红军，真是费了一番苦心的。"

熊贡卿忙道："理当理当。"

二人又说番客气话，贺龙便请熊贡卿、梁素佛入席。熊贡卿见贺龙如此盛待，更是高兴，话也就多了。酒过三巡、菜过五味之后，贺龙说："我等在深山多日，外面时局不知有何变化，望先生指教。"

熊贡卿把一杯酒饮下后说："日本人占了东三省，有人偏要逞强，要跟日本人打仗，日本人都是人精，跟他们打仗能得好么？"熊喝了口酒又说："蒋总司令乃当世奇才，从去年9月起，亲自坐镇南昌，指挥百万大军'剿赤'，红军一败再败。而今鄂豫皖红军败往川陕。为免使生灵遭涂炭之苦，蒋主席好生之德，已派人去招安，据我所知，去那里有4人，去江西也有数人。"

熊贡卿说着，贺龙、关向应频频敬酒。熊把他所知道的方方面面情况全都说出。贺、关一一记在心中。

第二天，红3军向桑植方向转移，走到一个叫七里台的地方，召开了公审大会，当地老百姓也都来参加，贺龙站在高台上，挥着手说："同志们，老乡们，今天，我们要枪毙一个坏蛋，他叫熊贡卿，是蒋介石派来劝降的说客，这对我们红军是个极大的侮辱。同时他又是一个奸细。"说到此，贺龙提高嗓门："同志们，艰苦困难吓不倒红军，高官厚禄收买不了红军，阴谋诡计骗不了红军。"

接着，贺龙又表示了自己跟党走的决心。贺龙说完，夏曦、关向应发言，他们表扬了贺龙的坚定革命立场，号召大家战胜困难，增强革命必胜信心，历数了熊、梁罪状。

这天天气很冷，可开会之人都觉得心里发热。

夏、关讲完后，贺龙令刘开绪处决了熊、梁，对其所带的扈从，教育后放回。

1934 年 3 月 17 日，湘鄂西中央分局将此情况报告了中央。内称："去年 12 月，蒋介石曾派了一代表熊贡卿来游说贺龙同志，企图收编。熊先派一个梁素佛来，贺龙同志首先发觉来人之阴谋，认为这是对己之侮辱，便提到中央分局。我们为要得到蒋介石对中央苏区及四方面军之破坏工作之消息，遂允熊来。据熊说，蒋已派四人（有两个是浙江人）到四方面军去，派数人到江苏中央苏区，此等人均做上层收买工作。我们遂将熊事公开，举行群众审判枪毙之。"

贺龙处决了熊贡卿后，率队向桑植进发。时陈渠珍和黔军王家烈大战正酣，无暇顾及红军，如此红 3 军人马在龙、桑边界竟得空隙休整半月。之后，进入了桑植县境。时桑植境内只有少数团防，那些团防兵闻贺龙兵马到，早已闻风而逃。当下，红 3 军便在湘西的龙山、桑植、永顺、大庸、慈利数县境内，盲目地流动。夏曦仍继续清党和抓改组派。

转眼 1934 年春天到了，山山岭岭桃红柳绿。贺龙、夏曦、关向应又带着红 3 军转移到湘鄂边游击。4 月初，游击到利川县十字坡。在这里，中央分局召开了会议，会议作出了《关于发展川鄂边区苏维埃运动任务的决议》。红 3 军再向川东发展，首先攻打彭水县，然后再向酉阳、秀山、黔江发展。

5 月初，贺龙率红 3 军经茅坝、苦竹坪，进入川东酉阳县境之腰腴、小柏溪等地，大有进取酉阳之势，驻酉阳之田仲毅闻之急忙向陈万仞求救，同时加紧城防。哪知贺龙虚晃一枪，直扑彭水城。彭水位于乌江边。县长何本初闻红军至，急向守军张龙求计。张龙笑道："彭水，乃一盆水也，一盆水如何能容二龙？我正要生擒贺龙，谁想他今日前来送死。"遂于险隘之处布置人马。何本初亦派模范精选队参战，此队队员皆为与红军有深仇大恨之人。张龙将人马布置停当后，自以为万无一失，哪里想到贺龙早已派人化妆进城，里应外合，张龙人马立时大乱，红军趁势拿下彭水。何本初乘船逃跑，张龙在逃跑中溺死于江中。彭水遂为红军占领。

川敌陈万仞闻贺龙人马占了彭水，当即饬所部分三路向彭水杀来，时贺龙、关向应意以彭水为中心发展新的根据地。夏曦认为彭水易攻难守，主张红 3 军渡乌江去黔东。贺、关见夏曦说得有理，均同意了夏曦的意见。当川敌三路人马杀向彭水时，红 3 军早已过了乌江，向担子岩、黄家坝而去。陈万仞见红军大有入黔之势，便令人马停了下来，派达凤岗旅尾追。当红 3 军进入黔省后坪县属塘坝时，陈万仞即下令人马回程，缘黔省已非川军辖地。

## "老百姓"来到了红三军

黔东乃为贫穷落后的山区。黔省历来有"地无三尺平，天无三日晴，人无三分银"之说，黔东一带的人民，更为贫穷。这里山岳连绵，乌江直贯其中，没有公路，没有车道。交通极为闭塞，封建迷信势力很大，时黔东为乌江西岸、焚净山以北的务川、德江、沿河、印江、松桃一带，人口稀少。集聚着苗、汉、侗、土等民族。由于受压迫深，因此穷苦百姓对革命有强烈要求。

1934 年 5 月 29 日，贺龙率红 3 军到达德江的泉口司。接着越过马纳河占领思渠，而后向沿河县城推进。时沿河驻有贵州军阀蒋丕绪部傅中恒的 1 个旅，其闻贺龙兵马杀向沿河，即率主力逃去。红军遂占了沿河，继而占了沙子场。

6 月 16 日，贺龙又率红 3 军进驻了枫香溪，在这里，召开了红 3 军发展史上重要的一次会议，即"枫香溪会议"。

这时，红 3 军的干部战士都呼吁不能再盲目乱走了。这天晚上，贺龙语重心长地对夏曦说："老夏呀，我还是那句话，野鸡还有个山头，白鹤还有个滩头，咱们红军没个根据地怎么行呢？没有根据地伤员不能安置，兵源难以补充，部队得不到休整，得不到扩大。"贺龙见夏曦听得认真，又说："老夏，红 3 军的党团组织、政治机关要恢复，没有党团组织，没有政治机关，军队就没了主心骨儿呀。"

关向应也一旁说："这里的'神兵'很多，我们要加强宣传力量，把'神兵'争取过来。"

夏曦默默地听着贺龙、关向应的言语，这一次，他没像从前那样，只爱听顺耳的，红军的处境，已使他深感形势严峻。最后，他叹了口气说："就依你们意见办吧。"

当天，即召开了红 3 军发展史上重要的一次会议——"枫香溪会议"。会上做出了建立黔东特区根据地，恢复红军中党、团组织和政治机关，组织干部大队深入到村寨发动群众，争取"神兵"，壮大红军队伍等四项决议。决议向指战员传达后，全军振奋。自此，红 3 军中又有了党团组织和政治机关。然而有些人说什么也不再登记入党了，经贺龙等耐心做工作才又登记。

接着，又成立了由夏曦、贺龙、关向应、卢冬生四人组成的湘鄂川黔
边革命军事委员会，夏曦任主席，而后，对红3军进行了整编。依然编成
红7、9两师，由贺龙任军长，关向应任政委，红7师师长卢冬生，红9
师师长钟炳然。

夏曦、贺龙等四人以湘鄂川黔革命委员会名义，联名发出了《中华苏
维埃共和国湘鄂川黔革命军事委员会致贵州印江、德江、务川、沿河各县
神坛同志书》的文告。红3军又组织了几个宣传大队，分头到各村寨宣传
共产党的政策，介绍苏区情况，揭露国民党的罪恶。夏曦还亲自起草了八
条纪律，下发到部队，要求干部战士坚决执行，树立红军的良好形象。

经过广泛的宣传和深入的工作，许多"神兵"纷纷加入红军。其中
最大的一支"神兵"队伍是冉水波带的队伍，冉曾率"神兵"攻占过德
江县城，自立为"神兵县长"。后为官军打败，藏匿于深山密林之中，以
求东山再起，其闻贺龙人马至，便面会贺龙，交谈之后，只恨与贺龙相见
之晚，遂率其"神兵"加入了红军。贺龙便以其"神兵"队伍为基础，
编成黔东独立师，由贺炳炎任师长、冉水波任副师长。

经过红军指战员的广泛宣传和深入细致的工作，很快建立了乡、区、
县、特区的四级革命委员会，处决了一些民愤极大的恶霸，百姓无不拍手
称快。1934年7月21日，在沿河县的铅厂坝，召开了黔东特区第一次工
农兵苏维埃代表大会。会上，提出了三项任务，一是实行土地革命；二是
组织雇农工会、贫农团和苏维埃代表会议；三是武装工农群众等三项任
务。组织3万人的自卫队，1万人的游击队，扩大红军3000人。革命委员
会的会场设在了沿河县的白石溪土地祠。大会开得十分热闹。

这天，一个衣服破烂、手拿牛胛骨的要饭花子来到了红3军军部。要
见贺龙。卫兵正问之际，刚好贺龙走出来，他一见此人，高兴的一把将那
"花子"拉住，连连说："可把你给盼来了！"

卫兵见贺龙对来人如此亲热，笑着问道："军长，他是谁？"

贺龙笑着说："他是'老百姓'。"说着将"老百姓"让到房中，对勤
务兵说："快去打水，让'老百姓'洗洗脸。"接着，贺龙掏出烟，同
"老百姓"一起吸起烟来。二人边吸边谈，十分亲热。

原来，此人叫谷佑箴，是中共中央派到湘鄂西中央分局的交通员。谷
佑箴从中央苏区到了湘鄂西，又赶到了彭水，一直尾随着红3军的足迹，

到了黔东才找到红3军。

贺龙把谷佑箴来的情况告诉了夏曦、关向应，由于分局和红3军自脱离洪湖苏区以来，就和中央失去了联络，而今中央来了交通，自然高兴万分。交通员从衣缝中取出了中央5月6日发出的通知。通知称："因交通断绝，在很长时间内，我们没有得到你们的消息，无法了解你们的情况，不能和你们交换意见，不能给你们指示。这对于我们的工作有很大损失。自从你们派代表来后，我们才有可能来研究与检查你们的工作。"

信中着重批评了湘鄂西中央分局肃反扩大化和分局解散党团组织的决定是错误的行动。接着，谷佑箴又把1934年1月在江西瑞金举行的中共六届五中全会的决议取出。这次会议是中共中央临时负责人博古主持的。会议错误地断定了中国已存在"直接革命形势"，第五次反"围剿"即是争取中国完全胜利的斗争，在敌强我弱情况下，主张和强大敌人决战；在统一战线上，坚持和发展了"左"倾关门主义；在党内斗争上，继续发展宗派主义和过火斗争、打击政策。这次会议，使王明"左"倾路线发展到顶峰，尽管如此，中央还批评了夏曦把持的湘鄂西中央分局，可见夏曦"左"得就更厉害了。

当下，中央分局开会讨论了中央指示精神，通过了《湘鄂西中央分局接受中央指示及五中全会决议的决议》。自此，夏曦对"肃反"和"清党"问题有了初步认识。这天晚上，夏曦把贺龙、关向应叫到屋中，他吸着嘴唇，皱着眉头说："我不明白，我执行的都是中央的和国际的路线，怎么中央批评我错了呢？"

贺龙语重心长地说："老夏，不知你想过没有，那么多的同志，怎么都是改组派？他们要真是改组派，怎么不跑？怎么不杀了你？"

夏曦低头不语。关向应说："是啊，肃反的事该停了。"夏曦低着头，吸着烟，叹了口气对贺、关说："往后，红3军的事，你们多拿主意吧。"

贺龙、关向应见夏曦有所觉悟，很是高兴，三人又扯了扯工作，贺龙觉得这是夏曦到洪湖苏区以来，他第一次同夏曦谈得这么随和。

湘鄂川黔边苏维埃政权建立后，震动了周围敌军。时国民政府贵州省主席王家烈得知红3军入黔，大惊，急令其第1旅旅长李成章率所部开到思南，相机推进，严密防范；令其第3师蒋丕绪属傅中恒旅，进驻沿河一线；令柏辉章旅进驻铜江；川军田仲毅二个团驻酉阳，达凤岗三个团驻彭水。四周之敌皆对红3军虎视。

贺龙了解敌情后，决计击敌一处，以打击敌之气焰。遂令钟炳然带红9师、贺炳炎率独立团攻打淇滩黄富安团，令卢冬生率红7师伏击李成章部。

淇滩乃乌江上游的一个码头，是黔东的一处集散地。为傅恒中旅黄富安团驻守。这天，适逢淇滩赶场之日，红军化妆后进驻淇滩，打响之后，里应外合，黄富安团才知是老牌子红军来了，纷纷向淇滩渡口溃逃，一团人马，多落入水中，为乌江席卷而去。淇滩遂为红军占领。

卢冬生率红7师于横河对岸的岩口坪伏击了李成章部，李部措手不及大败，竟至溃不成军。辎重马匹亦被红军夺去许多。当李成章得知大败自己的红军师长不是贺龙时，叹道："贺部将尚且如此，贺龙更非常人。"遂下令所属各团、营，不可主动出击红军。

红3军两路人马获胜后，贺龙又指挥红9师，攻打酉阳县境内南腰界。

南腰界有个团总叫冉瑞庭，父子二人，称霸一方。他在南腰界的大场坝，修了个土围子，四周设碉楼，豢养了兵丁数百。贺龙率人马杀过来时，冉瑞庭率家眷逃离。贺龙占南腰界后，把冉瑞庭家产分给了穷人。

南腰界克后，贺龙又率队离开，留下少数红军守卫。冉瑞庭得知贺龙主力已走，遂率人马杀了回来，将红3军留在南腰界的伤病员及家属，残酷杀害。其手段十分残忍。有的将烧红的铁条从左耳穿过右耳，有的用尖刀将口中之舌搅烂，有的剖腹取心……

贺龙闻冉瑞庭偷袭了南腰界，行凶作恶，大怒，急令红7师派1团人急驰南腰界，又令红9师1团人防守在川东秀山县的茫坝一带，令附近各游击队，配合这两团人马行动。

卢冬生亲率1团人马火速赶到南腰界，冉瑞庭及其子冉崇侯逃跑不及，携裹部分群众躲进冉家祠堂。冉家祠堂坐落在一片稻田中央，四围的墙均用坚固的石块砌成，四角设有碉楼，配有轻重火器，还有四门火炮，系冉家父子经营多年的巢穴。卢冬生将祠堂围住后，因里面有不少群众，不敢展开火力，怕误伤群众。贺龙围着祠堂看了看，见硬攻必造成伤亡，遂令紧紧包围，同时组织政治攻势，瓦解祠堂内的士兵，一部分群众趁夜色偷偷逃出。到后来，祠堂内食物用尽，连四只猫都杀吃了。

时酉阳保安团团长杨正光，因与冉瑞庭是磕头兄弟，知冉被围，遂向田仲毅告急，田即令南腰界临近各乡团防救援，又令兴隆镇的酉阳县"剿赤"义勇大队队长陈翔率队前往。但这些人也只是空喊，不动真的，一时间，酉阳县内，每日下达上报的紧急公文穿梭般来往，电话日夜不断。结果是，"只听楼梯响，不见人下来"。

一个风雨夜，红军攻克了冉家祠堂，冉氏父子均为红军所杀。

第三天，适逢8月1日，分局和红3军在南腰界召开了军民大会。庆祝"八一"南昌起义7周年。

红3军在黔东站住脚后，贺龙、关向应即带着黔东独立师、夏曦率红3军主力，在周围打土豪、分田地、扩红……由于有了这么一块小地盘，指战员们得到了暂时的休整。

10月上旬的一天，贺龙、关向应从一张国民党的报纸上看到一则消息："江西萧克匪部第6军团窜入黔东，企图与贺龙匪部会合。"贺、关看后，都认为敌报的消息是真的。又分析红6军团到了黔东，人地两生，又处于敌人围堵之中，应当主动相迎。因不知红6军团的方向，遂兵分两路，前往寻找。

# 第九章 "双龙会"

## "萧克石梁会贺龙"

红 6 军团怎么到了黔东呢？原来，中央苏区的第五次反"围剿"在博古、李德等的指挥下，宣告失败。看看江西已不能立足，中共临时中央便令任弼时、萧克、王震率红 6 军团西征，以便打个地盘，使中央苏区有立足之地。1934 年 7 月 23 日，中共中央书记处和中革军委向红 6 军团发了紧急电令。由任弼时、萧克、王震三人组成了红 6 军团军政委员会，任弼时为主席。

8 月 7 日下午 3 时，红 6 军团 9700 多人，由湘赣之地突围西征。在街前和五斗江之间，突破了敌刘建绪的两道防线。蒋介石得知红 6 军团西征后，即急令湘敌 15 师和 16 师尾追，令粤军堵截。8 月 11 日、红 6 军团到达湖南桂东县的寨前圩。12 日，在寨前圩举行了大会，誓师西征。并宣布成立红 6 军团领导机关，萧克为军团长兼红 17 师师长、王震为军团政委兼红 17 师政委、李达为军团参谋长、张子意为军团政治部主任、龙云为红 18 师师长、甘泗淇为红 18 师政委、谭家述为红 18 师参谋长、方礼明为政治部主任。

誓师大会后，红 6 军团即出发，直奔郴州。8 月 17 日抢占郴州，8 月 24 日攻占零陵。由于湘江被敌重兵封锁，萧克指挥人马经阳明山占新田，从而绕过敌重兵，经嘉禾西去。在道县以南徒涉了湘江上游的支流潇水。进入了湘桂两省交界处的永安关。于界道渡过了湘江，急进至车田。

红 6 军团自西征之后，几乎是天天行军，不得休息，又值雨季，大雨时下时停，许多人走得脚都肿了，每天都有不少人掉队。抵车田后，接到了中革军委电令，要红 6 军团到黔东与红 3 军取得联系。9 月 9 日，萧克率师从车田出发，经黄龙、高山地区进入湖南城步县，时红6军团前有敌堵截，后有敌追兵，几经波折，到达了老黄平县城——旧州，时湘、桂、黔三省之敌围来，萧克又指挥人马从施秉和黄平间抢渡了大沙河，西进至瓮安县猴场。时远在江西的中革军委，对敌情毫不了解，却命令红6军团不得再西进，结果，致使红6军团在石阡县的甘溪一带，受到了湘、桂、黔三处强敌的围攻。红6军团人马被切割数处。后主力在一老猎人指引下，穿过一条人迹罕至的谷涧夹沟，才得以跳出重围。而红18师师长龙云被敌俘，后遭杀害。52团官兵也大部分牺牲。

红6军团主力突围之后，到了印江的木黄，指战员得知这里已为黔东苏区的边缘，都非常高兴，忙四下派人寻找红3军。

10月15日，贺龙率领的红军在沿河县蛟岩乡水田坝，与红6军团参谋长李达率领的400余人相遇。贺龙得知红6军团与强敌遭遇，急率部与李达一起兼程南下，寻找红6军团主力。23日，在焚净山脚下江口县边溪的木根坡，与郭鹏、彭栋材率领的红6军团第50团会合。接着，贺龙令人马继续寻找红6军团主力。

这日，贺龙率红3军到了松桃的石梁，侦察员从做生意人口中得知印江木黄有红军，急报贺龙，贺龙速派人了解，果然是红6军团主力，大喜。连夜派人前往联络。

次日一早，贺龙率人马早早来到了石梁村边的圈马河。河两岸站满了欢迎的队伍，军号队在前，一杆写着"中国工农红军黔东独立师"的大旗，插在圈马河堤上，迎风招展。当红6军团指战员走过来时，红3军指战员都热烈地喊起了欢迎口号，军号也嗒嗒嗒地吹起。贺龙和黔东独立师的负责人见任弼时、萧克、王震走了过来，大步迎了上去，彼此紧紧握手，一时间，千言万语，不知从何说起。

庆祝会师大会在一个叫蒋家大田的平坝子上举行，10月天气，天高云淡，秋风送爽。广场上站满了红军战士。主席台是用八仙桌子并排而成。任弼时、萧克、王震、贺龙等两军团领导人，都站在台上。贺龙挥手大声说："红6军团同志们，你们辛苦了，你们不认识我吧，我叫贺龙，国民党反动派咒我是'祸龙'，我们红军，就是要祸害他们。你们经过长途苦战，来到了我们的根据地，你们多么想休息休息，可是不行啊，因为我们的根据地在脚板儿上！"

任弼时、萧克、王震、关向应也分别在会上讲了话。会后进行了联欢,老百姓唱起了歌儿:"10月里来枫叶红,萧克石梁会贺龙,双龙从此腾空起,万千红军逞英雄。"

当天,任弼时向中革军委发了电报,报告了两军会师的情况,并要求两军一起行动。第二天,贺龙、任弼时等一起,率人马离开石梁,直奔南腰界。夏曦等到数里外相迎。迎接的人们敲锣打鼓,燃鞭放炮,好不热闹。

在南腰界的毛洞大田,召开了两军会师大会。大会结束时,双方战士表演了节目,有杀马刀的,有拼刺刀的。这天,中革军委来了电报,指示两军不得一起行动,说一起行动是绝对错误的。并要红6军团向湘西乾城、凤凰方向发展,贺龙人马仍留黔东。

任弼时、贺龙等看了电报,都觉得目前两军无论如何都不能分开。贺龙对任弼时说:"如今,我们两支队伍,合在一起不过数千人,若两下分开,很容易被敌人各个击破。"稍停又说:"乾城、凤凰一带,我很熟悉,反动统治根深蒂固。自宁汉合流以来,那里都是屯田养兵制,每个寨子里都有官田,养有兵勇,民间所藏枪支,不下十万,红6军团到了那里,很难立足。"

关向应也同意贺龙意见。

10月28日,任弼时、贺龙等联名向中革军委发了电报。要求两军团一起行动,翌日,中革军委回电,同意了两个军团一起行动的意见。

当下,任弼时对红3军的情况做了深入细致的调查。他同贺龙谈了心,二人喝着苦茶,贺龙想起红3军失败的经过,特别是许多优秀指挥员被肃杀,心情非常沉重。他把自己的想法、看法和红3军、中央分局方方面面的情况,同任弼时讲了一遍,提到肃反时,他十分难过。

任弼时说:"是啊,肃反在各个苏区都搞了,问题很严重,而湘鄂西苏区的肃反,问题更为严重。目前,在红3军中的许多错误的方针政策,必须迅速纠正。"

任弼时同贺龙交换意见后,又与夏曦及其他同志进行了交谈。而后同萧克、王震一起,向中央书记处和中革军委发了电报,对夏曦的问题进行了反映,要求中央撤销夏曦中央分局书记及分局军委会主席职务,并提议贺龙为分局军委会主席。

中革军委和中央书记处于11月6日复电同意红3军恢复红2军团番号,并认为夏曦的错误是严重的,主要是:"1. 没有创立新的苏区根据地的坚决决心。2. 肃反方面，在反革命活动面前走到了乱捉乱杀的严重状态。3. 对于党与群众组织缺乏信心，并走到了取消党与群众组织的道路。……中央决定成立湘鄂川黔边省委，以任弼时为书记，贺、夏、关、萧、王等为委员。……2 军团长由贺龙同志任之，政委由弼时兼；6 军团长（政委）为萧、王。两军团均直受军委领导，但在两军共同行动时，则由贺、任统一指挥之。"

于是，任弼时依照中央军委的精神，对红 2、6 军团干部进行了调整。红 2 军团参谋长李达、政治部主任张子意。原红 3 军的第 7 师改为 4 师，师长卢冬生、政委方理明，原第 9 师改为 6 师，师长钟炳然、政委袁任远。红 6 军团军团长萧克、政委王震。成立了红 2、6 两军团总指挥部，总指挥贺龙、政治委员任弼时、副总指挥萧克、副政治委员关向应、参谋长李达、政治部主任甘泗淇。

## "万坪大捷奠大业"

红 2、6 军团组成了军团总指挥部，又撤销了夏曦红 3 军政委和湘鄂西中央分局书记的职务，红 2 军团的指战员无不拍手称快。精神为之一振。两军团经过整顿后，战斗力顿时倍增。

就在红 2、6 军团人马在南腰界休整时，中共中央发来了电报，说明中央红军离开了江西苏区，实行战略转移，正向湖南行进，要红 2、6 军团策应中央红军的西征。

原来，中央红军的第五次反"围剿"在博古等推行的"左"倾路线下，彻底失败，只得突围，打算到湘西，建立新的苏区。

贺龙、任弼时等接到中央的电报，立即召开了会议。时贺龙提出向永保、龙桑一带发展，说那一带群众基础好，敌军势力弱，各派政治势力复杂，建立新的苏区容易。

贺龙意见，众皆赞同。当下，贺龙、任弼时对黔东苏区工作进行了安排，为了继续黔东特区的斗争和牵制敌人，决定成立黔东特委，留红 6 军团的一部分战斗部队和伤病员，红 2 军团的一个游击大队及一些地方武装，组成了黔东独立师。由原红 6 军团政治部宣传部长苏权任黔东特委书记兼独立师政委，王光泽任师长。

萧、贺人马向湘西开进之后，湖北省清乡督办徐源泉急令驻长江沿岸重镇藕池的张万信师和周万仞师，开赴津市、澧州，与常德警备司令刘运乾联络，堵截红军东进。何键也下令陈渠珍调兵堵截。陈遂召开了紧急"剿匪"会议，成立了"剿共"指挥部，令龚仁杰、周燮卿为正副指挥官，龚兼第1纵队司令，周兼第2纵队司令，杨其昌为第3纵队司令，皮德培为第4纵队司令，共计万余人，分4路从永顺、保靖向北移动，要阻挡贺龙、萧克人马入湘西。

贺龙、萧克率8千健儿过酉阳之后，经鄂省来凤县的百户司，渡酉水向龙山招头寨挺进，龚仁杰得知，急令周燮卿、杨其昌奔招头寨堵截，而贺龙、萧克却掉头东进，甩开敌军，乘虚挺进湘西北的永顺县。

红2、6军团占永顺城后，中共中央书记处发来了电报，电令组成湘鄂川黔边省委，由任弼时为书记，贺龙、夏曦、关向应、萧克、王震为委员，同时，组织鄂黔川湘边军区，司令员及政委由贺龙、任弼时兼任。于是，省委、军区均成立。

时龚仁杰又率队杀向永顺。贺龙、任弼时当即召开了军事会议。贺龙提议，烧掉猛峒河上木花桥，让出永顺城，给敌人造成红军胆怯逃走之假象，而后于钓矶岩一带打敌伏击。贺龙之计，众皆赞同。当下贺龙令后勤部部长张道临向永顺商会买下了猛峒河上的木花桥，而后将桥烧掉。当天夜里，贺龙又指挥人马离开永顺，到了离城60里外的钓矶岩。

红2、6军团抵钓矶岩后，人马埋伏下来，准备伏击敌人。然等了一天没见敌影。贺龙派侦察员打探，才知敌怯阵不敢追赶。贺龙与萧克等相商，决计诱敌深入，人马继续前行，走了半日，到了一个叫龙家寨的地方，这地形像个口袋，有两里多宽，10里多长。两边山上均为又矮又密的茶树。沟内的稻田已收割，田也晾干。是个打仗的十分好的去处。萧克问贺龙："这条沟叫什么？"

贺龙说："叫十万坪。"

萧克说："好个十万坪，我们要在此消灭他10万敌军。"

当下，贺龙下令人马埋伏于两厢。

龚仁杰人马占永顺后，探得红军又离开钓矶岩，便与周燮卿商议，周说红军怯阵，当加速追赶。龚依其言，遂催动马步三军追赶红军。时由杨其昌打头阵，继而皮德培、龚仁杰坐镇中军，周矮子断后，龚的人马追到十万坪一带时，天色已黑，龚下令加速行进，到龙家寨宿营。

时红 2、6 军团都埋伏在两旁茶树内，两军团指战员都暗自下决心，一定要给友军打个样儿看看。

杨其昌旅进入十万坪后，即向东北面山头搜索。见没有红军，便放心前行。当敌军全部入十万坪后，贺龙一声令下，刹那间，两边山头上，枪炮齐鸣，毫无戒备之敌军中，顿时血肉横飞，哭爹喊娘。蒙头转向的被压到了山谷之中。

这时天已大黑，偏又阴天，黑得伸手不见五指。红军战士高喊着抓俘虏，纷纷冲进了敌人队伍中。由于天黑，彼此看不清，红军战士就摸帽檐，一摸是矮硬壳的，立即将其枪下了。令他往后走。

当十万坪伏击战打响之后，贺龙即对钟炳然说："从龙家寨到永顺有条小路，你速带人马赶到永顺，敌人逃兵必逃到永顺，猛峒河木花桥已烧，你先占城北的山，而后聚歼城中之敌。"

钟炳然接受任务后，即带本部人马抄近路赶往永顺。

十万坪内，战斗虽然十分激烈，然红军占主动，敌人不支，向永顺溃逃。龚仁杰、周燮卿、杨其昌都跑在了最前面。

当钟炳然率所部占领了永顺城的北山后，敌败军也纷纷涌入城中。使得永顺城三街六巷，满是灯笼火把，人挤如蚁。钟炳然等在山上看得清清楚楚，可他不下令攻城。在他身边的 16 团团长戴德山说："师长，下令吧。"

钟炳然说："不行，敌人太多，等大部队过来再打吧。"

战士们见敌慌乱之状，都恨不得立刻冲下去，而钟炳然只是不下令。当贺龙人马赶来时，城中之敌已全部逃走。老百姓惋惜说："周矮子见你们占了北山，吓坏了，直喊拿茶来，喝了快跑，你们要是冲下来，敌人一个也跑不脱。"

钟炳然误了战机，贺龙大怒，下令撤了其师长职，由郭鹏担任。

这一仗，红 2、6 军团毙敌 1000 多人，俘敌 2000 多人，缴枪 2200 余支。并缴获了大批军用物资。这一仗使湘鄂两省敌军震动，也把湘鄂两省敌军吸了过来，大大减轻了正在湖南境内苦战的西方军（即红一方面军）的压力。

1983 年 12 月，年已七旬有余的萧克将军，重返十万坪旧战场，萧老满怀激情，挥笔写诗道：

敢驭黄狮上碧空，青岩列列峻奇雄。

放眼九垓富新气，回首溪州索旧踪。

万坪大捷奠大业，塔卧高碑仰高风。

重别金溪鞍未歇，征途万里仍从容。


红2、6军团重占永顺后，贺龙又率兵乘胜攻占了桑植，继而向大庸出击，攻占了大庸城。这样，红2、6军团占了桑植、永顺、大庸三座城池，局面逐步打开了。

1934年11月25日，中革军委来电，称："我西方军已过潇水，正向全州上游急进中，你们应该利用最近几次胜利及湘西北敌情空虚，坚决深入到湖南中部及西部行动。并积极协助我西方军，首先你们应前出到湘敌交通经济命脉之沅水地域，主力应力求占领沅陵，向常德、桃源方向应派出得力的游击部队积极活动。"

贺龙、任弼时接到中革军委电报后，当即决定，由任弼时、王震、张子意率红6军团两个团和红2军团1个团留在初创的根据地，由贺龙、萧克、关向应率红2军团主力和红6军团1个团，发动湘西攻势。

贺龙、萧克率军首先直奔沅陵。沅陵为湘西门户，为兵家常争之地。沅陵若下，红军可直下湘中。时沅陵守敌为廖怀中部。陈渠珍得廖怀中急电后，急令周燮卿和参谋长戴季韬，赶往沅陵一带布防，又委令黄坤覆为沅陵国防督察委员，前往沅陵一带，督饬区村镇长，饬派壮丁，构筑工事，以阻挡红军。

贺龙、萧克率部进逼沅陵后，在沅陵城东北2里的地方，与廖怀中部两个团发生激战。廖部不支，慌忙退入城中，紧闭城门固守待援。沅陵城池坚固，贺龙指挥人马攻打了三天三夜，仍未攻下，时敌援军至，贺龙遂乘虚向常德、桃源地区进攻。

常德守敌为罗启疆独立第34旅，罗部乃湘军之劲旅，一向不把红军放在眼内。遂令其第701团防守涪溪河，第702团防守陬市，令第700团守桃源，令其直属队和当地保安团守常德。罗部第701团抵涪溪河后，兵力尚未展开，贺龙人马已至。贺龙下令发动攻势，红军迅速占领了有利地形，适时天降大雨，红军冒雨攻打，敌军大败。罗启疆闻讯，急令700团两营前来增援，其增援人马亦为敌溃兵冲垮。贺龙催动兵马加紧追击，追到河洑时，又一举将守卫于此的敌702团击垮，败军如潮水般涌入常德。

贺龙趁势夺下桃源，并将常德城团团围住。

何键闻贺龙兵马围住常德，一面迭次向蒋介石发电告急，一面给徐源泉发电，请徐火速增兵援常德，并电陈渠珍速率师出大庸，以断红军归路。接着，何键又令追击中央红军的李觉第19师、章基亮的16师、陶广的62师兼程北调，回援常德。

贺龙正催动兵马攻打常德之际，闻敌援军将至，遂主动撤离，转攻慈利，慈利守敌闻风而逃，红军遂占了慈利城。稍事休整，闻敌追兵接踵而来，于12月30日退出慈利县城，西返大庸、永顺。

# 众怒批夏曦

红2、6军团主力返回永顺、大庸之后，即抓紧时间休整，时任弼时以主要力量抓省委的各项工作，建立发展党的组织，建立各级临时政权。贺龙集中精力抓军队，扩大红军，建立地方武装，广泛进行战斗动员。

1935年1月27日晚，雨雪交加。在大庸县的丁家溶村头的一座老爷庙内大殿，点燃了几堆炭火，湘鄂川黔边省委和红2、6军团的领导干部、各部队团营干部和代表，都在这大殿内，参加批判夏曦的大会。时夏曦颓丧地坐在老爷像前，双手捅在袖内，听着大家的发言。

任弼时主持会议。他很严肃地说："同志们，今天我们开会帮助夏曦。夏曦同志自任湘鄂西中央分局以来，所犯的错误十分严重，是对红3军指战员和湘鄂西苏区人民犯下罪的。夏曦同志在肃反中，搞扩大化，杀害了许多无辜的同志，又擅自解散党团组织和各级政治机关。这些后果，起到了毁灭苏区，毁灭红军，帮助国民党反动派的作用。"任弼时停顿一下说："对待夏曦同志的这些错误，不仅是批评教育他本人的问题，还要在部队中彻底消除影响。我听说在进行党员登记时，一些党员不敢承认自己入过党团，怕以后再当'改组派'。所以，我们要做工作，要把这些错误的东西，从我们军队中清除出去。"

任弼时讲完，贺龙对夏曦说："夏曦同志，你想一想，湘鄂西中央分局轰轰烈烈的革命形势是怎样垮下去的？不是敌人搞垮的，是我们自己搞垮的。这个，你夏曦要负主要责任。你不相信群众，不相信党，不相信红军。在敌人进攻面前，你先是死打硬拼，寸土必争，接着又悲观失望，退却逃跑，没有决心创建造苏维埃根据地，使红军长期过着游荡生活。你肃反杀人到了发疯的地步,最后,竟连段德昌、王炳南、叶光吉、宋盘铭、盛联均,甚至连牺牲了的周逸群你都不相信,竟然说周逸群没死,还是改组派的主要头头。可怜逸群同志壮志未酬,告别了人世,还蒙受此不白之冤……"贺龙说到这儿,他想起了周逸群这位亲密的战友和师长,心里有说不出的难过,一时语塞,说不出话了。

贺龙的话,勾起了到会人的无限伤感,特别是红2军团的干部和代表,对夏曦的所作所为早就恨得咬牙切齿了,他们对夏曦这些年的一意孤行,敢怒不敢言,甚至都不敢怒。因夏曦一句话,即可要命。大家只好把满肚子怒气,压在心底,好不容易盼到了今天,那怒火如何能压得住?贺龙说不下去后,代表中有人高喊:"打死夏曦!"

还有战士拿来个大棍子,往地上一扔,高喊:"夏曦,你今天也尝尝木棍的滋味儿!"

夏曦吓得脸儿一红一白,浑身哆嗦得如同筛糠。

关向应、萧克、王震也都先后发言。代表们亦先后发言。这个批夏曦没执行四中全会路线,那个说夏曦是逃跑主义,夏曦开始还不发言,可到了最后,他委屈地说:"你们大家说我没执行四中全会路线,这不对呀,我是坚决地贯彻执行四中全会路线的。"

夏曦这么一分辩,有的代表起立斥夏曦道:"夏曦,你不要诡辩,你就是没执行四中全会的路线!你就是取消红军和苏维埃!你再诡辩就打死你!"

又有不少人呼喊道:"打死他,打死夏曦,打死这混世魔王!打死这国民党刽子手!"

代表们呼喊着,有不少人涌上去要打夏曦。

贺龙站在那里,挥手道:"同志们,大家不要激动,夏曦的问题,组织上会正确处理的,我们是红军,是有组织纪律的,不能凭感情用事。"

任弼时说:"同志们,我们今天批判夏曦同志,是从夏曦同志的错误中找到教训,不是以牙还牙的江湖式的行为。"

贺龙、任弼时的话使大家情绪又稳定下来。

在丁家溶召开的批判夏曦会议上,集中地清理了夏曦在肃反、建军、建党、丢掉苏区方面的错误。

丁家溶会议是正确的,但是,由于历史的局限,与会者还不能认识夏曦犯错误"左"的实质。夏曦本来是忠实地执行了四中全会错误路线,却用了他反对四中全会的提法，所以夏曦挨了批判，受了处分，还不服气。

1935年2月11日，任弼时、贺龙、萧克收到了中央及中革军委的来电。内称："你们应利用湘鄂之敌指挥上的不统一，与何键部队的疲惫，于敌人离开碉堡前进时，集中红军主力，选择敌人的弱点，不失时机地在运动战中各个击破之。总的方针是决战防御，而不是单纯的防御，是运动战而不是阵地战，辅助的力量是游击队和群众的武装活动。对敌人需要采取疲惫、迷惑、引诱、欺骗等方法，造成有利于作战的条件。"电报指出："你们活动的主要地区，是湘西、鄂西，次是川、黔一部分，当必要时，主力可以突破敌人的围攻线，向川黔广大地区活动，甚至渡过乌江，但须在斗争确实不利时，方才采取此种步骤。"电报又指出："夏曦虽有错误，但不能说他发展到取消主义，这种说法是夸大了他的错误，在内部开展批评是应该的，但做的组织结论是不合适的，夏曦应继续留在领导机关工作，在实际工作中纠正他的错误。"电报最后指示："为建立军事上的集体领导，应组织革命军事委员会的分会。以贺、任、关、夏、萧、王为委员，贺为主席，讨论战略战术的原则问题及红军行动的方针。"

贺龙、任弼时等看了中央来电，大为吃惊。感到这电报的精神与军委以往的指示截然不同。以往军事上一味强调阵地战，强调寸土必争。对夏曦这样犯了严重错误的人，以往必然打倒无疑，而现在任用他。任弼时等从中央苏区来的人，对电报精神更为敏感。遂对贺龙说："中央精神突变必有缘故。"

贺龙说："再发电问问。"

当下，向中央发了电，中央很快回电，贺龙等这才知道，1935年1月15日至17日，中共中央政治局在遵义召开了扩大会议，结束了王明"左"倾冒险主义在党内的统治，确立了以毛泽东为代表的新的中央的正确领导。

任弼时看了电报，不由得长出了一口气，说："早就该如此了。"

贺龙吸着烟说："毛泽东我没见过，可他的许多主张，我觉着都不错，如今由他来做领导，红军前程准错不了。"

当下，根据中央和军委的指示，组成了由贺龙任主席、任弼时、关向应、夏曦、萧克、王震为委员的革命军事委员会湘鄂川黔分会。夏曦并担任红6军团政治部主任。

# 红二、六军团东征

红2、6军团于湘鄂西的活动，使蒋介石大惊失色，急命陈诚组织湘鄂川黔四省边区"剿共"总司令部，陈诚接令后，立即于宜昌设了指挥部。将湘鄂两省军队编为两路军，七个纵队。湘军刘建绪部为第1路军，鄂军徐源泉部为第2路军，七个纵队为：陈耀汉纵队由新安、石门向桑植进攻；郭汝栋纵队由慈利沿澧水北岸向大庸进攻；李觉纵队由龙潭河沿澧水南岸向大庸进攻；陶广纵队以第62师主力经大坪、四都坪向大庸进攻；章基亮第16师向永顺进攻；张振汉纵队由来凤、龙山向塔卧进攻；陈渠珍纵队由乾城、凤凰向永顺进攻。这7个纵队合击的目标第一个是大庸。包围圈完成后，便在环形线上构筑碉堡。碉堡分为子母碉，都是江西"剿共"的经验。到了3月8日，郭汝栋纵队的一个旅推进到溪口东南地区，对大庸造成了威胁；陶广纵队从南面到了军大坪、王村等地。

鉴于敌情严重。贺龙和任弼时相商，决定组织一个战役，以扭转不利局面。战役的计划是，在大庸城西约20里的后坪，集中8个团的红军打李觉部，李觉部被歼后，陶广、章基亮两敌必不敢进，然后红军主力隐蔽于桑植，再打陈耀汉和张连三的暂4旅。进击或逼近郭汝栋敌。然后移师石堤溪、永顺之线，迎击陶广、陈渠珍两敌，这样，可各个击破敌人，达到粉碎敌之"围剿"。而击溃李觉敌是关键。最后贺龙说："打李觉就在后坪的鸡公垭。其一侧是武陵山脉的崇山，一侧为澧水，中间有条小路，地势极为险要，北洋军阀曾于此全军覆没过，只要把李觉吸到此处，他休得生还。打下李觉，其他各路可指日而下。"

任弼时等人均同意了贺龙意见。

第二天，红2、6军团便主动撤离大庸，开到了后坪，埋伏在鸡公垭两侧。贺龙又令50团埋伏于鸡公垭高地，居高临下。贺龙亲自察看了这高地，并对人马埋伏做了安排。

红军人马埋伏好后，等了一天，李觉人马未至。时天下起了雨，且越下越大，天也黑了下来。50团团长见战士们衣服都湿了，料想敌人不会夜间来，就下令人马撤到山下村庄内休息。岂料夜间李觉部抢占了鸡公垭。由于敌人抢占了高地，使红军立时处于被动状态。双方于鸡公垭展开了激战。在大庸城的李觉得知鸡公垭战事后，一面摧动后续部队投入战斗，一面以十万火急的电报向驻王村的陈渠珍部第16师师长章基亮告急。

章基亮接到李觉电报时，正值桑植保安团团长王尚质在身边，章基亮说："贺龙是你们县的人吧?"

王尚质说："他是洪家关的。"

章基亮又问："贺龙这家伙平日害病不?"

王尚质说："没听说他有病。"

章基亮咬咬牙，狠狠地说："这个家伙真伤脑筋，他怎么不得暴病死了呢，害得老子们吃苦头，真伤脑筋。"

章基亮说着把电报给了王尚质。

王尚质看了，说："这个贺龙，神鬼都怕他，是条'祸龙'。"

章基亮说："讨厌的是电报上的那个字，还没出师就不吉利。"

王尚质看去，电报后面是个"陷"字。原来，李觉给章基亮发的是"陷日"电。

虽然如此，章基亮还是发了兵，派了朱少田旅、田少卿团、王尚质部。这三处人马都不愿同红军打仗。所以走得很慢。天黑时，先头团走到一个叫高粱坪的地方，刚埋锅造饭，忽然红军涌了过来，这个团就被冲垮了。

原来，红2、6军团在鸡公垭吃了大亏。由于红50团团长的麻痹轻敌，没及时占领鸡公垭的制高点，使红军处于被动之地。激战中，红4师师长卢冬生受了重伤，政委方理明牺牲了，红6师政委余导群也挂了重彩。贺龙见仗不能再打，便下令人马撤退。没想到撤退之中把朱少田的1个团收拾了。之后，红军到了王村，但没攻击，而是绕路过去，虽然红军走了，章基亮的士兵还是放了一夜枪。

鸡公垭一仗，红军伤亡惨重。且由于这仗没打好，影响了整个战役的进行，只得于永顺、塔卧和龙家寨一带停留。时李觉、陶广部迅速在石堤溪会合，威逼永顺，郭汝栋纵队也渡过澧水，逼近塔卧，陈耀汉攻陷了桑植城，张振汉纵队自龙山茨岩塘直指塔卧。陈渠珍部也抵达永顺和龙山之间。由于敌重兵四面包围，土匪恶霸也都活跃起来。鉴于敌情严重，贺龙、任弼时等向中共中央、中央军委发电，电报说明了反"围剿"所面临的严重形势。电报最后称："万一2、6军团被迫转移……只有渡长江到南（漳）、兴（山）、远（安）边为便利。"

中央同意红2、6军团到江北开辟新区的意见。但此举非在不得已时才行动。按照军委的指示精神，贺、任、萧等制订了新的行动计划。决定经永顺的万民岗、桑植的陈家河、仓官峪，从湖北秭归东南的溪北渡江，到鄂西的南漳、兴山和远安地区创造新的根据地。

决定之后，贺龙即率人马离开永顺塔卧，向桑植陈家河方向行进，当先头部队红4师第12团行至陈家河时，天已经黑了。12团的尖兵班进了街口，见从一间房内走出两个人来，冲尖兵班喊了声口令，发现是敌人，当即开了枪。枪一响，陈家河就乱了。

原来，宿于陈家河的是鄂军陈耀汉部172旅，旅长李延龄，奉命由桑植出发，准备与西面的张振汉纵队打通联系，这日，人马宿于陈家河。战斗打响后，钟子庭立即命部队抢占了陈家河后山。时贺龙得知与敌遭遇的仅李延龄一个旅，便对钟子庭说："到口的肥肉，岂能吐出！"

对这一带地形贺龙十分熟悉，遂令红4师抢占陈家河西的三个小山包，令全师机关枪封锁陈家河渡口，令红6师将土围子围住。又叫警卫连连长带一连人马埋伏于一个叫一线天的地方。战斗很快全面展开，红军大队人马向敌人发动全面攻击。陈家河内街是个土围子，红军因没有重炮就将几枚手榴弹捆在一起，往土围子里扔，接着架人梯爬进去。敌旅长李延龄听说红军大队人马进了陈家河，慌忙带人马逃了出来，直奔东边山头，山上红军枪弹齐鸣，李延龄只得往渡口奔，打算渡河逃走，然渡口亦被红军火力封锁，只好奔一线天，侦察连长见敌人逃了过来，轻重火器一齐开火，李延龄当即毙命。余皆投降。这一仗，仅两个多小时，即将李延龄的一旅人马全歼。

当李延龄与红军交火之际，曾发电向陈耀汉告急。陈亲率3000人马前往陈家河救援，又向李觉、张连山发急电求援，然没待援军至，李延龄旅已被红军全歼。陈耀汉见救援已无望，只得带人马向永顺、塔卧开去，靠拢李觉、陶广两纵队。

贺龙闻陈耀汉率部向塔卧退去，决计打陈。其谓萧克道："我当趁敌张惶之际，打他个措手不及。"

萧克同意，于是，他们果断地改变了原来的军事行动计划，率军穿过一线天，追歼陈耀汉部。追击途中，忽然天降大雨，陈耀汉部遂宿营于桃子溪。贺龙得知后下令部队加紧追赶。

半夜时分，红军接近桃子溪，时敌人正酣睡之际。红军指战员趁机冲了进去。一时，枪声大作。敌军顿时大乱。陈耀汉在几名亲兵保护下，慌忙跑出村外。这一仗，除陈耀汉及其特务连跑掉外，余均被歼。并活捉了参谋长周植先，缴获了两门山炮和许多武器。

围追红军的各路敌军闻陈耀汉几乎全师覆没，均吓坏了，纷纷龟缩后退。张振汉由茨岩塘一带逃到龙山来凤，李觉、陶广、章基亮、陈渠珍所部也都停在大庸、永顺、保靖等地不敢动了。

鉴于敌情发生了变化，贺龙、任弼时等一番商议，决计不北渡长江了，在原地与敌展开斗争。4月中旬，贺龙指挥人马收复了桑植县城，并恢复了塔卧以北大块根据地。接着，又率红2、6军团主力东进至慈利，逼近县城。依贺龙之意，主力继续东下澧州、津市，引湘敌回援，于运动中消灭敌军。任弼时、萧克等人考虑李觉和陶广部兵力集中，红军不易得手，主力东出桑植必失。贺龙依了大家的意见。旋即带主力返回了永顺、桑植。

这时，中央红军已渡过金沙江，红2、6军团配合中央红军转移的任务已经完成。贺龙等一番商议后，决定攻打鄂军，对湘军取守势。缘鄂军皆北方部队，不习惯山地战，且地形等均生疏。

1935年6月9日，贺龙以一部分兵力突然包围了宣恩城，佯攻城北椒园守敌，迫敌军增援，主力隐蔽在距宣恩城南20里处，随时准备打击由来凤、李家河方向来的增援之敌。时宣恩城中仅有一个保安团，被围之后，急电徐源泉求援。徐急令宣恩周围各路人马前往救援，解宣恩之围。

贺龙正率主力隐蔽之时，省委秘书长程明远飞马而来，将任弼时写的一张条子交给了贺龙。条子上写敌张振汉部即由龙山经忠堡来解宣恩之围。贺龙看了条子，说："很好，这个张振汉，我一直拿不着他，今日送上门来了，我岂能让他跑掉。"说完，手握烟斗想了想，便把贺炳炎、卢冬生叫过来，顺手拣起一根木棍在地上划着，边画边说："张振汉从龙山到宣恩，忠堡是他必经之地，你们二人速带人马，埋伏于忠堡两边山上。"

贺炳炎、卢冬生接受了任务，立即率本部人马赶往忠堡，人马迅速埋伏好，并封锁了消息。

忠堡是个仅有数十户人家的深山小村。四周都是险峻的高山，山间一条能行马的路从忠堡村边一侧通过。

贺龙见人马埋伏好后，对参谋长李达说："张振汉这狗日的，我了解他，滑得很，一定把他的人马放进来再打。"叹了口气又说："张振汉早年跟我战逍遥，攻临颖，东征讨蒋，参加南昌暴动，成了我20军的一名团副。他精通炮兵，不想他半截革命啊，实在可惜。"言罢又在李达耳边说了番言语，李达听罢点头。之后，即按贺龙指令去办。

张振汉深知贺龙、萧克的厉害，自到湘鄂西"围剿"红军以来，便处处小心，这日接到援救宣恩的命令，为防不测，他将人马分为三路，以其144旅、保安第5团为右翼，走西路；以123旅为中路；以121旅为东路。三路人马平行前进，互为策应，行抵忠堡时，因路只一条了，便变为西路在前，中路居中，东路断后。行进之时，派出前卫，凡山石树木，都严加搜索。张部人马行进中，沿途不断有小股红军出现，开始张振汉还紧张，后来就麻痹了，认为红军施以迷惑计，阻其相援。这些小股红军，正是贺龙让李达派的，起迷惑麻痹敌之用。

时贺龙指挥部设在忠堡村边的一座叫狗山的山头上。当他从望远镜内看到张振汉人马全部进入口袋后，即下令攻打。一时间，在忠堡寨子的山谷中，枪声响成一片。坐在马上的张振汉，听到枪声，连连喊道："快撤，我们中了埋伏了！"

这时，两边的山上，红旗招展，红军指战员喊杀声震荡山谷。张振汉在三个营的保护下，躲进了一座土地庙内顽抗。贺龙叫来了迫击炮连连长刘彬，说："对准那个土地庙，吊他几炮。"

刘彬将炮架好，目测了一下，"轰"地一声，炮弹正中土地庙正殿。接着又"轰轰"连放几炮，均炸在庙中。炸得院内敌兵均往外跑。贺龙即下令红4师向小庙发动冲锋。指战员喊杀着冲了过去。张振汉及其身边的三个营官兵都做了俘虏。当胖乎乎的张振汉被押到贺龙面前时，"扑通"一声跪在了贺龙面前，口中说道："军长饶命，小的一定改过自新。"

贺龙亲手将其扶起，说："只要你真意重新做人，我贺龙欢迎你，红军也欢迎你。"

张振汉决心改过自新。自此，他在红军中当了一名教官。并随红军长征到了陕北，到陕北后，中共中央决定放他回去，张回到家乡长沙，参加了抗战工作。全国解放后，张出任了长沙市副市长和全国政协委员，此为后话，不提。

忠堡大捷，使红2、6军人人振奋。时贺龙探得龙山城中仅一个保安团，决计乘胜围困龙山，逼退来凤守敌，开辟龙山、来凤根据地。

1935年6月18日，卢冬生奉命将龙山城团团围住。

龙山守敌为陈渠珍部刘文华团。刘见红军围城，连连向陈渠珍告急。陈渠珍又向何键告急。时敌靠龙山最近的为李觉部，因李觉是何键的女婿，所以何键下令陶广前往相救，而陶广去龙山要经大庸、桑植。陶接电令后，慢慢腾腾地起了程。在招头寨，陶广人马与小股红军接了火，而陶广却以为中了贺龙埋伏，人马急往后跑，直跑得烟尘滚滚，时周燮卿正摧动人马前往龙山，见陶广人马落荒后逃，不知出了什么事，也跟着后逃。兵士们自相践踏，死伤不少。

贺龙见李觉部不动，陶广、周矮子人马又吓跑了，知道伏击不成，便下令攻龙山，卢冬生率队攻打，不到半日，龙山城即拿下。

贺龙、萧克指挥红2、6军团连战连捷，惊破了敌胆，蒋介石急调人马。将谢彬的85师从江西调鄂西，将第26路军1个师调到湖北接替34师防务。徐源泉不敢怠慢，7月30日，其下令驻鹤峰的第34师两个团和48师1个旅推进河道沟地区，第58师由宣恩小关推进至李家河，驻高罗的潘善斋旅进占水田坎。

贺龙得知敌情后，对萧克说："打谢彬。"又说："我们也算是老相识了，1923年四川讨贼之役时，谢彬是周西城手下的一个营长。今日他能前来，就别想再回去。他不来我也要请他来。"言罢，他讲了一番"请客"的办法，萧克听了鼓掌赞成。

当下，贺龙布置了人马，他唤过贺炳炎说："板栗园到李家河之间，有个叫利福田的地方，是个瓶子状山谷，长有十余里，宽不足一里，你带上6师，到这个'瓶子'口，当个'瓶子塞儿'。"

贺炳炎走后。贺龙又吩咐卢冬生，带红4师打敌腰部和尾部，卢冬生接受任务后又说："老总，若敌援军至，如何办？"

贺龙说："萧克军团长带6军团打援。"接着又说："敌48师在沙道沟，41师在李家河，潘善斋旅在水田坝，板栗园位于这三处之中，在这三面是敌的地方打仗，是掏敌之心窝。"

卢冬生接令后，当天，即带着红4师人马，由龙山北进沙道沟。卢冬生之举乃贺龙定的声东击西之策，使敌34师误以为红军要打他们，敌遂一面向徐源泉发电求援，一面就地构筑工事。就在敌军构筑工事之际，贺龙指挥红2、6军团主力从高罗和李家河之间，楔入敌军纵深，沿山路急进，于当日9时，赶到板栗园东侧的利福田，埋伏下来。

红军人马刚刚埋伏好，有敌机两架在板栗园上空转了几圈而去。飞机走后，又有敌兵四五十人摇晃而来，此为谢彬师前卫营。正午时分，谢彬大部队进入了谷底。谢彬坐在二人抬上。因其肥胖，把二人抬压成一张弓。

这天，天气十分炎热，太阳似火球高挂空中，谢彬士兵多系北方人，不耐热，进入谷底，便如进了蒸笼一般，加之背着枪弹长途行军，真是热得难耐。因而，枪弹随意背着。

说话间，敌大队人马都进入了红军伏击圈，贺龙见时机到，一声令下，红军埋伏人马立时冲杀出来，顷刻之间，在这十里长谷之中，枪弹轰鸣，山摇地动，杀声震天，烟尘遮日。谢彬人马遭此打击，立时慌乱，然此军队毕竟训练有素，非同一般。一阵慌乱之后，即利用地形地物与红军展开战斗。且谢彬下死令，令人马向"瓶子塞"冲去。

守"瓶子塞"的贺炳炎知道此敌不可轻视，下令死守。双方竟展开了格斗，然无论敌人如何拼命，"瓶子塞"依然堵得很严。敌人无奈，只得向山上逃去。

贺龙正在指挥部指挥战斗，卢冬生挂了花被抬了回来，其对贺龙说："谢彬占了西山上的土围子，仗打得很苦。"

贺龙见卢冬生挂了彩，对左右说："安排师长休息。"又对侦察连连长李国良说："去告诉贺炳炎，要他速带人马把谢彬捉来见我。"

贺炳炎接到贺龙命令，即率人马赶到土围子，将敌人团团围住。而后，令18团3营营长曾其云率3营冲了过去。然敌火力太强，3营指战员被压得不能前进。

原来，谢彬令土围子里的兵丁一字形地排在土围子上，向红军展开射击。被打倒的随即补上，谢彬并许以重金。因其知周围三面都有援军，只要坚持，就是胜利。双方打了两个多小时，土围子里敌兵已所剩不多，曾其云一声大喊，率全营战士冲了进去，贺炳炎也下令大部队向土围子发起了冲锋，冲进之后，贺炳炎见谢彬腹部中弹，正躺在地上哼哼，贺炳炎性起，一刀将其头砍下。又扯下谢彬衣服，将其头包起，去见贺龙。

贺龙见了贺炳炎，说："谢彬抓到了吗？"

贺炳炎说："抓到了。"

贺龙问："在哪里？"

贺炳炎把谢彬头往地上一扔，说："在这儿。"

贺龙惋惜地说："谢彬这个脑壳还是有点儿道眼的，可惜他走错了门儿，我打算让他当个教官呢，想不到他没见我，脑袋就没了。"

红2、6军团板栗园之战，全歼敌85师，缴获大批枪弹、银元及军用物资。之后，又在龙山的芭蕉坨，击溃了陶广的 10 个团。至此，敌 6 路围攻的"围剿"被彻底粉碎。

红 2、6 军团粉碎 6 路"围剿"之后，蒋介石大惊，一面急令湘、鄂军队转入防御，一面调动人马，准备对红 2、6 军团进行新的"围剿"。

为迎接敌人新的反击，任弼时主持召开了前委会议。贺龙说："部队经过这段战斗，方方面面都亟待补充，桑植、宣恩一带人烟稀少，地域狭窄，已无法发展，据侦察报告，今守津、澧之敌，尽皆西调，津、澧防守薄弱，我当出兵津、澧，补充物资，补充兵源。"

贺龙意见，众皆赞同。最后，决定红 2、6 军团以突然之举，突入津、澧，且速进速退。

1935 年 8 月 12 日，贺龙、萧克率红 2、6 军团，经桑植洪家关、走马坪、江垭等地，向津、澧开进。兵至江垭，兵分三路，第一路为红 6 军团18 师，第二路为卢冬生第 4 师，第三路为贺炳炎第 6 师，三路人马，向津、澧杀去。时萧克又指挥红 17 师首克石门，再克临澧，于临澧灵泉寺一带布防，以御常德、桃源之敌。卢冬生指挥红 4 师进占了津市，贺炳炎指挥红 6 师进占了澧州。

由于红 2、6 军团此次东征行动迅速，攻势凌厉。相继击溃了敌孙连仲、庄文枢等人马。占领了石门、临澧、津市、澧州、湖北松滋的刘家场、西斋、杨林市、街河市、磨盘州等城镇及广大乡村。补充了兵源，筹集了大批粮食弹药及大批银元。使湘鄂川黔苏区的范围更加广阔。

红 2、6 军团的东征之举，使蒋介石大惊，急增调人马"围剿"。时归陈诚指挥的有卫立煌、刘镇华、梁冠英、郝梦龄、刘建绪、徐源泉等部及湘、鄂、黔及安徽、江西五省保安团，共计 22 个师、5 个旅、130 个团，人数达 40 万。陈诚于宜昌行营召开了军事会议。而后将其军队布置在北起宜昌，南起黔阳，东至南昌，西至毕节的广大区域内，将红 2、6 军团团团围住。时陈诚又把军队分为"进剿军"和"堵剿军"。进剿军皆为武器精良部队，"堵剿军"皆是地方杂牌。堵剿军的任务是守碉堡，此外，陈诚还下令将永顺、龙山、桑植、石门、慈利、澧州、石首、公安、松滋、长阳、五峰、鹤峰、宣恩、来凤 14 个县变为封锁区。妄图将红 2、6 军团困住，而后一举歼之。

面对敌情，贺龙决计寻机再歼敌一部，可寻来寻去，没能找到时机。人马遂于石门县的磨岗隘一带停下休整。

# 第十章　创建湘鄂川黔边苏区

## 南下湘中

红2、6军团东征休整之际，时已入秋，但见金风阵阵，稻谷飘香，为总结一年来反"围剿"之经验与教训，任弼时、贺龙等将领于磨岗隘召开了红2、6军团党的积极分子代表大会。会议对粉碎新的"围剿"进行了动员，大会召开的第二天，接到了周恩来发来的明码电报，询问红2、6军团的情况，接到此电报，贺龙等均很高兴，然又迷惑不解，缘周恩来以前所发电报，均为密码，今为何用明码？为慎重，任弼时与贺龙等相商后，即用密码致电周恩来，称："周：我们8月27日占领了澧州、津市、石门、临澧，现已退出。正准备粉碎敌人对我们进行新的大举进攻。你们现在何处？久未联络，甚为焦急。请于电内对此间省委委员姓名说明，以证明我们的关系。9月29日10时。"

第二天，任弼时、贺龙竟收到了张国焘、朱德发来的电报，电文称："朱德、张国焘复弼时同志：一、29日来电收到。二、你们省委为弼时书记、贺龙、夏曦、关向应、萧克、王震等委员。三、一、四方面军于6月中旬在懋功会合行动，中央任国焘为红军总政委。四、广播中知蒋敌已在宜昌建立湘鄂川黔行营，刘湘也已调许绍宗师9个团进攻你们。五、望你们以冲破敌人之'围剿'部署的英勇和经验，冲破敌新的'围剿'。六、我们今后应互相密切联络。9月30日20时。"

朱德、张国焘因何发电与红2、6军团领导人？原来，红一、四方面军于1935年6月会师之后，张国焘大耍淫威，以其掌握了10万之众的红军实力，欲凌驾于中央之上，其进行了一系列的分裂活动，并反对中共中央关于红军北上的方针，使党内斗争日趋尖锐。而张国焘却公然要胁迫红军总部和其他红军南下。9月12日，中共中央政治局在甘肃迭部县俄界举行扩大会议，通过了《关于张国焘同志的错误决定》，并决定将红一方面军的1、3军团和中共中央、中央军委直属部队编为中国工农红军陕甘支队先行北上，鉴于情况特殊，中共中央政治局扩大会议通过的关于对张国焘的错误处理决定没在党内传达，因此，任弼时、贺龙和红2、6军团指战员对张国焘的错误均不了解。又由于中央与红2、6军团联络的电报密码留在了红军总部，因此，中央只好用明码电报与红2、6军团联络。而任弼时、贺龙用密码发给中央的电报，亦为张国焘截获，所以张国焘以其和朱德的名义，发电与任弼时、贺龙等。

贺龙等接朱、张电后，即在石门县渡水坪召开了军委分会会议，商讨红2、6军团行动问题。贺龙谓众将道："敌以10倍于我之重兵相围，我等固守已不可能，向北面发展有长江之阻，西面发展，敌不仅兵力强，且又修筑了许多碉堡，乌江沿岸，亦有重兵把守。往东发展亦不可能，东面有武汉、长沙、岳阳等大小城市，皆为敌重兵把守之处，且多为水泊之地，大兵力无法展开。南面敌虽力量弱，然有沅、澧二水相阻，即使突出，敌必蜂涌而至，突出后，也无法立足。"

任弼时接过话说："若红军失去根据地的依托，在强敌面前转来转去，无法发展。我等必须开辟新区，以达到保卫老区的目的。"

当下，任、贺将红2、6军团意欲战略转移之计划，电告了朱德、张国焘。10月15日，张国焘回了电，电文称："朱、张复任、贺、关、萧：一、请按实际情况，由你们自行决定，必须秘密迅速，出敌不意。二、在现小地区内固守失策，决战防御亦不宜，轻于尝试远征，减员必大。可否在原包围线外原有苏区附近，诱敌出堡垒，然后集中全力以击破之？上述意见供参考。三、我主力仍在川西北活动，当尽量与你们配合。10月15日。"

接到朱、张电报，贺龙、任弼时对红2、6军团的行动，再次研究。遂于桑植刘家坪召开会议，最后确定，突破敌之封锁线，向湘黔边转移，在广大无堡垒地带进行运动战，转移的地点在黔省的石阡、镇远、黄平地区。争取于这一带创建新的根据地。

决定之后，红2、6军团指战员便开始做战略转移之准备。一面扩红，安置伤病员，筹集粮秣物资，一面集中各地游击队，将人马进行整编。整编后，红2军团军团长贺龙，政治委员任弼时，副政治委员关向应，参谋长李达，政治部主任甘泗淇。下辖3个师，红4师师长卢冬生、政委冼恒汉，辖第10、11、12团3个团；红5师师长贺炳炎、政委谭友林，辖第13、14、15团3个团；红6师师长郭鹏、政委廖汉生，辖第16、17、18团3个团。红6军团军团长萧克、政治委员王震、参谋长谭家述、政治部主任夏曦。下辖3个师。红16师师长周保球、政治委员晏福生，辖第46、47、48团3个团；红17师师长吴正卿、政治委员汤祥丰，辖第49、50、51团3个团；红18师师长兼政治委员谢振坤，辖第52、53团两个团。两军团近2万人。接着，在刘家坪召开了大会，庆祝红5师和红16师的成立，大会之后，各师团都加紧做转移的准备工作。鉴于中央红军和红6军团战略大转移之教训，部队坚决地实行了轻装。

这天，贺龙来到洪家关，一来看望村中父老乡亲，二来安置一下刚刚出生的女儿捷生。捷生是在红2、6军团取得东征大捷后出生的，因此，萧克为这孩子起名"捷生"。而今，红2、6军团要实行战略大转移，带着未满月的孩子行军打仗怎么能行？贺龙同夫人蹇先任商量，把孩子寄养在可靠的人家，这样，贺龙便来到了洪家关。他到洪家关后，看望完父老乡亲，就到了亲戚家，把安置捷生的想法同那亲戚讲了，说明婴儿初生，随军跋涉不方便，想将捷生寄养在他家。那亲戚满口应承说："承你夫妻俩对我信任，我一定不负所托，尽力将她抚养大。不过孩子出生只几天，需要吃奶，我得赶紧找奶妈。"又说："找到奶妈我就去接孩子。"

贺龙见那亲戚满口应承，当天便离开洪家关，返回城中，把情况告诉了蹇先任。蹇先任见刚出生的女儿就要离别，心里非常难过，可也无可奈何，只有暗暗落泪。

几天过去，贺龙不见那亲戚来，便派人去看。派去的人回来说，那位亲戚几天前就走了，大门挂了锁，不知去向。

贺龙叹了口气，对蹇先任说："这个亲戚平时和我关系甚好，哪知需要他帮忙时却躲了，他怕收留我们的孩子受株连。"想了想说："反动派不会放过我的孩子，算了，我们带着捷生走吧。不过，长途远征，带着娃儿，辛苦了你。"

蹇先任也实在舍不得孩子，说："我们革命就是为了孩子们，不能把捷生丢下。"

这样，贺捷生成了长征中年龄最小的人。

11月9日，秋风阵阵，落叶纷飞，红2、6军团将士，分别集中在桑植刘家坪的干田坝和瑞塔铺的枫树塔，举行出征誓师大会，这时候，四乡八村的百姓，都来到队伍周围，有的提着苞谷酒，有的带着糯米粑，热情地往战士们手中送。特别是那些年轻的姑娘媳妇们，拿着做好的结结实实的布鞋，绣花鞋垫儿，在队伍中寻找着心上的人。

贺龙望着这动人的场景，激动地大声说："乡亲们！同志们！我们一定会胜利回来的！"

下午，两万红军健儿，在任弼时、贺龙、萧克率领之下，迎着飒飒秋风，踏着纷飞落叶，踏上了万里长征的道路，送行的乡亲们扶老携幼相送，年轻女子们低低地唱起了送别的歌儿。凄楚楚的歌声，在秋风中飘荡，唱得人人落泪，个个心酸。直到红军大队人马看不见了，人们还久久不忍离去。

贺龙自此离开了家乡，没想到这竟是他一生中最后的诀别。

红2、6军团此次突围，由红17师49团为突围先锋队，红18师担任掩护。其运动方向本是向西为迷惑敌兵，却故意向东南。此为"声东击西"之策也。时王震指挥红17师经过两天两夜急行军，到达大庸县城东30里之兴隆街地区澧水北岸的张家湾渡口。

澧水乃湘境内有名的四大河流之一，四大河流为湘、资、沅、澧四条江水。澧水源自湘西，穿险山越峻岭，奔腾东下。其水深浪急为四条江之最。张家湾渡口一带江面水流虽较平稳，然流速甚猛，一根木棍扔入水中，眨眼就会飘得老远。虽然如此，此处仍是附近江中最平缓之处。

红2、6军团人马抢渡澧水，又过沅江，之后，贺龙下令人马兵分3路，直奔湘中。由萧克率红6军团军团部和所属的第16、17两师为左路，经安化向新化进军；贺龙率红2军团军团部和第6师为中路，向溆浦、江溪一带进军；李达率红2军团第4师、第5师为右路，攻打辰溪、浦市方向。三路大军，以秋风扫落叶之势，直扑湘中大地。

从11月23日到28日，贺龙、萧克指挥红2、6军团插入湘中最富裕、人口最多的新化、锡矿山、辰溪、溆浦、兰田、浦市等地，红军出榜安民，解除群众顾虑。

湘中本是富饶之地，这年又是极好年成，村头上到处堆着小山般谷草，橘园里，诱人的柑橘压弯了腰，茅屋草舍，金橘翠竹，分外好看。红军的到来，使穷人欢笑富人愁，那些土豪劣绅纷纷逃离，没走的，红军查明后，凡罪大恶极者，一律处死。

红2、6军团占领了湘中数县之后，便积极展开了各种攻势，宣传中国共产党的抗日主张，发动群众，组织工农政权，扩大红军，筹集粮款。一时间，便扩红8000多人，筹集了大批粮款和衣物。并于数日之间，建立了38个抗日游击队，组织了"抗日大同盟"、"抗日义勇军"等组织。

红2、6军团于此休整了10多天后，敌十几个师先后追了过来，企图将红军消灭在湖南中西部地区。

贺龙接到敌情紧急的报告，遂主持召开了军委分会会议，会上，贺龙说："敌追我走，我们拖着他们向东南走，把他们拖乏了，我们再掉头向贵州。"

贺龙意见，众皆赞同。

当下，红2、6军团兵分两路，按计划行动。

贺龙率红2军团人马从溆浦出发之后，为迷惑敌军，向东南方向挺进，经过两天的连续行军，到达了资水边。如此则造成红军要渡资水向邵阳、衡阳挺进的错觉。红军这一行动，打乱了敌之战略部署，蒋介石急忙调兵遣将，从四面八方扑了过来。贺龙见敌军上钩，立即命令部队沿着雪峰山西侧，经花园市直奔武岗和洞口间的瓦屋塘，再由此处翻山越岭进入贵州。

当红2军团前卫5师15团翻越瓦屋塘的东山、临近山顶时，忽然山上弹飞如雨，不少战士中弹牺牲。原来山顶已为敌军占领。

红5师师长贺炳炎飞身赶到，他向团长李文清问明情况后，说："这里我来指挥，你速去报告贺总，说遇到大批敌军阻击，请贺总放心，山头一定拿下。"

李文清走后，贺炳炎当即集中了十几名机枪射手，给他们下命令说："机枪掩护。"言罢，把衣服甩掉，驳壳枪高举，大声喊道："同志们，跟我来！"说着，第一个冲了上去。

指战员们见师长带头冲锋，顷刻间士气大震，高喊着"杀"声冲了上去。

这山上长满杂树、竹丛，时值隆冬，许多树大都落叶，没落叶的多被严霜染红，红军的红领章、红帽徽和红旗与红叶融为一体，但见满山红通通一片。

红军发起冲锋，敌人的枪声"哒哒哒"地响得更欢，但被红军的机枪火力吸引，红军趁机冲到山根之下，敌机枪失去了作用。于是，贺炳炎带着部队，钻进了树丛之中，向山顶迂回。

贺炳炎率队发起冲锋时，贺龙正在行进中，他得到李文清的报告后，皱眉头说："这敌人从哪里来，这么重要的情报怎么我们一点不晓？"

李文清说："据我们刚抓到的'舌头'说，封锁东山之敌是陶广的部队，是沿雪峰山东侧行进的，抢在了我们的前面。封锁了我们前进的道路。"

贺龙举起望远镜向山顶望了望，而后对勤务兵说："拉马来！"

勤务兵拉过黑龙驹，贺龙翻身上马，猛抽两鞭，黑龙驹撒开四蹄，飞也似的向前冲去，李文清等亦打马紧跟。

当贺龙飞马赶到红15团阵地时，见几名战士抬下一名伤员，贺龙上前问道："怎么了？"

几名战士见是贺龙，忍着悲痛说："老总，师长挂花了。"

贺龙听了，几步上前，到了贺炳炎身边，他见贺炳炎脸色焦黄，头上滚着汗珠，右胳膊的衣袖都被血水染红，忙俯下身子小声说："炳炎，伤势不重吧？"

贺炳炎见是贺龙，挣扎着要起，贺龙忙示意他不要动。贺炳炎勉强一笑，咬牙说："没事儿。"

贺龙又疼爱又埋怨地说："你怎么带头冲锋呢。"

贺炳炎说："贺总，山头还没拿下，我失职。"

贺龙说："炳炎，你好好休息，山头由我指挥拿下。"言罢，吩咐人将贺炳炎抬下去。而后，贺龙举望远镜观察了一下地形，遂对李文清说："李团长，你速带一营人，从山北插过去，攻敌之侧翼。"对副团长王洪波说："你带两营人从正面进攻。"贺龙又对二人说："打遭遇仗，就是比勇敢，谁勇敢谁就胜利，狭路相逢勇者胜。"

李、王二人齐向贺龙表态说："贺总，我们一定完成任务。用刺刀捅也要捅开个口子。"

战斗很快激烈地展开，一时间，山上山下，枪炮齐鸣，杀声震天，烟尘蔽日，这场遭遇战从中午打到黄昏，双方均伤亡甚重。最后，陶广人马终于不支，狼狈逃窜，东山通道被红军刺刀打开。贺龙当即传令人马迅速过山，向西挺进，甩开追击之敌。

红2军团指战员迅速翻过了东山之后，即向湘、黔边境晃县进发。一连两天两夜，人马脚步未停，先过巫水，又过会同山区，再过沅水，于

1935 年 12 月 31 日到达芷江以西冷水铺地区。时追击之敌已被远远甩开。贺龙下令人马于此休整，等待红 6 军团的到来。

人马住下之后，贺龙立即令人找到军团卫生部部长贺彪，问道："贺炳炎的伤怎么样了？"

贺彪难过地说：　"右臂的骨头打碎了，不能接，恐怕右胳膊保不住了。"

贺龙听了，眉毛挑着问："一定要锯掉？"

贺彪说："不锯掉，性命难保。"

一时间，贺龙不开口了，他很难过，他深知这条胳膊对于这英勇善战的红军将领来说是何等的重要，可不锯又不行，沉思了一会儿，他取出烟斗，点着后，慢慢地吸了一口，又问贺彪说："一点办法也没有了？"

贺彪说："只有锯掉，而且要快，晚了有性命之忧。"

贺龙看看四野，说："眼下没有医疗设备，这手术怎么做？"

贺彪说："老总，我们没有手术锯，只有将木锯严格消毒代替，就是没有麻药，我怕贺炳炎受不了。"

贺龙没再说什么。他到了贺炳炎身边小声说："炳炎，你的右胳膊保不住了，要锯掉哇。"

贺炳炎一笑说："老总，有一条胳膊，我也能革命。"

贺龙又小声对贺炳炎说："手术没有麻药，你要忍住。"

贺炳炎说：　"没什么，关云长还刮骨疗毒呢，我是革命军人，又怕什么。"

贺龙不忍再看贺炳炎锯胳膊的痛苦之状，他转身离开了。

贺炳炎的胳膊终于被锯掉了，没有麻药，用的是木锯，这种痛苦，令人难以想象。当贺炳炎的胳膊被锯掉后，他浑身的汗水流得像水洗过似的。这时，贺龙走了进来，拿着手巾为贺炳炎擦头上汗，又取下贺炳炎咬着的毛巾——贺彪怕贺炳炎忍受不住把牙咬碎，锯胳膊时在他嘴里塞上毛巾，毛巾已被贺炳炎咬破。接着，贺龙又眼噙着泪花从贺彪手中接过了锯下的右臂，他从这断臂上取下了几块碎骨，用手帕包好。从此之后，这骨头一直带在他的身边，他经常把这骨头给人看，并充满深情地说："这是贺炳炎右胳膊的骨头，硬是没打麻药，用木锯锯下的，关公刮骨疗毒算个甚，我们共产党人，比关老爷强百倍哩。"

贺龙对贺炳炎甚为爱惜，视其为左膀右臂，今贺炳炎断了右臂，贺龙自是伤感不已，心甚痛之。

在贺龙率红2军团到达冷水铺的第二天，萧克率红6军团到达芷江的竹平铺。

## "可敬的朋友与革命同志"

红2、6军团于芷江会合后，时值1936年元旦，指战员们高兴地于此过了元旦。芷江一带亦为富庶之地，因此，大家都吃得较好。

1月2日，敌人便追了过来，时追击红军之敌军前敌总指挥刘建绪坐镇湘西南重镇洪江，催动各路人马加紧追赶。其令郭汝栋纵队开进麻阳，沿辰水向湘黔边堵截；樊嵩甫纵队抵达榆树湾，即今日怀化；陈渠珍部集中在永绥、保靖一线；李觉、陶广纵队尾追红军不放，与红军仅差两天路程。追击红军最卖力的为章基亮的第16师的4个团，紧紧地跟在红军的屁股后面。

贺龙见敌军尾追而来，遂下令人马离开芷江，向西行进。由于章基亮人马紧追不放，贺龙心中恼怒，决计打掉章敌。时红军已到晃县的便水一带，这里到处是参天古木，贺龙见地形不错，遂命令卢冬生率本部人马埋伏于要道两侧的森林之中。卢冬生刚把人马埋伏好，章部就到了。卢冬生一声令下，红军轻重火器一齐开火，不到一个时辰，章部两团人马均被消灭，章基亮落荒而逃。

章敌遭红军伏击后，其余各路追击之敌均裹足不前。贺龙率人马从容地进入了黔东地区。1936年元月8日，红2军团进占了玉屏县，红6军团进占了江口县。

在红6军团进占江口县的当天，奉命留守桑植一带牵制敌军的红18师师长率人马历经艰险，终于与红6军团会合，回归了红6军团的建制。大家相见，都分外高兴。由于红18师已不足千人，便改编为一个团。

红2、6军团在江口、玉屏稍事停留，又继续西行，直奔石阡县。国民党石阡县县长崔汝安及保安队闻贺龙人马至。吓得弃城而逃，红军兵不血刃，即占了石阡县城。

红军占了石阡县城后，贺龙探知尾追之敌已远远甩在后面，遂下令人马于石阡休整。

红2、6军团西行之后，蒋介石断定贺龙、萧克人马要仿效中央红军，夺取遵义，当即下令陈诚调兵遣将，加紧围追，令黔省军队倾巢而出，集于乌江、遵义一带，构筑碉堡，打算将红2、6军团尽歼乌江两岸。

贺龙审时度势，决定利用敌之企图。遂命令红2军团第4师一个团北进乌江方向，使敌误以为红军中计，吸引住敌兵，而后，贺龙、萧克率师南下。经余庆、瓮安、平越，进至贵阳北60里之扎佐镇，歼守敌两个营。时贵阳为一座空城。红军此举可把敌人吓坏了，然敌军大队人马均在遵义和乌江方向。一时间，急电纷传。

渡河之后，2月6日，贺龙率人马占了大定、黔西，萧克率人马占了毕节。

时敌万耀煌部13师追来，直扑大定。萧克令正在遵义西打鼓新场游击的红17师回师大定，在大定城西10余里之将军山，将向毕节城进攻的敌先头部队7个连四面包围并全歼，而后，控制了将军山，制止了追击之敌，形成了在毕节、大定地区开展游击根据地活动的东西屏障。贺龙又布置了人马对追击之敌和驻威宁之滇军严加警戒，从而使后方机关和伤病员得到了休整。

黔西、大定、毕节，地僻壤偏，山高水险，为少数民族杂居之处。成语中"夜郎自大"的夜郎国就在这一带。由于这里为山高皇帝远之处，这里百姓受压迫更深，因此，许多绿林豪杰，占山为王。

中央红军四渡赤水河时，毛泽东见川黔滇边区绿林好汉队伍不少，就派了中革军委的秘书余泽洪、甘棠，到四川与黔省西部接壤的叙永、古宋、古蔺一带，成立川滇黔边游击队。余、甘均为叙永人，同当地群众有联系。他们到叙永一带后，很快就发展了一支3000余人的游击队，在川黔滇边轰轰烈烈地闹起了革命，配合中央红军长征。当中央红军离黔时，又派出了中央特派员向贵州省委传达了中共中央的指示：要贵州省工委在川滇黔边建立武装，迎接后面红军。贵州省委接到了这一指示，就派了由分管军事工作的工委成员邓止戈到黔西北，组织游击队。邓止戈正在开展工作之际，适遇蒋介石提出"地方中央化"的口号，将黔省的国民党军队进行了整编，党政各部门也进行了改组。蒋氏如此之举，引起了黔省地方势力强烈不满。于是，邓止戈便带着游击队，到了叙永一带，与余洪泽取得联络。自此，两支游击队合为一体，在川滇黔边活动起来。

时有个叫席大明的大王，拖枪千支，占山为王，与官府作对，省府要人下令毕节专员莫雄率省保安队两个团，进剿席大明。时席与邓止戈的游击队有联系，其见官军来攻，遂求救于邓。邓正打算起兵相助，不料川军刘湘派兵剿邓。邓率游击队与川军作战，终因寡不敌众而失败。邓带少数人马投靠到了席大明处。与席一起，凭险与官军对抗。正在这时，贺龙率人马到了石阡。莫雄闻知大惊，而席且大喜。当萧克率红6军团向毕节进军时，席大明率部攻打毕节城。莫雄逃走，其弟莫英和参谋长苟文为席所俘。

红军占毕节后，萧克下令出榜安民。

时城中有一士绅名周素园，字培芝，1879年生，其家世代书香，家道殷实，其为前清的岁贡生，后中了秀才。然其思想进步，社会地位很高。

辛亥革命后，周担任了大汉贵州军政府的行政总理等职，后其看破"民国红尘"，便回到家乡毕节，闭门读书，退出政界漩涡。周闲居之时，读了《资本论》、《共产党宣言》等进步书籍，读到兴奋之处，不禁拍案叫绝。至此，周对共产党的革命，开始有了认识。周回乡之后，虽靠出租为生，然其为人正直，不与反动政府勾结。当红军临近毕节时，城中土豪劣绅均纷纷逃离，惟周不走。红军攻破毕节城第二天，红军召开群众大会，把抓到的土豪劣绅都押到会场，其中有周素园，百姓见状，均纷纷出面相保。萧克知此情后，即令政治部派人调查，并亲自翻阅了周的笔记，方知周与其他豪绅不一样，遂与王震亲解其绑，放其回家，并退还了没收的财物。周叹道："百闻不如一见，共产党军队乃世上最好的军队。"

这日，贺龙拜会了周素园。

周素园把贺龙让至客厅。贺龙说："周老先生，你的思想很进步，这实难得呀。"

周素园说："将军过奖，想将军身居高位，为国为民，亦不贪羡荣华富贵，脱下皮鞋穿草鞋，此等高尚品行，素园从内心敬佩。"

二人喝着茶，谈古论今，彼此越说越投缘，只恨相见之晚。贺龙说："周老先生，我们想请你出山，为贵州抗日救国军总司令，不知先生意下如何？"

周素园摆手道："培芝才疏学浅，恐负众望。"

贺龙说："周老先生德高望重，此重任非先生不可，望先生且勿推辞。"

周素园见贺龙言词十分恳切，便答应下来。

周素园出任了"贵州抗日救国军"总司令后，由邓止戈任参谋长，下辖四个支队，第1支队司令席大明，第2支队司令周质夫，第3支队司令阮俊臣，第4支队司令余泽洪。周素园与滇军上层人物龙云、孙渡等人相识，贺龙、萧克等要他写信给孙渡，周在致孙的信中，陈明共产党的主张，点明中央军入黔滇，其目的是假道灭虢。孙渡见了周素园的信，认为周说得很有道理，遂于威宁、昭通按兵不动，迫红军入川。

1936年2月7日，中华苏维埃人民共和国川滇黔省革命委员会成立，贺龙出任了中华苏维埃人民共和国川滇黔省革命委员会主席，并颁发了革命委员会布告，之后，在黔西、毕节、大定3县建立了95个乡、镇、村的红色政权，90多个有数十人至数百人的游击队和一个苗族独立团。并吸收了5000多名新战士。

红军还组织了各种宣传队、文艺队，广泛地开展了宣传活动，使这一向沉寂的偏远山区顿时热闹起来。时不少百姓手中有中央红军路过时用过的"中央工农民主政府银行"的票子。贺龙知后，即令人四下贴出告示，要那些持有中央工农民主政府银行票子者，到红军后勤部兑换银元，告示贴出后，仅一天功夫，就换出了万余块。供给部有些急了，忙向贺龙报告，意欲以物代银，贺龙制止说："不可，不可小看几张票子，这是关系红军信誉的大事，群众中有多少换多少。"

红军此举，使百姓欢声雷动。

这日，席大明来见贺龙，说他有个把兄弟叫胡魁兴，拖了一支队伍，在驴头山安营扎寨，席意欲劝胡归附红军，贺龙大喜，便要席前往。两天后，席回报说胡已心动，但需要红军长官给他手下弟兄们讲讲红军的道理。贺龙将此事提交会议上，夏曦闻之，自告奋勇，愿上驴头山做动员工作。

次日，夏曦即带两个勤务兵前往，哪知胡乃反复无常之辈，竟派人暗害夏曦，夏曦逃跑时，落水而死。

席大明闻胡杀害了夏曦，大吃一惊，心中暗道："胡乃我来介绍，如今反水，贺龙、萧克岂能饶我。"心中害怕，即连夜逃走。贺龙闻知，也没派人追赶。

对于夏曦之死，红2军团指战员多有解恨之感，而红6军团指战员且很怀念，缘夏曦虽于红6军团工作时间不长，但其深入实际，平易近人的作风，亦使红6军团指战员感动。

纵观夏曦一生，两头好，中间坏，正如唐代大诗人白居易在他的《放言》五首中所写："赠君一法决狐疑，不用拈龟与祝蓍。试玉要烧 3 日满，辨才须待 7 年期。周公恐惧流言日，王莽谦恭未篡时，向使当时身便死，一生真伪复谁知？"

当红 2、6 军团于黔西、大定、毕节一带休整之际，敌各路追击人马拉开了对红 2、6 军团"围剿"新的阵势：郝梦龄、万耀煌两个纵队由遵义经打鼓场向黔西推进；郭汝栋纵队两个师为策应；川军杨森部在川南虎视；滇军孙渡部在昭通一带防堵红军西入滇省；顾祝同亦奉蒋介石之命，以军事委员会委员长行营主任名义，抵贵阳督战。

面对严重敌情，贺龙、任弼时、萧克等召开了紧急军事会议。一番商讨后，均感到黔、大、毕地区人少粮缺，不宜久留，当趁敌包围圈未形成之际，迅速退出，向滇东北、黔西南一带挺进。

1936 年 2 月 27 日，红 2、6 军团出发，贵州抗日救国军亦编入红军序列。时贺龙见周素园已年近六旬，年事已高，不宜随军打仗，便打算要周到香港做寓公，利用其身份做统战工作。遂令人将一批黄金和银元做路费送周，然周却激动地表态：一定随红军行动，便是死也要死在红军中。贺龙听了亦十分感动，说："我就喜欢周老先生这样的好人。我拿 18 个人，不打仗也要抬着他，我们同先生共生死。"

后周素园跟随红军长征到了陕北。抗日战争时期，任八路军高级参议。1938 年，因年老体弱，返回了原籍。全国解放后，曾任贵州省人民政府副主席、副省长。毛泽东在延安曾多次与他畅谈，称他是"我们的一个十分亲切而又可敬的朋友与革命同志"。

红 2、6 军团退出黔、大、毕后，随即进入了乌蒙山区。

# 转战乌蒙山

乌蒙山脉位于贵州西北和云南东北，是云南牛栏江和贵州乌江及南北盘江的分水岭。这里群山峥嵘，峡谷纵横，山路崎岖，交通极为不便，气候也变化莫测。虽为 2 月，然山中仍难见天日，雨雾风雪交替而来，道路泥泞不堪。乌蒙山地势为东北低而西南高，最高处石岩尖为海拔 3800 米。登高望远，山中有山，峰外有峰，逶迤连绵，其山势高耸险峻。

乌蒙山中人烟稀少，且许多地方渺无人迹。万余名红军于大山中转来转去，指战员不仅无法休息，且常常连粮食都寻不到，只好以野菜充饥。时指战员患病者日渐增多，任弼时亦患了肺病，贺龙的脚板上多处裂了口子，然其不骑马，把马让给伤病员骑。

当红2、6军团向黔西南开进之际，四川军阀刘湘吓得着慌，他怕贺龙人马渡过金沙江与红四方面军会合，急电杨森、李家钰率13团之众，严守川南大小交通要道，阻贺龙人马入川。

樊嵩甫、郝梦龄、万耀煌3个纵队，沿着毕、威大道，兜着红军屁股追了过来。李觉、郭汝栋两纵队由织金、大定向威宁截击。

贺龙从四面八方的敌军行动情报中，看到军情紧急。3月2日，红军人马行到赫章县东部一个叫野马川的集镇时，贺龙主持召开了紧急军事会议。军团参谋长李达说："在我们前面，有孙渡的滇军堵截，北面为川军杨森人马，后面是樊嵩甫、万耀煌两路，南面为李觉、郝梦龄、郭汝栋三路，敌包围圈已经形成。"

贺龙说："郝、樊、万三敌皆为蒋介石嫡系，他们械精弹足，云南孙渡、四川杨森皆以逸待劳，此两处人马，我当避之，李觉、郭汝栋两部已被我们打怕，且从湘西跟到这里，很是疲劳，我当加速西行，赶到郭、李两军之前，再向南折，而后进入滇东。"

贺龙意见，众皆赞同。当下，全军人马起程，行了多半日，到了一个叫妈姑的地方时，贺龙得知李觉、郭汝栋两个纵队已经进入水城和威宁之间，抢到了红军前面，截断了红军前进之路。而尾追之敌，距后卫部队仅数里之遥。这样一来，红2、6军团三面临敌，仅北面川黔边界，因川军均集结在金沙江一带，尚有空隙，贺龙当即决定，人马向滇东北的奎香、彝良行动。这一行动，使红2、6军团进入长征中最艰险曲折的乌蒙山回旋战。

贺龙率人马北进之后，顾祝同当即断定红军要北渡金沙江，便下令各路兵马，调头追赶，樊嵩甫、万耀煌、郝梦龄3个纵队急转向西北方向，川军第23师也渡过金沙江，于白水一带堵截。而樊嵩甫部且紧紧咬住红军不放。贺龙即令卢冬生打樊敌埋伏，卢接受任务后，贺龙叮嘱其不可与敌纠缠。又要余秋里率红18团人马配合卢冬生打援。

卢冬生即于以则河南面的乐依沟处，打了樊敌埋伏，使各路追击之敌不敢再贸然行进。然不幸的是余秋里的右臂负伤，因治疗不及，最后只好锯掉，锯时，又因没有麻药和手术锯，只得像贺炳炎一样，用木锯锯掉。

其疼痛之状，难以形容。

樊敌被打后，红2、6军团继续向滇东北的镇雄行进，至牛场、却佐转入深山，从山上小径向东南绕行，意在从镇雄之南，突破敌之包围圈。滇东北一带，人烟更为稀少，且全是深山老林，古竹枯砸，红军大队人马便行进在这山中崎岖小路上。

3月10日，贺龙率人马行至一个叫广德关的地方，此处为通往镇雄的要道。民团头子陇寡妇率数百团丁占据此天险，妄图阻挡红军。贺龙令卢冬生拿下此关。卢冬生选了20名战士，趁夜色攀小路摸到关下，一阵手榴弹轰炸后，又挥大刀冲到关上，陇寡妇亦死于乱军中。

红2、6军团人马过广德关后，侦察连抓住敌人一个逃兵。从逃兵口中得知万耀煌部将在14日经赫章、则庄坝去镇雄。贺龙知此情后，又令卢冬生率红4师在则庄坝打万敌伏击。贺龙说："冬生，把万耀煌这条狗给我抓住。"

卢冬生接到命令，立即率红4师急行军赶到了则庄坝，抢占了交通要道处山头，封锁了消息，埋了伏兵。

万认为红军已不堪一击，遂催动三军，向镇雄进发。人马行至则庄坝的一条干沟内，突然两厢树丛中枪声大作，万耀煌乃久经沙场之人，知道中了埋伏，立即调转马头，在卫队护卫下，冲开一条血路逃走。

这一仗，红军缴获长短枪无数，歼敌数百名。

在卢冬生率部伏击万敌时，红6军团人马在一个叫萨沟子的地方与郝梦龄部相遇，双方隔河对峙近两天时间，后萧克令人于树丛中插了许多红旗，设下疑兵，人马悄悄离开，待郝敌发现时，红军早已走远。

贺龙指挥红2、6军团在乌蒙山区回旋运动，并相继打击了敌人，但是，追堵之国民党各路军却越来越多。贺龙打算从镇雄东南面突围，越过毕节至威宁大道去安顺，但是，始终没有打通。3月15日，红2军团先头部队又在赫章县北部与郭汝栋纵队遭遇，双方刚一开火，郝梦龄纵队又从后面赶了过来。这时节，李觉纵队也从南面逼近了红军，樊嵩甫纵队亦从北面压了过来，万耀煌纵队虽惊魂未定，然也在后面摇旗呐喊。敌五路大军，杀气腾腾地从四面八方压了过来。这时候，红2、6军团已陷入长不过30里的狭小地区之内。这个地方，地势极其险峻，人烟稀少，山路狭窄，气候寒冷，加之阴雨绵绵，道路泥泞，红军行动极其困难。红2、6军团人马已奔波半月不得休息，指战员都非常疲劳，眼看着敌军要将红军包围。红2、6军团遇到了从桑植转移以来最困难最危险的时刻。

贺龙当即召开军委分会会议研究部队行动，他说："敌包围圈越来越小。一个月来，我们转来转去，情况不妙，而敌人情况更不妙，他们从湖南、湖北跟我们到这里，已经让我们拖得精疲力尽。顾祝同虽然坐镇贵阳，可敌各纵队派兵不一，行动不能统一。我当利用敌不统一不协调之处，跳出包围圈。"

当下，贺龙下令，部队精简物资和装备，提高部队的机动能力。这天晚上，红2、6军团人马，马上嚼，人下鞍，从郭汝栋、樊嵩甫两纵队结合部之间的狭小地带，悄悄地向西北方向突围，经过一夜的急行军，终于跳出了敌军五路纵队的包围圈，第三次到达奎香。接着，又向南疾进，在威宁与昭通之间，穿过了滇军孙渡纵队的防线，跳出了乌蒙山，直插滇东，向宣威疾进。

云南王龙云得知红军插入滇东，大惊失色，急令正在滇东方向堵击红军的滇军刘正富旅，十万火急地赶到宣威堵防，又令孙渡纵队向宣威靠拢，意欲把红军挤出滇境。并亲自对昆明城防进行了部署。

贺龙、萧克率领红2、6军团到达宣威一带后，深知敌情严重，不敢有半点松懈，令各营宿营之际，派兵占营地内各制高点。防止敌突然袭击，贺龙等诸将均枕戈待旦。

刘正富接龙云命令后，急忙向宣威靠近，其先头人马在距宣威10里远的来宾铺一带与红6军团步哨接火。继而在宣威虎头山与红军主力大战起来。当红军主力与滇军激战之际，敌郭汝栋纵队赶到宣威右侧一个叫陡山坡的地方，与红2军团第5师接火。结果郭部大败而回。

滇军孙渡接到刘正富告急后，便催动兵马赶到宣威虎头山，会合刘正富旅，虎头山上有一处制高点，上有两连红军守卫，这关键处，本当多放人马，因情况太急，人马调拨不及时，孙渡令刘正富以一团人马攻打，红军终不支，阵地被刘敌占领，孙渡即令人将迫击炮架到山顶，向红军轰击，红军立时吃了大亏。贺龙急令红12团团长钟子廷带人马夺回阵地。钟子廷组织了三次冲锋，均未奏效，后组织了一支200人敢死队，亲自带队冲锋，终于夺下这制高点。随即又带队追杀，就在追杀之际，钟子廷不幸中弹牺牲。时卢冬生率队赶到，敌军狼奔豕突。直至郭汝栋兵至，滇军这才收住阵脚。鉴于敌大队人马都尾随而来，红2、6军团迅速向东转移。3月后，红2、6军团进入贵州境内。3月28日，贺龙率部占领了黔西重镇盘县。由于甩掉尾追之敌，红军遂在盘县驻扎下来。

钟子廷的牺牲，使贺龙甚为伤感。钟乃桑植廖家村乡丰岩村人。家境极为贫寒，后随贺龙参加了革命。其作战勇敢，屡建战功。1934 年在龙家寨战斗中负了重伤。长征开始，他伤刚愈，不想竟长眠于虎头山上。

# 第十一章　长征

## 转战滇东

红2、6军团进占盘县之后，贺龙住在了盘县城中天主教堂内。是晚，贺龙、任弼时等对红军行动进行了商谈，决定在南北盘江建立根据地。就在这当儿，收到了张国焘、朱德发来的电报，电文要红2、6军团渡金沙江北上与红四方面军会合。

朱、张的电报，打乱了贺龙、任弼时等将领意欲建立南北盘江根据地的部署。为此，贺龙等军团领导再次召开会议，大家讨论后认为红2、6军团还是不北上为好，最后，会议决定，再发电与朱、张，提出在金沙江南建立苏区。

3月30日，朱德、张国焘再次联名来电，命令红2、6军团北上，渡过金沙江，与红四方面军会合。接到电报后，红2、6军团领导人当即决定：执行总部指示，渡过金沙江，会合红四方面军，北上抗日。

北上方针一经决定，红2、6军团上上下下都行动起来，一面扩红，一面进行物质准备。贺龙、萧克等反复选择渡金沙江的渡口。决定经普渡河、元谋、龙街渡江，再经华坪北进。

第三天，由贺龙向部队作了北上动员。3月31日，红2、6军团踏上北上征途。

贺龙率部离开盘县之后，再入滇东，第一关为平彝县，县长周同保不降，贺龙下令攻打，周率兵死守，数小时后，城被红军攻克，周从北门落荒而逃。红军遂通过平彝县，又行半日，到了一个叫火烧堡的地方，遇到孙渡部龚顺壁旅，双方激战两个小时，龚旅不支而走。而后，贺龙、萧克兵分两路，人不解甲，马不卸鞍，急至滇中。贺龙率红2军团直指寻甸，萧克率红 6 军团直奔马龙。

寻甸城位于昆明东北，为昆明东北面之屏障。中央红军长征时，寻甸城曾被红军占领，县长李金石被镇压。中央红军走后，龙云又派了汤更新任县长。红 2、6 军团抵滇境后，汤着了急，忙成立了城防司令部，他自任司令，并令四方百姓，齐聚城中，修筑城墙，深挖护城沟壕。令警备队和民团四门紧守，昼夜巡防。

4 月 5 日，红 2 军团先头人马抵寻甸，汤更新急令兵丁紧闭四门，并用石头把城门堵死。4 月 6 日，红 2 军团包围了寻甸城，先向城中展开政治攻势，劝其投降，汤更新自恃城内固若金汤，且寻甸距昆明又近，没把红军放心上。时至中午，一架飞机由昆明飞来，投下一信，信中要汤坚守一天，援军必至。汤见了信，更无投降之念。贺龙见汤不降，遂下令四门攻打。一时间枪弹齐鸣，红军指战员抬着云梯冲向城门，城上守敌拼命往下扔手榴弹。贺龙见城墙坚固，难以攻下，遂令迫击炮集中轰击东门，将东门城墙炸塌丈余。红军冒着弹雨，从塌处冲入。守东门的国民党寻甸城区区长朱辉魁死于乱军之中，寻甸为红军占领。县长汤更新、寻甸县建设局长蓝铁石、财政局长肖增芳、劣绅董洪兴等均被处决。财产分给穷苦百姓。

第二天，贺龙率人马继续西进，直奔普渡河。时萧克、王震因攻打马龙县不下，转道也直奔普渡河。

敌守普渡河的为滇军张冲、刘正富两旅。刘部之第 1 团、第 2 团及工兵大队和警卫营亦由昆明赶到普渡河铁索桥两侧。孙渡亦紧紧尾追。而樊嵩甫、李觉等各军却不卖力气了。虽然滇军与红军作战最卖力，而龙云仍一日连电地向其人马施加压力。龙云的目的是想把红军赶出滇境，免使蒋介石的中央军趁机入滇，趁机取代自己的云南王地位。所以其与红军作战最积极。

贺龙在率队向普渡河行进时，知敌已重兵防于普渡河，又知敌各纵队尾随紧追，遂对任弼时说："前有大江之险，后有敌重兵相追，若敌再从左右包抄，我无迂回之地，后果就严重了。"

任弼时说："如何破敌呢？"

贺龙说："今敌最积极者，以滇军为最，滇军之中，又以孙渡为最，当打掉孙的气焰！"

任弼时点头称是。当下，贺龙下令郭鹏率红 6 师人马在六甲打孙渡伏击，令卢冬生率红4师占领普渡河铁索桥，令红6军团越过款庄坝子，翻玉膀山渡过普渡河。

贺龙命令下过后，郭鹏和廖汉生即尊贺龙之令，以后队为前队，急行军直奔六甲。

六甲位于寻甸城西百余里，离嵩明县城70余里，时国民党实行保甲制，此处的四个自然村被划为第六甲，故"六甲"因此得名。这一带地形复杂，可郎河上游经此，山中山路崎岖，崖高谷深，箐多林密。越往下行，山势越陡。时红军由高往低走，孙渡人马由低往高行。

郭鹏率红18团行在最前面，由于速度太快，竟将红16、红17两团远远甩在后面。郭鹏原想能赶在敌人前面到六甲，没想到在六甲的一个叫石腊的丫口处，与孙渡人马相遇，双方立时展开一场激战。红18团团长成本新带两营人守在丘陵地上，打退滇军第一次冲锋后，急令战士构筑工事。很快，滇军又发动第二次冲锋，且来势甚凶，红18团阵地前，枪弹齐鸣，一片火海。最后，双方展开肉搏。亏得红16、17团赶到，敌才被打退。而敌之后续部队亦赶到。双方人马搅在了一起，彼此各自利用地形地物，形成了拉锯状。敌人飞机虽来增援，因双方人马搅在了一起，不敢扔炸弹。

夕阳西下之际，滇军孤注一掷，再次发起冲锋。郭鹏从高地上一看，见敌黑压压一片，都猫着腰，端着枪，冲了上来。郭鹏断定敌之举是想早点结束战斗，红军只要咬牙坚持，必然胜利，遂传下命令，坚决守住阵地。

战斗很快又打响，顿时阵地上，弹片横飞，杀声震耳，可滇军越打越多。红军各排连阵地上，都与滇军展开了肉搏。郭鹏的眉头可就皱成了疙瘩，他多么希望这时能有支部队支援啊，哪怕是一个连也好。正当他焦急之际。军团总指挥部的一个参谋骑着快马而来，递给郭鹏一张纸条。郭鹏接过一看，见纸条为贺龙所写，称："已派5师前来增援，归6师指挥。"

郭鹏见了，精神顿时为之一振。他问那参谋："5师部队来了没有。"

"就在左后方，等候命令。"

郭鹏一拍大腿说："太好了，快告诉他们，跑步从左翼向敌人侧后迂回，15分钟准时打响。"

这时候，红6师已到最艰难时刻。红5师投入战斗后，敌军顿时大乱，纷纷溃逃，红军乘势追杀，滇军大败。

在郭鹏率队与孙渡人马于六甲激战之际，卢冬生亦以红 12 团为前卫，红 10 团居中，师部居后，经三哨村入禄劝县，后连夜急行军至普渡河的铁索桥。天傍亮时，红 12 团尖兵赶到河边。经侦察，铁索桥两边戒备森严。卢冬生了解情况后，即令炮营和警卫营留在桥东，摆出夺桥的架势。红 10、12 两团到距桥数百米处的小河塘徒涉。命令下后，各部队立即行动。当红 12 团涉水过了河，红 10 团正在过河时，已天光大亮，守在铁索桥头音翁山的敌军发现了渡河的红军，立即开枪射击。枪声一响，于桥东隐蔽的红 4 师炮营和警卫营立即发起佯攻。然敌凭地形熟悉，封锁了铁索桥渡口，使渡过河的红 12 团和红 10 团部分人马无路可走，处境极为险恶。时红 12 团团长黄新廷组织人马抵御敌工兵营的火力，掩护河中的红 10 团过河，而后，两团人马都投入了激烈战斗。经过激战，封锁了渡口旁音翁山两侧。就在这时，卢冬生又接报告，说滇军张冲旅赶来增援，卢冬生正要组织兵力打援，忽接贺龙命令，命令其率红 4 师迅速撤出战斗，折转南下。

贺龙为何下了撤退命令？原来，在红 4 师出发奔铁索桥的同时，红 6 军团的第 17 师也奉命经富民县东北的款庄坝玉膀山抵普渡河。当先头红 51 团行至款庄河的石桥边时，与孙渡纵队安泽博旅遭遇，双方即于桥头展开了激战。黑夜之中，双方不知对方有多少人马，天光大亮时，滇军刘正富旅奉命增援，红 51 团团长欧阳家祥见仗再打下去有全团覆灭之险，遂向师里请求撤退。萧克闻知，即令红 51 团迅速退出战斗。于是，欧阳家祥带着红 51 团迅速离开。

这当儿，樊嵩甫、李觉、郭汝栋等各路追击红军之敌，齐向红 2、6 军团压了过来，将红 2、6 军团压在了普渡河以东、功山以南的狭小地区。红军若再与敌纠缠，将有四面被围之险，这样，贺龙即令卢冬生撤出战斗，随主力南下。

红 2、6 军团在敌四面压迫之下，撤到了普渡河东的汉牌山。敌人亦逐步缩小了包围圈。并有 20 架敌机轮番轰炸，情势于红军甚危。贺龙当机立断，令部队向北突围。北面之敌乃万耀煌部。贺龙指挥人马，凭借复杂地形与万敌周旋，在一个叫黑风口的地方，双方激战一天，红军虽奋勇杀敌，然终没能突破万敌之防线，而李觉等纵队亦追杀过来，红 2、6 军团完全处于敌四面包围之中。

一时间，贺龙的眼圆了。他暗道："自 1928 年初赴湘西创建红军以来，至今已 10 年，虽历经了数不尽的艰难，但毕竟都过来了，没想到在此地遇险。"贺龙正想着，卢冬生过来，说："贺总，张冲旅派人来了。"贺龙一怔，说："张冲来人何干?"

卢冬生说："来人说一定见到你的面才讲。"

贺龙略加思索，说："让来人见我。"

当下，卢冬生把一商人模样人带到贺龙面前。那人施礼说："将军必是贺龙了。"

贺龙说："正是。"又说："两军正交锋之际，先生来见我何干?"

那人说："小人姓侯名时君，乃张旅长贴身副官，张旅久慕将军之威名，又慕红军为仁义之师，今见将军人马危在旦夕，特派侯某前来，张旅长愿为红军让条生路。"

贺龙听了，忙说："张旅长一片深情，红军当永远铭记。"

侯时君说："人生何处不相逢啊。"

侯时君飞马走后，贺龙、任弼时、萧克等一番商议。贺龙说："我等入滇，滇军皆表现积极，惟张冲行动迟缓。张冲此次让路，我观是真意。"

萧克说："情势急迫，我们不妨从张冲旅防地突出。纵张有诈，我万余人马与其交锋，也不足虑。"

当下，贺龙传令，由红 4 师断后，人马沿山谷滩地，直奔张冲防地。

张冲，字云鹏，1900 年生于云南泸西小补坎村，其父曾任过县知事，母为良善妇女，有"善菩萨"之称。张待母甚孝，故有"孝子"之名。后其父死，张家孤儿寡母，常常受欺。张冲被官府"逼上梁山"，投奔了滇黔边界一个山大王，后自己又拉起一支队伍，在滇东陆良、罗平一带活动。打富济贫，受到百姓称颂，谓："太阳出来红彤彤，泸西出了个张云鹏，救穷人打富翁。"张于滇省各军阀角逐中，人马发展到一个团，并为龙云收编，张随龙云，逐步升为旅长。龙云投靠广东国民政府后，有共产党员冯春祥被派到张冲部做政治工作。冯的思想对张冲影响很大。1927 年，蒋介石委龙云为云南省省长，龙云任命张冲为其第 5 师师长。1930 年 5 月，张冲奉命到广西百色平马时，适逢百色起义的红军第 7 军在这一带活动，张冲便与第 7 军政治部主任何世昌暗中往来，何给张冲讲了许多革命道理。张大为动容，遂留下一批军械给红军。因"清君侧"，驱逐龙云身边谋士、参谋长孙渡等事后，张被降职为旅长，不仅受到冷落，亦归孙渡所辖。张自然不服，然又无奈，此皆为后话。

红 2、6 军团入滇后，张虽奉命"追剿"红军。当红 2、6 军团被困于普渡河之际，张冲心中暗道：自己不是早想结识贺龙、萧克众英雄吗？此时不会，更待何时。想到此，便安排了贴身副官去会贺龙。

话转回头。贺龙率人马到达张冲防地后，张冲果然让开一条路，红2、6 军团指战员遂跳出重围。张与贺龙等英雄相见时，其激动之情，难以表述，洒泪而别。当蒋介石闻张冲放走红军后，大怒，要龙云严惩张，龙终念旧情，没有下手。到了 1946 年，张冲辗转到了延安。1949 年加入了中国共产党。

# 贺龙敲"石鼓"

贺龙、萧克率红 2、6 军团跳出敌之包围圈后，决定直扑昆明，缘此时昆明已成为一座空城。行进之中，指战员都十分疲倦，党团员骨干皆发挥了作用。一夜急行军后，红军到达嵩明县的鼠街，适逢鼠街娘娘庙会。贺龙下令绕路而行，以免惊动百姓。遂以红 6 军团成本新的第 18 团为先锋，直奔富民。

天明时，成本新率红 18 团发起攻击。富民城本不坚固，那些团丁们平时吓唬百姓可以，与红军打仗，枪炮一响腿就软了。几个回合下来，城即破，守城的兵丁四散而逃。镇警队队长李春阳被打死，常备队队长赵守芳装成产妇躲在一百姓家，然仍被捕。县长郝煊钻入了卖鸡巷的一家的狗窝内，被这家狗的主人砸死。

贺龙率师占富民后，向昆明虚晃一枪，甩掉尾追之敌，便调头西进，从容地过了富民城西的螳螂川河，而后，贺龙、萧克兵分两路，大踏步西进。

4 月 15 日，贺龙率红 2 军团到达滇西重镇楚雄饱满街一带。

"楚雄"之名，为春秋时楚叔雄逃难于此因而得名。楚雄在历史上有"省会咽喉"之称。其城郭从明代时即大加修葺，甚为坚固。

贺龙率人马抵饱满街一带后，派人投书守军首领马彪，劝其让路。马彪不睬，贺龙大怒，下令攻打。

一时间，楚雄四周，号声嗒嗒，枪弹轰鸣。成本新率红 18 团攻打东门。红 12 团团长黄新廷抢占了城西门古山寺，将机枪架起，居高临下地向城中射击。红军趁势架云梯登上了城墙，守城兵丁见红军攻上了城墙，纷纷逃跑。红军打开了城门，大队人马一涌而入。红军攻破西门，其他三个城门之敌欲跑，然城门皆被自己堵死，无路可逃。团总徐朝良狗急跳墙，从城墙跳下，结果被摔折了腰，为红军所俘。马彪和朱作仁亦为红军所俘，腰斩于市。

贺龙率人马继续西进，4月27日，袭击了镇南城（今南华），稍事休息，又催动人马西行，直指祥云。红2军团前卫第6师第18团占领祥云城；红4师则继续北进，直逼旧宾川县城——州城，当晚，宿营于周官、白庄、大罗城、大山后一带。

宾川的国民党县长为杨绍曾，"剿匪"司令为阎德臣，在红军来到之前的一个多月，二人就张罗成立了"宾川县防共保安委员会"，杨绍曾任主任委员，张绍康为城防总指挥；对常备队强令原有180人延期退伍，并新补150人；4月12日又将三个区的民团调进县城，守城团队总数达1000多人。二人一面收罗全县的公私枪支，一面从昆明购领了新枪30支。民夫万余被调集到县城构筑工事，挖护城壕，在城下设置厚约8尺的杂刺和仙人掌的障碍，并用土基堵死城门。时阎德臣不同意守城，他认为仅凭千余民团和壮丁难抵挡驰突数省的红军，而杨绍曾不采纳，阎就借口回乡组织民夫，带领几个亲信离城而去。

4月20日拂晓，红4师第10团移驻大罗城、山后一带，红12团及红4师侦察连在城东南门外集结。同时派出一谈判代表带领五个战士，经南薰桥抵月牙城，喊话要县长出来谈判，解决红军和平过城的问题。两城防队公然开枪打死了红军谈判代表。攻城战斗遂开始。

时红4师侦察连和红12团由南线发起攻击，双方从早到午，血战约6小时，红12团和师侦察连未能登城，乃暂退至附近村落早餐。

当红12团和师侦察连在南门发起攻击之际，红10团也向西门发动多次攻击，然均未能奏效，仍退至大罗城，重新布置攻城方案。

下午4时许，红4师第12团及师侦察连在东门、南门佯攻，并组织了极猛烈的火力，杨绍曾和城防总指挥张绍康感到东、南门吃紧，慌忙把西、北门主力常备队调来增援。趁此时机，红10团乘虚占领了北门外废碉楼及城西制高点，以密集的机枪火力掩护登城部队。时朱声达率全连扛着云梯，冒着弹雨，越过刺篱，跨过护城壕，一边向城头扔手榴弹，一边将云梯搭上城墙。奋勇登上城头。南门守敌闻西北城破，无心恋战，红12团就乘势登城，宾川县城遂为红军占领。

是役，红军以近百人伤亡的代价取得了战斗的完全胜利。而朱声达却在登城后的战斗中负了伤。

红军镇压了宾川县公安局局长伍大兴等。人马休息一天，即起程抵牛井镇，在这里，与萧克、王震率领的红6军团会师。

萧克与贺龙等在富民分手后，率红6军团日夜兼程西进。连克禄丰、元水井、盐丰县、石羊镇、宾州牛井。

红2、6军团会合之后，又立即起程西进，出鸡平关，向鹤庆城进发。

鹤庆是个很富饶的去处，西靠海拔3000米的马耳山，东临汹涌的金沙江。由于地形复杂，气候也多变，寒温带植物多在此生长。在这一带居住的多为白族人民。

红军一路斩关夺隘，攻城摧堡，把鹤庆城中土豪劣绅胆吓破，纷纷逃离，鹤庆县县长岳玉川闻红军攻城，亦弃城而逃。鹤庆遂为红军所占。沿途百姓早已闻红军为仁义之师，都纷纷涌到村头路口，摆茶送水，欢迎红军。

红2、6军团人马于鹤庆稍事休息后，即起程直奔丽江。

丽江城乃滇西商业交通之重镇，清时为府，民国改县。为纳西族群居之所，汉人呼之为"花马国"。相传为木天王后裔。

当红军向丽江开进时，县长王凤瑞等弃城而逃。城中百姓来到城南10里的白塔岗下东园桥畔的"接官亭"，迎接红军入城。

红军入城后，一面张榜安民，一面打开监牢。放出穷人，没收土豪劣绅财产。

当天，贺龙叫过黄新廷说："新廷，我们2、6军团已抵金沙江边，金沙江共有四个渡口可以渡江，四个渡口中以石鼓镇渡口最重要，我们必须迅速过江。你速带人马至石鼓，抢占渡口。"言罢又叮嘱说："要让指战员明白，渡江是活路，不渡江是死路一条。"

黄新廷说："贺总，我们一定拿下渡口。"

贺龙又叮嘱了几句，黄新廷即走了。

时于石鼓一带守防的敌江防总指挥为藏民土官汪家鼎，其慑于红军声威，已经远遁，隐于江对岸山上。贺龙了解到金沙江中的船筏均隐藏于对岸，遂以第3路军总司令名义，致函鲁桥乡纳西族副乡长王瓒贤，函称："王瓒贤先生大鉴：此次大军途经贵地，因事先未曾派员拜谒左右，以致有惊台端，兹为冰释，万希请勿疑惧。闻得贵河船筏一律隐藏东岸，此诚不幸之至。当请阁下将渡河船筏一并派人驶来，以便大军北渡，事竣，当酬以重重劳金，决不致误。"

黄新廷接受任务后，找到了17名船工和木匠。在向导尹学富带领下，全团人马直扑石鼓镇。

石鼓镇位于金沙江第一湾，汹涌江水从青藏高原穿过无数崇山峻岭，来到这里，突然向北，因金沙江为长江上游水系，故石鼓又有长江第一湾之称。屹立江边的石鼓，是木天王镇压傈傈族得胜记功自夸的纪念物，正面刻文，后面镌歌，与石鼓相对的北岸，有一个石人。石鼓江面宽阔，地势险要，历为兵家常争之地。从石鼓渡口顺流而下，是虎跳崖方向。昆明大观楼孙冉翁的长联中所提到的"元跨革囊"，说的是元世祖忽必烈过大渡河后，就是在这一带乘羊皮筏渡过金沙江，南下攻打大理的。

黄新廷率队到石鼓镇后，站在镇上往下一望，滚滚激流，尽收眼底，对面岸上有敌人碉堡虎视渡口。黄新廷看罢地形，又向当地船工了解了情况，得知石鼓区区长杨洪珍在红军来到之前，就把船都沉了，而后逃跑，船工们还告诉黄新廷，说对岸有些船，藏在沟汉内。有团丁日夜防守。黄新廷又问了问水势。船工们说："渡口这一段水势较平缓，最深的地方有数丈远，会耍水的踩水能过去。"

黄新廷又问："距这里最近的还有哪些渡口？"

船工们说："往西六里处有木瓜寨渡口，再往上有木取地、格子、茨柯、木司机、巨甸，只是这些渡口都小，不过，也可以过。"

正说着，贺龙、任弼时、关向应、卢冬生等来到了渡口，黄新廷把了解到的情况向贺龙等作了汇报。贺龙听后说："组织突击队泅水过来夺船，先把12团运过去，向西抢占各渡口。"言罢又说："在石鼓渡口架浮桥。"

贺龙意见，众皆赞同。当下，由红12团组成了3个突击队，第一突击队由团长黄新廷率领，300多人泅水过河，夺对岸渡口阵地；第二突击队由政委朱辉照率领，700余人，夺取渡船，支援第一突击队；第三突击队由参谋长高利国率领，600人，任务是架桥。

这时，红4师前卫骑兵从海洛塘找到一条敌人没来得及转移的小船，并在当地纳西族青年牟震的帮助下，找到了五名船工。凭着这条船，红4师先遣队的部分人由海洛塘渡口过江，占领了滩头阵地，由于木瓜寨渡口地形好，卢冬生下令将木船拉到木瓜寨渡口，继续抢渡。卢冬生过江后，即率队由木瓜寨向江东上游延伸，在木取地渡口遇到了王瓒贤准备的一条船和五名船工。

原来，红4师先遣人员在石鼓江边河坝遇到外出做工的纳西族青年陆昭，请陆昭把信送给了王瓒贤。王深明大义，立即叫船工杜有发、徐栋才到渡口把一条隐蔽的船和中甸县属的船工陈双友等三人一并找来，等待红军到来后相助。

卢冬生见了五名船工，大喜。接着，又相继在格子、羊犁石、余化达等处找到七条船和28名船工。

再说黄新廷，接受了抢占石鼓渡口对岸滩头的任务后，即从洪湖籍战士中挑选了300名水性好的战士，组成了第一突击队，半夜抵渡口时，天下起了雨。突击队员们冒雨下水，抢占了石鼓渡口。时萧克率红6军团亦沿江而上，与红12团隔岸并进。两支人马经过一天急行军到达了达吾竹地区，抢占了这里的两处渡口。一时间，石鼓上下百余里的渡口，均被红军控制。白天，但见金沙江上红旗招展、木船、木筏、竹排，载着红军将士，横过激流；夜晚，处处渡口的火把把江水映红。从4月25日至28日，红2、6军团人马全部渡过江。贺龙最后离去，他坐在石鼓边，望着大队人马顺利地渡江后，心中十分高兴，手握烟斗吸起了烟。关向应走了过来，说："大队人马都过了江，我们也过去吧。"

贺龙点点头，而后站起身，他手敲着石鼓说："石鼓哇石鼓，元跨革囊又算甚？今我红军在敌数路追击之下，胜利地渡过了金沙江，元世祖在世，该当何说？"

关向应笑道："孙冉翁写的大观楼长联'元跨革囊'应该改写了。"

贺龙说："那就由你写吧。"

关向应说："革命成功了，我一定重为大观楼做联，把红军的事迹写上。"

二人说着上了船，小船儿向江对岸飘去。后人有歌唱道："贺龙敲石鼓，红旗漫天舞，天兵飞渡金沙江，嘲笑当年元世祖。纳西穷人见太阳，从此不怕'木天王'府。龙云队伍遇红军，夹尾逃窜像灰鼠。纳西人跟着贺龙走，要掌江山自作主。"

孙渡部先锋刘正富旅于4月28日到达石鼓时，红军已全部渡江而去。刘只好望江而叹，待孙渡赶到后，红军早已远去。

# 翻越哈巴大雪山

红2、6军团过金沙江后，即收到朱德、张国焘联名发来的电报，称：

"金沙即渡，会合有期，捷报传来，全军欢跃；谨向横扫湘、黔、滇万里转战的我2、6军团致以热烈的祝贺和革命的敬礼！"

贺龙又给黄新廷任务，令其率红12团人马，占领巨甸以北的格罗湾。格罗湾乃是红军翻越哈巴雪山的惟一通道。有民团头子、土司汪家鼎率兵据险守候。

黄新廷接受任务后，即带着全团人马，经过一天急行军抵达格罗湾。询问土人，方知汪家鼎在山上险隘处。黄乃下令人马休息，一夜无话。第二天，其又率部向山上攀登，行至半山腰，忽然枪声大作，原来是汪家鼎凭险居高临下向红军射击。黄新廷审视了一下地形，即令1、2营人马从左右包剿。其亲率一营从正面攻打。几个回合之后，番兵不支，弃险而走。红军遂占了此处险道。

红2、6军团指战员过金沙江后，即沿江东岸北进，向大雪山西麓前进。当时是4月末，金沙江两岸天空晴朗，气候炎热，遥望雪山，高耸入云。到达格罗湾后，人马稍事休息，而后向中甸城进发。

中甸城乃藏民群居之地，中间要翻哈巴大雪山。其山在丽江西北，南北走向，山中森林密菁，道路崎岖，山有12峰，主峰在海拔5596米以上，山顶终年覆盖着冰雪。

由于气候炎热，许多人赤膊行进，有的把多余的衣服也扔了。通司（翻译）见状，劝说战士们不要把衣服扔掉，说山顶上冷。不少战士不信。通司只是苦笑。干部们见通司说的严重，便要战士们带上棉衣，然许多人早在过江前就扔掉了。无奈，只好按照通司的指点，熬了许多辣子水，每人分了一碗。

指战员走的是山间崎岖小道。这小道就是翻越雪山的大道了。居住在山两边的藏、纳西、汉等各族人民，为生活所迫，常沿此路来往于雪山之间。有些商人为图暴利，也不顾生命危险，往来于大雪山之间。

当红军指战员行走在山谷时，山谷中没有风，十分闷热，人马热得不住冒汗，干渴的嗓子眼儿冒烟，时通司告诉贺龙等，说山上水有毒，不能喝。贺龙遂下令，不准随便喝水。有些人渴得实在忍不住了，不由骂道："妈的，没见过这个鬼地方，连水都没有。"

走出山谷，指战员开始沿山麓向上走，天渐渐凉起来。通司对贺龙说："就要爬雪山了，这山一上一下35公里。"

贺龙抬头望了望，山顶高不可见，白皑皑的冰雪在夕阳的余晖中闪耀着刺目的光芒。看看部队，前边的队伍已盘到了头顶，低头一看，脚下也有人。忽然间，他无限感慨，一年多来，从湘西的大山，一步步地走到这里，付出了多少艰辛，又多少同志牺牲了？而今后，又有多少艰辛的道路，摆在自己和指战员面前啊！

越往上走，山势越险，尤其是紧贴山崖的小道，脚下就是万丈深渊，可谓一失足即成千古恨。指战员们走到这儿时，耳边呼呼风响。一颗心都提到嗓子眼儿。虽然格外小心，有些牲口和人还是滚了下去，且连点回声都没有。

人马正行之际，忽然前方枪声大作。贺龙一惊。不一会儿，有参谋报告，原来是汪家鼎逃到此处后又凭险据守。

红军人马只得停下。时担任前卫的为卢冬生第4师，卢冬生听到枪响后，急到前面，见红12团政委朱辉照左腿挂了花。遂了解了战斗情况。朱辉照说："敌兵不多，但据险而守。"

卢冬生向通司了解了地形，遂组织人马转到敌后侧攻打。敌兵大败，红军才继续向山上爬去。

行不多久，天黑下来，人马露地宿营。军团部设在一棵大树下，勤务兵拢了几堆火，贺龙等靠在火堆旁，沉沉睡去。

天亮之后，指战员们用搪瓷缸子煮了点水，开始向山顶爬去。爬着爬着，人们忽然感到天变低了，变蓝了，而山上的景色亦变了，小草刚刚出头，林木刚刚吐绿，皑皑白雪，在阳光反射之下，刺得人睁不开眼。

指战员们几乎都是初见雪山，加之没穿衣服，无不冻得发抖，脚下亦一步三滑，稍不慎就会滑入沟中。山上空气稀薄，每走几步，就要停下，张口喘气，草鞋被冰雪磨破，脚被冻得麻木了。贺龙、关向应等都下了马，拄着棍子，吃力地一步步行进。

越到山顶，空气越稀薄，指战员的胸口像压了块大石头，张着嘴喘不过气来。一些体弱的实在支持不住，坐下就起不来了。通司告诉贺龙，说过雪山万不可停留，一停就死。贺龙当即传令：不得在山上停留。于是，那些政工人员、干部、党员都咬牙跑前跑后的做鼓动工作，虽然如此，仍有些年老体弱者倒在了雪山上。

贺龙等到山顶时，忽然一块乌云飘来，随即纷纷扬扬的大雪飘起，大雪铺天盖地，茫茫一片。接着，狂风骤起，只刮得天地昏暗，指战员们只得互相拽着前进，不然即有被狂风刮走之险。

半个小时后，天骤然放晴，太阳又照得雪山反射着刺眼光芒。贺龙放眼望去，群峰尽收眼底。

下山是一面光滑的斜坡，不知是谁在下山时滑倒，竟然滑出几十米远。战士们见这"土汽车"不错，纷纷效仿。刹那间，冰坡之上，尽是下滑之人。贺龙等也滑了下去。

下山顶之后走了约两三里，就是缓缓的下坡路，风也小了，呼吸也较正常了，感觉也轻松多了。

大雪山终于翻过了，但指战员们都突然感到体力减弱。贺龙也有不适之感。

到了傍晚，红2、6军团人马，全部翻过了5700米的哈巴大雪山。到了谷底，气候依然十分炎热，一些战士气得大骂："要不是当红军，这个鬼地方，八抬大轿抬着老子也不来。"

## 过中甸

红2、6军团翻过了大雪山之后，一路之上，皆巉岩峻坂，如登天梯。俯视河流，一带银波碧浪，响彻山谷。老桧交柯，云雾封淦。行了半日，翻越一座小山后，忽见广坝无垠，风清日朗，连天芳草，满缀黄花，帷幕四撑，一座城池，坐落坝中。顿使人心旷神怡，真有如武陵渔人，误入桃源仙境一般。

这座城池乃滇康交界之中甸县（今名香格里拉县）。城中多为藏民，昔时为西康土司管辖地，清雍正年间为云南属县，此县地广人稀。城中藏民亦多为牧民。

贺龙率人马向中甸行去。离城数里之遥时，令人马停下，他取出望远镜看去，见城郭为三角形。这时有人报告，说先头部队已抵城下，城内无有敌兵抵御。贺龙传令："人马进城！"

贺龙入城之后，左右一瞅，见城中建筑，皆以土为垣，盖以木板，板上镇鹅卵石。屋脊之上，皆撑一长杆，杆上系粉红色经幡。幡上印有梵文。中甸城共有两条街道。牛马杂沓，泥泞不堪，秽臭令人掩鼻。沿街店铺，大都关门，仅一些老弱，呆立街头，看着红军。

当下，任弼时传令，部队上下都要尊重藏民的宗教信仰。指战员露宿街头，打扫卫生，刷写标语。一些没有跑的小店开门营业，红军买卖公平，百姓为之感动。红军同一些会汉话的藏民交谈，宣传红军宗旨，讲红军北上抗日。使藏民大受感动。跑出去的藏民都陆续而回。他们见红军露宿街头，纪律严明，大为感动。

时中甸城中仅有一眼泉水，供全城人畜饮水之用。红军人马多，用水多，藏民妇女，主动为红军背水。妇女们一边取水，一边口唱山歌："离开了金子的家乡，青年和姑娘流落远方，离开了家乡不要怕啊，红军来了就回家。"

对于帮助红军背水的藏民，红军都给予极高的报酬。藏民们更是高兴异常，齐颂红军之德。均将家中的牛乳做成的食品，送给红军，以示对红军尊重之意。

贺龙以中华苏维埃人民共和国中央革命军事委员会湘鄂川黔滇康分会的名义发布文告，说明红军为扶助解除藏族痛苦，为藏族人民利益而来。

这日，归化寺的喇嘛夏拿古瓦来到城中，要见红军首领。贺龙闻之大喜，说："我正要去喇嘛寺呢。"遂亲自出迎。

中甸归化寺为康藏著名的十三林之一，为清廷所敕建。寺中的喇嘛千人，信奉黄教。寺内分八大"康村"，各康村之上尚有统属机关，寺内最高统治者为"八大老僧"组成的"老庄会议"，最高僧侣为松木活佛。寺内有枪900支，编有喇嘛军队，为地方最大的势力。连中甸县府，亦要听命于归化寺。

红军抵中甸之前，被打散的汪家鼎手下士兵跑到寺内，向八大老僧做反动宣传，说红军如何厉害。喇嘛们听了，吓得不知所措，立即紧闭寺门，马队喇嘛也都弹上膛刀出鞘。八大老僧中，有主战的，有主和的。当红军抵中甸后，贴了标语公告，严明的纪律，传到了寺内，众老僧还争先传看标语。正当犹豫不决之计，有个叫夏拿古瓦的喇嘛挺身而出，愿代表寺里众喇嘛去与红军谈判。众老僧见夏拿古瓦自告奋勇去见红军，自然高兴，并为其后果做了担保。于是，夏拿古瓦便骑马来到中甸城，求见红军首领。

贺龙的亲自出迎和中甸城被红军打扫得干干净净的景象，使夏拿古瓦一颗悬着的心放了下来。在城内的镇经堂中，宾主高高兴兴地谈起，贺龙告诉夏拿古瓦，说红军不同官军，现路过这里，是为北上抗日，请八大老僧放心。最后，贺龙向夏拿古瓦提出，红军缺粮，希望八大老僧帮助，红军照价付偿。夏拿古瓦见红军态度诚恳，遂说："粮食问题可以商量，回寺后，一定向八大老僧言明，再做答复。"

当下，贺龙又以自己名义给八大老僧写了一封信。信中写道："尊敬的八大老僧台鉴：（一）贵代表前来，不胜欣幸。（二）红军允许人民宗教信仰自由，因此，对贵喇嘛寺所有僧侣生命财产，绝不加以侵犯，并负责保护。（三）你们照常生产，并要所有民众，一概回家，切不要轻信谣言，自造恐慌。（四）本军粮秣，请帮助采办，照价支付金两。（五）请即派代表前来接洽。5月6日。"

夏拿古瓦走时，贺龙又令人送给他和八大老僧一些礼物。夏拿古瓦拿着礼品，高兴得欢天喜地地走了。回到寺后，八大老僧立即迎了上来。夏拿古瓦取出贺龙的信和礼物，并说了亲眼所见到的红军的情况，八大老僧的心这才放下。一番商议后，决定以寺的名义，帮助红军解决粮食。遂再派夏拿古瓦至中甸城。贺龙即要夏向八大老僧致谢，随即派了代表携银元前去兑换，又派了一连人前往寺外站岗，不准任何闲杂人员进入寺内。贺龙还发给了夏拿古瓦一张委任状，委任状上写道："中华苏维埃人民共和国中央革命军事委员会湘鄂川黔滇康分会：兹委任夏拿古瓦在中甸城厢及附近乡区安抚和招徕全体居民并为本军采办给养。主席：贺龙。"

夏拿古瓦见贺龙对己如此尊重，十分感激，为表达自己对贺龙尊重之意，送给贺龙一个很精致的藏碗。贺龙高兴地将这碗收起——现此碗藏于北京"军博"。

归化寺的喇嘛们不仅把粮食支援了红军，还支援了红军一部分红糖。在康藏高原上，红糖是十分珍贵的。红军照价付钱，喇嘛们不依，后红军再三言明红军铁的纪律，喇嘛们这才收下。

红军的真诚，使八大老僧备受感动，喇嘛寺决定举行"跳神"仪式，欢迎红军。贺龙欣然应允。这一日，晴空万里，风和日丽。贺龙率红军代表40人，应邀入寺。八大老僧率众喇嘛在寺门前迎接。"跳神"仪式开始前，在寺内广场先举行欢迎仪式。由红军代表向八大老僧献哈达，八大老僧亦代表归化寺众喇嘛向红军献哈达。贺龙把一面写有"兴盛番族"的锦幛送给了归化寺。

欢迎仪式后，"跳神"活动开始，寺内喇嘛30余人，均戴着牛头马面样的面具，敲着锣，打着鼓，一对对地出来跳舞，为红军代表做表演。"跳神"在藏区为隆重的活动，每年冬月举行一次，庆祝丰收和吉祥如意。这次"跳神"，系喇嘛破例欢迎红军而举行的。

　　红军在中甸筹了一些粮食后，因中甸乃为荒僻山城，虽有喇嘛支援粮食，亦不能满足万名官兵食用，因此，贺龙、任弼时等决定，中甸不可久留，当继续北上。

　　贺龙想到北去皆藏区，少不了会遇到地方各种势力。若有喇嘛寺的武装护送，则较为安全。便给八大老僧下了一道命令，要八大老僧派两队骑兵护送。八大老僧接到贺龙命令，当即派两队骑兵，随红2、6军团前往。

　　第二天，红军分左右两路起程北上。红2军团为左路，经尼亚、奔子栏向得荣进发；红6军团为右路，经格咱、翁水，向定乡进发。

　　沿途之上，均为险山峻岭，但见山势如险排，江水如汤沸，山泉瀑布，震耳欲聋。人马盘旋于山脊，时而江东，时而江西，稍有不慎，就有跌落悬崖之险。因山路崎岖，贺龙等均下马步行。然行进更为艰难的还是雪山。途中，红2军团人马又遇到了雪山。雪山气候，变化无常，因无人烟，人马只得露宿冰天雪地中。加之粮食不足，病号陡然增加，掉队者甚多。尤其是任弼时身体更弱。贺龙见了，遂与蹇先任商议，把卢冬生在盘县时送给女儿捷生的炼乳，给任弼时吃了。

　　由于指战员有先前过大雪山的经验。知道雪山上不能停留，不能喝雪水，多吃辣椒，对体弱的分工照料、帮助，这样，使许多体弱伤病者得以翻过了雪山。

　　而部队最大的困难是粮食告急。从中甸到得荣，一路之上，几乎没有人烟，粮食无法补充。指战员都盼望早日到得荣。行至第七天时，许多人米袋都光了，时向导讲再走半日就到得荣了，大家都咬牙坚持。

　　然抵得荣后，指战员大失所望。整个县城，只有几间破烂房子，一间稍好些的，是县太爷的住处兼办公处。这县长是湖南人，当过国民党的营长，不知何故来此荒凉之地当县长。衙门里只有四条枪的武装，闻红军至，早已逃走——后这县长被抓，贺龙见他实在穷得可怜，就把他放了。

　　得荣城如此荒凉实在是贺龙没有料到的。部队粮食得不到补充，就无法继续北进。他心中不免焦急，遂对卢冬生说："把通司找来。"

　　通司是个陕北人，来这里做买卖，遭抢落难，被当地一藏族寡妇招为女婿，因此，他汉藏话都说得很好。贺龙向他言明红军缺粮之难，通司说："得荣之地百姓多为游牧，只有龙绒喇嘛寺内有粮。只是这喇嘛寺我没去过。"他指着眼前一座山："大概的方向在那山后边。"

　　贺龙吩咐卢冬生想法找个喇嘛。

时已天晚，人马只好露宿在得荣。次日一早，大队人马即向通司指的山行去。行了约两个时辰，红4师侦察员用马将一个年老喇嘛驮到贺龙面前。

原来，这老喇嘛是龙绒寺的。喇嘛们得知红军进入得荣，惶恐不安，遂派了这老喇嘛前来探听消息，正好为红4师侦察员发现，送往师部，开始喇嘛很怕，后经卢冬生再三解释，又见红军态度谦和，始转忧为安，并告以实情，卢冬生即派人将喇嘛送到军团指挥部。

由于老喇嘛疑虑打消，贺龙向喇嘛讲明红军困难后，老喇嘛说："你们走错了路，前边的山过不去，必须返回得荣，再顺大路向西南走，经过大山再往北就到了。"

在老喇嘛带领下，红2军团人马折返得荣，又向龙绒寺行去。人马正行进之中，红5师第13团13连连长马沿河反水。他联络了连里的六名觉悟不高的战士，挟持了指导员马文祥叛逃。

原来，这个连的兵源为鄂川边的游击队，马沿河原本为一"神兵"小头目。后"神兵"为红军收编，红军过金沙江后，整日过雪山钻老林，所过之处，均系荒僻之所，马沿河感到红军前途无望。在中甸时，曾因住房同司令部警卫连吵了起来，并动手打了人，因而被关了两天的禁闭。一路北行时，马沿河骂骂咧咧，散布不满情绪，指导员马文祥批评他，他即联络了六名战士反水叛逃，并挟持了马文祥。

贺龙听了报告，说："天要下雨，娘要嫁人，随他去吧。革命是不能勉强的。"

为了教育更多的人，红2军团内开展了反动摇叛变的斗争，并下发了"训令"。

红2军团指战员在老喇嘛引导下，到了龙绒寺。贺龙下令人马驻在寺外。老喇嘛即抵寺内，将所见所闻如实相告。龙绒寺的喇嘛即召开了最高决策会议——"堪布会议"。决定向红军赠粮1.5万斤，并派喇嘛向四周牧民集粮，支持红军。贺龙下令以黄金、银元相抵。喇嘛们见红军果真是仁义之师，更是高兴。

在喇嘛们的帮助之下，红军有了粮食，解了燃眉之急，然不敢多留，继续北上，向巴塘行进。途中又经过了3座雪山。雪山峥嵘，路若蜀道，人烟稀少，有人之处，亦十室九空。指战员身体素质越来越差，贺龙、任弼时等把马让给病号，自己徒步。一时间，军中上下均效仿，行军速度大大加快。

时西藏有英帝国主义插手，因而藏军对红军很仇视。在一个叫鹦鹉嘴的险恶之处，藏军与红2军团前卫部队接了火，卢冬生指挥人马打退了藏军。

过了鹦鹉嘴后，红军又在兹乌与中咱之间的仁波寺遇阻。仁波寺的喇嘛武装阻挡要路。卢冬生指挥人马包围了仁波寺，但下令不准开火。贺龙闻讯，急抵红4师，一面令部队围而不打，一面找当地有影响人物做疏通工作。最后仁波寺主持老僧见红军乃仁义之师，遂下令喇嘛撤退，派代表赴红军中言和。

5月25日下午，双方进行了谈判，寺里卖给红军粮食，红军照价付银。

红2军团人马离开仁波寺后，抵中咱、圣乌一带，稍事休息后，即向巴塘行进。

时国民党第16军军长李抱冰派其参谋长沈凤威率工兵部队先于红军抵巴塘，协同敌刘文辉部傅德全团于巴塘筑碉，企图阻挡红军。

从中咱、圣乌抵巴塘，要翻过藏巴拉大雪山。贺龙率人马翻山之后，指战员已极度疲劳。前卫部队探得巴塘城中敌防守严密，急报贺龙。贺龙见人马急需休息，遂决定取佯攻之势，主力则从东隆山绕过县城，开到城东北党村一带。

党村一带本是富庶之地，然敌早已将民间粮食掠空。而红军此时粮已断，指战员一天吃不上一顿饭，事急燃眉。贺龙了解小麦已熟，尚未收割，遂下令割麦穗搓粮。指战员人人动手，好歹解决了几天的粮食。

红2军团在巴塘住了二天，筹措了一些粮食，由于百姓均已逃跑，便留下了信和银元。贺龙知人马不能久停，遂下令起程向北挺进。沿途之上，均无人烟，指战员只得露宿，高原之夜，寒气袭人，指战员都冻得打颤。偶见一些房屋，主人均逃遁，且门头上挂着红布条，贴着封门的"神符"，指战员恪守红军纪律，不动"神符"，不进屋内。

躲在山上的藏民、喇嘛，在红军走后，心惊肉跳地返回来，见红军秋毫无犯，均忍不住挑起拇指，高喊"红军耶莫"。后来，在红军经过之处，流传着这样一首歌谣："我的家乡在柳树林中，看到柳树发绿就想起我的家乡，我的朋友贺龙就像太阳，看见了太阳就想起了贺龙！"

6月14日，红2军团前卫部队进占了白玉县境内的盖玉、康翁寺一带。

时白玉县已在红四方面军于甘孜成立的中央波巴政府的辖区内。此前，康区最大的封建世袭土司泽旺登登，曾率其武装与红四方面军的30军交战，结果泽旺登登大败。泽旺土司遂与红军签订了《互不侵犯》条约。并委派其军事涅巴（即负责军事的头头）参加了波巴政府。由于红军的影响，白玉一带的喇嘛和百姓对红军都很友好。当红2军团人马抵白玉境内后，白玉喇嘛寺派代表前往红军驻地，欢迎红军入城。

白玉喇嘛寺为当地的最大势力，喇嘛们为表示对贺龙的敬意，特意挑选了3匹好马，送与贺龙，军团指挥部亦以礼相还，双方表现得非常友好。如此，红2军团人马得以数天休整，粮食也得到了补充。

数天后，贺龙下令人马起程向甘孜进发，仍以红4师为前卫。部队行至白玉的河坡一带时，受到隐蔽在山中的零星藏兵的袭击，人马造成一些伤亡。

红2军团人马行了两天，到达了呷拖。呷拖喇嘛寺同白玉喇嘛寺一样，都是泽旺土司的家庙。红军的到来受到了喇嘛们的盛情迎接。贺龙令人马稍事休息，遂又起程。

1936年6月30日，红4师和军团直属机关到达了甘孜属地绒巴岔，与红四方面军的第30军88师263团人马会师。双方指战员激动之情，无法形容。贺龙与红88师师长郑维山亲切地进行了交谈。

在红2军团北上之际，红6军团在萧克、王震率领之下，于5月9日从中甸出发，11日到达川滇交界的翁水，14日抵四川的乡城县。20日沿硕曲河北上经水洼、百根、桑川等地，22日进占稻城县。30日，部队向理塘进发。6月3日，红6军团在理塘洼与红32军会合。之后，红6军团的第51团配合红32军，击溃了理塘的李抱冰部，占领了理塘县城。6月17日，红6军团人马到达新龙与红四方面军的第4军会合，而后，红6军团即沿雅砻江北上，22日到达普工隆，与红四方面军主力会师。

## 甘孜城贺龙发怒

1936年6月30日，中共中央给贺龙、任弼时发来了贺电，称："我们以无限的热忱庆祝你们胜利的会合，欢迎你们继续英勇的进军，北出陕甘与一方面军配合以至会合，在中国西北建立中国革命大本营。"

为了迎接红 2、6 军团的到来,红四方面军在思想上、物质上也做了大量的准备工作。徐向前总指挥在动员大会上说:"红军是一家人,我们和一方面军、2、6 军团的关系,好比老四与老大、老二之间的兄弟关系。上次,我们与老大的关系没有搞好,要接受教训。'兄弟阋于墙,外御其侮'。吵架归吵架,团结归团结,不能分家。现在老二就要上来,再搞不好关系是说不过去的。每个部队都有自己的长处、短处,方针是互相学习,取长补短,加强团结,一致对敌。"会后,红四方面军各部队展开了赶制慰问品的活动,他们上下齐动员,捻毛线,织毛衣、毛袜,缝制皮衣。在当地群众中也普遍进行了欢迎红 2、6 军团的宣传教育工作。甘孜沿途都贴满了"欢迎横扫湘、鄂、川、黔、滇、康的红 2、6 军团!""欢迎善打运动战的 2、6 军团!"等标语。红四方面军指战员还腾出了打扫干净的房子,准备了干柴。为红 2、6 军团指战员每人准备了一双毛袜以及许多毛衣、皮衣等等。

7 月 1 日,贺龙、任弼时到了甘海子,朱德从 60 里外赶来相迎。老友相见,分外亲切。

当下,三人步入室中。朱德即向贺龙、任弼时讲了张国焘分裂中央的经过。贺龙听罢怒道:"我和张国焘虽然打交道不多,可他这人我清楚,南昌起义时他阻止起义行动,我和他拍了桌子。我在瑞金入党后,同他分在一个党小组,直到潮汕失败后才分了手,这个人品质不好。如今我们两军会师,他人多,我们人少,得防备他变脸下狠手。"

贺龙意见,大家都赞同。

这天晚上,陈昌浩带着工作团来到了红 2 军团指挥部慰问。贺龙、任弼时等听说陈昌浩来了,都出外相迎。大家相见,很是高兴,双方入室,坐定之后,没待陈昌浩开口,贺龙即劈口问道:"昌浩,听说国焘在这里成立了个什么中央?"

陈昌浩先是一愣,接着说道:"是这样,毛泽东、周恩来、洛甫等带着人马向北逃跑了,经过么,我这里有本小册子,写得明白。"

陈昌浩说着,拿出了一本书。这书是油印在经书背面,又装订成册的。陈昌浩指着书说:"毛泽东等北上逃跑的经过书中写得很明白。我带来几驮子。是不是给部队发一发,也让干部战士了解一下?"陈昌浩说着把小册子放到贺龙面前。

贺龙已听朱德讲了情况,他对摆在面前的小册子一眼不看,两眉拧着说："你回去告诉张国焘，他的底细我清楚，中央的事情，我们也明白，如今我们两军会师他张国焘若要再搞挑拨离间，再搞阴谋诡计，可莫怪我贺龙动'军阀'！"

陈昌浩见贺龙动了怒，遂笑道："贺总指挥不要发火，事么，都好商量。"

陈昌浩此来是奉张国焘之命来游说贺龙、任弼时、关向应等人的，没想到同贺龙一接头，就让贺龙打了一闷棍。任弼时见气氛紧张，遂用平和的语气，拍着那本小册子说："这本小册子我只看了看标题，错误不少哇！如今我们两军虽然会师，而依然大敌当前，我们应当只讲团结。"

陈昌浩见任、贺、关等对张国焘的举动甚反感，遂改了话题，说："国焘政委对2、6军团的同志很关心，知道你们很辛苦，给你们准备了牛、羊、粮食。"

任弼时说："感谢国焘政委和红四方面军老大哥。明天，我们一起去甘孜，会见四方面军的同志们。"

陈昌浩走后，刘伯承来了，他也向任弼时、贺龙等人介绍了情况。贺龙对任弼时、关向应说："会师后的情况看来还很复杂，我们开个会吧，统一一下思想。"

当下，任、贺、关等红2军团领导一起开了会，会上统一了思想，决定：一方面，要以热情的态度对待红四方面军指战员，大搞联欢慰问；另一方面，要坚决反对和禁止一切反对党中央和不利于团结的言论。会议精神由甘泗淇在部队中进行传达。

第二天，任弼时、贺龙、关向应骑马直奔甘孜城。

6月底，7月初，正是高原的黄金季节，明媚的阳光下，绿草红花，铺满大地，牛羊追逐游戏，鸟儿自由飞翔，金碧辉煌的喇嘛寺，在阳光下，更显得无比壮观。

临近甘孜城，便见到许多祝贺两大主力会师的醒目标语。贺龙正看时，见许多人从城内走出，向他们迎面而来。当双方临近时，贺龙一眼便认出欢迎人群中那胖胖的、满面红光的张国焘。张国焘也认出了贺龙，他几步上前，非常亲热地握着贺龙的手，满面笑容地说："云卿，一别10年，可把我想死了。"

贺龙说："10年不见，你富态多了。"

接着，张国焘满面春风地同任弼时、关向应一一握手。同张国焘一起迎接贺、任、关的，还有朱德、刘伯承、陈昌浩，大家相见后那亲热、激动之情，无法形容。

众将一番亲热之后，便携手入甘孜城。正走时，贺龙忽见草地上有一群人用绳子拴着，看样子像是放风的犯人。贺龙遂问了张国焘一句。张国焘说："这些都是 AB 团，改组派分子。"说完，喝令将这些放风的 AB 团、改组派收回。

正这时，任弼时一眼从这些"反革命"中认出一个人，惊道："这不是廖承志吗？"

张国焘问任弼时："你认识他？"

任弼时说："他是廖仲恺之子，他怎么会是反革命分子？"

贺龙说："国焘，红军里就没有什么 AB 团、改组派，夏曦杀了那么多好人，他说是从你这儿学来的。你杀了多少好同志啦？这个廖承志，还有拴着的这些同志，都放了。"

张国焘见任弼时、贺龙态度强硬，便下令把这些"反革命"放了。

任弼时又说："国焘同志，不光放这几人，凡是什么 AB 团、改组派、第三党，统统都要放掉。中央和各苏区的肃反扩大化，造成的损失太大了。"

张国焘嗯嗯着，不置可否。

说着话，张国焘把大家带到一座喇嘛庙的耳房内，这房子是寺内一主持喇嘛住的，红四方面军在这里组织的"巴博依得瓦政府"——即苏维埃政府，机关即设在这里。

这时，红四方面军秘书长黄超倒茶递烟十分热情，他把一杯茶水送到贺龙面前说："贺总指挥，这是蒙山顶上茶，过去皇上喝的，张总书记平时都舍不得尝。"

贺龙转脸问张国焘："听说你自封过什么总书记？"

张国焘很不自在，也没有回答。黄超一旁说："贺总指挥，是这样，党中央把中国革命带到了失败的边缘，一、四两个方面军会师后，毛泽东、周恩来又听不得不同意见，北逃了，中共失去了中坚，所以，张总书记力挽狂澜，成立了新的党中央，并被选为总书记。"

贺龙说："中央只有一个。毛泽东是遵义会上选出的，他是中坚。你们说他北上逃跑，我不相信。"又问陈昌浩："昌浩同志，你在右路军，毛泽东等连夜北上的缘由，你应该是清楚的。"

陈昌浩一时不知说什么。贺龙又转向张国焘说："国焘,我要把话说明,我们2、6军团的全体指战员,对党中央和毛泽东同志是坚决拥护的。"

贺龙的话虽然说了一半,可张国焘已明白贺龙的话中之意了。他笑道:"临时中央已经取消了。"

这当儿,萧克、王震等走了进来。大家相见,自然又是一番亲热。张国焘尤其是显得很高兴,他令人取来青稞酒,并令人请来德钦喇嘛。张国焘指着酒说:"当年曹操煮酒论英雄,今天,我们也是英雄相聚。当以酒助兴。"

张国焘说完,黄超亲自给在场人倒了酒。而后张国焘带头喝了三碗。贺龙等为给他面子,也把酒喝了。张国焘见大家喝了他的酒,很高兴,说:"弼时、云卿、萧克,我们两军胜利会师了,我提议,开个两军联席会议吧,就两军会师后的问题,讨论一下。"

任弼时说:"开这样的会,发生了争执怎么办?谁来做结论,我们两军的一切行动。都应听从中央的指令。"

朱德说:"两军何去何从,按中央的指示办吧。"

当即,张国焘、任弼时、朱德、刘伯承、贺龙、萧克、王震、关向应联名向中央发了电报,请示两军行动。当天,毛泽东、周恩来、洛甫三人代表党中央回电,电文称:"一、欣闻两军会师,值此祝贺。二、国内及国际的政治形势均以暴风雨般的姿态向前发展。党的反日统一战线策略有第一步的成就,与张学良、杨虎城两将军共商抗日大计。目前议事日程上的具体任务是建立西北国防政府,彻底战胜日本帝国主义。三、中央决定,从7月1日起,红2、6军团改称为中国工农红军第二方面军,由原2、6军团总指挥部,组成红二方面军总指挥部。总指挥贺龙、政治委员任弼时,副总指挥萧克、副政治委员关向应。2军团、6军团番号不变,红32军编入二方面军建制,原红2军团第5师改编为32军96师。四、中央红军将西渡,向陕、甘、宁发展。策应四方面军与二方面军,猛烈发展苏区,渐次接近外蒙。外蒙与苏联订立了军事互助条约,共产国际盼望红军靠近外蒙、新疆。五、四方面军与二方面军,宜趁此十分有利的时机与有利的气候,速定大计,或出甘肃,或出青海,在兄等大计决定之后,一方面军适时向天水、兰州出动,进一步策应兄等,使蒋军不能阻拦。至于奉军,已与弟秘密约定,不加阻拦。"

众人看罢，都很高兴。任弼时说："明天是 7 月 1 日，我们党的生日，我看明天召开庆祝两军会师大会，一方面纪念我们党的生日，一方面宣布红二方面军成立。"

任弼时意见，众皆赞同。

1936 年 7 月 1 日，风和日丽。红 2、6 军团指战员，高举着红旗，唱着歌儿，来到甘孜喇嘛寺前的草坪之上。喇嘛寺前的朱红色的墙上挂着"庆祝两大主力会师"的大标语。甘孜城里城外，插了许多红旗，贴着标语。左路军指战员早已来到草坪上。当红 2、6 团指战员步入会场时，顿时，掌声、口号声四起，气氛十分热烈。藏族群众也簇拥在路旁，捧着酥油、糌粑，载歌载舞，欢迎红军。

主席台上，坐着朱德、任弼时、贺龙、张国焘、萧克等红军主要领导人。贺龙坐在张国焘身旁。

指战员都入场后，庆祝大会开始。张国焘起身讲话。贺龙半开玩笑半认真地说："国焘哇，只讲团结，莫讲分裂，不然，小心老子打你的黑枪！"

张国焘果然没敢说甚，只说："同志们，静一静，下面由朱总司令讲话！"

红 2、6 军团指战员大都没见过朱德，当朱德站起身后，立时掌声雷动。朱总司令用响亮而有力的四川口音高声讲道："同志们，今天是个大喜的日子。这个日子有三喜：一，今天是我们党的生日；二是我们两支部队经过千难万险，在今天会合了；三是经过党中央的批准，红 2、6 军团改为红二方面军了！"

朱德话音未落，会场上爆发了雷鸣般的掌声。

而后，中央宣布了红二方面军建制：总指挥贺龙、政治委员任弼时、副总指挥萧克、副政治委员关向应、参谋长李达、政治部主任甘泗淇，下辖 3 个军：第 2 军、第 6 军、第 32 军。红 2 军军长贺龙兼，政治委员关向应兼。下辖两个师：第 4 师师长卢冬生，政治委员冼恒汉；第 6 师师长贺炳炎，政治委员廖汉生；第 6 军军长陈伯钧，政治委员王震。辖第 16、17、18 师和模范师，分由张辉、贺庆积、张正坤、刘转连任师长，由晏福生、汤祥峰、余立金、彭栋材任政治委员；第 32 军军长罗炳辉，政治委员袁任远。辖第 94、95 两师，分由萧新槐、王尚荣任师长，由幸世修、谭友林任政治委员。

大会进行到最后时，红四方面军政治部的"前进"剧社为大会演出了节目，有《迎亲人》、《红军舞》等。这是红2、6军团自转战以来，第一次安安稳稳地坐下来看演出。指战员们看得十分开心。

贺龙也看得很高兴。演出结束后，他对剧团团长李伯钊说："给我一些演员，我们也成立个剧社。"

李伯钊说："好哇，我们把最好的演员给你们，再帮你们培养一些。"

第二天，贺龙令人挑些红小鬼，送到了李伯钊那里。这就是后来的120师"战斗剧社"之雏型。

大会由始至终洋溢着热烈而欢快的气氛，两军指战员互相关心，互相爱护，亲密无间，情同手足，处处表现出深厚无比的革命友谊。

大会之后，中共中央电令由红二、四方面军领导人组成西北局，由张国焘任书记、任弼时任副书记，委员为朱德、贺龙、萧克、徐向前、王震、陈昌浩等。经朱德提议，任弼时随红四方面军行动。时张国焘又派了3个人到红2军，替换红2军3个师的政治委员，想从政治上控制部队，但3个人抵红2军后，贺龙没按张的意图办，另行安置。

1936年7月2日，红二、四两个方面军陆续北上。

朱德对此回忆说："贺老总对付张国焘很有办法，不争不吵，向他要人要枪要子弹，硬是要来一个军，尽管人数不多。张国焘对弼时、贺龙都有些害怕呢！一起北上会合中央，贺老总是有大功的！"

## 飘动的篝火

红二、四两大主力决定北上之后，又决定红四方面军兵分三路先行，红二方面军兵分两路紧跟。贺龙令红6师做后卫。正当人马出发之际，贺龙心头一下愁云满布。原来，张国焘见贺龙等不依他意，回到炉霍之后，发电与贺龙等，说他曾答应送给红二方面军的粮食、牛羊等，因他的部队不够用，不能给了。要红二方面军自行筹粮。然甘孜一带粮食早已被红四方面军筹完，民间藏粮已所剩无几。张国焘此举，分明是以粮来卡红二方面军指战员，迫贺龙依附于他。

贺龙对张国焘的釜底抽薪之行径，十分恼怒，然事到临头，已无别的办法，只得下令人马各自筹粮。指战员们虽经努力，也筹措不多，又因粮少不容多留，万般无奈之下，红二方面军继红四方面军之后上路了。

1936年7月14日，贺龙、关向应率领人马最后离开甘孜，由甘孜的东谷出发，直奔阿坝。出发不久，人马即进入茫茫草地。

草地是一望无际的绿茵茵的青草，没有树木，看去生机勃勃，然这里却是死亡的绝地，到处是"陷阱"，人马陷进之后，绝无生还可能。草地的气候，恶劣多变，忽而晴空万里，忽而大雨倾盆，忽而冰雹铺天盖地。

行军第一天，即遇到了雨雪交加的天气，指战员们在泥泞沼泽中行了一天，才走出50多里。到了一座小山上，贺龙下令于小山上宿营。因无干柴生火，大家只好喝了些冷水，吃了几口青稞面，露天宿营，高原之夏夜，仍寒气逼人，一夜过后，许多人病倒了。第二天，天气阴沉，冷风嗖嗖，指战员们又拄着棍子，艰难地上路了。草原上没有路，为了不致陷入泥沼，后边的人踏着前面人行过的地方小心前行。

进入草地的第三天，不少干部战士就断了粮。尤其是红6师，是两个方面军的后卫，不断收拢掉队的人，因而，粮食更缺。贺龙反复指示：无论如何也不能丢掉一个伤病员，全军的骡马都要驮伤病员。贺龙的马早已让给伤病员了，他拄着根棍子，一步步地艰难地向北行进。

越往草地深处走，疲劳、伤病、掉队的越多。出发之际，虽然各级党组织都反复要求节粮，可一些人控制不住，把规定7天的用粮，第四天就用光了。没了粮，只好以野菜充饥。草地上许多野菜有毒，不少人吃了，中毒而死。贺龙即要求共产党员、共青团员成立野菜"试吃组"，由于红二方面军走在最后，许多能吃的野菜已被前边人马吃光，只好跑远路寻找，为找野菜，一些人不慎陷入泥沼中而牺牲。

遍布各师团营连的"试吃组"的党团员，用自己的生命来鉴别野菜，贺龙也亲自带一个"试吃组"，凭着他多年转战山野的经验，鉴别野菜。有了样品，贺龙即令传令兵飞送前后各部队。

行军到第八天时，河水中有了鱼。贺龙即令部队捉鱼，以鱼代粮，草地的鱼不怕人，很容易捉。这些鱼缓解了一下缺粮的危急，不料，再往前走时，鱼又没了。

从甘孜到阿坝，原计划行军10天，由于粮食的缺乏，草地的恶劣气候，指战员的体力不支，行至第10天时，阿坝还遥遥不见。而全军几乎都断粮，吃野菜吃得人四肢无力，脸色发青。贺龙深知情况严重，遂对关向应说："杀牲口吧，不然，走不出草地。"

关向应只得点头。一道令下之后，各部队驮帐篷、物资的牦牛和各级首长的骡马都杀了，每人分得一些煮过的肉带着。前文述过，贺龙的马是在洪湖缴获的范哈儿的川马，名"黑龙驹"，是匹宝马。此马随贺龙转战多年，立下无数汗马功劳。贺龙对马夫老王说："把黑龙驹杀了吧！"

老王不肯。贺龙说："为了多救一名同志啊，你就去杀吧。"

老王哭了。贺龙说："革命成功了，不要忘记黑龙驹的贡献。去吧，让警卫班动手。"

老王含泪走了。

又一个夜幕降临了。草原之夜，是那样的静。天上，寒星眨眼，地上，茫茫的草地，都融化在黑幕之中。在一个馒头状的小山包上，贺龙、关向应坐在一簇簇篝火旁，煮着野菜的茶缸子被火烧得吱吱响。吃罢野菜，夜深了，警卫员们都抱着枪，背靠背地睡了，贺龙站起身，拄着棍，走上小山顶，向北望去，但见那一簇簇篝火，像火龙一样，在草地上延伸着、延伸着，最后，融在那浓浓的夜色之中。贺龙正看着，听到身后有脚步声，回身一看，见是关向应。贺龙拉住关向应的手，说："向应，你看，这簇簇篝火，是革命的火种啊。这火种，从湘鄂西燃烧到了这里，一定能燃烧到陕北，燃遍全中国，星星之火，可以燎原。"

贺龙说完，关向应惊讶说："云卿，你变了。"

贺龙说："哪里变了？"

关向应说："你成了诗人了。"

贺龙笑道："我要能写诗，天下人都要成诗人了。"

正在这时，周素园也拄根棍走了过来，贺、关二人见了，一齐问："周老先生，怎么样？"

周素园说："古往今来，天下英雄，惟红军也。"又问贺、关："二位将军看甚？"

贺龙指着簇簇篝火说："周先生，你看这星星之火，必燃起燎原之势。"

周素园看着，不由点头，随口吟诗道："缘原无垠漫风烟，浊沼横潦步泥滩，随意择地安营寨，巧夺天工胜桃源，野菜煮水果腹暖，干草火烧驱夜寒，帐月席茵枕刀剑，谈笑歌吟到明天。"

周素园吟罢，贺龙、关向应齐道好诗。三人正说着，见前面不远处的篝火旁围满了人，三人过去一看，是甘泗淇正给指战员讲太平天国的故事。故事使人们忘记了疲劳、饥饿，温暖了身子。在这寒冷的高原之夜，在这簇簇篝火旁,那些共产党员、政工干部,都像甘泗淇一样,用革命的道理,激励指战员的斗争勇气。

夜深了,草地上簇簇篝火还在燃烧,一直燃烧到天明。

天明了,篝火熄了,而那颗颗鲜红的五角星,又开始向北方飘动。

一天过去了,又一天熬过了,指战员们以钢铁般的意志,同疾病、饥饿及恶劣气候作斗争。行军到第 14 天,在翻越麻尔柯山时,山上雨雪交加,红 6 师 18 团人马被困在山上,时已天黑,为雨所阻,不能下山,结果,这一夜,全师冻病而死达 174 人。

行军到第 16 天,红二方面军人马终于到达了阿坝。

阿坝是草原中人烟较多之地,素有"草原上海"之称。然这里也不过有几十栋房子和金碧辉煌的喇嘛庙,由于先头部队经过此地,早已把粮征光,当红二方面军人马抵阿坝后,已无法筹措粮食。指战员们把干牛粪里没消化的粮食,菩萨肚里的粮食都搜集到一起,然仍没多少。最后,指战员们把牛皮、马骨头都拣起充饥。严峻的缺粮形势使红军不能久留。人马相继北上,又踏入了川北草原。

川北草原又称松潘草原,位于青藏高原与四川盆地的连接段,面积1.5 万多平方公里。这里草地的气候,更为恶劣,忽而晴空万里,忽而冰雹铺地,忽而大雪纷飞,忽而暴雨倾盆。草原中无有鸟兽,更无人烟,完全处于原始境地。

草地的草由于不断地腐烂,水都变黑,含有毒素。先头部队踩过的地方,成了一条泥水沟,这就成了草地中惟一一条路。

贺龙踏进草地后,手举望远镜向前望去,草地无边无垠,无声无息,像个死亡的世界。向导告诉贺龙,说人马走时,要踩在枯草墩上,不然陷下去就出不来,草地的水也不能喝,有毒。贺龙即令传令兵下命令:不准喝草地的淤水。

红二方面军指战员,为了北上抗日,踏入了这死亡之地。脚踩在草墩上,草墩颤动着,像是大地在颤,没有草根的地方,踩下去黑水没膝。由于草墩不住地被人踩,被污水淹没,后边的人看不清了,一脚踩空,陷入泥水中,越挣扎越深,过去救时,连救的人也都陷进去。

由于淤水含毒,许多人的脚因长时间浸泡或被刺破,浮肿溃烂。

由于缺粮和沿途野菜被采光,病饿而死的人更多了。一具又一具的尸体倒在草地上,卫生人员忙着掩埋,终因牺牲同志太多,埋不胜埋!

贺龙见一战士靠土坡坐在路旁，脸朝北方，肩上有条空干粮带。红五星帽端正戴在头上，绑腿打得整整齐齐，像是坐着休息。贺龙便过去招呼说："同志，快走吧！"

不见回声，再看时，原来这个战士已经牺牲了。贺龙心情难过地摘下军帽，深情地低下了头。

人倒下的越来越多，就在全军难以支持之际，先头部队在葛噶曲河边发现了牛群和羊群。

原来，朱德总司令于先头部队行走时，便想到后边跟进的红二方面军指战员的困难，遂令供给部的杨以山，把驮行李的牦牛和头一天缴获的羊留下来，给后续部队食用。杨以山便带着一个营300人，在噶曲河边扎了寨，等待红二方面军。不料在红二方面军抵达噶曲河之际，牛羊被当地的骑兵抢走不少。

贺龙见了杨以山，紧握着他的手说："你们辛苦了。"

杨以山把情况汇报后，很难过地说："贺总指挥，我们任务没完成好，牛羊被敌人抢走了许多。"

贺龙说："情况复杂，不怪你们。"

当下，贺龙同红二方面军供给部的同志算了一下，连皮在内，每人每天只能分一两半。贺龙表情严肃地说："告诉同志们，这点肉，是我们全军的命根子。敌人打不垮我们，饥饿也难不倒我们，我们是中国工农红军，是共产党领导的队伍。"

贺龙下过命令，又挺着身子，迈着那坚实的步伐向北而去。在他的身后，是红二方面军的千军万马，也踏着他的足迹，向北，向北，一直向北……

当红二方面军进入松潘草地腹地时，向导告诉贺龙，再有3天就能走出草地了。3天的时间，说来不长，而对断粮已多日的指战员来说，要走过这3天，需要无比坚强的意志和毅力。这3天，是草地行军最艰苦的3天，指战员们的体力已消耗差不多了，疾病、饥饿更加严重地威胁着他们，不少人连病带饿，晃着走着，走着晃着，倒在地下就爬不起来了。

贺龙、关向应要求党员、团员、干部在最困难时刻，发挥模范带头作用，冲过难关。

晚上，部队又宿营，贺龙了解情况回到营地，见勤务班几个小鬼正往嘴里塞什么。他们见贺龙来了，其中一个小鬼说："总指挥，吃块吧，可好吃哩。"

贺龙接过来一看，有水果糖大小，焦黄的，闻着还有股香味儿，放在嘴里咬了咬，咬不动，遂笑问道："这是甚呀？"

一个小鬼拿出皮带说："就是这，用火一烧，吃起来可香呢。"说着，又用刀削下一块皮带，放在火中一烧，干牛皮带冒出了一层小泡泡。看着这些小鬼，贺龙心中不由得一阵酸楚，这些小鬼，还都是娃娃，是上学的年龄，可他们为了中国革命，为了劳苦大众的解放，他们在这荒无人烟的草地里靠吃皮带充饥。

贺龙想着，抬眼望着夜空中闪亮的北斗星，心中默默地念着："两天，再有两天，部队就要走出草地了。"

困难是无法想象的，一个又一个中华民族的优秀儿女相继倒下了，烈士们的遗体，排在草地长长的路上，终于排到了草地的边缘。

这天，一早出发，到了下午 3 时左右，指战员们望见远处冒起了烟火，路边也渐渐有了石头，草地也远去了，终于，见到了一间矮房子。草地终于走出了，指战员们都高兴地欢呼起来，不少人还激动地去拥抱那牛屎叠成的房子。

1936 年 9 月 1 日，红二方面军穿过了天险腊子口，到达了哈达铺。这时，这支部队的指战员，一个个面黄肌瘦，蓬头垢面，大都疾病缠身，穿的衣服，也都破烂不堪，真像一支"叫花子"队伍，然而，这是一支坚强的队伍，钢铁的队伍，百折不挠的队伍，勇往直前、战无不胜的队伍。

## "今日之险为最"

哈达铺乃富庶之地，红二方面军于此得到休整，指战员洗澡理发，缝补衣服，焕然一新。

在红二方面军过草地之际，国内的政治、军事斗争风云变幻，日本帝国主义加紧于华北、东北用兵。而两广又爆发了反蒋事变，蒋介石忙于对付两广。在陕北的张学良、杨虎城经中共中央的统战，与红军保持着互不侵犯的状态。因而，陕南、甘南只有敌毛炳文第 37 军和王均第 3 军，这两支敌军，在一、四方面军夹击下，疲于防守，无力进攻。鉴于此，中共中央于 8 月 30 日发布了《一、二、四方面军行动方针的意见》，指出三个方面军的任务是：一、逼蒋抗日；二、同东北军及国民党西北各军谈判，共同抗日，造成西北局面；三、准备丁冬季打通苏联；四、发展甘南作为战略根据地之一。巩固发展陕北苏区。对红二方面军的要求是："速向陕甘交界出动，首先插至王均防线之后占领巩县、宝鸡、两当、徽县、成县、康县地区，再与王均作战。……二方面军向东的结果，首先吸引钟松旅于陕甘交界，使之无法西进，其次相机给王均以打击，再次把陕南苏区与甘南联系起来。……三个方面军的行动中，以二方面军向东行动最重要，（它）不但是冬季红军向西北行动的必要步骤，而且在目前我们与蒋介石之间不久就将举行的双方负责人谈判上也属必要。此外，在保护甲军李毅，使其不受蒋介石可能的打击，以及解决给养补充问题都是必要的。"

红二方面军指战员刚出草地，身体尚在恢复之中，然敌情不允许部队久留。为完成党中央下达的战斗任务，9月7日，贺龙在哈达铺的总指挥部内，召开了会议，研究制定了成（县）、徽（县）、两（当）、康（县）的战役计划，并决定将红2军的第5师改编为第32军第96师。9月8日，总指挥部发布了《第二方面军基本命令》。9月11日，贺龙又下达了实施成（县）、徽（县）、两（当县）、康（县）战役计划的命令，命令下达后，左纵队第6军即沿礼县崖城、红河、罗家堡、天水县娘娘坝、徽县高桥一线，向两当疾速前进；中纵队第2军及31军从理川出发，经礼县上坪、洮坪、江口、成县纸坊镇一线，直奔成县县城；右纵队第6师从宕昌镇（今宕昌县城）出发，沿礼县白河、桥头、肖良、三峪、西河、大桥一线，出击康县，三路人马，斗志旺盛。

时红二方面军进攻的目标，系敌王均第3军与川军孙震部的结合部，敌守备薄弱，因此，进展极为顺利，仅10天的时间，即攻克了成县、徽县、两当、康县四座县城和陕西略阳、凤县的部分地区。

成、徽、两、康地区，地处陕甘边，土地肥沃，水源充足，特产丰富，乃富庶之地。红二方面军指挥部遂令各部队要认真开展群众工作，筹措物资，扩大红军，打土豪，分田地，很快，有两千多贫苦农民参加了红军。9月19日，贺龙参加了在成县召开的有几千人参加的群众大会，成立了成县苏维埃政府。接着，两当、徽县、康县也相继建立了苏维埃政权。一时间，在这偏僻闭塞的陕甘边，出现了群情激奋、浪潮激荡的革命形势。百姓们放声唱道："红布条条胸前挂，一把马刀腰间挎，跟上贺龙闹革命，抗日救国打天下！"

在红二方面军攻占成县等四县的同时，红四方面军也于9月中旬完成了"岷洮西战役计划",开辟了一个新的临时根据地,这时,红一方面军从宁夏豫旺县一带西出,策应红四方面军北上。如此,三个方面军形成了南北呼应、夹击敌人的有利势态,三大主力红军会师之期指日可待。

就在这当儿,蒋介石解决了"两广事变",急调胡宗南第 1 军由湖南兼程北上抢占西兰公路的静(宁)、会(宁)、定(西)段;令毛炳文部向陕西集结;令王均部向武山地区集结;令孙震部进至武都、西固一带,与马步芳部协同作战;令 25 军、49 军、51 军、140 师及东北军、西北军、川军各一部,向红二方面军进攻;令马鸿逵、马鸿宾、东北军的何柱国南北推进,夹击红一方面军的主力。

形势极为严峻。中共中央遂于 9 月 13 日提出了静(宁)、会(宁)战役计划,首先阻止胡宗南部西进,而后以两个月的时间占领宁夏,取得国际援助,再攻打甘肃。红二方面军的任务是以一部分兵力出宝鸡以东地区,滞阻胡宗南部西进,为红四方面军抢占西兰大道争取时间。待三个方面军会合之后,消灭胡宗南部。

9 月 14 日,贺龙、任弼时、关向应、刘伯承联名致电中央,建议由朱德、张国焘、周恩来、王稼祥组成军委主席团,集中指挥三个方面军作战。21 日,中共中央致电红二、四方面军:"我们完全同意任、贺、刘、关四同志的意见,以六人组成军委主席团,指挥三个方面军,恩来因准备去南京谈判,此间军委以毛、彭、王同志赴前线与朱、张、陈三同志一起工作,主席团地点为同心城。"

就在"万事俱备"之际,张国焘又挑起了事端。9 月 18 日,在岷县三十里铺召开的中共中央西北局的会议上,张国焘又提出了西进青海的错误方针,坚持要由临潭西进青海,经循化、乐都,翻越祁连山去甘肃西部。时参加会议的人都反对张国焘的提议并表示要坚决执行中革军委的战役计划,坚决按中央指示精神,红二、四方面军迅速北上与中央红军会师。张国焘见陈昌浩也反对,只得红着脸表示了服从。

散会之后,张国焘飞马回到红四方面军前敌总指挥部所在地漳县,下马之后,汗也顾不得擦,进门就把前指的几位负责人李特、李先念、徐向前等人找来,见几个人进了屋,张国焘抱头放声大哭,说:"我这个主席不干了,让昌浩干吧,我是不行了,到陕北蹲监狱吧。"

原来,张国焘见心腹陈昌浩也反对他的意见,便疑心陈昌浩要趁他与毛泽东等有矛盾之机,要取而代之。所以,他越想越伤心,便在李先念、徐向前面前大哭，以取得李、徐等人同情。

张国焘正哭闹之际，朱德、陈昌浩赶到。众人见张国焘思想不通，只好又在漳县重新开会。当徐向前、李先念听朱德讲明中革军委的战略战役部署后，都认为应当执行中革军委的战役计划。会后，西北局将会议的结果电告了党中央。

9月23日20时，中共中央致电西北局，称："（甲）已照来电向部队大力动员，拥护与庆祝会合胜利，并通知全党、全军注重目前之政治任务，对过去争论一概不谈。（乙）根据自我批评精神和国际指示，讨论了几个月来统一战线工作，正在写决议，不日电达。"

然独断专行的张国焘仍一意孤行，其于9月24日，擅令红31军第93师撤离通渭转向西进。令红四方面军渡河先遣队向永靖开进，准备渡河。同时，要周子昆将此决定电告中革军委，造成西进的既成事实。

9月25日，毛泽东电告彭德怀、聂荣臻，称："（一）四方面军决心向西从永靖渡河谋占永登、凉州，其通渭部队24日撤去。据云渡河后以一部向中卫策应一方面军占宁夏，此事只好听他自己做去。……（二）二方面军如何动作，我们正考虑与电商中。"

9月26日，张国焘一日连发四封电报给中共中央，均言其坚持西进，反对北上会师的主张。毛泽东即复电与张，指出："确息：胡宗南部到洛阳，本月底其后续将到齐。四方面军有充分把握控制隆、静、会、定大道，不会有严重斗争，而一方面军可以主力南下策应，二方面军可向北移动钳制之，背后粮食不成问题，若西进到甘西，只限青海方面，而后行动困难。"

9月27日，中共中央书记处、政治局召开紧急会议，讨论红四方面军的行动方针问题。毛泽东、周恩来、彭德怀致电朱德、张国焘、陈昌浩、徐向前并转贺龙、任弼时，要红一、红四两方面军合力北进。红二方面军在外翼制敌。

时张国焘的处境很孤立，最后，只得放弃西进计划，同意北上。

9月28日，红四方面军总指挥部发布了《通庄静会战役计划》，争取迅速与红一方面军会合，相机消灭胡宗南西进先头部队，巩固扩大陕甘宁抗日根据地；争取抗日友军，并以接通苏联为目的。

毛泽东对张国焘放弃西进计划表示欣慰，是日两次致电彭德怀并转聂荣臻，指示红一方面军部队立即南下，策应红四方面军北上。

在红二、四方面军取得岷洮西和成、徽、两、康战役的胜利之后，本应迅速实现"静会战役计划"，由于张国焘的反复阻挠，贻误了战机，不仅静会战役计划未能实现，且胡宗南、毛炳文、王均等敌得以靠拢，国民党第 3 军之 35 旅及补充团占据了成县，川军孙震则由武都进至康县一带，企图与胡宗南、毛炳文部夹击红二方面军。时红二方面军陷于被夹击之险。面对严重敌情，贺龙、任弼时、关向应、刘伯承联名致电中革军委和朱德、张国焘，建议红二方面军经天水、宝鸡间北渡渭河，移至清水、张家川、莲花镇地域，这样一方面可策应一、四方面军之会合，同时能背靠一、四方面军争取休补。

10 月 2 日 13 时，毛泽东、周恩来复电贺龙，称："同意你们 6 日开始经天水以西向通渭转移，以 4 天行程到达的计划，盼坚决执行。"

10 月 3 日，贺龙以总指挥名义下达了作战命令：以第 6 军为右纵队，于 4 日始进到麻家寨，5 日进到白纳峡，封锁消息，6 日进到平南川东端，而后取道盐关北端、甘谷西端的盘安镇及礼辛镇东端向通渭进；以第 2 军及 32 军为左纵队，于 4 日傍晚前，32 军军直、96 师及 94 师主力转移到颜家角，并由 94 师主力中派一部对牛笼川、江洛镇严密封锁消息。94 师零 1 营留横川镇及其以北路上，对郭家笼、下店子封锁消息，各伪装固守模样，以吸引敌人。5 日拂晓前，左纵队主力应开向高桥，是夜于高桥南宿营。94 师在尽了迷惑吸引敌人任务后，则于 5 日半夜撤收跟进，此后，左纵队全部则取道娘娘坝、天水镇、盐关镇西端武山东端的乐善镇及礼辛镇向通渭前进。

在贺龙下达命令之际，中共中央致电张国焘，要其在武山、甘谷方面布置相当的兵力，掩护红二方面军转移。此后，又致电张国焘，要其"派有力部队占领庄浪，在通渭、庄浪两地部队均向泰安迫近、游击，以确实掩护红二方面军转移"。

正当红二方面军收拢部队准备出击之际，敌胡宗南所属新 1 军、王均的第 3 军、毛炳文的 37 军，渡过渭河，杀向红二方面军。贺龙发现敌情严重，急发电向朱德、张国焘报告，请四方面军策应。次日收军委复电，才知张国焘没执行中央命令，而将人马西撤了。贺龙知道后，气得拍案大骂张国焘。当下，急令人马迅速抢渡渭水北进，然为时已晚，敌已四面围攻。刘伯承与川军孙震原有旧谊，遂草成一书，急派人送孙震部。孙震见了，果然按兵不动。时红 6 军第 16 师与敌激战，虽将敌打退，师长张辉却光荣牺牲。红 6 军在礼县盐官镇之罗家堡、龙池一带，遭敌王均部伏击。红 6 军仓促迎战，军直和模范师陷于重围。敌飞机亦轰炸，战斗十分激烈，经奋战方冲出重围。而红 16 师仅一部分冲出重围，多数壮烈牺牲，师政委晏福生身负重伤，失掉一臂。红 2 军的第 4、第 5、第 6 师 3 师也与敌展开了激战。卢冬生率红 4 师激战时不支，使不少人马为敌所俘。红 6 师 17 团竟被毛炳文部切在后边。可叹这 1 团人马，长征以来，千难万险都闯了过来，没料到在即将与中央红军会师之际，竟遭优势敌军之毒手。

贺龙率主力人马向渭水急进，由于行军速度太急，竟有数千人掉了队。行至海源时，遇到敌机轰炸，有一发炮弹落在贺龙身边，炸弹爆炸的气浪竟将贺龙掀翻马下，惊得勤务兵都围了上来。看时，贺龙安然无恙，而他的战马和身边警卫均被炸死。众人无不弹冠相庆，都道贺龙是福将，枪弹均远离其身。贺龙拍拍身上土，道："我戎马半生，遇险无数，今日之险为最！"

10 月 10 日，红二方面军抵达甘谷、武山一带，准备抢渡渭水，不料因上游下了暴雨，河水骤涨，人马过河时，又被急流卷走了许多。

## 三大主力胜利会师

红二方面军过渭水之后，敌仍紧紧尾追，贺龙即令卢冬生断后。敌竟用飞机投下恐吓信。谓贺龙人马不降，即在数小时内聚歼。贺龙将信撕掉，传令卢冬生，狠狠打击敌人气焰。

当红 12 团与追敌激战之际，贺龙率主力登上了六盘山顶。时值深秋，天高云淡。贺龙站在山顶，白云从头顶飘过，他放眼南望，那起伏的山峦，延伸到遥远的天际。他不由得感慨万端。自己和无畏的红军指战员，就是从那天际边一步步走过来的，在这条漫长的道路上，无处不洒着红军指战员的鲜血。他不由感叹地说："共产党的历史，每个字都是烈士的鲜血写成的啊！"他又回转身来向北望去，但见那长城蜿蜒起伏于群山之中，伸到了远方……

贺龙只觉着周身涌着热血，他大步向山下走去，在他的身后，是历经千难万险，历经千锤百炼的高举红旗的红二方面军指战员。

当贺龙率主力翻过六盘山后，即下令红 12 团撤退。

贺龙率领红二方面军指战员经过半个多月的苦战，终于继一、四方面军于 10 月 8 日会宁会师之后，于 22 日，率右纵队到达隆德将台堡，同红一方面军主力胜利会师。

草枯叶黄谷上场，秋风阵阵催人忙。陕北10月，天高云淡，秋高气爽，正是收获的黄金季节，到处是丰收的喜悦。经过千难万险，转战两万五千里，九死一生的红军将士们彼此相见，无不激动万分。贺龙、任弼时、关向应、王震、左权、聂荣臻、邓小平等于此亲切会面了。

这天，红一、红二两个方面军在将台堡召开了盛大的联欢会，庆祝两军胜利会师。指战员们都无比激动，其兴奋欢乐之情难以形容。至此，红军三大主力经过艰苦奋斗，终于胜利会师，长达两年之久的长征胜利结束。

三个方面军会师之后，敌即集重兵卷土重来。蒋介石调集十几个师的兵力追击红军，要趁红军立足未稳，将红军聚歼于黄河以东靖远地区。

10月23日，西北革命军事委员会副主席、红一方面军司令员彭德怀致电毛泽东，提出了关于宁夏战役的部署。当天下午，朱德、张国焘率红4军、红31军抵达打拉池，与彭德怀会合，共同商讨了宁夏战役计划。24日，中革军委致电红军总部，同意彭德怀拟就的宁夏战役计划。25日，朱德、张国焘、彭德怀联合致电中革军委和红二、四方面军，提出执行宁夏计划的具体部署：红四方面军主力应速渡黄河，抢占一条山、五佛寺、永登、红城堡一带要点；红二方面军主力组成钳制部队在将台堡、赵化川一带活动，吸引敌人；红一方面军主力则集结于同心城一带，准备渡河，占领宁夏，接通苏联。时中革军委同意朱、张、彭的意见，并任命彭德怀为前敌总指挥兼政治委员、刘伯承为参谋长。

贺龙接到中革军委的作战命令，即按指令率总指挥部和左纵队，移至隆德县硝河城、穆家营一线，右纵队红6军亦抵硝河城，配合红一、四方面军歼敌。

10月26日，毛泽东、朱德、张国焘、周恩来、彭德怀、林彪、贺龙、任弼时、徐向前、陈昌浩等46人，联名致电蒋介石及西北各军将领，指出："日寇的凶焰益张，华北分离，绥宁沦亡，已经迫在目前……局势至此，非抗战不足以图存。""民族危机已到最后一刹那了，内战还是抗战，决定的关键是操纵在诸先生手里。……我们热诚地盼望诸先生给我们满意的回答。"

虽然中共46名将领发出了致蒋介石和国民革命军西北各将领书，然胡宗南部仍向红军发动攻击。10月27日，红5军在会宁一带与胡宗南部激战，全军伤亡近900人，军长罗南辉牺牲。毛泽东闻知，急电彭德怀，谓与胡宗南决战，打击胡敌，关系重要。要彭与贺龙、任弼时、聂荣臻、徐向前诸将领商议歼胡敌计划。

11月16日，中共中央派周恩来代表中央带着人民剧社到红二、四方面军慰问。时贺龙驻在洪德城，当周恩来与贺龙会面时，贺龙紧紧握着周恩来之手，激动得一时说不出话来。贺龙自1928年初在上海与周恩来分别，弹指间10年过去，而今，两位中共领袖又于百难之后，在陕北黄土高原上会面，自然要激动万分了。

周恩来问贺龙："三个方面军会合了，今后军事指挥怎么办？"

贺龙说："归彭指挥吧。"

周恩来对贺龙的态度，大为赞赏。时任弼时已调任前敌总指挥部任政治委员，红二方面军政治委员由关向应担任。

贺龙对此回忆说："三个方面军要设总指挥部的问题，周总理到洪德城征求我的意见，还先找关政委谈，我说要彭德怀指挥嘛！一盘棋嘛！我服从他嘛！周总理亲自找我谈的。"

周恩来同朱德、张国焘、任弼时、贺龙等会面后，即参加了前敌总指挥在山城堡举行的会议，一起拟定了山城堡战斗部署，决定三大主力协同作战，狠狠打击胡宗南部。

11月18日，毛泽东、张国焘、彭德怀、任弼时、朱德、周恩来、贺龙向红一、二、四方面军及各兵团军事政治首长发出了战斗动员令，谓"山城堡一战，关系苏维埃，关系全中国，要求指战员勇敢冲锋，不怕牺牲，夺取此战之胜利"。

11月21日下午2时，山城堡战斗打响。经过指战员们的浴血奋战，胡宗南部第78师第232旅全部及234旅两个团被歼灭。胡敌进犯盐池、定边的左路第1旅亦被击溃。

山城堡战斗，是红军三大主力会师后的第一仗，也是第二次国内革命战争的最后一仗。

12月7日，中革军委主席团转发了中华苏维埃中央政府关于扩大中央革命军事委员会组织的命令，命令决定毛泽东、朱德、周恩来、贺龙等23人为中央革命军事委员会委员，并以毛泽东、周恩来、张国焘、朱德、彭德怀、任弼时、贺龙7人组成军委主席团。

12月12日，震惊中外的西安事变发生了，历史又掀开了新的一页。贺龙一生的光辉历史，也随之又翻开了新的一页。

# 第十二章 抗击倭寇

## 红二方面军的反军阀主义

西安事变爆发之后，12 月 14 日，红军前敌总指挥部司令员彭德怀、政治委员任弼时根据中革军委主席团电示，发布了命令，命令红一方面军为第 1 梯队，于 12 月 15 日到西峰镇附近集结；命令红二方面军为第 2 梯队，于 12 月 16 日到庆阳以南地域集结；命令红四方面军的第 4、第 31 军为第 3 梯队，于 16 日到庆阳附近集结。时红二方面军人马正在环县以西地区整顿。贺龙接到命令，即率人马向庆阳进发。当人马行至距庆阳城 2 里之遥时，贺龙下令部队停止前进，在城外宿营。原来，城内驻有东北军的一个团。贺龙对左右说："庆阳为友军驻防，我们路过这里，不要打扰他们。"

而后，贺龙、关向应等在距城六七里外一个小村子驻下。

12 月 17 日，前总电令贺龙，令其率部于月底到达甘泉、延安。于是，贺龙、关向应又率人马向东行动。

12 月 24 日，蒋介石接受了抗日条件，西安事变和平解决。贺龙奉前总指示，率部在合水、盘谷镇一带进行休整。1937 年 1 月 4 日，又奉中央命令，南下淳化地区集结。

时中共为扩大抗日统一战线，发动党政军领导，给与他们熟悉的国民党内的党政军界的高级官员写信，促蒋介石履行其在西安达成的协议，坚决抗日。贺龙即给国民党第 37 军军长毛炳文写了信。贺龙与毛炳文曾换过帖。时为 1926 年 5 月，贺龙率师北伐由黔东开赴湘西时，毛炳文为贺耀祖师的参谋长，在湘西沅陵，贺龙与毛炳文结为金兰之好。

1 月 6 日，中革军委主席团命令贺龙率部于 3 日内赶到三原县云阳镇集结，当日，贺龙即率部出发，经庆阳、淳化，出山口进入关中平原。1月9日，红二方面军总指挥部抵达三原县。

三原乃关中平原上的一个县，其县位于陕西省中部，泾河下游北岸，北魏置县，水利发达，盛产粮棉，乃富庶之地。

时驻三原的为西北军赵寿山的17师，该师在泾阳还驻有一个营。贺龙派人与赵寿山联系，双方协商了红军的驻地，于是，红二方面军总指挥部驻在了三原县的云阳镇。

红二方面军人马驻下后，贺龙、关向应即派出干部到三原、泾阳城内设立联络处，以便与驻县城的国民党军政机关及抗日救国会等民众团体进行联络，扩大红军的影响，增强红军与各方的团结。时红军前敌总指挥部驻泾阳县的安吴堡，1月11日，博古来到了安吴堡，贺龙、关向应、王震、萧克、陈伯钧等均赶赴安吴堡。博古遂讲了西安事变的产生、事变中中共的路线方针及胜利、放蒋后国内政治上的变动及趋向、红军当前的任务。是日下午，彭德怀又召集了军以上干部谈话，内容是关于军事训练、管理及军风纪等问题，博古又补谈了西安事变后国民党内部的情形。会议一直开到深夜，待贺龙等赶回云阳时，东方天际已出现了鱼肚白。

贺龙顾不上休息即召集了干部会议，传达了各方面情况。贺龙说："汪精卫回国，表示愿意精诚团结，愿赴国难，然其对红军、对苏维埃仍取敌对态度，对人民战线仍取怀疑态度，只是不承认'共同反共'的口号罢了。"贺龙稍停又说："日本重又布置进攻绥远、华北，察省日伪军调动甚忙，估计战事在月底可能爆发。南京当局现在只有马上驱逐亲日派、奋起抗战才是惟一出路。"贺龙话题一转又说："目前我们仍在与蒋介石谈判之中，关于对红军的补充、组织编制、经费问题，待张学良从南京返回后或远方（指苏联——作者注）打通后方可改变。关于国际局势，欧洲局势日趋紧张。德、意、日企图以防共为名，大找殖民地。最近，德、意两国军队增援西班牙，意对英在地中海威胁较大，因此，英法联合战线较前进一步巩固。因日本在东亚独占中国，驻兵长江各口岸，对英在华势力大加打击，所以，英国现在比较支持南京抗日派反对亲日派。"最后，贺龙说："现在国际上是侵略战线与和平战线之争，国内则为抗日分子与亲日派之争，这种斗争日渐强化。"

数日后，周恩来、博古、王稼祥、彭德怀、任弼时联合签发命令，命令红二方面军人马移至富平、蒲城间，以威胁渭河、洛河间的胡宗南部。

当下，贺龙率人马向富平方面移动，行抵同官县（今铜川）后，即驻扎于此。时红6军团驻流曲，红2军团驻底店镇、薛镇，贺龙与红二方面军总指挥部驻陈炉镇。陈炉镇古时即以盛产"耀州瓷"而著称，该镇也因此得名。

在陈炉镇，红二方面军举行了党代表大会，大会通过了《二方面军党代表大会决议案》。

决议要求红二方面军要以极大的力量"担负组织人民和友军对日作战的任务"。大会选举产生了中国共产党红二方面军委员会。当选的党委委员有贺龙、关向应、政治部主任朱瑞、副主任甘泗淇、组织部长刘亚球、民运部长朱明、4师师长卢冬生、政治委员李井泉、6师师长贺炳炎、政治委员廖汉生及陈伯钧、王震、萧克、张子意等。

会议刚刚结束，任弼时即接到洛甫、毛泽东的电报，要任弼时赶赴延安出席中共中央政治局扩大会议，并要任弼时通知彭德怀、贺龙在10日内秘密到会。

贺龙接到中央指示，即于3月16日同任弼时一起赶赴延安。

3月23日，中共中央政治局扩大会议在延安召开。会议首先讨论了西安事变和平解决和国民党五届三中全会以后，国内抗日民族统一战线的形势和中国共产党的任务，继而揭发批判张国焘的错误。到会的除政治局委员和候补委员外，还有红军军以上干部参加，共56人。会上，毛泽东、朱德、任弼时、洛甫、博古、凯丰、贺龙、林伯渠、董必武、彭德怀等都发了言。与会者以无可辩驳的事实，揭露和批判了张国焘的逃跑主义、军阀主义和分裂党的阴谋活动。贺龙于会上发言说："国焘同志，我们相识也有多年了，你给我留下什么印象呢？南昌起义关键时刻，你跑到南昌，要暴动停止。10年后，我们在甘孜会了面，我才了解到你又在党内称王，逼迫毛泽东、周恩来带部队连夜北上，使刚刚会合的红军又分离。二、四方面军会了师，你取消了第二中央，继而北上。这是由于你的南下失败，转入西康受阻，在不得已的情形下，只好取消中央，这是一；第二，你之所以同意北上，是二方面军的逼迫结果。你虽然采取了各种方法，企图逼迫二方面军的领导同意你的路线，但受到二方面军布尔什维克的反对，还有四方面军广大的红色指战员坚决要求北上会合一方面军。这样，你才被迫取消第二中央，实行北上。"贺龙加重语气指着张国焘说："当年，当你是共产党员的时候，我还是个'军阀'；现在，我做了共产党员，你反而成了军阀。"

贺龙的发言博得了与会人员的赞赏。

3月31日,会议通过《关于张国焘同志错误的决定》。

张国焘在会上痛哭流涕地作了检查,他表示以后绝对忠于党。他一把鼻涕一把泪地说:"经过中央政治局扩大会议许多同志对于我的错误的彻底揭发,使我对自己的错误有更深的了解。的确,我的错误是整个路线的错误,是右倾机会主义的退却路线和军阀主义最坏的表现,是反党反中央的错误。这错误路线不仅在各方面表现它的恶果,使中国革命受到损失,而且造成极大罪恶,客观上帮助了反革命。"

张国焘讲得很好,谁知到了第二年——1938年4月17日,其在武汉宣布自行脱党,成了中共的叛逆。4月18日,中共中央开除了张国焘的党籍。

贺龙开罢会,即返回了陈炉镇,传达了政治局扩大会议情况。之后,红二方面军一面开展了批判张国焘错误的斗争,一面进行军政整训。军政整训首先是党的组织的整理,各军师团都召开了政治工作会议。整训从基层组织开始,对每个党员的思想、工作都进行了鉴定,进行党的基本知识和统一战线政策的教育。经过一个月的教育,部队的党小组、支部和总支都进行了改选,发展了一大批新的党员,二方面军还统一规定了整个部队的党日制度。

在组织整顿的同时,各部队进行了系统的大规模的军事训练。为此,二方面军组成了教导团,设五个大队,分别抓团、营、连、机关干部的学习和训练。

就在整训搞得红红火火之际,上级突然来了指示,在红二方面军中开展一场反对军阀主义、突击主义的斗争,矛头首先对准卢冬生。卢冬生很委屈,贺龙说:"冬生,这不是冲你,是冲我来的。"

由于贺龙在红二方面军威望极高,这场斗争没能搞下去,不了了之。7月5日,关向应撰文指出"二方面军的领导者是贺龙同志,他是布尔什维克队伍中的久经锻炼的战士,他有丰富的斗争经验,有热烈的革命情操,有不屈不挠的革命坚定性,他是南昌暴动的主要领袖之一,他10年来继承南昌暴动的革命传统,领导红军,为苏维埃政权而斗争。今年的'八一'是红军10周年纪念,对他光荣的过去,致以革命的敬礼!我们相信,这一伟大红军领袖,在党的路线下,团结着二方面军全体指战员,为中华民族解放、社会解放而奋斗到最后胜利。"

关向应的文章，说出了红二方面军指战员爱戴贺龙的心声，也消除了这场反对军阀主义的错误斗争的影响。

贺龙对此回忆说："我们从云阳镇到陈炉镇，在陈炉镇开党代表大会，这是个反 120 师的斗争会，在政治工作方面反突击主义，在军事方面反军阀主义，彭德怀、左权都出席了会议，为什么要反突击主义呢？长征中，打完仗，在一个地方只能住一个星期，有时白天打仗，晚间休息，还要发动群众，搞扩兵，处理伤员、病员。司令部、政治部、后勤部做这些工作，特别是政治部更要做这些工作。两个争论，一个最大的争论就是政治工作是突击性的，支部工作是经常性的，但是也有突击性，打一个仗，把一个连打光了，要重新组织一个连，重新组织一个支部，你们分析一下，这能不能说是突击主义呢？这是突击性还是突击主义呢？提到那时有人反映二方面军质量问题，我说：'一路上蒋介石军队对我们两面夹击，中央红军走后，给我们留下了 3 个东西，一是平碉堡，二是收容伤病员，三是兑换苏区的票子，1 块白洋换 1 元苏区票子，部队未有休息整理嘛！'到云阳镇，总部开会，反我的军阀主义。他们从正面提出，说二方面军有军阀主义，但不提我的名字，我不接受，我反抗，他们反不下去。以后在庄里镇又开会，进行反，怎么能反得下去呢？于是就反卢冬生，卢冬生是替死鬼，他是替我的。我说：'反我吧！'总部在云阳镇开了两次会，斗我是一次，配备干部是一次，差不多红二方面军的主管干部都给弄下去了。我是不走的。有中央命令我才走，没有命令我是不走的。赶是赶不走的，我还叫王震也不要走。到陈炉镇开党代表大会，实际上是反关向应。在云阳镇反对军阀主义，实际上也是反关向应。云阳镇的会、陈炉镇的会都是这个题目，说我骂人，就是要赶我走，就对我不相信嘛！我是下命令就走，不下命令就是不走，看他怎么样。我和关政委、王震 3 个人，跑去找毛主席，在我们脑子里就是一个主席。"

1937 年 5 月 2 日，苏区代表大会在延安召开，萧克、廖汉生、卢冬生、陈伯钧等作为红二方面军的代表参加了会议。会议结束后，卢冬生到了陈炉镇来见贺龙，他很兴奋地对贺龙说："大会开得真好，10 年来没有到后方参加这样的大会了。全国同志都集中在一起，真是难得呀。听了毛泽东主席的报告，听了徐老、谢老、朱老总的发言，还有少奇、亮平（吴亮平）、博古、洛甫的发言，人民剧社、延安师范学校还为大会表演了新刷。大家发言都很热烈，这几天的会使我长了不少见识。"

贺龙听了，手握烟斗沉思一刻说："冬生，这些日子我一直想，你打仗勇敢，有勇有谋，人也年轻，前途无限，就是马列主义学得少，应该到学校学学才好。我和弼时讲了，我们二方面军肃反扩大化的时候，知识分子几乎杀光了，打算派你到苏联学习。弼时同意我的意见，中央也赞同。你意呢？"

这实在太突然了，卢冬生说："贺总，我……我能行吗？我不会俄文。"

贺龙说："不会学么，学好了，你就能文能武了。"

卢冬生实在舍不得离开贺龙和红二方面军。从南昌起义以来，10 年了，他一步也没离开过贺龙，一步也没离开过红二方面军，这支部队，融进了他的心血。贺龙深知卢冬生此刻的心情，他说："冬生，去吧，这是革命的需要。"

数天后，红二方面军总部移驻庄里镇，贺龙沽酒为卢冬生饯行。之后，卢冬生便洒泪告别了贺龙和红二方面军指战员，去了苏联。

## 东渡黄河

1937 年 7 月 7 日，七七事变爆发了，日本帝国主义开始了全面侵华战争，中华民族抗战也由此全面开始。8 月 22 日，国民政府军事委员会根据国共两党谈判达成的协议，宣布红军主力为国民革命军第八路军。下辖第 115 师、第 120 师、第 129 师 3 个师，林彪、贺龙、刘伯承分任师长。

8 月 25 日，中共中央革命军事委员会发布命令，宣布将中国工农红军第一、第二、第四方面军和陕北红军等部改编为第八路军。朱德、彭德怀任正副司令员。

9 月 11 日，军事委员会又依全国战斗序列，将第八路军改为第 18 集团军，划归第二战区，由阎锡山指挥。

时第 120 师由红二方面军红 6 军、红 2 军、红 31 军及陕北红 27 军、红 28 军、总部特务团 1 个营、赤水警卫营、独立 1 师、独立 2 师编成。师长贺龙，副师长萧克（兼警备司令），参谋长周士第，政训处主任关向应，副主任甘泗淇。

9 月 2 日，陕北高原一个风和日丽的天气，第 120 师在富平县庄里镇举行抗日出征誓师大会。会场设在南门外河滩上，这地方平坦宽敞，用木桩、木板芦席搭了个检阅台，台子左右贴着标语，台子上方贴着第"120师誓师大会"的横幅标语。会场布置得庄严隆重。

上午9时，大会开始，朱德、任弼时、贺龙、关向应、萧克、王震等登上主席台。随即，几十名号兵齐吹军号，雄壮的号声，给大会增添了激扬庄严的气氛。朱德首先讲话，他针对指战员对换青天白日帽徽想不通，开门见山地说："同志们，穿灰衣服，戴白帽徽，你们想不通，甚至一些高级干部思想也想不通，这个心情我们理解。毛主席说了，红军改成国民革命军，统一番号可以，但有一条，就是八路军一定要在共产党的绝对领导之下。"

朱德的发言博得全场热烈的掌声。接着任弼时讲话。他集中讲了建立抗日民族统一战线和红军改编为八路军的伟大意义，号召全体指战员在党中央和毛泽东的领导下，更加团结一致，发扬红军英勇果敢、不怕牺牲的优良传统，坚决打击日本侵略者，杀敌立功，做抗日的模范，要以直捣"黄龙"的精神，把日寇驱出中国。

贺龙接着发言，他以健壮的体魄和标准的军人姿态屹立在检阅台上。他亮开洪钟般的声音说："同志们，朱总司令、任主任给大家讲得很详细，我们中国工农红军改编成国民革命军八路军，这是党中央的决定，我们大家都要执行。以我本人来说，灰军装我穿过，白帽徽我戴过，青天白日旗我扛过，想到这我心里就难过，像做错了事一样。后来，我好不容易找到了中国共产党。我脱了皮鞋穿草鞋，高楼不住钻芦苇，几乎天天吃苦，天天受累，这样做是为了穷人的翻身解放。今天，日本侵略军正践踏我们的国土，正烧杀我们的父老兄弟，全国抗日斗争的形势日益高涨。这形势，是我们党和全国拥护抗战的各界人士与全国人民争取得来的，来得不易。大敌当前，我们斗争的主要对象是日本侵略者了。国民党军队过去曾是我们的敌人，今天成了我们的友军，这就是中国人不打中国人，枪口一致对外。"贺龙提高嗓音又说："从大革命失败到现在，10年了，我们和国民党军队日夜拼杀，可以说是仇深似海。光我一家，就被他们差点杀光。但是，为了共同对付日本帝国主义，我愿带头穿灰军装，戴白帽徽，以此换得国共合作抗日的大局，这是非常值得的。"他又说："同志们，别看帽徽换了，我们的心没换，心是红的，永远是红的，永远是忠于党的！"他把手一挥："我们的军队永远是党的军队！"

贺龙的发言，像洪湖的浪涛，在指战员心中掀起了波澜。

9月3日，贺龙指挥第120师人马分别由富平的庄里镇、流曲镇出发，经蒲城、白水、澄城、会阳到达了陕西入晋的重要渡口芝川镇。

1937年9月9日，八路军第120师除留第718团和几个直属营保卫河防和陕甘宁边区外，主力358旅、359旅（欠1个团）2个旅和教导团共8227人，在贺龙率领下，乘木船东渡黄河，向抗日前线挺进。

当贺龙率120师渡过黄河之际，日军已占大同、察南、晋北地区，并兵分3路继续开进，一路准备从大同沿同蒲路南下直取太原，另外两路准备直取晋察冀3省的战略中枢恒山地区。日军战略计划是占领恒山地区后，再向两翼迂回，一路由广灵进攻灵丘、平型关，配合中路取太原，一路由蔚县进攻涞源，进攻平汉路国民党军的右翼。

山西方面为第二战区。山西的万里山河，地势雄伟，乃北部天然堡垒，又是拱卫陕甘西北之屏障。阎锡山从1935年起，即于山西东部构筑国防工事，主要是从正太路的娘子关及以北的龙泉关、平型关等各主要通道地区，构筑成有纵深配置的防御工事。

中国方面第二战区有四个集团军一个预备军，辖10个军。第二战区司令长官阎锡山，第6集团军总司令杨爱源、副总司令孙楚。第7集团军总司令傅作义。第18集团军总司令朱德、副总司令彭德怀。第13集团军团长汤恩伯。第33军军长孙楚兼。第34军军长杨澄远。第35军军长傅作义兼。第61军军长李服膺。第15军军长刘茂恩。骑兵司令赵承绶。副司令门炳岳。骑兵第2军军长何柱国。东北挺进军司令马占山。预备军总司令阎锡山兼。第19军军长王靖国。

8月27日，日军关东军本多政材的混成第2旅团占领张家口后，东条英机即根据其统帅部关于占领大同、集宁、包头，控制平绥铁路的作战计划，于9月5日进攻大同。

李服膺的第61军与日军激战7日，人马溃退，雁北大片国土为日军所占，国内舆论哗然。阎锡山大怒，杀了李，借李之头平息了国内舆论。接着，阎锡山即组织忻口战役。

鉴于敌情发生了变化，9月17日，毛泽东致电朱德、彭德怀、任弼时、林彪、聂荣臻、贺龙、关向应、刘伯承、徐向前，决定变更原定八路军全部去恒山的计划，改为3个师分开配置。

9月25日，毛泽东又发电指出，八路军要实行独立自主的山地游击战。

彭德怀在忻县见到了贺龙,彭向贺龙传达了中央和毛泽东的指示。贺龙听了,手端烟斗说:"打游击战,是我们的拿手戏。"

彭德怀说:"120师当以宁武、神池为中心,在五寨、岢岚、岚县、河曲、偏关、保德一线地区组织和武装群众,进行游击战争,再派一支部队出雁北,到敌后开展游击战。你看派谁合适?"

贺龙略加思索说:"我看派宋时轮吧。"

彭德怀点头,又说:"总部决定要王震率359旅东出五台,到五台以北的豆村一带相机作战,此去脱离120师的建制,由总部指挥。"

王震这人马一去,使120师兵力少1旅。然而贺龙二话没说,只道:"一切由中央和总部安排。"

彭、贺会面后,贺龙即率人马进入管涔山区。

晋西北地处黄河沿岸,有宁武、神池、五寨、岢岚、岚县、河曲、偏关、保德、兴县、静乐、临县、离石等县。这一地域,土地瘠薄,粮食产量低,百姓贫困。9月28日,贺龙率领第358旅到达了神池县的义井镇。在这里,贺龙主持召开了军政委员会会议,讨论挽救时局、协同友军打击日寇的措施。贺龙说:"敌今已占领雁北与同蒲路两边的大部分县城,气焰嚣张,正在攻打雁门关、阳方口一线。我们的任务是协同友军,打击敌人,发展晋西北游击战争,建立晋西北与雁北的抗日根据地。"

会议决定,由716团团长宋时轮带该团第2营和团侦察连组成雁北支队,挺进朔县敌占区开展游击战;师部主力于神池、宁武地区发动群众,开展游击战。张宗逊率716团主力随师部一起行动,进到神池西北50里之遥的古湖村地区相机侧击井坪南进之敌;关向应、甘泗淇率由师部政治部和教导团组成的700多人的地方工作团,分赴岚县、岢岚、静乐、兴县、五寨14个县,发动群众,组织抗日武装;李井泉率715团及骑兵连到神池以西、五寨以北地区,相机击敌;廖汉生率部分队伍到广武、雁门关、太和岭一带活动。

9月25日,平型关战斗打响,林彪指挥115师打垮日军第21旅团,取得抗战以来第一个大胜利。

10月13日,忻口战役打响。时国民党第二战区集中了总兵力的二分之一,计13万人,依托山地,抗御日军。

当忻口战役激战之际,贺龙要廖汉生、贺炳炎、张宗逊、李井泉、王尚荣率部破坏日军交通线,全力支持友军。任务下达后,王尚荣率715团夜袭了原平县城西人常村，这里驻有日军辎重部队。消灭了鬼子白余名，烧毁了坦克、装甲车各一辆；贺炳炎率716团偷袭了十里铺，烧毁了日军汽车十几辆。贺龙又令贺炳炎、廖汉生率组成的贺廖支队，北插雁门关，伏击日军的交通线。在雁门关下的黑石沟，伏击了日军从阳明堡开来的军车几十辆，毙敌200多人，使日军300多辆军车受阻。与此同时，宋时轮率部在大同附近，不断破坏日军交通，王震也率717团在阳明堡以南伏击了日军的车队。

120师各部对日军的不断打击和骚扰，迟滞了日军对忻口战役的增援，有力地支持了友军的战斗，南京政府给予了嘉奖。

## 蒋介石说他再也不想见贺龙

阎锡山见忻口战役其人马损失惨重，娘子关又失守。1937年11月2日下令撤退，保卫太原。

然兵败如山倒。11月8日，太原陷落，继而日军又占交城、祁县、平遥。太原失守后，毛泽东指示八路军由正规战全面转为游击战。11月14日，贺龙率师部到了岚县，与在岚县开展群众工作的关向应、甘泗淇会合，商讨了如何落实毛泽东的指示。此后，贺龙、关向应即率120师在汾阳、离石公路以北、同蒲路以西的晋西北全境，展开了游击战，同时进一步开展地方工作。并与共产党在这里组织的抗日团体牺盟会、战动总会结合在一起，仅20多天，就发动了5700余人的抗日自卫队。

此后，贺龙、关向应又率120师主力从岚县来到忻县西南的庄磨镇，指挥人马先后攻占了平社、豆罗、关城镇、石岭关、麻会等据点，袭击了旧关、井陉、原平、太原飞机场和火车站，歼敌500余人，完全切断了正太路、同蒲路、太原至忻县的铁路和公路。

1937年11月28日，在岚县的福音堂，120师军政委员会召开了会议。会上，贺龙对全师11月份的工作进行了总结。他说："这一个月中，军事上我们是积极活动的。当敌人向太原大举进攻之际，我们派出张宗逊、李井泉、贺炳炎、廖汉生率部尾敌追击，原打算到太原以西地区袭击敌人，协助友军打好太原保卫战，但我军尚未到，太原即失守。眼下，张宗逊、李井泉仍在太原、文水、交城线上，贺炳炎、廖汉生已直捣汾阳以西、离石以东的吴城镇，在那里打击敌人，进行地方工作，收集散兵；王震、宋时轮经常在交通线上袭扰敌人，蔡久、杨秀山在朔县附近袭扰敌军；王兆相的一个营进占了右玉，骑兵连到了清水河。"贺龙又讲到地方工作，他说："地方工作方面，成绩也很大，在关政委具体领导下，义勇军、游击队的人数已达 1.2 万多人。还抓了好多汉奸，破坏了一些伪组织，特别是提高了这一地区民众的抗日情绪和八路军的威信。神池、宁武等地的游击队、义勇军都想直接打八路军的旗帜，因为他们知道八路军是抗战到底的。"

任弼时参加了会议，并作了指示。

会上，作出了依据中央指示精神和敌情实际，在坚持同蒲路北段游击战争的同时，进一步开展地方工作，与敌人争夺晋西北广大农村的决定。决定 715 团进到太原附近的古交镇，并以一部深入到交城、清源以北。716 团继续在吴城镇地区活动；359 旅在崞县到忻口一线展开；宋时轮支队在口泉、怀仁一带活动。刚刚由陕北赶来的警备第 6 团在偏关、右玉一带活动。各支队都要独立自主地发动群众，扩大自己。

会议还决定将各工作团在各地发展的武装纳入 120 师序列。贺龙说："蒋介石、阎锡山限制我们八路军的人数，我们不听他们的。他们不给我们经费，我们自己筹集。"

会后，各支队都按军政委员会会议布置开展了游击战争，同时对部队进行了整训和整编工作。到 1938 年 1 月，120 师已由出发时的 8200 人扩大到 2.5 万人。由每旅二个团发展成三个团，时忻崞独立团改编为第 358 旅第 714 团，平山独立团改编为 359 旅第 719 团，被宋时轮带走的 716 团第 2 营，也得到重新组建。宋支队也由一个营扩大到五个营。

1937 年 12 月，中共驻共产国际代表、共产国际执委王明回国，在政治局会议上作了题为《如何继续全国抗战和争取抗战胜利》的报告。报告中批评了洛川会议通过的"独立自主"，提出"一切经过抗日民族统一战线，一切服从抗日"的主张。这实际上是投降路线。对于王明的报告，贺龙不予理睬。他对关向应说："一切服从，阎锡山下令逃跑，我们也听他的吗？蒋介石、阎锡山限制八路军人数，听他们的，不是捆自己的手脚，等着让人家搞掉吗？"

1938 年 1 月 11 日，蒋介石在河南开封召开北方将领会议。会上，蒋下令逮捕了韩复榘，缘韩放弃了山东黄河天险的阵地。到了 1 月 24 日，韩被处死。接着，蒋介石到了洛阳，在洛阳召开第二战区将领会议。会上，蒋介石分别与朱德、彭德怀、林彪、贺龙、刘伯承等中共高级将领单独谈话。1月17日，蒋氏与贺龙见面，一阵寒暄之后，蒋介石问贺龙："民国十六年（1927年），你为什么放着好端端的军长不当，去参加共产党的南昌暴动？"

贺龙说："我与委员长政见不同嘛！"

蒋介石说："过去的事不说了。"又转了话题用关切的语气问："你家里可好？"

贺龙说："房子被烧光了，人也杀光了。"

蒋介石一怔，十分尴尬地愣了片刻说："喔，你是老革命了。"他一转话头又说："部队装备怎样？"

贺龙说："装备糟得很，枪都是秃的（没有刺刀），塞外天气奇寒，官兵们没有皮大衣皮帽子，子弹也少得很，多靠缴获补充。"贺龙又补充一句："委员长，八路军的装备与其他部队差远了。"

蒋介石在地上弱柳春风般走了两圈，边走边说："都是国民革命军，不会两种待遇的。"

两人又谈了几句，总是话不投机，贺龙退下后，蒋介石擦擦头上的汗珠说："这人今后我再也不要见他。"

蒋介石亦单独会见了林彪，蒋氏夸奖了林彪的平型关大捷，说林是将才帅才，林彪对蒋氏毕恭毕敬。

林彪、贺龙从洛阳乘火车返回山西时，林彪给贺龙写了一张条，纸条上写着："蒋介石是有抗战决心的，回部队我们可以吹吹风。"

纸条交给贺龙后不久，林彪后悔了。他找贺龙要这纸条，贺龙告诉林彪，说纸条放在军装口袋里，被警卫员洗衣服时泡烂了。林彪没拿到这纸条，心中一直忐忑不安。后来，中共党内斗争愈加复杂，此事更使林彪背如芒刺。到了1942年，毛泽东向贺龙提及林彪在洛阳见蒋介石时说蒋不少好话的事，传到了林彪耳内，林彪对毛泽东心有怀疑和畏惧，对贺龙也耿耿于怀了。到了"文化大革命"林彪迫害贺龙，这也是其中缘由之一。

贺龙参加洛阳会议返回山西时，在火车上亦与董其武相遇，时董其武是傅作义的第35军第110师师长，贺龙握着董其武的手笑着说："你是110师，我是120师，咱们是兄弟部队呀。"

董其武对贺龙甚为敬佩，二人便聊了起来。贺龙问董其武家乡是哪个县，董其武说："我的家乡是龙门县，就是唐朝薛仁贵的那个县。"

贺龙笑着说："好哇，薛仁贵征东，咱们也征东，不过咱们打的是东洋鬼子。"二人说着哈哈大笑起来。

董其武又告诉贺龙，说他家里很穷。因家穷，母亲只得把最小的弟弟送了人，自己去当奶妈。贺龙听罢说："你出身很好，应该是我们革命队伍的一员哟!"

一路上，二人谈得十分投缘，大有相见恨晚之感。

时董其武师驻离石县大武镇。董邀贺龙前往，贺龙欣然答应。数天后，贺龙在八路军总部开完会后返晋西北途中，路过董其武师部，遂拜会了董其武。董亲自出迎，并盛情款待了贺龙。吃饭时，还请了正在离石的战动总会主任续范亭和战动总会武装部长程子华相陪。大家谈得非常开心。席间，董其武问贺龙："我不明白，怎么八路军作战那么勇敢?"

贺龙说："这是因为八路军有共产党的领导，我们每连都有支部，班班都有党小组。打仗的时候，党员带头冲锋。还有，我们官兵平等，官长士兵打仗目标明确，所以，打起仗来，人人勇敢。"

董其武听了，连连点头。

# 收复雁北敌后七城

1938 年 2 月 26 日，阎锡山离开临汾，经黑龙关、蒲县、午城、大宁退驻吉县。3 月初，临汾失陷，日军沿大路南进，如入无人之境，很快就到达了黄河北岸。接着，阎锡山又跑到了黄河西——陕西宜川秋林镇。

面对日军的进攻，贺龙、关向应、萧克等召开了会议。贺龙手握烟斗说："此次向晋西北进攻之敌，矛头都指向黄河渡口。我估计敌军的行动有两种可能，一是进攻陕北，企图占领延安，二是故作进攻陕北的姿态调动我师主力西渡黄河，而后一举占领晋西北根据地。"贺龙一挥手说："不管哪种可能，主力要回晋西北。我意 359 旅速北上，经静乐转往岢岚、五寨，阻止敌人可能向岢岚、兴县的进攻；358 旅主力西进至离石、碛口以北，侧击由离石西犯之敌。"

大家都同意贺龙意见。

当下，贺龙给 358 旅、359 旅下达了战斗命令。

3 月 2 日，敌情有了变化。占领离石、军渡、碛口之敌 2000 余人撤离了黄河渡口，向北进犯，策应北面敌军的进攻。少数进犯谷府之敌，也于

3 日东渡黄河，退回保德。面对敌情，贺龙判明敌之目的不是进攻陕北，而是要完全占领晋西北。这当儿，毛泽东电示贺龙、关向应、萧克："敌分 5 路包围第 120 师及傅作义军，企图压迫我军渡河情况已明，但每路敌兵力均不大，我贺师应与傅作义协力各个击破之。"

贺龙据敌情和毛泽东指示，决心集中四个团的主力，采用围城打援、各个击破的战术，首先打击岢岚、五寨的一路敌军。决心之后，其令 359 旅急行军直趋岢岚城。3 月 7 日，王震率所部占领了岢岚的东山和南山，瞰制岢岚县城。岢岚游击队也占领了西山，完成了对岢岚城的围困。9 日，358 旅进到岢岚、五寨之间，阻止五寨敌军向岢岚增援。贺龙还下令718 团、719 团、714 团各一部及警备第 6 团、独立第 1 支队、骑兵营及动委会领导下的地方游击队，在敌后广泛开展游击战争，配合主力作战。

时赵承绶也派一个骑兵团参加战斗。

赵承绶说："王旅长在同蒲路上出奇制胜，累建奇功，兄弟我非常钦佩。这次攻打岢岚，我已命令骑兵团参战。"

赵承绶留下王震吃饭，临了还送给了王震几条仙岛牌香烟。

岢岚乃晋西门户，前临岚猗河，背靠岢岚山，大川四通，形势险固。该城坐落在三面环山的环抱之中，山上尚有内长城的痕迹。此城历来为兵家必争之地。时城中驻有千田联队的一个大队及骑兵、炮兵、工兵各一部，共 1000 余人。这千余人驱动百姓日夜赶修工事，作长久占领之计。

王震根据地形断绝了城中水源，迫日军出城，逃到三井镇宿营时，王震率部夜袭了宿营日军，残敌逃到五寨。与五寨之敌会合，共达千余人。

359 旅和 358 旅两支人马立即将该城团团围住。

五寨之敌见被围，甚是慌乱，遂纠集 400 余人冲出城，打算趁八路军立足未稳之际逃跑，刚刚走到城南五里之河湾村，即被 715 团迎头轰了回去，日寇被迫龟缩于城内。

这当儿，一些人主张趁热打铁，迅速攻打五寨城。贺龙连说不可，他指着地图说："五寨城池坚固，我军缺乏攻城火器，而敌人火力又很强，强攻对我不利。"

有人说请赵承绶派两个炮连支援，贺龙说："赵承绶两个炮连也只有两门山炮，火力有限。怎么打？我看一是围点打援，二是诱敌出城，相机歼灭。"

当下，贺龙令 718 团第 2 营和游击队围困五寨城；令 359 旅旅指和

717团移至五寨与三岔堡间；令358旅进至神池和义井间，切断五寨、三岔堡、义井、神池之间的交通，迫敌出五寨；令警备6团、独立第1支队、师骑兵营，分别袭扰神池、朔县、三岔堡敌之交通，配合主力作战。

果然不出贺龙所料，3月17日下午5时，715、716团进到义井以南虎北村、山口村地区，与神池出动之敌骑兵千余人相遇。716团指战员不顾连续行军的疲劳，仍以居高临下之姿，向敌猛烈冲击，很多人赤脚在雪地中与敌人展开了白刃格斗，双方激战了6小时，敌伤亡300余逃回义井镇。次日，义井之敌又纠集步骑800余，向358旅反扑，均被358旅击退。这一天，三岔铺敌200余，企图增援五寨，亦被717团击溃。至此，敌之援军均为八路军击退，五寨与神池交通被切断，五寨之敌成瓮中之鳖。

当120师主力围困五寨之际，宋时轮率雁北支队三次袭击井坪镇，攻占威远堡，破坏了朔县以东15公里桑干河的铁桥，并一度攻占右玉，威胁敌军的后方，密切地配合了主力作战。717团也频繁活动于神池、宁武之间，破坏交通，牵制守敌；警6团则连日扰河曲、偏关、保德之敌，使其无力东顾。如此一来，入侵晋西北根据地的各路敌军均陷入了进退维谷的境地。

3月19日，王震指挥359旅一部夜袭了五寨，烧毁了城门。五寨城中之敌见大势不好，遂于20日弃城逃去。这一天，偏关、河曲、保德之敌，也弃城东逃。四城遂为八路军收复。

贺龙又指挥120师主力在四城敌寇退路上埋伏。当保德敌人会合三岔堡之敌向神池撤退时，被埋伏在田家洼的359旅截击后向义井镇逃去。残敌退入义井，又会合义井之敌，于22日夜向神池撤退，在凤凰山附近，遭358旅伏击。该旅716团向敌行军纵队突然发起攻击，将敌截成数段，敌抢占有利地形顽抗，双方展开了白刃格斗，这一仗，敌死伤300余人。残敌连夜逃回神池城。715团随即紧追至城下，并准备协同359旅向城内进攻。23日下午，逃往神池之敌与神池敌军一道，慌张地逃往朔县，神池遂为贺龙部收复。

时晋西北仅有宁武城还为敌所占，且企图长期固守。

贺龙对左右说："宁武位于三关之中，地处同蒲路北，南控静乐、娄烦，北连朔县、大同。而今，日寇在城内构筑工事，要据险而守，把宁武作为控制北同蒲路及阳方口公路的桥头堡垒。这颗钉子我们不能让他们安，要干净、彻底地把鬼子赶出晋西北，必须拔下这钉子！"

当下，贺龙决定，继续取围点打援之策，完全切断宁武与外界的联系。

宁武之敌为千田联队的 1500 名日军，其决心坐待增援，以观局势变化。贺龙把两个旅的主力部署在宁武、阳方口间，切断日军惟一的一条北撤之路，又令 716 团和 718 团围困宁武城，令 715 团进至宁武以北、同蒲路西侧的斗沟地区；令 717 团、719 团进到同蒲路东侧的南庄子、前石湖、张孙沟地区，切断宁武与阳方口之间的交通联络，使宁武陷于四面包围。

3 月 31 日，驻朔县之敌骑兵 600 余人，在飞机掩护下南犯，企图接应宁武之敌撤退。359 旅在石湖河、麻峪阻击打援，仗打得十分激烈。千田联队见援兵到，遂指挥 500 多人出城突围，妄图从 359 旅侧后攻击，与阳方口援军会合。贺龙当即指挥 715 团出击，协同 359 旅夹击该敌，时原平之敌也出动千余前来增援，718 团即在神山、上阳武地区阻击，使敌不能前进。

千田联队长率部与八路军激战一天，终未能与朔县援敌会合。千田且被击伤，扔下了 300 具尸体，逃回宁武城中。

这一仗，使千田绝望，他不敢再守宁武，遂于 4 月 1 日深夜，偷偷弃城北逃。一出城，他就令人马分为多路纵队，沿同蒲路向阳方口方向退去。

贺龙早已料到敌人会弃城北逃，令 358 旅、359 旅做好打击准备。当敌出城之后即为八路军发觉，两旅主力奋起追击，在石嘴山与石湖河附近，各歼敌一部。千田残敌狼狈逃回朔县。

贺龙指挥人马独立自主作战，38 天收复 7 城和大片国土，肃清了晋西北根据地内部的敌人，扩大了八路军、共产党的政治影响，鼓舞了广大人民群众，稳定了晋西北战局。

贺龙率人马收复晋西北七城后，阎锡山即令他的部下强行占领这些失地，并下令不准八路军在晋西北筹粮筹款。这样，在晋西北根据地就出现了国共两党力量对抗的局面。而中央 1937 年的"十二月会议"的"一切服从统一战线，一切经过统一战线的"的精神，对 120 师中一些人却起了影响，他们幻想用迁就的办法来维护统一战线，对阎锡山进行让步。贺龙坚决不从，他说："什么一切服从、一切经过统一战线，这明明是捆自己的手脚，不让八路军筹粮筹款，这不是饿死、困死自己么？"

由于贺龙在统一战线的问题上与一些人有不同认识,有几个人给中央领导写了信,反映他们的意见,建议把贺龙调出120师去中央党校学习。

毛泽东就这事同关向应谈了话,批评了信上对贺龙的错误看法。毛泽东说:"二方面军谁是旗帜?是贺龙。贺龙同志有三条嘛,一、对敌斗争坚决;二、对党忠诚;三、联系群众。"事情就这样过去了,到了1942年延安整风时把这事提了出来,一些人还为此做了检讨。

贺龙率120师收复7城后,在晋西北就形成了一个复杂的局面:在群众团体和社会团体的力量方面,120师占优势;在军事方面,120师是骨干和模范;在政权方面阎锡山占优势;在军事政权结合上,阎锡山占优势。

面对这样复杂的局面,贺龙、关向应的思想很明确,就是正确贯彻抗日民族统一战线,坚持独立自主原则,不断壮大人民的抗日力量。他们一方面经常和傅作义、赵承绶、杨爱源等驻晋西北的晋绥军高级将领交往,尽量减少摩擦,一面充分发挥战动总会和牺盟会等抗日团体的作用。抗日新军决死队就是由共产党掌握的抗日武装组织。

# 挺进冀中

1938年9月29日,中共六届六中全会在延安召开,贺龙参加了会议。会议开了一个多月。会后的一天,彭德怀、王稼祥来到贺龙、关向应的住处,向贺龙、关向应传达了中央军委的决定:为贯彻"巩固华北"的方针,中共中央、中央军委决定八路军3个师主力于12月分别向冀中、冀鲁豫边、山东挺进,并决定由萧克率一部分干部组织向冀热察挺进。彭德怀说:"冀中现在只有吕正操的部队,吕是张学良的旧部。实际上只有两个营,部队新,力量弱,难于支撑局面,还有不少杂牌队伍,也亟待改造。"最后,彭德怀说:"冀中可是个好地方,人多呀,不像晋西北地广人稀,120师到那里才能得以发展。"

1938年11月19日,贺龙、关向应、萧克、彭真、程子华一起离开延安,前往岚县,随同前往还有一部分鲁艺师生何其芳、沙汀、莫耶等。这些文艺工作者是到120师体验生活的。

12月11日,120师召开了团以上高级干部会议。在此之前,贺龙、关向应已在中共晋西北区党委会会议上传达了六中全会文件。在团以上干部会议上，贺龙、关向应再次传达了八中全会精神，组织大家学习了毛泽东同志《论新阶段》的报告和中共中央制定的"巩固华北、发展华中"的战略方针，总结了抗战一年多来的工作。会议进行了热烈的讨论。贺龙讲了中央决定 120 师挺进冀中的具体任务，他说："同志们，党中央给了我们三条任务，一是巩固冀中根据地，抗击日军的大举围攻；二是帮助整理冀中的八路军第 3 纵队，使这支部队正规化、八路军化；三是要利用冀中人口稠密、兵源众多的优势，发展扩大 120 师自己。"说到这儿，贺龙提高了嗓门儿，说："同志们，晋西北根据地是我们用热血换来的，我们120 师走了，但这块用血换来的根据地不能去。我和关政委、萧副师长一起研究，决定由 358 旅的 716 团、715 团 2 个营和独立 1 支队赴冀中，张宗逊旅长、张平化政委率 714 团、独立 1 团、独立 2 团、警 6 团、独立 6支队留晋西北。晋西北区党委书记赵林、副书记罗贵波继续以 120 师政治部民运部名义，统一晋西北工作。"

1938 年 12 月 20 日，一个雪后初晴的日子，贺龙、关向应、萧克发布了向冀中挺进的命令。直到这时，国民党派往 120 师的联络参谋陈宏谟才知道真情，他很不满意地问贺龙："师长，听说部队要向冀中开进？"

贺龙点头道："是的，山药蛋、莜麦面把人都吃傻了，到平原吃白面去。"

贺龙的回答使陈宏谟不好说甚。

部队行进要保密，为此，师、旅、团番号均改用代号。120 师代号为"西北部"、358 旅代号为"利亚部"、715 团为"亚五"、716 团为"亚六"。贺龙严格要求部队东进时对外不得使用番号。

12 月 22 日，贺龙、关向应率人马浩浩荡荡地从岚县出发了，作家何其芳、沙汀及几十名延安鲁迅艺术学院的男女学生也一同前往。

冀中，地处河北省的中部，西起平汉铁路，东至津浦铁路，北临平津铁路，南越沧石路毗邻冀南。东西宽 400 公里，南北长约 300 公里，包括50 余县，面积约 18 万平方公里，人口约千万。辽阔的大平原上，河流纵横，沃野千里，粮棉等产品极为丰富。冀中人杰地灵，物华天宝，这里是燕赵之地，自古多慷慨悲歌之士。冀中人口众多，文化较高，靠近平、津、保，交通发达，人民开通。这里有悠久的革命传统，有五四运动影响，有过高蠡暴动及博野、蠡无、定县等地的农民起义斗争。有些斗争虽然失败了，但增强了人民对共产党的了解和信任。九一八事变后，平、津、保知识分子救亡运动对这一带很有影响。抗战一开始，中共冀中地方党组织即领导勤劳、勇敢、善良的冀中人民积极开展了抗日活动。

平、津沦陷之际，国民党在河北省的几十万大军，有的一触即溃，有的不战而逃。仅数月，整个华北的主要交通线和重要城市都被敌人控制，国民党上层统治整个瓦解，河北省遂即陷于无政府状态。局面极端混乱，土匪流氓乘势而起，到处绑架勒索，杀人放火。敌特汉奸更为嚣张，真是人心惶惶，形势到了千钧一发之际。

七七事变前，冀中党组织受到过几次大的破坏，1935年又重新组织了保属特委，以李菁玉为书记，傅贯一、牛文仓、刘秀峰、薛振彦为委员，继续了共产党对这个地区的领导。遵义会议后，刘少奇到了天津，扭转了"左"倾冒险路线。河北省委也批判了当时"左"倾盲动过于暴露的做法，采取了积蓄力量以待时机的方针，公开进行抗日活动，秘密进行党的工作。七七事变后，保属特委新恢复了保东、保西、保南三个中心县委，一个保定市委。地区南至深县、武强，北至安新、新城，西至曲阳、唐县，东至任丘、河间。1937年8月，保属特委南移至石家庄，改为平汉线省委，统一领导河北省中部广大地区党的工作，并将保东中心县委改成保东特委。这时，中共中央派了孟庆山到河北组织武装。

就在这时，曾任东北军第53军第16师参谋处长的吕正操率东北军第69团，在国民党军南撤之际，到了冀中，改名为人民自卫军。到1937年底，人民自卫军发展到了3000多人，孟庆山等领导的游击队和县自卫团也扩大到2800余人。加上其他武装，中共在冀中领导的抗日武装达7000多人。

当时，还有许多杂牌武装，也打着抗日旗号蜂拥而起。

1938年4月21日，中共冀中党委在中共北方局的领导下，对冀中部队进行了整编。并在部队中产生了党的统一组织——常务委员会，冀中省委改为冀中区党委，书记黄敬，吕正操、孟庆山等为委员。所有部队统一编成八路军第3纵队。吕、孟为正副司令员。

1938年10月日军攻克武汉后，即将敌后变成中国抗战的主要战场。从1938年11月12日到12月9日，日军便集重兵分四路向冀中合围。吕正操指挥人马与日军激战。一个月内竟作战29次。12月21日，日军1500余人，又向安国、博野、蠡县地区进犯。吕正操指挥部队一面掩护分区机关转移，一面与敌进行战斗。就在双方激烈交锋之际，贺龙、关向应率 120 师到达冀中。

# 平原作战

1939 年 1 月 15 日，大雪纷飞，贺龙率人马冒风雪从新乐以南越过平汉铁路，而后兵分三路，到了安国县邢邑镇贾村一带。第二天，人马继续前进。

在任丘县的大王果庄，贺龙、周士第、甘泗淇与吕正操、程子华、黄静、王平、周小舟等会面。程子华是半月前到冀中出任军区政委的，原政委王平已调任但尚未离开。大家见面，甚为高兴。

在冀中那特有的平顶屋内，贺龙握着他那木质的烟斗，和吕正操等亲切交谈。吕正操谈了冀中抗日根据地的情况，鬼子进攻的情况。当他谈到鬼子的暴行时，气愤得手都发抖了，最后他说："鬼子在冀中原有一个半师团，现又将其精锐部队 27 师团调来，扬言要在青纱帐长起之前，肃清平原八路军。"

天色暗下来，两位将军步出屋门。贺龙站在村头，举目望去，只见朔风之中，东西南北一片灯光。这些灯光都是鬼子新修的炮楼和防止八路军夜袭而点燃的火堆。远处，火车长鸣，在这入夜的时刻，连那滚滚的车轮声都能清晰地听到，这就是当时冀中的环境。贺龙看罢感叹地说："我走了多半个中国，还没见过冀中这样的大平原，这里可真是个好地方啊！这么好的地方怎么能容鬼子横行?!"

吕正操也被贺龙的话语所感染，他长吁了一口气说："贺师长，我是个旧军人，没有搞过土地革命，没有经过长征，共产党、八路军这一套我不懂，今后，你多帮助我啊！"

贺龙听罢哈哈大笑说："要说旧军人，你比起我来，"他伸出小拇指："你是这个。"他又伸出大拇指说："我是这个。你算小军阀，我呢，当过团长、旅长、师长、镇守使、军长，算个大军阀喽。"他停了一下说："自从找到了共产党，我的脚步才知道怎么迈了。"

1 月 27 日，贺龙召集 120 师、冀中军区领导干部会议，传达了中国共产党六届六中全会精神，商量行动方针。鉴于敌人正发动第三次围攻，冀中军区在这一带战斗部队少，120 师又经过长途行军相当疲劳，此时作战于己不利，贺龙提议，避其锋芒，与敌周旋于平原，寻找战机歼敌一部。

并决定组成新的支队与冀中各分区部队相配合，深入群众，开展游击战争。冀中军区党委和军区决定：将第3纵队的独立第4、第5支队和津南自卫军，拨归第120师建制。第120师亦抽调部分干部战士，组成3个支队，为：独立1支队由杨嘉瑞率领到冀中军区第一分区；以师直四个连组成独立第2支队，萧新槐为支队长、苏启胜为政治委员，到冀中军区第3分区；以第716团3个连组成独立第3支队，贺炳炎为支队长，常德善为副支队长，余秋里为政治委员，刘忠为参谋长，到冀中军区第五分区，配合各部队开展游击战争。

各抗日队伍、团体召开了联欢大会，会上聚餐。按照120师会餐的惯例，每桌上5大盆肉菜，大碗酒。大家高兴地吃着、唱着。贺龙讲了话，他在人丛中站着，身上挂着左轮子，军帽掀起一点，神气恰像一个刚从火线上下来的久经战斗的老兵，当这位南昌起义总指挥站到大家面前时，人们都热烈地鼓掌。贺龙说："我贺龙在旧军队闯荡多年，找来找去，最后找到了共产党，是党教给了我群众路线这个法宝。南昌起义失败后，我回到湘西时，虽然只有7个人，可是，我们依靠了群众，我们的队伍就很快壮大。今天，我们打日本鬼子，还是这老办法，一靠共产党，二靠群众。"贺龙又说："日本鬼子有啥了不起，他不比谁高嘛！咱们冀中人民才了不起。冀中人民拆城墙，挖道沟，把平原改为山地，这是个伟大的创举！现在我们有几万人马，几万支枪，有这么多好老百姓，力量不小啊。只要我们军民团结，管他大鬼、小鬼，都能打败它！"

这时，敌情严重。

贺龙认真地听取了各方意见，详细地分析了敌情，他指出：敌人来势很凶，不能硬拼，应避其锋芒，与敌周旋，寻机干掉他一部。

战机终于等到了。

据可靠情报，驻河间的日军宫崎联队及伪军各一部共200多人，向附近村子强拉了100多辆大车，于2月2日由河间向肃宁进犯。贺龙决心抓住这个战机，狠打这股敌人。遂令716团在曹家庄正面堵击敌人。

曹家庄一仗，伏击了骄横的日军。

时任丘之敌分3路增援，亦被贺龙预先安排的兵力击退。当夜，黄新廷指挥1营乘夜色摸到中堡店村边，隔墙扔手榴弹，炸得鬼子连夜向河间逃窜。这一仗，毙伤日军140余名，缴获枪支弹药一批。敌人震动了。老百姓看到120师打胜仗，高兴极了，杀猪磨面蒸糕慰劳部队，且纷纷传说贺龙带兵到冀中救老百姓来了。

河间之敌在曹家庄吃亏后，恼羞成怒，又从沙河桥、献县等据点纠集千余人，带大炮 10 门，由大队长汤田凯带领，于 2 月 4 日向驻大曹村的 716 团 2 营阵地发动进攻。双方激战至夜 11 时，716 团官兵与敌展开了白刃格斗，敌不支，大败而逃。黄新廷下令人马乘胜追击，一直追到河间城下。

这一仗，敌又死伤 300 余人。

由于是首次平原作战，120 师指战员还不善于利用地形地物，因此伤亡 200 来人。

这期间，中共北方分局根据中央意见，决定由贺龙、关向应、程子华、吕正操、黄敬五人组成冀中区军政委员会，贺龙任书记，冀中部队，由他统一指挥。

广阔的冀中平原使鬼子的机械化部队能充分发挥优势，八路军如何扬长避短？贺龙认为，必须坚决地贯彻毛泽东的人民战争思想，发动群众，依靠群众，挖洞挖沟，改造平原。

3 月 19 日，日寇又以其 27 师团宫崎联队全部、驻平汉路 10 团一部和驻北宁路山下部队共 9000 人，开始了更大规模的"围攻"，阴谋夹击 120 师领导机关，占领大城、文安、肃宁 3 县。贺龙采取了不以固守城市为目的而以盘旋式打圈的战法，寻机歼敌，使宫崎联队企图终未得逞，于 4 月 1 日以失败而告终。

贺龙在率领部队同日军斗争的同时，还同以鹿钟麟、张荫梧为首的国民党顽固派进行针锋相对的斗争。时鹿为河北省主席，张为民政厅长。二人不断进行破坏抗战和制造摩擦等活动。1939 年 1 月蒋介石在国民党中央五届五中全会上提出《限制异党活动办法》后，张荫梧兴奋异常，遂派一批亲信到冀中活动，策动了柴恩波叛变，脱离八路军。

柴恩波出身于地主家庭，早年在吴佩孚手下当过连长，是个利欲熏心之徒。后来，他当上了新镇县保安队长。抗战之后，被保属省委任为河北游击军第 12 路司令，被冀中军区任命为独立 2 支队司令，驻防新镇一带。柴虽然接受了八路军的任命，但他官迷心窍，分别与日本人和鹿钟麟秘密勾结，见风使舵，三面周旋，待价而沽。1939 年 2 月 20 日，柴恩波公开叛变，散发反共宣言和标语，声明脱离冀中军区领导，投靠鹿钟麟。扬言"拥护鹿主席，统一河北行政"，同时扣押了第 2 支队政治委员、参谋长、政治部主任及全体共产党员干部共百余人。并且包围了文安县抗日民主政府，扣押了文安县长、大队长等领导干部。

能否正确解决柴恩波叛乱事件，关系到冀中抗日武装的巩固。当时，许多"两面倒"的武装都在观察态势发展。事件发生后，贺龙立即主持召开军政委员会扩大会议，商讨解决办法。会上，对武力解决柴恩波的叛乱意见不统一。有人担心这样做会影响统战政策及国共关系，缘由是柴虽暗中投降日本，而公开投靠的是国民党。有人说柴的警卫营有九挺机枪，打起来，弄不好造成大的流血，还有人说朱占奎的一个团靠近柴恩波，朱是柴的把兄弟，朱会助柴的。贺龙听了大家意见后，很严肃地说："解决柴恩波，是冀中部队的事，与国民党无关。而且柴通敌叛国，扣押我干部，破坏抗日，是个地地道道的汉奸。难道我们对这种人还讲客气、讲仁慈吗？"

贺龙的一番话，说得与会者无不点头称是。但是，在如何解决上，贺龙、关向应还是讲策略的，他请吕正操写信给柴恩波，晓以大义，以示利害。贺龙同时将柴的叛乱及处理打算报告了毛泽东等。

虽然对柴做了大量工作，然柴毫无悔改表示，贺龙决定武力解决，遂命令715团1营协助冀中军区三分区部队平定叛乱。结果，只在文安县以西打几个小仗，就把叛乱平息了。缘柴部的指战员大部分是积极抗日的，当柴的面目暴露后，就纷纷离开柴。柴见大势不妙，便带着几个亲信，公开投靠了日本人。

贺龙在解决了柴恩波叛乱之后，又对李子春、张来子等反动武装开始进攻。张荫梧即令河北民军两个团的主力前往接应，袭击冀中军区七分区党政机关和部队。七分区为避其锋芒，从驻地撤离，张部扑了空，民军即将气泄到各村百姓上。他们到处抓人，搜捕抗日志士和共产党员。特别是张指挥河北民军在深县境内袭击了八路军驻深县后方机关和留守人员，在不到7天的时间里，先后残杀抗日干部和战士400多人，制造了骇人听闻的"深县惨案"。

对张荫梧的残暴行为，八路军官兵无不义愤填膺。主张对其用兵，但一些人怕打不赢，贺龙听了，说："鬼，张荫梧有多少兵啊？他的人马看起来不少，都是表面的，一打就垮！"

1939年6月21日，贺龙命令张宗逊统一指挥独立1旅第715团、2团和第一军分区赵承金部之第19、第21大队、挺进支队等在深县张骞寺村一带，对张荫梧的民军进行了分割包围。时各村群众也纷纷起来，配合八路军作战。6月22日，战斗打响。民军如何是八路军对手，一接火，民军即争先逃命，溃不成军，民军团长张文祥、李侠飞被生俘，张荫梧化妆成逃难百姓，仅带几名亲信乘马逃命。仓皇之中，连他珍藏身边的一直不为人知的日记也丢失在路上，这日记本，竟成了他反动活动的铁证。

这一仗，八路军击毙民军500余人，生俘2000多人。从此，鹿、张反动势力被彻底肃清，遏制了国民党顽固派在冀中的颠覆活动。

张荫梧跑到了重庆，向蒋介石告状，说贺龙、吕正操破坏统一战线。国民党就以第一战区的名义派了个姓范的来调查。这个姓范的到了冀中，吕正操让王林招待他。王林把张荫梧破坏抗战、投靠日本人、杀害抗日军民的情况向姓范的讲了一遍，并拿出张荫梧让张仲瀚发动"博野事变"的电报给他看，说张荫梧趁日本进攻时发动博野事变等于给日本做内线。那个姓范的替张荫梧辩护说："这是张荫梧估计冀中吕正操部不能支持，趁机来收复失地的。"

王林又拿出张荫梧令柴恩波投靠日本，美其名曰"曲线救国"的密电给范看时，范把嘴一撇说："这不足以为凭，因为张荫梧的电台、译电员、密码都被你们搞过去了，造这个假还不容易吗？"

王林见姓范的处处替张说话，很生气，知道他是铜锅的戴眼镜——存心找碴，遂拿出了张荫梧丢的那本见不得人的日记给范看，范这才老和尚摆手——没咒念了。只好支支吾吾地说："张荫梧做出这样的事来，真是让人想不到，太可惜了。"

鹿钟麟于1940年辞去了本兼各职，回重庆歌乐山闲居。对于他出任河北省主席这段经历，他一直深感内疚，但又不愿说明自己当时的处境及内心的矛盾斗争，恐落得自我表白之讥。建国后，毛泽东于1954年冬召见了鹿钟麟，其后，委任他为国防委员会委员，这是后话。

柴恩波事件的发生使吕正操深感冀中部队需要整训，他把这想法谈给贺龙，贺龙对吕正操说："出了个柴恩波有什么了不起的，冀中部队大部分干部、战士是好的嘛！现在是抓紧时间整训。"

当下，贺龙从120师选拔了一批优秀干部充实到冀中新建部队，他对吕正操说："搞革命，搞军队，没有一批政治上坚定的干部怎么行呢？光靠向上级要不行，你向聂荣臻要，他一下生不出那么多，向毛主席要，毛主席担子比咱们重，最牢靠的办法是自己培养。"贺龙又说："贺炳炎、余秋里两人都只有一只胳膊,刚来冀中时没几个人,可他们东一搞、西一搞,就把队伍搞起来了。这个队伍打得很硬嘛!敌人一听见'一把手'的队伍,离老远就吓得溜掉了。"

1939年4月下旬,在帮助冀中部队正规化建设进程中,为了扩大120师,有一些冀中部队逐步与120师合编了。这些部队有高士一领导的独立4支队、魏大光领导的独立5支队、江东升领导的独立6支队、张仲瀚领导的津南自卫军。

关向应对贺龙说:"你老总威信高,他们都服你,你得多花点力气。"

贺龙在冀中期间,大部分精力都放在了做这些上层人士的工作上。

贺龙指挥120师大战冀中,使鬼子们发怒了,发疯了。在北平的冈村宁次吼叫着要拔掉这插在他心窝上的尖刀。

当时,日军有支号称"虎军"的队伍,这支队伍自九一八和七七事变以来,从没打过一次败仗,特别在攻打南京和武汉时立了特功,日本天皇为这支队伍授了金质勋章。行军时,一个个勋章闪烁,表现得趾高气扬,目空一切。当冈村要下令消灭来到冀中的老八路时,这支王牌队伍的大队长吉田拍着胸要了任务,并提了条件,凯旋之际,他的队伍成员,都荣升一级,冈村欣然允诺。

1939年4月20日,正是冀中大平原抹绿挂红的时候,日敌27师团第3联队之吉田大队800多人,伪军数十人,大车80余辆,在吉田率领下,由河间县城出发,杀气腾腾地要同贺龙人马决一死战。

时贺龙率120师主力东渡潴龙河,进入河间、大城、任丘、沧州间的敌心脏地区,集中在大小朱村、卧佛堂、齐会一带地区整训,待机作战。

4月22日晚,在齐会的大朱村,举行了独1旅、独2旅成立大会。会上,高士一代表独1旅在大会上讲话,魏大光代表独2旅讲话。贺龙、关向应也讲了话,祝贺两支部队与120师的合编。

大会正在进行之中,侦察参谋满头大汗地跑来,到贺龙身边报告敌情,说敌人自河间出动,奔齐会而来,今晚宿在了三十里铺。

贺龙听了,即与关向应、高士一、魏大光等分析了一下敌情。这时,120师周围敌人均布下兵力,为:河间700余人,任丘300余人,高阳200余人,大城300余人,吕公堡沙河也都有敌人。吉田大队22日由河间出动,当晚在三十里铺宿营。

贺龙接到敌情报告后,判断吉田人马在任丘、大城、吕公堡之敌配合下，第二天很可能侵犯齐会地区，便决定集中兵力，消灭吉田人马。他将素有"铁军"之称的716团3营放在齐会村，佯装主力吸住敌人，而后，将七个团的兵力集中于齐会附近。当晚，贺龙在大朱村召开了大会，亲自作战斗动员："日本鬼子从河间出发，已经到了西面的三十里铺，明天可向齐会方向来。这个吉田大队，是鬼子中的'虎军'。他们在南京大屠杀中，双手沾满了我们同胞的鲜血。我们要坚决把他们消灭，为同胞们报仇雪恨！"

贺龙的动员，使部队士气高涨，纷纷表示，打好这一仗。4月23日7时，吉田率其所部由三十里铺出发，从半截河过古洋河，9时占领了南、北大齐和北齐曹地区，接着炮击齐会村。

齐会村位于河间的东北，有400多户，一条南北大街从村中穿过，街两旁是密集的住房。村四周均是树丛、坟地、土丘，地形复杂。村东地势平坦，视界开阔，房屋坚固，利于固守。716团3营营长王祥法奉命率所部于此布阵地。

日寇向齐会村炮击一阵后，即发起了猛烈攻击。王祥法立即指挥人马，坚守阵地，一次次地打退敌人的进攻。

双方激战之中，715团7连经找子营向齐会运动，并以突然勇猛的动作，杀退了敌军，冲进了齐会村内，与3营会合。吉田见状大怒，又指挥人马将7连撕开的口子封锁住，隔断了齐会村内外联系，继而向村内施放毒气和炮击。3营同7连并肩抵敌，战斗异常激烈。1营亦从东北方向向吉田大队发起攻击，有力地箝制了吉田人马的行动。由于地形不利，村外进攻吉田的部队，不易展开，便与敌形成对峙局面。

23日，驻任丘之日敌300余人，前往齐会增援，在麻家务附近与120师独2旅第5团相遇。双方一场激战后，敌退。与此同时，驻大城之日敌遭120师独1旅第1团和三分区的部队阻击，无法与齐会之敌联系。驻吕公堡之日敌被游击队箝制，也不敢行动，如此齐会之敌则完全陷于孤立无援之境。

面对战场上的形势，贺龙断定敌人必在天黑后逃走，遂命令部队设伏。时贺龙的指挥部设在了大朱村。大朱村距齐会仅4公里。贺龙冒着弹雨，奋不顾身地指挥战斗。吉田见齐会攻不下，下令向四处投放毒气弹、毒气罐。几发毒气弹突然在贺龙的指挥所前爆炸了。贺龙一阵眩晕，顿感呼吸困难，倒在地上。卫生人员见状，急忙过来，见贺龙已昏迷，都吓坏了，赶紧把湿毛巾捂在贺龙脸上。在当时，这是最好的治疗和防毒的方法。过了一刻，贺龙醒了过来，周围人员都要他迅速离开这里。贺龙艰难地站起来，说："在这关键之时，我怎么能离开这里？"他对身边参谋说："通知部队，要狠狠地打！"

就在贺龙刚刚下达命令之际，平原上大风骤起，一时间，沙尘茫茫，天昏地暗。又值时近黄昏，天竟黑得伸手不见五指。吉田遂趁机带着残余部队，趁大风偷偷由南突围。当715团发现后，尾随追击了20余里，歼灭一部分残敌。吉田只带了80来人，逃回了河间县城。

齐会一仗，歼灭吉田大队700余人。日军是很残忍的，当他们无法运走尸体时，便割下每个死者的耳朵，写上姓名，带回去交账，尸体则全部焚烧。这次战斗，有100多具尸体未及烧掉，可见其逃跑时之狼狈。

齐会一仗，不仅使120师威名大震，也使华北日军大为震惊。后从缴获的日军文件中发现，日军华北大本营在一份指示中惊呼："贺将军此来，对北支之威胁更非昔比，尤其直接威胁平津，不容坐视，必须立即覆灭其势，以确永久之治。"齐会一仗也揭穿了何应钦等对八路军"游而不击"的中伤。时《新中华报》发表社论指出："消息传来，全国振奋。不但给敌人'扫荡'计划以有力打击，增加在敌后活动的其他游击队胜利的信心，并以事实揭破了部分别有用心的顽固分子对八路军的造谣中伤、恶意宣传的诡计。"

贺龙一生身经百战，齐会中毒是其一生中惟一的一次负伤。蒋介石亦不得不承认八路军战功卓著。他分别致电阎锡山、朱德、贺龙，表彰120师。蒋介石在致朱德电中说："贺师长杀敌敢果，奋不顾身，殊堪嘉奖！除宣战绩外，希转电慰勉为要。"蒋氏亦致电贺龙，电文说："贺师长，贵恙致深，系念。兹发医疗费3000，由总部承领转给，以资疗养，特电慰问。"

齐会歼灭战开创抗战以来平原歼灭战之首，热爱子弟兵的冀中老百姓，赶着牛马大车，拉着整猪整羊，米面鱼虾，赶来慰问。

时方圆百里的老百姓都纷纷传说："贺龙兵，来无影，去无踪，走路飕飕一阵风！""正月十五下大雪，玉皇大帝派来一龙一凤，搭救咱冀中老百姓来了。""活龙带着6000飞虎兵，日行千里，夜走800，走过的地方都不留脚印儿，子弹专找鬼子的脑壳壳钻。""贺龙的老八路打鬼子，前边打仗，后边看戏。"

战后召开了祝捷大会，祝捷大会的当晚，120师剧团演评戏《群英会》。开演之前，贺龙按时来到剧场。指战员们见贺龙来了，立时高兴地齐声喊道："贺老总，来得早，我们向你问声好！"

贺龙笑着挥着手说："同志们好！"

指战员们又齐声喊道："贺老总，笑呵呵，请你给我们唱支歌！"

贺龙手卷成个喇叭筒样，笑着对大家说："同志们哪，我唱不好！"

一个连长站了起来，挥着手喊道："贺胡子，来一个！"

全场指战员都随着亲切地喊起来："贺胡子，来一个！"

"贺胡子，快快唱，唱个歌儿做榜样！"

贺龙望着他喜爱的干部战士说："同志们，我真的唱不好。我提个建议，咱们一起唱，我来指挥，好不好？"

"好！"指战员们高兴地答。

于是，贺龙挥起双臂，指挥部队唱起了《义勇军进行曲》，顿时，激昂、悲壮的歌声在这平原上空响了起来："起来！不愿做奴隶的人们……"

明亮的汽灯照着贺龙高大的身影，全场的指战员和老百姓都注视着他们敬爱的贺老总，高声唱着抗日战歌。每个人都觉得周身的热血在奔流，都觉得自己不是在唱歌，而是随着贺龙，又冒着敌人的炮火，发起了新的冲锋！

齐会战斗是敌人进攻冀中平原根据地以来最惨重的一次失败，极大地振奋了冀中全体军民。

在齐会战斗中，国际主义战士白求恩一直跟随贺龙的指挥所，白求恩是关向应从晋察冀边区到冀中时带过来的。白求恩从延安前往晋察冀途中经过岚县时，贺龙曾留他住了一个礼拜，二人相处甚好。这次敌后相见，更是分外高兴。齐会战斗中，白求恩在距前线五华里的屯庄小庙里，建立了手术室，抢救伤员。他身边不时有弹片或流弹飞过。有一颗炮弹打来，把小庙外墙炸塌了，白求恩依然镇定从容，不肯后撤。他连续三天三夜没离开手术室，为100多伤员做了手术。那幅珍贵的历史照片——白求恩大夫躬身为伤员做手术的照片，就是在这时拍摄的。

## 陈庄大捷和"名将之花"的凋落

当贺龙率部大战冀中之际，国民党顽固派的摩擦日益严重。全国随时都可能发生突然事变,特别是可能出现偷袭延安和陕甘宁边区的情况。
1939年8月12日,毛泽东致电贺龙,要王震率359旅开赴绥德等地,要
120师一部留冀中,主力分二个梯队向晋察冀边区转移。

吕正操听说贺龙要离开冀中,恋恋不舍地说:"贺老总,八路军这套
东西我还没学会,还需要你多帮助,你却走了。"

贺龙笑着说:"八路军这套东西,都是毛主席教会的,毛主席的《论
持久战》、《抗日游击战略问题》你不是在学么,这就是老师。"贺龙又
说:"有事多向聂老总和区党委请示报告,冀中的事情会办好的。"

吕正操说:"贺老总,真不愿你离开这里呀。"

贺龙也眷恋地说:"是啊,冀中是个好地方,平津门户、华北粮仓,
将来对鬼子实行反攻,这里是个很好的基地,部队从这里一捅,就把鬼子
捅出关外,赶过鸭绿江。"

8月18日,张宗逊、张平化率独1旅、独2旅(缺716团,该团随师
部行动)及独立1支队为第1梯队,从深县地区出发,向晋察冀边区行
进。9月1日,张部到达了行唐县口头镇,于此休整。9月10日,张宗逊
接到贺龙电令,按第18集团军总部颁发的编制,撤销张纵队一级组织,
独立1旅辖独立第2团和715团;独立第2旅整编为358旅,辖独立第4
团和716团。独1旅旅长高士一、政委朱辉照、副旅长王尚荣,715团团
长李文清、政委温成功,独立第2团团长傅传作、政委幸世修;358旅旅
长张宗逊、政委张平化,716团团长黄新廷,政委廖汉生,独立第4团团
长徐立树、政委杨秀山。

9月19日,贺龙、关向应率120师师直第716团自冀中出发赴晋察冀
边区。

贺龙、关向应率师赴晋察冀以来,8个月中,共作战116次,歼灭日
军4900余人,主力亦由刚到冀中时的6800人扩大到2.8万人。9月24
日,贺龙率部队抵达行唐县南北城寨、刘家沟地区。继而到达平山县寨北
乡会口村,住了高之太家。

聂荣臻得知贺龙到达,即同抗大总校副校长罗瑞卿前来看望,表示欢
迎和慰问。就在这当儿,接到敌情报告:驻石家庄及正太路沿线的日军独
立混成第8旅团第31大队及驻灵寿县、行唐县的伪军共约1500余人,由
旅团长水源义重少将指挥向西进犯,企图袭击晋察冀边区较大的集镇
陈庄。

贺龙对聂荣臻说："120 师人马除 359 旅外，主力都集中在南北城寨一带，日军没有料到这里有我们主力。我看把这股敌人吃掉！"

聂荣臻同意贺龙意见，并请贺龙全权指挥战斗，晋察冀军区派出人马协同作战。

贺龙连夜听取了周士第关于敌情汇报。第二天清晨，贺龙、关向应、周士第、甘泗淇爬上山头，观察地形，制定了歼敌方案。

灵寿县陈庄镇，位于石家庄西北 200 余华里的太行山深山区，南靠王母冠山与平山县为邻，距西柏坡不足百里。北穿 30 余华里的险峻与阜平接壤，西翻坨梁峰是通往五台山之捷径，东沿鲁柏山侧惟有一条蛇曲谷道可达县城。四围群山环合，峰峦迭套，使陈庄镇的地形酷似一个"葫芦"。抗战以来，陈庄为晋察冀边区的重要根据地。边区政府、公安总队、抗大二分校、灵寿县人民政府、八路军 120 师供给处等，都住在陈庄附近的村庄里。因此，陈庄就成了敌人历次"扫荡"的重要目标。是年 5 月，日军就兵分多路侵犯陈庄，被八路军击退后，仍野心不死，伺机报复。终于于 9 月 24 日，敌第 8 混成旅团长水源义重少将率领 1500 余名日伪军，从灵寿向陈庄突袭。

贺龙等察看了一番地形，研究了作战部署，最后决定诱敌深入，打伏击战。他命令张仲瀚率津南自卫军节节抗击，引诱敌人上钩，命张宗逊为前线指挥员，负责指挥各参战部队。

9 月 25 日上午 11 时，日伪军高挑着膏药旗，出了灵寿县城，朝陈庄方向进发，从灵寿到陈庄，主要道路是经慈峪镇的一条大道。于 27 日上午 11 时占领陈庄。然敌尚不知其死期将近，行动前，只侦察到陈庄一带仅有八路军一小部。

贺龙集中了各方面情报，经过分析，认为敌人轻装简从偷袭陈庄，系孤军深入，即使占了陈庄，也不敢久留，当利用敌人回窜之时，打敌伏击。他下令不要狙击敌人，放敌进陈庄。之后，贺龙、周士第、张宗逊在当地农会主任王积德带领下，亲到陈庄以东 10 余里的鲁柏山查看地形。而后，下了伏击作战命令。

敌人占领了陈庄后，丝毫不知其已被围入瓮。在战后打扫战场中缴获的日军大队长田中大佐的日记中云："不经大的战斗而占领陈庄，水源真是指挥者的天才。"

敌占陈庄当夜，灵寿基干队、区小队等地方武装分别从东、西、南三面对敌人进行强扰性袭击。独立 1 支队和原驻陈庄的抗大二分校一部，也对敌实行扰袭。陈庄周围，一夜枪声不断，扰得敌一夜不得安宁。敌酋水源见抓不到老百姓，搞不到粮食，得不到任何情报，不由得心惊胆战，坐卧不安，28 日天一明，水源即下令人马撤出陈庄，返回灵寿。

敌人撤退时，放火烧房子，但见陈庄上空，烟火腾空。这是敌人逃跑的信号。

敌人走了不到五里，即进入 120 师的伏击阵地，遇到了 358 旅第 2 团特务连和 716 团 1 营的猛烈狙击。正向长峪急进的第 2 团主力，听到冯沟里的激烈枪声，也从敌后面赶来。

贺龙为了"扎紧口袋"，又把独 2 旅 4 团调来，守在破门口以东，挫败了日军两次东窜的企图。

时日军亦依托高家口、冯沟里、破门口等村庄及附近的高地进行抵抗。双方激战至下午 1 时，敌在向东、向北都碰上钉子后，又转而向南，向那里的第 2 团阵地展开猛烈攻击。第 2 团指战员顽强抵敌，敌死伤惨重，然第 2 团 2 营亦有较大伤亡。这时，第 4 团从牛家下口赶到，在 716 团和第 2 团之间投入战斗，占领了破门口以东高地。这样，敌人四面出逃的路全部被堵死，完全被困于高家口、冯沟里、破门口三个村庄及附近小高地。

时边区群众，翻山越岭，纷纷从四面八方赶到前沿，送饭送水，抬伤员，使指战员备受鼓舞，杀敌勇气倍增。

黄昏时分，贺龙下令向被困之敌发起冲锋。各路人马冲入敌阵，与敌展开格斗。

陈庄战斗历时六天五夜，除将进犯陈庄之敌 1100 余人歼灭外，并击退两次增援之敌，计毙敌水源旅团长及其以下 1200 余人，俘 16 人，缴获山炮 3 门，轻重机枪 23 挺，步枪 500 余支，战马 50 匹。八路军阵亡独立第 1 旅参谋长郭征及以下 142 人，负伤 415 人。

10 月 11 日，蒋介石、程潜、卫立煌电贺陈庄大捷。

日军被陈庄的惨败激怒了。遂集中了 2 万多兵力，并配有炮兵和坦克，对晋察冀边区抗日根据地实行大规模"扫荡"。敌人企图在神堂堡、阜平城至王快镇一带由外向内修筑公路，由内向外建立据点，打通曲（阳）、阜（平）的交通线，腰斩晋察冀边区根据地，以达到分割北岳根据地的目的。敌先以其独立混成第 2 旅团的过村大队和堤起大队向涞源以南晋察冀边区中心地带进攻。日本华北方面军《1939 年度第三期治安肃正计划》——即冬季大"扫荡"由此开始实施。

11 月 2 日，贺龙、关向应赴阜平青山村参加北方局组织工作会议。会议成员有各地委书记、各分区司令员、政委。会议讨论了反"扫荡"的布置。贺龙提出了 120 师配合晋察冀军区反"扫荡"的设想，得到了聂荣臻等赞同。

就在会议期间，11 月 3 日，涞源的敌人向银场、走马驿、灰堡方向分三路同时进行"扫荡"，其中银场一路有二个步兵中队，1 个炮兵中队和一个重机枪中队，还附有山炮、九二步兵炮数门，在村宪吉大佐亲率下，进至白石口。在雁宿崖，敌遭伏击，村宪吉大佐及以下 600 余人，除13 人被俘外，全部被歼。

八路军雁宿崖歼灭战的胜利，使敌恼羞成怒，号称"名将之花"的驻张家口的"蒙疆驻屯军"最高司令兼独立第 2 混成旅团旅团长阿部规秀中将，亲自率领日军 1000 多人，卡车 180 多辆，取道涞源，直扑雁宿崖，要与八路军主力决战。晋察冀军区领导决心再给敌人以沉重打击，遂以三个团和一个支队兵力投入此战斗。聂荣臻向贺龙提出，请 120 师派一个团配合作战，贺龙当即表示同意。返回郎家庄后，贺龙即把师特务团团长杨嘉瑞、政委范忠祥叫到师部，当面向他们交待任务。要他们立即开赴黄土岭，配合一分区部队作战。最后，贺龙说："聂总下了决心，任务很重要，要服从杨司令员指挥，一定把仗打好，不要把自己看成配角。"贺龙加重语气说："不要怕打硬仗，不要怕牺牲，你豁出两个营也不要紧，回来我再给你们补充。"

杨、范临走时，贺龙叫警卫员拿来一件皮袄和一只烟斗，说："这两件东西送给你们俩。"

杨嘉瑞、范忠祥表示坚决完成任务。之后，二人率特务团从阜平附近在冰天雪地里急行，于 5 日晚赶到黄土岭，并立即投入战斗。

这场战斗就是后来震动全国、震动日本朝野的黄土岭战斗，敌阿部规秀中将被八路军炮火击毙。阿部规秀是中华民族抗日战争中被击毙的职务最高的日军指挥官。阿部之死，也是对国民党诬蔑八路军"游而不击"谎言的一个有力的驳斥。

就在晋察冀军民以极其兴奋的心情庆祝 6 天中取得两个大胜利的时候，一个令人悲痛的消息传来。11 月 12 日凌晨 5 时 20 分，伟大的无产阶级国际主义战士、加拿大优秀共产党员、中国人民的亲密战友诺尔曼·白求恩逝世了。他是在抢救黄土岭战斗的伤员时，在分区的甘河医院里，不顾自己手指的刀伤，为一名患颈部丹毒合并蜂窝组织炎的伤员动手术，而不幸被病毒感染的。感染后他不顾自己高烧病痛，继续抢救伤员，致使病情恶化，在唐县黄石村与世永别了。

惊闻白求恩逝世，贺龙非常难过，他忘不了和白求恩一起相处的日日夜夜。120师举行了悼念白求恩大会，贺龙以极其沉痛的心情，悼念这位伟大的国际主义战士。他说："伟大的国际主义者白求恩大夫，我们的加拿大布尔什维克，在大战斗的时代里，竟不幸与我们永别了！这不仅是我们的损失，亦且是中国抗战的损失；不仅是中国抗战的损失，亦且是全世界无产阶级革命的损失。这在我们队伍中失掉了一位忠勇严谨的工作者，在中国则失掉了一位恳切真挚的同情的友人。今天，我们120师的全体指战员，尤其是伤员同志，来哀悼这位伟大的为人类正义与和平而献出了生命的加拿大的老战友，当觉得如何沉痛！如何凄楚！我们要向加拿大的共产党和加拿大工人阶级的弟兄们以及所有加拿大的同情与帮助我们抗战的朋友致以深沉的歉意！同志们，像这样一个同志，像这样的一个为我们的自由献上一切，最后献上自己灵魂的老战友，像这样的一个为了人间真理而牺牲自己一切，把自己的精力尽瘁于异国的福利而毫不顾惜的伟大崇高的精神，他应该永远地活在我们的心里，作为我们后者的指路明灯。同志们！白求恩大夫虽然牺牲了，他的不灭的灵魂却永远活着；他虽然安息了，他的那颗为革命不熄的心却依然在跳动，我们要继承这位伟大的国际友人的崇高遗志！"

此后，贺龙、关向应即率120师，和晋察冀军区军民一起，进行反"扫荡"。反"扫荡"结束后，贺龙、关向应又将部队转入整训，并于刘家沟办了一个高级干部研究班。

## "晋西事变"发生后

1939年12月，国民党顽固派掀起了第一次反共高潮，并将此高潮推到了顶点。在陕甘宁边区，胡宗南部发动了进攻，在山西，阎锡山制造了"十二月事变"，又称"晋西事变"。向山西新军和八路军发动了进攻。

在"十二月事变"即将爆发之际，驻晋西北的新358旅旅长彭绍辉带领护送弹药的 714 团两个营于 12 月 6 日到达平山西口村，于此见到贺龙、关向应。遂向贺、关报告了山西局势，请示方略。贺龙听了，端着烟斗沉思了一刻说："阎虽然没有动手，可晋西北阎军不会无所作为，要高度警惕阎，358 旅不可掉以轻心。"

关向应说："你迅速返回晋西北，加紧备战，准备反顽斗争。"

当山西新军于 12 月 7 日与旧军发生激战后，毛泽东、王稼祥指出，晋西南、晋西北两区为华北西北间的枢纽，必须掌握在抗战派手中，决不能让投降派胜利，否则是很危险的，方针是：要坚决反击阎的进攻，力争抗战派的胜利。

12 月 13 日，贺龙、关向应、甘泗淇、周士第致电晋西北区党委副书记、新 358 旅政治委员罗贵波并报毛泽东、王稼祥、朱德，电文指出：鉴于"山西内部投降与反投降（旧派与新派斗争）的斗争日益尖锐化到武装冲突，晋西我军应做好应付突然事变与支持新派新军的部署。"

1939 年 12 月 31 日，中央军委电令贺龙、关向应立即率部到晋西北指挥战斗，愈快愈好。

贺龙接到中央军委电令，即连夜在会口村召开干部会议，进行紧急动员。贺龙对阎锡山的背信弃义十分生气，他大骂阎、蒋说："他阎老西子搞摩擦，老子要反摩擦，要把他阎老西摩擦掉！"贺龙说得激动，那握着烟斗的手一挥，"叭"地一声，竟把桌上的马灯拨到地上。会上贺龙决定，亲率两个团先期行进，全师随后开到晋西北。

时贺龙觉得从冀西到晋西北两地相距太远，时间太仓促，部队昼夜兼程也会错过良机。他想到河西的王震部队，遂向毛泽东建议，调王震旅过河，协同彭绍辉之新 358 旅击破顽军。毛泽东通盘考虑后，认为动王震旅不妥，那样会给驻西安行营主任蒋鼎文向陕甘宁边区发动进攻以借口。毛泽东再次电令贺龙、关向应，谓晋西北作战指挥由他们全权负责。又命中央军委参谋长滕代远去晋西北，指挥、协调当地的反顽斗争。

1940 年 1 月 10 日，贺龙、关向应率师直属队、特务团、第 715 团为第 1 梯队，自平山县回口地区出发返晋西北。1 月 24 日到达岚县普明镇晋西北区党委所在地史家庄，与滕代远、林枫、赵林、彭绍辉、续范亭等会面。25 日，中共中央书记处电示朱德、彭德怀、贺龙、关向应、聂荣臻、彭真，指出：在山西要巩固晋西北地区，建立新政权，动员群众，扩大和整顿八路军、新军，解决财政问题；晋西北晋西南两区合并为一个区党委，林枫为书记，赵林为副书记，另由贺龙、关向应等组织一个军政委员会，统一党政军领导。

按照中共中央指示，晋西北军、政、民高级干部会议在岚县史家庄召开。出席会议的有贺龙、关向应、续范亭、侯俊岩、滕代远、彭绍辉、甘泗淇、雷任民、刘俊秀、赵林、韩钧、牛荫冠、罗贵波等。会议着重讨论了即将召开的晋西北行政公署及制定施政纲领等事项。讨论了晋西北新军的组织、指挥、军政教育及装备供给等问题。

时滕代远向毛泽东报告，谓晋西北党政军民统一领导，当由贺龙、关向应负责。

反顽斗争虽然取得胜利，但许多问题亟待处理：晋西北顽固武装尚未全部肃清，由同蒲路以东过来的阎锡山第十行署主任兼保安司令白志沂、第十一行署主任兼保安司令杨集贤部尚盘踞在晋西北北部；新军经过这次事变，需要整顿和加强，极度困难的财政问题需要解决等等。1月31日，中共中央及中央军委致电贺龙、关向应，指示了短期内必须完成的任务：肃清晋西北全境顽军及反动官吏；完成对决死队的补充整顿；完成政权改造，建设真正的抗日人民政权；整顿牺盟会；完成 120 师与新军南下讨逆的一切军事上、政治上的准备；制定全境财政经济计划。并要求贺龙、关向应主动向阎锡山发动和平攻势，向阎报告 120 师回晋西北的理由是巩固山西抗战，调解新旧军冲突。

2 月 26 日，在临县窑头村，贺龙主持召开了 120 师和新军旅以上干部联席会议，会议根据晋西北的战略任务，对军事工作做了统一部署。随后，贺龙、续范亭等又同八路军总政考察团，共同制定了新军四个月的整训计划和新军中党的工作的决定。会议之中，续范亭望着手握烟斗、谈笑风生、说话条理分明、风趣幽默的贺龙，忽然诗兴大发，提笔写诗一首，《赠贺龙将军》："体国公忠似赵云，坚强活泼文超群，云龙气概难比拟，李牧廉颇两将军。"

在贺龙、续范亭等主持下，晋西北新军共编为 7 个大团、4 个小团，共有 1.2 万多人，长短枪 5550 支，轻机枪 215 挺，重机枪 14 挺，迫击炮 6 门，晋西北军政委员会决定给新军补充 3000 名新战士。

1940 年 4 月 24 日，中共中央派萧劲光、王若飞为代表与阎锡山在秋林正式达成关于新旧军问题的协议：停止武装冲突；以汾阳经离石至军渡公路为晋西南与晋西北之分界线，晋西南为旧军活动区域，晋西北为新军、八路军活动区域。从此，结束了抗战以来在晋西北两种政权、两种军队并存的局面。

## 激烈的反"扫荡"

贺龙、关向应率120师返回晋西北后，贺龙首先想到日军进攻后如何保卫根据地。1940年2月26日，贺龙在临县窑头村召开的120师和新军旅以上干部联席会议上，对晋西北的军事工作做了统一部署，使晋西北八路军和新军形成了统一的领导。

就在这时，日军向晋西北开始了春季"扫荡"。

敌人这次大扫荡共分六路，从北、东、南3个方面进攻，动用兵力1.2万多人，并有空军配合。敌三面出击的目标是兴县，妄想把刚刚建立的抗日政权摧毁。敌第9混成旅团2000余人分两路从宁武出发，经五寨、岢岚，直取兴县；敌第3混成旅团3000余人分两路由静乐、河口出动，经岚县直扑兴县；南面之敌为独立混成第16旅团的三个大队，计6000余人，分两路由大武、柳村出动，经临县、方山直扑兴县，并很快占领了岚县、方山、临县等三个县城和10多个村镇，气势汹汹，杀气腾腾。时120师刚刚到达晋西北，征尘未洗，贺龙即指挥部队投入反"扫荡"战役。贺龙、关向应分析了敌情，遂决定在运动中打击进犯之敌。当下，把师指挥所移到兴县附近，前方指挥所由周士第负责。周士第收集到敌情后，迅即向贺龙等做了汇报说："敌人这次进攻的目的在于查明我军主力的位置和作战能力，扩大敌占区。"

贺龙综合各方情报，做出了部署：决定120师与新军各部、115师的陈支队、河防部队协同行动。贺龙又命令独立第1旅和师山炮连，开往临县以南大川东侧高地，协同晋西支队、决死队第4纵队于临县以南地区围歼进犯之敌。

春季反"扫荡"，共进行40天。120师在新军各部队紧密配合下，同进犯根据地的敌人战斗53次，毙伤日伪军1000余人，收复岚县、临县、方山三座县城及三井、河口、西马坊、东村、晋明、娄烦、三交、安家庄等11个村镇，保卫了晋西北抗日根据地。

在粉碎敌人春季反"扫荡"间，贺龙抓了整军工作。在3月10日于窑头村召开的有120师与新军旅以上参谋长参加的参谋工作会议上，贺龙作了关于 120 师和新军的整训动员报告。贺龙说："同志们，我们为什么要进行整军呢？有这样几个方面，一是部队的新老不同。有去年整理过的兵团，如 358 旅、359 旅、独立 1 旅、特务团，有的是去年未整理过的部队，如 3 支队、2 旅的第 5 团、警备 6 团等；二是部队成分与质量的变更。新成分逐日增加，老战士在战斗中伤亡后提拔的干部，需要提高；三是部队一贯的分散，特别是作战时以连营分开，很少得到集中的训练。再加上教育人员的缺乏及教育人员本身的质量薄弱，我们的连排级干部，很少有能担任军事课的。我就听到有人这样讲：如果叫我带部队打仗还可以，如果叫我带队整训教育，那就成了天下的难关了；四是部队的成分质量复杂，有老有少，有弱有残，有是河北来的，有是山西来的，还有很多其他省来的。正因为如此，部队存在着许多不良现象，例如兵痞、流氓、土匪不正规陋习与游击习气的表现；五是部队有过去的红军，也有很多新兵。这一切，都需要我们抓紧时间对部队进行整顿。"贺龙又说："根据总部颁发的 1940 年整军计划与任务，根据国内国际形势，根据晋西北具体的环境，根据我们部队的实际情况，根据以往的整军经验，我们拟定了具体的整军计划。"贺龙提高嗓门儿说："毛泽东主席在《论新阶段》中指出，'整理现有部队，充实缺额整编新的部队，提高军事技术，改善作战方法，发展游击战争以补充新式技术不足。'毛泽东主席的《论新阶段》和总部来电，是我们整军计划的总方针。"

接着，贺龙提出了整军的具体目的与要求。一是从组织上整理，按部队的战斗力来确定连、营、团的人数和枪支；二是从数目上整理；三是从部队素质上整理；四是精简机关；五是淘汰老弱病残，清洗不可教育的土匪流氓和暗藏的破坏分子。贺龙又讲了整军计划之实施，明确了用一年时间，完成 21 个团的整训任务。并把这 21 个团分为两期，第一期由 3 月 10 日开始至 6 月底止，第二期由 6 月底至 11 月。参加整训的部队有萧克部（挺进军）4 个团、359 旅 6 个团、雁北支队、津南自卫军、特务团、3 支队 1 个团、大清河北 1 个团、5 支队 6 支队 3 个团，第 4 团在晋察冀边区整训。第一期参加整训的共 18 个团。

宣布之后，贺龙说："这次整军，具体做法是由上而下再由下而上，从干部到战士到各部工作人员，各部事务人员，由党内到党外，深入普遍地动员解释，使 120 师每个指战员都要了解为什么这样做。"贺龙举了扩军中的不好的例子，他说："独立第 2 旅 4 团 3 营 10 连一个排长，在一个村子里，一个兵跑了，那个排长把他家的房子封起来；1营的一个扩兵组在河曲扩兵，有个群众上街买东西时，强迫拦住谈话，要他当兵；旅直骑兵连在武家庄听小孩说有七八个人想当兵，他们不管三七二十一就去扩兵；特务连因一个老婆婆不让儿子去当兵结果把老太婆捆起来；3营组织干事抓一个赶毛驴的来当兵；兴县等村报告独立1团向村长要兵就像抓壮丁似的；1旅在扩兵时发现村政权派民夫送东西和带路，结果不让民夫回去了；还有一种扩兵方式，即到村中召集村民大会，问群众抗不抗日，群众说抗日，我们的工作人员说抗日的都站这边。群众就一拥站到这边，结果我们的工作人员说好都跟我走，都当兵去吧。"贺龙把手一挥说："还是说扩军的例子。有的动员口号不具体不明显不适当，甚至还有欺骗老百姓的办法。2旅特务团4连在动员时说：老乡，当兵吧，当兵比在家好。你看我们有吃有穿还发给子弹发给枪，愿意到哪里就到哪里。用这样的口号、这样工作方法扩来的兵，能巩固吗？严重地说，是耻骂我军。"贺龙谈到干部问题时说："在和民族敌人、国内阶级敌人做长期艰苦斗争过程中，敌人的特务奸细千方百计地活动，而我们的部队对敌人的特务活动及奸细活动在某些方面是麻木不警觉的。在提拔干部和培养干部上政治质量的要求不严格，有的因干部缺乏而对某些干部错误采取姑息。像2旅4团10连长王占彪是山西失业的一个旧军官，抗战后投机取巧地混进了我们的部队，又混进了我们党的组织，对上吹牛拍马，对下采取旧军那一套私人感情的拉拢，限制民主生活，结果拖队伍投敌。又比如5团1个副排长叫冀义中，是魏大光部下的一个老土匪，再早是唱戏的，一贯过着流氓生活，由独立第2旅混进了师教导营，毕业后分配到5团当了副排长，结果组织拖枪逃跑。又如6团骑兵第2连连长陈宝林，早年当土匪，后在何柱国部队。该人是何柱国部队遣散后被6支队收容来的，由游击队混进了6团骑兵2连任连长，后被日本派来的奸细、教员郭中山活动叛变。"在谈到部队管理时，贺龙说："干部的管理教育上，存在着许多问题，有的也很严重。有些干部只知道扩充了补充了许多新兵，不管新兵素质如何，就拿来像老战士同样使用。没有切实地、普遍地深入细致地做思想教育工作。对战士，特别是对新扩来的战士关心和爱护不够。有许多战士没有棉衣，没有被子，没有鞋子，感觉不如在家，所以溜之乎也。再有，部队中对于清洁卫生不注意，有的是很不注意，没病搞成病，小病成大病。有的人不洗澡，甚至个别战士把衣服穿烂了也不洗。他不去洗，我们的干部也不管。这样的部队能不出现传染病吗？晋西北的老百姓是很少洗脸洗脚的，甚至吃饭的碗多日不刷。"贺龙说到这儿，提高了嗓门儿说："同志们！我们是抗日队伍，是共产党领导的八路军。我们要带头讲卫生，要影响带动老百姓。那些新兵，昨天还是老百姓，今天穿了军装，就是兵了。可那些陋习不是一天能改的，这就要我们的干部加强管理教育了。"贺龙批评了卫生机关。他说："卫生机关人员对于病号的照顾与爱护不够，有些不应该死的死了。有个在 3 支队任过连长的病号，本来病将要好了，但还不能起床，放在卫生部的冷屋子里冻死了。还有个病号，50 里路送了 3 天没送到卫生部，结果死了。"贺龙谈到武器的使用保管问题时说："部队里补充了大批新兵员，他们过去大部分是农民，特别是晋西北的农民，很少使用过武器。参军后又不断地行军转移，不断战斗，因此，各部队对新兵武器保管使用的教育上做得很不够。例如，枪的擦拭不知如何拆卸，如何装上，只知把表面擦一擦。这些都要对新兵进行教育。再有武器的丢失也很严重。特别是没有经战斗锻炼的新战士，听到敌人炮火激烈，退走时就将手榴弹和其他武器扔掉。师直警 2 连未下战场就不要了 15 个手榴弹。我们的一些干部，战场上指挥能力差，武器丢失的就多。"贺龙说完需要整顿的各种现象后，提高嗓门儿说："同志们，抗日战争是持久的、残酷的。而晋西北更苦。粮食不足，生活困难，部队半年来津贴已分文未发。许多人缺衣少鞋，伤病员缺医少药。部队里出现埋怨情绪。怎样才能战胜这些困难，这就要求我们的军队必须是高素质的军队。这次整顿的目的，就是提高我们军队的素质。"

贺龙亲自主持抓的部队整训，一共抓了五件事。第一件是分批集训了3000 余名干部，并继续举办了百余名干部参加的高级研究班；为新军补充了 3000 兵；对部队进行了整编和干部调整；将新 358 旅改为独 2 旅，下辖 714 团（独 2 团并入其中），独 1 团改称 5 团、警 6 团改称 6 团。并命令留在冀中的五个支队陆续返回晋西北进行整编和补充。

在整训中，贺龙发现少数人有轻视建设根据地的思想。抗战以来，120 师转战华北各地，经常处于流动的环境中，多是根据形势的变化而转移，因而部分人对根据地建设关心不够。特别是由于晋西北苦，一些人便留恋冀中。贺龙在整训中对干部们讲道："有的同志留恋冀中，不愿到条件艰苦的晋西北。同志们，不要忘记我们是共产党领导的抗日队伍，是旗帜。目前，我们的粮食紧张，有时吃不上饭，只吃粥，穿得也差，甚至半年没有发过钱，所以，我们必须要求大家，咬紧牙关过苦日子，同时，加强根据地建设，多生产粮食和生活必需品，改善部队的生活水平。那种不重视根据地建设的思想是非常错误的。"5月1日，贺龙在120师运动会上，针对整训中反映出的问题，说："同志们，10年内战时期，毛主席创建了井冈山，我们建立了洪湖苏区，我们党建立了不少红色根据地。后来，由于机会主义破坏，使我们失去了立足之地，走了两万五千里。那时，根据地在哪里？在脚底板上！这一条可让我们吃尽了苦头。今天要打败日本鬼子，夺取革命胜利，我们就要建立和发展抗日根据地。只要我们把晋西北建设好了，我们就像鱼在水中游，虎在山中行，任我自由了。敌人就会变成瞎子、聋子，到处碰壁，寸步难行。我们一定要树立长期建设根据地的思想。"

贺龙亲自主持抓的这次整训，虽然是在春季反"扫荡"间隙中进行的，但对部队的建设，非常重要。整训中，清除了一些有问题的干部，淘汰了老弱残兵，使指战员普遍接受了一次政治教育。经过整训，一些主力团队的兵力达到了3000人，全师5.2万人，新军1.2万人。战斗力大大增强。

第一期整训刚刚结束，敌人的夏季反"扫荡"开始了。

夏季反扫荡始自1940年5月。当时，晋西北周围有日军2.5万余人。

面对敌情，6月15日，贺龙召集作战会议，下达了作战部署。贺龙说："从各方面情报分析，日军对我晋西北的进攻部署已完成，不日将向根据地发动进攻，这仗怎么打？我和向应、士第商量的结果是，还是打游击战，避实就虚，内线外线结合。"

当下，贺龙命令张宗逊、李井泉率358旅迎击在米峪镇的村上大队；命彭绍辉率独2旅会同暂1师打击日军独立混成第3旅团，并要求彭以积极动作钳制敌人，将其向西北方向吸引；命决死4纵队跳到外线，与决死2纵队一起，破坏敌之交通，打击敌之运输线；命独立第3支队集结于岚县以北河口地区，打击向岚县进犯之敌。如敌兵较多或岚县为敌侵占，短期不能收复时，则358旅集结于赤坚岭地区待机。岚县之敌由3支队钳制之；命独1旅进至临县、三交以东地区活动；命师属特务团及新军工卫旅仍活动于文水、交城西北地区，配合内地区之反"扫荡"；命驻河西宋家川之359旅718团部队进行战斗准备，相机派少数兵力东渡黄河，在军（都）离（石）公路线上配合作战。

6 月 7 日，敌人的"扫荡"开始。

6 月 17 日 4 时，358 旅第 4 团 1 营在曹家掌附近与由米峪镇向静乐撤退之敌遭遇，遂迅速抢占了曹家掌东南高地。跟进的第 4 团第 2、第 3 营也立即占领圙练村西北高地。双方接火之后，敌人拼命夺路，然而第 4 团人马死死咬住不放。

双方打到 8 时左右，贺龙令 716 团 3 营接替第 4 团 2、3 营阵地，准备向圙练村西边高地的敌人攻击；第 4 团 3 营配合 716 团 2 营向米峪镇以北高地攻击，准备夺取敌各制高点，将敌压到大川内，到黄昏后将敌全歼。

时敌由静乐、古交等处来援，而南北方面的敌军也已全部出动，贺龙遂命令 358 旅迅速向赤坚岭方向转移，避开敌之合击，待机歼敌。

旅长张宗逊接到命令，遂留第 4 团继续围歼残敌，主力向罗家岔、赤坚岭转移而去。被围之敌趁第 4 团和 716 团交接之际突围跑了一部。4 团即令通讯连、侦察排和旅直侦察连追击，结果将这部敌军消灭于潘家庄和兴旺庄之间的坟地内。另有一些逃跑之敌被 2 支队歼灭。圙练村之敌在飞机支援下，曾发起数次冲击，企图突围，结果均被击退。到了黄昏，躲进窑洞内的几十个敌人被第 4 团用火攻全部烧死。

这一仗，打死包括日军大队长村上在内共 700 余人，俘大、中尉以下官兵 20 余人，缴获骡马 300 余匹，轻重机枪 6 挺，步枪 150 余支。

在米峪镇敌被围之际，古交、文水、静乐之敌 2000 余人即分三路来援。同时，其他方面敌军也向根据地推进。其中五寨、宁武、偏关等处之敌，向岢岚、河曲、保德等地进攻；离石、柳林、大武之敌向方山、临县、碛口等处进攻，敌人对晋西北的全面大"扫荡"正式开始。

夏季反"扫荡"战役到 7 月 6 日止，120 师及新军部队收复了兴县、保德、方山，河曲五城及主要市镇。战役中，作战 251 次，打死打伤敌伪军 4490 人，俘日军 11 人。缴步枪 305 支，机枪 8 挺。

# 百团大战的侧面——晋西北

晋西北的夏季反"扫荡"战役刚刚结束，八路军总部决定发动百团大战，进攻华北日军。

百团大战是怎样发起的呢？

1939 年秋冬，日军原先进攻华北的老师团，已被调到武汉、广西或回至朝鲜与国内，进行要地守备、作战、休整。华北的守备则由新成立的第32、第35、第36、第37、第41师团等部队担任。这时敌在华北及内蒙的部队，为9个步兵师团，1个骑兵集团，12个独立混成旅团，1个野战重炮旅团，1个飞行团，总兵力约25万人。上述这些敌兵部队，利用新修的公路和铁路，对华北各抗日根据地不断进行"扫荡"，以扩大其占领区。这些部队中的一部，采用高度分散配置的方法，对抗日根据地推行伪化和封锁，积极推行1940年度《肃正建设计划》和以"铁路为柱、公路为链、碉堡为锁"的"囚笼政策"，将其进攻矛头全面指向八路军，妄图摧毁华北各抗日根据地，以巩固其占领区。

为了有力地打击敌华北方面军所推行的强化治安和蚕食政策，彻底破坏敌赖以进行扫荡的铁路、公路交通，牵制敌企图向西北地区的进攻，改变敌后与影响全国抗战的形势，戳穿顽固派的八路军游而不击的滥言，八路军总部于7月22日，下达了该作战战役预备命令，要求"聂区（冀中在内）应派出10个团，129师派出8个团，120师派出4至6个团，总部炮兵团大部，工兵一部，对其他各铁道线配合作战之兵力，由各区自行规定之。"并规定战役准备在8月10号前完成。

8月8日，八路军总部下达了战役行动命令。其要求"贺关集团应破袭平遥以北同蒲线及汾离公路"。

贺龙接到"行动命令"后，即紧张地进行了准备工作的部署。贺龙考虑，晋西北夏季反"扫荡"刚刚结束，部队尚未休整补充，若完成破袭平遥以北同蒲线的任务，部队要长途南进，困难较大，且难奏效。他向彭德怀提出了以破击太原以北同蒲路和忻（县）静（乐）公路为重点的作战计划。彭德怀认为计划可行。之后，贺龙即下达了作战任务和部署的命令：第358旅破击忻县以北的同蒲铁路和忻（县）、静（乐）公路，并协同独立第1旅的715团相机逼退岚县及东村等敌据点，收复岚县；独立第2旅破击宁武至朔县间的同蒲铁路；暂1师破击神池至五寨间的公路，并保障独立第2旅侧后安全与后方交通；第715团围困岚县东村地区之敌，并与第358旅协同相机收复岚县、寨子、普明；第2团以两个营进至峪口到圪洞公路，破坏公路，打击活动之敌，1个营位于三交打击寺圪塔、石门墕之敌；决死第2纵队、第4纵队和工卫旅、师直属特务团破击太（原）汾（阳）和汾离公路。第359旅第717团东渡黄河，在离石、军都之间打击敌人。

百团大战统一规定 8 月 20 日于华北全面展开。战役分三个阶段，即，从 8 月 20 日至 9 月 10 日为全面发动阶段；9 月 22 日至 10 月 2 日，为第二阶段，继续歼灭敌军；10 月 6 日至 12 月 5 日为第三阶段，对敌进行大规模的反"扫荡"。

这次大破袭，正处于农作物的旺盛生长时期，因而对大部队的集结、开进、接敌、防空等方面均带来了有利的条件。

8 月 20 日晚，在华北各地的八路军，发动了敌事先毫无所闻的突然大规模进攻，各地民兵、游击队也一起参战。

张宗逊率第 358 旅旅部于 8 月 20 日下午 4 时向康家会和砚湾开进；决死 4 纵队和工卫旅在晋中平川的太（原）汾（阳）公路沿线上向敌人据点发动攻击。

大青山支队一部于 8 月 22 日在陶林附近消灭伪蒙军 50 余人，缴获步枪 30 余支，战马 40 余匹。23 日，该支队另一部在武川以西的同拉路漳击退出扰之敌百余人，毙敌 30 余人。同日，又在陶林附近击退出扰之敌百余人，毙敌 50 余人。

百团大战第一阶段，贺龙指挥 120 师和新军，与日伪军进行大小战斗 162 次，毙伤敌 2700 余人，马 250 匹，俘日军 25 人，伪军 142 人，缴获战马 149 匹，缴长短枪 369 支，收电线 1.56 万斤，破坏铁路 25 公里，破坏公路 285 公里，炸毁桥梁 40 座，打坏敌火车数列，汽车数十辆，另有船数艘。使同蒲路北段被切断，阻滞了察绥和晋西北日军对正太路的增援。

9 月 8 日，贺龙撰写了《百团大战的一个侧面——晋西北》一文。内称："晋西北，也就是同蒲线的北段，只是这个战役的一个侧面。但是，由于它和这次战役的正面——正太线紧相连接，是敌人增援最便利的一条交通要道，所以，在同蒲线上的配合行动对于争取整个战役胜利是有重要意义的。我们 120 师在百团大战的统帅、彭副总司令的领导与指挥下，协同晋西北的友军，新军各部，在同蒲线北段全线出击。在大战发动的当夜，我师×旅就把敌人在忻县与静乐之间的最大据点康家会克服，并且把据点内和静乐增援的敌人全部歼灭，缴获了大批战利品，造成我军抗战第四年第一次光荣的胜利。同时，由大同以北至太原以及四周的铁路电线碉堡也同时被破坏，同蒲线在很短的时间内就被完全切断。参战各部队在夏季反扫荡胜利之后，士气百倍，奋勇争先，晋西北的群众也一致动员，热烈参战，同蒲线上的胜利也和其他各线一样正在迅速进展着。"

日军筱冢义男的第1军司令部，对八路军的大规模进攻，事先毫无所知。防守在铁路沿线的日军各部，因情况严重而突然，慌乱中竟然忘记了向上报告，直到8月21日晨该军司令部的通讯科，从电话的旁听中，才知道华北各铁路、公路遭到了八路军的全面破袭，而以正太路尤为严重。随之，日军第1军参谋长田中隆吉，去年刚从陆军大学毕业的现任军司令部作战补佐参谋、28岁的朝枝繁春大尉，于21日下午乘侦察机，对正太铁路进行了空中侦察。第1军根据当天空中侦察的情况，召开了司令部参谋会议，确定令所属部队加强现地防守，搜集情报，准备反击。

9月1日，筱冢义男的第1军及多田的华北方面军共约8000多人，六路围攻正太路以南昔阳、和顺地区的129师。然129师早有准备，事后跳出敌包围圈，并相机打击了敌人。120师亦于同蒲路配合，牵制日军，使日军的合围落空。

9月16日，百团大战第二阶段开始，作战目标仍是破袭日军赖以运动的交通线，继续扩大战果。重点是摧毁敌交通线两侧及深入至根据地内的据点。时八路军总部下达了第二阶段作战命令，命令要求"120师以截断同蒲北段交通之目的，集结主力破击宁武、轩岗段同蒲路而彻底毁灭之"。

贺龙接到八路军总部命令后，当即召开了作战会议，研究部署了完成总部给的作战任务的具体作战计划。贺龙说："由晋南去援正太路之敌，约有1个旅团的兵力，其先头已达正太路西段，在石家庄正定沿线，敌集有五六千人，估计敌会从两面夹击正太路。目前同蒲路敌情没有大增加，总部给我们第二阶段的任务，是破袭宁武、忻州段同蒲路，破袭的重点在宁武、大牛店之间，时间9月20日开始。"贺龙一指张宗逊说："你们358旅的任务是袭击原平、宁武之间的轩岗、良庄、东寨等据点。"贺龙又对高士一说："独1旅担任准备袭占忻州至原平段的忻口、楼板寨等据点。"贺龙继续说："独2旅担任宁武至朔县段，阻宁武之敌增援；特务团于宁化堡附近，掩护后方联络路线；暂1师担任阻击岢岚、五寨增援之敌；津南自卫军与工卫旅的20团于忻州以南地区，配合北段破袭任务；曹3团位于岚县西北地区掩护河口、界河口之交通线，开展岚县普明与介桥之间游击战争；决死2纵队1个团活动于大武、峪口、离石地区，游击破路，其余两个团及决死4纵队集结于适当地区，准备迎击敌人从东南方面的进攻。"贺龙又说:"为隐蔽我之企图,在总破击未开始之前,应相机袭占宁武、宁化堡间一二薄弱据点。"接着,贺龙又讲了应注意的事项,他说:"独一旅应准备粮食,于10号集结于河口一带。前线统归张宗逊、李井泉指挥,各电台即与8旅通报联络。1、2旅即派参谋长或得力参谋先行侦察。8旅应往3支队与静乐地方政府联络,协商共同开展地方工作。以收政治效果。"贺龙最后说:"正太路破坏后,山西境内日军军需品之供应及外来援兵惟一依靠的铁路即为同蒲路。我军集中破坏同蒲路,不仅可以切断日军供应,阻滞日军援兵,而且对晋察冀军民完成涞灵战役、第129师完成榆辽战役计划,都有着极大的意义。"

会后,120师与新军各部队即进行了战役准备。这时,日军已在铁路两侧重要据点集结兵力,加强对铁路的保护,尤其是在静乐、宁武间的东寨、头马营、宁化堡和宁武南的羊圈岭等中心据点加强兵力。

战役很快打响。358旅从娄烦出发,两日后到达马家沟。本拟袭击羊圈岭,后侦知羊圈岭敌已增援,张宗逊考虑歼敌把握不大,遂没行动。刚好敌人出动,由羊圈岭开向里坞,张宗逊抓住这个战机,令716团打掉这股敌人;独立第1旅在高士一率领下直奔忻州与原平之间,行至羊圈岭以南的曹家庄一带,得到情报,说有日军400余人,在大庄滩合击八路军雁北支队扑空,正在上庄休息。高士一率队偷袭了该敌;彭绍辉、张平化指挥独1旅,在宁武、朔县间,炸桥梁,毁路基,烧铁轨枕木,炸火车,直把个同蒲路宁武、朔县破坏得不成样子。同时,还攻克了朔县与岱岳之间的小模村、李村敌据点,破坏敌人电话线50余公里;工卫旅的20团附师属工兵连,对高村、坪社间的铁路及石岭关附近的公路进行了破坏;师属特务团20日、21日以一部佯攻北龙泉之敌,主力布置在北龙泉与宋家庄之间准备打击忻县敌人的增援部队。23日后,即以游击姿态活动于宋家庄、三支庄、北龙泉地区;游击大队自20日起,向古交、河口之敌积极活动,破坏道路、袭击敌人,监视和阻止该敌的行动。

决死4纵队在副司令员孙超群率领下,伏击了文水县开栅镇增援交城的敌人和清源县增援交城的敌人,决死2纵队袭击了离石的大武镇和文水县城西关敌据点;暂编第1师的36团在师统一部署下,强攻五寨峰子头敌据点。

百团大战第二阶段,贺龙指挥第120师和新军,共进行战斗55次,毙敌1700余人,破坏铁路30余公里,公路50余公里,炸毁桥梁12座,缴获大批枪支、弹药和军用物资等。

八路军百团大战第二阶段结束后，贺龙判断敌情，致电八路军总部，提出了自己的看法。贺龙认为，百团大战基本结束，日军受此重大打击，一定会集结各据点之敌，乘八路军转移后向八路军某些地区进攻，一方面迫使八路军离开铁路线使其容易修路、修桥和加强修整据点设备，另一方面是破坏各地秋收，抢粮食，烧房子，杀人报复，镇压群众。贺龙提出的措施是：各部队派出相当兵力保护秋收，使群众粮食迅速收割与储备；各部队，特别是在敌据点较近的及敌据点间活动的部队，要严防敌人袭击；敌虽然大举进攻的征候尚不明显，但各部队在军事上、政治上、地方工作上都要有迎击敌人新的大举进攻的准备。

贺龙的判断十分正确。

从10月6日起，敌人即对华北各抗日根据地进行疯狂的报复性的"扫荡"。10月19日，八路军总部下达了反"扫荡"作战命令。命令要求120师集中4个团的兵力破坏北同蒲路。

在晋西北落下第二场雪的时候，敌人分18路出动了。

贺龙事先就估计到敌人这次"扫荡"的残酷性和连续性，在战役未开始之前，就号召晋西北的群众加紧空舍清野和战斗动员的工作，要求各级军政机关、群众团体深入每一个村庄，直接领导督促和帮助群众进行这些工作。在军事方面，贺龙根据八路军总部反"扫荡"指示精神和敌军情况，确定了反"扫荡"作战方针原则。主要是进行游击战，以一部兵力伸到敌后及敌人交通线，积极开展外线的游击战争，收复敌薄弱据点，使进攻之敌受到威胁。以一部兵力围绕着出动之敌不断扰击、袭击、追击、侧击，疲劳迷惑敌人，妨碍敌从事破坏根据地经济、烧掠淫杀的手段，破坏敌新修交通、新建据点，主力部队集结于机动位置，在有利条件下及必要时打击敌人。

然而，敌人这次来势汹汹。其以"铁壁合围"、"铁箧式清剿"等战术手段，并实施空前残酷的"烧光、杀光、抢光"的"三光"政策，破坏八路军的有生条件。凡敌人所到之处，房屋变成灰烬，人畜尽遭残害。在冷风刺骨的寒冬，群众被逼至深山、荒野。据后来缴获的敌"扫荡"兴县地区的行动标图和日记看到，凡地图上未记载的村庄均未被害，由此断定敌人的这次烧杀是有预定计划的。且敌人专门组织了放火队、杀人队等。敌人认为根据地内的群众均"赤化太深，不可教育"，只有杀尽灭绝。敌人杀人之方法，异常残酷。或用利刀穿戳，或枪毙，或投入井中，或剖腹挖眼，或使身首异处，残酷野蛮为历史罕见，奸淫掳杀也达到了极点。

敌人此次"扫荡"与以往不同的是其连续性，反复烧杀。如3次占领兴县，两次"扫荡"离石。且各地区采取数路合击的方式，各基干支队分若干路，各路之间互相联系，反复作轮回"扫荡"，小路及高山、极偏僻处也是"扫荡"目标。并专门找八路军后方机关、指挥机关和主力。到处搜索逃跑群众，挖掘群众和八路军埋藏之食粮。敌在每次出动前，必派出大批汉奸，刺探八路军行动，在井水中放毒，或伪装成八路军，欺骗群众回家，将之杀死。敌种种手段的目的只有一个，就是要毁灭晋西北抗日根据地。敌"扫荡"重点在兴县，遭破坏最大的也是兴县。

敌人的屠杀更激起军民无比仇恨。自战役开始，晋西北周围的游击战争就普遍展开。从北面的神池、朔县、偏关各县边境到轩岗、宁武一带，东面自岚县、静乐到阳曲的平川地带，南面自文水、交城沿汾离公路两侧一直到离石、大武一带，军民日夜与敌人进行战斗，或破坏公路电线，使大量敌人都被钳制在根据地边境，而不得深入根据地腹地。游击队、游击小组在各线的活动成为这次反"扫荡"斗争最显著的特点。兴县曾有7个人去袭击进占兴县的敌人，只用三颗子弹使敌人一夜不能安生，当敌人退去三五里路时，他们就闯进了县城。离石游击队乘敌人后方空虚，袭击敌人据点，破坏交通。各地游击小组，三三两两，到处寻找敌人和捉拿汉奸敌探，搅得敌人六神无主。从缴获的敌人的文件中，有"马掌脱落、补充困难"、"野战工具缺乏，实感痛苦"、"缺乏大批棉衣棉鞋，急于需要发给"、"在八路军的地方，柴火很少，做熟饭也很困难"等语。

在根据地军民的沉重打击下，日军设据点、修公路的计划破产了。敌人后方的据点和交通线又不断遭八路军袭击和破坏，进入根据地内之敌陷入粮草不济的困难境地，从1941年2月6日起，开始分途撤退。

当敌撤退之际，贺龙下令各部队尾击敌人。决死第2纵队第5团、第6团于1941年1月16日在文水以北石沙庄伏击撤退之敌，伏击前两天，指战员即进入伏击地，等了敌人两天两夜，没有泄露一点消息。结果歼敌大队长以下200余人。到了1月24日，进入根据地之敌全部撤回原据点，至此，反"扫荡"战役胜利结束。

## "八路军饿不死，困不死！"

八路军百团大战给日军以沉重打击，也使蒋介石胆寒了，他没料到八路军有如此强大的军事力量。于是，蒋氏掀起了第二次反共高潮。1941年1月6日，蒋氏和国民党顽固派制造了皖南事变，企图将新四军一举"消灭"。与此同时，各地"摩擦"加剧。

而日军也从3月起，在晋中平川推行了"治安强化运动"。贺龙一面要部队高度警惕国民党顽固派的突然动作，一面组织武工队，深入敌后，发动群众，反对日寇的"治安强化运动"，打击汉奸，寻机歼敌。

1941年6月22日，德国以闪电式攻击，向苏联发动了武装进攻，苏联卫国战争开始。在中国，日寇更加紧对共产党领导的抗日根据地发动进攻。在晋绥，敌人于7月初进行了第二次"治安强化运动"。

面对敌情，贺龙指示各部队、各军分区加大派出武工队的力度。这些武工队在敌战区和游击区骚扰、打击敌人，把八路军的游击战术淋漓尽致地发挥出来。

7月8日，晋西北党委、晋西北军区召开了群众武装会议，贺龙在会上作了很长的讲演，他反复强调敌后武工队、游击战的重要性。

群众武装扩大会议的召开，使群众武装得到加强。

9月8日，贺龙又主持召开了晋西北军区高干会议，会上，贺龙发表演讲，指出：人民武装的建设任务，包括整顿现有的自卫队，发展模范自卫队和基层自卫队。并指出了根据地、游击区和敌占区人民武装不同的任务和工作方法。会议期间，与会代表发出致贺龙、续范亭、关向应及全体将士的慰问信："你们对于晋西北的功绩永不磨灭！你们过着异常艰苦的生活，但是你们并没有因为生活困难而松懈了对敌人的斗争和自身的训练，而且你们更以同样英勇的姿态投身于根据地的生产建设。晋西北洒下了你们的血汗，晋西北将在你们的血汗培养下而日益壮大起来。"

晋西北根据地自日寇铁蹄踏入后，几经蹂躏，加上赵承绶人马退出时之掠夺和蒋介石的"饿死八路军、困死八路军"的经济封锁，真到了粮枯财尽的地步。大片土地荒芜，工商业萧条，行人稀少。且部队数量增加，参加抗战进入根据地的外来人员多，这样，使得根据地军民的物质生活到了极端困难的阶段，面临着饿死的危险。在1940年5月，朱德总司令从前线返延安，就向边区提出了"屯田政策"。毛泽东亦提出"发展生产、自力更生"、"自己动手、生产自给"的方针。1940年12月10日，晋西北地区地委书记联合会召开，会上检查半年来工作情况和布置1941年上半年工作。决定把发展生产、加强经济建设作为1941年根据地中心任务之一。

1941年3月4日，正值春耕时节，晋西北行署召开了财政经济会议。贺龙在会上说："同志们，现在的困难是群众没饭吃，没衣穿，没房子住。这些，我们必须解决，要当做中心工作来抓。"

贺龙在发言中，提出了生产建设的具体办法。他要求党政军民一起努力，参加生产运动。财经会后，晋西北行署、军区、新军总指挥部、抗联、青联等六个单位成立了晋西北春耕委员会。规定机关部队的生产，一律不准用农民的土地，已经用的要退还。机关部队要开荒种地，种子由口粮中节约解决。他斩钉截铁地说："日寇和顽固派扬言要饿死八路军、困死八路军，我们八路军饿不死、困不死！"

大生产运动很快在晋西北根据地展开。贺龙身先士卒，带头上山开荒，和大家一起吃又苦又涩的黑豆，穿打补丁的灰布军装。这一年，经过全体军民努力，以农业为中心的各行各业的生产建设都取得了很大的成绩，全年总计开荒30余万亩，增产粮食3万石（每石260斤）。

到了1943年，边区大生产运动推到了高潮。这年1月，中共中央毛泽东主席向全边区党政军民发出了"自己动手，丰衣足食"的伟大号召，边区军民响应中央的伟大号召。掀起了更大规模的大生产运动，仅边区部队即开荒20余万亩，是群众开荒总数的三分之一。贺龙很兴奋地撰写了《为完成10万石细粮而奋斗》的文章，在《解放日报》发表，向全区部队提出了1944年生产奋斗目标。贺龙的号召，在部队中引起了极大反响。

在大生产运动中，成绩最突出的是359旅在南泥湾的屯垦。

当美国友好人士斯诺、爱国华侨陈嘉庚、国民党爱国将领邓宝珊等到延安后，看到边区欣欣向荣、五谷丰登、六畜兴旺的景象，无不赞叹万分。1945年9月4日，蒋介石与到重庆参加谈判的毛泽东说："润之先生，你是一个难得的人才，在陕北那么贫穷的地方搞得红红火火，连我现在也不得不让你三分啊！"毛泽东挥手说："委员长过奖了，我哪里有那么大的本事，我又不是孙悟空，一变就把荒山变成了粮仓，我还不是靠陕北人民么。没有他们的支持，我还得被你蒋委员长赶得东奔西跑，更不敢来重庆见你了。"

大生产运动不仅改善了边区军民生活，战胜了日本帝国主义和国民党顽固派严密封锁所造成的严重困难，亦增强了人们的劳动观点和革命纪律，密切了军民关系，培养了军民自力更生、艰苦奋斗的精神。

1941年12月8日，日本发动了太平洋战争。9日，中国共产党发表了《中国共产党太平洋战争的宣言》。1942年元旦，中、苏、美、英等26个国家的代表在华盛顿签订了对轴心国日、德、意等采取共同军事行动的宣言。太平洋战争爆发，晋西北日军独立第9混成旅团调走，华北敌军有所减弱。日军对华北各抗日根据地，更进一步推行"治安强化运动"，企图稳定其在华北的占领区，切断晋西北的交通以及晋西北军区与八分区的联系。为此，敌人调整了晋西北的兵力部署。为彻底摧毁晋西北抗日根据地，又开始了对晋西北根据地春季大"扫荡"。

贺龙见敌若松部来势汹汹，遂避其锋芒，率军机关迅速转移到兴县西北水江头。2月6日，若松占领了兴县，见兴县已成为一座空城，立即又向水江头扑去，然贺龙已率机关转移到瓦塘以北地区。若松到了水江头后，一时找不到捕捉的目标，于是，令部队展开"梳篦队形"，像篦子梳头一样，多路纵队，分头搜索。

敌毛利旅团在袭击石佛河扑空后，也采取"梳篦队形"，分成十余股，在石佛河、胡家峪周围大肆清剿。

贺龙洞穿了鬼子阴谋，断定敌人此次"扫荡"目标是抗日根据地的党政军机关，中心为兴县、岢岚、保德地区，然后可能再"扫荡"四分区、二分区、三军分区。贺龙下令各部队应避开敌之主力，对进入根据地之敌，用小部队进行袭扰，使其不得安宁。

贺龙命令下过后，各部队立即投入战斗。

敌人苦于军区各部队游击战的打击，兴县公路不断被破坏，交通补给困难，遂于2月20日实施第三步作战计划：敌若松旅团长亲自率领村川、佐佐木、杉山三个支队大规模合击兴县以东地区，在这里反复"扫荡"。

这期间，军区各部队进行大小作战计划12次。2月26日，敌人实施了第四步作战计划。27日，佐佐木支队于上奥家滩附近出发，"扫荡"临县以东地区，之后，转向临县、三交地区"扫荡"；杉木支队于26日由兴县以东地区向康宁镇、白文镇以西地区进击。30日，主力到穆家坪。3月3日，又经丛罗峪向碛口、冯家会一带"扫荡"；村川支队2月27日经杨会崖、辛窑上、大蛇头、牛家平、杨寨到杂石沟一带"扫荡"。

面对敌情，贺龙以一部在根据地内与敌作战，一部转到敌后大肆破袭。在神池、朔县、五寨间日夜不断地破坏敌之交通。

由于敌"扫荡"抗日根据地，其后防空虚。贺龙遂指挥晋西北军区各正规部队、地方部队与民兵，在敌后开展游击战争。敌人在军区各部队不断打击下，交通运输困难，日感疲倦，终于撤退。

敌历时77天的春季"铁壁合围"的"扫荡"又以失败而告终。

反"扫荡"结束后，各部队认真总结了这次反"扫荡"的经验教训，对敌人战术优缺点进行了分析，对反"扫荡"战术问题进行了研讨，均感到敌人在不断变换战术，对敌情若不掌握，就可能吃亏。

在春季反"扫荡"后，晋西北军区领导机关驻兴县蔡家崖地区，358旅驻兴县以东恶虎滩、界河口地区，工卫旅驻兴县东南的李家截、饮马会地区，进行整训。

这时，中共中央发来了指示，要贺龙、林枫速去延安，贺龙把反"扫荡"扫尾工作向周士第作了交代，即同林枫一起过黄河，3月21日到达了延安。新华社记者即对贺龙进行采访，贺龙与记者畅谈了数小时，记者见贺龙面色黑红，两颊略显削瘦，然而神采奕奕。说到这次返延的任务时，贺龙以兴奋的语气说："自民国二十七年（1938年）到现在，因军务繁忙，已经有3年没有来延安了，这次来延安，一方面向总司令报告几年来的工作，另方面请示今后坚持敌后抗战的方针。"

记者又问到目前晋西北反"扫荡"之战，贺龙指出敌人已在晋西北军民合力迎击下开始溃退。贺龙说："敌人此次集中2万余兵力，于2月5日开始进行'扫荡'，其目的在于掠夺物质资材，拉壮丁，大肆烧杀，企图摧毁我们的抗日根据地，'肃清'他的后方，实行更大规模的侵略战争。"贺龙语气加重说："根据目前的材料，在这次反'扫荡'中，有两个问题值得提出，第一是广泛开展游击战争，打击敌人的抢劫烧杀。敌人这次首先集中兵力进攻兴县，隐蔽而迅速的来到，随后分区包围搜索，见房即烧，见丁即抓，老弱的被杀掉，强奸妇女比往年更厉害，真是无所不为。在这种情形下，我们的部队只有分散活动，采取袭击伏击方式，到处打击敌人，使敌人无法为所欲为。敌人的战术也在改变，在我们面前并非无能，时常对我们实行反袭击反伏击，我们如不注意敌人这种战术上的改变，那一定会吃亏的，我们应注意研究敌人的战术上之改变。其次是晋西北群众性的游击活动，现在大大地开展了，基干队、白卫队、少先队等群众武装各尽所能到处打击扰乱敌人，送情报、捉汉奸，如果没有军民的亲密合作，反'扫荡'战是不能得到胜利的。"

记者向贺龙提出：由于敌人在"扫荡"中所采用的烧光抢光杀光的"三光"政策的残酷，使后方人士对晋西北根据地的建设事业，尤为关怀时，贺龙愉快地说："晋西北根据地的建设，从民国二十九年（1940年）算起到现在不过两年，除了打仗外，允许我们建设的时间不过14个月，如今三三制的政权已经广泛建立起来，一天天在巩固中，过去逃亡的地主，现在已经陆续回来，地主士绅各党派人士都积极参加了政权工作，他们都很满意，我们行署主任续范亭同志就是一位国民党员、老同盟会员，副主任牛荫冠同志是牺盟会领导者之一，他的家庭是晋西北第一家大地主，乡村政权已经两次改造，现在第三次普选已经完毕，正着手县的选举，晋西北参议会正在筹备，预计今年7月间第一次参议会可以开幕。"

当记者谈到晋西北军民以吃黑豆而著名时，贺龙哈哈大笑说："现在不吃了，军民生活已大大改善，现在是小米、麦子、莜面掺和着吃，部队每人每天12两菜，半斤粮食，每连1个月吃1头到两头肥猪和几只羊，我们的冬衣都是穿皮衣，群众生活当然比部队要好些，因为他们终年生产，农业生产在二十九年（1940年）以前逐年减低产额的，现在不但恢复了过去的水准，并且已逐渐提高，特别是荒地大部分都消灭了，纺纱织布等副业也开始广泛建立，鞋袜、毛巾、牙刷、肥皂等小手工业更是发展，布匹也可以大部分自给。其他造纸、榨油、挖煤等工业，都已开办，所以军民生活正在一天天改善。"

当记者谈到日寇正在策划的北进企图时，贺龙作了明确的表示，他说："今天的苏联是国际反侵略阵线主要的堡垒，苏联的胜利是全世界各民主国家的胜利，也就是中国人民的胜利，如果日寇敢于进攻苏联，我们将在蒋委员长领导下，与各友军配合，坚决予以打击，拉住他北进的后腿，与苏联远东红军南北夹击，那时，日本强盗的寿命大概快完了。"

## 出任联防军司令员

1942年3月25日，中共中央西北局、陕甘宁边区参议会、边区政府、八路军后方留守处举行盛大欢迎会，欢迎贺龙和刚刚从苏联养病回来的林彪及到绥德、米脂视察的边区政府副主席李鼎铭先生。

林彪在平型关大捷后，身穿缴获的日本黄呢子军大衣，骑着关外良种"千里雪"大洋马，进入了阎锡山部队防区，结果被误伤，子弹入肺。虽经抢救，但子弹仍留在了体内。陕甘宁边区卫生条件和医疗条件有限，林彪于1938年12月，带着新婚妻子张梅到了苏联疗养治疗。1942年2月，林彪取道新疆回国，抵达延安。

李鼎铭先生是陕西米脂人。早年从事教育，后来改为研究医学。在抗日战争期间，他拥护共产党的主张，积极参加根据地政权建设工作，是陕北有名的开明士绅，担任了米脂县参议会长、陕甘宁边区议会议员、边区政府副主席。毛泽东在《为人民服务》这篇光辉著作中，讲到了李鼎铭。赞扬他提出的"精兵简政"这条很好的意见，做了对人民有益的事。

欢迎会由边区参议会副议长谢觉哉主持。谢老请林彪讲话，林彪推辞说："该受欢迎的不是我，应该是从前方回来的贺师长和我们的李副主席。"

谢老笑着说："我在洪湖时人们就说贺师长是条龙，这条龙从洪湖到湘西、到湘鄂川黔、到云南、到西康、到陕北、到山西、到冀中，任何敌人都奈何不了他。能降服他的只有纯阳老祖，这纯阳老祖是谁呢？就是共产党！"而后，谢老请贺龙讲话。

贺龙见自己受到这么热烈的欢迎，心情十分激动。他在热烈的掌声中讲了话，介绍了晋西北抗日根据地的情况。

欢迎会后，毛泽东要贺龙参加由朱德领导的军委考察团，检查八路军留守兵团的工作。

贺龙参加朱德领导的军委考察团到了留守兵团后，即与萧劲光、曹里怀、莫文骅作了多次长谈，交换意见，听取了一些旅、团干部的汇报。1942年3月下旬，召开了中央军委检查留守兵团工作会议。会上，贺龙作了坦诚的发言。他肯定了留守兵团在剿土匪、反摩擦、大生产、自身建设等方面的成绩。同时，也指出了主要问题，主要是留守兵团在处理与中共中央西北局的关系上。

当时，留守兵团存有不尊重地方政府现象。特别是对西北局领导，不经常向他们汇报和请示工作。部队中也存在一些不尊重地方，和地方政府闹纠纷之事。

贺龙在会上很中肯地对萧劲光说："毛泽东主席多次说，军队和地方出了问题，军队首先做检讨，军队和地方闹矛盾，军队要首先做批评。你们多做些自我批评，这事就好办了。部队住在哪里，就应当尊重哪里的地方政府，连中央决定的事都要通过一下西北局，留守兵团怎么能不通过一下西北局呢？"

朱德很同意贺龙所作的检查工作的结论。这次检查，使贺龙对留守兵团的情况有了一定的了解。

贺龙这次到延安后，立即同林枫、张平化等去中央医院看望关向应。他非常关心关向应的医疗，盼望他早日恢复健康。此后不久，贺龙还派身边最得力的秘书陈梦环去照顾关向应，并请了一位中医杨大夫，在关向应身边照料。后来，贺龙见关向应病情转重，又把晋绥军区卫生部政治部政委杨云阶调来，负责关向应办公室工作。一天，陈梦环回来见贺龙，贺龙急切问关向应的病，陈梦环低声说："还是不好。"

贺龙的眼湿润了，好一会儿，他说："关政委想吃点什么？"

陈梦环说："现在只能喝点汤。"

贺龙想想说："你杀只鸭，把鸭脯上的白肉剁烂，做成肉饼，放进汤里炖，鸭油都被肉饼吸收，鸭汤变成清水，可营养还在里边。"说完了，贺龙还自言自语道："这样，他总可以多喝一些。"

贺龙、林枫等到了枣园看望了续范亭。老友相逢，大家特别高兴，备感亲切。时续范亭的病情稳定了一些，贺龙、林枫向他祝贺，祝他早日康复。谈话声、欢笑声打破了山谷中的清静的环境，一向沉寂的休养室，霎时变得热闹起来。续范亭听到大家谈到晋绥边区各项工作取得的成就，心里很激动，恨不能回到晋绥边区，与同志们并肩作战，共同工作。他挥笔作诗《赠贺龙》："一把菜刀起义人，半生革命刃犹新，边区柱石老同志，塞北堡垒万里城，五载相知惟一字，千年大业赖天真，山人共赴瑶池会，祝你金刚不坏身。"

1942年5月13日，中央军委为统一晋绥与陕甘宁边区的军事指挥，加强陕甘宁边区的防卫力量，决定在延安设立陕甘宁晋绥联防军司令部，任命贺龙为司令员，关向应为政治委员（在休养期间由高岗代理），徐向前任副司令员，高岗、谭政、林枫任副政治委员，参谋长徐向前兼，政治部主任谭政兼，政治部副主任傅钟、甘泗淇兼。辖第120师、晋西北新军、第359旅和陕甘宁边区保安队及炮兵团。时毛泽东要求贺龙完成三项任务：一、统一晋西北与陕甘宁两个区的军事指挥及军事建设；二、统一两个区的财政经济建设；三、统一两个区的党政军民领导。

联防司令部首脑机关设立后，第一步工作是整编部队。贺龙即着手进行调查。他深感边区各部队多失管理，指挥不统一，不适应保卫边区的需要。决定改变头重脚轻的现象，紧缩指挥机关，充实连队，提高工作效能，提高战斗情绪，使机关精干，事权集中，行动统一。对裁减人员，贺龙、徐向前的一致意见是，一部分充实到生产方面，发展生产，一部分进党校及军事学院学习，培养与积蓄人才。

从6月上旬起，边区各部队即进行了整编。本着缩小机关、减少层次、充实连队战斗力的精神，将各独立团、队整编为旅，依各旅情况编一至两个主力团，其余编成小团。

为了便于联防军对驻陕甘宁边区部队的领导和实行精兵简政，中央军委于9月5日发布命令，联防军司令部与留守兵团司令部合并，由联司直接指挥陕甘宁边区各部队，对外仍保留留守处及留守兵团司令部名义。

贺龙经调查后，感到边区周围有50万国民党军队对边区实行封锁，边区部队既要保卫河防，又要对付众多的国民党军，兵力实感不足。他向毛泽东建议，把独1旅在晋西北的1个团调到河西（1941年独1旅的1个团已调陕北）。毛泽东同意，1942年11月26日，独1旅旅部及1个团调到了陕北。

贺龙的预见十分正确，就在他下令边区部队加强战备之际，国民党顽固派掀起了第三次反共高潮。经过是这样的：1943年初，世界反法西斯战争形势发生了根本变化。从斯大林格勒战役开始，苏联红军和英美盟军先后进入反攻作战。在反法西斯盟军的打击下，德、意、日法西斯军事同盟开始瓦解。日军在太平洋战场上亦开始崩溃，失败已成定局。1943年3月，蒋介石授意陶希圣代笔，撰写了《中国之命运》一书。书的核心是，没有国民党就没有中国。书中鼓吹复古主义，诋毁资产阶级民主主义思想和共产主义思想，全书攻击的矛头是中国共产党和共产主义思想体系。

就在这时，共产国际执委根据新的历史发展，作出了解散共产国际由各国共产党独立领导本国革命的决定。国民党顽固派便抓住这个时机，加快了反共步伐。6月12日，西安劳动营训导处处长、托派和复兴社特务张涤非奉蒋介石之命，在西安召集"文化团体"开会，谓第三国际已解散，马列主义已破产，要求中共交出解放区，解散共产党。国民党中央通讯社也趁机大肆进行反共宣传，向中外报刊发了这则消息，认为第三国际已解散，中共再无存在的必要，并发动全国各地的所谓"民众团体"加入反共行列。一时间，反共声浪极其嚣张。

国民党顽固派在制造反共舆论的同时，调集了60万兵力，对陕甘宁边区进行包围。5月23日，胡宗南将制订的进攻陕甘宁边区的作战电呈蒋介石，蒋予以批准。6月初，何应钦、白崇禧、胡宗南在耀县依据此方案制订了进攻陕甘宁边区的作战计划，准备分9路闪电式袭击延安。7月7日，胡宗南下令其部炮击边区的鄜县柳村区。7月9日，炮击关中分区。

面对国民党顽固派的反共高潮，贺龙令358旅迅速赶赴陕北。张宗逊接到电令后，即于1943年6月下旬开进了陕甘宁边区，进驻了延安以南、鄜县以西的葫芦地区。独立第1旅的715团同时由绥德、吴堡地区出发到达葫芦河，归还了358旅的建制，这样，358旅、359旅、新4旅、教导旅呈弧形布防在南边通往延安要道隘口上。

7月9日，延安三万军民举行了紧急动员大会，林伯渠主持大会，刘少奇在大会上号召全体边区军民，做好准备，给敢于进犯者以迎头痛击。朱德在大会上讲话，明确表示中共主张抗战到底，反对内战，要求西安当局撤退包围边区的大军，去守卫河防，并要求严惩那些挑动内战的日寇"第5纵队"。贺龙在大会上发表了演说，他激动地讲道："我们要动员保卫边区，必要的时候，不怕打到最后一支枪，最后一人！"贺龙当面责问参加大会的国民党驻延安联络参谋："你说蒋委员长广播中没有提到内战，但是河防大军六七个主力师和什么坦克、重炮，纷纷西调，包围边区，部队都换上了新枪，连马鞍也换了新的，对着我们如临大敌，而把日寇放在一边，这究竟是什么道理？还要请解释解释！"

贺龙讲到这里时，与会群众高呼"誓死保卫边区！""消灭法西斯！"等口号，吓得国民党联络参谋不敢回答。

大会向全国发出了"呼吁团结、反对内战"的通电。

同日，贺龙在《解放日报》上发表了《加强团结，准备反攻》一文。

国民党统治区民众和各团体都纷纷质问重庆当局的反共行为。苏、美、英大使根据朱德致蒋、胡电召开了会议，警告蒋介石不得发动内战。

这当儿，陇南暴发了反对蒋介石暴政的民变，胡宗南调兵镇压，蒋介石迫于国内外舆论，又见边区军民做好迎击准备，胡宗南兵力他调，就把那颗欲消灭共产党之心压了压，遂于7月10日电令胡宗南将部队撤离陕甘宁边区。

此后,蒋介石对陕甘宁边区取"围而不剿"之策。

国民党顽固派第三次反共高潮过后,局面相对稳定。1943年9月5日,毛泽东就关于实施军训,迎接大规模战争指示贺龙:"估计到晋西北不久将召集会议,10月10日的延安军事高干会议,你及晋西北的干部可以不到,由你及林、周、吕就地动员晋西北旅团长、旅团政委,在冬季5个月中实施全军普遍的彻底的军事训练,准备迎接大规模战争,把此看做一个严重任务。"

10月10日,高级军事干部会议在延安召开。毛泽东、朱德等中央领导出席了会议。会议主要研究部署边区部队在驻防的同时展开大生产和大练兵运动。毛泽东代表党中央发出"边区部队在冬季要进行一次很好的训练,达到一个当两个的目的"的号召。并提出训练方法是首长负责,自己动手,一般号召与个别指导相结合,领导与骨干相结合。

贺龙在晋西北召开了旅、团长及政委参加的军事训练动员大会,贺龙亲自动员。很快各部队掀起了冬季大练兵的热潮。

大练兵提高了部队指战员的军事素质,为取得抗战最后胜利打下坚实基础。

# 参加整风运动

从1942年春天起,中国共产党开始了整风运动。这是为了肃清"左"倾和右倾机会主义路线对中国共产党的影响,克服党内存在的非无产阶级思想,整顿党的队伍,使全党在正确路线下,团结和统一起来。

整风实际上从1941年就开始了。1941年5月,在延安干部会议上,毛泽东作了《改造我们的学习》的报告。7、8两月,中共中央发了两个重要文件:一是《中共中央关于增强党性的决定》;二是《中共中央关于调查研究的决定》。1942年2月1日,毛泽东在中央党校开学典礼上,又作了《整顿党的作风》重要演说。动员党员和干部认真学习马克思列宁主义,并运用这一锐利武器,反对危害党的主观主义、宗派主义和党八股,以达到改变思想、作风和团结同志的目的。2月8日,毛泽东在延安干部会上又发表了《反对党八股》的演讲。毛主席为党八股列了八条罪状,一是空话连篇,言之无物;二是装腔作势,借以吓人;三是无的放矢,不看对象;四是语文无味,像个瘪三;五是甲乙丙丁,开中药铺;六是不负责任，到处害人；七是流毒全党，妨害革命；八是传播出去，祸国害民。

毛泽东的这两个报告，开始了中国共产党历史上著名的延安整风运动。整风的宗旨即是"惩前毖后"、"治病救人"。

但是，当整风在各地展开后，即出现了两方面的干扰。一是来自革命队伍内的干扰。有少数青年知识分子干部，对党历史上"三风"不正危害并不了解，对改造工作、团结干部、团结全党的整风精神缺乏正确认识，而对物质条件匮乏的延安在干部生活待遇上的某些差别、婚姻、娱乐方面的某些限制，以及上下级关系方面的某些隔阂，不但十分敏感，而且以绝对主义和极端民主化的态度来对待；另一个干扰来自国民党顽固派。自1942年入春以来，特务头子戴笠即专程到西北，派特务打入中国共产党县委以上机关、军队师以上部门及办事处，寻找中共内部的不满和动摇分子。在大后方，国民党顽固派利用各种宣传工具，污蔑共产党、八路军，迫害民主人士，搜捕地下党员。

由于国际形势的变化，到了是年5月，国共紧张气氛有所缓和，中央决定整风学习按原计划实行。

中共中央宣传部规定了22个文件，其中包括中央关于增强党性、加强调查研究的决定，毛泽东关于整顿党的作风、改造我们的学习和反对党八股等重要报告和讲演。根据毛泽东提议，由书记处讨论，整顿"三风"和检查工作按中央直属机关、中央党校、延安各学校及陕甘宁边区党政机关五个系统进行，分别组织学习委员会。中央党校系统由毛泽东领导，边区系统由任弼时、高岗负责。并成立了由毛泽东为主任，凯丰、康生、陈云、李富春等五人为副主任的学习委员会。

时参加整风学习的有1万多人。经书记处批准，陕甘宁边区的学习委员会由任弼时、高岗、林伯渠、谢觉哉、萧劲光、王世泰、陈正人、高长久、高朗山、白爱玉10人组成。

1942年4月18日，西北局发出《关于准备整顿"三风"工作的指示信》，决定各省委、分委、县级机关从6月1日到8月30日学习中央规定的22个文件。4月21日，西北局和边区总学委在边区参议会的大礼堂内举行动员大会，2000多名干部参加。任弼时在大会上做了学习动员。

就在整风动员开始不久，贺龙到了延安，当即投入整风运动。5月2日，延安文艺工作者第三次会议在杨家岭召开。毛泽东到会讲了文武两个战线的关系，讲了文艺工作者的立场问题、态度问题、工作对象问题、感情问题、学习问题。贺龙亦到会并讲了话。贺龙提到了120师战斗剧社演《雷雨》、《中秋》两个话剧的情形。贺龙说："去年初冬，战斗剧社演《雷雨》，把广告挂在村口两棵大杨树中间。广告上画着一个披头散发的女人，像个幽灵似的隐现在雷电的闪光中。广告下边还有一行大字，写的是：同志！你来看《雷雨》的时候，别忘了带手帕！结果呢，台上演的哭哭啼啼，台下哄堂大笑。晋西北已经刮起了寒风，演员还穿着纺绸小褂，摇着扇子喊好热。同志，敌人冬季'扫荡'就要开始了，我们英勇的八路军官兵，哪有闲情去欣赏发生在地主老财家里吊膀子的事呢。"贺龙又说："这本来是剧社服务方向的问题，可他们看不到，又在敌人'扫荡'中花了两个月的时间，排练了从延安鲁艺学来的话剧《中秋》。这个剧本是反映抗战初期农村生活的，把农民写成了软蛋。战士们看了很生气，说戏里的农民一点没有中国人的骨气，真想往台上扔石头。戏演了一半，人就都走光了。"讲完例子，贺龙说："说到底，是文艺服务对象、是感情的问题。指战员们正进行反'扫荡'，要表现他们英勇杀敌的精神，要表现敌人的残暴，要表现军民团结！"

5月23日，历时21天的延安文艺工作者座谈会结束，毛泽东到会讲了话。这个讲话，连同5月2日的讲话，成为著名的《在延安文艺座谈会上的讲话》。贺龙与毛泽东、朱德同代表们一起合了影。

6月2日，贺龙在陕甘宁边区各单位学习委员会及学习小组长联席会议上讲话，鼓励大家安心学习，自我反省，克服本位主义，服从党的集中领导，拥护党的领袖毛泽东。6月9日，中共中央宣传部发出《关于在全党进行整顿"三风"学习运动的指示》。

在整风学习中，贺龙对中国革命的一些基本问题进行了反思，有了新的认识。他从1927年"八一"南昌暴动以来部队几起几落的教训中感到：精通马列主义绝不是背诵词句。王明、夏曦说起来都是一套一套的，但他们给中国革命造成了巨大损失。毛泽东灵活运用马列主义的立场、观点、方法，正确地解决了革命运动中的许多实际问题。像处理抗日民族统一战线的复杂斗争中，毛泽东综合历史的经验教训，有理、有利、有节地团结各方人士，使共产党、八路军在斗争中得以发展壮大。贺龙认为，中国共产党有着20多年的历史，在长期的残酷斗争中，有许多经验教训值得总结。这次整风，就应当很好总结一下。

10 月 19 日，中共中央西北局高干会议在凤凰山麓的边区参议会大礼堂开幕。这是个规模很大的会议，是在整风学习检查工作的基础上召开的。出席会议的有西北局党政军民机关，县、团级以上干部 266 人，中央机关高级学习组成员和在中央党校学习的重要干部 209 人列席了会议。会议的议题一是通过整党、整政、整军、整财经、整党政军民关系、建立党的一元领导；二是讨论边区党的历史、现状及实际工作中存在的问题，特别是针对边区政府工作生产和财经问题，进行深入讨论。任弼时主持开幕式。对这个会，毛泽东说："高干会应该是整风学习的考试。"

当时，在边区部队中存在着一些不良倾向，诸如不尊重中共中央西北局，不尊重边区政府，少数干部对地方干部蛮横无理，不执行精兵简政的政策，不愿参加边区建设以及生产上各自为政、本位主义等等。

11 月 2 日，贺龙以一个普通党员的身份在会上发了言。贺龙说："同志们！我是一个军人，是一个党员，因此，今天我在整党大会上，以一个普通党员的资格来发表一点意见。整风是整什么？是整我们党内不正之风即整主观主义、宗派主义、党八股。这些不正之风在我们党内造成了什么危害呢？它们把中央苏区搞垮了，鄂豫皖苏区搞垮了，川陕苏区搞垮了，湘鄂赣苏区也搞垮了。白区的党几乎百分之百地被搞完了，苏区的党百分之九十被搞完了。湘鄂西苏区的干部几乎被杀完了，杀的结果，最后领导干部只剩下几个人。这都是主观主义、宗派主义、党八股等不正之风，在党内造成的危害。如果不是遵义会议，还能有陕甘宁边区吗？我们今天还能在这里开这样大的会来整党吗？因为主观主义、宗派主义、党八股同样给陕甘宁苏区，特别是给陕北苏区带来了严重危害，曾经把所有的干部捆起来要杀。如果不是遵义会议后中央来到这里，还有这块地方吗？同志们，我们整党是整思想，是整党内不正的'三风'。请同志们回头想一想'三风'对党造成多么大的危害。今天，在我们边区党内存在很多危害党的团结、危害党的利益的不正确的东西。做一个共产党员的起码的条件，是要服从党的决议，执行党的决议。党的决议下来后不执行，党的政策下来后不执行，这种闹独立性的行为，对党是很有害的。我们这次整党，就是要整掉这些错误的东西。"贺龙说："整党要先从上面整起。上面整好了，下面就一定能整好；上面没有整好，下面也不可能整好，这是一个领导问题。俗话说：前面乌龟爬懒路，后面乌龟照路爬。责备下面，首先要责备自己，要责己严，责人宽。我是一个司令员，如果军队做了什么坏事，犯了纪律，违反政府的政策、法令，这个责任是领导机关的，我这个司令员要负责。我骂下面，说是你们不好，我自己好，下面的干部心服吗？是不会心服的。我们通过整党，就是要整掉这些不正之风和不纯洁的思想，保持我们党的统一和一元化领导。党是最高的组织形式，是领导一切的，要领导政权、军队和民众团体，军队不闹独立性，政权不能闹独立性，民众团体也不能闹独立性。我们只有一个党，就是中国共产党。为什么在共产党里头会出现闹独立性？对西北局的决议可以不执行，对中央的政策也可以不执行，这种人就不像共产党员的样子！我当师长带120师，我在那里的时候部队很好，如果我走了部队就不好了，这样，我有没有党性呢？没有；是不是一个好的干部呢？也不是。如果我这个师长走了，无论换任何一个人去当师长，部队都是一样，这就表明我还有一点党性，在部队中间真正执行了党的路线，真正执行了党的政策。"贺龙用批评的语气说："今天，陕甘宁边区是党中央直接领导的，西北局是党中央在西北的代表机关，轻视西北局，就是轻视党中央。对西北局的决议、指示随便不执行，闹独立性，这样，陕甘宁边区的工作就没办法做好。军权高于一切，什么都闹独立性，工作就没有办法做好。就是有一个天神下凡，也没有办法做好。真正地拥护党，不能口里说的是一回事，而做的又是一回事；不能看到中央指示和个人利益有了矛盾，就赶快把中央决定搁下来。我想，整党就是要整这些思想不纯、对党闹独立性的不正确的东西。斯大林论布尔什维克12条，第一条就是讲反对在党内闹独立性。中央要求实现党的一元化，不是光口头上讲一元化，讲容易得很，而是要我们实际去做。所以，整党首先要从领导机关整起，从领导人整起，从自己整起。要开展自我批评，如果没有自我批评，要想把思想统一，是很不容易的。召集这样大的一个会，尤其是在整风期间开这样的会，要花多少钱，光是伙食每天每人就是60元。这次会议发了许多文件，希望大家要很好讨论研究，把大会决议精神带回去，把我们的思想整一整，找出我们的思想有什么毛病。只有这样，整党收获才大，否则收获就不大。我是一个军队党员，我今天就讲这些意见。"

这次整风，为夺取抗日战争的最后胜利和民主革命在全国的胜利，均奠定了牢固的思想基础。

# 第十三章　在解放战争中

## 夺"桃子"

1945 年 8 月 15 日，在世界的东方，千山万壑回响着一个巨大的声音："日本法西斯投降了！中华民族抗战胜利了！"

是的，中华民族胜利了，那千千万万不愿做奴隶的人们，终于以自己的血肉，筑成了一道新的长城，伟大的中华民族，终于翻过了近百年来染满屈辱血泪历史的一页。

延安，这个民主的圣地，革命的摇篮，这座响遍了抗战歌声的英雄古城，在这胜利的时刻，无不充满着激动人心的狂欢。

城里城外张灯结彩，红旗飘扬。各处黑板报上都用大字报道了这重大的喜讯。到了晚间，举行了火炬游行。全市灯火辉煌，鼓乐喧天，欢声从各处发出。机关与群众的乐队、秧歌队，纷纷出发游行。斯大林、毛泽东、朱德的巨幅画像，在熊熊火炬中高高举起。

抗战胜利了，那用鲜血浇灌的"桃子"成熟了，摘"桃子"的时刻到了。8 月 11 日，蒋介石向八路军总司令朱德发布命令："八路军所有部队，应原地驻防待命"，不能向敌伪"擅自行动"；同时，命令伪军"负责维持治安"，抵抗八路军的受降。又命令远离前线的国民党部队，向解放区军民包围的敌占城市的交通线"积极推进，勿稍松懈"。

对于蒋介石的反共反人民的行径，毛泽东给予了最严厉的批驳。他在 8 月 13 日延安干部会上发表的讲演中非常气愤地说道："抗战胜利的果实，应该属谁？这是很明白的。比如，一棵桃树，树上结了桃子，这桃子就是胜利果实。桃子该由谁摘？这要问桃树是谁种的？谁挑水浇的？蒋介石蹲在山上，一担水也不挑，现在却把手伸得老长老长的要摘桃子。"

"同志们，抗战胜利是人民流血牺牲换来的，抗战胜利应当是人民的胜利，抗战果实应当给人民。"

毛泽东的讲演，精辟地分析了抗战胜利后的时局，指明了中国共产党在新的历史时期的方针和任务，清除了人们头脑中的各种模糊认识。在当时，在解放区的军民心中，都形成了一个坚定的信念：同蒋介石夺"桃子"！

时朱德总司令给贺龙连发两道命令："贺龙所部由绥远现地向北行动。""为实现肃清同蒲路及汾河流域之敌伪军，并准备接受敌伪军投降与进入太原任务，所有山西解放军统归贺龙指挥，统一行动。"

贺龙参加了中共中央召开的会议。会议分析了日本投降后国际国内时局的变化，确定了同蒋介石抢夺战略要地的方针，明确了各解放区"夺'桃子'"的任务。贺龙的任务是：挺进晋中平原，收复太原。贺龙迅速果断地给他的部队下了命令："决不能使抗战的胜利果实让敌人抢去。要迅速地坚决地迫敌投降！"

于是，在大青山麓、汾河两岸，勇敢的抗日军民，坚决地向日伪发动了迫降进攻。

为了迅速夺取更多的"桃子"，贺龙决定东渡黄河，亲临前线。8月13日，贺龙率领部分机关干部和少量警卫人员，分坐两辆卡车，开赴晋中平原。

汽车到绥德时，他向这里驻防的独1旅布置了战斗任务。

在旅、团干部会上，贺龙向大家讲了第二次世界大战后的国际形势的急剧变化，讲了抗战胜利后国内的时局及部队的任务，传达了朱德总司令的命令，讲述了毛泽东关于蒋介石夺"桃子"的演说。

贺龙奔赴前线的时候，蒋介石正用飞机、军舰等最现代化交通工具，将其麇集大后方的军队，运到各解放区，同日伪军一起向解放区军民大举进攻。这时，暗里勾结多年的日、伪、蒋合流的丑剧，终于揭幕了。

8月下旬，贺龙率指挥机关抵晋中的汾阳、文水、交城、离石等地。由于日伪军拒不投降，8月30日，贺龙指挥1团兵力，包围了文水城。

当文水战斗正在激烈进行之时，贺龙接到中央电报。电报详细地分析了整个战局发展的形势，指出国民党正向南京、上海空运部队，日军也正向平、津集中。晋察冀部队已占领张家口、张北、集宁、丰镇、阳高等地，傅作义隔断中共与外蒙联系的阴谋已打破。由于大同、宣化、怀来未下，傅作义、马占山正准备从归绥东进。从目前情况看，夺取太原已不可能，因此，晋绥在太原附近之主力，应转移到绥远境内，打击马占山、傅作义。

根据军委电报指示精神，在文水城解放后，贺龙即做了北上的部署，开了干部会议，明确了任务。决定：北上部队有独1旅两个团、6团、特务团、17团共五个团7850人，分16天行程赶到右玉县城附近，与绥远步、骑兵会合。在汾离地区留下的部队相机占领小城镇，配合太岳部队、晋察冀部队，造成围攻太原之势。

1945年9月1日，贺龙挥师北上。人马从文水起程，所行之路，几乎全是翻山越岭。1000多里的路程，16天走完，还要做好各种战斗准备，实在是十分紧张，用概括的话说，是披星戴月，日夜兼程。

秦晋高原的9月，本来是一年中的最美好的季节，秋高气爽，万物生金，再加上抗战的胜利，新老解放区人民都格外的喜悦。部队走到哪里，都受到人民群众的热烈欢迎。

部队行军到了五寨县后，地方政府听说贺龙带着部队到了，送来了猪、羊、鸡、毛巾等慰问品来慰问部队。贺龙知道后立即找到县里负责同志，严厉地批评了他们。贺龙语重心长地说："同志，你没见到吗？十七八岁的大姑娘没裤子穿，有的地方饿死人，我们任何一点浪费都是对人民的犯罪呀！"于是，贺龙下了指示，要军分区后勤部查明慰问品都是哪些村子送的，按价给钱。而后，他交待秘书，把慰问品统统送往部队。

他还了解到一个偏关籍战士，父亲不慎被地雷炸伤，家中有老母弱妹，因为宿营地距家很近，那战士便请假要求回家去看看，并说很快回来。贺龙知道这情况，他劝这战士不要归队了，好好在家生产，照顾父母幼妹。司令员这种亲切的关怀，使得那战士很受感动。

9月23日，部队到了左云。在早晨散步时，他看见附近有座庙宇，进去一看，庙里住的是和尚，他便同这些僧人谈起了天，向他们谈了日寇的剥削压榨和共产党八路军的宗教政策，谈了足有两个小时，消除了这些人对共产党的宗教政策的成见。

他看到左云有肥大的日本猪和日本鸡，他便派人把这些鸡、猪送到根据地去改良家畜品种，以便发展群众的副业。

贺龙那种同人民群众血肉相关，那种爱戴士兵的亲切情感，那种为人师表的高尚品德，就这样深深地扎在干部战士、人民群众的心中。一个老乡作歌唱出《人民眼中的贺龙师长》：啊！好同志，你问的就是咱贺师长？咱可见过他：嗬，他的眼睛黑黑又发亮，他的身体魁梧又健壮，活像一座山，那么样的稳当；看起来浑身都是力量，讲起话来："老乡们，同志们：……"啊！那声音是多么的洪亮，震的千山都响。谁不知道：他常打胜仗。敌人听说他来了，个个都像老鼠一样。百姓听说他来了，个个都是喜洋洋。啊！咱们的贺师长，到哪都搞得兵强马壮，咱们的贺师长，到哪都是打胜仗！

9 月下旬，部队按时赶到了左云县附近，同绥远野战军会合。于是两支部队同晋察冀部队一起，以争分夺秒的速度，开始了新的战役准备——绥远战役的准备工作。

绥远战役是抢夺胜利果实中，晋绥野战军会同晋察冀野战军联合发起的一次大的战役。这次战役从 1945 年 10 月 18 日起至 12 月 4 日止，历时50 天。

日本投降后，绥蒙军区部队与晋绥军区野战一部，根据贺龙的命令，向日伪军据点发起进攻，迫令敌军缴械投降，连续解放了集宁、丰镇、凉城等绥东广大地区。这时候，在抗战期间远避于绥西黄河后套的傅作义部，当日本一宣布投降，便联合日伪，向解放区发动进攻。至 9 月 10 日，绥东解放区即被傅作义军队全部占领。

绥远战役的发起有着十分重大的战略意义。

1945 年 10 月 16 日，毛泽东给晋察冀、晋绥局发电，指出："即将开始的绥远战役，关系我党在北方的地位及争取全国和平局面，意义极为重大。"

当时全国的形势是：苏联红军为中苏条约的限制，接收的东北必须交于国民党。这样，中国共产党在东北建立巩固的后方根据地的目的不可能实现了。因此，解放归绥、包头、绥东诸城镇的战略意义就更重大了。这些地方的解放，能使延安同张家口连成一线，一方面扩大了解放区，一方面北可与苏蒙相交，西可影响至新疆。同时，消灭了傅作义、马占山的主力，亦可免去解放区北部之威胁。因此，中共中央下了决心，集中晋绥、晋察冀两支野战军主力部队，打好绥远战役。

10 月 2 日，军委指示贺龙、李井泉，同意他们提出的绥远战役由聂荣臻统一指挥。并指出，鉴于敌情变化迅速，塞北天气转寒，此战役最好在 20 日以前开始行动。还指出："此次战役分两步完成。一、消灭傅顽外闹主力。实现之后，各部队即转入争夺集宁至大同一线之斗争。各部队均于 10 月 18 日晚出动，19 日拂晓开始战斗。"

1945 年 10 月 18 日，绥远战役打响了。绥远战役中双方投入的兵力是，国民党方面：傅作义、何文鼎、马占山、张厉生、王英、李守信及阎锡山骑兵第一军第四师田尚志等部计 6.5 万余人。中共方面：晋察冀聂荣臻部的杨成武、郭天明、陈正湘等纵队；晋绥贺龙部的 358 旅、独 1 旅、独 3 旅、骑兵旅，共约 30 个团，计 5.3 万余人。

17 日黄昏，聂荣臻率部从隆盛庄发起攻势；贺龙率部在凉城展开。贺龙给部队下达进攻命令后，独 1 旅即经杀虎口向凉城攻击前进；358 旅向天成村攻击前进；独立旅向新堂攻击前进。贺龙的司令部随 358 旅一起行动，设在距凉城十几里的一个小村子里。

驻守凉城的是伪蒙军李守信的部队。当天下午，358 旅把新堂团团围住。天黑时发起攻击，天明时拿下了新堂。

打下新堂，贺龙又命令部队进攻卓资山，消灭了何文鼎部。

在贺龙指挥卓资山战斗时，晋察冀部队在聂荣臻的指挥下，也攻占了集宁、丰镇等地。两军胜利会师，这样，战役第一阶段胜利告结。两支兄弟部队会合后，都十分高兴。聂荣臻司令员——这位被群众誉为"五台山的相爷"同"南昌起义的总指挥"见面时，都兴奋地诉说战友之情。那火热的战斗情谊，深深地感动着在场的人。贺龙听说晋察冀部队机枪不多，便把在卓资山缴获的机枪让聂司令员挑选一批；聂司令员也把缴获的汽车送给了晋绥部队一部分。

聂荣臻、贺龙人马在绥东诸战斗的胜利，使傅作义部遭受严重打击，锐气大减，军心混乱。除其主力一部撤至包头外，余大部都急忙躲进归绥及其外围，昼夜加固工事，防聂、贺人马进击。当时，敌躲进归绥的兵力总计有 2.5 万余人。10 月 25 日，毛泽东亲拟电稿祝贺聂、贺两军的胜利。

根据毛泽东及军委电报指示精神，聂、贺两军于 10 月 27 日向归绥进军，10 月 30 日开始了扫荡归绥城外围据点的战斗。

由于蒋介石手谕山炮 1 团空运归绥城内，使得傅军火力突增。同时，归绥新城城墙高厚两丈，周围有子母碉堡，而聂、贺两军攻坚火力较弱，弹药不足，强攻势必造成很大伤亡。于是，贺龙遂下决心把攻城改为长期围城，抽调主力部队西进攻打包头。这一方案经向军委及聂司令员请示同意后，贺龙便把围困归绥任务交与晋察冀部队。11 月 14 日，贺龙与李井泉率晋绥野战军和晋察冀马龙、傅崇碧旅，以 3 日行程，火速赶到包头城。

这时的包头城由卓资山败逃的何文鼎、王雷震任城防正副司令（实际指挥权为绥远省主席董其武），共 1.2 万多人。

包头市系绥远两大城市之一，人口 10 余万，位于京绥铁路一端，是通黄河后套的首要门户。这里原是日军一个重要补给基地，许多日军部队家属、后勤等也均在城内，因此，包头存亡对其部队影响很大。包头城防御也十分坚固，城高 1 丈 5 尺至 2 丈，厚 4 尺，城门筑有碉堡，城南火车站及电灯公司均有坚固工事和电网。东门为水沟，西门开阔，东北门为沙沟，接近较容易，但又为禹王庙据点所瞰制。这据点原为日军投降前修建，地势高，工事坚固，很难接近。在城内，有巷战设备，坚固建筑物均有部队扼守。国民党绥远省主席董其武指挥 1.2 万兵力守城。由于天寒地冻和没有攻坚火力，贺龙指挥人马两次攻城不下，最后撤出战斗。

根据军委指示和要求，晋绥野战军的先头部队撤至萨拉齐、毕克齐一带，主力撤至凉城和林格尔一线，一边休整，一边协助地方政府做群众工作。

八年抗战终于胜利了。在血火中煎熬了八个春秋的中国人民，是多么需要和平。1945 年 8 月下旬，毛泽东不顾风险，亲赴重庆，代表中国共产党与蒋介石政府进行和平谈判，迫使蒋介石不得不在停战协定上签了字。双方于 1946 年 1 月 10 日下达 1 月 13 日生效的停战令。可是，就在停战令即将颁布之际，蒋介石却急急密令国民党部队向解放区进攻，抢夺战略要点。1946 年 1 月 12 日，绥远的傅作义、大同的楚溪春，密令所部向中共所属的绥东、察西各战略要点展开了疯狂的进攻。贺龙得悉敌人这一阴谋后，十分愤慨，立即给部队下达了“寸土必争”的命令，带病指挥了一场又一场的反击。全军将士浴血奋战，终于挫败了敌人的阴谋。

1946 年 1 月 21 日，北平军调部执行部发布了第二号公报，命令冲突区内的国共军队，不论何等情形何等理由，均一律停火，各自从冲突地点后撤至少 30 公里。执行部并派出了三个执行小组，分头飞往徐州、张家口、大同监督执行。

枪声总算停了下来，和平的旗帜开始在东方古国的上空飘扬。饱受战乱之苦的人民无不欢欣鼓舞。正是新春佳节的时刻，各地纷纷举行庆祝和平大会。在延安，朱德总司令在庆祝大会上发表了激动人心的讲话。在丰镇，3万军民在元宵佳节举行盛大集会，为和平民主新生活的到来而狂欢。会上，晋绥边区各界的慰问团，向贺龙、聂荣臻两位司令员献旗。前者上书"晋绥人民的救星"，后者上书"屏障晋绥"。大会并向贺司令员发了慰问信。

英雄的兴县人民在这欢喜若狂的时刻，选举了边区参议员。选举会上，当唱票员喊出贺龙全票当选时，会场一下轰动了，掌声、欢呼声经久不息。当天消息便传遍了全县，到处都可以听到热烈的谈论和衷心爱戴的欢声。就在边区人民热烈拥护贺龙当选为参议员的时刻，他又风尘仆仆地来到了一个没有枪炮声的战场，继续为人民久久渴望的和平民主新生活而战斗着……

中午时分，贺龙一行到了丰镇。这个紧靠长城的塞外边城，不仅是京包铁路上的重镇，而且当时也正处在国共双方军队对峙地区的边缘。1月14日和15日两天内，这里曾经发生过一场恶战。伪蒙军王英部和东北挺进军马占山的骑兵师在停战令生效前，偷袭了这里。当时，城内仅有晋察冀部队3旅的旅部和1个警卫连，在旅长马龙的指挥下，经过一日激战，最后退守到一座院落里，烧掉了秘密文件，准备与城共存亡。幸而傅崇碧带11团赶到，打退了敌人。贺龙来到这里时，还到处可见战后的斑痕。

贺龙一行刚到丰镇，执行部大同小组的国民党代表温天和就从大同赶来拜会他。

温天和一见贺龙，立时满脸是笑，赶忙施礼，而后自我介绍。贺龙握着他的手笑道："国民政府里有名的外交家嘛。"

温天和连连摆手："贺将军过奖了。"

贺龙顺手递给他一支炮台牌香烟，自己点燃烟斗后说："温代表，有什么话你就说吧。"

温天和说："卑职从大同出发前，拜会了山西省北方司令楚溪春将军，他要我转告贺将军，他邀请将军到大同，说那里生活比较方便，有利于谈判。"

贺龙听罢哈哈大笑。他把那握着烟斗的手一晃说："大同我不去。"

温天和一愣，他眨了下眼，笑着问道："不知将军是什么原因不去大同，请赐告，卑职好回楚将军话。"

贺龙收敛了笑容，沉下面孔，从牙缝里挤出几个字来："我嫌那里的味儿！"

贺龙的话说得温天和丈二和尚摸不着头脑。他念叨着："那里有味儿？有什么味儿呢？"忽然间他明白过来，忙堆起笑脸说："噢！贺将军，大同确是个小地方，比不上平津那样繁华。可是，虽然不像那些地方到处轻歌曼舞，却也酒绿灯红……"

没等温天和把话说完，贺龙一挥手，说："你告诉楚溪春，我说他那里有味儿，是说他那里有汉奸味儿。"他又用烟斗敲着桌子说："抗战八年，他不去打日本，当汉奸进了大同，倒叫我去大同谈判。我虽是个师长，但我是清白的，我是个处女。他楚溪春是个破鞋，是汉奸。到那里我怕受污染，要谈就在丰镇。"

温天和听了贺龙的话，望着贺龙那威武的身影，瞪着眼，张着嘴，说不出话来。

谈判在丰镇举行。地点设在城内顺城街的一座衙门的大堂上。几张八仙桌子合在一起，桌上摆了茶水，还有一些炮台牌香烟。

上午10时左右，美方代表同国民党代表乘坐几辆小汽车到了丰镇。第一个下车的是美国政府代表霍雷。他高高的个头，40左右年纪，穿着狐皮大衣，黄头发，蓝眼珠，还蓄有两撇发黄的卷胡子。接着下车的是国民党山西省北方司令楚溪春。他中上等个头，小眼睛，酒嘟噜脸，上窄下大，圆墩墩的磙碡身子，头戴日本黄呢子皮帽，穿的是日本黄呢子军衣，白手套，亮皮鞋，唇上两撇仁丹胡子。如果不是戴青天白日的帽徽和闪亮的中正勋章，人们会以为他是个鬼子军官。随后下车的是东北挺进军马占山的参谋长和温天和。

中共方面参加谈判的代表为：中共山西区代表贺龙将军，军队代表、晋察冀野战军4纵队司令员陈正湘将军，大同执行小组成员中共方面代表李波。

会谈一开始，美方代表霍雷的气焰就十分嚣张。这个共和党人、老顽固分子，根本没把穿粗布军衣吸旱烟叶的贺龙及其他代表放在眼内。双方代表一落座，他就哇哩哇啦地说开了，什么恢复交通啦，自由贸易啦，用的完全是教训人的口气，好像由他来指挥谈判似的。贺龙的火气一下上了脑门，没等霍雷说完，就劈头盖脑地打断了他的话，厉声问道："你的权力有多大？"没等霍雷开口，贺龙那两道逼人的目光紧紧盯着对方那双蓝眼睛，冷冷地说："我只知道你的权限是监督停战，没有什么恢复交通、自由贸易！"

贺龙这当头炮一下把霍雷打闷了。他瞪着两眼，端端肩膀，不知说什么好。记者们立时抢拍下他这尴尬的镜头。霍雷不服气，翻了翻眼珠，又哇啦哇啦地说共产党违反停战协定，侵犯了国军防地。贺龙举出了国民党军队攻夺解放区各战略要点的事实，并出示证据。之后，贺龙用很严厉的口气向美方及国民党代表质问道："这个责任由谁负？"

温天和装出似乎很公正的样子说："这是阎长官的责任。"

贺龙立即指示记录员把这话记录下来。

温天和见谈停战的事理不直气不壮，便把话题转了弯儿。他冲记者们点点头，便滔滔不绝地大谈什么自由贸易如何如何。待他说完，贺龙吸着烟，慢慢地说："那是老百姓的事。老百姓做买卖，愿意到丰镇就到丰镇，愿意到大同就到大同。我们从来不禁止。"

楚溪春开口了。他开口就提到执行"和字第二号命令"，要共产党的军队后退30公里。贺龙听罢，把手中烟斗往桌上敲了敲说："孤山（中共军队占领）到大同15公里，这边7.5公里，是我的，那边7.5公里是你的。我后退30公里不打紧，你后退30公里得把大同的砖瓦都搬走。"

楚溪春哼了哼："大同历属我国军，属我楚某防地，这是世人皆知的。"

贺龙立刻反问一句："你是怎么进大同的？"没等楚溪春开口，贺龙就用逼人的语气说："抗战八年，没见过你一兵一卒进大同。不错，你占大同，的确世人皆知。世人皆知你是当汉奸进大同的。"

楚溪春见贺龙揭了他的疮疤，立时连那肥胖的脖子根儿都红了。他赶紧岔开了话题，说什么左云县是他的，共产党的军队在日本人投降后抢占了他的地盘。

贺龙问："左云住的什么人？"

楚溪春答："是乔日成。"

问："乔日成是什么人？"

答："是阎先生的人。"

贺龙把桌子一拍，说："乔日成是伪军的一个连长，是个汉奸。你说他是阎先生的人，阎先生也是个老汉奸？"

楚溪春碰了个大钉子，坐在那里只顾擦汗。这时，马占山的参谋长抖擞精神地开了口。他本来长得就瘦，再加上抽大烟，那包在脸上的干皮都发了青。他咳嗽了几声，话音里还裹着痰音儿。他提出了"三三制"的问题，说凡有共产党军队占领的地区，共军有一个团的兵力，国军就要放两个团，这样才算实现"三三制"。

贺龙抽了口烟，问他："你以为这样你们就占便宜了？你们的军事力量就处于优势了？告诉你，我们共产党是明人不说暗话，只要你敢动手，莫说你有两个团，就是十个八个，我一个团也能把你彻底消灭。"说到此，贺龙非常严肃地说："要保持永久的和平，就看你们有无和平的诚意！"

马占山的那位参谋长也不说话了。霍雷见国民党的几个代表都被贺龙驳得成了哑巴，便抖抖肩膀，大讲起什么日本投降是美国的原子弹的威力，说美国人造的原子弹，可无敌天下。霍雷之意是想用美国的力量来吓唬中共代表让步。当霍雷讲到一半时，陈正湘就忍不住了，贺龙暗里向他摆了摆手，陈才未语。待霍雷讲完后，贺龙冷笑一声说："霍雷先生，不要忘了，美国的原子弹屠杀的是无辜的日本人民，而侵略中国的强大的日本法西斯军队，是被中国人民打败的。"说到此，贺龙指着门岗哨兵背着的一支卡宾枪说："你们美国人，为了帮助国民党政府打内战，给了他们一批又一批的新式武器。我要正告美国政府，想支持国民党政府搞垮共产党，那是做梦。从 10 年内战到今天，蒋介石无时无刻都想搞垮我们，现在怎么样？"贺龙大笑道："现在的情况是他蒋介石必须承认共产党的合法地位。共产党为什么搞不垮？因为我们代表了中国人民的利益。"

贺龙义正辞严，驳得霍雷面红耳赤，气得他在会下大骂国民党代表无能。

在丰镇的杏花村饭店，贺龙设宴招待了谈判的代表和记者。楚溪春向贺龙敬酒时说："贺将军，你们没有炭，我们没有粮，咱们交换交换好不好？"

贺龙举杯大笑道："你们缺粮是真的，我们炭可不缺，多得很哪，还供给张家口。不信你到火车站上看看。"停了一下，又说："如果大同老百姓没粮吃，我们可以给。"

楚溪春赶紧说："那就十分感谢贺将军啦。"

三方代表经过七天的会谈，达成了协议。

北平的军调处执行部于元月 28 日以"和字第六号联合公报"发表了丰镇会谈的结果。

丰镇会谈一结束，贺龙又骑马来到了阳高，从阳高乘火车到了张家口，同聂荣臻司令员一起，迎接军调处三人小组——马歇尔、周恩来、张治中三将军的到来。

元月 28 日上午，马歇尔、周恩来、张治中三将军视察停战的情况。他们乘坐专机到达了张家口，同机还有叶剑英、罗伯逊、郑介民三委员。

聂荣臻、贺龙、萧克、宋劭文、成仿吾、刘澜涛等人及各界代表千余人赴机场迎接。在晋察冀军区司令部，三人小组听取了张家口执行小组的报告。会后，又与贺龙、聂荣臻、萧克同志会谈甚久。12 时，聂司令员在后院设宴招待。餐后，马歇尔将军与贺龙继续会谈。下午 1 时 30 分，贺龙随同马歇尔、周恩来、张治中等人登机飞往集宁。

正是数九的日子，边城集宁朔风阵阵，寒气逼人。仅仅十几天前，这里还沸腾在火光与枪炮的声浪中。……如今，军调部三人小组的飞机就要在集宁机场降落了。张宗逊、甘泗淇、姚喆等及集宁执行小组代表们早已在机场等候，飞机一落，马、周、张三将军便在飞机上召开了各方代表参加的会议。而贺龙却被中外记者包围起来。在记者们所乘坐的飞机上，贺龙噙着那支不离嘴的烟斗，坦率豪爽地回答着中外记者提出的问题。当一个美国记者问他中共执行停战命令的情况时，贺龙立即回答："自接到停战命令，中国共产党所属的部队，立即遵令停战。"他话锋一转，严正地说："而政府军队，在不少地区，仍然违令向我军驻地进攻。"记者们此时此地听到这话，不能不感到其中蕴涵着巨大的力量。

贺龙在回答中外记者提出的问题时，还十分高兴地向他们介绍了晋绥解放区在抗战中的贡献，以及解放区军民生活得到改善的事实。他告诉记者们，晋绥军区现在 450 万人，7 万正规部队，现在着手复员。要是复员战士回家没有土地，政府给予生产资金。老解放区的人民依靠生产解决穿衣吃饭问题，做到自给自足。接着他又愤怒地向记者揭露了新解放区人民过去被日伪践踏的情形。他拿集宁做比较，他说："过去日伪统治时期，人民只能从敌人'配给'中得到少得可怜的一点日用品。现在布匹、棉花、盐等日用品可随便买卖了。"谈到当地粮食情况时，他说："这里本来是个产粮区，由于敌伪多年的横征暴敛，现在只能勉强自给。"

贺龙讲到这里时，记者还要提问题，他因为去开会，便含笑和记者告别。他背风走着，边走边和周围人民交谈。在呼啸的寒风中，他那挺拔的身躯，整洁的粗布军装，显得十分引人注目。加之他那爽朗的笑谈，使人感到他永远有着使不完的充沛精力。

当日 15 时 40 分，飞机飞往张家口，贺龙也同机前往。在多年的戎马征战生涯中，他患了胆囊炎、高血压等病。他的胆囊炎发作时，常常痛得大汗淋淋。这次绥远战役，天寒、劳累，加上重感冒，使得他的病情持续发展，以至不得不咬牙坚持工作。现在，停战令生效，局势总算稳定了一些。于是，周恩来、叶剑英等坚持要他随机去张家口，再同机到北平检查治疗。

贺龙在北平治病期间，除了与周恩来、叶剑英等一起讨论一些有关中共的大事以外，还以极大的热忱关注着国民党统治区人民的生活和各方面情况。在颐和园，他看到穿得很破烂的大学生正在山上拾柴，便和他们亲切地交谈起来，了解他们的生活和学习情况。他到小镇里去吃饭，和蹬三轮、扛大个儿、耍手艺的人们拉呱。一次，老百姓晓得他是贺龙时，都围了上来，向他敬酒。他感慨地对大家说："八年抗战，我们没有忘掉你们，只因为国民党反动派隔开了我们，我们是心有余力不足哇，没能到这里帮助大家解除痛苦。"他的话说得老百姓都哭了。他一边同大家饮酒，一边给这些人们讲解放区生活的事。他说："在北平买一斤白面的钱，在张家口可以买三斤。"他眉飞色舞地给穷苦的工人们讲了张家口欢度元宵节的情况。他说："那里的老百姓说，这是八年来第一个热闹年。光放花炮，就花了好几万万元。他们真是高兴得发狂了。"

在座的工人们听了贺龙的话，一起举杯为解放区的老百姓好光景祝贺。

贺龙在北平的时间虽短，可他真切地了解到北平人民在水深火热之中的痛苦生活。后来，在延安的一次群众大会上，他提到了在北平见到的情况。他说："北平在日本投降后，有180万人口，现在变成了160万。其他20万哪里去了呢？都跑到解放区了。北平的反动派还举行示威反对我们，说我们在解放区搞减租减息，不得了啦。这些都是大官儿们搞的鬼。这些穿狐皮袍的人反对我们是不足怪的。如果这些人不反对我们，就不存在光明的解放区了。"

3月下旬，贺龙乘飞机从北平回到了延安。从1945年8月11日他奉朱德总司令命令，带领部队挺进晋中，转战绥远，转眼已离开延安7个多月了。他是多么思念延安啊！这里有他敬仰的领袖，亲密的战友，爱戴的人民。他终于又回到了这革命的圣地，见到了分别数月的毛主席、朱总、林老、弼时等许多领导和同志。大家极其亲热地向他问候。许多同志都跑来看他。火热的战斗情谊，难以叙尽。贺龙以急切的心情去看望他的亲密战友—— 病中的关向应、国民党元老续范亭，还有那些他熟悉和不熟悉的、正在休养治疗的伤病员。当时，一位记者用他的笔匆匆绘下了这个镜头："我曾随贺龙将军一同坐车去柳树店度过一个休假日。但贺龙同志是为探访许多病中的同志而去的。我亲眼见到了他对同志、对一切人的关切。他是这样的和蔼可亲，他和国民党元老续范亭先生有着深厚的友谊，他特地带着苹果去看望续老，互相畅谈，极感愉快。当他见到亲密的战友关向应时，他望着他那消瘦的面容，难过得几乎落泪，他握着他的手，久久地不放……"

多么真挚的情感！多么动人的场景！这，就是带领千军万马的贺老总平凡生活中的一页，又蕴涵着一个共产党人多么高尚的品格和深沉的情感啊！

记者们还给我们留下这样一个生动的镜头："他由北平飞返延安时，在联司的一幢普通的房子里，我会见了他。他是喜欢阳光的，一所有高大玻璃的小房，室内布置着简单的家具。他坐在窗前办公。口里噙着木质烟斗，魁梧的身躯，红润肥胖的脸上，留着一丛浓厚的黑髭。当我们在柳树店下车时，在路旁拾炭的小孩、居住的老百姓，都向他打招呼。他非常真诚地问一切的人安好。他顺着工作人员的住屋前走过去，和男女护士们握手，并问他们小孩安好。许多同志他都熟悉。他和他（她）们是那样的亲热。他的记忆力是那样的强，对同志的爱护是那样的周到，真令我吃惊。这一天，他从山下跑到山上，去到各个病房和休养室里去慰问病员。他那魁梧的身体、绛色的军服敞开着，脸上冒着汗。热忱地招呼着一切人，带给他们以安慰。同志们对于他都是通用着一个称呼：'贺老总。'所有的人在喊这个称呼时，都蕴藏着对他的信任、尊敬、亲爱的综合感情。他慰问了睡在病榻上的同志，嘱咐他们安心养病。许多干部都来和他攀谈，听他的意见。他讲起话来，神态是那样的豪爽、坦率和充满了诙谐。他的乐观、豪放、温和、果敢和刚毅的性格，鼓舞着一切人。"

就在这一天，贺龙以非常自信的口吻对记者说："作为一个革命的、保国卫民的军人，我深深懂得，人民是不愿内战再起的，人民都盼望和平，国民党法西斯反动派阴谋破坏全国和平，人民是不允许的，尽管前途还有困难和险阻，但我相信，全国人民的愿望是一定能实现的！"

是的，贺龙深深地爱戴着人民，爱解放区的一草一木，他痛恨罪恶的战争，更痛恨制造战争的罪魁祸首。

# 艰难的支前重担

蒋介石视中共为眼中之钉、肉中之刺。其在美帝国主义支持下，从1946年6月下旬开始，动用了它全部正规军248个旅（师），约200万人，向解放区发动全面进攻。内战全面爆发。当时，敌人用于晋绥解放区的兵力，计20个旅，9.7万人。

面对敌人的强大攻势，贺龙于6月24日经请示中央与军委，成立了晋北野战军，以周士第为司令员、贺炳炎为副司令员、廖汉生为副政委兼政治部主任。之后，贺龙决定发起晋北战役，夺取怀（仁）、岱（岳）等地。战役部署是：先取原平、崞县，继而取五台、忻县，任务完成后，即北移，夺取怀仁、应县，最后相机取大同。

这就是在晋绥解放战争史上写下重重一笔的晋北战役。

晋北战役开始进展得很顺利。7月2日，收复宁武，5日解放代县，6日解放阳明堡，10日攻克崞县，14日克五台，16日占原平、忻口，23日攻占豆罗、平社两车站。8月初，晋北野战军同晋察冀野战军一部向忻州城围攻，由于指挥员轻敌，使忻州久攻不下。这时，由军委指定张宗逊为司令员、罗瑞卿为政委，组成大同战役前线指挥部，指挥晋绥和晋察冀两支野战部队准备解放大同。

大同战役共集中了50个团的兵力。这样的大兵团作战，在红军时代、抗战期间以至内战开始一段时间内，均是空前的。中央及军委为何下这样大的决心，集中这样多的兵力围攻大同？这个战略目的是很清楚的。一方面为消灭傅作义、阎锡山的有生力量；一方面扫除延安至张家口一线的障碍，完成绥远战役没能完成的战略目的。从6月中旬开始，军委就多次指示贺龙准备在蒋介石向解放区发动全面进攻时夺取大同。要求贺龙部队准备好足够的黄、黑炸药，训练工兵，准备特制地雷，加强攻城部队训练，山野炮兵的训练。军委要求8月底前准备完，9、10月作战，因10月后天寒作战将有困难。并要贺龙与聂荣臻商议大同战役事项。7月17日，李宗仁飞往大同，布置了山西攻势。7月26日，战役指挥、司令员张宗逊向贺龙、李井泉及军委报告了攻城作战方案。

大同战役序幕从7月31日开始至8月5日，攻克与迫退怀仁、口泉、平旺等敌据点27处，歼敌2000余。8月14日，晋察冀野战军4旅的兵力及王赤军部从东西南北四面攻打。由于大同城防坚固，在继续推进时，形成了拉锯战。从8月24日至9月2日，仅控制了北关东站。这时候，傅作义集中他所有部队从归绥分三路出援大同。北路孙兰峰指挥骑兵3000余，中路董其武指挥步骑1.3万余。后增35军101师、新32师及骑4师。敌军趁晋绥、晋察冀野战部队主力围攻大同，北线空虚之际，直攻集宁一线。9月5日，敌军占卓资山，10月又以3师之众攻集宁。9月7日，贺龙致电张宗逊和军委，提出对傅部作战意见。时毛泽东当即回电："部署很好，望按实情处理。……命令集宁守军死守，任何情况下不得放弃，否则执行纪律。"

可惜，由于战役指挥员对敌估计不足，兵力使用上没能最大限度和适时集中，在战役组织上，表现被动与混乱，侦察、交通、联络、部队协同上，存在着许多严重缺点，使集宁于9月10日失守。这样，整个战役完全处于被动，不得已撤退围攻大同之部队。敌占集宁后，又会同大同之敌，进攻张家口，张垣遂失。丰镇、阳高等地也相继丢失。整个战役就这样失败了。

大同战役的失败，使中共在战略地位上非常被动。胡宗南立即出兵延安，而傅作义也更加嚣张。9月20日，傅作义用挑衅、辱骂、嘲弄的口气，向毛泽东发了一纸电文，电文说："……你们相信武力万能，调集了17个旅、51个团之众，企图在集宁消灭国军，城郊野战和激烈巷战，继达四昼夜，最后你们终于溃了。……被击溃被全歼的，是你们自夸的所谓'参加两万五千里长征'的贺龙所部、聂荣臻所部，以及张宗逊、陈正湘、姚喆等全部主力。……本战区国军，是你们认为人数最少、武器最劣、战斗力最弱的部队，然而你们竟一败于归绥，再败于大同，三败于集宁会战。试问如何与其他精锐的国军为敌？……只要先生参加政府，我愿以政府一员的资格，向国府保荐贺龙或你们任何一位先生，接替我现在的职务。我不但衷心欢迎，并愿尽力促成。你如果不嫌的话，我自己愿在毛先生部下，当一最低的职员。……先生一转念间，不仅中国可以致和平，人类亦得同蒙其惠，是成是败，为祸为福，现在正是你们选择的最佳机会。"

傅作义的电文，激起全党全军的愤慨。据传，毛泽东当时说了八个字："不报此仇，誓不为人。"大同战役失利，主要责任应在前线指挥员上，但贺龙主动承担战役失利责任。10月6日，他向军委写了报告，检讨了大同、集宁失利的原因。

1947年3月，胡宗南部向陕甘宁解放区发动了全面的进攻。当时，蒋、胡人马在西北共32万人，用于进攻陕甘宁边区的即达25万。同时，青海马步芳、宁夏马鸿逵、榆林邓宝珊等敌军也从西面、北面向陕甘宁边区发起了疯狂攻击。

西北敌军是从抗战开始即保存下来，又经过了长期的反共教育和训练，是一支精锐部队，为半美械装备，弹药充足，并配有飞机、坦克、大炮。另外，敌人控制着西北的陕西、甘肃、宁夏、青海、新疆3273万平方公里、2117万人口的广大地区，四川亦可为其后方。因此，敌兵源充足，物资供应条件优越。

敌人交通不仅便利，而且拥有汽车、火车、飞机等现代化运输工具，给养补给有可靠的保证。

当时，西北野战军总兵力仅2.5万余人，且装备极差，仅有少量山炮及迫击炮，弹药奇缺，平均每支步枪子弹不足30发，轻重机枪不足500发，炮弹则更缺乏。而陕北解放区只有20.4万平方公里，120万人口，兵源补充及物资供应都极为困难。几乎是原始的交通工具，物资只能靠驴、马驮和人担、背来运送，且又行进在崎岖的道路上。华北解放区虽然可以援助，但是路途遥远，又有黄河阻隔，千山拦挡，困难实非一般。大兵团作战要求及时的大量的物资供应，而边区地小人少，非常明显，中共作战将面临着极大的物资困难。

这一切，都使得胡宗南十分狂妄。他气势汹汹地喊叫："要在三至六个月之内，解决陕北问题！"

蒋介石则勉励胡宗南："如能俘获毛泽东或其他重要首脑，则放弃整个陕北亦值得，以创立国之首功，希努力。"

3月13日，胡宗南命令他的部队发起了全线进攻，并派飞机十几架轮番轰炸延安及陕北城镇。宁夏马鸿逵以2个师5个旅夺取三边及环县等地，青海马步芳以3个旅夺取庆阳、合水、曲子等地，榆林敌军两个旅则相机南下，配合胡部作战。

情况十分严重。

战火在边区各地熊熊燃烧，整个边区党、政、军民紧急动员起来了。"保卫党中央！""保卫毛主席！""保卫陕甘宁边区！"的口号成为当时边区军民抗战的强大动力。

中共中央决定，集中陕甘宁和晋绥两个解放区的人力、物力支援前线，命令贺龙在西北局领导下，统一两个区的财经工作。取消了原西北局财经办事处，成立了财经委员会，实施财经工作的统一领导。

一副繁重的、艰难的支前重担落在了贺龙的肩上。

那是令人难忘的岁月。蒋、胡匪军对陕甘宁边区进行惨无人道的抢掠和烧杀。边区10年的和平建设及丰衣足食的基础被破坏殆尽，民间历年积蓄被抢劫一空。禾苗不能按时下种，出苗庄稼亦被敌放青践踏，田园大片荒芜。加之春旱、秋涝、霜冻、水患、冰雹、虫灾等天灾，使得边区百万人惨遭灾难。战争的残酷后人是难以想象的。

时弹药、物资、兵源、民夫等告急电雪片般飞往贺龙手中。

电报的文字是简短的，然而，每个字都有千钧重的分量，都关系着前方战局的成败。可是，在那没有稳定的后方，边区又遭受胡宗南部严重摧残的情况下，要完成这样的任务，将是何等的困难啊！

从蒋介石进攻西北起，贺龙就狠抓了后方的建设。

1947年1月2日，他亲自主持召开了"晋绥边区生产、财经会议"。这次会议历时55天，大会根据"七大"精神及战争的情况，检查总结了晋绥解放区的生产、财政、金融、贸易、组织等项工作。依据战争的情况，决定了以后的生产、财经工作方针。会议开始时，贺龙在晋绥党校作了"为边区300万人民服务"的报告，要大家排除战争的客观原因，而从主观上寻找因工作、政策给党和人民在生产、财政、金融和贸易等方面所造成的危害。

在当时，由于政策、工作等方面原因，晋绥边区经济的破坏也是很严重的。有的地方的群众穷得没吃没穿，卖儿卖女卖老婆。土改本应是使群众欢迎的事，可是，由于政策上的混乱，既乱斗又乱分，而党内外都有窃取果实的。这样，直接间接地打击了群众积极性，群众怨愤与痛苦的情绪很大。另外，在许多村庄还有什么"拥军田"、"义仓田"、"学田"、"干部田"、"军火田"等名目繁多的欺压群众的"苛捐"。边区的贸易局，不是支持农民发展生产，而是盘剥农民。农民在贸易局买点日用品，要过"五关"，而地主、特务、不法商人则通过行贿直接从贸易局把成批的货物取走。特别是银行对群众剥削得最厉害，只是一张纸，说一元就一元，说百元就百元。贺龙经过调查统计发现，如果把晋绥解放区的村庄分为四类，则三四类的村庄占半数以上。贺龙认为，这些问题如果不解决，要支援长期残酷的战争是不可能的。因此，贺龙以非常愤慨的心情和紧迫之感召开了边区生产财经会议。

晋绥分局、行署的负责同志武新宇、张稼夫、张邦英、李井泉在会上做了报告。2月10日会议结束时，贺龙做了总结。他上场就说："我们对300万人民服务，怎样服务？讲起来容易而做起来难。"

会上，边区政府决定投资90万元支援农民发展生产。因为数目大，影响了各级机关的生活经费，有些人不满意，甚至有的打来电报，发牢骚，说不能投资。贺龙很气愤地、严厉地批评了这些人的思想和行为。他说："我从湖南来到晋西北，吃饭穿衣一个钱也未带。其他军政各单位谁从家里带来钱了？临县县长又带几个钱到县政府？牛荫冠又带了多少钱到贸易公司？这90万还不是群众的，我们从群众那里拿来，又还给群众，这是对的。群众卖儿卖女，我们穿的皮衣，坐的汽车，餐餐吃肉，就过点艰苦生活也是应该的。我们这里不需要丰衣足食，而要节衣缩食。把群众的钱分给群众，让群众喘一口气，要让群众翻身。"贺龙在总结中提到贸易局不扶持群众、不帮助群众发展生产时，气愤地骂道："那些王八蛋的地主富农搞的合作社倒还存在，这是因为他们同我们的干部、机关有勾结。金融投机、物价波动、走私，都是地主得了利益，我们的干部只是在背后或者是在衣袖口上得了一点。"说到此，贺龙以沉重的心情说："农民得了几亩地，不是就已经翻身了。我也当过农民，经过商，坐过牢的，农民的苦楚，也知道一点，地主富农剥削最厉害，地富很少有劳苦起家的。"贺龙语重心长地对到会干部说："我们每个人小的时候所受的教育，也都尽是光宗耀祖一类的东西，所以人是有私心的。但受了几年共产党的教育，还放不下土地、房子、金钱。你的血是谁的？我们已经交给了党，什么时候叫牺牲就牺牲，还有什么牺牲不得？"贺龙在会上还谈到了民主问题，他说："现在下边不敢批评上级，怕报复，村干部不敢批评区书记。都养成绵羊了，而不是山羊。上级的话就成了圣旨，而上级每天坐在窑洞里，不一定都是正确的。所以民主应大大提倡。"对那些受了批评的干部，贺龙鼓励他们："不要垂头丧气，要好好反省，处处为人民着想，走路、穿衣、吃饭都要为人民着想。"会议最后，贺龙用坚决的语气说："蒋介石、阎锡山的命也不长。群众起来了，什么也不怕，工作做好，就是支援了前线，就是直接打击了蒋介石、阎锡山。"

生产供给会议之后，统一了金融贸易，党政军各机关、商店一律交财政处，捉了300多个经济反革命；整顿了税收。这样，使得晋西北的金融稳定了。

晋绥财经会议后不久，中央召开了华北财经会议，要求各解放区从保证长期战争供给及土地改革与解放区的生产建设方向出发，基本上要求争取独立自主，完全不依靠而且是与美蒋斗争的经济体系。

根据中央、军委的指示，根据陕甘宁晋绥五省的实际情况，贺龙亲自主持制定了《陕甘边区战时勤务动员暂行办法》、《晋绥边区战时军用勤务动员办法》等条令，制止了乱用民力、扰乱支前工作的现象。为了加强支前的运输力量，贺龙与林伯渠等一起又发布了《陕甘宁边区政府联防军司令部联合通令》，决定成立一支运输大队，委任高登榜为大队长，为确保上项计划完成，通令提出：各级干部应严格遵守编整乘用牲口之规定，编余牲口一律交出加强运输，不得擅自留用，并须将其所乘骑骡，一律抽换为马，以加强运输力。为此，贺龙身体力行，带头将跟随自己多年心爱的骑骡换成了走马。

对于那些不爱惜人力、物力的人，对那些违犯群众纪律的人，他是非常痛恨的。一次，一支部队行军从他身边走过，他看到这支部队动员了不少老百姓的毛驴，有些伤号本来可以行军，也骑在毛驴上。贺龙立即把这个部队的领导找来，批评了他们，要他们加强对部队的教育。之后，他做了调查，发现在一些部队中，乱拉群众牲畜的现象很严重，单是华池、吴起、靖边、石湾等地方，就发现部队一次从这里拉走牲口五六百头。石湾区有毛驴250头，经政府调走120头，余均被部队直接拉完。而部队中个别人员，竟把拉走的群众毛驴卖掉，这样引起了群众的恐慌，使得许多群众仅以一元钱就把自己的毛驴出卖。贺龙还了解到，新4旅、独4旅等部队的纪律较差。这些部队在由张家畔东进时，沿途有烧门板、翻倒水缸、损坏水桶的行为。各部队供给部门及后归队人员打骂群众，乱打白条子，甚至有冒写他部番号、敲诈群众财物的现象。这些部队的违纪行为引起了群众很大反感，致使青阳岔一带群众几乎跑光。

为此，贺龙立即向彭德怀同志写了报告，指出："此情形继续下去，势必严重影响支前力量。"他建议："我们除拟一定制度外，请前总严格整顿部队纪律，对于情节严重的必须严办，更请各旅团各自派纪律组到其行进的区域内，切实清理、赔偿群众损失。拉去群众的毛驴，一律送回，其无主的，交政府代还。有卖了的，即照价赔偿。"

之后，贺龙又立即发布了《严禁滥行动员军勤通令》。通令指出：如果发现非法动员军勤现象，应即时纠正。如有武力实行动员者，按法处分。

经贺龙及各部门、各级领导及广大干部的努力，刹住了这股破坏群众纪律的歪风，保证了后方支援前线各项任务的完成。

1947年3月19日，中央主动放弃了延安。在撤离延安之前，中共中央党、政、军及边区各机关、学校、保育院等许多单位工作人员、家属、老幼妇孺成千上万人经长途跋涉，过黄河到河东，有的安排晋绥，有的经晋绥转太行。为了做好这些人员的转移及安置工作，中央命令贺龙："除原定去太行之机关（如中央党校等），令其速经嶂县转太行外，可再组织一部分机关（如评剧院）和机关人员送五台地区，暂需留晋绥的中央军委机关，望考虑安置在哪些地区为安全，可否以一部置于中阳石楼地区，必要时经同蒲过太行。"

接到中央给予的任务，贺龙立即布置了这项工作。当时，他的身体很不好，血压高，胆囊炎时常发作，可他把这些病痛置之度外。他与晋绥分局、军区、行署及已经来到河东的叶剑英、杨尚昆研究了这一繁重的转移安置工作。他亲自向晋绥军区参谋长陈漫远交待了任务。当陈漫远向他报告了黄河渡口的河防工作已由三分区参谋长黄运昌做了认真安排后，他依然冒着严寒到河防检查，并亲自布置防空工作。

3月底，正是胡宗南占领延安后气焰高涨之时，蒋介石及当时的"伪国大"的遗老遗少们纷纷向胡发电祝贺，捧得胡宗南天旋地转。傅作义和阎锡山也趁晋绥军区主力奔赴陕北、兵力薄弱之际，蠢蠢欲动，虎视转移到晋绥地区的中共中央各机关。为了确保机关安全转移，3月26日，中共中央派周恩来过河东协助贺龙、杨尚昆等办理转移工作。

晋绥地区由于突然增加了数不尽的人员、马匹，草、料、粮骤然紧张。贺龙便依据情况安排晋绥机关学校等单位由武新宇带队，转移到边远县，留下粮、草、住房给中央机关。

晋西北的中共兵力虽然只是少数地方部队，但是，阎、傅军始终未敢进犯，缘由是贺龙坐镇晋西北。又亲自布置了晋绥各地方部队的军事行动，从而使得阎、傅一直不敢轻举妄动。

3月30日，中共中央根据战争的需要，决定组织中央工作委员会，由刘少奇主持工委工作。31日晚，刘少奇、朱德由绥德南35公里的石咀驿动身到河东，准备经晋绥、五台前往太行。

贺龙在兴县蔡家崖非常高兴地迎接刘少奇、朱德等。刘少奇给正在召开的晋绥军区建军会议的干部及分局、行署的各级干部讲了话。刘少奇根据他所了解的情况，在肯定晋西北工作成绩的同时，也很严厉地对晋西北工作进行了批评。他说："看300万人民（指晋西北）投票还要不要这个军队和党，如果不要就下令解散。党也是这样，不要了，连分局也解散！"

对刘少奇的批评，贺龙认为很中肯。此后一连多日，他都不断地自言主语地说："少奇同志的批评，少奇同志的批评……"

刘少奇、朱德走后，贺龙向到会的干部检查了自己。他说："同志们，不是蒋介石这样一打，同志们想看到朱总司令和刘少奇同志是很难的。他们来了，做了报告，对晋西北的工作做了估计和批评，并且是很严厉的。整个工作领导上要负主要责任。"贺龙语气沉重地说："究竟我们来晋西北为人民做了多少工作？是劳动人民的好儿子还是坏儿子？都值得考虑。群众穷得卖儿卖女卖老婆。临县郝家坡等村庄的群众，大部分没有被子盖，卖老婆的也有好几个。兴县是个模范区，也有饿死的。五龙堂及党校驻地都有卖儿卖女的。根据地这样严重的问题，同志们都是高级干部，对群众这种情况，我们应不应该负有责任？"

晋绥军区建军会议是1947年3月5日召开的，出席会议的包括军区、军分区、地方兵团、野战纵队团级以上军政干部。会议主要是检讨军队的工作，使军队去腐生新，振奋军威，恢复发扬人民军队的光荣传统，以完成保卫陕甘宁，歼灭胡、马军的历史使命。刘少奇在离开兴县奔赴五台的途中，又将自己所见及看法，写信给贺龙。信中谈到军队同地方的关系问题，主要在军队方面。这一问题贺龙是了解而且看到了的，他在建军会上列举了这方面的事例。他说："1945年8月我过河东，住在三分区的栈行，参观了一下公家商店。商店修得很阔气，修了40多家还继续修。我越看越生气。特务团一亩荒地也没开，却向群众调剂水地。我在路上碰到3个生产人员，一个长'杨梅'，一个生大疮，一个长疖。我给生疖的一部分钱。翻过山到了康宁，见特务团十几个全副武装的生产人员，农业生产变成了放高利贷，买青苗。晋西北军队生产也是这样，无论军区、分区、主力兵团都是一样。后勤部行署公粮收不到时，拨给部队名曰公粮变款，实际是抢。临县成了地主的解放区，兴县成了二流子解放区。老百姓说：'共产党以前是铁的纪律，现在是豆腐纪律。'"

会议历时两个月零三天。

5月8日，大会结束时，贺龙做了长达三天的报告。他运用毛泽东的建军思想，对如何加强人民军队的建设提出了意见。最后，他还提出了精兵简政问题。他说："要准备长期战争，我们非精兵不可。"

晋绥军区建军会议，为消灭胡马匪军，解放大西北，奠定了坚实的基础。

1947年7月，贺龙终因工作劳累，高血压、胆囊炎病复发，万般无奈，只得住进了晋绥军区碧村医院。就在这时，中共中央发电通知他到黄河西靖边小河村参加重要会议。贺龙不顾疾病，带了警卫员和一名医生动身前往。7月18日，贺龙赶到靖边。他还给毛泽东同志带去了一斤水果糖——这是一年前一位同志送他的，他舍不得吃，带给了毛泽东。

7月18日，会议在小河村的一个大院子里召开。参加会议的有毛泽东、周恩来、任弼时、彭德怀、贺龙、陈赓、杨尚昆、习仲勋、陆定一、王震等14人。毛泽东主持了会议，周恩来详细地总结了解放战争一年的成绩，分析了敌我力量消长的情况。并提出了今后的战略布置。会上，毛泽东说："陕甘宁边区军事上、财政上都依靠晋绥。今后，更加如此。"

经过讨论，大家认为战争的发展应从战略防御转入战略进攻，会议确定了陈赓、谢富治纵队挺进豫西，开辟豫陕根据地。并提出，除山东、陕北两处外，其他地方都可以转入反攻。毛泽东在会上首次提出用五年的时间（从1946年7月算起），从根本上打倒国民党政府的军事计划。会议还研究了解放战争由战略防御转入战略进攻后各个战场配合作战的问题，以及如何解决边区因战争和旱灾引起的经济问题。会议还决定由贺龙统一领导陕甘宁、晋绥两地区工作，以便解决统一后方、精简节约和地方工作，达到集中一切人力、物力、财力，支援西北解放战争的目的。

小河会议结束后不久，贺龙在绥德地区县委书记联席会上说："两个边区在1942年就统一过一次，这次是第二次统一，还由我来当牵头人。两边区的党和军队早就统一了，就是财政和行政不统一，今后一定要统一。如果不统一，很难支持目前严重的战争。"

会上，贺龙提出了两边区统一的三项具体措施，一是建立独立的财政经济体系；二是精兵简政；三是搞好土改。

7月末，贺龙又根据中共中央军委的指示，将晋绥野战军第3纵队拨给西北野战军建制。

贺龙返回河东后，即与习仲勋、林伯渠等研究决定，将西北局、联防军和边区政府移驻在山西临县沙原村一带，组织力量，全力支援前线。

由于陕北边区70%的地方均落敌手，加上1947年陕北先旱后涝，霜冻、雹、虫等灾害亦相继而来，这年秋后不久，边区便有40万灾民无衣无食，凄惨之状，令人目不忍睹。

在部队里，由于没有粮食、草料，抓到的俘虏只好放掉。许多作战部队，处在半饥饿状态，体力相当虚弱。

救灾如救火。贺龙向广大人民群众、机关、部队、学校等各行各业发出了"消灭胡祸天灾，运粮救灾"、"争取不饿死人"的号召。

在那艰苦的岁月里，贺龙为支前究竟付出了多少心血，没法用数字计算。但当年用来记载公粮的数字却能表明一切。

1947年10月，秣：10424184斤，草：7050640斤，粮：3226976斤。这仅仅是西北战场上1个月用的粮。

在支前工作紧张的日子里，贺龙还动员群众参军。他亲自到边区各地，召开县区干部大会，号召党团员、基层干部带头参军，并亲手给参军的基层干部戴光荣花。不仅如此，他每逢深入到村子里，都要了解检查保护军婚和拥军家属的情况，发现问题，就及时解决。

1947年秋天，中国人民解放军对蒋介石集团的全面大反攻开始了。西北野战军从内线防御转到外线反攻。毛泽东在《目前形势与我们的任务》中指出："这是蒋介石20年反革命统治由发展到消灭的转折点。这是100多年来帝国主义在中国的统治由发展到消灭的转折点。"

10月11日，西北野战军在彭德怀司令员的指挥下，一举攻克了胡宗南设防固守的清涧县城，歼灭胡之主力5000余人，活捉76师中将师长廖昂。20日，在临县三交联防军司令部里，贺龙赐见了廖昂。廖昂垂手鞠躬，贺龙与他握了手。廖昂谈到作战失败原因时，叹息道："是由于战略错误，长官（指胡宗南）指挥无能。10年来，我们的军队不仅没一点长进，反而一天天腐化堕落。"

贺龙当即指出："那不是单纯的战略错误。战争是政治的继续。蒋介石反人民的政治是根本的错误，战略怎么会正确？士兵都是抓绑来的，谁还愿为四大家族卖命？"

在谈到人民解放军战术战略时，廖昂说："第一，贵军的战士多了，我们训练的士兵结果大都补充了贵军；第二，贵军的武器好了，我们的武器装备了贵军;第三,贵军不但善于运动战,更善于歼灭战。一句话,贵军一天天发展壮大了。"

贺龙用肯定的语气说:"10 年前,山城堡一战结束了第一次内战,不久会有第二次山城堡到来。"接着,贺龙又义正词严地说:"蒋介石背叛了人民,出卖了国家主权、民族利益,比反动军阀袁世凯更有过之,他将自己吞食自己所培植的恶果。"

贺龙的预言完全正确。在不到几个月时间内,人民解放军在西北战场接连取得重大胜利。瓦子街大捷后,敌人被迫放弃了延安南逃。延安城又回到了人民手中。

在边区举行的庆祝大会上,贺龙以激动的心情说:"我们愈打愈强,敌人愈打愈弱,我们已打了 23 个月,最困难的是前十几个月,我们的困难快走完了!"

是的,西北战场上最艰苦的日子终于过去了。贺龙和西北战场的军民,迎来了胜利的曙光。

# 第十四章　进军大西南

## 含泪站在天安门城楼

中国共产党经过艰难困苦的历程，终于从瑞金走到延安，走到西柏坡。

1948 年的 9 月初，贺龙从延安抵达河北平山县的西柏坡村。9 月 8 日，中共中央政治局于西柏坡召开了为期 3 天的扩大会议。到会的有政治局委员 7 人，中央委员和候补中央委员 14 人。会上，毛泽东作主要报告，再次提出用 5 年时间从根本上打倒国民党。会议根据毛泽东的报告，以"军队向前进，生产长一寸，加强纪律性，革命无不胜"为中心议题，总结了过去，制定了今后的任务。会议决定于 1949 年召开中国人民政治协商会议，成立中华人民共和国临时中央政府。贺龙完全拥护毛泽东的报告。

1949 年 2 月 17 日，贺龙再次前往西柏坡出席了具有历史意义的中国共产党七届二中全会。

3 月 25 日，中共中央、中央军委和中国人民解放军总部迁至北平。4 月 21 日，毛泽东主席、朱德总司令发布了人民解放军向全国进军的命令。

4 月 25 日，中央军委决定把华北第 18 兵团、19 兵团拨归第一野战军建制，连同第 7 军、第 1 军之第 3 师、第 3 军之第 8 师于 6 月份先后由禹门口、风陵渡西渡入陕，并以原西北野战军之第 1 军、第 2 军及第 7 军组成第 1 兵团，以第 3 军、第 4 军、第 6 军组成第 2 兵团。

这当儿，各解放区战场上捷报频传，4 月 28 日，太原解放，大同守敌宣告投降，华北 5 省全境均为中共所有。在西北战场的胡宗南集团万分惊恐，呈土崩瓦解之势。5 月 20 日，西安解放，贺龙到达了西安。在他的主持下，西安市的革命秩序迅速建立，生产得到了恢复和发展，正常的流通市场逐渐形成。并在此基础上提供各类军用物资 6 万余吨，粮食 8000 多吨，支援了前线。还动员了大批青年参军，大量民工随军支前。

9 月 25 日，陶峙岳在新疆起义。至此，东北、华北、华中、华东和西北广大地区相继解放。

9 月上旬，贺龙赴北平参加了中国人民政治协商会议第一届全体会议，途经临汾时，他看望了在这里集训的准备南下入川的干部。贺龙在任西安军管会主任期间，就对入川作了准备，他与彭德怀、习仲勋共同商讨了入川事宜，并从西北地区抽调了地方干部 4528 人，军队干部 1512 人，在山西临汾集训，作为南下的骨干。又从晋绥分局、军区抽出一些四川籍干部，组成调查小组，化妆成商人、老百姓，潜入西南，调查了解当地的军事、政治、经济情况，为向那里进军作准备。

9 月 21 日至 30 日，中国人民政治协商会议第一届全体会议在北平召开。会议代行全国人民代表大会职权，通过了起临时宪法作用的《中国人民政治协商会议共同纲领》。25 日，贺龙在会上代表第一野战军全体指战员发言，他以万分兴奋、愉快的心情，庆祝这个会议的成功，他竭诚地表示"拥护由这个会议所产生的中华人民共和国及中央人民政府"。并向大会保证："一定迅速完成解放全西北并协同兄弟部队解放全西南的任务"。30 日，毛泽东在会上当选为中华人民共和国中央人民政府主席，朱德、刘少奇、宋庆龄等当选为副主席，贺龙、陈毅等 56 人当选为委员。

10 月 1 日下午 2 时，贺龙出席了中央人民政府委员会首次会议。会上，正副主席宣布就职。会议接受新政协的《共同纲领》为中央人民政府施政方针；选举林伯渠为中央人民政府秘书长；任命周恩来为中央人民政府政务院总理兼外交部长，毛泽东为中央人民政府人民革命军事委员会主席，朱德为中国人民解放军总司令，沈钧儒为中央人民政府最高人民法院院长，罗荣桓为中央人民政府最高检察署检察长。

下午 3 时，贺龙登上了天安门，参加在天安门广场举行的开国大典。当毛泽东亲自升起中华人民共和国国旗、庄严宣告"中华人民共和国中央人民政府成立"的时候，贺龙不由百感交集，热泪盈眶，多少烈士的鲜血，才换来今天的喜庆！他庄严地举起右手，向国旗行礼。

当夜，贺龙难以成眠，他想起那一个个牺牲的战友，想起了牺牲的亲人。贺龙想着，来到室外，他望着繁星闪烁的夜空，感叹地对身边人说：

"我们今天的胜利，是无数烈士的血换来的呀！"

1949 年 10 月 10 日，毛泽东主持召开了中共中央军委会议，讨论和决定进军大西南的若干问题。

大西南为川、滇、黔、康、藏诸区域，那里资源丰富，战略地位十分重要，抗日战争时期，是我国的大后方，更是重要物资供应基地。到了1949 年春末，国民党政府拒绝和谈，中国人民解放军遵照毛泽东、朱德"向全国进军"的命令，以秋风扫落叶之势，横扫蒋家百万兵。而蒋介石仍幻想割据西南，其企图以胡宗南、白崇禧、宋希濂集团各部为后盾，以西南地区为基地，以秦岭、巴山、巫山、武陵山为屏障，固守一隅，争取时间，等待国际事变，而后东山再起。蒋介石以白崇禧集团和粤系余汉谋部队组织了"湘粤联队"，阻止解放军进军两广；以胡宗南集团和川陕边部队扼守秦岭、巴山，防止解放军入川；以宋希濂集团和孙元良兵团布防川湘鄂边，防守川东门户，并把若干个军摆在川康云贵境内机动。蒋介石认为：中共军队入川，一定会从北面或东面。尤其是北面的可能性更大，因为川贵边方面地势险要，交通不便，大兵团行动极为困难，而且白崇禧集团又集结在湘桂地区，共军决不会舍近求远去打白崇禧。而川北方向既有陇海路又背靠解放区，补给问题好解决。且从 6 月开始，解放军在陕南、鄂东活动频繁，这更加深了蒋氏的判断。于是，蒋氏把防御重点放在川北和鄂东，除在秦岭主脉构筑主要防线外，又沿白龙江、米仓山、大巴山线构筑第二道防线；在川鄂边，除布防了宋希濂的集团和孙元良兵团外，又将罗广文兵团置于南充、大竹地区，准备向北或向东机动。蒋介石命令白崇禧、胡宗南及川境诸将，密切合作，背靠云贵，组成"大西南防线"。

毛泽东在中央军委会议上对蒋介石的企图看得十分清楚，他提出：对白崇禧集团及西南各敌，应采取大迂回、大包围动作，断其后路，先完成包围，然后再回打之。在作战部署上，确定以第二野战军之四兵团归第四野战军指挥。1949 年 10 月间配合四野攻占广州，继而迂回包围白崇禧部，聚歼敌于广州境内，而后出昆明。二野主力在广州解放后，与广西作战的同时，以大迂回大包围的动作，从东南面直出贵州，进占川东、川南，切断胡宗南集团和康诸敌退往云南的道路；第一野战军的部队积极吸引和抑留胡宗南于秦岭地区，待二野断敌退路时，再迅速南下，由北面越过秦岭，追击胡宗南集团，会同二野主力聚歼其于四川盆地。

对毛泽东提出的大迂回大包围，与会者皆赞同。时毛泽东问贺龙带一野哪支部队入川时，贺龙说："18 兵团现在在秦川和天水一带，处在入川比较方便的位置，我带 18 兵团吧。"

毛泽东和中央军委同意了贺龙的意见，决定由贺龙率第 18 兵团、第 7 军、第 19 军共 14 个师入川，解放陕南和川北。毛泽东对贺龙说："歼胡作战时间，不应太早，应待刘、邓进至叙府、泸州、重庆之线，然后发起攻击，时间大致在 12 月中旬。"

有人问贺龙为什么不带自己的部队，贺龙说："为什么一定要带我从前领导的部队呢？军队都是党领导的，不是我贺龙自己的。如果那样做，我就不像个共产党员了。"

10 月 11 日，毛泽东为中央军委起草了关于贺龙率 18 兵团入川的指示，称："张宗逊并告彭德怀及西北局：10 月 9 日电悉。（一）昨日中央会议已决定 18 兵团由西南军区司令员贺龙同志统率入川；（二）向胡宗南作战的兵力，除 18 兵团外，尚须令刘金轩部及 7 军予以配合。在占汉中一带后，刘金轩部除守卫以汉中为中心一带地方外，是否以适当部分进入川边策应 18 兵团，依那时情况再定。7 军须准备进占陇南文武成康一带；（三）向汉中一带进攻的时间，大约在 12 月上旬或中旬，请令有关各部于 11 月下旬准备完毕。"

## "和平解放无和平"

10 月 13 日，中共中央决定，邓小平、刘伯承、贺龙分任中共中央西南局第一、第二、第三书记；贺龙任西南军区司令员、邓小平任政治委员、刘伯承任西南军政委员会主席。

10 月 18 日，毛泽东发布由陕入川的作战命令。25 日，毛泽东致西北局和彭德怀电称："贺（龙）在就事毕，明日或后日动身回西北。他到西安后，请彭（德怀）决定在 11 月上旬在兰州或酒泉或西安开一次西北局会议，讨论各项问题，包括贺（龙）及 18 兵团离开西北进入四川问题，西北军政委员会名单及各省政府名单的最后确定问题等。"

11 月 3 日，贺龙、李井泉到达西安。

11 月 6 日，贺龙向中共中央并西南局建议："向陕南及川北进军，因除 18 兵团外，9、7 军及陕南部队配合作战时间，尚需一时期才能完成，川西北地区城市地方工作亦须统一布置，在未与西南局会合前，须有统一的党委组织及指挥机构实施领导较为适宜。此种统一领导组织是否需要及组织名称，具体名单，请中央决定指示。"

翌日，毛泽东为中共中央起草中央关于成立川西北军政委员会致贺龙并告西北局彭德怀及刘伯承、邓小平电称："同意贺龙6日意见。为了统一指挥18兵团及其他临时配合作战部队，为了领导川西北地方工作，在未与西南局会合前，成立川西北军政委员会，以贺龙为主任，统一领导军事、政治、党务、民运等项工作。"

11月25日，西北局和西北军区召开了团以上干部动员会议，贺龙和习仲勋作了入川的思想动员。贺龙为使大家放下包袱，增加对四川情况的了解，先让马识途、李宗林等四川地下党介绍四川情况。当马识途讲到国民党军队士无斗志，军心涣散，已不可怕，可怕的是那些没遭打击的、盘踞在农村的袍哥、土匪和地主武装这些地头蛇时，有的干部不以为然，说："蒋介石几百万大军都被打垮了，还怕几条地头蛇？"

贺龙听了说："我在四川驻过防，我知道地主、袍哥的厉害，大家要注意，不要叫地头蛇咬了！"

马识途等介绍完四川情况后，贺龙详细讲解了党中央的战略部署，四川在政治、经济、军事上的战略地位，最后说："同志们，毛大帅交给我们的任务，是歼灭胡宗南部队，配合二野解放祖国的大西南。这个任务是非常艰巨的。不错，西南和华北等地相比，许多地方还很落后，条件也很艰苦，大家不要怕艰苦。我们有些同志一听说到西南要天天吃大米，就想留家乡不走了。我们在座的都是共产党员、共青团员和革命战士。我们不是天天说要解放全人类吗？现在西南还有几千万同胞在受苦，蒋介石还有几十万军队盘踞在那里，要把西南当成卷土重来的反攻基地。你们留在家乡能安居乐业吗？我也不是北方人，家乡在湖南桑植。我就是吃大米长大的。为了革命，为了抗日，我们许多南方人参加了二万五千里长征，到了晋绥，吃了整整8年的小米和黑豆。难道在座的同志就不能为了革命，到西南去吃几年大米吗？"贺龙还以自己过去在四川呆过的切身感受，向大家介绍了四川的风土人情。他说："四川自古以来就有天府之国的美称，那里人口众多，物产丰富，人民勤劳勇敢。这可是块风水宝地啊！那里的生活也很有特色，就连喝茶都挺有讲究，叫盖碗茶。"贺龙幽默地学着摆起茶碗，倒开水和喝茶的姿势，会场顿时活跃起来。贺龙接着说："四川的泡菜也是挺有名的，酸甜脆辣，味道鲜美。"说着，他咂了咂嘴，逗得大家哈哈大笑。谈到同二野会师后，贺龙说："要虚心向二野同志们学习，主动搞好团结，不要一开口就是我们吃了好几年黑豆。难道只有我们才艰苦？兄弟部队就不艰苦吗？"贺龙抬高嗓门："同志们，解放大西南是大陆上最后一仗，我希望每个同志都不要错过这个立功的机会！"

贺龙的话，字字句句都打动了每个人的心。一些对南下有顾虑的干部想通了。于是，全军上下都自觉做好南下的各方面准备工作。

11月27日，中央军委致电贺龙、李井泉、刘伯承、邓小平称："为协同一致，全歼川康各敌之目的，军委决定贺、李（井泉）部（18兵团及其他）应受刘、邓指挥，……我们不直接指挥贺、李，以免分歧。"到这时，贺龙、周士第指挥的入川部队，弹上膛、刀出鞘，一声令下，就会像离弦的箭直扑胡宗南的残部。

刘、邓指挥二野于11月1日，在南起贵州天柱，北起湖北巴东的500公里地段上，向国民党军发动多路攻击，并于11月15日解放贵阳，21日解放遵义等城镇乡村。11月14日，蒋介石由台湾飞抵重庆，亲自指挥保卫大西南的战役。30日，蒋氏飞抵成都。当日重庆解放。

11月12日，胡宗南在汉中国民党中国银行南郑分行办公处召开了"陕南地区实施总体战紧急动员"会议，提出了"陕南地区实施总体战紧急动员"方案。会议由西安绥署参谋长罗列主持，参加会议的军政高级人员有西安绥署方面沈策、第1军军长李廉、陕西省政府主席董钊等百余人。陕西省参议会议长王宗山讲话说："在目前形势下，必须缩短战线，集中兵力，解决补给困难，才能加强战斗力量，争取主动，因此，在陕南地区有立即实施总体战总动员的必要。"接着，王宣布总体战条文，总的内容是对陕南人民进行大肆掠夺，把粮食、牲畜、年轻劳力等统统带到川西。会上宣布设立"总体战紧急动员督导委员会"，由胡宗南兼任主任，董钊、王宗山、罗列兼副主任。由于中共军事发展迅速，胡的这个计划在陕南没完全得逞。

同日，贺龙、李井泉向第18兵团等部发布追歼胡宗南集团的指示。

12月1日，大雪纷飞，四野茫茫，贺龙顶风冒雪到达宝鸡，在这里，贺龙和周士第、李井泉向入川作战部队发布《关于配合二野解放西南的作战命令》。

12月5日，贺龙得知二野即将切断胡宗南集团逃往滇康的退路，乃下令第 18 兵团及 7 军等部，兵分三路，追击逃窜的胡宗南集团。时贺龙以 60 军为中路，由宝鸡沿川陕公路南下向沔县（今勉县）、宁强地区进攻；以 62 军为右路，由漳县、岷县向陇南之西固（今岩昌）前进；以第 60 军为左路，由眉县、周至翻越秦岭向城固方向前进。

这当儿，12 月 9 日，国民党西康省主席刘文辉、西南行政长官公署副长官邓锡侯、潘文华在彭县宣布起义。次日，国民党第 22 兵团司令郭汝瑰率 72 军在宜宾起义。

第 18 兵团的三路人马，向秦岭、巴山挺进。12 月的秦岭，是千里冰封、万里雪飘、江水不流、野鸟不飞的世界。凛冽的北风，冻僵指战员的手脚。然没有一个叫苦的。特别是工兵，经常在海拔数千米的险峻山峰上开路，敲开厚厚的冰层到零下十几度的寒流里修桥。时官兵们只有一个信念，时间就是胜利。山高、路险、天寒、地冻、道远等等困难，必须克服。冰封雪盖的山路，一步三滑，而有的地方还被踩成污泥，更是难走。鞋子走不了三天就脱帮。而战斗员每人负重都在 50 斤以上。虽然如此，没有一个掉队的。贺龙和指战员一起冒风雪严寒行进。

12 月 23 日，贺龙来到了第 179 师 537 团。官兵们见贺龙来了，无不分外激动。当贺龙问"大家辛苦了！"后，战士们你看看我，我看看你，一时不知说什么好了。贺龙笑着说："有啥就说啥嘛！"

一个山西籍的战士说："苦和累我们都不怕，只要能消灭胡宗南这帮害人精，早日解放大西南，我们吃点苦受点累算个啥？"

贺龙又问："你们都是哪里人呀？"

战士们七嘴八舌说："我们这里有山西的、河北的、四川的、湖北的，还有河南、广东的。"

贺龙"噢"了一声说："还有四川、湖北、广东的，是不是解放入伍呀？"

战士们回答说："是的。"

贺龙又问一个小个子战士："你是哪个县的呀？"

"川东丰都的。"

贺龙说："你们家乡已经解放了。你高兴吧？"

小个子战士说："我太高兴了。"

这时，贺龙见一个战士走路一拐一拐的，问："你的脚上打了多少泡？"

战士说:"有八九个血泡。"

贺龙说:"痛得很吗?"

战士说:"不痛。只要能早日消灭胡匪,这点痛算个啥。"

贺龙关切地说:"宿营后一定要用热水烫脚,要吃好休息好,走路才能有劲儿。"

接着,贺龙和战士又谈起成都战役。战士们问:"成都这一仗一定会不小吧?"

贺龙看了看身边的战士说:"敌人有几十万。"

战士们兴奋地说:"不管多少,我们都要消灭。"

贺龙见战士们那兴奋的劲头,频频点头,表示十分赞赏,并郑重说:"这是毛主席、党中央、全国人民交给我们的任务,这任务艰巨而光荣。"

战士们齐声说:"放心吧,司令员,我们一定完成上级交给的任务。"

部队继续行进。贺龙的话,贺龙的音容笑貌,使指战员备受鼓舞,使他们忘记了长途行军的疲劳,朝既定的目标前进再前进。

12月25日,裴昌会率第7兵团在镇阳县孝泉镇宣布起义。

贺龙在孝泉镇接见了裴昌会。贺龙对裴昌会说:"你带着电台和一营人,和敌工部长刘玉衡一起,把起义的散落部队收容起来。"又说:"元旦前我们到成都去,还要举行入城式,你跟我一块去吧。"

当下,裴昌会和刘玉衡一起出发了。当时,起义的队伍中有的人跑了。裴昌会向贺龙请示,问可否把枪下了。贺龙说:"那怎么行?起义了嘛,就不是敌人了。怎么能下枪,那些愿跑的就跑,他跑也跑不出去。"

裴昌会后来一检查,跑的大多是地方上的袍哥。

从1949年12月21日到25日,除裴昌会兵团起义外,先后起义的还有国民党川陕鄂边绥靖公署副主任董宋珩,第16兵团副司令曾苏元,第15兵团司令罗广文,第20兵团司令陈克非,第5兵团司令率残部在邛崃地区投诚,第18兵团司令李振在龙泉驿与李达接上了头,27日宣布起义。

12月27日,成都和平解放。成都战役宣告结束。至此,蒋介石在大陆的主力部队全部覆灭。

12月28日,贺龙到达新都,第18兵团兵临成都城下。

饱尝国民党反动派20多年血腥统治的70万成都市民,一扫过去脸上的愁云,怀着无限喜悦和激动的心情,迎接成都解放。

12月30日这天，成都市出现了冬日少有的好天气，太阳暖融融地照着。大街小巷各家各户门前，各商号机关门前都挂上了五星红旗，墙上、门上、电线杆上等处都贴满了红绿标语。天还没明，欢迎的人群就涌上了街头，他们拿着红绿纸做的彩旗，脸上呈现出少有的笑容，锣鼓声、鞭炮声早就响了起来。

上午10时，第18兵团的入城式开始了。贺龙、王维舟率第18兵团部队，在毛主席、朱总司令的巨幅画像和"八一"军旗的引导下，在雄壮的军乐声中迈着整齐的步伐，庄严地列队从北门入城。百辆汽车行在前面，后面是扛着各种武器、仪容整洁的解放军队伍，威武雄壮。

欢迎的人群沸腾了。"毛主席万岁！""中国共产党万岁！"的口号声、鞭炮声、腰鼓声、歌声交织一起，在空中回荡。许多人眼睛湿润了，说不清是兴奋的泪水还是激动泪水。他们深深知道，这个日子来得多么不易啊，是千百万人民的热血换来的。

欢乐的民众，给解放军的车上、炮上都贴满了标语。许多人把柑橘塞在战士的手中。

当贺龙、王维舟等领导人乘车过来时，开始人们没有注意，因为贺龙等人穿着和干部战士一样的普通衣服，佩戴着同大家一样的解放军符号，没有官级的标志。突然，不知谁认出了贺龙。人们又沸腾了，又潮水般涌了过来。在群众的想象中，贺龙这个身经百战、举世闻名的将军，行进之时，会前呼后拥，怎么也想象不出是这个样子。人们对解放军对共产党更是由衷地敬佩了。人们向贺龙鼓掌，贺龙频频向群众招手致意。

入城式从上午10点到下午2点多钟，整整进行了4个多小时。队伍从驷马桥入城，经菠街、城门洞、北大街、玉带桥、春熙路、东大街一直到少城公园。队伍过去了，欢迎的群众还恋恋不舍，不肯离去。他们紧紧包围着随军入城的解放军宣传文艺队伍，同宣传队一起扭秧歌，学唱解放新歌，直到天黑。

记者们围住贺龙，向他提问题："贺司令官，请你谈谈大军入城的感想。"

贺龙诙谐地答："记者先生，在我们解放军队伍里，没有什么官，只有员，我衷心地感谢成都人民这样热烈的欢迎。"

当时各报纷纷报道了欢迎的盛况。《新新新报》报道了全市大中学生欢迎解放军的情形。

12 月 30 日这天，是成都人民最欢乐的一天，最难忘的一天，最激动的一天。1950 年 1 月 2 日下午，贺龙把警卫 2 团团长萧庆云召到商业街励志社——时贺龙住在励志社，几天前这里还是国民党特务机关。贺龙对萧庆云说：“明天要同四川地下党的同志们举行会师大会，你赶快布置一下会场的警卫工作。”

由于成都刚刚解放，特务、黑社会分子、坏分子等等还千方百计地进行破坏，萧庆云接受了任务后，精心做了布置。

1 月 3 日下午，川西区党委举行了老区南下代表和川西区地下党代表会师大会。数百名地下党员代表，怀着欢天喜地的心情，来到励志社。会场上高高悬挂着“在毛主席的旗帜下胜利会师”的巨幅标语。会场内外，人们喜气洋洋，老区南下的同志和地下党员代表欢聚一堂，亲切交谈，相互慰问。

大会开始后，贺龙身着戎装，健步向会场走来。在他身后的是李井泉、王维舟、周士第、王新亭等。顿时，群情鼎沸，掌声雷动。特别是地下党团的代表，望着久已仰慕的贺龙，把手掌都拍疼了。人们争望着这位靠两把菜刀起家的英雄，争望着南昌起义的总指挥。贺龙用浓重的湘西口音说：“同志们，今天我们战斗在两条战线的同志们终于团圆了。今天的会师是我们党经过 20 多年的奋斗所取得的，是我们人民解放军奋起战斗及地下党同志同敌人进行艰苦斗争换来的！”接着，贺龙高度赞扬地下党同志所做的贡献。他说：“长期以来，你们战斗在敌人的眼皮底下，以大无畏的英雄气概，经受了种种艰难的考验，同敌人进行了不屈不挠的斗争，坚持党在四川的革命旗帜，保持和发展了党的组织，保护了大批党的干部，并配合我南进大军胜利解放了成都。特向你们表示热烈祝贺！”

贺龙讲到这里，南下的代表们高声喊起口号来：“地下党是坚持在国民党统治区的战斗堡垒！”“地下党是为共产主义奋斗的光辉榜样！”“学习地下党密切联系群众的好作风！”“向地下党员同志们学习！”

与会的地下党、团代表个个心潮澎湃，喜泪纷飞。他们深深感到，这不是口号，是伟大的党给自己的最高奖励，是英勇的军队给亲密战友最大的鼓舞。他们也振臂高呼起向南下同志学习的口号。双方握手、拥抱，激动的热泪流在了一起。这感人的情景，使贺龙也很激动。他大声说：“同志们，过去，由于革命的需要，我们党分作地下和地上两支部队，与敌人斗争，现在我们胜利了，会合了，会师了。我们的前途无比光明，但存在的困难还很多。"

贺龙最后勉励大家，要互相学习，共同努力，有功不居，有过不避，把接管工作、改造起义投诚部队、肃清残匪和发动群众建立人民政权等各项工作做好，为建设新成都、新四川、新西南而共同奋斗！会场里不时爆发出一阵阵雷鸣般掌声。

会议从下午开到深夜，中间举行了招待地下党的会餐。席间，贺龙举杯要大家共同喝"团结酒"，又到各桌上向大家敬酒，不停地与大家握手、亲切地交谈。

大会开到深夜。虽然会散了，但大家久久不愿离开，互相畅谈，好像要把多年的话一起吐出来。大家还一遍遍地高唱着《国际歌》，整个会场沸腾了。

会散了，许多人兴致勃勃地回到住处，仍围着火盆闲谈，炉火熊熊，夜深人静。他们回味着贺龙司令员的谆谆教导，畅谈着美好的未来。


贺龙进入成都后，摆在面前的两件头等大事：一是改造起义部队，二是稳定市场。

先说说改造起义部队。

国民党在大陆的几十万残兵败将逃到了成都周围，虽然他们溃不成军，士气涣散，有的起了义，有的投了降，但他们中间的顽固势力仍蠢蠢欲动。当时，进入成都的解放军部队仅几万人。因此，贺龙对起义部队的改造十分关心。1950年1月5日，贺龙、周士第、李井泉向中共中央军委和刘伯承、邓小平提出对起义部队处理意见。把起义部队分为四类：即地方系、国民党嫡系正规军、地方游杂武装、投降部队。地方系指刘文辉、邓锡侯、潘文华的川军。这些部队多年来受蒋介石的排斥，改造起来比较容易；国民党嫡系人数多，反动军官多，都是被迫起义，抵触情绪大；地方游杂武装，多为土匪、袍哥，虽然人数不众，但万分复杂；投降部队比较顽固，改造起来困难多。贺龙在意见中提出，对这4种不同情况的起义部队，应采取不同的处理方法。对邓、潘、刘的地方部队，保留原番号，按其实有人数进行整编，对邓、潘、刘给以适当安排；对国民党嫡系部队，授予适当番号，指定地点，分散就粮，逐步改造，并派得力干部前去联络了解情况，宣传共产党的政策，稳定情绪；有的经过短期工作后迅速遣散。

时贺龙认为，要顺利改造起义部队，关键是要做好起义部队的高级将领的工作。贺龙刚进城，即于次日安排接见了原国民党第 15 兵团司令官罗广文，原第 20 兵团司令官兼第 2 军军长陈克非和刘文辉，邓锡侯的保定同学、邓的老参谋长、四川公路局局长牛范九以及罗广文的第 6 编练司令部政治部主任贺觉非。

1950 年 1 月 1 日一大早，罗广文、陈克非、贺觉非、牛范九即一同来到成都商业街励志社。一进门，见到了王维舟。王维舟和四人握过手后说："贺老总在楼上等，请上楼吧。"

这时，参谋长张经武在楼梯口相迎。大家进入正厅，贺龙口衔烟斗，站在那里，见了罗广文等，笑呵呵地同四人一一握手。贺龙见贺觉非年轻，也姓贺，仔细地端详了一会儿。由于贺龙威名太盛了，虽然罗广文、陈克非都是国民党的兵团司令官出身，但还是显得有点不知所措。牛范九因与贺龙熟，比较随便。大家落座之后，有人献上茶。贺龙说："你们都在国民党军队里任过高位，可比起我来，你们还差一大节哩，我当过旧军队里的旅长，当年在成都、重庆都打过仗，后来当了师长、镇守使、军长，自从接受了毛主席、共产党的领导，我的思想就变了，生活作风也跟着变了，一心干革命了。我们共产党人讲究实际，你们军队不多了，将来整训，够 1 个兵团就编 1 个兵团，够 1 个军就编 1 个军，不搞虚的。"

贺龙讲话时，时坐时立，手中握着烟斗。讲得亲切随便，罗广文等也显得轻松多了。贺龙把话题转到大西南的军事行动上，说："毛主席是我们的大元帅，也是你们的大元帅。他指挥我们，也指挥你们。我们奉命入川，巴不得一下子解放成都，要那样，就把你们赶到黔滇了。我们慢了一点儿，使蒋介石留有幻想，也使你们有了今天。这样做，对你们，对你们部属，都功德无量。如今化敌为友了，一家人了，共产党不会把你们当外人看待的。说话是算数的。"贺龙又点着了烟斗，吸了一口说："我今年 55 岁了。我经过军阀混战、北伐战争、10 年内战、8 年抗战、3 年解放战争，没有被打死。"他稍停了一下，又说："这下可好了，中国要结束战争了，老百姓可以过太平日子了。今后我还得加强学习，在毛主席领导下建设新中国。你们赶上大好时机，这是天大的好事嘛！"

张经武插话说："搞建设和打仗不一样。"

贺龙说："是啊，像成都这样的城市，就是个吃喝玩乐的地方。这不行，我们要把这个消费城市变成生产城市。"

不知不觉两个小时过去了。贺龙看了下表，对牛范九说："牛范九，今天你办两桌酒席，欢迎起义将领，我来作陪。"说完又嘱咐一句："一定要办好呀。"

牛范九说："老总，一定办好。"

贺龙又对张经武说："搞好警卫，不要被特务钻空子。我们倒不怕，起义将领有闪失就不好说了。"

罗广文等向贺龙辞别时，贺龙拍着贺觉非的肩头说："我们姓贺的不多，好好干!"

贺觉非不好意思地说："我当过国民党的县长。"

一旁的王维舟说："那不算个啥。我就当过团总、县知事，还不是一样干革命。"

这天晚上，贺龙、王新亭、周士第、张经武、胡耀邦等参加了牛范九的宴会，起义将领罗广文、陈克非、裴昌会、李振、董宋珩等 10 余人参加，气氛十分融洽。

刘文辉、邓锡侯、潘文华等通过牛范九、杨尚伦向贺龙发出请柬，要在邓锡侯的私室"洁庐"设宴为他接风洗尘。

邓、刘、潘都是川中宿将，旧的部属很多。其他国民党军队上层人物和他们交往密切的也不在少数。三人早在护国、护法、军阀混战之际就与朱德、刘伯承、贺龙有交往。特别是邓锡侯，多年来与朱德总司令一直友好。这样的邀请，贺龙自然欣然前往了。

参加宴会的除主宾贺龙、王维舟、周士第、李井泉、李宗林等外，第 18 兵团一些主要负责干部均被邀请，在彭县随邓、刘、潘起义的高级军官也应邀参加。贺龙一见刘文辉的面，即说："刘先生受惊了，胡宗南抢了先生的财产，还在家中放了炸药，可恶之极。"

刘文辉说："蒋介石卑鄙，胡宗南更卑鄙。"

贺龙说的胡宗南抢财产一事，是指刘文辉宣布起义后，胡宗南派人抄了刘文辉在成都的私产，并在刘室内暗藏了炸药，结果炸死了人。

贺龙同起义将领亲切交谈起来。他说："当年我在讨贼联军时在四川打过两三年的仗，也同在座各位先生打过仗，不打不相识嘛。《三国演义》一书中有分久必合之说，我们今天终于合到了一起了。"

贺龙的话引起大家爽朗的笑声。最后贺龙说："过几天，军管会要请各位先生开座谈会，共同商讨大政方针。"

起义将领听到这个关系他们前途的消息，都很兴奋激动。

第二天，又由李宗林出面，以贺龙名义在商业街励志社二楼举行了答谢宴会。宴会之后，贺龙请邓锡侯等起义将领到红照壁剧场看戏。由部队文工团演出《白毛女》。贺龙和邓锡侯坐在一起。贺龙说："这个戏很能教育人。"

邓锡侯说："演得好。看了这个戏，更使我感到过去做了许多对不起人民的事情。"

贺龙勉励他说："你们也是有功之臣。你们的起义，为四川人民做了一件大好事。共产党感谢你们，人民也不会忘记你们。"

贺龙的话使邓锡侯心里热热的。

贺龙了解到老上司、当年的讨贼联军总司令熊克武在成都闲居，即登门拜访。

1月10日，贺龙致电中共中央和刘伯承、邓小平，举荐熊参加工作，并建议给熊以军政委员会副主席职位。中共中央同意了贺龙的建议。

1950年元月11日，第18兵团在总府街蓉光大戏院召开团以上起义人员欢迎大会，到会的人挤满了大戏院。刘文辉、邓锡侯、潘文华、裴昌会、罗广文、陈克非、董宋珩、王瓒绪等同贺龙一起坐在主席台上。大会开始后，贺龙讲话。他说："你们辛苦了，我们欢迎你们。在座的各位同志，从今日起，我和诸位共事了。"贺龙的几句话，特别是"同志"、"共事"四字，使起义军官与共产党的距离一下子拉近了。台下立时爆发出极热烈的掌声。许多起义军官心头的云翳散开了。贺龙接着说："人民解放军对待坚决脱离国民党反动派起义的官兵，一向是热诚欢迎的。起义之后，按照人民解放军的制度、原则，经过整编改造，也就是人民解放军了。大家应该和解放军全体官兵紧密地团结起来，要做到推诚相见，然后才能由组织上的一致达到思想上的一致，成为真正的人民军队。"

贺龙针对起义军官的状况，语重心长地讲了3个小时。他的发言深深地打动了起义将领的心。

对于起义军官中的高级将领，贺龙向中共中央推荐他们担任相应的职务。他同刘伯承、邓小平建议中央人民政府任命刘文辉、龙云为西南军政委员会副主席；邓锡侯、潘文华、卢汉、裴昌会、陈铁等担任西南军政委员会委员。

当时，起义、投诚和被俘的国民党部队共有90万余人，大小88个单位，成分极为复杂。根据毛泽东主席和西南局的指示，采取了"宜集不宜散，宜养不宜赶；集中整编，认真改造；分别对象，逐步处理；使之各得其所，不致散之四方，且不为蒋匪所利用扰乱社会"的方针，除指令各军区负责处理投诚部队、俘虏人员外，对罗广文的原 15 兵团、陈克非的原 20 兵团分别开赴华东军区、中南军区进行整训。

2 月 8 日，贺龙在中共西南局委员会第一次会议上做了发言，他汇报了关于改造 90 万起义投诚部队事，他说："西南局对改造起义投诚人员的指示很明确。首先要把我们党的方针对这些人讲清楚：第一，你们过去对人民是有罪的；第二，共产党无个人恩怨；第三，要从组织上、思想上按照解放军的标准彻底改造；第四，在政治工作制度上，政委有决定权。要实行军事民主、政治民主，这是人民军队与旧军队的不同之点。总之，我们对起义投诚人员，无论是谈话，还是开大会小会，要反复宣传党的方针，并向他们指出：政治改造是痛苦的，进步慢则痛苦的时间就长，进步快则可以缩短痛苦的时间。有的起义将领对我们的改造有抵触，开始故意穿得破破烂烂。当我同他谈了第五次后，他开始转变了，之后头发也理了，好衣服也穿起来了。有的起义将领开始还戴钢盔，有的穿得比街上摆摊的人还难看，真是无奇不有。他们为什么这样做？这表明他们原有的阶级立场还没有改变。在谈话中也表明了这一点。有的说：共产党要打乱血统，首先把我的打乱；有的说：刘先生（指刘伯承）来我相信，贺先生（指贺龙）来有点怕，徐先生（指徐向前）来不欢迎。还有的对他部下讲：杀人，我挨第一刀，你们挨第二刀。上述言论，都暴露了他们的阶级本质。所以，对起义投诚人员的改造，也是一场激烈的阶级斗争。有人在广安就有 3000 人的血债。如果不首先把下面的起义部队抓紧，就谈不到对他们的改造。其次，选择好先从哪儿开始改造。以我们利用起义部队之间的矛盾，首先，改造王缵绪的部队。我对王讲：'你很有功，有功必有奖，但我只能作穿针引线的人，请中央人民政府决定。'"

由于起义人员情况十分复杂，暗藏的敌特人员较多，特别是一些反动军官，他们拒绝改造，最后竟走上叛乱之路。仅成都附近就有龙潭寺、石板滩、温江、崇庆等地土匪暴乱。从 1950 年 1 月到 6 月半年内，起义部队中有 27 个单位发生叛乱。邛崃、大邑、名山、彭山、温江、崇庆、郫县、崇宁、新繁、新津等 10 个县的县城被围攻，崇宁、大邑两县城为土匪攻占，数百名党政军干部被杀害。云南暂 13 军叛变 1 个团，贵州起义的部队叛变了五分之二以上。驻川西的原国民党第 20 军杨汉烈部、第 16 兵团 302 师等部分别于 1 月至 3 月叛变。刘文辉的第 24 军数百人在雅安叛变。一时间，在各起义队伍中，大小叛变之风骤起。贺龙面对各单位上报来的情况，气愤地对左右说："这帮家伙到处杀人放火，袭击我们的工作团，还扬言要把我们困死在城里，太狂妄了。"他指示："告诉我们的干部、战士，和平解放无和平，千万不可麻痹大意。"

在处理起义部队叛乱问题上，贺龙指示平叛部队，对叛乱分子要狠狠地打击，对首恶要坚决镇压，不准漏网。同时，要注意政策，协从只要悔过可以不追罪责，这样，促使叛变分子分化动摇。

再说说稳定市场。

当时，摆在贺龙面前刚解放的成都真是一个烂摊子。这天府之国的古老城市，麇集着国民党的军阀官僚集团、四川的大地主集团、黑社会的"袍哥"势力，还有仰仗这些反动势力的土匪、保镖、特务、恶霸、流氓等。大街小巷都是酒楼、烟馆、妓院、影院、戏园等，供这些达官显贵吃喝玩乐。还有不少为这些寄生虫服务的。因此，表面看来，成都一片繁荣，然而这是虚假的，一解放，这个腐朽的金字塔便倒塌了。一座几十万人的消费城市，突然失去了依靠。首先就是物价飞涨，尤其是粮食和棉纱，第 18 兵团从西北带来的一点点银元根本无法平抑物价。加上一些反动商人囤货居奇，哄抬物价，特务和坏分子趁机捣乱，使人民币贬值。一时间，人心惶惶。当时，最重要的问题是粮食。几十万人口的成都市民要粮，几十万起义投诚部队要粮，几万解放军要用粮食。有了粮，财政、生产等问题都好解决，人心也安定，物价也能平稳，没有粮食，随之而来的问题就太多了，有的还相当严重。当时社会上有谣传：共产党打仗有一套，管城市经济不行，这个烂摊子收拾不好，要不了 3 个月就站不住脚。

成都市军管会成立后第一次会议即研究讨论了征粮和财政的问题，会上传达了贺龙的有关指示。之后，贺龙又连续召集军官和各方人士开会，商讨对策，但商来讨去就一点，必须有粮食、棉纱做后盾，尤其是要有平价粮食做后盾，人心安定了，其他都好办。对粮食问题，贺龙早就料到。在进入成都之前，贺龙即派了征粮工作队下乡征粮。从 1949 年 12 月 1 日到 1950 年 1 月 13 日，川西北临时军政委员会共连发四次关于征粮工作的指示。

由于农村政权刚刚建立，群众还没发动起来，地方上袍哥、土匪、恶霸、地主等恶势力还很猖獗，并不断偷袭征粮工作队，使征粮工作受阻。

贺龙把余秋里叫去，对余秋里说："现在粮食问题已是燃眉之急，而征粮工作很难展开，地主、富农们到处叫喊负担过重。我想派你到新都县搞个试点，怎么样？"

余秋里二话没讲，当即说："好，我马上出发。"

贺龙说："你这次下去，不仅任务重，而且危险很大。现在土匪活动猖獗，你带一个连够不够？"

余秋里想了想说："不用，我只带两个警卫员和一辆吉普车就行了。"

贺龙说："那遇到情况怎么办？"

余秋里说："我有办法。"

新都是靠近成都的一个县。

经过深入细致的调查，余秋里了解到了在征粮工作中存在的问题，提出了切合实际的解决办法。并广泛发动群众，使征粮工作顺利展开。

就在余秋里在新都抓征粮试点之际，龙潭寺、石板滩发生了大暴乱，匪特也曾派人到新都活动，由于新都群众被广泛发动起来了，匪特阴谋没能得逞，征粮工作也没受到影响，到了2月底，征粮任务即完成了一半以上。且涌现出一批积极分子，给以后建政和组织农会打下基础。

当余秋里在新都县征粮之际，2月8日，贺龙在中共西南局委员会第一次会议上就征粮问题指出："关于公粮问题。接西南局指示后，曾作了调查研究。有人反映，广元城郊不出粮食，川北对粮食问题有讲价钱的味道，但执行西南局指示无问题。川西搞了个征粮，经西南局批准后，一公布马上就有反映。首先杨尚伦反映公粮重，因他是代表地主'国大代表'，所以，对他反映并不怕。党内一老同志张秀淑也有反映，虽然尚未听到农民的呼声，却引起了我们的重视，便组织几批同志下去调查。1号已回来1个组，据说按一般的比例，农民是交得起公粮的，但顾虑是一下交不出来。灌县有两个村，一个村地主交百分之四十几，另一个是地主超过了百分之五十。如讲民主评议，则川西的粮食是可以拿出来的。西康的粮食，曾和刘文辉谈了一下，他也搞不清楚能出多少，总之，比较困难。征粮是件很大的事情，搞好了，今后困难就少，财政、生产等问题都可解决，否则就会增加我们困难。走群众路线，民主评议是个很好的办法，不但完成了公粮，而且发动了群众。保管也是个大问题，要把仓库、口袋、生虫子、老鼠吃等等问题解决好，把消耗减到最少。一颗小米须经18道手续，因此要加以爱护，防止损失。"

3月初，余秋里到成都参加会议，贺龙向他详细地了解了新都征粮情况。当他听了余秋里谈到发动群众征粮，不仅征粮工作开展顺利，还及时破获了匪特阴谋暴乱的案件后，很高兴地说："这个做法好，要推广，现在有一种说法，说这次匪特暴乱是由于征粮过重引起的。最近要召开成都各界代表会，你到会上讲一讲新都征粮的经验。"

3月16日，成都市第一届各界人民代表会议召开。余秋里在会上针对代表们普遍关心的问题，作了关于川西征粮的发言。他讲了三个方面的内容：一是公粮的负担重不重；二是地主是否拿得起；三是揭露了少数顽固地主破坏征粮的种种表现。余秋里讲的有事实，有根据，代表们听了都认为讲得好。这个发言，经贺龙批准，刊登在3月20日的《川西日报》上。

川西区党委亦把余秋里的征粮经验通报全区，并对过去关于征粮工作不妥的规定做了修正。

到了7月底，整个川西地区基本上完成了征收公粮的任务，不仅保证了成都市粮市的供应，保证了百余万部队的用粮，保证了解放西康、进军西藏部队的用粮。同时，稳定了物价，安定了社会。也在征粮中发现、培养了一大批骨干。

贺龙在抓征粮的同时，亦抓了棉纱之战。

成都市因有了平价米，物价上涨的势头煞住了，人心安定了，对共产党也信任了。纷纷说还是共产党有办法。国民党扔下的烂摊子，一下就理顺了。然而，贺龙并没轻心，而是指挥军管会与不法奸商又展开了棉纱大战，稳定了棉纱市场。

成都是一个消费城市，当地主官僚政权垮台后，依附这些阶层生活的大量市民失业了。加上原来失业人就多，又有不少流落到城市里的流民，使成都市形成了一支失业大军。这成了摆在刚刚解放的新政权面前的又一个严重问题。

为解决失业问题，贺龙指示，将失业人员分类，把城市的盲流遣送回原籍；向在资本家工厂里做工的工人做工作，让这些工人不要向资本家提过分的要求，要使资本家有利可图，要允许他们有剥削行为。说服资本家不要抽资，讲明政府鼓励他们发展的政策。对于混迹于工人中打着为工人谋福利的幌子，制造事端的反动工头、特务、袍哥头子，发动工人揭穿，予以清除。贺龙反复强调，搞好城市管理，一定要依靠工人阶级。原来就无业的一大批市民，当成都解放之际，他们高高兴兴地欢迎解放军入城，心想马上会有工作。可是，城市刚解放，百废待兴，建设一时跟不上，没有就业机会，这些人的工作自然无法安排。贺龙指示：可采取三个人的饭五个人吃之法。组织他们搞生产自救。同时，组织他们掏挖金河、御河、府河，以工代赈，并辅之以社会救济工作。

这时，发生了一件黄包车夫请愿的事。起因是这样的。一天，一个解放军干部见一黄包车夫拉一有钱人在街上跑，黄包车夫脖子上搭着毛巾，满脸汗水，即令车停下，命令坐车人下来，又把坐车人训了一顿。这个解放军干部之所以这样做是认为有人坐车有人拉车不人道。此事一传开，了不得啦，全城人谁都不敢坐黄包车了。当时，成都市内有黄包车夫上万人。成都解放后，有钱的达官显贵少了，这些人的生意清淡许多，而物价又不稳定，生活没了保障。如此一来，饭碗就没了，这些人就闹了起来，成千的车夫拉着车子到军管会门口叫嚷，要军管会给饭吃。这些车夫，虽然经做工作散去，但吃饭问题仍未解决。贺龙知道了，很是生气，说："简直乱弹琴。不准人坐黄包车，他这个人道主义倒好，叫工人饿肚子了。"

于是，军管会派人四下宣传解释，准许坐黄包车。然而，好多人还是不敢坐。贺龙听了后对军管会的人说："你们找些人，穿上解放军服装，坐上黄包车在城里转，让市民看看解放军坐车嘛。"

军管会即派了些人穿上军装坐黄包车兜圈儿。这个办法果然很灵，把一场工人请愿的风波平息了。不仅如此，与之相关的像澡堂子、饭馆、茶馆等一些服务性行业工人，受到的影响，也随之消失了。

风波平息后，贺龙对军管会的人说："我们不能希望一个早晨即把许多陋习改掉，不能希望一个早晨把对群众有利的事情都办完。"

贺龙还抓了都江堰的岁修。当中共川康特委委员马识途、王光宗等同志绕道香港抵解放区，在西安向贺龙汇报四川各方面情况时，就提出岁修都江堰之事，说四川西坝子的丰收全靠都江堰，而今年都江堰的岁修已经耽误，入川后如不抓紧岁修，农业生产将违时。

都江堰的水灌溉着川西平原14个县300多万亩良田，使川西大地成为"水旱从人，不知饥馑，时无荒年，天下谓之天府也"。

贺龙深知都江堰"岁修"工程的重要和紧迫，在南下进军到广元的时候，即在准备参加接管国民党政权的干部会上对王希甫说："我知道你懂技术，现在正是你学的东西发挥作用的时候。你去接管水利，赶快把都江堰修好。"

1950 年 1 月 3 日，王希甫以军代表名义到达灌县。当时经费极为紧张，军管会仍垫支了银元 3 万元解决开工困难。这银元是从西北用骡子驮来的，非常不易。

当王希甫带着三名同志到达灌县，与"督修处"工程技术人员见面后，督修处的负责人喜出望外，遂问王希甫招募多少工人，并说误工时已两个月，必须多招人了。

都江堰的"岁修"主要是挖泥沙、乱石。这些泥沙、乱石都是洪水从上游冲下来的。一般情况下数千人要干上 4 个多月。

王希甫告诉那位负责人，说这次岁修，除招少数民工外，主要靠军队。那位负责人听了很惊讶，好像从未见过既会打仗又能生产劳动的部队。

当时，参加"岁修"的是第 62 军 184 师 550 团。这个团驻防新都还没喘口气，1500 余名官兵就奉贺龙命令于 1 月 16 日星夜开赴都江堰。

当天，抢修都江堰工程即拉开了序幕。时值严寒冬季，指战员不顾长途行军作战的疲劳，不顾严寒，以极大的热情投入战斗。副师长陈捷第、团长李春成、政委高恩堂、副团长权纯等领导同全团干部战士一起奋战，劳动号子、歌声响彻整个工地。

一时间，解放军参加都江堰的"岁修"成了新闻，周围的老百姓都跑来看。当他们看到解放军官兵一起劳动的场景，无不赞叹这支军队的伟大。这感人场景也揭穿了国民党反动派的谣言。当原都江堰堰务处负责人坐着滑竿来到工地，看到副师长、团长、政委卷着裤腿和官兵一起抬泥沙时，不由得惊呆了，连连说："共产党有这样的军队，一定能夺取天下。"

开工第一天，官兵们就挖泥沙乱石 800 多立方米。贺龙听了，十分高兴，当即亲笔致函慰问。

贺龙的信，使官兵们受到极大的鼓舞。大家干劲更足了，不到半月，就完成了全长两公里 12 万多土石方的渠道工程的抢修任务。过去，都江堰于每年的 4 月 5 日放水，还常常因工程误期而推迟。这一年，在晚开工两个月的情况下，于 4 月 1 日放了水。百姓皆赞道："若不是解放军参加抢险，'岁修'无论如何也完不成。"都江堰按时放水，为川西 14 个县夺取粮食丰收创造了条件。

贺龙在抓成都和平解放之后，与邓小平、刘伯承一起，又平息了土匪暴乱，完成了90万起义部队的改造，指挥了昌都战役，和平解放了西藏。修建了康藏公路，使大西南成为祖国巩固的大后方。

# 进军西昌

1949年12月10日，蒋介石、阎锡山惊惶失措地乘飞机逃往台湾，继而顾祝同、杨森、孙震亦逃走，胡宗南也于12月23日逃到了海南岛的海口市。这样，丢下了国民党四川省主席王陵基。王陵基也想逃，可没了飞机，即向台湾发电要飞机。台湾方面对王要飞机的事不作答复，却向王追问胡宗南的下落。王陵基回说不知。蒋介石要王陵基守西昌，亦要胡宗南回西昌。

西昌位于四川省西南部，南临金沙江，北有大渡河，东有大小凉山、鲁南山，与云南毗连，西有雅砻江、安宁河环绕，地势险要。蒋介石曾亲自到西昌进行过勘察和部署。成都战役前后，乘隙逃到西昌的国民党部队第1军、第2军、第27军、第69军、第124军等残部，连同逃到西昌的胡宗南的行辕主任贺国光部计1万多人，负隅顽抗。12月12日，国民党西康省代主席张为炯在康通电拥护刘文辉等起义，蒋介石遂任命贺国光为伪西康省主席兼警备司令，电令从茂汶窜至康定的301师师长田中及其所率500余人坚守康定，田中在康定组织西康政务委员会，代行省府职权。

王陵基因要不到飞机，也只好随胡宗南的残部逃往西昌。

蒋介石派蒋经国飞临西昌，代表他慰问胡宗南并视察西昌防务。胡拍胸表示："我们是总裁部下，校长的学生，竭智竭忠竭力，不负领袖厚望，不成功，便成仁。"

蒋经国说了番"公忠体国，固守待变"之类的话就又飞走了。

胡宗南"决心"固守西康后，即千方百计拉拢西康上层人物，妄图骗取西康上层人物的支持。

3月初旬，蒋介石又派参谋总长兼西南军政长官顾祝同和蒋经国飞赴西昌，召开军事会议。贺国光、罗列、王梦熊、李弥、余程万等人参加。会议开了7天，讨论了一份"建立滇西根据地"的计划。会后，顾祝同、蒋经国即决定飞往云南蒙自。当飞机正要起飞时，蒙自机场发来简要电报，谓蒙自机场已为解放军攻占，顾、蒋大惊，急忙改飞台湾了。

就在胡宗南信誓旦旦地要与西昌共存亡之际，解放军向西南发动进攻了。

进军西康的任务由第 18 兵团第 62 军和第二野战军的第 15 军 44 师担任。

贺龙指示部队，要严格遵守党的政策纪律，执行党的民族政策，要努力学习藏文、藏语，习惯当地人民的生活，要有在西康的长期打算。

王新亭代表兵团向 62 军授旗，把一面"挺进西康先锋团"的锦旗，授给了 185 师 555 团。第 62 军官兵表示：坚决完成任务，彻底消灭胡宗南的残余势力。

胡耀邦代表兵团党委讲话。进一步向 62 军指战员明确任务，提出要求。

1 月 26 日，第 62 军军长刘忠、政治委员廖志高率部分官兵从广汉出发，向西康进军，经成都平原、邛崃、名山，第 6 天，过了名山的鸡鸣关，进入西康境地。

为坚决消灭残敌穷寇，迅速解放西康全境，支援兄弟部队进藏，西康区党委和刘忠决定，"挺进康西先锋团"立即行动，首先消灭雅安和天全、芦山、宝兴之敌。

当第 62 军向西昌进军之际，贺国光在西昌委芦山的程志武为"川康反共救国军总司令"、新 14 军军长，天全的李元亨为新 15 军军长，雅安的胥纯儒为"反共救国军第 3 路总指挥"。3 支敌军盘踞于天全、芦山、宝兴。

3 天后，第 62 军的"挺进西康先锋团"团长杨春雨、政治委员吴林泉率团直和第 1、第 2 营进军芦山（3 营担任了雅安的防务）。天全、芦山、宝兴之敌，本系乌合之众，一击即溃，3 县很快解放。

"挺进西康先锋团"继续前进。这时，第 184 师抢修都江堰"岁修"工程已竣工，也立即投入进军西康、解放西昌的任务。3 月 12 日，师长林彬命部队分左、中、右三路从成都出发。3 月 18 日，第 552 团与大渡河北之敌 335 师相遇，双方一接火，敌即望风而逃。林彬指挥人马奋力追赶。指战员们越过峰峦重重、海拔 3000 多米的蓑衣岭。岭上经年积雪，空气稀薄，然官兵们仍以顽强的毅力，不管山高路险，每天以百余里的速度追击逃敌。22 日深夜，552 团 5 连赶到了天险大渡河北岸，继而抢渡了大渡河。

之后，林彬率队进入彝族区。由于坚决地执行了民族政策，彝民群众把解放军看成自己人，热情地支持解放军，使部队顺利地向西昌行进。

左路第 550 团在陈捷第副师长率领下，于 3 月 16 日从盐井溪出发，沿崎岖的羊肠小路爬山越岭，穿过了原始森林，渡过了大渡河支流牛日河，翻过了列始山，当晚到达大田坝。

第 15 军的 44 师从云南曲靖向西昌进发，第 132 团为先锋。军长秦基伟作动员，他号召大家发扬连续作战的精神，配合 18 兵团的 62 军完成围歼胡宗南残部的任务。

第 44 师接受任务后即连续行军，由于走的都是羊肠小路，加上连日阴雨，行进非常艰难。当 132 团赶到金沙江时，接到上级命令，必须在 3 天之内赶到西昌。从金沙江到西昌至少有 500 华里，3 天赶到，一天一夜要走 170 华里才能到达，而沿途还有敌人。为了赶路和打仗，各营都组织了突击队，且一个营打仗，一个营前进，一个营吃饭，交替前进。在德昌县，全歼了敌一营人马，并俘虏了敌营长，遂要这敌营长用电话向西昌报告，说德昌没情况，太平无事。

3 月 26 日夜，第 132 团官兵经过 3 天急行军，终于到达西昌。

3 月 25 日，刘伯承、邓小平、贺龙发布公告，忠告胡宗南、贺国光残部，敦促他们起义投诚。

3 月 25 日，也许是胡宗南一生中最为紧张的一天。当天下午 3 时，南北两路都有急电报告，谓北路共军已强渡大渡河，南路共军有进攻德昌之模样。

当时胡的亲信罗列、李获龙、周士冕等主张赶快逃跑，而胡宗南就是不下令，急得二人团团乱转，摸不清胡的脉。其时，胡已得到蒋介石的允许，要他把部队交给一位高级将领带领，他乘飞机飞往海口。胡因有了蒋氏指令，所以才不慌。当时，蒋介石本不想让胡回台，欲下令胡与西昌共存亡，亏得胡的好友、时任台副参谋总长郭寄峤的力谏，其向蒋氏谓："送一名大将给敌人作俘虏，既违反了战争利益，也违反了指挥道德。"这样，蒋氏才允许胡飞走。

26 日上午 9 时，胡宗南到城隍庙办公，立即要罗列、李获龙、周士冕到他办公室，煞有介事地布置路上行军的有关事宜。李获龙等盼望从空中逃走，劝胡不要走陆路，说这太冒险。胡镇静如常地说："我刚才接到总裁命令，要我亲率部队向滇西转进，与李弥部会合，必要时才去西藏，我怎么能坐飞机走呢？"

胡的话使罗列等深信不疑。哪知当天晚上 11 时 10 分，胡宗南丢下了罗列、李获龙、周士冕等亲信，乘飞机逃跑了。贺国光也先于胡宗南逃跑。胡的飞机刚刚起飞不久。解放军第 15 军所属第 44 师即占领了飞机场，切断了敌人妄图从空中逃跑之路。当 44 师官兵知道胡刚刚飞走的信息后，都感到十分遗憾。

在胡宗南飞逃后不到一小时，罗列开始率西南军政长官公署 3000 余人员撤离西昌。第 44 师占领了西昌。次日，第 184 师与第 44 师会师，两师立即分头追歼敌人。敌 335 师师长王伯华在走投无路情况下率部投降。接着，第 184 师师长林彬、政委梁文英令 550 团追歼胡宗南的残部。

罗列带着残兵败将和一大堆家眷，逃到宁属地区彝族头人邓德亮老家、小相岭脚下干相营附近的崇山峻岭之中躲藏起来，妄想躲过风头，再从容地窜到雷马屏，而后逃走。

经 550 团团长罗之友、政委张敏亲自做邓德亮之堂兄邓德俊的工作，邓德亮同意诱敌。在邓德亮的引诱下，罗列人马到了干相营沟口，被 550 团官兵全歼。这一仗，共歼敌 3000 余名，缴获大批武器和金砖、白银，俘虏军以上军官 11 名。至此，胡宗南残部被彻底歼灭。

# 进藏的准备

1950 年 1 月 2 日，中共中央、中央军委发出了进军西藏的指示，称："以西南局和第二野战军为主，在西北局和第一野战军配合下，于 4 月开始组织向西藏进军，10 月以前占领全藏。进藏部队到西藏之后，要认真执行党的民族政策、宗教政策，做好统一战线工作，要争取上层，影响和团结群众，保护守法的喇嘛寺庙，尊重宗教信仰自由和风俗习惯，亲密团结这个民族，争取团结一切可以团结的爱国力量，集中打击帝国主义及其忠实走狗——亲帝分裂主义分子。"

西藏地处祖国西南边陲，边境线绵延 3800 多公里，与巴基斯坦、印度、尼泊尔、缅甸等国家接壤，面积 120 万平方公里，占全国总面积的八分之一。西藏地处世界上面积最大、海拔最高的青藏高原，平均海拔在4000 米，被称为"世界屋脊"。在这块辽阔的高原土地上，居住着藏、汉、回、门巴、珞巴、夏尔巴人等少数民族。西藏的宗教色彩十分浓厚，几乎全民信仰佛教，僧尼总数达 30 万人，相当于人口的四分之一以上，有寺庙 3000 多座。

旧西藏是一个极其反动、黑暗、残酷、野蛮的农奴制社会。百万农奴生活在水深火热之中，不仅在经济上毫无地位，而且连人身自由都完全被三大领主（官家、贵族、寺庙）所剥夺。三大领主可以任意将农奴像牲口一样进行买卖、抵押、赌博、转让和宰杀。当时，在每个较大的寺庙和贵族家里都设有监狱，除了最普通的鞭打，还有挖眼、割鼻、割脚筋、挖膝盖骨等各种骇人听闻的酷刑。这个超过欧洲中世纪的落后、黑暗、反动、残酷的农奴制，把西藏人民抛入了苦痛的深渊。

青海解放后，居住在青海的班禅额尔德尼·确吉坚赞致电毛泽东主席、朱德总司令，表示拥护中央人民政府，赞助西藏僧俗人民的迫切期望。1949 年 11 月 23 日，毛泽东电告彭德怀、贺龙、习仲勋、刘伯承、邓小平，称："彭德怀同志并贺龙、习仲勋、刘伯承、邓小平：一、复班禅电略加修改即可发表。二、经营西藏问题请你提到西北局会议上讨论一下，目前除争取班禅及其集团给以政治改造（适当地）及生活照顾外，训练藏族干部极为重要。西藏问题的解决应争取于明年秋季或冬季完成之。就现在情况看来，应责成西北局担负主要的责任，西南局则担任第二位的责任。因为西北结束战争较西南为早，由青海去西藏的道路据有些人说平坦好走，班禅及其一群又在青海。解决西藏问题不出兵是不可能的，出兵当然不只有西北一路，还要有西南一路。故西南局在川、康平定后，即应着手经营西藏。打西藏大概需要使用 3 个军，如何分配及何人负责指挥现在还难决定；但西北局现在即应对于藏民干部准备问题及其他现在即应注意之问题作出计划。你们意见如何，盼告。"

贺龙率 18 兵团入川之际，即着手对西藏问题进行研究。进入了成都后，即广泛征求意见，了解西藏各方面情况。刘文辉是他频繁请教的对象。1 月 23 日，贺龙、王维舟、廖志高与刘文辉作了长谈。谈话中心是康藏问题。

刘文辉于 1939 年就任西康省主席，但他不长住康定，省主席由民政厅长张为炯代理直到解放。刘与张都信佛教，并且都是崇奉广布于康藏地区的黄教。他们与康藏各地著名活佛、喇嘛有广泛的联系和友好交往。当贺龙等向刘文辉征求西藏解放的意见后，刘开诚相见，直抒良策。贺龙还请刘文辉推荐熟悉西藏情况的人。刘文辉也尽其所知介绍了一些专家、学者、名流，其中包括四川大学历史教授任乃强。刘文辉说他在 1935 年组建西康省建省委员会时，任乃强被聘为委员，任乃强为修纂《西康通志》，曾对康藏历史、地理、社会、宗教、风土等实地进行过系统的考察和对中外资料作了深入的研究。任博学宏才，曾撰写《中国的治乱与边疆》一文并在成都《社会日报》上发表，表现了他对边疆问题的真知灼见。

贺龙求贤若渴，任乃强正是他渴望的人才。

1950 年元旦过后不久，贺龙派李夫克把任乃强请到他的驻地，并从四川大学图书馆借来了《西康图经》、《康藏史地大纲》、《康导月刊》、《康藏研究月刊》、五十万分之一的康藏地图等。

贺龙同任乃强亲切地进行了交谈。李井泉、廖志高、李大章、胡耀邦等亦在座。贺龙问："任先生，你看解放西藏，应该注意哪些问题？这是我们大家的事，请就你的看法，爽快提出来，我们大家研究。"

任乃强说："红军长征，是经过了这个高原的东部的，经验比我丰富，我试就研究所及，提出几个问题谨供参考。"

贺龙挪开嘴里烟斗，笑着说："你就直接说好了。"

于是，任乃强谈了西藏的气候、行军打仗应注意的事项，谈了如何解决语言困难的问题，谈了要尊重藏族人民的风俗习惯等问题。任乃强还举了许多历史事实，说明保护寺庙、团结僧侣对解放西藏的重要意义。他说："远的不讲，就说刘文辉吧，他被刘湘打得仅剩下川边关外十几个县的藏族地区。在他政治生命已到垂危之际，他玩了一出'宏扬佛法'的把戏。他到了康定后，首先在自己住宅布置了一座经堂，迎请阿旺勘布·格聪活佛，日枯古学等有名望的喇嘛为他讲经修法。他也装模做样的拿着转经筒摇着，口念六字真言不绝。这样，那些喇嘛替他宣扬出去，说他是护法韦陀转世。刘文辉的师长曾言枢带兵出关，完全是一套喇嘛装束。军士们叫他'曾喇嘛'。这样一来，他那几十年不能到任县官到任了，抗粮几十年的县也自动迎官纳粮了，向来不肯出寺馆的高僧活佛，都来到康定参加刘文辉的佛教宏扬法会了。西藏地方政府也派出代表，前来商谈和平相处的条件，刘文辉未费一兵一卒，就把康区局面稳定下来，使蒋介石无法把他吞下。刘文辉这一做法，虽然是不足为训的，但用来说明因势利导的效果，却是有益的。"

　　贺龙听着不住点头。当任乃强说完刘文辉情况后，贺龙郑重地说："任先生说得对，我们一定要保护寺庙，保证信教自由。这绝对不是权宜之计，而是我们党的一贯政策。"

　　接着，贺龙又向任乃强问起进军路线。

　　任乃强说他不懂军事，但就地理环境的了解，作了认真的叙述。任乃强向贺龙谈了他到康藏民族地区去作实地考察，虽是由于学术的探索，也是出于爱国心的驱使，才去冒生命危险的。他说：西藏是中国的领土，有过光荣的抗击外国侵略的历史。清朝末年，政府腐败，和英国签订了几个关于西藏的不平等条约。英国的侵略就越来越猖狂了，公然派人到昌都、大小金川、打箭炉、巴塘勘察资源，测绘地图，搞社会调查。任乃强感到自己作为一个中国人，应当自己搞调查研究，于是，他下定了决心，利用修志的机会，搞出了一份西藏地图来。

　　当贺龙问到任乃强绘制的西藏地图时，任乃强答复说：由于条件的限制，还不能说得精确。一共20大张，其中两张还没有画完。临告别时，贺老总连连摇动任乃强的手说："今天向你学到很多东西，感谢你了！"

　　在贺龙派来的参谋人员的协助下，任乃强很快完成了他的西藏地图。这份地图后来分发到了进藏部队。

　　贺龙又请专门研究康藏问题的专家李安宅、于式玉、法尊和尚、谢安等详细介绍康藏的历史和现状。

　　1950年1月10日，贺龙向毛泽东、邓小平、刘伯承写了《康藏情况的报告》，称："我完全同意今年进占康藏。根据这一任务，我们已在此找了数个对康藏有专门研究的学者，进行了初步的调查，先将了解到的情况及我们的初步意见报告如下：一、经康进藏，通常所走的路线有三：1.由打箭炉经甘孜、德格、昌都、喜黎至拉萨，此为赵尔丰进藏的旧路，有驿站，但山多且陡险，昌都至喜黎间有东西大雪山，均在海拔五六千米以上，每高1000米，气温降低摄氏4度，终年积雪，最难走。2.由昌都至思达西北，行经类乌齐、德庆、萨尔松多、索克宗至黑河，再向拉萨，此路绕过两大雪山，路较平坦，山少些，但索克宗到黑河间多为草地。以上两路沿途均有少数房舍居民。3.由甘孜至玉树西行，经布母拉，沿格尔吉河上行，至唐古拉、黑河，这一条路是高原脊背，均在海拔4000米以上，平坦山小，有可能修公路。玉树至黑河步行需10余天，沿途人很少，据称是一个大草原，无树无石。黑河到拉萨要过两座大山，可走牲口。路线的选定，还需要进一步研究，但无论走哪一条，均需以甘孜为补给线。甘孜至打箭炉有旧公路基，可以修复通车。我们已着手编 3 个工兵团（原敌留此 2 个团，我吴城有 3 个工兵营可编为 1 个团），稍加训练准备后，即可开去修路。二、康藏部队情况：据说其常备军为增代本（相当营），每营 500 人，其中有 1 个营为达赖的警卫军，约 1000 人。再加民兵共约万人左右，均骑马，有步兵炮、机枪之装备。自金沙江以西全为藏区，人口约 300 万。藏行征兵制，但人极分散，贵族喇嘛不服兵役，战时可能征调的数目不可能太大。在民国十八年，据说曾到过 4 万人，其内地已感壮丁恐慌。由此，我们进去的人数不宜太多（因供给极为困难），需要精壮、装备好，最好能调一部分蒙古的骑兵，约 1 个骑兵师，步兵只去 2 个精选的师即可。三、气候：康藏的谚语谓 1、2、3 月雪封山，4、5、6 月霜得苦，7、8、9 月正好走，十冬腊月学狗爬。冬春共 6 个月是无法走的，6、7 月间融雪水有山洪，比较好走在 6 月以后，但几个大雪山上则终年积雪，或经过风雨之后即突然变寒冷，高原空气稀薄，不习惯于那边气候者，负重走高山，常突然死亡。四、康藏教派有黄、白、黑、红之分，以黄教为合法，掌握政权，教主为达赖与班禅。达赖为政府之最高领袖，班禅乃管一部分的寺院，但在喇嘛教中有同样的影响，其政权则在达赖领导下，由僧侣和贵族组成政权融合一起。寺院有最高权威，寺院是学校，又是地主银行高利贷者，商人多系寺院派出，借庙会作市场。这样政治、经济、文化都与宗教结合，情况非常复杂。对宗教问题处理得适当与否，是一个决定的关键，因而要十分慎重。一般的见解是前方派赴易，后方勤务难；军事收拾易，政治收拾难。国民党在康藏所以失败，即由于对其内部宗教问题处理得不好，绝非捧一个在外的班禅所能决定的。英国的势力能够伸张进去，也是从宗教问题着手的。我们应采取何种政策、口号，尚需作进一步研究，曾提出民族自治、民族平等、信教自由等口号与有关方面商量，他们认为很好，并认为最好增加保护宗教的口号，这口号是否合适或提其他口号，请考虑。五、在成都已找到几个研究康藏问题的人，著名的有李安宅、于式玉（于露琳之姐）夫妇，法尊和尚谢安，他们对宗教方面有深刻的研究；任乃强为康藏地理专家，并对宗教历史、社会经济作一般的综合研究，他提供了康藏很详细的地图，稍加整理即可付印。他们都是搞了十几年的有耐心的人。现在北京尚有研究康藏问题的人，已知有黄明信、于道民（在北大，是于露琳之兄），或者其他地方尚有此种人才，设法将他们介绍到西南局集中研究。现有的这些人，已组织进行对康藏情况的研究。"

1950 年 1 月下旬，刘伯承、邓小平、贺龙决定以第 5 兵团第 18 军、云南军区第 126 团、青海骑兵支队、新疆独立骑兵师分别由西康、云南、青海、新疆向西藏进军。并以第 18 军军长张国华为书记、政治委员谭冠三为副书记，组成中国共产党西藏工作委员会。

西藏距内地路途遥远，交通不便，经济落后，人烟稀少，加之民族隔阂较深，因此，进军的给养，几乎全部由内地筹措，随军前送。这样，补给就成了进藏部队的首要问题。贺龙曾多次听取与研究进藏部队后勤供应工作，并且反复交代：进藏部队需要什么，能办到的一定要满足他们的要求。刘伯承、邓小平、贺龙发出《关于动员全军支援 18 军进藏的指示》，内称："我 18 军现在受领进占西藏的光荣任务，我们决定动员全野战军的一切可能的力量，从装备、运输力各方面来支援该军。因此，决定由每军抽调精良的马匹，组织 1000 匹马的运输部队，并配齐干部、饲养员及驮鞍。并责成第 10、11、12 军、每军从解放战士中抽调四川省以外各省的 3000 名（共 9000 名）精壮士兵给 18 军……各军抽调 12 门九二式步兵炮，700 支卡宾枪，400 支汤姆式冲锋枪。一个基数的弹药……"

为使支援进藏工作落到实处，西南军区决定成立进藏支援司令部，任命第 18 军副军长昌炳桂为司令员，第二野战军后勤政治部副主任卢南樵为政治委员，负责支援进藏工作。同时，从成都缴获的汽车中，挑选出四五百辆，组成汽车运输队，并筹集了大量的汽油、酒精等燃料，供给进藏部队使用。

2 月初，贺龙对昌炳贵和卢南樵说："我们这次进军西藏，不是在军事上能不能打胜仗的问题，我们在军事上打胜仗是没有问题的，因为解放军是经过考验的。现在对我们来说，是在政治上怎样争夺民心的问题。你们后勤支援工作的主要任务之一，是研究如何使装备轻便，减轻战士的负重，因为进藏以后，汽车用不上，只有靠牲口，靠牛马运输。有些山道，牲口也过不去，就只能靠人背了。进藏部队的武器装备要质量好，重量轻，适应高原作战的特点。部队装备好，进藏以后就可以振奋人心。"

贺龙还召集后勤部门，指示他们试制部队进藏的装备，既要适应高原的生活条件，又要适应作战的需要。贺龙说："你们要多在保证部队吃饱、穿暖、减轻部队负荷等方面出主意、想办法。服装的样式一定要设计好，质量要高一点。"

贺龙对后勤部队设计的进藏服装，亲自检验。

2月3日，贺龙签发了《西南军区关于支援入藏工作向军委和西南局的报告》，称"前方部队需要什么，即用一切力量供给什么。并根据康藏地形、气候、交通、经济及敌情与我军人马装备具体条件定出计划，实施补给。如：一，康定以西气候寒冷，人烟村落稀少，宿营困难，特制发人用帐篷、马用头罩、汽车暖罩解冻剂。服装每人一件皮大衣、皮上衣、皮裤、高腰毛里皮鞋、毡子裹腿、皮帽、皮手套、毛袜、包足布、绒衣、线棉背心、棉被、风镜。为防湿防雨，每人发给雨衣、斗笠、防湿垫布各一件。中高级干部每人一个行军床。二，为了保持战士身体健康，力求食品中养分充足，特以黄豆、小麦、花生、奶油、酵母等原料饼干，制成饭粉，以面粉、白糖、食盐、猪油、油、鸡蛋、酵母等原料制成饼干，并以卵黄、白糖、精盐、淀粉、蟹黄、味精等原料制成食品蛋黄腊和酱油粉等物，内含大量维生素 B、C，并发给维他命 C 药片 70 万片，以补助营养，防止色盲……。派卫生检查队了解康藏地区发病特点，予以补助药品，特多发防冻药品，以防减员或减弱战士体力。"

同日，第 18 军组成了前线指挥所和进藏先遣支队，以 52 师副师长陈子植为司令员，军敌工部部长陈竞波为政治委员。先遣支队成立后，即由工兵、侦察两营先头出发到达康定。

2月8日，贺龙在中共西南局委员会第一次会议上讲到进军西藏问题时说："我们对西藏的情况很生疏。我曾找一些人谈了一下，其中有道士、和尚、博士、留洋学生，男的女的都有，搜集到了一些情况，有些情况很有用。从已了解到的情况看，有两个问题最困难，第一个是运输问题，要比用兵困难好多倍。地是冰冻的，雪很厚，卡车很难进去，好的卡车 1 小时只能走 5 公里。修路须有特别工具，路比崖还坚硬，路修不起来，运输就很难解决，因此，对修路及运输要有长远计划。据了解，西藏还有帝国主义势力，故兵可以多去。多路进军也是一个办法，可能比较容易些。接济没有问题，但有的东西可能搬不进去。第二是政治问题，现在情况了解得太少，这个人这样说，那个人又那样讲，因此，要组织一个学习委员会，把有经验的人组织在里面，集中学习民族政策约法八章。同时，准备藏文的宣传品。他们对民族问题有些意见，首先要把国民党的汉化方针丢掉，国民党要夷人变为汉人的政策是失败的。其次是国民党放官放大了，卡不住了。第二是政权未弄清楚，西藏是政教一体，政为教服务。一般农民无地位，当了喇嘛后才有地位。政教分开的提法不好，还是提信仰自由为好。西藏有的人文化水平很高，有的还懂英语，英国在那里培养了几千青年，他们把老年人抬起来，而实权在青年手里，所以主要是政治问题。我们必须把以上两个问题解决好，如果搞得不好，还要被打出来的。"

2月15日，刘伯承、邓小平、贺龙联名发布了《中共西南局、西南军区暨第二野战军进军西藏政治动员令》，号召指战员进军西藏，把五星红旗插到喜马拉雅山和雅鲁藏布江。解放和建设祖国的边疆。

3月25日，第18军在乐山召开了进军西藏的动员大会。各师亦召开了出师动员会议。之后，第18军各级党委继续进行了认真深入地反复动员教育工作，使部队明确了解放西藏不仅在军事上对保卫祖国西南边防有其重大深远的意义，而且在政治上对国际影响也具有无可估量的价值，坚定了官兵进军西藏的信心。

第18军官兵明确了进军西藏的任务后，即在部队和机关中形成了练兵热潮。据有关资料记载，大练兵收效极为显著，仅以负重行军一项，第52师1个连每人平均负重74斤半，往返15公里只用了2小时8分10秒；第53师第159团每人负重64斤，行军10公里，平均只用1小时26分钟。

支援司令部在雅安、天全、滥池子、泸定、康定、两路口、营官寨、道孚、东西俄洛、理塘等沿线设了仓库和兵站，专门负责进藏部队的补给运输。根据西藏高原交通困难的情况，除积极抢修雅（安）甘（孜）段公路汽车补给线以外，并组成了兽力运输队。

# 昌都之役

西藏地方当局中的反动势力不仅拒绝谈判，而且在帝国主义分子策划下杀害格达，同时积极扩军备战，将原有的14个代本（相当于小团）扩充为17个，又从外国运进大批军火。美国电台，请来英国教官调动与训练各地藏军，并下令各寺院念经诅咒解放军。除在阿里、黑河地区安驻了一部分藏军外，又将号称能征善战又由英美武器装备起来的3、9、10等7个代本和3个代本的一部在昌都一带摆开，企图依据金沙之险，使解放军就此止步。

和平之门被西藏当局中的反动派关死。

为打击西藏地方政府中的顽固势力，促使其内部分化，争取西藏和平解放，贺龙、邓小平等致电毛泽东，决心以第 18 军一部、青海骑兵支队和云南军区第 126 团共 6 个团的兵力，发起昌都战役。

毛泽东批准了昌都战役计划。8 月下旬，贺龙、邓小平下达了《昌都战役基本命令》：18 军主力应于 9 月上旬在甘孜、玉隆、邓柯之线集结完毕，9 月中旬由该线发起进攻，争取于 10 月 10 日前后占领昌都。另以该军 53 师 1 个团同时由巴安（即巴塘）出动，歼灭宁静之藏军，而后向昌都攻击前进，配合 52 师钳击昌都。以 14 军一部，同时歼灭盐井和竹瓦根之敌。西北军区之玉树部队归 52 师指挥，加强昌都作战。

昌都乃西藏东部门户，是解放军入藏的咽喉之道，是祖国高原地区的战略枢纽，历来为兵家必争之地。贺龙分析，藏军善骑，行动速度快，遂对 18 军军长张国华说："昌都之役主要是抓住敌人，把敌人包围住就是胜利。而要抓住敌人，就必须走得快，要从侧翼作深远的迂回。"

敌昌都总督积极采取备战措施，加紧在金沙江西布置防务，以昌都为枢纽，以昌都经生达至邓柯（不含）线为重点，在昌都附近及其正面、沿金沙江南至盐井北抵国德的狭长地带，作分区域的单位分散的配置，企图依托金沙江凭险抵抗。具体部署是：8 代本全部、7 代本大部及 2、6 代本各一部和葛伦卫队集结昌都，7 代本之另一部位类物齐；3 代本和的拉代本位于以生达为中心的牙要松多、国德、卡松渡、衣曲卡一带，10 代本位于岗托、同普、江达一带；9 代本位于宁静、盐井地区。7 个代本共 4500 余人，约占藏军总兵力三分之 1，另有民兵、僧兵 3500 余人，配属各代本分散配置于上述地区。总计共有藏兵正规军及民僧兵约 8000 余人，统归驻昌都之总督指挥。

藏军建军自清光绪年间起已有 60 余年。曾参加过几次抗英、抗清及对国民党第 24 军作战，以代本为基本作战部队。下设如本（营）、甲本（连）、定本（排）、党本（班）。装备不强，多为英式步枪，俄式火炮。士兵待遇低。由于康藏地区人口稀少，交通闭塞，宗教统治和封建保守，故在军队建设上，亦很落后。

鉴于地形、交通、敌情诸因素，18 军参战部队以 52 师、53 师之 157 团及该师炮兵连、工兵连、军直炮、侦、工 3 个营及 54 师炮兵连，共 1 万 6 千余人。云南军区之 226 团、125 团 1 个营，青海军区骑兵支队，亦分由南北出动参加作战。

9 月初，第 18 军第 52 师主力分批乘车从川西出发，中旬至甘孜，下旬分批向前开进。10 月 6 日，第 52 师炮兵营进至邓柯；军直、工两营及 54 师炮兵连进至德格；157 团及 53 师炮兵连进至巴塘；126 团进至德钦；青海骑兵支队进至玉树；各部队行进之际都以隐蔽动作前进，不露声色。这样，对昌都之敌达成了马蹄形的战役包围。

根据敌情，军长张国华召开了作战会议，会议认为：战役发起后，可能有 4 种变化，一是敌收缩兵力扼守若干要点；二是沿用过去与清兵作战的战例，作有组织的退却，诱我于不利地形选择一路与我决战；三是就地分遣、打游击；四是发现我力量不可抵御时除以一部阻我前进外，还令民兵向我腹背游击袭扰，其主力则分路迅速后退，以保存其实力。藏军的退路有二，一条是经恩达、类乌齐东逃退往拉萨，从该路退却的可能性大；另一条是由昌都南逃，经邦达、八宿，西折拉萨或由此路顺河谷南下逃察隅、萨地亚，从这条路逃退的可能性小，但当其西路被我切断和重兵逼压的情况下，亦有可能南逃。

根据以上敌情判断，张国华决定采取正面攻击与战役迂回相结合的方针，令各作战单位分路、分头有机协同地发起战斗，逐步地向中心机动，在战术上亦采用正面突破与包围迂回相结合的手段，以求占领昌都，将敌会歼于金沙江以西、澜沧江以东及类乌齐、恩达地区且以歼敌之有生力量为主要目的。

基于以上决心，第 18 军"前指"采取如下部署：依敌防御配系和环境分作南北两个作战集团，又因敌主要兵力集结北线，故北线成为主要方向。其具体部署是：北集团由第 52 师 2 个团，军直炮、侦、工 3 个营、第 54 师炮兵连及青海骑兵支队组成，由第 52 师前指统一指挥；右路以第 154 团、青海骑兵支队及第 52 师骑兵连、侦察连、炮兵连组成，任务从外翼迂回包围敌人。青海骑兵支队及第 52 师骑兵连 10 月 9 日由玉树出发，取道囊谦，经知牙出类乌齐，首先将类乌齐之敌包围起来，能歼则歼，否则交第 154 团处置，而后倍道直取恩达；第 154 团及师侦察连、炮兵连 10 月 6 日夜由邓柯偷渡金沙江，自生达外翼，绕道巴塘，紧尾骑兵支队出类乌齐，而后除留加强营控制类乌齐外，主力迅速南下，沿骑兵支队内翼直出恩达，会同骑兵支队断敌退路，阻止丁青之敌东援，并视情况由西向东逼进，配合正面部队夹击昌都之敌。此时骑兵支队以一部插至昌都以南地区，防敌折头向南逃窜。该路部队应以完成迂回、断敌退路为目的，故在运动途中应不顾小股敌人和民、僧兵的阻挠与纠缠，迅速勇猛地兼程倍道奔向预定目标；中路由第52师师直、第156团、第155团、军炮兵营组成，其任务是从正面攻击，穿插分割敌人阵地，攻占昌都，歼灭敌之主力。第155团、师直和炮兵营及第156团，分别于10月7、8、9日隐蔽渡江，作斜梯形并肩猛进，先以迂回兜击和正面进攻相结合的战法，歼灭生达、国德、牙要松多一线之敌，然后留少部兵力扫歼残敌，主力取捷径直捣昌都，聚歼藏军主力；左路（即整个战役部署中之中路）以军侦察连、工兵营及第54师之炮兵连组成。10月7日先以有力一部，由卡松渡偷渡江西迂回敌后，主力8日在炮火掩护下自岗托正面战斗渡江，首先歼灭岗托守敌，奏效后向前攻击缓进，应经常保持与敌接触，吸住敌人，免得过早惊触昌都之敌西逃，该路于接近昌都时，除以大部兵力出昌都配合中路主力聚歼敌人外，应以有力一部绕道迂回至昌都以南地区，防敌南逃；南路以第157团及第53师炮兵连、工兵连和第126团及125团之1个营组成。第53师前指指挥。在相互协同的前提下，分宁静、盐井两个地区各自为战；第53师部由脚底工至竹巴龙一线分3路渡江。首以主力2个营及团属炮兵连自脚底工渡口偷渡，成功后除留2个连配合由牛角渡强渡之部队歼灭喜松工之守敌外，主力迅速向西迂回直插宁静以西，出大霸、三坝都各断敌退路，指挥所率炮、兵、警卫、工兵分队从牛角渡强渡配合迂回部队合歼喜松工之敌；而后，合为一路西进宁静，另1个营分两个股由竹巴龙两侧渡江，钳击竹巴龙对岸之敌，而后从左翼向宁静攻击前进，配合主力全歼九代本。该部于完成上述任务后，除留少部散敌外，主力即星夜兼程北上，经阿拉塘、左贡、吞多向邦达疾进，以弥补我在战役部署上因补给困难、地形限制所形成的左翼兵力不足及邦达、叙说八宿方向未堵死的缺口；第126团及第125团1个营，由德钦和贡山以北地区分两路钳歼盐井、门工、碧上之敌，同时以有力一部从左翼北上，插至作战地区以西，控制各山口、要道，防敌向察隅方向逃窜。

10月5日，第126团及第125团之1个营先1日发起战斗，首先捕歼门工之敌；因正面部队动作过早，未等包围部队赶到预定地点即发起战斗，敌一触即溃，仅俘敌数人，余均北窜杜梁。第126团人马当即从左右两翼实施平行追击，同时以一部插至盐井西北之扎那，防敌西逃。6日，杜梁之敌（民兵400人）被包围，战斗两小时，全部歼灭。在杜梁战斗进行时，该团已以一部从右翼向敌侧后挺伸，10月11日进至盐井附近，该路主力于杜梁战斗结束后，乘胜向北进击，直扑盐井，12 日到达，当即会同迂回部队向盐井守敌发起攻击，歼敌 1 个甲本及民兵一部，残敌向北逃窜又为第 157 团截歼。盐井战斗至此结束，计歼敌约 500 余人。

第 153 师所部分 3 路渡江，主力于 7 日夜由脚底工偷渡，偷渡时，被喜松工守敌发觉，敌即仓惶向宁静方向逃窜，仅捕歼民兵一部，是时该部除以一小分队沿右翼正面尾追逃敌攻击前进外，主力则从外翼轻装急行军向宁静西北猛插，11 日晚到达。指挥所亲率各直属分队于 8 日拂晓在牛角渡强渡成功，尾主力跟进；另部 8 日夜从竹巴龙两侧隐蔽渡江，钳击对岸之敌，9 日晨全歼该敌，旋即从左翼向西攻击前进，12 日拂晓进抵宁静城郊，九代本格桑旺堆率部起义。至此，宁静战斗胜利结束，计歼敌400 名。

10 月 6 日晚，52 师以两个连自岗托以北之拉顿偷渡金沙江，迂回敌后，正面部队于 7 日晨在炮火掩护下渡江。战斗发起后，正面部队与迂回部队失掉联系。迂回部队迷失途径，未按时到达指定地点，正面突击部队按计划实施战斗。由于指挥上的轻敌麻痹，火力与运动组织不够，当先头分队两个班偷渡成功后，后续部队遭敌火力封锁而受阻隔；过江分队在不利地形与敌对战竟日、而主力部队直到夜晚始渡过江西。此次战斗仅毙伤俘敌 32 名，且消耗子弹甚多。

岗托战斗后，敌退往同普，稍事整顿，继续西撤与江达之敌会合。第18 军北线左路部队于 13 日进至江达，当即对该敌实施两翼包抄，但敌一触即退，兼程向昌都逃窜，左路部队则跟踪猛追。敌退至觉雍以西 30 华里处露营驻止，以为将解放军甩掉。左路部队则于 16 日黄昏赶至觉雍，查明敌情后，从翼侧继续猛追，以突然动作奔袭雍觉之敌，当日子夜发起战斗，敌仓惶失措，激战 1 小时，歼敌 110 余名，缴获物资一部。残敌向西溃逃。

10 月 12 日，第 156 团 1 营在国德山与敌真伯拉代本交火，第 156 团当即以一部控制制高点，左右两翼各派出一个分队，包抄该敌。敌向第156 团正面连续进行两次反冲锋，均被该团击退，敌即向西溃退。因第156 团迂回部队走错路，未能截歼敌人，遂跟踪追击 20 余里，因部队跑得太分散，已不成建制，只得放弃追击。13 日黄昏，第 155 团第 3 营进抵生达附近之岔口。敌沿沟布防，阻止解放军前进，双方对战半日。第 155 团主力未至，未能有大胆穿插分割，猛冲猛追，歼击该敌，该敌遂于翌日拂晓撤退。

第156团于生达战斗后,继续向前逼进。10月16日黄昏,其先头部队在小乌拉山遭敌伏击,后续主力当即轻装前进,投入战斗并占领阵地,以1个连向敌后迂回,因地形限制未果。时因炮兵未赶上,而前线指挥员指挥犹豫,未断然向敌发起冲击,致形成胶着对峙状态。翌晨,炮兵赶到,当即在炮火掩护下从正面向敌发起攻击。敌凭险扼守,第156团两次冲击均未奏效;当主力绕道迂回时,敌已向昌都撤退。

10月16日夜,第154团先头部队进到类乌齐以北之甲藏卡桥,河对岸驻敌7代本两个甲本。因河水深不能徒涉,致迂回未成,改由正面攻击。敌一触即退,仅击伤10余人,敌即南逃。骑兵支队于17日晨,向驻类乌齐之敌发起攻击,因敌系分散配置在山地、林区内,散布面大,致仅歼敌20余名,余匪隐蔽逃散。

战役第一阶段,敌南线之主力已悉数被歼,北线之敌遭多次打击后,节节败溃,逐步向昌都收缩。至18日拂晓,骑兵支队已进至恩达,第154团进至类乌齐,切断了敌之主要退路,由正面进击部队则迅速向昌都逼进,此时除昌都南邦达尚有一缺口外,其他各路均为解放军堵死。

10月18日,战役第二阶段开始。

第126团及第125团一部于完成盐井战斗后,即于盐井、门工、扎那、德钦一带待机;第53师所部于完成宁静战斗后,在原地除留少部兵力控制宁静、并清剿散匪外,主力则于10月15日由宁静北上,向邦达、八宿方向疾进,堵歼昌都之敌南逃。该部于20日进至左贡,21日抵吞多,当夜兼程向邦达方向疾进。

侦察、工兵两营及第54师炮兵连,于觉雍奏捷后继续西进,沿途除遇零星散匪袭扰外,无大股之敌阻挡,该部19日黄昏迫近昌都。

北线主力经生达、小乌拉山两次战斗后,敌节节向昌都溃退,北线主力部队则尾敌猛追。敌除在洞洞竹卡稍加抵抗即行溃逃外,沿途均未进行抵抗。第155团、第156两团并肩攻击前进,师直、炮营尾随跟进。而第156团之轻装先遣营从左翼取捷径,倍道兼程,19日黄昏已抵昌都近郊。

左翼迂回部队骑兵支队与第154团,10月18日占领恩达、类乌齐各山口要道,并逐步向东逼进,以缩小包围圈,而骑兵支队主力及第154团一部于19日向昌都以南机动。

时进军昌都各部队不顾长途疲劳、水土不服等困难,迅速逼近昌都

时，敌人还在梦中，他们无论如何也没料到解放军进军如此神速。以日行
120 里到 170 里的强行军速度星夜兼程疾追，有的边打边追，有的边追边
打，有的干脆甩开敌人向后插。高原风雪晴雨变化无常，空气稀薄，阳光
强。部队常在海拔 4000 米以上的雪线上奔走，越过雪山草地，冰河急流，
森林峡谷，荒榛小道，时全军只响着一个声音：抓住敌人，包住敌人，不
让敌人跑掉！争取昌都战役全胜！

　　10 月 18 日晨，进军昌都各部队逼近昌都，西藏地方当局驻昌都地区
的藏军总司令见大势已去，急带 4 个代本和沙王（总督）卫队，放弃昌
都，仓皇向恩达、类乌齐方向逃窜。当晚抵达斌多，然为时已晚，西北骑
兵支队先头团横越了数百里荒无人烟的大草原，到达了恩达、类乌齐，将
敌人南逃门户封住了。敌遂折头改向邦达、八宿方向逃窜。

　　骑兵支队发现敌向邦达方向逃跑后，即兼程由外翼向南迂回，截歼逃
敌。10 月 19 日夜进至宗驿山，当即控制了山垭口及道路。敌总署机关和
4 个代本及卫队于 20 日晨赶至宗驿山，见解放军已堵住去路，昌都总督
阿沛·阿旺晋美宣布起义，其命令第 2、3、4、7 等 4 个代本及总署机关
和沙王（总督）卫队共 1700 余名官兵停止抵抗。

　　当骑兵支队在宗驿山歼敌主力时，第 52 师主力进抵了昌都。至 10 月
19 日，历时 18 天的昌都战役胜利结束，此役进行大小战斗 21 次，歼敌
5700 余人。

　　昌都战役中，对藏军战俘的处理，采取了迅速释放和对战俘更加优厚
的原则，以扩大解放军的政治影响；并使之在释放后不致再组成部队继续
为敌。对伤俘进行医治并予以安慰解释；敌尸一般动员当地人民或喇嘛按
西藏人民风俗习惯安葬。战俘释放前，集中进行教育，讲解党的少数民族
政策；对藏军军官除讲解一般形势外，着重讲解共同纲领所规定的民族政
策和向西藏当局作为和平谈判的 10 个条件。释放时，给藏兵每人发放路
费银洋 3 元，缴获的私人物品一律归还，缺者补发；四品以上官员每人并
发骡马 2 匹（五品 1 匹）。这些措施都博得了广大藏军官兵的信任，彻底
揭穿了帝国主义者和国民党特务分子诬蔑解放军杀害俘虏的谣言，并且亦
感动了当地群众，得到了藏族人民普遍拥护与支援。被释放的藏军官兵，
在返回途中和到家之后，积极向群众宣传共产党的少数民族政策，减少了
第 18 军向拉萨和平进军的困难。

　　10 月 21 日，贺龙、邓小平电示 18 军："第一、加紧进行俘虏或投诚

官兵工作，用高度热情和诚恳的态度去对待他们，严禁侮辱和虐待。……第二，对于噶伦及代本等高级军官尤应妥为招待，采用座谈方式予以教育和争取，以便他们回去影响拉萨政府，立即脱离美英影响，速派代表到昌都或北京商谈和平解放西藏问题……"

# 西藏和平解放

昌都战役后，西藏统治集团内部发生了很大震动和混乱。以大札摄政为首的一小撮亲帝分子和分裂主义者挟持年轻的十四世达赖喇嘛逃往亚东，并准备进一步逃亡国外。他们这一行动，遭到西藏广大人民的反对，也引起了在西藏政治生活中举足轻重的三大寺的强烈不满。在达赖左右堪布、噶伦中也有不少人不赞成达赖外逃，而主张与中央人民政府举行谈判。

经过相当激烈的斗争，1951 年，摄政大札终于下台，按西藏惯例，年满 18 岁的十四世达赖亲政。达赖亲政后，即于 1951 年 2 月派出西藏地方的全权代表 5 人前往北京，与中央人民政府进行谈判。

这 5 名代表首席是阿沛·阿旺晋美，其余 4 人是凯墨·索安旺堆、土丹旦达、土登列门和桑颇·登增顿珠。阿沛·阿旺晋美、土登列门和桑颇·登增顿珠等经昌都、康定、雅安、西安等地，于 4 月 22 日抵达北京；凯墨·索安旺堆和土丹旦达则转道印度、香港等地，于 4 月 26 日到达北京。

西藏地方政府全权代表聚集北京后，中央人民政府当即指派李维汉、张经武、张国华、孙志远为全权代表，李维汉为首席代表。于 4 月 29 日与西藏地方政府全权代表在友好的基础上进行谈判。谈判进行得很顺利。经过 23 天的商谈，于 5 月 21 日一致通过了《中央人民政府和西藏地方政府关于和平解决西藏办法的协议》，协议共 17 条。5 月 23 日，双方代表举行了签字仪式。

签字的当天下午，毛泽东向第 18 军军长张国华详细地询问了部队的思想、生活情况，指示第 18 军要尽快进军拉萨，为全部实现 17 条而努力。毛泽东对张国华说："你们在西藏考虑任何问题，都首先要想到民族和宗教问题这两件事，一切工作必须慎重稳进。"

5 月 24 日，毛泽东致函达赖喇嘛，称："感谢你经阿沛·阿旺晋美先生带给我的信和礼物。西藏地方政府在你亲政以后，开始改变以往的态度，响应中央人民政府和平解放西藏的号召，派遣以阿沛·阿旺晋美先生为首的全权代表来到北京举行谈判。你的这项举措是完全正确的。现在，中央人民政府全权代表和西藏地方政府全权代表，在友好基础之上，经过多次商谈，已签订了关于和平解放西藏办法的协议。这个协议是符合于西藏民族和西藏人民的利益，同时也符合于全中国各民族人民的利益。从此，西藏地方政府和西藏人民在伟大祖国大家庭中，在中央人民政府统一领导下，得以永远摆脱帝国主义的羁绊和异民族的压迫，站起来，为西藏人民自己的事业而努力。我希望你和你领导的西藏地方政府认真地实行关于和平解放西藏办法的协议，尽力协助人民解放军和平开进西藏地区。我特派张经武代表同你的代表们一道前来你处，以资联络。如你有需要他协助的地方，可随时与他接洽。附来礼物，至希收纳！"

同日晚，中央人民政府毛泽东主席举行盛大欢庆宴会，应邀赴宴的有从青海来京的班禅额尔德尼·确吉坚赞，班禅副佛师嘉亚佛及班禅堪布会议厅主要负责官员拉敏·益西楚臣、计晋美、纳旺金巴、洛桑坚赞、唐觉雅丕，西藏地方政府谈判代表团的全权代表阿沛·阿旺晋美、凯墨·索安旺堆、土丹旦达、土登列门、桑颇·登增顿珠。应邀作陪的有中央人民政府副主席朱德、刘少奇、李济深，政务院副总理董必武、陈云、郭沫若、黄炎培，中国人民政协全国委员会副主席陈叔通，人民革命军事委员会代理总参谋长聂荣臻，中央人民政府全权代表李维汉、张经武、张国华、孙志远，北京市市长彭真，以及中央人民政府各部、会、院、署负责人，人民解放军在京高级指挥员，各民主党派、各人民团体负责人，共180人，在这盛大宴会上，毛泽东主席首先致词，毛主席说："几百年来，中国各民族之间是不团结的，特别是汉民族与西藏民族之间是不团结的，西藏民族内部也不团结。这是反动的满清政府和蒋介石政府统治的结果，帝国主义挑拨离间的结果。现在，达赖喇嘛所领导的力量与班禅额尔德尼·确吉坚赞所领导的力量与中央人民政府之间，都团结起来了。这是中国人民打倒了帝国主义及国内反动统治之后才达到的。这种团结是兄弟般的团结，不是一方面压迫另一方面。这种团结是各方面共同努力的结果。今后，在这一团结基础之上，我们各民族之间，将在各方面，将在政治、经济、文化等一切方面，得到发展和进步。"

班禅额尔德尼·确吉坚赞和阿沛·阿旺晋美也相继讲了话。

5月25日，毛泽东签发了《军委关于进军西藏的训令》，指示部队以战备姿态，分路向西藏腹地进军。

根据毛泽东主席指示，由张经武任中央人民政府驻西藏代表。并由张经武率领代表团成员，从海上绕道亚东，前往拉萨；张国华、谭冠三率部队分数路向拉萨进军；西北军区也先后派出两支部队，一支经黑河进驻拉萨，另一支部队从新疆南部向阿里前进。

贺龙、邓小平命令第18军副政委王其梅率包括统战、公安、外事等方面先遣支队，同阿沛·阿旺晋美等西藏地方政府代表于7月25日由昌都前往拉萨。第18军主力1.07万人分两个梯队随后西进。

张经武率领的中央人民政府代表经印度、亚东，于8月8日抵达拉萨。

8月17日，达赖自亚东返回拉萨。然树欲静而风不止。西藏上层集团中一部分反动分子叫嚣："北京签字，我们不承认！"美国国务卿艾奇逊在华盛顿的记者招待会上，公开诬蔑中国人民解放自己的国土西藏的行动是"侵略"，并唆使国外反动派和西藏亲帝分裂主义分子，企图挑起一场国际性的民族宗教战争。同时，印度、不丹亦增兵向西藏边境实行封锁，禁运粮食入西藏。

从昌都至拉萨的先遣支队，长途跋涉2300余里的路程，中间横亘着19座雪山，要垮过横断山脉，数百里山峦都是积雪，没有人烟。这一路上，人吃饭，马吃草料成了重大问题，因此，提出了"政治重于军事，补给重于战斗"的口号。战士们负重70至80余斤。经过千辛万苦，战士们脚底板走成了厚厚的茧子，一些"白面书生"成了红黑红黑的汉子，先遣部队108人终于于9月9日到达拉萨。

解放军的到来受到了拉萨各阶层爱国人士和广大僧俗群众的热烈欢迎。但是，一些反动分子朝欢迎的人群和队伍投石子，吐口水，咒骂解放军腰鼓队是"魔鬼"。这时，帝国主义和国外反动派不甘心西藏和平解放，他们在拉萨河两岸摆了4个代本，构筑了工事，架起了枪炮，气势汹汹地要撕毁和平协议。

1951年10月26日，张国华、谭冠三带主力到达拉萨。由于粮食非常紧缺，指战员们一天连两顿稀饭都喝不上。这时，毛泽东电示张、谭：必须尽一切努力维护17条协议，对于反动派的挑衅，采取"不打第一枪"

的方针，后发制人，坚持"人不犯我，我不犯人"的自卫原则。

这当儿，两个司曹（代理首相，一僧一俗）策动组织了一个伪人民会议，纠集4000人包围了中央代表张经武的住处，并提出反动要求——要人民解放军撤出西藏。司曹命令拉萨朗仔辖（市政府）的莫本（市长）和拉萨附近各宗的宗本，严禁向解放军出售粮肉等一切食物和干牛粪等一切燃料，扬言如果解放军不走，就把他们饿死在拉萨。张经武亲自去见十四世达赖，指出，伪人民会议是反动组织，必须立即解散，并提出要求将在幕后进行策划的两名司曹立即撤职，限于数日内答复。同时宣布中国人民解放军西藏军区成立，由18军军长张国华为司令员，18军政治委员谭冠三为政委，阿沛·阿旺晋美为军区第一副司令员，朵噶·彭错饶杰为第二副司令员，昌炳桂为第三副司令员，范明、王其梅为副政治委员，李觉为参谋长，刘振国为政治部主任。为了保护阿沛的安全，请他住在军区院内，并命令驻拉萨部队为应付一切可能发生的事变，作好充分的战斗准备。

张国华亦命令进驻到山南地区的一支部队，迅速驰往拉萨。

中共中央和毛泽东主席考虑到西藏的客观实际情况，为了缓和汉藏民族关系，缓和中央和西藏地方政府之间的紧张关系，以利于进藏部队站住脚跟。因而决定暂缓成立西藏军政委员会和改编藏军，同时争取早日修通川藏公路。

1951年11月27日，从青海出发的西北军区独立支队进驻拉萨，与18军胜利会师。12月20日，18军与西北军区独立支队在拉萨举行了会师大会。军事力量大大加强。经过激烈的政治斗争，西藏地方政府以达赖的名义下令撤了两名司曹的职，解散了伪人民议会，西藏政治局势开始缓和。爱国势力抬头了，敢说话了。张国华、张经武等积极扶持和发展上层中的爱国力量，并把工作重点放到争取广大的上层动摇人士身上。对于过去亲帝国主义和亲国民党的官员向他们讲明，只要他们坚决脱离帝国主义和国民党关系，不进行破坏和捣乱，仍可继续供职，不究既往。张国华等还亲自到布达拉宫和拉萨3大寺，看望喇嘛群众，散了布施，献了哈达。这些行动，轰动了拉萨，轰传到各地，使反动派制造的"布达拉宫铜佛流泪了"之谣传，不攻自破。

西藏和平解放后，为了加强中央的领导，中央决定撤销大区和中央局。6月19日，中央人民政府委员会第32次会议通过了这一决议。

撤销大区的决定公布后，在北京的贺龙立即指示宋任穷等认真进行动员，并指出，撤销大区是一项复杂细致的工作，对于上下衔接、人事调配等各项具体问题都要妥善安排，避免一切可能发生的损失。对西南一级行政机构撤销的步骤，按照先易后繁，先简后繁的原则，逐个加以撤销。根据贺龙指示，宋任穷等于8月召开了西南行政委员会全体委员扩大会议，于此进行了部署。对该撤销的单位分别采取不同的办法，划为早交迟撤、早交缓撤、早交早撤三类，使撤销工作有条不紊地进行。

贺龙离开了大西南地区，到了中央工作。

# 第十五章　在中央工作期间

## 新中国体育的奠基人

旧中国的体育运动，几乎是一片荒漠。由此中国被外国人称为"东亚病夫"。

建国之初，中共中央和政务院指示在各省市建立体育机构，但是，由于体育人才太少，加之从旧社会就对体育不重视，因而，直到1953年，全国各地成立体育机构的省份，还不足半数。

贺龙就是在种状况下出任国家体委主任的。

贺龙这个主任是周恩来和邓小平建议的。

共和国成立之后，国家的体育工作由新民主主义青年团中央委员会主管。1952年7月29日至8月14日，中华全国体育总会副主席兼秘书长荣高棠率领中国体育代表团到芬兰的赫尔辛基，参加了第十五届奥林匹克运动会。这是中华人民共和国成立后第一次参加国际奥林匹克运动会。回来之后，中国新民主主义青年团向刘少奇和中共中央呈递了《关于参加第十五届奥运会的情况报告》，建议在政务院下设立一个与各部委平行的全国体育事务委员会，并提出："委员会的主任委员，最好请贺龙那样的一位将军来担任。"

政务院常务副总理邓小平也很希望贺龙担任这一职务。他给尚在重庆的贺龙打电话，告诉贺龙，青年团中央建议由他担任国家体委主任，并说自己和周恩来也赞成贺龙担任体委主任这一职务。

贺龙在电话里问："毛主席的意见呢？"

邓小平说；"毛主席也赞成。"

贺龙说："毛主席叫我干，中央叫我干，我就干！"

在 1952 年 11 月 15 日召开的中央人民政府委员会第十九次会议上，通过了由贺龙任中央体育运动委员会主任、蔡廷锴任副主任的任命。

由于传统观念的影响和建国初期百废待兴，很多人认为干体育不是正当职业，因此，体委调干部很困难。1953 年 4 月 27 日，贺龙在北京主持召开了第一次全国体育工作会议。会上，他着重讲述了体育事业的重要意义和方针、规划。他说："我们的国家是一个年轻的国家，我们在体育工作方面是不够发展的。在国际活动方面，我们的体育代表团到各民主主义国家去了多次，特别是去年参加了奥林匹克运动会。虽然未与资本主义国家比赛，但我们的代表团也绕场一周，给我们的国家增光不少。我们的国家有 5 亿多人口，占全世界人口的四分之一。但我们的体育工作和我们国家的整个状况是不相称的。"接着，他从四个方面阐述了开展人民体育事业的重要意义：一、体育运动是新民主主义教育的重要组成部分。二、体育运动与我国经济建设、国防建设和保卫世界和平的事业是不可分的一部分。三、我们必须认识体育运动是人民事业中的一种，这种工作不仅现在重要而且以后经济文化发展了，就更加重要。四、我们今天的体育运动是为劳动人民服务的，就是指为工人、农民、士兵和机关工作人员服务。

此后，贺龙即果断地起用了一批曾在部队和西南区从事过体育工作的干部到国家体委机关工作。

贺龙还把团中央书记胡耀邦和团中央组织部长金栋请到家中，对他们说："体委刚刚成立，需要加强，我们这里也是做青年人的工作的，任务很繁重，要靠各方面支持。耀邦啊，这也是你的事，从你那里调点儿人吧。"

胡耀邦说："老总要谁我给谁。"

贺龙又陆续调来韩复东、李达、赵正洪和他的秘书任思治等一批干部。

1953 年 8 月 21 日，中共中央批准成立了中国共产党中央体育运动委员会党组，由贺龙、荣高棠、黄中三人组成，由贺龙任书记（贺龙离京期间由荣高棠代理党组书记）。

1953 年 9 月 4 日，中共中央会议和中央人民政府委员会第 28 次会议批准了中央人民政府体育委员会。委员计 28 名，为：贺龙、蔡廷锴等。

1954 年 1 月 16 日至 21 日，贺龙组织召开了中央体育运动委员会第一次全体会议，应邀出席会议的除了体委委员之外，还有廖汉生、梁必业、莫文骅、王新亭、李一氓、柴泽民和各人行政区体委负责人等。朱德和郭沫若副总理莅会宣讲体育工作的意义。蔡廷锴作开幕词。贺龙和荣高棠分别作了《一九五三年体育工作总结报告》和《一九五四年体育工作计划报告》。

1954年7月18日，是苏联体育节。《真理报》称之为"全民的节日"。贺龙应邀率体育代表团于7月13日赴苏参加苏联人民的这一盛会。在不到一个月的时间里，贺龙与代表团不辞劳苦，先后在莫斯科、列宁格勒、基辅、索契、梯比里斯 等城市观看了各种类型的大小运动场馆、文化宫；访问了各级政府的体育运动委员会和工厂、集体农庄的体育组织，青少年业余体校，莫斯科航空俱乐部和列宁格勒体育研究院，参观了全苏农业展览会和其中的农村体育运动展览馆。

一个多月的参观学习，贺龙感慨颇深。代表团回国后，在贺龙主持下，对出访进行了认真的总结，并提出了根据中国实际情况学习苏联经验的建议。8月27日，贺龙向中共中央和国务院文委党组呈递了题为《苏联的体育运动是推动共产主义建设的力量》的报告。报告重点介绍了苏联推行的"准备劳动与卫国制度"开展的情况，提出"我们在发展体育运动方面，和其他工作一样，必须向苏联学习"。"今后拟有计划地派遣一些留学生到苏联和其他兄弟国家学习，并聘请一些苏联体育专家来我国工作。""报告"认为"目前各级体委干部太弱，编制太小，很难适应当前工作需要。望能趁此大区撤销之际，予以充实。"

此后，国家体育即有计划地选派了一批运动员到苏联和匈牙利等国家学习，也聘请了一批苏联和匈牙利体育专家来中国任教。1954年9月，在第一届全国人民代表大会上，贺龙被任命为国务院副总理、国防委员会副主席和国家体育运动委员会主任。是年11月1日，国务院任命蔡廷锴、蔡树藩、卢汉、黄琪翔、荣高棠为国家体委副主任。贺龙还安排在解放前曾担任过中华全国体育协会总干事、1947年被选为国际奥林匹克委员会委员的著名体育家董守义先生为政协全国委员会委员兼中央体育学院教授。

贺龙知道，要创造一流的成绩，必须有一流的人才。初创时期的国家体委最大的困难，就是技术人才严重不足。差不多每个体育项目都缺乏教练员，优秀运动人才更是屈指可数。而一些拔尖的人才又有这样那样的问题，尤其是政治方面的问题。对此，贺龙依然像西南"战斗"队组建之初那样对待人才，当时，西南"战斗"队曾就队员徐广斌是否入队问题发生过争论。有人认为他技术水平不错，本人政治表现也好，可以吸收为队员；有人则认为他曾随他舅舅去过台湾，社会关系复杂，不能当国家队的队员。贺龙说："他能从台湾回来，就说明他爱国。这样的运动员，不但应该吸收到国家队，还应当很好培养。"

由于贺龙不拘一格用人才，吸引了许多海外赤子纷纷归来报效祖国。优秀羽毛球运动员王文教、林丰玉、陈福寿、方凯祥、侯加昌、陈玉娘、梁小牧，优秀乒乓球运动员傅其芳、容国团，游泳运动员吴传玉等，都是50年代初回到祖国大陆的。女排队员曹其纬是在五四运动中被国人斥为"卖国贼"的曹汝霖的嫡孙女。贺龙夸奖她在电影《女篮五号》里演小五号演得好。鼓励她积极上进，争取早日加入共青团。

经过贺龙和国家体委的艰苦努力，国家足球队、篮球队、排球队、乒乓球队、田径队、网球队、体操队、游泳队等均于1954年前后相继组建起来。

此外，贺龙还抓了体育场馆的建设。从1952年到1966年，在贺龙主持下修建的体育场馆有：占地9万平方米的重庆大田湾体育场；占地9544平方米的重庆市体育馆；为召开第一届全国运动会而兴建的占地4.1公顷的北京市东郊工人体育场和能容1.35万观众的工人体育馆；北京西郊翠微山下的射击场和占地24公顷的北京老山摩托车赛车场；占地5公顷、拥有6个水池的陶然亭游泳场；广州二沙头体育训练基地，青年训练基地；南京五台山体育场等。同时，在成都、广州、昆明、兰州、南京、西安等地还有计划地兴建了中小型体育馆38座。

这些体育场馆的建设，无不倾注着贺龙的大量心血。

贺龙在体育场馆建设的同时，还抓了《新体育》杂志和《中国体育》（英文刊物）、《体育报》的创办。毛泽东亦应贺龙之邀，为中国有史以来的第一份《体育报》题写了报头。朱德亦为之题词，郭沫若赋诗72行，题为《体育战线插红旗》，陆定一撰写了《祝体育报创刊》一文。李济深亦命笔赋诗。

1953年的一天，贺龙从收音机里听到中央人民广播电台播音员张之在天津现场解说全国四项球类运动会的声音，大为赞赏，说："过去有说书的，现在有人会说球，这个办法好，生动活泼，引人入胜，可以普及体育，应当推广。会说球的，也是专家呀！"

在贺龙倡导下，体育实况广播逐渐发展起来。贺龙对体育摄影、体育新闻电影摄影师的工作，亦非常支持。凡有新摄制的体育电影，他都参加审查。他多次夸奖《女篮五号》和《小足球队》这两部故事片拍得好。

贺龙还对国家体委教育司的正副司长任思治和董念黎说："北京体育学院是我国体育界的最高学府，在学术上要有我们的教授，要成为世界上一个有权威的体育中心。"

此后，在贺龙的指示和过问下，国家体委和有关行政区、省体委相配合，在南昌成立了中南体育学院，在成都成立了西南体育学院，在西安成立了西北体育学院，在沈阳成立了东北体育学院，在上海成立了上海体育学院。1965年，北京体育学院年度校庆时，黄中、李梦华陪同贺龙到校聆听了师生们的学术报告。贺龙对学院所取得的成绩很满意，并同学院师生员工们合影留念。北京体育学院和全国其他体育学院，没有辜负贺龙的期望，从建院到1966年以前，培养的毕业生遍布全国，成为体育教员、运动训练、体育科学的中坚力量。

贺龙认为，要摘掉"东亚病夫"的帽子，必须广泛开展群众性的体育运动，体育兴，国运兴。在这方面他发出了一系列指示和论述。他指出："体育是全国人民的事业，不是体委一家的事。……要热诚地对待群众的革命创举，经过实地考察或亲手试验，帮助他们把先进经验总结出来，加以推广。"

1954年1月16日，贺龙发表了《在总路线的照耀下，为开展群众性的体育运动而奋斗》的文章。内称："我们今天搞体育不是为了夺锦标，而是为了把人民体质搞好，使学生不缺课，工人不缺勤，战士们的手榴弹扔得远些，同敌人拼刺刀时勇气更足些，使害神经衰弱的减少一些。因此，各级体委必须善于抓住开展基层体育运动这个中心环节，善于进行组织工作，把我们有限的力量，使用到最主要的地方去。"

为抓好普及群众性体育活动，在青少年中，贺龙抓了"劳卫制"的实施，这是他去苏联时从苏联学来的经验。贺龙认为这个"劳卫制"很好，通过实施"劳卫制"，可以培养健康、坚毅、勇敢的社会主义建设者和保卫者。锻炼的内容包括田径、体操等多种项目。根据不同年龄，不同水平分级分组，制定出相应的标准，凡各项测验合格的青少年，都可以获得"劳卫制"证章和证书。

"劳卫制"暂行条例于1954年5月4日颁布，后经过修改完善，又经贺龙向周恩来总理请示，使"劳卫制"坚持下来，一直到了1964年，"劳卫制"才正式改为《青少年体育锻炼标准》，但群众仍习惯称之"劳卫制"。在"文革"前的10多年里，"劳卫制"的推行中虽然也出现了一些偏差，但成绩是巨大的。据不完全统计，总共有4200多万人通过了"劳卫制"和"青少年体育锻炼标准"。

贺龙还着力抓了职工体育运动的开展。仅1954年据北京、天津、上海等30个城市的调查，在481.56万名职工中，参加广播体操、球类、武术及其他体育活动的达78.8万人，约占职工总数的15%。据上海市在46万职工中调查，经常参加体育活动的占30%强，参加广播体操的人比1953年增加6倍。中国铁路工会在1952年即建立中国火车头体育协会，到1954年底，其基层组织发展到1018个，在领导基层体育活动中发挥了重大作用。

1954年11月，全国总工会和国家体委在北京联合召开第一次全国职工体育工作会议。制定了《关于开展职工运动暂行办法纲要》。1955年1月，国家体委又下达了《关于批准中华全国总工会〈职工体育协会组织暂行条例〉的指示》。这两个条例对普及职工体育运动，起到了有力地推动作用。1955年7月，全国煤矿第一届职工运动会于北京先农坛体育场举行。同年10月，全国第一届工人运动会在北京举行。参加大会的运动员1700多人，来自17个产业系统。比赛项目有田径、自行车、举重、篮球、排球、足球。开幕式团体操由北京师范大学女附中承担，10种图案的韵律操由该体育教练组组长张婉容编写。贺龙鼓励他们："排练这么大型的团体操，我们还没经验，可是经验是创造出来的，我们要敢闯嘛！"

开幕式那天，毛泽东、朱德、刘少奇、周恩来等党和国家领导人莅会。贺龙于大会致词。

这届运动会，有10名运动员打破了11项全国纪录。

第一届工人运动大会之后，立即在全国职工中掀起了体育活动的热潮。

贺龙对农村体育活动的开展也十分关心。他认为，中国80%的人口在农村，普及农村的体育运动，对于提高全国人民的体质和运动水平，有着特别重要的意义。

由于农村条件所限，体育活动不能像工厂、学校、部队那样开展。

1953 年，国家体委确定了农村体育活动的原则："主要结合民兵训练，利用农闲时节，重点试行一定运动项目的经常锻炼。另外，也可以一般地提倡农民中固有的有利于增进健康的民族形式教育。"1956 年 6 月，国家体委根据贺龙的倡议，在北京召开了首次全国农村体育工作会议。会议提出了依靠共青团组织，在发展生产的基础上，坚持业余、自愿和简便易行的原则开展农村体育运动。一年之后，中国农村就建立了 3 万多个基层体育组织，会员达 90 多万人。1965 年初，在国家体委召开的全国体育工作会议上，贺龙指出："农村体育还是要搞。搞什么？都打篮球也不行。在农村是不是可以搞田径运动？跑、跳、掷，搞体操。"此后，农村的体育活动逐渐恢复起来。

贺龙对军队中的体育运动历来十分重视。1954 年 4 月 13 日，贺龙通过中央人民广播电台，就军队中开展体育运动问题发表了《开展战斗性群众性的体育运动，加强现代化革命军队的建设》的广播词。

不久，国防部颁发了体育训令，指示各军兵种建立健全体育机构，在团以上单位配备专职体育干部。1955 年，人民解放军训练总监部设立了体育局，贺龙指名要 121 师长兼汕头警备区司令韩复东担任局长。

军队的群众性体育活动热火朝天地开展起来。到 1956 年，全军有 30 万人参加了"劳卫制"测验，有 24 万人获得了一级和二级证章。自从 1951 年到 1956 年，解放军的选手打破全国纪录 329 次，"八一"体工队参加国际比赛达 141 场，为国家输送了优秀运动员 54 名，被选为国家混合队 55 名。1957 年国家体委公布的各项运动健将中，解放军中有 31 名。而"八一"体工队中，原西南军区"战斗"队中优秀运动员占了很大比例。

解放军体育工作的发展，无不倾注着贺龙的心血。

1960 年 4 月 25 日，中国登山队员王富洲、屈银华、贡布登上了珠穆朗玛峰顶。当日，贺龙以极兴奋的心情向登山队员发了贺电，称："你们登上世界第一峰——珠穆朗玛峰的捷报，这是我国人民的一个极大的喜讯。你们为伟大的祖国争得了不朽的荣誉，为社会主义的体育事业再一次做出了光辉的贡献，谨向你们致以热烈的祝贺！在我们伟大的祖国，还有更多的高峰等待着你们去攀登，还有更丰富的自然财富需要你们去探索。希望你们不断前进，为征服祖国的高山峻岭发挥更大的力量。"

《人民日报》发了"号外"。中国登山队攀登珠峰的成功，世界震动。

也表示了正在"饥寒交迫"的中国人民向世界宣布，困难即将过去，光明就在眼前。世上无难事，只要肯登攀。

继中国男子登山队登上珠峰后，中国女子登山队袁扬、潘多、王义勤等也于 1961 年 11 月 2 日，登上了海拔 7595 米的么格九别峰，创造了女子登山高度的世界纪录。1964 年 3 月 18 日，在登山队长许竞、副政委王富洲、副队长张俊岩率领下，一个 13 人的登山队伍，向希夏邦马高峰攀登。

希夏邦马坐落在我国西藏境内，海拔 8012 米，因其地势太险恶，遂成了世界上 14 座 8000 米以上高峰中最后一座从未有人攀登过的处女峰。队员们舍死忘生地经过一个多月的拼搏，终于于 5 月 2 日 10 时 20 分登上了希夏邦马峰。

当天，贺龙即以激动的心情向中国登山队发出了贺电。称："欣闻你们登上了还从未被征服的世界第十四高峰、海拔 8012 米的希夏邦马峰，举国为之振奋。这是继 1960 年中国登山队征服珠穆朗玛峰之后又一个大喜讯，是我国登山史上新的光辉的一页，是你们为党和祖国立下的又一次功勋。谨向你们致以热烈的祝贺和亲切的慰问。"

1961 年 4 月 4 日下午，第二十六届世界乒乓球锦标赛在北京工人体育馆拉开了战幕。参加比赛的有世界各国 32 个乒乓球协会选派的 220 多名男女选手。

周恩来、邓小平、李富春、贺龙、陆定一、罗瑞卿、罗荣桓、沈钧儒、郭沫若、彭真、李维汉、陈叔通、林枫、包尔汉等国家领导人和国际乒乓球联合会主席艾佛·蒙塔古等各国来宾出席了开幕式。是晚，在人民大会堂举行宴会，欢迎参加第二十六届世界乒乓球锦标赛的各国朋友。贺龙发表讲话，他代表中国政府和人民向国际乒联主席蒙塔古和其他领导人，向来自各国的乒乓球选手、乒乓球组织代表们表示欢迎。相信通过这次比赛，定能把世界乒乓球运动推进到一个更高的阶段。

中国乒坛男女小将们一路"斩关夺将"，打败了许多著名种子选手。4 月 14 日，男女队同日本队进行了争夺冠军的决赛。这天晚上，北京工人体育馆座无虚席，人们以急切、紧张的心情观看团体决赛。

贺龙和国家领导人坐在台上，注视着小将们的一举一动，一招一式。

年轻的中国乒乓球队运动员们没有辜负党和人民的期望，没有辜负贺龙的栽培。中国男队以容国团、庄则栋、徐寅生迎战日本队的全日冠军星野、左手握拍的木村和狄村，打得十分紧张激烈，扣人心弦。董必武等老人再也承受不住赛场上令人窒息的紧张空气，医生也不允许他们再看下去，请他们到休息室"回避"。贺龙便台前台后地奔跑，通报战况。终于，容国团以1分定乾坤，夺得了男子团体冠军。中国女队获得团体亚军。

中国队的胜利，使观众兴奋无比，全场起立，暴风雨般掌声经久不息。

电波传遍了神州大地，传遍五洲四海，国内外震动。

贺龙回到家中，兴奋得睡不着觉了。他叫女儿晓明代表全家给荣高棠打电话，向运动员、教练员表示祝贺。

睡不着觉的何止贺龙一家？举国都沉浸在无比兴奋之中。华侨饭店的职工得知中国乒乓球队取得优异成绩的喜讯后，大家激动万分，连夜动手，赶制了一个迎春花篮、一盘绘有锦标赛会杯的大蛋糕。当运动员从赛场回到饭店，他们立即派出代表将花篮和蛋糕送到运动员的面前，向胜利归来、为国争光的英雄表示祝贺。

小将们望着花篮、蛋糕，心潮起伏，百感交集。大家不约而同地想到，他们能取得今天的成绩，无处不倾注着贺老总的心血啊。大家一致意见，把这珍贵的礼物送给贺老总，以表达运动员、教练员对老总的敬爱之心。

乒乓球代表团领队张钧汉被推举为代表，他连夜把这贵重礼物送到东交民巷贺龙家中，时已15日凌晨1点多了。

第二天早上，贺龙发现了客厅的蛋糕，他猜想与乒乓球队有关。这时，薛明向他说了经过。贺龙又感动，又兴奋，他拿起刀叉，切了一块，吃了起来。贺龙有糖尿病，医生是不准吃甜食的，他也从不吃甜食，可这次破了例，他对薛明说："这是小将们的心，我不能不尝。"

单项比赛，庄则栋又摘下男子单打桂冠，邱钟慧夺得女子单打冠军。中国选手在这次锦标赛上获得了3项世界冠军，4项亚军和8个第3名。

中国体育史上这一空前胜利，震动了世界体坛。外国通讯社报导说："中国乒乓球运动员执掌了世界乒乓球的牛耳！"

从全国各地发往乒乓球队的成千上万封祝贺信表达了一个心意：向乒坛小将们学习，战胜天灾人祸给国家造成的困难，做好工作。重庆钢铁厂全体职工的信中说："你们在国家困难的关头，取得了世界冠军，振奋了人们的精神，你们的胜利鼓舞我们夺取生产上的胜利。"

4月13日晚上，贺龙出席了中华人民共和国体育运动委员会和中华全国体育总会举行的招待国际乒乓球联合会领导人、咨询委员、各乒乓球协会代表和乒乓球领队的宴会。贺龙在宴会上讲了话。他说："通过第二十六届世界乒乓球锦标赛的盛会，各国乒乓球协会组织和运动员之间，广泛交流了技术和经验，增进了彼此间的了解和友谊，这将对推动世界各国乒乓球运动的发展，对维护世界和平的伟大事业，做出有益的贡献。"

贺龙很重视体育科学的研究。他认为，体育科学研究工作是推动体育事业发展的重要手段。在第二十六届世界乒乓球锦标赛之前，于1958年成立的北京体育科学研究所就搜集了世界各国运动员的许多技术资料。锦标赛后，贺龙又令科研所反复研究乒乓球拍。贺龙说："手巧不如家什妙。"最后，试制出的海绵和胶皮，达到了日本著名的"蝴蝶牌"球拍的水平，木板达到了美国威尔逊牌的水平。

1963年，第二十七届世界乒乓球锦标赛在布拉格举行，中国男队蝉联第二十七届团体冠军，庄则栋蝉联男子单打冠军。而女队却由亚军跌到第三名，女子单打也只有孙梅英获第三名。

如何帮助女队更上一层楼，成了男队友们的共同愿望。1964年9月下旬，徐寅生应邀给女队们讲了话。徐寅生运用毛泽东主席的哲学思想并结合自己和女队的实际，亲切又中肯地讲了女队的问题，他的话深深地触动了女队员们。

徐寅生的讲话引起了很大的反响。10月初，李梦华向贺龙汇报工作，把徐寅生在女队讲话情况说了一遍。贺龙听了问："有纪录没有？"

李梦华说："有。我看过了，很好，美中不足的是没有引用毛主席的话。"

贺龙说："这主要看内容，一篇讲话稿能不能体现出马克思主义毛泽东思想，不能只看引文。"

李梦华遂将徐寅生的讲话稿呈报贺龙。10月10日，贺龙一口气读完了徐寅生的讲话稿，不禁拍案叫绝。他当即给李达、黄中、李梦华写了一信，又把徐寅生的讲话呈给毛泽东。毛泽东读了徐寅生和贺龙给体委的信后，于1965年1月12日批示："徐寅生同志的讲话和贺龙同志的批语，印发中央工作会议同志们一阅。并请你们回去后，再加印发，以广宣传。同志们，这是小将向我们这一大批老将挑战了，难道我们不应该向他们学习一点什么东西吗？讲话全文充满了辩证唯物论，处处反对唯心主义和任何一种形而上学。多年以来，没有看到过这样好的作品。他讲的是打球。我们要从他那里学习的是理论、政治、经济、文化、军事。如果我们不向小将们学习，我们就要完蛋了。"

周恩来把毛泽东的批件转给贺龙，说："这可是千军万马的力量啊！"

贺龙接到毛泽东的批示，立即到了体委，召开会议，座谈毛主席批示和周总理指示。贺龙对大家说："毛主席对徐寅生的讲话提得很高。体委要跟上去。"贺龙加重语气说："不要看不起运动员。对小将要重视，要培养、教育，接班人就是他们。徐寅生是毛主席亲自批准的体育战线的第一个标兵。还要培养第二、第三、第四个标兵。我老早就讲过，要树立乒乓球队这个标兵，徐寅生是一个高标准的标兵。"贺龙又说："有人看不起徐寅生。但毛主席看得起。我去向毛主席汇报，毛主席说'我们都学嘛！'"贺龙还交代体委："把几年来运动员写的文章汇集起来，印成小册子，让大家看看，对学习会有很大的推动。"

徐寅生的讲话稿后来在《人民日报》发表，题目是《关于如何打乒乓球》。人们争相阅读，反响强烈。人民体育出版社出版了这篇讲话稿单行本，该书竟发行了3650万册。

1965年4月，第二十八届世界乒乓球锦标赛在南斯拉夫的卢布尔雅那举行。中国女队的林惠卿和郑敏之迎战蝉联四届世界冠军的日本女队。二女子横刀立马，只杀得对方手忙脚乱。双方激战几十个回合，不分上下。正难解难分之际，郑敏之看准机会、抖腕猛扣，有如千斤巨斧劈开了沉寂的山峰，山石崩飞，满场哗然。以3：0大败日本女队，夺得了女子团体冠军。中国男队亦第三次蝉联世界冠军，庄则栋蝉联三届男子单打世界冠军。庄则栋、徐寅生、郑敏之、林慧卿分获男、女双打世界冠军。

远在西南视察的贺龙得到喜讯，兴奋异常，4月20日，打电报给参加第二十八届世界乒乓球锦标赛的中国代表团团长荣高棠和中国乒乓球队全体同志，祝贺中国乒乓球队获得男、女团体冠军。并转达了毛泽东主席的祝贺。

举国欢腾，万民振奋。1965年，祖国已经渡过了"三年灾害"的难关，各项事业都在腾飞。小小银球向世界宣告，中国人民已立于世界民族之林。时谢老谢觉哉写诗赞男女小将是"男皆气壮能征将，女尽心雄善战兵。击水大鹏春蜇起，落霞孤鹜晚风轻"。

乒乓球运动员的每一点进步无不倾注着贺龙的心血啊！"文化大革命"使中国乒乓球运动员失去了参加第二十九届、第三十届世界乒乓球锦标赛的机会。但是，到了第三十六届，中国队获得锦标赛的全部 7 项冠军和 5 个单项亚军，开创了世界乒坛史上空前纪录，而这奠基人是含冤于九泉的贺龙。

乒乓球上去了，羽毛球上去了，但是使贺龙"死不瞑目"的"三大球"——足球、篮球、排球却上不去。1964 年春，贺龙同国家体委的几位领导人研究工作时，谈到了三大球。贺龙神情严肃地说："我不晓得你们安心不安心？'三大球'为什么上不去？解放到现在已经 15 年了，再搞不起来，难道要搞 50 年？必须赶快下功夫啊！我快 70 岁了，我希望在见马克思之前能看到'三大球'翻身。"贺龙稍停一下，语调铿锵地说："'三大球'搞不上去，我是死不瞑目的！"

1965 年 12 月 8 日，荣高棠在国家体委的党委会上，又转达了贺龙的"希望我活着的时候，把'三大球'搞上去"的期望。

对"三大球"，贺龙是倾注了心血的。

1965 年 11 月 5 日，贺龙在接见中国羽毛球队时又谈到"三大球"。贺龙深情地说："第三个五年计划，三个大球搞不搞得起来？再搞不起来怎么办？游泳、田径、举重也要搞起来。举重的三个单项要平衡。陈镜开九破世界纪录都是挺举。踢足球，两只脚要变成两只手，右脚会踢，左脚也会踢；脚内侧会踢，脚外侧也会踢。足球搞不起来不得了。篮球找张青季，排球找张之槐。三个五年计划搞不起来，他们要受处分。解放到现在 16 年了，再搞不起来，难道还要搞 60 年、一个世纪？我 71 岁了，希望死前能看到搞起来，要下点功夫搞。"

从 1964 年春到 1965 年底，贺龙两次庄严宣告，希望死前能看到"三大球"上去。

贺龙的话，代表了全国人民的心声。然而，当 1980 年中国女排取得冠军震惊世界时，他已含冤于九泉了。但是，没有贺龙为女排铺下的石阶，女排能拿下世界桂冠嘛？

全国的体育健儿都清楚，全国人民都清楚，贺龙是新中国体育的奠基人。

1986 年初，全国体育界人士提议，决定在纪念贺龙诞辰 90 周年之际，为他塑造一尊胸像。最后，任务交中央美术学院雕塑系教师司徒兆光。是年3月21日下午，北京体育学院举行了贺龙塑像揭幕仪式，王震、廖汉生、荣高棠、李梦华、薛明和国家体委领导同志，新老体育工作者等200多人出席了揭幕仪式。李梦华致辞说："我国体育事业获得的成就，是贺龙同志生前卓有成效的领导和丰富的体育思想所结出的果实。"

人们听着李梦华的发言，望着贺龙的胸像，贺龙生前关心体育事业的情景一幕幕地展现眼前，许多人眼里滚出了泪花……

# 出任国防工业委员会主任

1959年8月18日，以贯彻庐山会议精神为主旨的军委扩大会议在北京召开。会上，继续批判彭德怀、黄克诚。9月17日，根据中华人民共和国主席令，免去彭德怀国防部长职务，任命林彪为国防部长。9月26日，中央军委发出《关于军委组成人员的通知》，中共中央政治局决定：中央军事委员会主席为毛泽东，副主席为林彪、贺龙、聂荣臻。1960年1月5日，中国共产党中央委员会批准军委常委1959年11月10日关于成立中央军委国防工业委员会的建议，任命贺龙为主任，聂荣臻、李富春、薄一波、罗瑞卿、肖劲光、刘亚楼、赵尔陆、张爱萍、宋任穷、王鹤寿、彭涛、柴树藩、方强为委员，方强兼秘书长。

中国国防工业，是实现中国军队现代化的基础。从第一个五年计划起，国防工业即开始建设，并占了156个重点建设项目的27%。

贺龙深知国防工业的重要，任命的第二天，即召开了国防工业委员会全体委员开会，宣布国防工业委员会正式成立，并立即开始工作。宣布国防工业委员会是在党中央、国务院、中央军委领导下，负责研究、规划国防工业的委员会，是协商办事的组织，不是一级行政机构，不代替国家各级行政机关行使职权。

虽然是协调机构，但贺龙仍决心全身心地投入国防工业的建设。他在会上郑重地申明："党要我管，我就要管。我管国防工业，不能只挂牌子，不做实际工作，我要扎扎实实地把工作抓起来。"

但是，摆在贺龙面前的国防工业，实在是困难重重。

1960年，正是我们遭遇自然灾害之际，全国工业，由于原料缺乏，许多项目被迫下马。国防工业建设也灾难深重。对国防工业的现状，贺龙虽然没了解，但他估计问题不少。

1月13日，贺龙主持召开了国防工业系统各企业、事业单位负责干部会议。会上，贺龙听取了各企业事业单位负责人的汇报。贺龙号召国防工业要为国防现代化服务。由于国防工业的成就和贡献不能公开，不能见报，他要求在这条战线上工作的同志，都要甘当"无名英雄"。会议结束时，贺龙以国防工业委员会名义宴请到会的厂长和党委书记。

贺龙感到国防工业问题可能很严重。他决定用一年的时间对国防工业现状作一次调查，以了解真情。

1月22日，中国共产党中央委员会在广州举行扩大会议，贺龙参加了会议，并于26日作了题为《关于国防工业的几个问题》的发言。贺龙指出：建立一个现代化的国防工业是我国国防现代化建设事业的重要组成部分，要随着我国建立独立完整的经济体系的同时，建立独立完整的国防工业。现在，要迅速发展现代化的新式武器，在国家经济许可的原则下尽可能快地发展国防工业。必须大搞尖端，两弹为主，导弹第一，积极发展喷气技术和无线电电子技术。

2月27日会议结束前，贺龙又向会议提出了书面发言。书面发言中讲了国防工业建设中的四个服从，即国防工业建设要服从国家经济建设，国防工业是国防建设的一部分，又是国家经济建设的一部分；国防工业建设要服从国家战略方针，武器装备的研究和发展，要适应战略方针的需要；国防工业要服从建军方针，要以优良的武器装备与现代化革命队伍相结合；国防工业建设要服从现代化战争和全民战争的需要，要有最新式的武器和常规武器，满足现代战争的需要。

会议期间，贺龙听取了中国人民解放军总后勤部部长邱会作关于军服问题的汇报，并就更好地贯彻勤俭建军原则和发扬人民解放军艰苦奋斗的优良传统问题，作了重要指示。会议期间，贺龙还与聂荣臻、罗瑞卿相商，会后一起视察国防工业。

2月27日，军委扩大会议结束。3月1日，贺龙同聂荣臻、罗瑞卿、刘亚楼一起到了南宁，继而到贵阳。在贵阳，贺龙等参观了金华农场、花溪公社、电解厂、机修厂。当贺龙看到我国自己能够炼铝时，非常高兴，缘铝乃制造飞机的重要原料。

接着，贺龙一行到了重庆，参观了重庆钢铁厂、机床厂、公社养猪厂，并听取了几个工厂的党委书记的汇报。在重庆钢铁厂，贺龙听到特殊钢的生产情况正常，很是高兴。3月10日，贺龙等到了南充，在这里，听取了川中石油矿业局党委书记的汇报。继而到乐至视察。3月13日，贺龙等到了成都，在接见益川烟厂负责人和技术员时，贺龙要求他们提高雪茄质量，争取国际市场。3月17日，贺龙一行到了四川峨嵋机械厂。这是一座制造飞机的工厂，对外挂峨嵋机械厂的牌子。

峨嵋机械厂是"一天等于20年"的"大跃进"时代的产物。当时建厂的口号是"边设计、边施工、边生产"、"一年建成，当年出飞机"、"大干100天，建厂房40万平米"。这明明是自欺欺人，可在举国大放"卫星"之际，谁敢说个不字？这个厂就这样诞生了，而且作为先进经验推广。

贺龙一行路过工厂工地，看到工地杂乱无章，就有了气，进了办公室后，厂党委书记杜向荣把一摞文件摆开，要向贺龙等汇报。贺龙说："你别忙着汇报，先带我们到工厂工地看看。"

杜向荣说："也好，老总看完后我们再汇报。"

贺龙抬头向办公室房顶望去。办公室刚盖好，还没挂灰。时贺龙因患腿疾，行动时拄着拐杖。他举起拐杖，朝一裂缝捅去。岂料轻轻一捅，1块砖掉了，墙上漏出个洞。

贺龙皱起眉头，问："这是怎么回事？"

在场的总工程师晋川赶紧解释说："建房时，我们的口号是多快好省，一分钱掰成两半花，这么着，叠墙时就用的空心砖。估计灰挂得也不多。"

贺龙很生气地说："一分钱就是一分钱，怎么掰成两半花？什么多快好省，我看这是少慢差费。用什么空心砖，四川这天府之国难道穷得连砖都没有了吗？"贺龙转身问刘亚楼："你是空军司令，你也到国外考察过。你说说，这样的房子能制造出飞机吗？"

刘亚楼摇着头说："甭说飞机，做鸡窝都不牢靠。"

贺龙又转身问杜向荣："你要给我汇报什么呢？"

杜向荣见贺龙生了气，很紧张，好一会儿才说："上边要求我们一年建成，两年出飞机……"

贺龙打断他的话："现在两年多了，我来看看你生产的飞机。"

聂荣臻见屋内气氛紧张，一旁插话说："咱们到工地、到车间看看吧。"

贺龙等到了工地，贺龙指着乱糟糟的现场对刘亚楼说："军工厂就是这个样子吗？"

刘亚楼没说话。

一行人又到了飞机总装配车间。贺龙抬眼一看，1 万多平方米的厂房，那么大的跨度，立柱和横梁细得可怜，四壁的墙也很薄，而上边还安装着一台大吊车，望去真有点岌岌可危之感。

贺龙举起拐杖，敲了敲柱子，问晋川："这样房顶会不会塌下来呀？"

聂荣臻笑笑说："可别把我们几个埋在里面呀。战场上没让敌人打死，要被自己的厂房砸死了，那可成大笑话了。"

贺龙一指罗瑞卿说："房顶塌下来，有罗长子撑着呢。"

周围人发出一阵苦涩的笑声。

这时，晋川解释说："设计人员说有安全系数。"

贺龙说："安全系数的根据是什么？"

晋川嘟囔着说："这我也说不准。当初建的时候，为了抢时间，赶进度，边设计边施工，设计人员说……"

杜向荣赶紧解围说："老总，他是管生产的工程师，对建筑不太明白。"

晋川也赶紧说："我是管生产的，不管基建。"

贺龙脸沉着但语气中带有谅解，他说："你是管生产的。那好，我问你，这样的厂房能生产飞机吗？"

"这……"晋川摘下眼镜，他想说什么，可没说出。他也知道这厂房不行，可他不敢说，说了，可能那顶"右倾"、"右派"的帽子就戴到头上，而且，在中央领导面前，他更不敢说一句"出格"的话。

还是杜向荣说了话。他说："贺老总，这房确实不能生产飞机，我们觉得所有的厂房设计标准过低，屋架跨度太大，横梁小，立柱断面细，承受重量过大。这样的厂房是无法制造飞机的。我们也反映过，只是……"他停顿了一下才吞吞吐吐地说："上级没有采纳。"

贺龙问："向哪个上级反映过？"

杜向荣说："机械工业部、航空工业管理局和基本建设设计院，我们都反映过。"

贺龙手杖点地说："为什么不向中央反映。"

杜向荣没再开口，在场的人也鸦雀无声。在那个政治气氛咄咄逼人的时代，他敢向中央反映吗？他没有那个胆量。

贺龙转着看，他的脸阴沉着，他越看火越大。他扬着手杖说："不讲质量好，只图快省，这是浪费，是对人民的犯罪。这不是建工厂，这是垒猪圈。垒猪圈也得图个结实!"贺龙又问杜向荣:"你们的新飞机呢?"杜向荣没有回答。贺龙表情严肃地说:"你们搞个材料，实事求是地写，报给我，我拿去通天!"

之后，贺龙同厂各级领导及有关人员研究了修建厂房的规划，对那些已经建起来不能用的厂房，制定了加固措施，实在不能用的推倒重建。

几天后，贺龙一行又来到新都机械厂参观。这个厂内称"成都航空发动机厂"。1958年10月18日开工时的口号是"10年大庆献礼工程"。建厂的口号与峨嵋机械厂建厂口号大同小异。什么"一个钱顶两个用"，"一百天建成工厂"，"全面铺开、快速施工、就地取材、因陋就简、大放卫星"，"边施工、边试制、边生产"。

贺龙等到工厂时，已经17个月过去了，但主厂房仅仅建成外壳，内部设备还没安装，辅助系统也只有模具、木工两个车间投产。

这个厂党委书记对如此建厂早就有看法。他向上级反映过，但受到了上级的批评，说他不敢想敢干，思想保守。贺龙等一到厂后，厂党委书记陪着贺、聂两帅边参观，边介绍情况，自然，倾吐着他的不满。他说:"所有的厂房设计都不合理，仓促上马，屋梁垮度太大，横梁小，立柱断面细，承受重量过大。而且……"那个党委书记见贺龙听得认真，便大胆说了下去:"这个厂房全部采用木屋面、木望板、木檩条、木框天窗和木制侧窗，就连铸、锻和热处理高温车间也是木结构的。这很不保险，随时都有失火的危险。"党委书记一指车间地面，说:"车间地坪过薄，而且把原设计的水泥地面改为沥青的，机器一动，地面就震动、下陷，不可能保证加工精度。没办法，我们只好采取'六边'。"

聂荣臻问:"什么叫'六边'?"

答:"就是边施工、边返工、边开工、边停工、边建设、边加固。"

贺龙皱着眉头，没再开口。一行人来到了3号车间。在3号车间，贺龙看见一扇大型折页玻璃窗开着，便举起手杖，想把这扇窗户关上，哪知刚一动，那块近1平方米的玻璃就掉了下来。亏得贺龙后退了一步，才没砸在头上。贺龙火了，他用手杖点着地说:"这样的厂房能生产飞机吗?这是糊弄谁?工人在这样厂房里施工，能有什么保障?"

没人吭气了。

回到了会议室，贺龙仍怒气不息。他用手杖"砰砰"地戳着地大声说："有人说你们多快好省？好在哪里？老百姓都饿死了，勒着裤腰带省下的几个钱，让你们建厂房，造飞机。你们就造这样的厂房。这能生产出发动机吗？这是犯罪！"他高声喊着："贪污和浪费是极大的犯罪！"

室内的空气十分紧张。贺龙又大喊了一句："乱弹琴！"

贺龙这话是说谁？也许是指责"大跃进"？那时，刚刚打倒了彭德怀，贺龙对"三面红旗"有看法，也不好明言，他要和党中央保持一致，但他又不是那种视而不见的人。贺龙坐了下来，用双手柱着拐杖对厂党委书记说："盖成这样的房子你向上反映过吗？"

"反映过，可不解决问题，还批我们思想右倾，说我们距右派只差几十里路了。"

贺龙点点头，又问："为什么不向中央反映？"

党委书记呐呐地说："贺总，我想，水再大也漫不过船呀。"又说："主管部门只同意我们维修，不准重建，说推翻重建是否定'大跃进'。"

贺龙又站起身，下命令似地说："你们写个报告，把什么时间向谁汇报过，都给我写清楚。我意推倒重建。我回北京后，即派专家来，由他们做技术上的检查，推不推倒重建，由他们定。"

3月25日，贺龙回到北京。

贺龙这一个月来对国防工业生产的检查，使他思想受到极大的震动。他深感国防工业建设形势严峻，这里，不仅有经济方面造成的困难，更大的灾难是"三面红旗"带来的。"多快好省"已经演变成了"少慢差费"。

"要如实向中央反映情况。"贺龙这样想。可是，在刚刚批臭批倒彭德怀、举国上下都齐呼"一片莺歌燕舞"之际，他把国防工业说成一团糟，这不等于否定"大跃进"吗？彭德怀就是因为说了真话，被打到挂甲屯"挂甲"。他上书国防工业的阴暗面，能言不有失吗？但是贺龙毕竟是贺龙，他看到了这些问题，能窝在肚里吗？他要迎风而上，向中央反映真实的情况。

贺龙到京第二天，即到中南海向周恩来如实地、详尽地汇报了他在视察中所见到的各种问题及其想法，二人一直谈到深夜。周恩来对贺龙的汇报非常重视，指示他把情况向李富春报告。贺龙回到办公室，即给李富春写了一封信，附上两家飞机制造厂的材料，作为急件送到李富春处。李富春看后，即与贺龙通了电话。二人进行了交谈，交换了意见。当下，李富春派了由国家计划委员会和第一机械工业部组成的两个检查组，赴两个工厂检查。两个检查组工作了两个多月，写出了《关于成都两厂质量问题的检查报告》，李富春阅后送给了贺龙，贺龙迅速将这个报告呈送给了中共中央，中央的批复是："成都两厂工程质量问题的性质是严重的，必须从中吸取教训。"机械工业部应"进行一次全面的工程质量检查，凡质量不好的，影响安全和生产的工程，从速采取措施，予以解决"。

贺龙随即又请罗瑞卿亲自去成都，对两厂返修重建工作检查落实。罗瑞卿到成都后，即同成都军区、成都市委一起，研究了重建工作。部队给予了大力支持。成都市派了高质量的施工队伍，严格按施工程序施工，严格按制造飞机的厂房建筑。这样，两个厂子的基建和生产才走上了正轨。

第一期工程终于在1964年11月保质保量的竣工。在整个返修的几年里，罗瑞卿每年都要去成都督促检查。

## 岂能"铸剑成犁"

国防工业系统中的质量问题，不仅存在于基本建设，而且产品质量也存在严重问题。就在这时，第一机械工业部部长赵尔陆在沈阳检查军工厂产品质量时，发现航空产品质量严重下降，致使大批产品积压，很是恼怒。赵尔陆对"大跃进"引发的产品质量下降等问题很有意见。他在1959年庐山会议召开之际，就带了两箱大炼钢铁的废铁上了庐山，打算在会上提出自己对"大跃进"、大炼钢铁的看法。适逢彭德怀对"三面红旗"提出了严厉的批评，赵尔陆鼓掌称赞。岂料会议内容急转直下，彭受了重批，赵尔陆也受到了冲击。虽然如此，他发现了质量问题后，还是于1960年4月底给中央军委写信，请求指示。并向贺龙作了报告。5月10日，中央军委第十六次常务委员会议听取了赵尔陆的汇报。贺龙针对航空产品质量严重下降，以致大批飞机无法出厂的问题，提出了严厉的批评，他指出："目前国防工业生产中存在的质量不好问题是严重的，需要立即采取有力措施解决。"会议作出了决定："在一切国防工业中，应当明确提出质量第一，在确保质量的基础上提出提高数量的口号；坚决反对单纯追求数量，只计算产值，不顾质量的错误观点。"

贺龙把质量问题比喻成"铸剑成犁"。第二天，贺龙在国防工业基本建设电话会议上讲了话，他在讲话中提出了5点要求：一是各厂党委进一步加强对基本建设的领导，把基本建设做为主要战场狠狠地抓；二是大搞综合利用、多种经营，积极自制建筑材料和设备，补充国家分配的缺口，促进建设事业高度发展；三是广泛深入地开展基本建设战线上的技术革新和技术革命运动；四是在工作布置上，要切实"集中优势兵力"，抓住重点工程打"歼灭战"；五要注意既要高速度又要保证质量。贺龙说："1960 年国防工业的基本建设任务是巨大的，今年是国防工业建设极为重要的一年，是抢时间迎头赶上去的一年。三年看头年，今年打胜仗，实现'三、五、八'的目标，就有了一大半的把握。任务是光荣的，但也是艰巨的。必须鼓起最大的干劲，树雄心壮大志，充分发动群众，以争分夺秒、坚韧不拔的精神，为夺取今年基本建设的全胜而奋斗。"贺龙提出1960 年全胜的主要标志是：计划建成的项目或车间，要按时或提前建成投入生产；计划新开工建设的项目要按时或提前开工；要完成和超额完成国家的投资指标和工程进度指标；要保证工程质量的优良。他说："总之，今年一年要建成一批项目，并新开工建设一批项目，为试制和生产新产品提供更多更好的条件，并为明年更大规模的建设，打下一个良好的基础。"谈到前 4 个月的情况，贺龙说："今年头 4 个月，同志们已经取得了完成全年计划20%的成绩，许多新项目做了不少准备工作。但是，这个水平尚低于全国的基本建设，到 4 月底已完成25%的水平。应当认识到，当前这个速度还是不够的，这和国家对你们的要求还有不小的距离。所以，必须抓紧时间，开足马力赶上去。要抓紧当前的有利时机，深入发动群众，大搞5、6 月份，力争上半年尽可能地多完成任务，上半年任务完成得好，就可以争取主动，夺取今年建设的全胜就有把握了。"贺龙指出："新建厂、续建厂必须以基本建设为中心，要全力地抓；扩建厂也要把基本建设摆在重要位置。党委书记、厂长要挂帅抓基建。对基本建设加强领导，把基建放在重要位置去抓。"贺龙认为"这是一个是否坚决贯彻军委方针的问题"。贺龙指出："加强领导最主要的问题，是要政治挂帅，千方百计地、最大限度地调动群众的积极性和我们的主观能动性，利用一切有利条件加快建设速度。老厂一定要在人力物力上支援基建，一定要为基本建设开绿灯，一定要把支援新厂作为头等重要的任务去完成。"谈到综合利用、多种经营时，贺龙说："充分发挥我们的主观能动性，大搞多种经营，这是一个高举总路线红旗，高速度发展我们事业的问题，是更好地贯彻总路线的问题。在国民经济高速度发展的过程中，各部门对建设物资的需要，总是大于供应的，这是必然现象。如果物资不足，只单纯依靠国家调拨，必然会限制我们前进的步伐。一个革命者的态度，应当是充分发挥主观能动性，贯彻土洋并举的方针，大搞多种经营、综合利用，积极地自制材料和设备，为自己的大踏步前进创造条件，这才是一种敢于胜利的态度。这样做，绝不仅仅是克服暂时困难的权宜之计，而是为了今后更大规模更高速度的建设。希望所有单位根据自己的情况，积极行动起来，迅速取得成果。这对我们的高速度的建设，是一件具有重要意义的事情，各单位都必须抓好。"谈到技术革新和技术革命时，贺龙说："基本建设战线上的技术革命，内容也是极为广泛而丰富的。它对加速建设已经产生了巨大的力量。当前建设中遇到的一些困难，如劳动力不足，运输力量不够，品种不全等等，都应当首先通过深入开展这个运动，去加以解决。各厂党委必须抓好基本建设战线上的技术革命运动，否则，就会使基本建设工作没有生气，就容易滋长见物不见人的保守倾向。生产和基建两方面的技术革命都必须予以重视，都要抓，都要抓好，并把两者紧密结合起来。只有两者紧密结合起来，开展得好，才能高速度地建设我们的国防工业。"谈到质量问题时，贺龙说："和生产一样，基本建设也要'优质高产'。高速度和高质量是对立的统一，忽视了质量，反过来就会影响速度。许多事例已深刻证明了这一点。因此提醒同志们，时时刻刻注意要把两者的关系掌握好、处理好。"

　　电话会议后，贺龙于 5 月 13 日主持召开了国防工业委员会会议，研究国防工业基本建设等问题。5 月 24 日，贺龙把国防工业委员会会议中所议的问题，写了两个报告，一份是《关于沈阳飞机厂和沈阳发动机厂产品质量问题的报告》，一份是《关于国防工业生产和建设中几个问题的报告》。在沈阳飞机厂和沈阳发动机厂产品质量的报告中，他详细叙述了两厂质量不好的情况和造成的损失，指出质量不好的主要原因，提出了解决质量问题的 4 项具体措施。在第一份报告中贺龙写道："中央：沈阳飞机厂和沈阳发动机厂由于产品质量不好，一年来未交付过 1 架合格的飞机和 1 台合格的发动机。军委在看了赵尔陆同志检查两个厂的情况报告后，感到问题严重，在 5 月 10 日专门召开了常委会，进一步听取尔陆同志的汇报，并进行了讨论。从目前情况看来，国防工业生产中存在的质量问题，是一个极严重的问题。产品因质量不好不能出厂，不仅影响到当前军事技术装备的供应，而且直接影响到国防工业突破尖端技术的进程，必须立即采取有力措施加以解放。现在将两个厂质量问题的情况和我们对解决质量问题的意见向中央报告如下："一、质量不好的情况和造成的损失。沈阳飞机厂和沈阳发动机厂，从 1958 年 7 月开始试制米格 19 超音速喷气式飞机和发动机，1959 年 2 月和 4 月相继完成了试制任务。但是，一年多来，已交付空军的两架装置苏联发动机的飞机，因为质量不好，只能供空军学校使用；其他已生产的××台（档案原件为保密，只用×代替数字，下同）发动机和×××架飞机都因为故障百出需要返修。因此，至今还没有正式交付过×架合格的飞机和×台合格的发动机。这些需要返修的飞机，一年多来已发生涡轮叶片折断等事故 20 起；沈阳飞机厂的飞机因为零件、部件不协调，飞机起飞后出现了侧滑和机头下沉等现象。这些质量事故造成了如下严重的后果。第一，由于产品不合格，报废了大量的零件、部件，长期不能正常生产，使国家人力、物力、财力受到重大损失。尤其严重的是，两厂大量报废了国内还不能生产、依靠国外进口的贵重金属材料。……第二，由于飞机不能按时出厂，影响了对空军装备的供应，影响了部队训练和当前对敌斗争。第三，由于米格 19 飞机的制造过不了关，就影响到这两个工厂负担导弹和更新型号飞机的试制任务，耽误了掌握尖端技术的时间。"报告又写道："值得注意的是，像沈阳飞机厂和沈阳发动机厂这样的质量事故，并不是个别的情况。根据一机部的检查和各军种、兵种的反映，其他一些军用品，在质量上也存在着程度不同的问题。例如，安二飞机因为汽化器质量不好，去年 12 月曾摔毁了两架飞机，并使×××架飞机不能出厂。又如，飞机用的高度表生产了×××多部，因质量不合格，有 80% 需要返修。二、质量不好的主要原因。根据检查的情况看来，沈阳飞机厂和发动机厂产品质量不好，最根本的不是客观上的原因，而是主观上的原因，主要是领导干部的思想问题。一是这两个厂的领导，长期以来对保证军用产品的重大意义认识不足，对产品质量和数量的关系缺乏正确的理解。因而采取了一系列错误的做法。军用产品是直接使用于战场上的，哪怕是最微小的毛病都会影响战斗，造成严重的后果；对军用产品来说，只有质量好，数量多才有意义。可是这两个厂的领导，却完全忘记了这一点。他们所关心的主要是产值计划有没有完成，很少关心质量，没有着重去抓质量。有些党委的成员竟然错误地认为，强调质量和多快好省的方针不一致。在这种错误思想的指导下，在没有具备成批生产的必要条件以前，为了完成产值计划，他们就过早地转入成批生产，造成大量投料、大量报废的严重情况，甚至当出厂的产品全数被退回，质量问题已经十分尖锐地摆在面前的时候，工厂的领导仍然熟视无睹，还在一味追求产值。让车间大量投料，有些车间4月份产值竟比3月份还大。他们又将质量检查的机构和制度，一再削弱，两个厂检验机构的人员减去了54%。沈阳飞机厂的材料进厂验收制度、沈阳发动机厂的工具验收和工序检验制度，都被取消了。领导上的思想和做法，也影响了部分车间和职工。例如有的车间竟认为，质量上有些'小问题'算不了什么。工艺员看到违反工艺规程的现象不去制止，检验员看到废品不加追查。这是两个厂产品质量不好的主要原因；二是骄傲自满，对党的事业和国防事业缺乏高度责任心。两个厂在投入生产初期，遵循毛主席对航空工业职工提出的'在苏联专家指导下，进一步掌握技术和提高质量，保证完成正式生产任务'的指示，在试制米格17飞机中，兢兢业业，严肃认真，因此产品质量比较稳定，成批生产也比较顺利。但是在试制和生产米格17飞机成功后，就开始滋长了骄傲自满情绪，在新产品试制任务面前，不是更加兢兢业业、认真负责，而是满不在乎，马虎大意。突出的表现是在试制和生产过程中，没有认真消化苏联的技术资料，以致漏掉了许多必不可少的工序和工艺规程。仅沈阳发动机厂，在工艺文件中检查出不合技术要求的毛病就有1万5千项之多。这完全是把科学当作儿戏的极不严肃、极不负责的做法。这也是产品质量不好的重要原因。三是在一机部和航空专业局的领导方面，对质量问题也抓得不够紧。据了解，对质量与产值关系缺乏正确的认识，在国防工业企业中是较普遍的现象，但部、局没有认真进行调查研究，提出明确的方针和有力的措施，从根本上解决军用品的质量问题。因此，产品质量不好，部、局的领导也有一定责任。三、解决质量问题的措施。为了迅速地从根本上解决质量问题，根据军事产品的特殊要求，在一切国防工业企业生产中应该明确提出质量第一，在确保质量的基础上求数量的方针，坚决反对单纯追求数量，只计算产值，不顾质量的错误观点。为了贯彻这一方针，提出如下4项具体措施：（一）加强领导。各厂的党委，应把保证军用产品的质量当作一项严肃的重大政治任务。党委书记、厂长要亲自抓质量，坚决贯彻质量第一的方针，把这个方针作为生产的方针，对出厂的产品质量负完全责任。目前，应在国防工业企业中广泛地进行教育，使广大职工明确认识提高产品质量的重大意义，大力发动群众，对产品质量进行一次深入的检查，彻底批判一切忽视产品质量的错误的思想，在统一思想、统一认识的基础上，订出严格保证产品质量的措施,同时把目前已热烈开展起来的技术革新和技术革命运动的矛头引向突破质量关键。(二)加强企业管理,迅速恢复和健全必要的规章制度。最近,这两个厂正从群众性的工艺文件复查和校对开始,恢复和整顿责任制、工艺规程、工艺纪律以及各种检验制度,并进一步加强军代表制度,这样做是很必要的。应该明确规定,凡是试制中没有经过鉴定合格的产品,不准正式投入生产。如有违反,厂长、党委书记要负完全责任。在试制和生产新型产品中,要认真学习和消化已有的技术资料,把敢想敢干和科学分析结合起来。(三)积极解决新材料问题。材料的质量、品种对保证产品质量和突破尖端有重大的关系。沈阳飞机厂和发动机厂在生产中就遇到了这个问题。今后必须明确规定,材料不合格,宁可不生产。国防工业企业在某些材料暂时达不到技术要求的时候,首先应该积极同有关部门一起设法解决,决不能用不合格的材料来生产不合格的产品,防止造成损失。(四)加强国防工业重要工厂的干部选拔,首先是加强导弹工厂、航空工厂、造船工厂、无线电等重要工厂的干部力量。建议从全国范围内物色最优秀的、最能认真负责的干部到这些工厂中去担任厂长、党委书记。对于不称职或疏忽职守的干部应当坚决撤换。"

在《关于国防工业生产和建设中几个问题的报告》中,贺龙写道:"在军委常委5月10日专门讨论了国防工业生产中的质量问题后,国防工业委员会根据军委的指示,在5月13日召开了一次会议。经过讨论,认为当前一机部国防工业生产和建设中存在一些重大问题,必须立即解决。一机部负担的国防工业生产和建设的任务很重。目前,导弹和导弹发射运载工具的试制和生产任务基本上由该部负担。正在试制的×种导弹,除地对地×种是由一机部与五院共同试制外,其他×种全部由一机部负担。在原子弹制造方面,一机部承制弹壳、炸药雷管、无线电元件、气压计、铸造等任务。今年该部国防工业已列入国家年度计划的建设投资为××亿元(国家拟再增加××亿元,计委正在审定中),为1959年实际完成数的1.5倍以上。其中,80%左右的投资用于尖端项目的建设。根据一机部的汇报,今年1至4月份该部国防工业生产和建设计划完成的情况都不够。米格19飞机因为质量未过关,没有出厂;地对地和空对空两种导弹,原定一季度试制成功,二季度转入成批生产,但试制计划都没有完成;基本建设仅完成全年计划20%,低于国家基本建设完成的水平。经过我们的研究,认为完成情况不够好,除了主观上还抓得不够紧外,主要是存在着3

个问题：第一，新材料和优质材料供应不上；第二，基本建设中材料、设备、劳动力不足；第三，干部缺和弱。总的说来是材料和人的问题。这些问题必须迅速解决，才能够保证国防工业的发展。会议对这些问题进行了讨论，并成立了新材料、基本建设、干部等3个小组，吸收各有关方面参加，对上述问题作了专门的研究，提出了解决的意见。由于这些问题牵涉面比较广，因此特将情况及解决意见向中央报告。"《报告》的第一个问题写了"新材料和优质材料问题"，写道："一机部今年生产、试制用的材料比去年少（如钢材去年国家分配××万吨，今年××万吨），但是由于要试制和生产导弹、新式飞机、航艇、无线电及其他新型产品，对材料的质量要求更高、品种要求更多。目前新材料和生产用的优质材料的供应，有关部门正在积极安排解决，但还存在着问题。"《报告》写道："在新材料方面。今年军用生产和试制所需的新材料共×××种。已安排的，有××××种，未安排的有×××种。已安排的××××种新材料中，有×××种还未最后落实。在未安排以及已安排但未最后落实的新材料中，有×××种是试制几种导弹和新式飞机所必不可少的，需要千方百计在短期内迅速解决。其中，属于金属材料的有各种薄壁冷拉不锈合金钢管、冷轧不锈钢板、耐热合金钢板、钛箔、钽箔、镁板、各种波导管、超因瓦钢等×××种，需要由冶金部安排解决。属于化工、塑料方面的有氟化润滑油、高分子聚异西烯、聚四氟乙烯、涤伦、聚碳酸脂等薄膜、密封橡胶以及各种塑料××种，需要由化工部安排解决。其他非金属材料方面有各种防弹玻璃、石英纤维布、特薄电容器纸、特细铜网等××种，需要由建工部、轻工业部和石油工业部安排解决。"《报告》写道："生产材料方面，主要是优质材料供应数量不足，规格不全。从订货分配情况看，目前供应数量不足的有49种，需分别由冶金部和建工部解决。上述急需的新材料和优质材料，有关的部必须指定专门的工厂和车间，迅速试制和生产。据了解，有些工厂不愿意搞新型材料，怕搞不出来，影响产值计划的完成，这是错误的。抚顺钢厂为了制造新材料，报废了15炉钢。我们的意见，这个损失由国家包下来。今后还要继续搞，不要怕失败，要坚决搞出来。"《报告》写道："新材料和优质材料的供应，是制造国防尖端产品的关键之一。根据一机部、二机部、五院1959年年底提出的数量，共需新材料×××余种。为了保证国防工业的发展，必须下决心千方百计满足这个需要，力求在3年内做到新材料基本立足于国内。关于解决新材问题，聂荣臻同志去年12月8日已有专题报告。我们认为报告中所提的安排方案及意见是很好的，有关部门现在正抓紧实行。从当前情况来看，新材料问题，主要是要解决3个问题：（1）元素和原料问题；（2）生产材料的设备供应问题；（3）生产技术问题。为了解决上述问题，我们认为，要狠狠地抓住如下几项关键性的工作：第一，抓矿山建设、资源勘控和原料供应。对于镍、铬、钴和铂族金属资源，金钢石、水晶、云母等非金属资源，必须由地质部加强勘控，全力以赴，限期完成勘探任务。对于已发现的镍矿、金钢石矿和重要有包金属矿，必须加快矿山建设速度，例如镍，就应该力争1962年年产量达到××万吨（1959年只生产×百吨）。各单位试制新材料所需的原料，应由国家经委统筹分配。第二，抓设备。生产新材料所需的各种通用设备和专用设备，应该纳入国家计划优先安排。需要重新设计试制的专用设备，应该在材料上给予保证，经委在安排生产指标分配生产用料的时候，应给设备制造部门分配一定比例的试制新产品所需要的材料。目前，大型立式水压机、3万吨卧式水压机、3.5米宽板轧机、600毫米无缝钢管轧机等都要立即安排制造。第三，抓技术关。对于技术还没有过关的新材料，必须大力组织协作，进行研究试制，力争在1960年全部突破工业技术关（个别可迟到1961年上半年）。这项工作，请国家科委和国防科委大力去抓。第四，抓新材料生产基地的建设。经中央批准的×××个基本建设项目，和一机部的××个新材料生产点，对于今后解决新材料的生产问题，有重大的意义。目前建设进度不快，主要是设备和材料的供应问题，各有关方面应给予大力支援。除了这批项目外，为了满足对新材料日益增长的需要，建议以国有计委为主，协同国家科委，组织有关材料工业部门，根据国防工业的发展，再逐步建设一批相适应的原料、材料生产基地。同时，根据中央多种经营、综合利用的方针，凡是有条件的企业，都应积极搞新材料制造。为了鼓励多搞新材料的积极性，在生产核算上，可规定适当的比例（例如，生产1吨特种用途钢，可等于15吨一般钢，等等），作为考核企业生产成绩的一个标准。第五，新材料的试制和生产，涉及到建设项目的安排、物资分配等问题。这项工作，建议由国家计委总抓；经常性的协调、检查工作由科委新材料小组去抓，并需调集一些干部，加强该小组的工作。"《报告》的第二点讲了"基本建设问题"，第三点讲了"干部问题"，其中写道："一机部国防工业目前正处在突破尖端和加快建设的重要发展阶段，对干部的需要量很大，要求也较高。……因此，干部问题是一个十分突出的问题，需大力解决。现在提出如下几个解决的意见：第一，鉴于重要的军事工厂，如导弹厂、飞机厂、造船厂、无线电厂等，不仅规模大，而且国防意义重大，需要配备政治上坚强的领导干部。建议在全国范围内选调一批最优秀的、最能认真负责的地委书记和厅局长以上干部，到这些工厂担任厂长、党委书记。第二，今年一机部需要补充各类技术干部，除了该部本身设法解决外，需要由国家统一解决××××名，经过中央组织部和国家计委等有关方面研究，拟在今年高等学校毕业生中，分配×××名。第三，今年回国的理工科留学研究生，按 1/4 的比例分配给一机部国防工业部门。第四，各地从国防工业抽调人员一事，已经中央电告各省市停止。中央组织部和中央工业工作部正在研究新的干部管理制度，报中央批准后执行。"

《关于沈阳飞机厂和沈阳发动机厂产品质量问题的报告》，中共中央于 7 月 1 日批复，称："中央同意贺龙同志提出的当前国防工业生产和建设中几个问题的报告。几年来，国防工业的生产和建设取得了很大成绩。但是，鉴于今后这方面的任务十分艰巨，必须兢兢业业埋头苦干，经常注意工作中存在的问题，及时地克服缺点，改进工作。特别是对于军火和新武器的生产，必须首先强调质量，保证完全适用，必须避免再发生像沈阳飞机工厂这样的质量事故。"

为了把国防工业产品质量抓上去，贺龙再次南下。5 月 31 日，他到了湖南株洲湘江机械厂视察试制成功的国防新产品。在这里，贺龙再次强调：一定要确保产品质量，在此基础上加快生产和试制进度。指出：质量不好是党性不纯的表现。贺龙还了解了工人们的生活情况，指示厂领导要搞好副业生产，千方百计使工人们吃饱。

接着，贺龙又到湘潭视察，听取了湘潭电机厂、江南机器厂、源江机器厂的汇报。

6 月 14 日，贺龙给中共中央军委写了《关于检查湘江机器厂生产情况的报告》，提出对军工厂发展方向的设想。贺龙认为：湘江机器厂今后不应再扩建，而应充分挖掘潜力，广泛地开展技术革新，充分利用已有的条件，做到在基本上不扩大规模的情况下，建设成为以尖端产品为主的工厂。

## "要卧薪尝胆、发奋图强"

就在贺龙大抓国防工业产品质量之际，中苏关系恶化。1960 年 7 月

16 日，赫鲁晓夫执政的苏联政府突然照会中国政府，单方面决定撤走全部在华专家，撕毁专家合同和合同补充书，废除科学技术合作项目，其中国防工业占 1/4 强。苏联专家撤走时，带走了大批图纸、计划和资料，停止供应中国急需的重要设备和原材科，大量减少成套设备和各种设备中的关键部件的供应。这给正在困难中的新中国，无异于雪上加霜，也给刚刚起步的国防工业建设以沉重的打击。苏联的目的很明显，是想以此压中共屈服。

中共中央面对严峻的形势，号召全党和全国人民，自力更生，艰苦奋斗，渡过难关。8 月 5 日至 8 日，国防工业委员会在北戴河召开会议。贺龙、聂荣臻、刘伯承、罗荣桓、薄一波、罗瑞卿、谭政等参加了会议。参加会议的还有一机部、冶金部、化工部、建工部的主要负责同志和计委、经委、建委的有关人员。会议着重讨论了国防工业建设中实现自力更生、解决新材料以及缩短基本建设战线等重要方针与思想问题。在讨论中，充分揭露了工作中的矛盾，进行批评和自我批评。贺龙在会上郑重提出，我们要卧薪尝胆，发奋图强，打破一切依赖思想，依靠自己的力量，解决材料、设备问题。贺龙根据会议讨论和研究的问题，给中央写了报告。内称："最近，国防工业各企业 500 多名苏联专家正在全部撤走；几种导弹、新式飞机、舰艇所缺的关键技术资料和军用的特种新材料，估计苏联将不再供给。新的形势要求我们奋发图强，自力更生，打掉一切依赖思想，下最大决心突破尖端技术，用自己的力量建成现代化的独立完整的国防工业体系。根据初步摸底，目前在尖端武器和新武器的制造方面，下列产品还未过关：（一）原子弹；（二）×种导弹；（三）×种飞机；（四）×种导弹舰艇；（五）超远程警戒等×种雷达；（六）战术火箭；（七）×种观察器材；（八）×种鱼雷；（九）自动防空体系的设备。这几种新武器，在技术、材料、设备上还有许多重大关键问题未突破。在技术方面，主要是设计力量不足，若干仿制的关键技术资料苏联没有供给。同时，几种新工艺新技术还未掌握。在材料方面，为制造尖端武器所需的金属与非金属材料，有许多国内还未能冶炼和轧制。为了冶炼新材料所需的合金元素和非金属元素，国内资源还未探明，产量不能满足需要。在设备方面，高精度的机床、大型专用锻压设备和高精度的测试设备，国内还未制造过。此外，若干精密件，国内也还未生产过，或者只是开始试制。要突破上述关键，任务是很艰巨的，但这是关系到能否建成现代化国防的问题，是关系到 6 亿 5 千万人民能否挺起胸站起来的问题，是关系到全国人民以及全世界共产主义运动根本利益的问题。我们一定要完成突破关键、自力更生实现这项重大的政治任务。"

在报告中，贺龙提出了材料问题、基本建设问题、生产问题、工厂任务的排队问题和关于领导思想和领导作风问题。关于领导思想和领导作风问题，贺龙写道："在会议上，还揭露和批判了不少经济部门中不顾大局、不顾国家计划、营私舞弊、私相授受的严重违法乱纪的现象。有些单位一方面没有完成国家计划，另一方面又私自拿产品去换取物资。有些工厂通过私人关系，一下就取得几百吨钢材。此种歪风如任其发展下去，必然打乱国家经济计划，打乱全国一盘棋。会议严肃地批评了这种犯法行为，责成有关部门认真追查，严肃处理，并要求今后坚决制止类似现象的发生，维护国家经济生活的秩序，保证国家经济计划的完成。"

8 月 22 日，中共中央批复"同意贺龙这一报告"，并指示："在国防尖端工业方面和一切建设方面，都必须贯彻执行发奋图强、自力更生的方针。"

贺龙在中央批复报告之后，即开始抓落实工作。他决心使急需的材料、设备逐一落实。贺龙选择了一个偏静之处——北京养蜂夹道 1 号，作为国防工业委员会协作定点会议处。据资料记载，在此后的一年多时间里，贺龙于此邀请国务院副总理、国家计委、经委、建委、冶金、化工、机械、石油、轻工、纺织等"各路诸侯"，开了 30 多次集体办公会议，研究和落实急需材料和设备的研制与生产。

虽然贺龙出任国防工业委员会主任以来，下大力气抓国防工业产品质量，但是，产品质量依然问题很严重。9 月 13 日，中央书记处就此召开了电话会议。赵尔陆在会上列举了许多质量不好的例子。赵尔陆说："我们工厂生产的冲锋枪，只打了十几发子弹，击针尖就断了，还不如阎锡山兵工厂生产的好。有的工厂生产的潜艇用的蓄电池，有一半不能用，有的工厂竟把五七炮的零件装到五八炮上去。沈阳飞机厂由于质量问题，两年多来没有交出合格的米格飞机。"赵尔陆语气沉重地说："问题的严重还在于，像这类质量事故，并不是个别的，而是许多工厂都程度不同地存在着。"

贺龙听后说："产品质量不好，不仅影响了国家计划的完成，给国家在经济上造成重大的损失，并直接影响了我军的装备供应和对敌斗争的需要。"贺龙严厉地说:"更重要的是,由于产品质量不好,大量返工,也拖住了工厂的力量,丧失了极为宝贵的时间,误了掌握新技术的进程。如果我们在当前不迅速全面地、彻底地扭转产品质量不好的情况,就会影响我们实现自力更生、从常规向尖端发展的这一重大的政治任务。各级干部和全体职工,都必须明确认识质量问题的严重性和解决这个问题的迫切性。所以,要下最大决心,狠抓质量。产品质量不好,原因很多。但是,根据许多工厂的事实,最根本的原因是思想问题,特别是领导思想问题。过去一个时期,在我们的一些干部中,对确保军用产品质量的特殊重要性缺乏明确的认识。他们只重视产值,忽视质量。有的工厂为了完成产值计划,任意降低技术规格,减少工序,生产出大量不合格的产品。这种做法,严格说来,是一种把国防事业当作儿戏的犯罪行为,是绝对不能允许的。最近经过一再传达中央、军委关于军用产品质量第一的方针,开展了质量检查运动,许多干部头脑清醒过来了,检讨了过去忽视质量的思想,并且开始认真采取措施,提高产品质量,这是一种进步。但是,直到现在,也还有一些工厂的领导干部在认识上没有完全扭转过来,对质量第一的方针,虽然口头拥护,但实际上还有抵触情绪。例如,×××厂曾发生了数万具防毒面具质量不合格,需要全部返工的质量事故。按理说,这个厂的领导干部应该认真地从事故中吸取教训,听取批评,但是,这个厂的领导干部,对军代表积极监督产品质量,不但不支持,反而加以限制,看到军代表向上级写了一个反映质量问题的报告,竟大为不满,在党委会上严厉地批评了军代表,而且毫无组织纪律,不经请示上级党委的军事部门,自作主张宣布军代表向上级写的一切报告都要经过厂党委。这难道不是公然向上级封锁消息吗?像这样的例子还不是个别的。这些事实说明,要彻底贯彻质量第一的方针,还必须经过斗争,必须首先在领导思想上解决问题。"

接着,贺龙提出了产品质量的5点要求:一是以保证质量,提高质量为中心的整风运动一定要搞深搞透;二是部、局负责同志和厂长、党委书记要对产品质量负完全责任,深入第一线,及时发现问题,解决问题,采取一切措施保证质量;三是要明确认识,加强政治思想工作是保证质量的首要因素;四是继续破除迷信,解决思想;五是对每一个质量事故,都要认真严肃地处理,找出原因,总结经验教训。贺龙最后激动地说:"同志们,国防工业面临的任务是艰巨的、光荣的,时间对我们的要求是紧迫的。我们要自力更生，依靠我国工人阶级智慧的头脑和勤劳的双手，突破国防尖端技术，制造出质量精良的武器，装备人民解放军，壮大社会主义的力量。为了完成这个任务，要求我们迅速克服产品质量不好的缺点，要求我们卧薪尝胆，发奋图强，发扬革命志气，以更大的革命干劲去从事我们的事业!"

10 月 14 日至 20 日，中国共产党中央军事委员会在北京举行扩大会议。贺龙就军队的政治思想工作、1960 年国防工业执行军委方针的情况和存在的问题作了发言。在 10 月 14 日的发言中，贺龙认为，1951 年根据正确处理国防建设与国家经济建设关系的精神，提出裁减军队，腾出力量增强国家工业建设，同时提高军队质量的意见，是富国强兵的完全正确的政策。贺龙在阐述建设优良的现代化革命军队时，谈到应包含革命化和现代化两个方面。革命化是人民军队的本质，现代化是新的历史时期对人民军队提出的要求。贺龙还具体说明贯彻积极防御的方针，应在尽短时间内随着祖国独立完整的工业体系的建立，建成一个现代化的独立完整的国防工业体系，是国防工业建设的总的努力目标。为了迅速突破尖端，在国家经济许可的原则下高速度地发展国防工业，贺龙建议全军办国防工业，把国防工业部门的力量和军队的力量汇合起来，拧成一股绳。贺龙在会议上发言时还认为，中国国防工业的发展虽然不算慢，但是因为原来的底子很薄，过去不但尖端武器的制造一直是空白，就是常规武器也有很多缺门，各种材料的供应，也一直是薄弱环节;为了适应未来战争的需要，必须抢时间突破尖端，这是国防工业最急迫的任务。

军委扩大会议结束的第二天，贺龙、罗瑞卿即率军事友好代表团前往朝鲜进行友好访问。贺龙此次去朝鲜，是应朝鲜民主主义人民共和国内阁副首相兼民族保卫相金光侠大将邀请，参加朝鲜为中国人民志愿军抗美援朝作战 10 周年所举行的纪念活动的。贺龙、罗瑞卿和代表团成员在朝鲜参观访问 20 天，所到之处均受到热情接待。11 月 11 日，代表团乘专车由朝鲜清津经南阳回国。按照中共中央的决定，贺龙这次访问朝鲜期间，送给朝鲜劳动党总书记、国家主席金日成一架中国制造的飞机，作为此次访问的礼物。当时的中共中央依然被浮夸风包围着，相信着下面报上去的"连篇假话"。其实，一架飞机都没有。堂堂的大国说话不算数，这使贺龙很难受，很恼火。途中，他与罗瑞卿商定，先不回北京，到哈尔滨和沈阳两地飞机厂看看。

贺龙一行到延吉后，贺龙即要列车取道开往哈尔滨，视察的第一个工厂是哈尔滨飞机发动机制造厂。

由于事先打了电话，这个厂的领导着实忙乎了一回。好在原来布置了个展览室，便连夜换了前言，又安排了丰盛的午餐。

贺龙一行到工厂后，厂领导便把他们让到会客室。贺龙说："先到厂子里转转，回头再听你们的汇报。"

厂党委书记说："这样吧，请老总先看看展览室。"

大家随着厂党委书记来到展览室。在入口处的前言前，贺龙立住脚，认真地看起来。前言开头介绍这个厂的历史。厂党委书记见贺龙看得很认真，笑着说："贺老总，这个工厂是从 1948 年开始生产的……"

贺龙点点头说："1949 年我来过这里。"

厂党委书记又说："这个厂开始是修理，后来搞制造，也不过 10 年多。"

厂党委书记说这话时，刚好贺龙看到前言中有"胜利地完成了党和国家交给的任务"一句，随即问道："你们这几年交付了多少台合格的发动机？"

那位书记张着嘴回答不上来，头上的汗也一下冒出。这时，厂里的另一名负责人说："3 年来还没交付过 1 台合格的发动机。"

原来，这位说话的厂负责人早就对工厂的这种欺上瞒下的作风不满，但平时不敢说，今见贺龙问话咄咄逼人，才斗胆说出。贺龙听了，脸色立时沉了下来，严肃地问道："为什么？"

没人回答。气氛顿时变得十分紧张。贺龙问刚才说话的厂负责人："你说为什么？"

那人说："原因说复杂也复杂，说简单也简单。说白了，就是上边领导喜欢听假话，愿听吹牛话。谁说了真话谁倒霉。"

贺龙点点头说："展览我不看了。3 年没生产 1 台合格发动机，还展什么？还谈什么？3 年了，投入那么多材料，这材料是哪里来的？不是天上掉下来的，是拿人命换来的。这 3 年之中，我们的人民没粮食吃，人都饿死了。拿命换来的材料，让你们糟蹋，你们这是对党犯罪，对人民的犯罪。明明是 1 台合格发动机没造出，还要写上'胜利完成了党和国家交给的任务'，这不是睁眼说瞎话吗？"贺龙问那书记，"你当党委书记几年了？"

厂党委书记声音很小地说："6年了。"

贺龙说："你当了6年党委书记，厂里3年没生产出1台合格发动机，你竟然不知道，你这书记是咋当的？"

厂党委书记红着脸说："元帅批评的对，批评的好。这是我失职。"

贺龙望了一眼在场的人，意味深长地说："同志们，苏联撤走了专家，撕毁了合同，天灾、人祸都压在我们头上，我们每一个共产党人，都要感到肩上担子的份量。苏联为什么敢撕毁合同，帝国主义为什么要卡我们脖子？就是看我们落后，才敢欺侮我们。困难不可怕，可怕的是我们看不到困难，说假话，说瞎话，自欺欺人，官僚主义，报喜不报忧，这样下去，是自己毁自己。"说到这儿，贺龙说："厂里其他地方我不看了。你们老老实实写个报告，检查3年来为什么没有生产出1台合格发动机。报告写好后，交工人们讨论，工人们通过了，再报给我。"

下午，贺龙、罗瑞卿一行又到了哈尔滨飞机制造厂。到工厂后，贺龙等径直来到生产车间。车间里有一批飞机正在检修，贺龙问厂里的军代表："飞机生产情况怎么样？"

军代表已经听了贺龙发火的情况，不敢再说假话。便如实回答："3年了，没生产出1架合格飞机。"

贺龙对罗瑞卿说："哪儿也不看了。"又对军代表和厂领导说，"到会议室，你们谈谈，3年了，为什么生产不出1架合格的飞机。"

大家到了会议室，会议室的气氛也很紧张。贺龙问："周总理送给胡志明主席的那架直升机是不是你们制造的？"

军代表说："是。"

贺龙说的这架直升机，是不久前周恩来答应送给胡志明的，飞机运到南宁后，因质量问题没有送出去。贺龙又问："那架直升机质量上有什么问题？"

军代表不敢说假话了，只得照实说："那架飞机，因为是送给胡主席的，怕质量有问题，所以，所有零件都是苏联产品，我们组装的，可还是不过关。"

贺龙听了，大为光火。他用手杖戳着地说："周总理跟胡主席说，我们自己能制造直升机了，送1架给胡主席。你们却全部用了苏联零件，这不是把弄虚作假弄到国外了吗？"室内的气氛越发紧张。贺龙站起身，严肃地说："帝国主义和苏联这样欺侮我们，你们竟这么不争气。制造不出直升机来，还硬要夸口。这是谁教你们的作风？"贺龙一指墙上挂的毛泽东、刘少奇的像："你们这样做对得起毛主席，刘主席吗？对得起六亿五千万人民吗?!"

厂领导没人敢吭气，都低头奋脑。贺龙批评这些人，可他也明白，这些人固然有责任，可更深层的责任不在他们，在那"放卫星"年代，谁不说假话谁倒霉啊！贺龙语气缓和一下说："你们认真地坐下来，实是求事地找找质量问题。"贺龙像对自己又像对大家说："现在看来，整顿产品质量问题，靠修修补补是不行了，必须下决心同过去那一套错误做法一刀两断，要采取彻底的办法，重新来。"

贺龙说的"错误做法"虽然没点明，但大家都听出来，他指的是"大跃进"的浮夸风。

贺龙从飞机厂返回哈尔滨的途中，还视察了为飞机制造业提供铝板的铝加工厂和为军工提供精密轴承的轴承厂。

11 月 15 日至 17 日，贺龙在哈尔滨召开了该地区 7 个军工厂的党委书记、厂长座谈会。会上，贺龙再次强调了质量对于军工产品的重要性，指出如果产品质量不好，会误国误民。军用产品是用于打敌人的，质量不好，不仅会伤害战士的生命，还会影响战斗的胜利。敌人每时每刻都想整我们，刀子不快，就会被敌人杀害。

之后，贺龙、罗瑞卿等于 11 月 18 日到达沈阳，准备参观沈阳的飞机制造工厂。

沈阳飞机制造工厂的情况，贺龙是很挂心的，自赵尔陆汇报后，贺龙就一直想亲自前往看看。

不久前，这家飞机制造厂报告已制造出一架合格飞机，交付了空军使用，贺龙为此还很高兴，并在电话中表示要发电报祝贺。贺龙想："如果这个厂质量抓得好，有一套经验，就树个典型推广。"

11 月 20 日，贺龙一行来到这家制造歼击机的工厂。一进车间门口，贺龙见黑板上写着"质量第一"4 个字，墙上也贴着类似内容的标语。不过，看上去浆糊还没干。贺龙一瞅就知道这是弄"门面"，是给他贺龙看的。"门面"的东西贺龙不管，贺龙是看质量的。

贺龙走进飞机总装车间，工人们正在劳动。他望着一排排飞机，问工人师傅："这些飞机质量如何？"

工人们七嘴八舌地说："修来修去的，出不了厂。"

贺龙又问:"主要问题是什么?"

总工程师解释说:"主要是飞机抖动问题解决不了。"

贺龙没说什么。他们来到了停机坪。停机坪上摆着两排米格19歼击机。贺龙问总工程师:"这些飞机怎么都摆在这里?"

总工程师说:"都有问题,不能出厂。"

贺龙说:"这么多飞机有问题,怎么还生产?"

总工程师没有回答。贺龙来到一架飞机前,几个工人正在修理。贺龙问他们:"这些飞机修了多长时间了。"

工人们说:"几年了,没有一架飞出去。"

一个工人说:"我们都把这儿叫养鸡(机)厂。这个鸡是老母鸡的'鸡',不是飞机的机。"

贺龙听了,一怔,问总工程师:"上次空军接收的飞机,不是合格的嘛!我还给你们发电祝贺呢?"

工程师眼睛眨巴了一阵,才说:"那架飞机,也是不合格的,没能起飞。"

这时,罗瑞卿在一旁开口了。他生气地说:"怎么,那架飞机也不合格?你们敲锣打鼓地报喜,说苏联专家撤走了,我们飞机照样上了天。我们很高兴,还报告了毛主席、刘主席、周总理,大家为你们喝了酒,发电祝贺你们,闹了半天你们搞假招子,骗到我们头上了。"

厂党委书记说:"当时,我们也认为合格了,可实际不合格。"

贺龙没再说什么。到了会议室,贺龙对厂领导人说:"你们厂的问题,5月份军委作过决定;9月份在全国电话会议上,我直接传达给了你们。质量问题,可以说三番五次地讲,你们怎么还当耳旁风?如果技术上不去,就不要再下料、再投产。生产出一排排的烂飞机,这是多大的浪费?同志,6亿多人民克服困难,饿得都浮肿了,拿命换回来的材料哇,被你们做成超差产品,你们怎么对得起全国人民?"

当天,贺龙一行又来到沈阳航空发动机制造厂。这个厂对外称沈阳黎明机械厂,这个厂在"大跃进"浪潮冲击下,盲目追求产值翻番,使产品质量严重下降。贺龙进厂后,向党委书记问的第一句话就是:"你们今年投了多少料?"

厂党委书记回答后,贺龙又问:"出了多少台发动机?合格的多少?"

贺龙在厂里转着看。他看到有一些印着外国文字的箱子没打开,就问："这是什么？"

厂党委书记说；"这是引进的外文资料。"

贺龙问："怎么还没开箱。"

厂党委书记说："这些资料是前年引进的，没等开箱，试制工作就开始了。"

贺龙问："试制的什么？"

厂党委书记说："我们把亚音速飞机发动机的零件装到超音速飞机发动机上，结果不行。"

贺龙问："有科学依据吗？"

厂党委书记说；"首先是敢想。"

贺龙说："没有科学依据的想是瞎想，是胡来，是蛮干。"贺龙发火说："合理的规章制度，不该改的就不改；过去改错了的，要坚决改回来。我们讲改革，是指改那些不合理的，不要把合理的改掉了。在技术上，要先学楷书，后学草书，按原来资料进行改正。未经试验的不能随便改。对外国资料，要认真研究，取人之长，补己之短。外国先进技术，要认真学习，人家也是从功夫里磨出来的。我说的中心意思就是一句话：只许往前爬，不许往后退！相信你们一定能搞出合格的产品来。"

离厂前，贺龙和罗瑞卿决定对这个厂进行一次质量整风。

11 月 22 日，贺龙主持召开了沈阳地区军工厂负责人汇报会，详细地听取了各厂负责人的汇报。当贺龙听到各厂都造出了大批不合格的军工产品，造成巨大的浪费后，他真火了。他用烟斗敲着桌子说："大家别忘了，我们的国家是个一穷二白的国家。帝国主义天天仇视着我们，苏联背信弃义，撤走专家，撕毁合同，给我们造成很大的困难。我们呢，应该树雄心，立壮志，战胜困难。而你们，用宝贵的原料，造了一堆废品。这树的是什么心？立的是什么志？这是犯罪！"贺龙缓了口气说："我还能活几年？可只要让我管，我就要拼命干他几年，拼死就算了。"贺龙稍停又说："我来这儿才两三天，就看到这么多问题。难道你们看不见吗？你们还都年轻，正是为党为国出力的时候，应该争口气。"贺龙望了下与会者，见大家都认真地记着他的话，又说："毛主席说，国内问题决定国际问题。抓军工产品质量，已经整整一年了，到头来，飞机还是出不了厂。这怎么能行，要找原因。我看这个原因就是你们这些厂领导的思想有问题，要整顿。我回去之后，要在北京召开一个大的会议整顿一下领导干部的思想。

思想问题不解决，质量上不去!"

第二天，贺龙、罗瑞卿等乘专车回北京，陈毅、罗荣桓、习仲勋等到车站欢迎。

通过这次对东北军工企业的调查，贺龙深深感到，尽管他主抓国防工业快1年了，1年之中，他几乎到处都讲质量，尽管中共中央、中央军委三令五申地要求各工厂解决产品质量问题，但问题依然相当严重。产品质量上不去，已成了"顽症"。贺龙在从沈阳回京的路上就下了决心，立即召开国防工业系统的会议，解决质量问题。

11月25日，也就是贺龙回京的第三天，他把拟召开国防工业系统部、司（局）、厂三级干部会议进行质量整风的请示报到了中共中央和中央军委。28日，贺龙主持召开了国防工业委员会会议，部署召开国防工业系统三级干部会议问题。到会的委员一致同意贺龙的召开国防工业系统三级干部会议的想法。

当天，李富春亦给贺龙回信，赞成开会。

晚上，贺龙去见毛泽东，向毛泽东汇报了到朝鲜和视察东北兵工厂的情况，提出了召开国防工业系统三级干部会议的想法。毛泽东同意召开这样的会议，毛泽东意味深长地对贺龙说："帝国主义压迫我们，修正主义也在欺负我们，我们要争口气呀!"

11月30日，国防工业系统三级干部会议预备会议在北京友谊宾馆召开。贺龙到会讲了话，他说："我这次东北之行，看到不少工厂，听了汇报，深感质量问题已成了顽症，问题相当严重。经中共中央、中央军委批准，国防工业委员会召开国防工业三级干部会议。解决军工产品质量，整顿国防工业各级干部的思想作风，是我们这次会议的中心议题。这次开会的方法是摆事实、讲道理，把以前质量不好的情况都翻出来，开展批评和自我批评。目的不是追究个人责任，而是找出经验教训，把产品质量促上去。"接着，贺龙作了自我批评，他说："国防工业产品质量不好，给国家造成了很大的损失，严重地影响了部队的建设。我是主管国防工业的主任，这个损失由我向中央、军委检讨，不要你们负责。"贺龙稍停又说："前天，富春同志给我寄来一封信，他很赞成召开这个会，并说：'抓问题首先要抓领导的思想作风问题。'同志们，战争的危险还存在，六亿五千万人民还受着战争的威胁。摆在我们面前的困难还十分严重。我们若不发奋图强，自力更生，还像个共产党员吗？所以，我们要通过这次会议，整顿好思想作风，克服缺点，纠正错误，统一认识，团结一致地把我们今后的工作做好。"

预备会议决定，1961 年 1 月 7 日正式召开国防工业系统三级干部会议。

1960 年 12 月 1 日，贺龙把预备会的情况向周恩来作了汇报。周恩来指示：三级干部会议要紧紧抓住产品质量问题不放。

12 月 6 日，贺龙参加了军委扩大会议，并在会上作了《关于国防工业建设的几个问题》的书面发言。摘录如下："从去年年底以来，军委根据毛主席的战略思想、根据党的总路线和中央的指示，对国防工业建设提出了一整套的重大的方针。这一整套方针，归纳起来说就是四个服从，一条总方针、总任务，三个步骤，十大原则。四个服从是：（一）服从党的总路线和国家经济建设；（二）服从军委战略方针；（三）服从军委建军方针；（四）服从全民战争和现代战争的要求。一条总方针、总任务是：奋发图强、自力更生，突破尖端，两弹为主，导弹第一，积极发展喷气技术与无线电电子科学，建立现代化的独立完整的国防工业体系。三个步骤是：3 年开始突破尖端，5 年大体形成体系，8 年基本独立完整。十大原则（亦即十个方针）是：（一）抓两头，带中间，即抓尖端武器和民兵武器，带动常规；（二）少买、少产、多建、多试；（三）合理布局，以中、小为主，靠山、隐蔽、分散；（四）分清轻重缓急，集中力量，突破重点；（五）质量第一，在确保质量的基础上求数量；（六）平战结合，军民结合，以军为主；（七）勤俭办国防工业；（八）全党全军办国防工业；（九）大搞群众运动，开展技术革新和技术革命；（十）坚持政治挂帅，加强政治思想工作，培养三八作风。这一整套方针的提出，为我国国防工业建设指出了明确的发展方向和具体的发展道路，受到了全军和国防工业部门中广大职工的热烈拥护。……在国防工业生产中，质量不好的情况相当严重，例子很多，这里不再列举了。产品质量和使用要求的矛盾，是当前国防工业中一个突出的矛盾。产品质量不好，有一些客观原因，如材料质量不好，技术条件不足等。但这不是主要原因。许多质量事故，都是在材料完全合格、技术条件具备的情况下产生的。这就说明，质量不好主要是主观上的原因造成的。在国防工厂企业中，有部分领导干部缺乏明确的国防观念和战争观念，存在着重产值、轻质量的思想，不把质量放在重要的位置，为了追求产值，甚至任意降低对质量的要求；有少数领导干部存在着骄傲自满思想和官僚主义作风，没有及时发现和解决产品质量中存在的问题；有些工厂没有正确处理民主和集中的关系，放弃了领导，把一些正确的必要的规章制度也废除了，以致生产秩序紊乱、制度松弛，对质量缺乏严格的监督；有的工厂政治思想工作薄弱，不少工人不了解生产军用产品的目的，不能自觉关心质量，经常违反工艺规程，少数人甚至以废品充数，蒙混检查人员。这些，都是造成质量不好的主要原因。今年国防工委根据各方面的反映，组织力量分赴各地，对产品质量进行了检查，进一步揭发了产品质量上存在的许多严重问题。军委已对国防工业部门提出严厉批评，并明确提出了质量第一、在确保质量的基础上求数量的方针。国防工委和一机部根据中央军委的方针和指示，在各企业中开展了以确保质量、提高质量为中心的整风运动，对确保质量作出了许多规定，恢复和健全了各种必要的检查制度和检查机构，并在质量事故严重的单位组织了前线指挥部，集中力量猛攻质量关。最近中央书记处又召开了全国国防工业电话会议，重申质量第一的方针。……只有这样，才能提高产品质量，使我国军事工厂能生产出第一流的质量精良的武器装备，在战斗中发挥最大的威力，保障战争的胜利。"

1960年12月8日，国防工业系统三级干部会议在北京召开。出席会议的有国务院有关的部长、司局长和军工厂的厂长，军队有关领导机关的代表，各省、市、自治区主管国防工业的负责人聂荣臻、罗瑞卿、肖劲光、许光达、程子华、赵尔陆、张爱萍、陈士榘、刘亚楼、方强、段君毅、孙志远等600余人。为了提高人们的质量意识，贺龙于会前指示准备了一个军工劣质产品展览。展览在北京工业学院主楼举办，展出展品1309件。

会上，与会者发言踊跃。大家一方面肯定了国防工业的成绩，一方面揭露了许多问题，并分析了问题产生的原因，探讨了解决问题的办法。

在会上，贺龙还要求各级领导干部关心职工生活。当时，正是全国闹饥荒之际。贺龙要求各级领导要"一手抓生产，一手抓生活"。贺龙说："在目前粮食和副食品供应较紧张的情况下，关心职工生活，尤为重要。要千方百计搞好食堂，办好各种福利事业，保证职工的身体健康。这是各级党委、行政和工会干部的一项重要任务。要严格控制加班加点和过多的业余活动，精简会议，减少职工的体力消耗。对于最近一些工厂发生的浮肿病流行，必须迅速采取有效的治疗和预防措施。"

贺龙根据会议上揭露出来的大量问题，于12月24日给中共中央、中央军委和毛泽东主席写了一份《关于国防工业当前存在的问题及今后工作安排的报告》。报告中写道："目前国防工业问题确实十分严重。主要是：产品质量普遍下降；军品生产任务一再延误；国防工厂基本建设的质量不好；工厂管理紊乱，事故不断，伤亡严重；浮夸、弄虚作假、瞒上欺下之风盛行；军工厂在生产民用产品方面也存在着不少严重问题。因而国家在国防工业中的巨额投资，未获得应有的成果。"

国防工业系统三级干部会议开了40天，对纠正军工产品质量低劣、管理混乱、盛行的浮夸风，起到了一定的作用。会上也出现了一些过激、过火的行为，伤害了一些干部。另外，在大背景是"左"的前提下，许多问题谈不到根子上。虽然如此，这个会还是国防工业具有历史意义的一次会议。1965年，贺龙在谈到这次会议时，针对一些人对这次会议的品头论足，贺龙说："质量不好不要整吗？干部思想不对头不要整吗？会议不要开吗？实践证明那次会议开得是及时的，有效的。不过也有缺点。如果把会议领导得好一点，会收到更好的效果。那次会我是有缺点的，你们可以批评。"

1961年2月4日，贺龙与罗荣桓一起外出视察部队和国防工业系统单位。临出发之前，贺龙以国防工业委员会党组名义，向中共中央书记处呈报了《关于在国防工业企业中结合当前工作、通过试点开展整风工作的意见》，提出用半年的时间，在国防工业企业开展全面整风，争取前半年结束；在整风胜利的基础上，争取在下半年内，使国防工业的面貌有较为显著的转变。中央于2月23日批准了这个报告，并批示："请根据当地情况作具体部署，并且抓紧对国防工业的生产和整风工作的领导，及时把整风试点的经验加以总结，以便全面铺开。"

2月24日，贺龙一行到达南昌，参观了江西洪都机械厂和南昌飞机厂。贺龙等在南昌飞机厂进行了3天的调查。在听取了厂负责人关于国防工业系统三级干部会议传达的情况后，厂长向贺龙汇报说："三级干部会议的精神传达后，干部、工人们听了都拍掌，认为这会开得及时。"

贺龙问："现在还有什么问题？"

厂长说："生产任务吃不饱，工人们没活干。"

贺龙说："是啊，当前国家经济困难，采取压缩调整的方针，估计需要3年的时间。要向干部工人们讲清楚，只要大家齐心努力，眼前的困难会克服的。军工任务吃不饱，就搞民品。两条腿走路嘛。要做比较适合的、工艺近似的民品。民品生产，要保证质量，不能出废品。只顾军用品的生产是不对的，这是违反马克思列宁主义的。要把军品安排好，多余的力量搞民品，不改工艺规程，不打乱生产线。"

厂长说："有人认为军品难搞，民品好搞。"

贺龙说："这种思想要不得，不管军品民品，都要把质量放在第一位，要树立质量第一的意识。"贺龙把手中烟斗一晃说："资本家生产的汽车，不管寒带、热带都能开，我们的车就不行。我们共产党人，在生产上，就甘拜下风吗？归根到底，是个认识问题，管理问题。资本家出了废品，他的厂子就要垮，我们呢？出了废品还表扬。这怎么能行？要把资本家管理工厂的那套管理方法借鉴过来，做到材料进厂合格就收，不合格就不用，而且要坚决不用；工具、卡具、样板、工艺装备道道环节都要这样。不严把质量关，有一道环节出问题，你这产品就不合格。"

厂长说："厂里在贯彻三级干部会议精神中，结合厂实际，提出'七查'。"

贺龙说："要摆事实，讲道理，不要有过火、过激的行为。问题在下边，根子在上边，主要查领导思想作风。"他又叮嘱一句："一定要和风细雨，不要把北京那一套搬来。"

贺龙看到不少工人得了浮肿病，脸色腊黄，满面愁容，走路费力。他很难过。他到了工厂的农场、养猪场了解农副业生产情况，与工人座谈，关切地询问工人们生活困难的情形。他指示工厂，要利用各种条件种地、养猪。贺龙说："你们要一手抓生产，一手抓农副业生产，要千方百计想办法让职工吃饱、吃好。身体壮了，才能做好工。还要把家属、小孩的生活安排好。决不可掉以轻心。关心群众生活是我们党的优良传统，要发扬光大。"

2月26日，贺龙把在南昌飞机厂视察发现的问题，写信给罗瑞卿、孙志远、方强、赵尔陆，其中写道："工厂对三级干部会议精神的传达，贯彻抓得紧并进行了初步检查，群众也还满意。但在干部中存在着怕挨整，怕负责任，以及对提高产品质量信心不足等问题。在生产方面，存在战线长，技术力量不足；产品种类增加，工人技术等级下降；生产任务不饱满，每天都有2000左右工人停工等问题。"

贺龙在信中建议由三机部派副部长薛少卿到南昌指导帮助工作。

此后，贺龙到湖南省军区视察，又于3月1日到达杭州。贺龙根据他在南昌、湖南了解到的问题，再次给罗瑞卿、孙志远、方强、赵尔陆写信，对国防工业的建设提出了4点意见：一是大抓政治思想教育。在思想教育中，除应继续整风，贯彻国防工业三级干部会议精神外，还应对中央的十二条（1960年11月3日中共中央《关于人民公社当前政策问题紧急指示信》，因共12条，故简称"十二条"——引者注）进行深入的教育；二是大抓生产安排；三是大抓技术力量；四是大抓设备检修。

此后，贺龙又到了宁波、定海、沈家门、普陀视察海军。

贺龙不顾年高体弱四处奔走，为中国的国防工业，呕心沥血。4月10日，他又主持召开了国防工业委员会党组扩大会议，听取了各司、局下厂蹲点、调查研究的汇报。汇报会一连开了好几天。由于贺龙反复强调实事求是，所以，汇报会上讲的都是真话。贺龙了解到国防工业在质量整风中的许多实际情况。他对反映上来的问题，一一作了研究和解答。会上，贺龙对下厂蹲点搞调查的作法给予了肯定，认为这是发现问题的好方法。此后不久，贺龙又根据中央关于调整、巩固、充实、提高的方针，主持召开了国防工业委员会党组会议，对1961年国防工业生产计划进行调整，调整的重点是缩短新产品试制项目，由原定216项，调整为169项。并将调整情况向中共中央和中央军委报告。

1961年7月18日至8月16日，贺龙在北戴河主持召开了国防工业委员会工作会议。会议进行了近1个月，国防工委、三机部的负责同志出席了会议。出席会议的还有各中央局主管国防工业的负责同志，国家计委、国防科委、各军兵种、总后、总参装备计划部的负责人。会议开幕时，贺龙讲了话。他说："这次会议的主要任务是讨论如何贯彻执行中央五月工作会议的方针、政策，并为中央八月工业会议准备有关方面的材料。讲4个问题：一是关于减人问题。国防工业必须坚决执行中央关于精简职工、减少城镇人口的指示。要通过精简职工的工作，整顿职工队伍，保存骨干，加强领导。精简职工不是溃退，而是前进，不是削弱，而是加强。减人是一件大事，要有计划、有步骤地进行。哪些人当减，哪些人不当减；哪些厂多减，哪些厂少减；哪些地区减多少，都要进行具体的研究。要分期分批地减，切忌乱砍一阵。对于精简下来的职工，要做具体安排，保证他们有饭吃、有房住、有工作做，不要甩包袱。二是计划调整问题。罗总长在军委扩大会议上提出的八年规划是一个好的规划，是经过中央、军委批准的。这个规划应该完成，但是进度要调整，要推迟几年。10 年完成，还是 20 年完成，大家可以考虑。三是关于调查研究。国防工业三级干部会议以来，已经半年多了，应该解剖出几个麻雀，做出总结来。三机部各总局局长应当按照原来的布置，于 7 月 20 日以前提出调查报告。报告要经得起核对，要真材料，不要假材料。各军、兵种的同志也要拿出调查材料来。四是关于协作问题。国防工业同各兄弟部门间的协作问题，是一个大问题。在这一问题上，如果发生了缺点或者错误，首先要检查自己，要责己严，责人宽。要替别人着想，不要单从自己的主观愿望要求。"

国防工业委员会北戴河会议后，贺龙又给李富春写了一封信，希望把国防工业所需的各种原材料，逐步立足于国内生产供应，并提出由他来召集有关部门逐项安排。李富春表示完全同意。此后，差不多每隔两个星期，贺龙都在养蜂夹道 1 号召开会议，逐项安排新材料的试制。

1961 年 11 月 8 日，中共中央决定成立国防工业办公室，在党内由中央书记处和军委负责，直接管理国防工业各部和国防科学技术委员会所属范围的工作。任命罗瑞卿为国防工业办公室主任，赵尔陆为常务副主任主持日常工作。国防工业办公室成立后，即作为国防工业委员会、国防科学技术委员会两委的第一线办事机构，两委的日常工作由国防工业办公室组织进行。于是，贺龙就退居了二线，在二线领导国防工业建设了。

## 主持中央军委工作

贺龙自西南军区到北京工作后，除担任中央体育运动委员会主任、国防工业委员会主任外，还被选为中共中央政治局委员，担任中共中央军委副主席。他除了以很大精力领导国家体委之外，还不断参与各方面的国务活动，根据中共中央、国务院和中央军委的决定，执行一些重大任务。

1955 年 9 月 23 日，出席全国人民代表大会常务委员会第二十二次会议。会议通过决议，审议周恩来总理建议，决定授予朱德、彭德怀、林彪、刘伯承、贺龙、陈毅、罗荣桓、徐向前、聂荣臻、叶剑英为中华人民共和国元帅军衔，授予朱德、彭德怀、林彪、刘伯承、贺龙、陈毅、罗荣桓、徐向前、聂荣臻、叶剑英一级八一勋章、一级独立自由勋章、一级解放勋章。

9 月 27 日下午 5 时，在怀仁堂举行了授衔典礼。彭真宣读中华人民共和国主席授予中国人民解放军军官以中华人民共和国元帅军衔的命令。毛泽东将命令状授予贺龙，以表彰他在领导创建人民军队、创建革命根据地，在第一、第二次国内革命战争、抗日战争、解放战争中为党为国为民立下的功勋。

贺龙，这个出生在偏乡僻壤的农民儿子，为了中国人民的解放事业，拉起了队伍，先后参加讨袁护国、护法之役，追随孙中山先生，参加了中华革命党，入川讨贼，北伐，直到他找到了中国共产党，他这有着高官厚禄的军长，才更加坚定了革命的方向，坚定了必胜的信念。他，从一个农民的儿子成长为中华人民共和国的元帅，这历程，也是中国革命的艰辛历程。

1959 年 9 月，贺龙任中央军委副主席。同年 10 月，全国民兵代表会议在北京召开。贺龙代表中共中央、国务院在大会上讲话，概述了民兵的作用和大办民兵师的意义，指出，1958 年大办民兵师以来，实行了组织军事化、生活集体化和管理民主化的广大民兵，不仅已成为保卫祖国的坚强力量，而且成为加速祖国社会主义建设的突击队和主力军。

此后，他对民兵和军队的建设十分关心，并下大力去抓。

贺龙深深感到，由于反右派、反右倾和"大跃进"造成的报喜不报忧，下边真实情况上边了解不到了。正在这时，1961 年 1 月中旬，毛泽东在中共八届九中全会上提出了"大兴调查研究之风"的号召。贺龙向罗荣桓提出，一起下部队调查，了解真实情况。罗荣桓尽管重病在身，依然赞同。

1961 年 2 月 5 日，贺龙同罗荣桓一起乘车南下。

贺龙、罗荣桓首先到了南京。南京军区司令员许世友、副政治委员肖望东、政治部主任鲍先志在浦口迎接贺龙和罗荣桓。在过长江时，许世友等向贺龙、罗荣桓汇报了在部队中开展"两忆三查"的情况，即忆阶级苦、民族苦，查立场、查斗志、查工作。

贺龙问许世友："现在部队的突出问题有什么?"

许世友说："现在部队每人每月 31 斤粮食，没有肉，油很少。指战员吃不饱，训练强度又很大，官兵的体力明显下降。"

许世友说完，贺龙、罗荣桓一时都没开口。罗荣桓拿笔重重地连着写了几个"31"。贺龙一口接一口地吸烟。许久，罗荣桓问许世友："指战员情绪怎么样?"

许世友说："都好，没什么怨言。"

贺龙站了起来，他拿烟斗的手一晃，表情严肃地说："军队是国家的命根子，没有人民军队就没了一切，可不敢把部队搞垮了。"稍停又说："官兵们没怨言，是他们觉悟高，体谅国家的困难，而我们各级领导，一定要千方百计解决这一问题。"贺龙沉吟了一下说："农副业生产要大抓。"

许世友说："远水解不了近渴，养一头猪一只鸡也要一年啊。"

罗荣桓说："如果一下子解决有困难，宁可机关干部少吃一点，也要让下边部队吃好。"

车抵长江对岸后，罗荣桓向许世友交待，要南京军区对指战员体力下降情况搞个调查，送到总政。贺龙说："一定要反映真实情况。"

当天下午，贺龙、罗荣桓到一个警卫连队，了解战士们的学习、生活情况。他们一起看了连队的食堂、俱乐部、宿舍。当连长、指导员汇报连队种了菜、养了猪，粮食基本够吃时，贺龙不住地点头。罗荣桓问起连队学"毛选"的情况。当时，林彪刚刚提出"带着问题学"的学法。罗问连长、指导员对"带着问题学"如何理解。连长、指导员一下都回答不上来。好半天，指导员才吞吞吐吐地说："我们水平低，还整不明白怎么才能带着问题学，怎么立竿见影。"

贺龙说："上边是那样讲，你们学的时候，灵活运用就是了。"

罗荣桓说："毛主席的著作，你们要认真学，注意联系实际，领会精神实质。至于'见影'不'见影'，究竟何时'见影'，那是以后学习成效的问题，先不要考虑。"

2月6日，贺龙、罗荣桓一行到了上海。第二天，驻沪的陆、海、空三军领导向贺龙、罗荣桓汇报了情况。当上海警备区副司令员方中铎汇报到一些战士因家乡亲友挨饿、甚至饿死和一些基层干部作风不好而讲了怪话，有的连队干部就说这些战士反对"三面红旗"，将这些战士说成是落后分子时，罗荣桓马上说："不能在战士中划类，把若干战士划为落后分子，不仅没好处，而且副作用很大。"

贺龙说："战士们说几句怪话，是有原因的。他家亲人挨了饿，那个生产队里的干部不好，战士们说了，是正常的，不能因为说几句不好听的话就说他们是落后。现在才2月份，南方5月小麦登场，北方小麦6月才登场，严重的困难还在后头。家里饿死了人，人家说几句还不行吗？"

罗荣桓说："说怪话的往往是贫下中农，雇农出身的战士，中农、上中农出身的战士，往往不说。不说也并不是没意见。决不能给战士乱戴帽子。"

贺龙说："帽子不能随便戴。战士们都是娃娃，20几岁就戴上顶帽子，岂不伤他们感情？要尊重战士自尊心，要耐心教育、引导，逼得太厉害了，年轻人脑子一热，会干出不利于部队稳定的事来。"

罗荣桓说："现在我们国家有困难，战士们吃不饱，还要训练、施工、执勤，没有怨言。他们家里遇到困难，说几句牢骚话，怎么就把落后帽子戴在他们头上呢？这些战士快言快语，很可爱呀。"稍停罗荣桓又说："我们的政治思想工作，要做到战士心中，让他们明白，国家的困难是暂时的，情况很快就会好起来。政治工作干部，特别是指导员，一定要与战士们有深厚的感情。要把战士们当做自己的亲兄弟，做到心里有话，就愿意同指导员说。如果战士有话不敢讲，那就说明我们工作有问题了。"

后来，罗荣桓回到北京，即以总政治部的名义下发了通知，要求各单位不准因战士对国家困难不理解说了几句怪话就给戴帽子。同时，取消"落后分子"的称呼，以"后进"取代。

2月13日是农历腊月二十九，贺龙、罗荣桓到达了福州。第二天是大年三十，他们顾不上休息，即要福州军区的领导汇报海防与民兵工作。

当军区领导汇报到部队生活困难时，贺龙表情沉重地说："当前国家有困难，这要向官兵讲明。但困难是暂时的，要大家有克服困难的决心。"贺龙想起什么似的说："我年轻时，在家从来没穿过棉衣棉鞋，落雪天，屋檐的冰溜子结得很长，穿的还是草鞋。搞红军也没有穿过棉衣，到了延安才穿上棉衣。到晋西北，我的草鞋才被人弄丢了。驻南方部队要提倡穿草鞋。南方到处有稻草，部队可以自己打草鞋，一年穿上几个月的草鞋，就可以省下好多钱。现在的困难同长征时期、同晋西北吃黑豆时的困难，无法相比啊。那时的困难，我们都过来了，今天这点困难算个啥？关键要和战士们讲明白。"

之后，贺龙、罗荣桓从泉州来到厦门前线。正月初三，他们冒着敌人炮击的危险，到前沿阵地何厝村看望战士。这里距金门岛最近，敌人的活动都看得一清二楚。贺龙、罗荣桓看了海防战士的生活、守防情形，随后，在一个师部里召开了指导员座谈会，听取了基层政工干部的汇报。汇报结束后，罗荣桓说："如今的战士来自五湖四海，也有文化，思想活跃，所以做他们的思想工作，　定要有的放矢。政工干部要尽量熟悉了解战士家庭情况，把思想工作做到前头。"又说："你们要抓思想、抓作风、抓训练、抓生活管理，要大兴调查之风。"

座谈会结束后，工作人员整理了题为《贺元帅、罗元帅视察部队时的指示》记录。罗荣桓见记录稿中有"敌我矛盾的斗争又往往是和人民内部矛盾纠缠在一起，这种情况会通过各种途径反映到部队中来"字样时，说："在连队里不应提敌我矛盾。"又说："此稿暂不要发表，有些提法还需要推敲。像正确处理两类不同性质的矛盾在连队提合适不合适？"

贺龙说："我认为不合适。"

2月底，贺龙、罗荣桓又到了长沙。在长沙，他们视察了长沙第一政治干部学校。校长相炜向两帅汇报了工作。在这里，罗荣桓又提起林彪说的学毛选要带着问题学、立竿见影的学习方法。罗荣桓问相炜："读毛主席的书，仅记住几句话，能解决问题吗？"没待相炜开口，罗荣桓说："毛主席的著作，是中国革命史的结晶，只有了解中国革命史，才能学到毛泽东著作的真谛。所以，对年轻的学员，首先要他们学习党史、军史、中国革命斗争史，而后学习毛主席著作，这样才能知道毛主席著作的分量，才知道毛主席的伟大。"罗荣桓又说："背诵的办法，容易把毛主席著作教条化，而马克思主义、毛泽东思想是同教条主义格格不入的。"

贺龙说："用教条主义态度对待毛泽东思想，是牛头不对马嘴。"

罗荣桓又说："组织学员学习毛主席著作时，不能只对书中个别词句、一两句话发生兴趣，要注意学习毛主席分析问题的立场、观点、方法，领会精神实质。对学员要区别对象，区别水平，不要作一般化的要求，用一把尺子去要求。对于没有党史知识的学员，可以先讲点党史，以党史为线索去学习毛主席著作。"

贺龙提前回到了北京。罗荣桓又赴浙江舟山群岛视察，于3月22日才回到北京。几天后《解放军报》总编辑李逸民带了和谷岩写的一篇关于贺龙元帅和罗荣桓元帅视察部队的稿件小样到了罗荣桓家，请罗荣桓审阅。罗荣桓把稿子看了几遍，沉思了片刻，最后改了几个字，批示：同意发表。

这是一篇同林彪提出的"带着问题学，急用先学、立竿见影"的学习方法相悖的文章。3月28日，此稿在《解放军报》头版明显位置发表了，这无疑是给林彪打了个招呼。虽然林彪当时并没有什么反应，然其对此却暗恨于心。

林彪同贺龙、罗荣桓的矛盾日渐升级。

罗荣桓是 1950 年 4 月出任总政治部主任的，并兼任总政干部管理部部长。由于劳累过度，他的心绞痛反复发作，遂于 1956 年 9 月 2 日辞去总政治部主任职务，并建议由谭政接替。中央军委批准了罗荣桓的建议。彭德怀庐山会议直言获咎，毛泽东准备要林彪出任国防部长。在征求罗的意见时，罗荣桓说林有病，似不宜担任这一职务，建议由贺龙出任。然毛泽东没采纳，仍由林任国防部长并主持军委日常工作。

1960 年秋，林彪发动了对总政治部主任谭政的批判斗争。起因是林彪于 1959 年 9 月就在军委扩大会上说："学习毛主席著作，这是捷径。这不是捧场，不是吹毛主席的。这是告诉你们一个学习的简便窍门。"1960 年 9、10 月间，林彪又提出了毛泽东思想"站在现代思想顶峰"，"要带着问题学"、"立竿见影"，使对毛泽东的个人崇拜进一步升温。而谭政对这一套的接受却十分迟缓，他主张系统完整地学习马列和毛主席著作。于是，林彪把谭政的主张斥为"糊涂观点"和教条主义。后来，对谭政上纲上线，把谭定为"彭德怀俱乐部"里的政治部主任。

1960 年底，经罗瑞卿和萧华建议，毛泽东批示罗荣桓为总政主任、谭政为副主任。

1960 年 11 月初，中共中央发布了由周恩来主持起草的《关于农村人民公社当前政策问题的紧急指示信》（简称"十二条"），罗荣桓以总政名义写了份军队贯彻"十二条"的建议，上报了中央。因林彪有病，没有经他手，引起了林的不快，林认为罗之举是越权行为。时林彪曾规定，由于他生病，不常在京，总参谋长、总政主任可以不经过他而直接向党中央、毛主席请示。然而，谁如果真的这样做了，或者虽然并没有这样做而被林彪怀疑这样做了，谁就要倒霉。后来，贺龙、罗瑞卿挨整无不与此有关。

1961 年 1 月，林彪把他学毛选的方法归纳成了 30 字方针，即："带着问题学，活学活用，学用结合，急用先学，立竿见影，在'用'字上狠下工夫。"

罗荣桓认为这是把毛泽东著作的学习庸俗化了。1961 年 1 月 27 日，罗荣桓在总政召开的青年工作座谈会上说："学毛主席著作必须反对教条主义，要好好学习《改造我们的学习》。小平同志讲，对毛选宣传要反对庸俗化。如何学习毛泽东思想，是学习词句还是学习立场、观点、方法，这是严肃的政治问题。"罗荣桓对总政干部部长甘渭汉说："把毛泽东思想说成顶峰，那就没发展了？" 2月2日，罗荣桓对《解放军报》副主编以上干部说："要领会毛主席思想的精神实质，不要满足于引证某些词句。"并说："对林总宣传要认真负责。把林彪随便讲的一些话不分场合地报导出来是不好的。"

罗荣桓与林彪在许多问题上已产生了严重的分歧。在这种情况下，贺龙同罗荣桓一起外出视察，视察中两人又意见见解均同出一辙，林彪如何不暗恨于心？林彪磨刀霍霍，而贺龙、罗荣桓仍在抓工作，毫无察觉。

1962年2月19日至3月6日，中央军委在广州和北京召开了全军装备编制会议。会议之后，林彪因病休养，由贺龙和聂荣臻主持军委日常工作。

1962年，是多事之年。国内，国民经济还处于困难之中。国际上，帝国主义掀起反华大合唱，中苏矛盾日趋尖锐。台湾的蒋介石集团，也加紧增兵备战，要反攻大陆。中印边境战火一触即发。

5月上旬，贺龙主持召开中央军委会议，分析研究中印边境地区形势。会议决定，立即指示西藏和新疆军区的边防部队提高警惕，做好应付突发事件的准备。5月下旬，贺龙同中央军委战略委员会领导小组成员一起，研究分析了美蒋关系和国民党军队的动向。时中央军委根据毛泽东指示，命令前线部队做好一切战斗准备，对敢于登陆之敌，予以坚决打击。

贺龙对中印边境的作战和缓和东南沿海紧张局势，付出了极大的心血。

但是台湾当局反攻大陆之心仍未死，从1962年下半年起，又频繁地派遣小股武装力量，对南起广东、北至山东的沿海，进行袭扰。

为打击这些敌特活动，1963年2月11日至3月12日，总参谋部、总政治部、总后勤部在福州召开了岛屿战备会议。会议之后，贺龙主持了军委常委会议，听取了副总参谋长杨成武的汇报。当杨成武汇报完后，贺龙问："1950年解放金门失利的战例，你们研究没有？"

杨成武说："因为有些人看法不一致，就没讨论。"

贺龙说："那是血的教训，应当很好地研究。不能因为一些人看法不一就不研究，战争是要流血，是不要面子的，以后还可能要打岛子。这样的教训不总结，去寻什么？"

会上，贺龙指出，要粉碎蒋匪派遣武装特务的袭扰阴谋，必须加强沿海岛屿的全面建设。首先要解决守岛部队的统一领导、统一指挥问题；其次是做好民兵工作，要搞好军民联防，守岛部队应该既是战斗队，又是工作队、生产队。

当中印边境和东南沿海安定后，新疆边境又不安定起来。1963 年 9 月 27 日，毛泽东在中南海颐年堂召开中共中央政治局常委扩大会议，研究了新疆问题。会上，毛泽东说："林彪身体不好，长期生病。军委日常工作很重要，我建议由贺龙同志主持军委日常工作。"与会的中央政治局常委和委员一致同意。

1963 年 12 月 24 日，军委主管军事训练工作的叶剑英到镇江参加了总参谋部召开的郭兴福教学法现场表演会，参观了郭兴福以及南京军区推广郭兴福教学法所涌现出的许多优秀教练员和先进分队的表演，并与郭兴福、郭兴福式教练和主管训练的干部座谈。

叶剑英称郭兴福教学方法"是我军传统教学方法的继承和发扬"，是"训练工作的一项重大革新"。他认为，不能把郭兴福教学法单单看做部队训练的一种方法，还要从继承军队光荣传统和建设现代化革命军队的高度来认识它的意义。1963 年 12 月 27 日，叶剑英向军委写了一个报告，建议在全军推广郭兴福教学方法，掀起军事训练的高潮。

贺龙同意叶剑英的建议，并上报了毛泽东。毛泽东看了报告说："叶帅找了个好方法。"

1964 年 1 月 3 日，中央军委发出指示，号召全军立即行动起来，掀起学习郭兴福教学方法运动。1 月底，军委秘书长罗瑞卿代表军委在南京主持召开了以军事训练优异成绩参加全军的大比武的全军会议。2 月，总政治部发出《宣传推广郭兴福教学方法的指示》。指出：推广郭兴福教学方法，不仅是军事工作的一项重要任务，而且是政治工作的一项重要任务，全军要运用各种形式宣传并联系实际地学习郭兴福教学方法。

1964 年 2 月 5 日，贺龙和聂荣臻、徐向前、叶剑英、总参谋长罗瑞卿等，在广州军区、中南局领导的陪同下，接见了广州军区郭兴福教学法评比现场会议、文艺汇演和四好连队、五好战士代表会议代表。接见时，贺龙讲了话，他说："兵是练出来的。过去战争时期我们就很重视练兵。延安时期的大练兵，就很有成绩，为解放战争打下了很好的基础。那时候，我们的子弹很缺乏，可还要拿出一部分练兵用。表面看划不来，可没有经过训练的战士，是打不着敌人的。"

为进一步推动郭兴福教学法的开展和在全军掀起群众性练兵热潮，4月中旬，中央军委决定在全军举行军事训练"大比武"。贺龙对此很赞同，并亲自为总参谋部主管军训的副总参谋长张宗逊批了所需经费及器材。为组织好这次比武，经军委批准，成立了全军训练大比武筹备委员会。

在南京召开的全军军训会议上，曾预想"十一"前后在北京举行全军大比武大会，但在筹备过程中发现，很难找到一个能容陆、海、空军以及各兵种真枪实弹比武的场地。经请示叶剑英和罗瑞卿批准，改为分区举行。

3月5日，罗瑞卿在检查了北京军区先进技术、战术训练质量后，对杨勇、廖汉生说："你们学习郭兴福教学法有创造有发展。"他赞扬说："部队练成了硬功夫，真本领，打得准，过得硬！苦练加巧练，就能练出坚强的意志，灵活的头脑；勇敢加技术，就能一当十、十当百，遇到什么样的敌人都能战胜它。"

4月7日和5月12日至13日，贺龙两次亲临北京军区，观看"尖子"分队表演的训练现场会。他在观看某部侦察连的捕俘技术表演时说："这个连的捕俘技术很好，有了勇气加上武器，就能打胜仗。"贺龙还对杨勇、廖汉生等陪同观看的军区领导说："光有'尖子'不行，要研究怎样普及训练经验，一方面要推广郭兴福教学方法，一方面要培养出你们的郭兴福。"贺龙感慨地说："现在的兵真好，聪明，有文化，服从命令，守纪律，这样好的兵哪个国家也没有。"

贺龙把北京军区军事表演的情况向周恩来作了汇报，建议周恩来等中央领导也去看看。周恩来愉快地答应。

5月20日，周恩来、贺龙、陈毅、彭真、罗瑞卿在杨勇、廖汉生陪同下，来到天津杨村靶场，观看了郭兴福式的"尖子"分队表演。有轻武器射击、打坦克、汽车过钢轨桥、"夜老虎连"的训练、构筑工事等白天和夜间课目的表演。

周恩来看完表演，高兴地对杨勇说："你们表演得很好，我看了很高兴，练兵就是这样练法。"

杨勇说："现在表演的都是'尖子'，以后主要是普及和推广问题。"

周恩来说："把兵练成这个样子，把民兵也练好，那就什么敌人也奈何不了我们。"

21日，贺龙给林彪写了一封信，向他报告了北京军区军事表演的情况，结果，没有回音。毛泽东看了贺龙的报告，却很感兴趣。他在一份反映军事比武的简报上批道："此等好事，能不能让我也看看。"

贺龙见了毛泽东的批示，立即打电话给罗瑞卿和张宗逊。时罗、张正在济南看济南军区的比武的情况。当时，经叶剑英批准，大比武分为三片，北京、沈阳、济南军区在北京举行，广州、福州、南京军区在信阳举行，昆明、成都、兰州军区在天水举行。罗瑞卿、张宗逊听说毛主席要观看大比武，非常高兴，遂决定将济南和北京两个军区的"尖子"分队集中起来，向毛泽东主席汇报。贺龙同意他们的意见。

6月15日、16日，毛泽东、刘少奇、朱德、邓小平、贺龙、董必武、彭真、陈毅、李先念、聂荣臻、罗瑞卿、刘澜涛、李井泉、谭震林、乌兰夫、陆定一、薄一波、康生、杨尚昆等党和国家领导人，和正在北京出席中央工作会议的各中央局、各省市自治区党委、中央各部委、各群众团体领导人，以及中国人民解放军各总部、各军兵种领导人，来到了北京西山、阳坊和十三陵，观看了北京军区、济南军区以及民兵的军事表演。毛泽东、刘少奇等对表演分队和参加表演的民兵高超的技术、过硬的功夫，给了高度的评价和赞扬。特别是毛泽东，看后非常高兴。他拿着国产的半自动步枪瞄来瞄去，还在模拟人像的沙袋上打了几拳。毛泽东说："要注意多搞夜战、近战。"

贺龙说："主席，今天晚上可以看看他们的'夜老虎连'的表演。"

毛泽东问："什么叫'夜老虎连'？"

贺龙说："就是专搞夜间训练的连队。"

毛泽东说："好，就是要练夜战、近战。晚上打仗是我们的拿手戏。"

毛泽东还对参加中央工作会议的各省、市、自治区的负责同志说："你们不能光议政，不议军呀！"

6月17日下午，贺龙主持召开军委会议，将毛泽东的指示立即传达。由总政副主任刘志坚向驻京机关高级干部传达；军委办公厅主任萧向荣向未到会的军委常委传达。

《解放军报》在6月18日、19日、20日三天连续发表消息和社论，称这次检阅军训是我军建军史上的光辉篇章。八一电影制片厂摄制了彩色纪录片，真实地纪录了毛泽东同各位老帅及罗瑞卿等谈笑风生的情景。当时，只有林彪个在场。

林彪自 1959 年任军委第一副主席以来，一直称病。这次毛泽东检阅军事训练的整个活动安排，贺龙都向他报告，然林彪称病不出席。当全军全国轰轰烈烈地宣传此事时，林彪又因没他的镜头而恼火。他认为张宗逊在搞鬼，有意通过大比武突出罗瑞卿、贺龙，贬低他林彪。

通过大比武，检阅了成绩，交流了经验，发现了典型，树立了标兵，使部队的训练工作出现了前所未有的大好形势，练兵运动取得了显著的成果，使部队的军政素质有了极大的提高。

大比武也出现了一些问题，如弄虚作假、拼凑"尖子"、搞形式主义等。6 月下旬的一天，贺龙在总参军训部《军训简报》第四号上看到了一篇《练为了战，不是练为了看》的文章。文章揭露了一些部队为搞比武拼凑"尖子"、搞形式主义、弄虚作假的情况。贺龙感到文章写得很好，他要办公室向北京军区的领导传达他的指示，他指出"训练不要搞形式主义。要培养出更多的自己的郭兴福。"

正当贺龙、叶剑英、罗瑞卿等兴致勃勃地抓全军"尖子"普及之际，林彪派了他的老婆叶群等人带了一个工作组到广州军区 379 团红 1 连蹲点，写了一份"调查报告"，这个调查报告，全面否定大练兵的成就。林彪在这个报告上借题发挥，说 1964 年的军事训练搞多了，严重地冲击了政治，而且是一个相当普遍的问题。接着，林彪紧紧抓住大比武不放，在大比武中大做文章。

林彪为什么紧紧抓住大比武不放？有这样的原因。林彪从 1949 年革命胜利到 1959 年 10 年间，他大部分时间都在养病，冬天在南方，夏天在北方。按理说，一个长期脱离工作的病号，是不可能青云直上的，可惟独林彪是个例外，他在 10 年里，连跳三级，扶摇直上。1956 年进政治局，1958 年进政治局常委，1959 年接管军权，竟成为众帅中的"天之骄子"。

林彪从庐山会议之后，就下决心死命吹捧毛泽东。

他在军委扩大会议上拉着长声，眼里却透着寒光说："我们学习马克思列宁主义怎样学呢？我向同志们提议，主要是学习毛泽东同志的著作，好好学习，这是一本万利的事情。现在的马列主义就是我们的毛主席思想，它今天在世界上是站在最高峰，站在时代的顶峰，毛泽东思想是当代最高最活的马克思列宁主义。"林彪把细长的音调提高到高八度："我们一定要把毛主席的书当做我们全军各项工作的最高指示！"

贺龙等在外边风风火火地抓工作，而林彪却关在屋里，面对墙壁，不断想点子。他那点子不鸣则已，一鸣惊人。贺龙等抓大比武时，他弄出个四个第一，即：人的因素第一，政治工作第一，思想工作第一，活的思想第一。林彪的点子可不是瞎想，他是把毛泽东的说法、想法揣摸透了。这点，连最能拍马屁的康生都自愧不如。

毛泽东曾在一次会议上，在大庭广众之下赞扬林彪，说林彪在抓部队建设中，问题抓得准，措施提得好，点子想得深。林彪听了，十分得意，更加吹捧毛泽东。他又提出了一条："以毛泽东思想为指针搞好军事工作，就是彻头彻尾、彻里彻外的政治！"

在1962年召开的7000人大会上，由于会议的中心是清"左"，因此，与会者的发言都对"大跃进"进行了批评。几千名干部把闷在心里几年的话都"放"了出来。会上，刘少奇心情沉重地讲了困难原因。陈云也把经济形势严重的问题指出。所有发言，几乎都是"指责"。林彪看毛泽东不动声色，该他发言了，他戴着眼镜，拉着长声说："'大跃进'以来的困难是什么原因造成的呢？恰恰是由于我们有许多事情没有按照毛主席的指示去做造成的，如果按照毛主席的指示去做，如果听毛主席的话，那么困难会小得多，弯路会绕得小一些。"他又把声音挑起："凡是毛主席思想不受尊重，受到干扰的时候，就会出毛病，几十年的历史，就是这个历史。"

毛泽东听了是什么滋味，不得而知。但他把林彪的讲话稿批示"要发给全党干部学习"，并说"这是一篇很好的很有分量的文章，看了会令人大为高兴"。

毛泽东曾问过罗瑞卿："林彪的这篇讲话，你讲不讲得出来？"

罗瑞卿反问："我怎么讲得出？"

毛泽东说："讲不出来，要学习呀，你们给他准备的讲话稿子不能用，还不是他自己写出提纲的。"

大比武使毛泽东表扬了贺龙、罗瑞卿。林彪知道后，大为光火。他决心寻找罗瑞卿的"磨道里的驴蹄印儿"。就在这时，刘少奇一次讲话使林彪大受刺激。刘少奇在一次公开场合说："我们的国防部长的接班人是罗瑞卿。"

林彪听了，心中暗想：罗长子敢和我对着干，原来他和党内第二号人勾扯到了一起。林彪一番思索后，决定对罗下手。怎么下手呢？那就要借毛泽东之力了。

　　其实，罗瑞卿到部队任职，还是林彪出任国防部长后他亲自提的名。林彪认为罗应该对他感恩图报，哪知罗听刘少奇、贺龙等人的话，对他林彪不但没有丝毫表示，反而在许多问题上越过他向毛泽东汇报，不把他放在眼里，这使林彪难以容忍。林彪想着，在一张纸上写了这样几个字，大骂罗瑞卿："大捧别人，大跟别人，回京后根本不来见面。……让他做绝。"

　　"大比武冲击了政治！冲击了毛泽东思想的学习！"林彪决定从此处下手，于是，他派了他老婆叶群去搞调查。叶群带了一个工作组到广州军区某部去蹲点。表面上说是去调查研究，实际上是去编造大比武的"罪证"。到12月下旬，他们终于编造出一个大比武"冲击了政治"、"犯了方向错误"的调查报告，调查报告全面否定了大练兵的成就。林彪在这个报告上借题发挥说：1964年的军事训练搞多了，冲击了政治，这是一个带有相当普遍的问题，公然提出了"政治可以冲击其他"谬论。林彪办公室打电话给总参谋部，说大比武冲击了政治，出了偏差，1965年的军事要降温。1965年《解放军报》元旦社论，即按照林彪的旨意，罗列了一大堆大比武的"罪名"。这当儿，军委办公会第八次扩大会在京西宾馆召开。与会的各大军区司令员对此议论纷纷。

　　罗瑞卿在军委会上以解释和补充林彪讲话的方式，指出："1964年军事训练工作，是建国以来最好的一年"，"气可鼓不可泄"，"不要泼冷水"、政治"不是乱冲击一气"，"要保证完成训练和生产任务，否则，天天讲突出政治，业务工作总是搞不好，提不高，那就是毛主席所说的空头政治家。"

　　贺龙参加了这次会议，他态度坚决地支持罗瑞卿的意见。

　　罗瑞卿把会议的情况向林彪作了汇报。林彪听说各军区和各军兵种领导都想不通，对大比武冲击政治的说法不满意，只好假惺惺地表示："向你们传达的电话记录不准确，可以修改。元旦社论稿也可以修改嘛。"

　　林彪的关于大比武冲击了政治的言论暂时停息了。然此乃林彪以退为进之计，准备更疯狂的反扑。贺龙、罗瑞卿等坦荡之人，对林彪之阴险，丝毫没有察觉。到"文化大革命"贺龙遭迫害时，林彪恶狠狠地说："1964年贺龙搞大比武，是单纯军事观点，冲击了政治，贺龙是罗瑞卿的后台！"

# 第十六章　一世精忠"三字狱"

## 贺龙说林彪的拜年是黄鼠狼给鸡拜年

1965 年 11 月初，江青奉毛泽东之命精心策划的重磅炮弹《评新编历史剧海瑞罢官》发表了。林彪立即嗅出了这篇文章出笼不寻常。就在这时，江青意欲在部队召开一个文艺工作者座谈会，并邀请罗瑞卿参加，而被罗拒绝。叶群得知此事告诉林彪，政治嗅觉极敏感的林彪立即喜出望外，马上要叶群与江青联系，说他林彪委托江青召开一个部队文艺工作座谈会。好出风头和虚荣的江青，一下就同林彪、叶群的距离拉近了。三人对罗瑞卿的恨都到了一块儿。

接着，叶群又到了吴法宪处，对吴说："罗长子到林总处汇报。林总身体不好，没听完就让他走了。他在走廊里大嚷：是病号嘛，就不要占着茅坑不拉屎。你看他多可恶？这是故意气林总。"

吴法宪说："林总要我干甚我干甚，我是跟林总跟到底了。"

叶群说："林总要对罗长子动真格的啦，会上你发言火力可要冲啊！"

接着，叶群小声说："刘亚楼临终前向我揭发了罗长子 4 条。"接着，叶群附耳低言地对吴法宪说了一遍。吴法宪边听边点头。

1965 年 11 月，林彪写了一封亲笔信给毛泽东，说有重要情况需要汇报，先派叶群赴杭州。毛泽东当时在杭州。在杭州，叶群向毛泽东作了长达六七个小时的汇报，直把个罗瑞卿说了个一无是处。叶群说："我过去对罗瑞卿是毕恭毕敬的，没有想到罗瑞卿和林彪同志的关系搞得这样紧张。以后我发现了一些问题，又不敢轻率上报。罗瑞卿掌握了军队大权，又掌握了公安大权，一旦出事，损失太大。他的个人主义已经发展到野心家的地步。1964 年后，罗瑞卿就逼林彪同志退位。国庆节后，林彪约见罗瑞卿，罗瑞卿一来家里，就大声说：'病号，不能干扰。让贤！让贤！'出门后又声色俱厉地大喊：'不要挡路！'把林彪同志气得昏迷过去。"

林彪在给毛泽东的信中写道："1962年2月，罗瑞卿让刘亚楼转告叶群，提出逼我下台的4条意见。即：（1）一个人早晚要出政治舞台，林彪也要出政治舞台的；（2）要保护林彪的身体；（3）林彪再不要干涉军队工作了；（4）放手让罗瑞卿工作，一切交给他负责。……"

毛泽东对林彪夫妻二人的阴状半信半疑。

林彪决心对罗瑞卿发难了。批罗首先从批肖向荣开始。在林彪授意下，中央军委直属机关批判军委办公厅主任肖向荣。肖乃广东梅县人，原名肖木元，1927年加入中国共产党。曾于红1军团、红军总政治部、八路军第115师、陕甘宁晋绥联防军、东北民主联军总政治部、第四野战军政治部任职，1955年授予中将军衔。

当林彪在阴处策划倒罗时，贺龙正在为社会主义事业而奔忙。9月27日，他率中央代表团前往乌鲁木齐祝贺新疆维吾尔自治区成立10周年。回来之后，又忙于体委和国防工办方面的工作。11月30日，批判肖向荣的会议结束之际，会议主持人王新亭跑来对贺龙说："贺总，现在批肖向荣，说肖向荣的后台是罗瑞卿。"

贺龙一怔问："根据是什么？"

王新亭说："有位外国国防部长来我们国家访问，罗瑞卿听说这位国防部长不爱看打仗的片子，说怕见流血，便说了一句'不看战争片，怕见流血，他还算个国防部长呢?！'罗说这话，是暗指林彪的，说林彪不能当国防部长。"

贺龙说："还有什么？"

王新亭说："没了。"

贺龙说："就这么一句话怎么能说罗瑞卿反林总？不要胡猜疑了。罗瑞卿是拥护毛主席、拥护林总的，他不可能反林总。"

但是事隔两天，也就是12月2号，批判肖向荣会议的主持人王新亭又来了。他眼泪汪汪地对贺龙说："贺总，马上要出批肖向荣的简报了，简报里还是要写上肖向荣的后台是罗瑞卿。"斗肖的会议让王新亭主持，他是两头受挤，一面是林彪的压力，一面是贺龙等老帅们的压力。他真没辙了，急得哭了起来，又来找贺龙。

贺龙握着烟斗，挑着双眉说："我不是说过嘛，不要瞎联系，乱扯线。"又问："有什么新根据吗?"

回答说没有。贺龙说："既然没有就不要写。"

王新亭说："那，我们就写上您担保罗总长没问题，不是肖向荣的后台。"

贺龙一扬手："你就这么写。"又补充一句："罗瑞卿绝不会反党!"

王新亭问贺龙："您这个话能不能传达?"

贺龙答："我既然说了当然可以传达。"

后来，当贺龙挨整时，贺龙这句话便成为"包庇"罗瑞卿的罪证。而且林彪恶狠狠地说："贺龙是罗瑞卿的后台!"

王新亭走了。贺龙却一袋接一袋地吸起了烟，他感到这里有什么名堂。

果然，两天后，即1965年12月2日，毛泽东即在林彪11月18日来信及所附兰州军区的材料上批示："林彪同志：完全同意你的看法，55师的情况，可能和各师、各军种、各兵种大同小异。请你考虑，可否将此件转发到各军、各军种各兵种、各军区，到师党委为止，供他们参考。那些不相信突出政治，对于突出政治表示阳奉阴违，而自己又另外散布一套折中主义（即机会主义）的人们，大家应当有所警惕。"

毛泽东的这个批示可非同一般，军队中明眼人一看就知批示所指了。看到批肖又追查肖的后台，这其中的文章就复杂了。又过4天，12月6号，通知贺龙到上海参加中共中央政治局扩大会议。以往开会，都事先发"安民告示"，把开会的内容、所要解决的问题通知下来，使参加会的人有个思想准备。但这次却很反常，会前没有开会迹象，而是搞个突然袭击。贺龙想，前不久中央曾下发了关于东南沿海加强战备的通知，是否与此有关。他要秘书带上了作战地图。

贺龙到了上海，被安排在兴国路1号的一座平房里。会上发了一包材料，贺龙看了看材料，有叶群到杭州向毛泽东的汇报提纲，有林彪写给毛泽东的亲笔信。贺龙才知道此次会议是解决罗瑞卿的问题。贺龙不由得倒吸了一口冷气，暗道："此次会议，醉翁之意不在酒，怕是矛头对准我的。"他自语道："凶多吉少。"

贺龙住处与刘少奇住处相距不远。晚上，西南局第一书记李井泉来看贺龙，刘少奇、王光美也顺道来访。刘少奇问贺龙："批罗瑞卿是怎么一回事?"

贺龙说:"此事我一点不知道。"

刘少奇说:"你是主持工作的军委副主席,这么大的事怎么能不知道。"

贺龙低头吸了几口烟说:"没有人和我打招呼,只是开会来了,才给了我这一堆材料,我还以为研究东南沿海的战备情况呢。"

刘少奇又问李井泉:"你知道吗?"

李井泉摇摇头说:"我也是一点都不知道。"

刘少奇吸了几口气说:"这么大的事,咱们这些人,都一点不知道。"

贺龙说:"刘主席,你也不知道?"

刘少奇说:"我和你们一样,也是刚刚知道。"

一阵沉默,一股不祥之感涌到了几个人的心头。贺龙感到山雨欲来风满楼了。

正式会议于1965年12月8日开始,久病不出的林彪出场主持会议。连中央委员都不是的叶群也出席了会议,且唱了主角。她作了3次共约10个小时的报告,揭发罗瑞卿的问题,叶群的揭发报告中最耸人听闻的是刘亚楼对叶群谈话。叶群说:"刘亚楼对我说:'(19)63年以来,我几次想和你谈几点意见,是罗交代的。'"叶群说刘亚楼的4点意见是:

一、一个人早晚要出政治舞台的,不以人的意志为转移的,我看林彪同志要上政治舞台的;二、你的任务很重,应保护林的身体;三、再不要干涉军队工作了;四、放手要罗总长工作,信任他,一切交给罗负责。叶群继续说:"我对刘亚楼:'每个人都上了政治舞台。林荣誉很高了,无意再进。这是中央决定的问题,不是我们应谈的问题。'刘说:'你怎么这么迟钝。你如果办到了,林进入政治舞台,不管军队,让罗干,总长不会亏待你的。'"叶群用生气的语气说:"这真是对我最大的污辱。我回家后对林彪讲了此事,林彪说我答的对,并说今后不准讲这个事,这是违背原则的事。"叶群接着又说了这样的情节:

2月19日,刘要见林,刘又谈4条。说要团结罗、尊重罗。林说:"够放手了。罗没人缘,政治不挂帅,封锁我,对罗要一分为二。"林无意中说罗看人不准,1962年罗要某人当总长。刘听后大惊说:"哎呀,原来总长不是我!我上当了,被玩弄了。我是贫农的儿子……"这时刘亚楼又对叶群说:"……我一夜未眠,罗不好,请林警惕,还要通知几个人:杨成武、黄永胜、吴法宪注意,不要上当。我收回4条。我坦白,4条中后两条是重点，是要林退出军队。"刘哭了，说对不起主席、中央、林彪同志，但又说不要告诉罗瑞卿，他有势力，军队、公安系统都在他手里。

叶群的指责性质是十分严重的。而稍稍动一点脑筋便会想到，既然罗瑞卿有如此严重的问题，为什么叶群不在刘亚楼生前让刘写个材料？如果刘因病重，不能亲手写，也可以请人代笔，写好材料请刘签个名，因此与会人员大都表示怀疑。

刘少奇、周恩来、邓小平、贺龙、彭真等绝大多数人都没有表态。会场上有的人忍不住说了句"真是奇闻"。

叶群听了发疯似地说："你们要不信，可问问吴胖子嘛。"

吴法宪忙说："确有此事。"接着，吴法宪顺着叶群描的葫芦画了起来。他说："罗瑞卿有对林总的4条意见，要刘亚楼转达。这是真的。"

邓小平插了一句："死无对证。"

陆定一说："一面之词，难于置信。"

刘少奇说："揭发材料未可轻信。"

叶群一旁更急了，她拿出一张纸，声竭力嘶地说："这是刘亚楼夫人翟云英同志签了字的一份记录。刘亚楼谈话时林立衡也一起去了，怎么叫死无对证？"

直到15年后，总政治部"两案"审判办公室和全国人大常委会决定成立特别检察厅，通过调查取证，查明证实了事情的真相，是叶群、吴法宪欺骗蒙蔽翟云英而制造出了那份伪证。可是，在这上海会议上，这伪证，却如同重磅炸弹！

于是，在会上，吴法宪、李作鹏、叶群等人，上窜下跳，把罗瑞卿说得一无是处，最后竟下结论说罗瑞卿"篡军反党"。

北京军区司令员杨勇说："说罗瑞卿有错误、有缺点可以，说反党不可能。"

贺龙听了叶群等人的发言，非常生气。开会回来，薛明见贺龙脸色阴沉，问道："有什么情况？"

贺龙把烟斗在桌上砰砰地磕了几下说："真让人生气，叶群在会上发言一个人就讲了几个钟头，说了罗瑞卿那么多坏话，好像罗瑞卿马上篡党篡军了。"说完又补充一句："叶群的话我不信！"

会议开到第四天，叶群突然来到贺龙住处。贺龙见叶群突然来了，不觉一怔，心说："夜猫子进宅，无事不来。"

落坐之后，叶群开口笑着说："林总很关心贺总的身体，叫我来问候。"

薛明客气了几句。叶群说："林总已跟叶帅打了招呼，说这次会议与叶帅无关，所以，林总也要我跟贺总打招呼。"

贺龙与林彪是很少来往的。1965年过春节时，叶群给薛明打电话，说林总给贺总拜年。当薛明对贺龙说过后，贺龙面目沉着说："黄鼠狼给鸡拜年——没安好心。"

大家闲谈几句，叶群就告退了。叶群走后，薛明问贺龙："叶群在这个节骨眼儿上做甚来呢？"

贺龙还是那句话："黄鼠狼给鸡拜年——没安好心。"

出于礼貌，隔了一天，薛明前往林彪处回访。叶群表现得十分热情。她拉着薛明的手，亲热得不得了。

叶群和薛明相识已久，而且叶群早就恨上了薛明。叶群原名叶宜敬，又叫叶瑾。当年一·二九运动时，薛明随平津学生赴南京请愿时，即认识了叶群。后来，叶群在国民党电台里当过广播员，还参加过三民主义青年团举办的"一个党一个主义一个领袖"的演讲，并为国民党CC派办的壁报写过稿。抗战后，叶群在青年战地服务训练班的时候，与国民党的一个教官关系暧昧。1942年延安整风期间，薛明出于对叶群的关心和对党组织的忠诚，把叶群的情况向党组织作了汇报。贺龙也曾对林彪说："林总啊，'坦克'开进你的床上了。"由此，林彪、叶群对薛明、贺龙一直心怀怨恨。而且贺龙与林彪两人也从来是"话不投机"半句多。

而今，叶群满面笑容地拉着薛明的手，薛明脸上笑心却对叶群十分警觉。叶群说："今年8月1日《人民日报》上登的贺总写的《中国人民解放军的民主传统》，是林总决定以贺总名义发的。林总这几年对贺总印象很好，说贺总干了许多工作。"

薛明说："感谢林总对贺总工作的支持。"

叶群把话题一转说："贺总这人哪儿都好，就是爱骂人，所以我不敢去你家，怕贺总骂我。"

薛明说："这怎么可能呢？贺总怎么能骂你呢？"

叶群想起什么似地说："过去你说了我那么多坏话，只要你不说了，我就既往不咎了。"

薛明见叶群这么一说，心里很恼火，暗说："你叶群分明做了坏事，怎么还是我说了'坏话',真是岂有此理。"但鉴于当时复杂的情况,她不便发火。对于此事,薛明回忆说:"1942年延安整风时,贺龙同志去部队视察工作,林彪也去了重庆参加国共谈判。我曾找叶群谈南京的事。她承认在南京讲演,内容是三民主义,并说过'只有蒋介石才是我们惟一的领袖'。但当我要她自己去向组织上作交待时,她当场耍赖,又哭又闹,满地打滚,说我趁林彪不在,要害她。我觉得问题不好办了,就把她拉到中央组织部组织科长王鹤寿那里去了。"

又过了一天,叶群再次来到薛明住处,对薛明说:"你知道吗?林月琴的弟弟是军统特务。听说你们来往很密切,还把党内文件给他们看。"

林月琴是罗荣桓的夫人,是个红军出身的干部。当时,贺龙与罗荣桓同住在一个院内,彼此关系密切。罗帅病逝后,贺龙、薛明对林月琴各方面都很关心。薛明听了叶群的话后吃了一惊,随即解释说:"那是总政一位负责人让送给林月琴看的。"

叶群说:"我关心你们才告诉你们此事。"

薛明少不得说几句谢话。叶群走后,薛明把叶群来的意图告诉了贺龙。贺龙听了沉吟说:"不要小瞧这个女人,怕是来者不善啊!"

后来,到了"文化大革命"中,林月琴的弟弟终因此事被迫害而死,直到1978年后此冤案才彻底平反。

12月15日,上海会议结束了,虽然没有揭发出罗瑞卿的什么实质性问题。但是,会议结束之际,林彪主持召集了一个军委常委会议,罢免了罗瑞卿的一切职务,也不让贺龙主持军委日常工作了。罗瑞卿自此被软禁。而贺龙实际上是被"夺权"了。

## "只要我不死,就要同他林彪斗到底!"

上海会议结束后,林彪以胜利者的面目出现,贺龙不再主持军委日常工作。他心中很烦闷,想起不久前毛泽东曾要他到攀枝花钢铁基地看看建设的情况,遂决定去那里看一看。于是,贺龙要薛明独自回北京,自己与董必武一起到了广州。在广州,贺龙于2月5日召集国防工业办公室和国防工业部门的部长开会,研究国防工业建设中的问题。2月7日,贺龙与董必武、聂荣臻、徐向前、叶剑英一起接见了广州部队政治工作会议代表。2月8日,与叶剑英一起前往广州军区医院看望了"八·六"海战中英勇负伤的战斗英雄麦贤得。

就在这时，中央军委决定组建一个团归卫戍区建制——这个团即现在的北京卫戍区的高炮团。远在广州的贺龙万没料到，这个团的组建，竟成了他的一大罪状，康生等竟谓其搞"二月兵变"，此乃后话，暂不提。

正当木棉树花开之际，3月19日，贺龙由广州到了成都，在成都，他听取了中共渡口市委书记、渡口建设总指挥部总指挥徐驰的汇报。徐驰汇报了西南三线的建设，汇报了攀枝花钢铁基地的建设，特别是林彪于1966年初提出的三线要靠山、分散、进洞的方针，认为这样就要把攀枝花钢铁基地分割成几城，徐驰认为此举十分不妥，不仅浪费资金，技术上也过不了关。并举出了503洞内发电厂的例证。贺龙很关心攀枝花的开发建设，他认真听取了西南三线建设委员会关于攀枝花开发建设的情况介绍后，决定到攀枝花看看。

贺龙先到了西昌。在西昌，他听取了309物测队、113地质队、920航测队汇报勘探成果，接着到了会理。3月15日，贺龙由会理起程到攀枝花。

贺龙这次视察攀枝花，不仅解决了攀枝花钢铁基地建设初期"山、散、洞"的问题，避免了建设资金的大量浪费，而且带来了党中央、毛主席对攀枝花建设的期望和关怀，激励着攀枝花建设大军更加奋发努力地建设攀枝花。

3月17日，贺龙回到了成都。就在这时，一个使贺龙震惊的消息传来：罗瑞卿于3月18日跳楼自杀未遂，将腿摔断。

贺龙立在那里，脸色铁青，半响无语。

原来，罗瑞卿在上海会议开到第三天时才到会，一到会上即遭猛烈批判，而后被软禁。罗见自己忠心为党，却蒙此莫须有之罪，百口难辩，千舌难言，冤深于海，万劫不复，遂留给妻子郝治平绝命书一封："治平：会议的事没告诉你，为了要守纪律……永别了，要叫孩子们永远听党的话！我们党永远是光荣的、正确的、伟大的，你要继续改造自己！永远革命！"

然而老天爷不让罗瑞卿死，他摔伤了一条腿。林彪高兴了，他声音颤抖着说："罗长子用自杀来反党，又是一个高岗！"

罗瑞卿的行为被说成是抗拒党中央，抗拒毛泽东，是叛党。

这时，贺龙留在北京的一位秘书三番五次地打电话请贺龙回京参加批罗会议。贺龙心烦，他不愿听林彪、叶群那帮人的声音，不愿见他们的嘴脸，遂向邓小平请了假，说自己血压高。邓小平同意了。然就在这期间，北京已是"小震"不断了。

2月7日，以彭真为组长的文化革命五人小组向中共中央提出《关于当前学术讨论的汇报提纲》（简称《二月提纲》），试图对学术讨论中"左"的倾向加以适当限制。

3月22日，林彪写信给贺龙和军委常委，要军委把《林彪同志委托江青同志召集的部队文艺座谈会纪要》转报中央批发。

3月28日至30日，毛泽东在杭州3次同康生、江青等人谈话：要解散北京市委；中央宣传部是"阎王殿"，要"打倒阎王，解放小鬼"。毛泽东把一个时期以来讲的"中央如果出了修正主义，你们怎么办？"的话再次提了出来。

邓拓、吴晗、廖沫沙三人写的《三家村札记》和《燕山夜话》被认定为反党反社会主义的毒草。

4月9日，贺龙一回到北京，即感到北京的空气中充满着火药味。

5月4日至26日，中共中央在北京召开政治局扩大会议，正式决定全面发动"文化大革命"。会上，对彭真、罗瑞卿、陆定一、杨尚昆展开了全面批判。令人不解的是，毛泽东没有出席此会，会议由运动的抵制者刘少奇主持。很明显，毛泽东把这次会议看作是对权力、思想和威望的"考验"，林彪即为他的"替身"。

5月18日，林彪鼓足力气作了一次关于以"政变"为内容的讲话。林彪说："革命的根本问题是政权问题，有了政权，无产阶级、劳动人民就有了一切；没有政权就丧失一切。我想用自己的习惯语言讲，政权就是镇压之权。社会上的反动派，混进党内的剥削阶级代表人物都要镇压，有的要杀头，有的要关起来，有的要管制劳动，有的要开除党籍，有的要撤职。不然，我们就不懂马克思主义关于政权的根本观点，我们就要丧失政权，就是糊涂人。"林彪的话里透着杀机："毛主席最近几个月特别注意防止反革命政变，采取了很多措施，罗瑞卿的问题发生后，谈过这个问题，这次彭真的问题发生后，毛主席又找人谈过这个问题。调兵遣将，防止反革命政变，防止他们占领我们的要害部门、要害单位、广播电台、军队和公安系统都作了布置。毛主席这几个月就是作这个文章，这是没有完全写出来的文章，没有印成文章的毛主席著作。我们就是要学这个没有印出来的毛主席著作。"林彪拉着长声说:"政变,现在成为了一种风气,世界政变成风。改变政权,大概是这样的:一种是人民革命,从底下闹起来,造反。如陈胜、吴广、太平天国、我们共产党都是这样。一种是反革命政变。反革命政变,大多数是宫廷政变,内部搞起来的,有的是上下结合,有的和外国颠覆活动或者武装进攻相结合,有的和天灾相结合,大轰大乱大闹。历史上是这样,现在也是这样。世界上政变的事,远的不说,1960年以来据不完全的统计,仅在亚非拉地区的一些资本主义国家中,先后发生了61次政变,搞成了56次。把首脑人物杀掉的8次,留当傀儡的7次,废黜的11次。6年中间,每年平均11次。从我国历史上来看,历代开国后,10年、20年、30年、50年,很短时间就发生政变,丢掉政权的例子很多。"林彪声音颤抖着,又尖尖地说下去:"辛亥革命孙中山当了大总统,3个月就被袁世凯夺取了政权。4年后,袁世凯作了皇帝,又被人推翻,从此军阀混战了十几年,两次直奉战争,一次直皖战争。这些历史上的反动政变,应该引起我们惊心动魄,高度警惕。我们夺取了政权16年,我们无产阶级的政权会不会被颠覆,被篡夺?不注意就会丧失。苏联便被赫鲁晓夫颠覆了!……有很多迹象,有很多材料,我在这里不去详说了。你们经过反罗瑞卿、反彭真、反陆定一和他的老婆、反杨尚昆可以嗅到一点味道,火药的味道。资产阶级的代表人物混到我们党内来,混到党的领导机关,成为当权派,掌握了国家机器,掌握了政权,掌握了军队,掌握了思想战线的司令部,他们联合起来,搞颠覆,闹大乱子。"林彪说到这儿,咬牙切齿地说:"他们现在就想杀人,用种种手法杀人。陆定一就是一个!陆定一的老婆就是一个!罗瑞卿就是一个!彭真手段比他们更隐蔽更狡猾!"

林彪充满杀气的讲话整整讲了一天。参加会议的76名高级干部无不毛骨悚然。林彪大讲政变决不是空谈,而是有所指,指的是谁?自然是与他不对付的人了。关于林彪谈"政变"的这篇讲话,毛泽东于1966年7月8日给江青写了一封信,内称:"……28日来到白云黄鹤的地方,已有10天了。每天看材料,都是很有兴味的。天下大乱,达到天下大治。过七八年又来一次。牛鬼蛇神自己跳出来。他们为自己的阶级本性所决定,非跳出来不可。我的朋友的讲话,中央催着要发,我准备同意发下去,他是专讲政变问题的。这个问题,像他这样讲法过去还没有过。他的一些提法,我总感觉不安。我历来不相信,我那几本小书,有那么大的神通。现在经他一吹，全党全国都吹起来了，真是王婆卖瓜，自卖自夸。我是被他们迫上梁山的，看来不同意他们不行了。在重大问题上，违心地同意别人，在我一生还是第一次。叫做不以人的意志为转移吧。晋朝人阮籍反对刘邦，他从洛阳走到成皋，叹道：'世无英雄，遂使竖子成名。'鲁迅也曾对于他的杂文说过同样的话。我跟鲁的心是相通的。我喜欢他那样坦率。他说，解剖自己，往往严于解剖别人。在跌了几跤之后，我亦往往如此。可是同志们往往不信。我是自信而又有些不自信。我少年时曾经说过：'自信人生二百年，会当水击三千里。'可见神气十足了。但又不很自信，总觉得山中无老虎，猴子称大王，我就变成这样的大王了。但也不是折中主义，在我身上有些虎气，是为主，也有些猴气，是为次。我曾举了后汉人李固写给黄琼信中的几句话：'峣峣者易折，皦皦者易污。阳春白雪，和者盖寡。盛名之下，其实难副。'这后两句，正是指我。……人贵有自知之明。今年4月杭州会议，我表示了对于朋友们那样提法的不同意见。可是有什么用呢？他到北京五月会议上还是那样讲，报刊上更加讲得很凶，简直吹得神乎其神。这样我就只好上梁山了。我猜他们的本意，为了打鬼，借助钟馗。我就在20世纪60年代当了共产党的钟馗了。事物总是要走向反面的，吹得越高，跌得越重，我是准备跌得粉碎的。那也没有什么要紧，物质不灭，不过粉碎罢了。……"

5月4日召开的中共中央政治局扩大会议上，制定了指导"文化大革命"的纲领性文件《五一六通知》。彭真于会上作了5分钟的检讨："至于搞政变、颠覆中央、里通外国等罪恶活动，我连做梦也没想到。"然而会议依然罢了彭真、陆定一、罗瑞卿、杨尚昆的官，矛头直指刘少奇、邓小平。而且把"向中央进攻"几个字赫然印到中央文件上。

打倒彭、罗、陆、杨使贺龙木然，他无论如何不会相信这些人篡党夺权。可他既不能不跟中央，也不能说违心话，他的思想处于极端矛盾之中。会议期间，即5月8日，贺龙压住烦恼，仍然召集赵尔陆等商讨研究如何加强国防工业领导问题。这是贺龙主管国防工业以来主持召开的最后一次会议。

"文化大革命"终于全面开始了。5月28日，中央文化革命小组成立，组长陈伯达，顾问康生，副组长江青、张春桥等。后来，这个小组逐步取代了中央政治局和中央书记处，成为"文化大革命"的实际指挥机构。

6月初，中共中央在刘少奇、邓小平主持下，决定向北京市大学和中学派出工作组，领导各单位的"文化大革命"。

对于"文化大革命"怎么搞，毛泽东点了火后就去了南方，刘少奇、邓小平领会不了毛泽东的意图——事实上他们也无法领会。因此，刘少奇、邓小平只得沿用过去的运动模式，派工作组，而且刘少奇还特别请示了毛泽东。

但是，到了7月下旬，毛泽东从南方回到北京之后，却突然批评刘少奇派工作组下去是"镇压群众"。

7月31日下午，贺龙得知，有人在批判刘少奇的所谓"资产阶级反动路线"。揪工作组时，将反对刘少奇的大字报贴到了王府井大街上。他不由眉头皱起，站起身对身边人说："怎么能这样呢？刘少奇是国家主席，把一个国家主席搞得这样狼狈，影响多不好。"

刘少奇的夫人王光美参加了清华大学工作组。清华大学学生蒯大富贴出大字报，提出要和工作组斗。但是，绝大多数师生支持工作组。其他各大学学校也和清华大同小异。当毛泽东7月18日从武汉回到北京听取江青等汇报后，说："回到北京后感到很难过，冷冷清清，有些学校大门都关起来了，甚至有人镇压学生运动。谁镇压学生运动？只有北洋军阀！"不久，北大的工作组被江青宣布是反动的。

贺龙于7月31日派薛明到人民大会堂向负责解决清华大学问题的周恩来反映他的意见："解决清华问题，不要采取北大的方式，一定要慎重，要照顾党内的团结。把王光美负责的工作组说成是反动的，就等于向刘少奇开刀。"

薛明到大会堂向周恩来讲过后，周恩来问："这都是谁的意见？"

薛明说："贺龙、李井泉、王任重他们一起研究的。"

周恩来在本上记了几下，脸上毫无表情，见薛明说完，做了个让薛明走的手势。薛明出了大会堂，一丝怅然若失之感心头浮起。她又想起数月前的一件事。那时，国家体委的打猎队打了些猎物送到贺龙家，贺龙派人送给周恩来，周恩来竟拒收。薛明不敢再往下想。

这当儿，江青在北京大学点了贺龙女儿贺晓明、董必武女儿董良珮、总参作战部副部长雷英夫的女儿雷小雁的名，说她们是坏孩子，是受家庭影响。原来，北京大学聂元梓贴出"第一张大字报"后，江青一屁股坐在了聂元梓一边。贺晓明等作为代表与江青展开了辩论，辩论达3个小时，使江青恼羞成怒。骂起她们受家庭影响的话来，江青还气急败坏地把她受"围攻"的情况报告了毛泽东。毛泽东听了，淡淡地说："都是娃娃儿。"

江青发急地说："娃娃们敢这么闹，一定有贺龙他们的支持！"

毛泽东说："贺龙、雷英夫的情况，中央都清楚。"

毛泽东对此不积极，江青也没了办法。江青又讨好似地找到贺龙说："老总啊，主席是保你的，我也是保你的，你女儿围攻了我3个多小时，我都没在意。"

贺龙自然知道江青在这其中扮演的角色，他对薛明说："主席伟大，夫人难挡啊！"

8月1日，中共八届十一中全会在人民大会堂东厅召开。会上，毛泽东面孔冷峻地说："中央自己违背自己的命令。中央下令停课半年，专门搞'文化大革命'，等到学生起来了，又镇压他们。说得轻一些，是方向性问题。实际上是方向问题，是路线问题，是路线错误，违反马克思主义的。"毛泽东又用严厉的语气批评北京市委书记李雪峰说："说反对新市委就是反党，新市委镇压学生群众，为什么不能反？"毛泽东提高声音说："北大聂元梓等七人的大字报，是20世纪60年代的巴黎公社宣言——北京公社。"

会上，刘少奇主动承担了责任。

会上，毛泽东写出了《炮打司令部——我的一张大字报》。

八届十一中全会改组了中央领导机构。选举毛泽东、林彪、周恩来、陶铸、陈伯达、邓小平、康生、刘少奇、朱德、李富春、陈云为中央政治局常务委员。刘少奇的排名由第二位降到第八位。而林彪一跃成了第二位，真可谓一人之下，万人之上。

刘少奇对这些突如其来的形势虽然不理解，但是，出于多年来对毛泽东的信任和服从，他还是习惯性地认为自己一定是犯了错误。所以八届十一中全会后，他马上就吩咐自己的司机，以后和其他领导人一起出去的时候，开车千万不要再抢前，要排在第八位。在10月举行的中共中央工作会议上，他又诚恳地作了检查，真诚地希望自己的检查能够得到别人的谅解。

贺龙在会间和会后的一系列解决所谓刘少奇、邓小平的"问题"上，没有发言。一次，毛泽东问贺龙："你发言了没有？"

贺龙回答说:"还没有。"

毛泽东说:"怎么不讲一讲?"

贺龙内心痛苦地回答:"报告主席,我上不了纲噢。"

毛泽东没有再说话。8月18日,毛泽东第一次登上天安门,检阅红卫兵,贺龙也被通知参加。而在登城楼的军委副主席中,只有贺龙没穿军装。当时,贺龙对上城楼穿不穿军装开始没在意,当他看到毛泽东和其他军委副主席都穿军装时,才感到会议非同小可,当即派人从家中取来,而此时,活动已近尾声。

贺龙的这一情况被叶群发现了。她对军委办公厅的警卫处处长宋治国说:"你了解一下贺龙为什么不穿军装?"

宋治国听了这位红得发紫的二号人物的指示后,诺诺连声。当即进行了了解,而后,把情况报告了叶群,叶群对部下一向会使小恩小惠,当即夸奖了宋几句,宋治国很高兴。

8月22日,总参谋部领导号召机关开展"文化大革命"。8月25日,总参谋部作战部部长王尚荣等几位部、局领导和一部分群众一起给当时的总参谋部负责人贴了一张大字报。在大字报上签名的还有贺龙办公室的人。由于王尚荣是红二方面军的人,又与贺龙关系密切,这下麻烦大了。林彪知道后,立即说这些人的行为受贺龙指示,是"反革命事件",是贺龙"到处插手"、"夺权"的证据。

次日,林彪在这一份材料上又批示:"八·二五"事件与不久前煽动空军颠覆吴法宪、海军反李作鹏、王宏坤等"同出一个根源",并据此报告了毛泽东。

林彪说的贺龙在海军反李作鹏、空军反吴法宪的情况是这样的:1966年5月27日,海军党委三届三次全体会议召开。按照预定的议程,会议有3个议题:一是学习讨论中央关于"文化大革命"的指示;二是传达上海中央工作会议和中央工作小组会议的精神,批判罗瑞卿的错误,肃清其影响;三是传达贯彻毛主席关于战略方针问题的指示和"五·七指示"。会议分党委会、党委扩大会、党委全会3个阶段进行。军委派叶剑英办公室副主任莫阳、总政组织部副部长刘德润、总政干部部副部长朱光3人组成军委联络小组,参加了会议。但是,由于李作鹏、张秀川背着多数常委搞小动作,散布肖劲光、苏振华问题严重的言论,使会议陷入无休止的争论之中,使议程一拖再拖。到了6月15日后,矛盾进一步公开化。肖劲光、苏振华多次检查都通不过。李作鹏等人目的很清楚，就是要把肖、苏打倒。6月17日，党委全会转入了党委扩大会议，在李作鹏控制的会议领导小组以党委名义向军委的报告中，写上了这样一段话："海军内部长期存在着两种建军思想、两条建军路线的斗争，虽然1963年1月党委扩大会议和1965年12月'三·二'会议等多次批判斗争，但始终未得解决……问题不解决与罗瑞卿的影响干扰有极大关系……海军问题不能再拖下去了……一定要在这次党委扩大会上，放手发动群众，充分发扬民主，彻底地揭盖子，摆问题……不论是谁，不论错误有多大，是什么性质，都要彻底查清楚，明辨是非……"

于是，批肖劲光、苏振华的热度越来越高。7月2日，有3个小组提出肖、苏是批判重点，要王宏坤出来领导会议。这个情况登在了简报上，实际上是公开提出撤换领导问题。

海军的情况引起了中央和军委的重视。叶剑英给林彪打了电话，提出通过一个会议撤换领导是极不正常的。林彪给了一个模棱两可的回答，他一面说海军现领导不能变，一面又说李作鹏、王宏坤、张秀川的成绩很大。叶剑英把情况又报告了毛泽东主席。7月4日，由刘少奇主持中央政治局常委会议，专门研究了海军党委扩大会议的问题。刘少奇严肃提出："夺权是第一位的错误，其他错误是第二位的。"

政治局常委会议对海军的会议作了3条指示：一、不能够也不允许搞地下活动，应按党的民主集中制的原则，公开讲自己的意见，进行批评和自我批评；二、肖、苏已进行了自我批评，应欢迎，不够的，以后再讲，其他同志也应洗洗澡；三、由会议本身作出决议撤换领导，这种方式是错误的。

7月7日下午3时半，军委第五十二次常委会议在三座门召开，海军9名常委列席了会议。贺龙、徐向前、聂荣臻、叶剑英等参加，陶铸亦参加。叶剑英讲了中央政治局常委和林彪的指示。会上，贺龙表了态："搞地下活动是第一位的错误，有问题摆到桌面上来嘛，不要搞阴谋。"

几天之后，中央军委常委会议又讨论空军的问题。贺龙在发言中批评吴法宪"只报喜，不报忧，空军的许多成绩都是假的"。

贺龙的这些讲话，自然很快就传到了林彪的耳朵里。

在一次中央碰头会上，林彪恶狠狠地说："贺龙这个人，主要危险在毛主席百年以后，怕那时会放炮起哄，会闹乱子！"

贺龙在 7 月 11 日晚谈到林彪时，愤愤地说："只要我不死，我就要同他林彪斗到底！我就不相信他这一套。他这个人为什么不能反对，他能代表党？反对他林彪就是反对毛主席？就是反党？就是反革命?！他林彪就是想利用党和毛主席的威信来吓唬人，使别人不敢讲话。"

林彪知道贺龙不比罗瑞卿，动贺龙比罗瑞卿费力，但他知道大树只要晃动，就会晃倒的。他在屋内眼望屋顶想了一天，对叶群咐耳低言的说了一番话，直说得叶群连连点头。林彪授意叶群搞诬告贺龙的材料。

8 月 31 日，吴法宪在人大会堂浙江厅根据林彪授意，叫傅传作等人写诬陷贺龙的材料。并将写成的材料报给了叶群。

9 月 2 日，林彪打电话给李作鹏说："你要注意贺龙，贺龙实际上是罗瑞卿的后台。他拉了一批人来反我。军委要很快开会解决他的问题。你就这个问题尽快写个材料。"

李作鹏在电话里连连说："好，我就办。"

9 月 3 日，吴法宪和另一位空军主要负责人给林彪写报告，诬蔑贺龙，并转述了一名空军领导干部 1966 年 8 月 30 日对贺龙的"揭发"，认为空军党委十一次全会在会议前期方向偏了，是和贺龙在上面的幕后活动有很大关系的。林彪将此报告和所附材料送给了毛泽东。

9 月 5 日，张秀川给毛泽东、林彪写信诬陷贺龙，称："我觉得他不够正派，对林副主席、对毛主席的领导抵制和有反对情绪……"

一时间，诬陷贺龙的信一封又一封地送到了毛泽东的手中。

9 月 5 日这天，毛泽东要其秘书徐业夫打电话与贺龙，要贺龙到游泳池来。

贺龙听说毛泽东召见自己，对薛明说了句"毛大帅召我"，即匆匆出了门。

贺龙乘坐红旗轿车很快到了中南海游泳池。卫士将他引入毛泽东作为起居的休息室。

毛泽东握着贺龙的手。两位年逾 7 旬的开国元勋到了一起。毛泽东摆个手势，贺龙坐了下来。毛泽东说："叫你来看封信。是吴法宪写的。"

贺龙听了毛泽东的话，心头一震，对这些人的"阴状"，既在意料之中，也在意料之外。他从毛泽东手中接过信，戴上花镜看去，由于心急，手竟有些发抖。毛泽东说："不要急，慢慢看。"

贺龙很快看完了。没待他开口，毛泽东说："黄立清、傅传作去了你那里，回到空军就闹事。吴法宪有意见，就写了这些，林彪把信转给了我。"

因是诬告，贺龙气得有些脸色发白。他说："空军开会的招待所离我住的地方不远，黄立清他们休息时遛达到我这里，随便聊聊。也没说什么。"贺龙停了一下又说："从信中看，吴法宪对我意见不小，要不要找他谈谈。"

毛泽东把手一摆，说："不用谈了。对你我了解。"毛泽东又说："你还不知道，就这十几天内，我收到告你状的信十几封，炮弹都冲你来了。"

贺龙一惊。毛泽东又笑着说："你不要紧张。这么多年，我对你还不了解嘛。抗战初期，你在晋西北时，有人告你状的事还记得不？"

贺龙说："过去的事还提作甚？"

毛泽东说："当时我说了你 3 条，一是忠于党，二是忠于人民，对敌斗争狠，三是能联系群众。一句话，我做你的保皇党。"

贺龙听了，很受感动。他想不到毛泽东在这时刻，会说出这样的话。他不由得向毛泽东投去感激的目光。

当下，二人又谈了许多往事，直到中午。这一谈，把贺龙连日来心头的许多不愉快都谈没了。

而后，毛泽东对贺龙问题明确表了态：对贺龙要一批二保。

# 出卖灵魂的人

叶群听了毛泽东的指示，急得像火燎腚似的，急急地对林彪说："主席要保贺龙了。"

林彪不动声色地说："你慌什么，现在是撼大树。比如一棵大树，先要断其根，根都断了，树自然就倒了。如今，总参的王尚荣、空军的黄立清、工程兵的谭友林、四川的黄新廷，还有谷志标、樊哲祥等等，都要先打倒，先断其根。"

接着，林彪又附耳言如此这般说了一遍。

尽管毛泽东指示要保贺龙，但林彪一伙对贺龙的攻击不仅没有停，反而更加变本加厉。

就在毛泽东同贺龙谈话的第二天，李作鹏给林彪写信，密告贺龙反对"四好连队"运动。反对"林副主席派李作鹏、张秀川到海军工作"。

9月8日，林彪在中央军委会上发言继续攻击贺龙。

也是9月8日这天，叶群正在人民大会堂浙江厅门口行走，她突然又见到了军委办公厅警卫处处长宋治国。当时，林彪在毛家湾的驻地正在扩建，他与叶群都住在人民大会堂浙江厅。当下，叶群把宋治国领到新疆厅，很关切地对宋说："现在很多干部都向中央写信，反映贺龙的问题，你为什么不写呢？"说完，叶群望着宋治国，听他回答。

宋治国说："我不了解情况呀？"

叶群说："不了解大事还不了解小事吗？你是警卫处处长，经常出入贺龙家，我不信磨道里找不见驴蹄印儿。又说："这可是考验你忠不忠于毛主席、林副主席的立场问题。"

宋治国心领神会，当即向叶群表了忠心。

9月9日晚上，毛泽东让秘书徐业夫给贺龙打电话说："经过和林彪还有几位老同志做工作，事情了解了。你可以登门拜访，征求一下有关同志的意见。"

贺龙虽然对告阴状的人一肚子气，可他还是强忍着给林彪打了电话，要去见他，林彪答应了。叶群知道后却急了，她怕贺龙带着枪杀了林彪，遂要林办负责警卫的秘书李文普带几个人埋伏在屏风后面，保护着林彪。在人大会堂浙江厅，贺龙见到了林彪。林彪站了起来奸笑着，声音低得让人难以听见："来啦。"

贺龙说："林总，你的身体还好。"

林彪说："就是那样子。"说着用手指了指沙发。

贺龙坐了下来，开门见山地说："主席要我跟你谈谈，听说你对我有意见。"

林彪把手一摆："没有，我对你没意见。"

贺龙说："我批评过吴法宪，也批评过李作鹏。像空军跑飞机到台湾的事，我就批评过吴法宪，把他批哭了。可都是当面的。他们背后嘀嘀咕咕地告我状，不光明正大。"

林彪说："他们比你小，有些事想的没你远。也可能反映的有不对之处，有则改之，无则加勉。"

贺龙说："主席让我来征求意见，怎么会没有意见呢？"

林彪想了想，扬起死灰一样的脸，说："意见嘛，也有一点儿。你的问题可大可小，今后嘛，主要是要注意支持谁、反对谁的问题。"

林彪的话说得不紧不慢，可话中份量很重。贺龙待林彪说完，猛地站了起来，说："这个问题很简单，我紧跟党中央、毛主席，谁反对党中央、毛主席，我就反对谁!"

贺龙这么一起身，可把屏风后的叶群吓坏了，她以为贺龙要对林彪下手了。这时，林彪端杯谢客。贺龙走后，叶群急急跑了出来，赶快给林彪擦汗。原来，林彪已被贺龙的动作吓冒了汗。

接着，贺龙又同毛泽东要他找的其他几个人谈了话。但是，由于这些人都参加了林彪主持的谈贺龙问题的会议，所以对贺龙都很冷淡，贺龙便不多说话了，只是礼节性地访了一遍。贺龙从这些人的眼神中，已料到自己凶多吉少了。一次，秘书问他要不要做皮鞋，贺龙摆了摆手，说："不用做，够穿了。"

再说宋治国，自从向叶群表忠心后，从9月8日到9月22日，先后写了5封揭发贺龙的信。其第一封信写了关于国家体委的所谓"3天销毁120部电台问题"。第二封信中写道："敬爱的林副主席：结合伟大领袖毛主席的大字报、十一中全会的精神的传达，作为一个共产党员，我觉得有些事，情况很不对头，为避免发生对保卫毛主席、林副主席、党中央不利的事，我再次向林副主席报告几点：一、我觉得贺龙与罗瑞卿、彭真、杨尚昆来往密切，经常密谈。听说，贺龙与薛明结婚，就是彭真介绍的。后来薛明又将跟她一起工作的一个人介绍给贺龙的外甥廖汉生。这个人是杨尚昆的亲戚。二、常去他家的人，神态也不正常，特别是罗瑞卿、彭真问题发生后，他们很紧张。在空军、海军、地方上到处拉人打桥牌，牌桌上无话不说，许多工作在牌桌上决定。罗瑞卿问题揭发后，他们一伙里的人还给贺龙送去一大筐桔子。三、体委荣高棠天天去贺家，万里也常去密谈、吃、喝、玩、乐、钓鱼。柯庆施在上海开刀后，被贺龙拉到西南养病，整天打牌、钓鱼。不久累死了。他们又多方安抚柯的家属，使她有话说不出来。这些情况，我很担忧，疑虑。为了保卫毛主席的绝对安全，特向您们报告我知道的一些情况。"

宋治国在9月19日的信中写道："林副主席：我现在又听到和看到一些不正常的情况，为了保卫党中央、保卫毛主席、林副主席的绝对安全，再次向首长报告几点。一、……贺（龙）本人的房间里保管一支精致进口的小手枪，夜间睡觉时常压在自己的枕头底下，外出时带上，不知为了什么？他还让身边的警卫人员带上步枪和机枪，并让每天带在身上，这也不知为什么？二、他对警卫人员的教育不是政治挂帅，而是业务挂帅，如教育人家如何将枪法练好，并要求每个警卫人员要练得百发百中。贺龙经常到警卫分队去打扑克，乱扯乱谈，这是在拉拢部队，也不让调换。弄得这个分队经常说好……过去出去要'跟车'，现在对警卫处跟车不满，怀疑心很大。因为怕出事，我就赶写出来。我认为这是不正常现象。"

宋治国在 9 月 21 日的信中写道："贺（龙）家有枪：八音枪 1 支，子弹 20 发。白郎宁手枪 1 支，子弹 2 发。十二号猎枪 1 支，子弹 1037 发。十六号猎枪 1 支，子弹 1989 发。宋治国。"

宋治国在 9 月 22 日的信中写道："……罗瑞卿的家里，办公桌子下面，是贺龙全家的照片。罗瑞卿天天看，但没有毛主席的照片。听说怕人家发现，有客人去，他们还拿东西掩盖住。贺龙到现在还保留着他在旧军队时的照片。"

当叶群看了宋治国写的第一封信时，就故弄玄虚。她当着几个秘书的面问宋治国："你揭发贺龙的材料属实吧？若实我们就送，若不实就不送。"

宋治国连连说："属实，属实。"

当叶群问宋治国写此信怕不怕时，宋治国说为了保卫毛主席、林副主席，他什么都不怕。叶群点着头，又对几个秘书说："你们写个证明材料，证明宋处长送材料的经过。"

于是，三位秘书写了一份《关于宋治国写材料的情况证明》，材料写道："宋治国同志几次写信给林副主席，反映了有关贺龙副主席的一些情况。9 月 8 日，叶群同志根据林副主席指示，嘱我们将宋的来信转给叶副主席（转上信件末尾的署名，均用×××，而未用宋治国同志的真实姓名，原件均系宋治国同志亲笔誊抄和署名，已存档）。文件送出前，叶群同志对宋治国说：'你写的这些材料是否都是事实？是，我们就送，不是，我们就不送了。'宋治国同志说：'完全是事实。我完全负责。'他还说：'为了保卫党中央，为了保卫毛主席，我要向首长反映这些情况，我什么都不怕。'他说这些话时，我们三个都在场。林办秘书张春生、赵根生、张云生，1966 年 9 月 8 日。"

叶群看后不满意，于是又由她口授作了修改，在前面加了一段话："在'文化大革命'中，有很多同志来向主席和林副主席反映情况。宋治国同志几次写信给林副主席反映情况。第一封信写于 9 月 8 日，是关于体委系统曾于今年5月限令3天销毁120部电台问题，此事报告组织后，经查对属实。'文革'小组、康生、叶副主席、总理都非常重视，并已成立专案组，由谢富治同志任组长，李天佑同志为副组长。第二、第三封信都是反映贺龙及其他同志的情况。这些，都是他亲笔写出的材料，叶群同志都及时念给林副主席听了。林副主席认为有参考价值，当即批呈主席，并送军委叶副主席。主席阅后，指示连同空军写的5份材料、王新亭副总长写的材料一起抄写几份，分送总理、陶铸、先念、富治。这些都是叶副主席直接交军委办公厅路扬、金涛两位同志承办的。"

此稿中间删去了"（转上信件末尾的署名，均用×××，而未用宋治国同志的真实姓名，原件均系宋治国同志亲笔誊抄和署名，已存档）"一段。全文末尾加上改写的如下一段："当时发现宋治国同志有些怕打击报复的情绪，所以往外分送他的材料，签名只用×××（档案原件如此）。"

材料经叶群如此口授改写后，"深刻"多了，也更增加了写此证明材料的必要性。同时也充满了贺龙可能报复的恐怖气氛。这些，正是叶群所需要的。

三位秘书知道这些信非同小可，于是留了个心眼，在证明材料存档底稿上加了如下的注解："这是赵、李、张三秘书根据主任指示写的关于宋治国材料问题的证明材料，后又根据主任指示作了修改，这是修改稿的底稿（钢笔写的原来的，铅笔写的是主任口授加上的）。"

宋治国的5封信引起了中央警卫局领导的高度重视，遂进行了调查。调查中，又有人告密说："贺龙有支小枪，'文化大革命'开始后放在董必武的女儿董楚召那里了。董必武女儿随父住中南海，贺龙目的是藉到怀仁堂开会之机，从董必武女儿那里取上枪，用来暗杀毛主席。"

今天看来，这是一件十分荒唐的事，可在当时，则是件了不得的大事了。关于此段公案，董楚召后来回忆称："1967年春末夏初的一个中午，爸爸刚刚从中央开了会回来，走到后院来叫我，我闻声赶忙跑过去。爸爸的神情有些不安。……爸爸微微地皱着眉，看着窗外的蓝天，慢慢地问我说：'是不是贺老总给了你一把手枪？'爸爸的情绪感染了我，我'嗯'了一声承认着。爸爸转过脸看着我，两只手都扶在后腰间，又问我说：'这枪是不是叶向真在'文化大革命'初交给你的？说是替贺老总收藏的？'我听了这话，简直莫名其妙，但也品出些不对头的味道。我于是先回答了一句：'不是。'就赶快搜拢那逝去了十多年的记忆……那是我们搬入中南海前的一个夏末的星期日，哥哥约了叶剑英叔叔的儿子选宁和女儿向真等一大帮孩子——大部分是男孩子，我实在记不清都有谁了，那时我也跟在哥哥的后面。我们一起去看望贺老总。贺老总在他的客厅里愉快地接待了我们，他手里拿着已和他浑然一体的烟斗。贺老总豪爽的气质鼓励了所有在坐的年轻人，男孩子们纷纷向贺老总要鸟枪，贺老总一口答应了并立即让他们自己去挑选……男孩子们一涌而出，只有我还坐在那里，尽管心里也想要一支枪，但我有点胆怯，不是怕枪。心里正盘算着怎么说明白女孩子也可以玩枪，也应该玩枪。也许贺老总看出了我的犹豫，他走了过来，站在我的面前，把烟斗从嘴里拿出来，微微地弯了腰，背过手去，问：'给你什么呢？也是枪，好不好？'我高兴得站起来，连连说：'好，好，好！'贺老总笑了，回头叫着一个什么人，说：'去把那支小手枪给女娃娃拿来。'拿来了，那是1支小巧的手枪和4粒子弹。枪完全像一个玩具。……回到家里，我们送给妈妈看了……妈妈又教我擦枪，她是打过仗、带过兵的人，枪对她来讲并不陌生。擦好枪，统一由妈妈收藏起来了……爸爸听了我的叙述，精神明显地放松了，说：'今天开会，总理留住我，说：你女儿在北京吗？我说：在呀！总理小声地说：有人说，你女儿最近从叶向真手里接收了1支小手枪，枪是贺龙同志的。那人还说，贺龙同志借到怀仁堂开会之机，到你女儿那里拿枪，来暗杀主席的。'我听了这个类似'天方夜谭'的话，感到无限惶遽和愤懑！……爸爸说：'你去把枪找出来，交到中南海警卫局。现在就去找。'……当天下午，在妈妈的帮助下翻箱倒柜地找到了我阔别了十多年的小手枪。那可爱而又可怜的珍品，被几层布包着，因为多年没有人动它，它锈蚀了，枪栓都拉不开了。……第二天早饭后，爸爸要我立即把手枪送到警卫局。……警卫局出来一位三四十岁的男同志。他听了我关于枪的全部叙述后，查看了枪，先轻轻地拉了拉枪栓，拉不动，才又鼓起很大的劲去拉，这样，才动了一点。他笑了笑，说：'这支枪根本没法用了。'他收了枪，走了。"

再说宋治国，出卖了灵魂之后，又多次主动写材料送给林彪、叶群，为林彪反革命集团迫害贺龙提供炮弹。到1968年6月27日，他又先后写了诬告信13件，打电话11次。诬告总参、总政、北京军区、国家体委等单位的领导人，说他们"可疑"，是"坏家伙"、"反革命两面派"、"反革命分子"等，涉及21人。

宋治国还于1966年10月6日、1968年3月24日两次给林彪和叶群写效忠信和决心书，信中说："林副主席和您（叶群）对我这样的信任和重用，使我的一家千秋万代也不能忘记"，"冒死写给首长有关贺龙的几份资料报告"，"我知道这个问题的重要性"，"就是赴汤蹈火，在所不惜"。

宋治国把自己死死缚在林彪一伙的战车上，甘当奴才，但是，林彪、叶群利用完他后，就又一脚把他踢开了。叶群对吴法宪说："胖子，宋治国对我们倒是很忠诚，可他知道的事太多了，你给他找个地方吧。"

于是，吴法宪把宋治国安排到山西晋南临汾的一所航空学校当了个副校长。宋治国本来是正师职，到了那儿却成了副师职。

宋治国是河北完县人，1921 年出生，中农，学生出身。1938 年参加革命，1939 年 2 月加入中国共产党。历任通信员、排长、警卫参谋、副官，"文化大革命"前调到中央办公厅任警卫处处长。

1971 年"九一三"事件后，宋治国因参与林彪反革命集团阴谋活动，于 10 月 26 日被押回北京，由空军隔离审查。1972 年 10 月 31 日由中央专案组审查。1978 年 5 月 20 日经党中央批准，由中华人民共和国公安部依法逮捕，同时被开除中国共产党党籍。

对于宋治国写诬告信的情况，林办秘书张云生写了相关材料："林彪、叶群运用阴谋手段迫害贺龙等我军许多高级干部，目的就是篡党夺权。他们指使一些人写证明材料，以掩盖自己的罪行。我在整理和参加签名的《关于宋治国写材料情况的证明材料》时，就已发觉这份证明材料是假的。但由于慑于林彪、叶群的权势，当时没有据实强辩，事后也没有向毛主席、党中央揭发。因为觉得心有愧，我曾在林办存档的假证明底稿上偷偷注明这份证明材料完全是根据叶群的授意写成和修改的，但这也只能证明自己的软弱。这个底稿和小条现存在档案里，请未来的人们去评断吧。"

宋治国也于 1975 年 10 月 17 日写了交待和说明情况的材料，他写道："关于我写贺龙同志的材料情况：1966 年 8 月 18 日伟大领袖毛主席在天安门上第一次接见红卫兵的时候，我去执行警卫任务时，碰到反革命分子叶群。她问我：'你也来啦？'她又说：'今天的场面真大呀，也很隆重。你看今天的首长们都穿上军装了，我们伟大领袖毛主席也穿上了军装，为什么贺（龙）没有穿军装呢？'叶群又说：'昨天晚上是有通知的，军队首长们都要穿军装，贺（龙）不穿是什么原因呢？（当时我并没有注意到贺龙同志没有穿军装）我说：'不清楚。'她说：'你回去后问一问他的警卫人员为什么不穿。'（后来警卫人员拿来穿上了）她又说：'看他的精神面貌也没有以前那么好。'后来我根据她说的情况问了贺龙同志的警卫杨青成同志，据杨说，贺说他又不是管军队的穿什么军装……我向她汇报以后，她要我写一个情况报告给她，她还说：'你写这几个问题时，以你主动向我反映情况的口气写，不要以我指示你了解的口气写。'过了几天叫我到林贼那里去搞警卫（住人大会堂）。叶群口述叫我记写贺龙同志的材料。据我的记忆中有几件事：柯庆施同志的逝世和他们有关。李井泉把柯老请到成都去养病，每天打牌，把柯老的心脏病累复发了，后来逝世的。说成都军区司令员（名字忘记了）和贺的关系很好，给贺在成都那里修了一个地下宫殿。贺和罗瑞卿的关系也很好，罗的爱人郝志平由地方到部队来是通过贺的关系才到部队的。贺的儿子和刘少奇的女儿关系很好，他们是拥护刘少奇派工作组到学校去的，曾在贺的家里开过拥护工作组的会，李井泉两个儿子参加。贺不干工作每天去钓鱼。听说贺到现在还保存了他在旧军队时候的照片，这个人旧军队的习气很浓厚。最后她说：'由你的口气整理一下，把它抄一份上报中央。写这个材料就是为了保卫毛主席、保卫党中央。'她又说：'现在有好多高级干部向我们反映了贺的情况。"宋治国写道："叶群问过我谁好到贺龙同志的家里去，我说我所知道去的人有廖汉生，说廖是贺的外甥，是亲戚关系。有王尚荣，他们是老上下关系。叶群说还有李井泉、余秋里、傅传作，还有东北空军的一个司令员（名字忘记了，她说贺曾提出过叫这个人当老公安部的副部长），他们这几个人都是原120师他的老下级。后来她叫我重抄了一遍送给了她。最后叶群叫我写了一个打倒贺龙同志这样一个内容的决心书。大致的内容是：我是一般干部向你们反映几个问题。我为了保卫毛主席、保卫党中央、保卫林副主席（保卫林贼这句话是我加的），赴汤蹈火再所不惜。"宋治国又写道："当时我是很信任她的，认为她说的或做的事都是林贼的意思，还认为给他们办的事是不会有什么错误的。说明叫我去办这是对我的信任。为了靠近他们，为了不失去他们对自己的信任，所以叫做的事都是惟命是从给他们尽力去办。以上情况都是我这几天再三回忆的。"

1980年9月，最高人民检察院特别检察厅和最高人民法院特别法庭在审判林彪、江青反革命集团主犯前，宋治国被移交中央纪律检查委员会第二办公室审理。后又移交空军政治部保卫部审理。1981年，中国人民解放军空军军事检察院和法院审理后认为："宋治国参与林彪反革命集团诬陷贺龙等党和国家领导人的事实清楚，证据充分。根据《中华人民共和国刑法》第 138 条的规定，已构成反革命诬陷罪，应起诉判刑。但鉴于宋治国是在叶群的指使下参与犯罪的，在审查期间，认罪态度较好，建议免予起诉。”

随后，宋治国所在的北京军区空军党委对其提出了处理意见。1982年 6 月 10 日，空军政治部对其处置意见进行了批复，空军党委做出决议：宋治国退出现役，每月发生活费 120 元，政治、医药均按一般干部待遇，审查、关押期间扣发的工资不补。

宋治国由警卫处长、航校副校长到被长期关押、审查，并差一点被判了刑；由中共党员、中国人民解放军高级干部到被开除党籍、军籍，送地方按一般干部待遇、管理，这就是他出卖灵魂的下场。

## 周恩来说：“等到秋天，我接你回来。”

1966 年的 10 月 1 日、10 月 18 日，毛泽东第四次、第五次接见了红卫兵。贺龙也陪同前往。

10 月 23 日，中共中央工作会议召开。在这次会上，刘少奇、邓小平作了检讨发言。会后，即开展了“扫除阻力，搬掉绊脚石”的“批判资产阶级反动路线”的运动。11 月 13 日，中央军委“文革小组”在北京工人体育馆召开大会。贺龙、陈毅、徐向前、叶剑英出席了大会，并给来京串连的军事院校的师生做工作，要求他们不要冲击军事要地，抢劫国家档案。会上，贺龙念了写好的发言稿。贺龙说：“应当发扬解放军既是战斗队又是工作队的作风，在串连途中积极宣传毛泽东思想。为人民群众做好事。”谈到纪律时，贺龙说：“应着军装，发扬三八作风，模范遵守三大纪律、八项注意，不铺张浪费，不搞特殊化，不泄露军事机密，不携带机密文件，不携带武器。”贺龙特别要求院校师生“不介入、不干涉地方的‘文化大革命’，不参加地方炮打司令部、上街游行和吵架一类活动。”

这是贺龙一生中最后一次在公开场合的群众大会上讲话。

对于贺龙的讲话念稿，林彪知道后“哼”了一声说：“他已经谨慎了。”

这时候，红二方面军的许多人被打倒和抓了起来。对这些人，贺龙仍尽力去保。一天，康生对贺龙说：“你知道杨植林这人吗？”

贺龙说："知道。"

康生说："他在大青山打游击时，到伪军工作，成了叛徒。"

贺龙驳康生的话："他是归绥地区的中共地下党员，他去伪军中工作是组织上派去的。"

贺龙的话驳得康生哑口无言。

这时，东交民巷8号贺龙家的门前，造反派一拨接一拨。一个星期六的晚上，"北航红旗"的造反派把大门围住，喊叫着要揪李明清。李明清是李井泉的儿子，自小被贺龙抚养大。李明清和吴先虎等在北航以"八一纵队"名义写了一张大字报，题目是《炮打……》林彪、叶群认为李明清之举必受贺龙指使，遂煽动造反派去贺龙家揪李明清。

造反派团团围住贺龙家，大喇叭一声比一声高。

那个态度发生了变化的秘书不是去为贺龙分忧，而是趁火烧鱼，他一遍遍地催贺龙："不交人，他们就要进来搜了。"

面对这些红卫兵，贺龙真是没了办法。对这些娃娃，打不得骂不得。贺龙被秘书催得发烦。他把手中烟斗一放，走到门口，对警卫说："把大门开开。"

门开了，贺龙站在大门口，虽然他是70岁的人了，但元帅伟岸的身影把红卫兵们镇住了。乱哄哄的门前顿时鸦雀无声。

这一次，贺龙保护了李明清。然而，李明清终没保住。他最后还是被"北航红旗"的造反派活活打死了。

最使贺龙束手无策的是体委的那些小将造反派。1966年底，这些造反派在林彪、江青唆使下，在贺龙家围攻贺龙，搅得贺龙日夜无法休息。而对这些人，贺龙又无法发火，因为他们不是战场上的敌人。贺龙气得骂道："真是活见鬼了！"

贺龙不能冲娃娃们发火。他知道娃娃们是单纯的，是忠于毛泽东的，而他贺龙也是忠于毛泽东的。贺龙此时真不知所措了。

贺龙时已70岁，又患有高血压和糖尿病。周恩来知道他遭造反派围攻的情况后，遂要贺龙到钓鱼台6号楼暂住。贺龙遂住到了钓鱼台，时为1966年12月25日。

次日，周恩来又决定要贺龙住到新六所。他对贺龙说："你好好休息，家中的事由我安排。"

于是，贺龙又从钓鱼台搬到了新六所。新六所在翠微路附近，50年代曾作过苏联专家的招待所，大部分房屋已破旧，无人居住。贺龙住在了新六所的 4 楼。

这时，叶群不断向江青嘀咕："林总最怕的就是贺龙比他身体好。"

江青心领神会。在 1966 年底的一次会上，江青突然提出要揪出贺龙，说："你们不干，我去触动他。"

当时毛泽东说："此事现在不议。"

江青发疯似地转向毛泽东说："毛主席，不让群众起来，我要造你的反！"

谭震林听了怒斥江青："你有什么权力胡闹，你是什么东西！"

毛泽东立即宣布散会。

12 月 28 日，中共中央政治局召开会议。贺龙参加了会议，毛泽东亲切地与贺龙打招呼，并要贺龙坐在前面。这是贺龙生前最后一次参加政治局会议。

然而，形势越来越严峻。两天之后的下午，江青来到清华大学，对贺鹏飞说："你爸爸犯有严重错误，我这里有材料。你告诉他，我要触动他啦，还有你妈。也不是好人。"

接着，江青接见了解放军政治学院造反派。江青说："贺龙有问题，你们要造他的反。"

江青这把火点起来了。当天，解放军政治学院的造反派传出了风，要到新六所抓贺龙。

薛明急了。这当儿，她能求谁呢？只有求周恩来了，她 3 次向周恩来告急。贺龙在室内焦躁地踱来踱去。他突然停住脚，对薛明说："我们回家，回东交民巷，有什么了不得。"

薛明只得依他。

车过人民大会堂时，贺龙说："去看看总理，告诉他我们回家了。"

当时，周恩来正在开会。秘书转达了周恩来的话，要贺龙不要回家，先到他家休息。贺龙、薛明只好到了周恩来的家。邓颖超让工作人员在西花厅为贺龙、薛明搭了张床。他们只好住了下来。

这时，林彪、江青一伙对贺龙的火力升级了。1967 年 1 月 1 日，《人民日报》、《红旗》杂志发表元旦社论，号召对"走资派"展开总攻击。1 月 4 日，江青在中共中央政治局会议上唾沫纷飞地说贺龙是坏人，搞阴谋，要把贺龙端出来。1 月 6 日，张春桥、姚文元、王洪文一伙在上海刮起了"一月风暴",夺了上海市的党政大权。1月9日,林彪在中委碰头会上说:"不但军队到处伸手,而且地方也到处伸手。贺龙搞大比武是个大阴谋,罗的后台就是贺龙。贺龙是大土匪,土匪出身,用送礼、拍肩膀,介绍老婆搞旧军队一套。40年来灵魂深处是个大野心家,他吃了饭不干事,经常在家请客,拉拢干部。许多军区、军种、兵种都有他的人。贺龙是反对毛主席的,他是一个封建地主野心家,混进党内捞资本……"林彪又说:"空军的成钧就是要夺权的,这是贺龙搞的。这些坏家伙,你不斗倒他,他就斗倒你。不是什么宗派斗争。你想躲也是不行的,想防御也是不行的,只有进攻,这是不以人的意志为转移的。我们一定要认真地进行'文化大革命',把无产阶级'文化大革命'进行到底!"

会上,戚本禹说:"贺龙是个土匪,他是想当皇帝的。现在他还保留着当北洋军阀的照片。他要上台不是搞资本主义,而是封建主义,脑子里尽是男盗女娼。他是军阀,他曾是我们的同路人,这是毛主席的伟大策略调动他的力量。但是,他是假的,他们真是要吃人的,不批臭他们就要犯历史错误。"

国家体委造反派也抛出了一份《贺龙档案材料处理》。这里引用其中最后一页:"1966年11月3日,贺龙借中国体育代表团即将去柬参加亚洲新运会之际,亲自出马召开一名为'出国誓师'实为要挟中央和打击造反派的大会,叫嚷什么:'荣高棠不出国,我们也不出国。'周总理接见运动员,做了细致的思想工作,并当场宣布:'荣高棠不能出国。'贺龙一听,做贼心虚,当即撒谎说:'我受骗了,誓师会我不知道,去了一看才知道糟了,故坐了一会就走了。'11月初,贺龙对几个高干子弟说:'你们跟着小龙没错。'当形势对他不利时,贺对孙志远说:'在必要时要拉孩子们一把。'11月下旬,贺龙对荣高棠说:'乒乓球这面红旗是你蹲点树起来的,是你的功劳。'荣对贺说:'这面红旗是老总正确领导的结果,我是作具体工作的,是按你的指示办的。'末日已到,还互相吹捧。12月中,中央已经不让荣高棠参加中宣部会议,贺还同意荣给陶铸写信,并要他'写长点把情况多说说。'甚至还说:'你检讨要提高点才好过关,错了以后给你平反。'12月16日,贺指使'四野'的学生(体院),在体院广播攻击无产阶级'文化大革命',攻击中央'文革'的反动传单——《一论向新的资产阶级反动路线猛烈开火》。贺龙在总参谋部,他支持反党分子王尚荣、雷英夫(均已被捕),恶毒攻击紧跟毛主席和林副主席的

×××（档案原件如此），阴谋夺权。贺龙为了配合这一阴谋，与薛明合谋起草了一份大字报'炮打总参办公厅党委'。要办公室人员和勤杂人员都签字，贺龙自己却不签字。而王、雷2人的大字报是在后两天贴出的。他们配合的何等默契啊！在空军，贺龙支持反党分子刘震、成钧反对空军司令员吴法宪同志阴谋夺权。贺龙支持彭德怀分子苏振华，颠倒黑白，混淆是非，打击王宏坤、李作鹏、张秀川等左派领导同志40余天，阴谋夺权。贺龙还是刘志坚的后台，破坏'文化大革命'。文化革命开始时，刘志坚盗用总政名义，发出所谓'十条规定'，以压制文化革命。当时西南铁道兵团没有按照这些规定办事，并进行了抵制。刘志坚勾结贺龙，让贺以贺龙名义打电话给西南局，命令他们按'十条规定'，办事。毛主席下令撤工作组后，刘志坚迟迟不执行毛主席的命令，顽固坚持刘邓路线，并叫他老婆打电话给贺龙，强调什么'军队特殊性'、'不能乱'、'整过风'之类的鬼话，还说'刘志坚不同意撤工作组'。这正合贺龙的心思，贺马上表示同意。使刘邓资产阶级反动路线在军内继续得以贯彻。1967年1月初，无产阶级革命派抄了贺贼的老巢，把这个阴谋反党野心家揪出来了。这是毛泽东思想的伟大胜利，这是毛主席革命路线的伟大胜利。"

这当儿，贺龙的许多在军队和地方工作的老部下、老战友被揪出来挨批斗。红二方面军战史编委会被诬为"贺龙的裴多菲俱乐部"。街上的宣传车喊出了"打倒贺龙"的口号。江青亦指使人抄了贺龙的家，抢走了大量的机密文件。

1967年1月19日，周恩来与贺龙谈了一次话。谈话时李富春也在座。原定江青也参加，江青拒绝了。她指使了一伙人架着高音喇叭，对准中南海，高音喇叭里一遍遍传出"打倒贺龙！"周恩来说："我这次谈话是代表中央、代表党组织的。本来江青同志也要来，她临时有事没来。"

贺龙认真地听着。周恩来说："林副主席最近讲了很多你的问题，说你到处插手，插手空军、海军、通信兵、装甲兵。说你不宣传毛泽东思想，反对突出政治，毛泽东百年之后不放心。"

贺龙有些急了，他想开口，周恩来一摆手，贺龙没说话。周恩来说："还有洪湖肃反扩大化的问题。夏曦、关向应、你都有责任，这些问题你要好好想一想。"

贺龙按捺不住要说，周恩来说："你不要说了，毛主席不是和你谈了嘛，他要保你，我呢，也是保你的。"

周恩来不让贺龙讲话。他知道，贺龙对自己的处境不了解，对毛泽东发动的这场"文化大革命"不理解。周恩来已经越来越清楚地看到，对于贺龙，即使毛泽东不打倒他，林彪也要打倒他，因为贺龙对林彪权势的威胁太大了。

贺龙默默地吸着烟。周恩来说："我给你找个地方，先去休息一下，等到秋天，我接你回来。"稍停，周恩来又说："本想让你住在中南海，可中南海也有两派，连朱老总家的箱子也被撬了。为了你的安全，才这样做的。"

贺龙感到很难过，他没想到党中央会这样对待自己。他忍不住说："林彪骂我不奇怪，可党组织怎么也这样待我？把我看成这样的人？"

周恩来走了，贺龙木然地呆在那里。他万没想到，这是他与周恩来的最后一次谈话，是最后一次见面。

1月20日凌晨4时，八三四一部队的杨德中陪贺龙、薛明乘红旗车到了玉泉山，在这里换上了破旧的212吉普车。杨德中说："到前边还有一段路，乘红旗太显眼，只好改用吉普车了。"

薛明心头不由一颤，她预感到更大的灾难将来临。此时贺龙的脸由黄变白，由白变青。他一抬手怒喊了一声："老杨。"

跟随贺龙多年的警卫杨青成过来，向贺龙敬礼说："老总，我在这里。"

贺龙咬着牙说："我迟早要回去的，那些人害我，害不死我！告诉他们，他们要是不照顾好我的孩子，我回来找他们算账。"

此时，贺龙惦记着他的孩子，孩子们都太小了，女儿黎明、晓明才十几岁，儿子鹏飞才23岁，都没成年啊！

贺龙一脸怒气地上了吉普车。1月20日，正是北京最寒冷的季节，破旧的吉普车上没有暖气。贺龙、薛明坐在车上。车沿着不平的山路，驶向北京西山一个与外界隔绝的地方。这个地方叫象鼻子沟，是国务院为战备搞的工事。偏僻，也没人住。三面靠山，只有一条路可以出入。

杨德中对此回忆说："记得周恩来总理最早保护老总，是造反派冲击东交民巷老8号时，老总在那里保不住了，1966年12月26日把贺老总转移到了万寿路新六所，那里是50年代毛、刘、周、朱、任住的地方，但在那里也不安全。1967年1月5日、9日，贺老总两次来中南海找总理，都因总理不在没见着。1月11日，老总又来了，记得当时是贺鹏飞开的车，进的新华门，还有薛明同志，直接到了西花厅，总理和邓大姐接待的。老总从此便住在中南海总理的家里。总理、邓大姐经常安慰他，关心他的饮食。住到 1 月 24 日，中南海也保不住了，周总理又亲自安排老总转移到西山象鼻子沟保护起来，并交待要照顾好老总的生活。这件事是总理亲自交我去办的，并说贺龙同志的工资照发，他要吃什么，就给他买什么，到青龙桥去买，要保证安全。这个任务交给当时的卫戍区副司令员兼一师师长曾绍东同志。当时，乌兰夫同志夫妇带一小女孩也住在那里。屋内设备简陋，床、窗帘等都不好了。那个时候国务院工作人员许多也造反了，办点事情不容易。进去以后，发现自来水管不通，又向总理报告，总理叫修，我们找人修好了自来水管。"

## "二月兵变"

在贺龙、薛明被送到西山象鼻子沟时，整个中国都乱了。中南海内的造反派在刘少奇住处墙上贴出了"打倒中国的赫鲁晓夫刘少奇"等大字报。3 日晚，在戚本禹等指使下，造反派第一次批斗了刘少奇、王光美。1 月 12 日，戚本禹在钓鱼台 16 楼召集中共中央办公厅一些人开会说："刘、邓、陶在中南海很舒服，你们为什么不去斗他们？"

刘、邓、陶系刘少奇、邓小平、陶铸。当晚，中南海内的造反派强行闯进刘少奇住处，第二次围攻、批斗刘少奇。1 月 13 日，毛泽东派人把刘少奇接到人民大会堂谈话。刘少奇向毛泽东提出，自己承担一切责任，尽快解放广大老干部；他辞去国家主席、中央政治局常委和毛泽东著作编委会主任职务，和妻子儿女去延安或回老家种地，以尽早结束"文化大革命"，使国家少受损失。毛泽东未表态。3 月 16 日，中共中央印发了所谓《薄一波、刘澜涛、安子文、杨献珍等自首叛变材料的批示》和附件，把 1936 年 8 月至 1937 年 3 月薄一波等经中共中央批准先后出狱错定为"自首叛变"，并把它作为刘少奇一大罪状，从此全国刮起抓"叛徒"之恶风。

贺龙、薛明到了象鼻子沟后，两个年岁不大的军官把他们带到一间充满刺鼻霉味的房内。室内到处是灰尘，屋角上挂满蜘蛛网，除了一张落满灰尘的桌子和一张床外，别无他物，连个水壶水杯都没有。

经一夜的折腾，贺龙和薛明和衣靠床躺了一会儿。早上，一个小战士送来些粥和馒头，还有两个鸡蛋。贺龙问小战士话，小战士躲躲闪闪地不敢回答。贺龙叹了口气。他要小战士给找个暖瓶来。小战士答应请示一下领导。

象鼻子沟里真是安静极了，除了山就是落了叶的树木和松柏树。贺龙望着山上的积雪，对薛明说："唉，我真不该来这个鬼地方，别人不了解我，难道他周恩来也不了解我？从南昌起义到现在40年了。"他叹了口气又说："看来周恩来的处境也很困难啊！"

薛明望了望胡子花白、鬓角花白的贺龙，说："外边很乱，我们在这儿躲躲也好。只是，孩子们不知怎样了？"

贺龙此时也正惦念着孩子。孩子们太小啦，他们没经过事，这大风大浪，他们能挺过去吗？

自打贺龙、薛明被送到了西山象鼻子沟，贺鹏飞、贺晓明连夜逃到了天津。贺黎明逃到了西直门。她给贺龙的几个老部下和老战友打电话，都没人敢收留她。后来，她拨通了廖承志家的电话，廖承志夫妇要贺黎明到他们那里。他们把她藏在何香凝处。当时中央作出决定，宋庆龄、何香凝受到保护。贺鹏飞、贺晓明跑到了一艘轮船上，化名当了水手。

被软禁在西山的贺龙，食量明显减少，他睡不着觉了。他想着周恩来对他说的问题。贺龙对薛明说："洪湖肃反扩大化，不能说我没有一点责任，可是，夏曦是中央代表。其他问题，统统是林彪栽赃。我自南昌起义以来，把命都交给党了，我有什么野心？"贺龙越说越愤怒："有本事他林彪当面同我对质。"贺龙拿起大衣，对薛明说："走，当面找他们算账去。"

贺龙说着一抬头，看见了门外游动的哨兵。他叹了口气，又坐了下来。

贺龙被软禁在西山，与外界隔断，他由烦变怒。他怒骂着："真他娘的活见鬼了。我这一生中蹲过民国政府的两次监狱，一次是搞兵运，一次是刺杀谭延闿。如今我又蹲监狱，这算他娘的什么？坐牢又不像坐牢，修行又不像修行！"

贺龙像一头猛狮，像一只雄鹰。入笼之后，要咆哮，要怒吼，但终于把怒气熬没了。

贺龙戴上花镜，他看毛选、看报纸。但每看报上消息，都要惹他愤怒，惹他感慨。他看到各省在"一月风暴"后都夺了权，忧心忡忡地对薛明说："这怎么行，这不都乱了吗？夺谁的权？无产阶级的政权是无数同志鲜血换来的。"他仰望窗外，说："'三面红旗'搞得饿死了那么多人。如今搞乱了天下，搞乱了生产，又要饿死人了。"

薛明说："我们已经到了这步天地，就少说几句吧。"

贺龙说："我能忍得住吗？"

当时，只给贺龙一套《毛泽东选集》和《人民日报》、《解放军报》两种报纸。在这煎熬的时刻中，他和薛明反复地读报纸。他们养成了看报上名单的习惯。只要报上登了大的活动，贺龙、薛明就看报上的一个个名单。他们熟悉的老战友、老部下一个个都不见了。贺龙担心地说："他们都受了我的牵连。"

贺龙不知道山外边发生的事件。最著名的是林彪、江青一伙诬蔑的"二月逆流"。

1967年1月19日下午，中央军委一些同志在京西宾馆开碰头会，主要讨论军队搞不搞"四大"的问题。江青、陈伯达、叶群等人到会，并别有用心地要求军队和地方一样发动群众，开展"文化大革命"、搞"四大"，不能特殊。叶剑英、聂荣臻、徐向前等军委负责人坚决反对。两种意见针锋相对，斗争激烈。第二天继续开会。江青一伙仍无理纠缠。当谈到不少军队高级干部的家被抄，许多党和军队的机密文件被窃时，叶剑英愤怒地痛斥江青等人："谁想搞乱军队，决不会有好下场！"盛怒之下，他拍案把右手掌骨震裂。徐向前也站起来说："我们搞了一辈子军队。人民的军队，难道就叫他们几个给毁了吗？"他怒击案几，使茶杯跌落在地。此事成为2月中旬在中南海怀仁堂碰头会上另一场更为激烈斗争的前导。

1967年2月11日的中央碰头会，本来是研究"抓革命，促生产"问题的，结果，老帅们又同江青一伙争吵起来。

毛泽东在2月16日中南海碰头会后，即已听取江青、张春桥等人带有明显倾向性的汇报，很不高兴。2月18日夜，毛泽东召集部分政治局委员开会，非常尖锐地批评了在怀仁堂会议上提意见的一些老同志，责令谭震林、陈毅、徐向前等停职检查。从2月25日至3月18日，在怀仁堂召开了7次"政治生活会"，对这些老同志进行了批判。林彪、江青一伙无限上纲，指责这些老同志"反对'文化大革命'"、"反对八届十一中全会"、"反对毛主席的无产阶级革命路线"。并给这次抗争加上"二月逆流"的诬称。

贺龙和薛明在西山被软禁期间，最担心、最想念的是孩子。薛明这位做母亲的更是讳莫如深，无边的牵挂。一天，贺龙呆坐那里，薛明说："你又想什么？"

贺龙叹了口气说："他们斩草要除根呀。我已垂暮之年，一生戎马，无所谓了，孩子们还小哇。"

一句话，勾起薛明伤心之处，眼泪不由地滴落下来。贺龙见薛明滴泪，站起来说："也罢，我十几岁就赶马闯江湖，孩子们也会像我一样，能够闯荡过来。"

薛明思念孩子心切，她写信与有关方面，要求见孩子们。

当西山桃花开了之际，杨德中奉周恩来之命看贺龙来了。杨德中问贺龙有什么要求。贺龙、薛明都提出要见孩子。

贺龙有4个孩子，贺捷生、贺鹏飞、贺晓明、贺黎明。

杨德中说："老总，我一定把你们的要求向总理汇报。"

3月底，贺龙、薛明收到了一封信。他们一眼就看出是小女儿的笔迹，两人激动得手都发抖了。信纸终于展开了。黎明告诉爸爸妈妈，说她在廖承志家中，很好，只是非常思念爸爸妈妈。信中还说贺鹏飞、贺晓明隐姓埋名，在轮船上当海员，表现很好，八级大风也不晕船，水手们对他们都非常爱护……贺龙的眼睛湿润了，他突然觉得孩子们长大了，成人了。

贺龙、薛明一遍遍地读着这封信。他们觉得该给孩子们写封信。于是，从没有给孩子们写过信的贺龙，一封又一封地给孩子们写起信来。他写了几十封信，他哪里知道，他和薛明写的这些信，孩子们一封都没收到。而他们自收到黎明这封信后，也再没收到孩子们的信。原来，这些信都转了贺龙专案组。同时，他们写给毛泽东、周恩来等人的信也转给了专案组。专案组为此写了报告。内称："中央办公厅杨德中同志，从去年11月份陆续转来贺龙写给主席、林副主席、总理、伯达、康生、富春、江青同志的一封信，写给总理的7封信，以及薛明写给总理的一封信，现一并呈上，请首长阅示。过去，这种信转来后如何处理，上级没有具体明确过，所以我们收到后都已拆阅。今后像这种信我们收到后如何处理，顺请首长给予批示。"

黄永胜于报告上批示："建议这些应存贺龙专案组。今后给主席、林副主席、总理、伯达、康生、江青等同志的报告信不得拆阅，封存专案组，待后处理。"

这样，贺龙、薛明写给毛泽东、周恩来及子女的信，都"泥牛入海"了。

杨德中对此回忆说："对老总的孩子们，周恩来总理也是想到了的，交待我们要找到，要安排好这事。那时候老总的孩子们不知去向，到处挨斗挨骂，流离失所。我们找金涛同志办的，把每个人的下落都找到了。孩子们找到以后，1967年的3月9日，在中南海东南门，我们曾和贺黎明谈过一次话。内容主要是告诉她父母的情况以及周总理怎样在关怀着他们，我们还要黎明给老总和薛明同志写信，并鼓励她坚持下去。当时黎明听了总理对他们很关心以后，很受感动。后来，黎明给老总写的信是我交给曾绍东再转交给贺老总的。这段期间，老总服的药是由卫戍区门诊所解决的，他们那里没有的，他们开单子，从我们保健所解决，主要是安眠药。这些事我们都报了周总理，总理都知道。1967年11月8日以前，贺老总那里的信件都由我们直接交给总理，由总理管，以后就转给贺龙专案组了。到1968年6月10日以后，贺老总的事总理不能过问了，信件也不通过我们转了，都由专案组直接一手经办。后来的事情我们就不知道了。后来，'四人帮'他们要整总理，总理去主席那里谈问题，我跟着都不行，我只好在怀仁堂那里等着。那时总理确实很困难。总理对贺老总是了解的。林彪整老总是下了狠心的。他们成立贺龙专案组，由军委分管，千方百计不让总理过问。"

这期间，贺龙的"罪行"又增加了，"二月兵变"。

1966年2月，北京军区根据中央军委加强地方武装建设的决定，从外地调来一个团归北京卫戍区建制，平时担负民兵训练、社会治安的任务，战时作为扩编地方武装的基础。但是该团一时找不到营房，于是，卫戍区副司令员李钟奇找到北京市副市长崔月犁借房，崔月犁要他们自己去找，找好后由市委出面协调。于是卫戍区派了魏传连、陈先勇到大兴等郊县找房，没有找到。后来他们听海淀区武装部说高等学校师生到农村搞"四清"，学校里有空房，就到北京大学、人民大学去联系借房。人民大学党委书记、副校长郭影秋听说后认为军队住在学校影响学生的学习环境，而且学生搞完"四清"后马上要回学校，没同意。最后，卫戍区司令员傅崇碧、政委刘绍文决定让驻在南苑的卫戍区某部挤出部分房子给新建团使用。

事情就这么简单。

这本属于军队正常调动之事，但是在"文化大革命"那种"左"得过分的阶级斗争警惕性的支配下，却被一些青年当成政变的蛛丝马迹。6月的一天，北京大学一些学生和工作人员开串连会时，有人讲了2月间曾要住部队的事，五院原武装部的干部郭和敬提到卫戍区派人来借房，房管处的张兴根和党委第二办公室的郝永成也说及此事，有人提出说调动这么多军队很可能是要搞政变。于是，北京大学团委干部丁键把大家议论的内容整理后写成大字报，标题为：《触目惊心的二月兵变》，大字报把一些议论和猜测当成了事实。这"触目惊心"的渲染，在当时特定的政治气候下，在北大校园激起了强烈的反应。很快，红卫兵们把大字报传抄到各校、各地。

北京大学武装部的同志感到事情严重，并且事涉自己，立即将大字报摘抄给海淀区武装部政委傅光泽。傅光泽立即报送卫戍区司令员傅崇碧和政委刘绍文。傅崇碧、刘绍文当即指示找有关人员查清事实经过，并将情况报告中央军委、北京军区和北京市委。北京卫戍区并于6月29日写出《关于解决独立团住房问题的经过情况报告》。这个报告的写出时间与大字报的贴出时间仅相差12天。

但是，正苦于缺乏公开打倒彭真的材料的阴谋家康生，是不管事实真相如何的，他立即抓住这一情况，大作文章。7月中旬的一天，中央"文革"小组在钓鱼台11号楼召开会议，时任北京市文教书记的郭影秋也参加了。会后，康生留住郭影秋，问他："师大某人写的一张大字报，说有人要搞'二月兵变'，在人大、北大要驻一部分军队，这个大字报你知道不知道？"

郭影秋说："我没有看过大字报，但这件事我知道。"

康生说："你知道，你汇报过没有？"

郭影秋说："没有汇报，我认为大字报的事是不可能的，是没有的。"

康生说："怎么没有？你看。"

说着，康生将他的一个联络员写的材料交给郭影秋看，上面还有康生的批语。材料说：北京大学某人曾揭发北京大学、人民大学要驻军队，"兵变确有其事"。康生的批语是："此事严重，必须弄清楚。"

康生指着这份材料说："'二月兵变'明明是有的，北大有揭发材料，你为什么不弄清楚？”

7月27日，康生又在北京师范大学的一次群众大会上煞有介事地说："今年2月，北京市彭真这个大黑帮，他们策划政变！策划把无产阶级专政推翻，建立资产阶级专政！策划在北大、人大，每个学校驻一营军队，这是千真万确的。他们在北大看过房子，这件事含有极大的阴谋的。"8月4日，康生又在北大对群众煽动说："彭真是否要搞政变？要！彭真是否要抓军队？要！"这话出自当时身为中央"文革"小组顾问的康生之口，一时蒙骗了不少人，似乎"二月兵变"确有其事。

康生7月27日晚在北京师范大学的讲话，第二天即传到了人民大学。人民大学的造反派立即将正在北京市委办公的郭影秋揪回学校，要他交待"二月兵变"的事。郭影秋被戴上高帽子，弯身在台上连续批斗，竟多次昏倒在台上。而昏倒了造反派也没有饶他，就往他身上喷水，激醒后继续批斗。郭被批斗得"死去活来"。8月24日，毛泽东要求中央委员、各级领导干部到学校去看大字报，了解和跟上学生运动。8月2日邓小平到了人民大学。这时，人民大学中一派拥护康生的讲话，相信"二月兵变"确有其事，坚决要求打倒与此事有牵连的北京市市委成员并兼任该校党委书记的郭影秋，另一派则对康生的讲话表示怀疑，认为郭影秋不是那种人，不会干那种事。当时两派都要求邓小平对所谓"二月兵变"的问题给以澄清。尽管当时邓小平的处境已十分困难，但他对师生员工提出的问题仍直率坦诚地表示自己的意见。他说："同志们，这个二月军事兵变的问题，我们查了，因为我们早知道这个事。我正式跟同志们说，没有这个事。"他又说："我郑重地告诉同志们，我们的军队，彭真调不动，别人也调不动，我也调不动。这件事我们想澄清事实，不要再谈这个问题了，这件事不算一回事。"

两天后，8月4日，康生跑到北京大学，在群众大会上讲话说："关于'二月兵变'的问题，小平同志说了，驻军的事，北京军区知道。北大、人大是要驻军，但不能肯定与彭真有关……我没有说'二月兵变'，看来彭真没准备好……彭真要不要搞政变？要！什么时候？我不知道。"

但是，树欲静而风不止，"二月兵变"的罪名不久竟又加到贺龙头上。自然也是莫须有了。

1967年1月9日，林彪在军委召开的讨论军队如何开展"文化大革命"的会议上公开攻击贺龙，说贺龙"到处夺权"，是个"刀客"，"现在很重要的一件大事就是要把贺龙的问题端出来"。

为配合这次讲话，林彪在头一天将××等找来，要他们连夜起草反贺龙的大字报，并以群众组织的名义在军内外广泛散发。同时布置有关单位开展所谓剪除贺龙羽翼活动。

时为海军副司令员的李作鹏立即叫来海军造反派"红联总"的几个头头，立即行动，他指示说："过去说彭真搞'二月兵变'，实际是贺龙想搞'二月兵变'，已经从组织上做了多方面的准备。我们要紧跟林副主席，揭露这一切。"

没有过多久，海军造反派"红联总"即贴出了有关这方面内容的大字报。

接着，原装甲兵机关的造反派使用了海军造反派"红联总"刚贴出不久的爆炸性材料，说许光达是贺龙"二月兵变"的黑班底，内定的总参谋长。保许光达的一派为弄清事实，派了王宝湖、屈景富去海军调查材料的来源和可靠性。王、屈到海军后，立即弄清了材料是从李作鹏那里来的。于是就去造访了李作鹏。二人访问回来后，立即整理一份名为"李作鹏访问记"的材料。后来这份材料成为了李作鹏参与迫害贺龙的证据。材料写道：《李作鹏访问记》。访问时间：1967年2月1号中午。访问人：王宝湖、屈景富（烈火兵团）。地点：李作鹏家。问："徐副主席在点苏振华时是否点了许光达的名？"答："没有。"问："什么时候点的？在什么会议上点的？"答：（问到这里时）李作鹏笑了笑说："具体情况不好给你们讲了。"问："传单上说许光达是贺龙兵变中的总参谋长，是事实吧？"答："有那么回事情，总参谋长是事实。"问："这是不是中央点的？"答："当然是中央点的，但不是徐副主席点的。"问："是谁点的？"答："我不能告诉你们。"问："'二月兵变'是怎么回事？"答："去年'二月兵变'，贺要把一军改调北京来，由于中央及时识破贺的阴谋，才使兵变未遂。北京有那么多部队，为何要调一军呢？"

对此，王宝湖后来回忆说："1967年2月份左右，机关干部在新楼会议室批判黄志勇时，持不同观点的人忽然提出说许光达是贺龙同志'二月兵变'内定的参谋长，并说是从海军来的材料。当时'东风'、'革造'持有怀疑态度。为弄清此事真相，我记得当时受'造总'头头们委托去部分同志那里了解此事，了解内容就是原材料整理的那些。回来之后，也没有开什么会和汇报会。"

屈景富回忆说："大约在1967年2月，正当装甲兵机关的革命群众组织和装甲兵工程学院等装甲兵院校的革命群众组织掀起揭发批判原装甲兵副政委黄志勇高潮的时候，有一天，在新楼会议室召开的装甲兵机关全体干部会议上，有人说原装甲兵司令员许光达是贺龙'二月兵变'的参谋长，海军院里已贴出传单。这个突如其来的消息，激起机关各种不同观点的人发生不同的巨大反响。我当时是'烈火造反团'的成员。当时'烈火造反团'对贺老总、许司令员搞兵变持莫大的怀疑态度。但是，当时的形势逼着每个人不能不表态。听说上述消息是从海军李作鹏那里传出来的。于是我们决定走访李作鹏。李作鹏在他家的客厅接见了我们。具体怎么谈的，记不清了……但谈话间给人总的印象是有那么回事。"

1967年1月29日，康生在中央"文革"小组会上说："贺龙与彭真关系非同一般，他和彭真一起搞'二月兵变'，在北京郊区修了碉堡，在体育口阴谋组织政变队伍"。

1968年4月22日，康生在接见了中央第二专案办公室全体工作人员时说："我提醒你们，体委是贺龙现行反革命活动的重要据点。他给体委发了枪和炮。炮安在什刹海，炮口对准中南海。"又说："还私设电台。"5月16日，康生又动用他的无罪推定法，对贺龙专案组工作人员说："贺龙不仅是国民党，而且是土匪……由贺龙投敌叛变的历史，联想到贺龙现行反革命活动不会没有，可以由历史的这个此，到现实这个彼，由这个问题想到另一个问题。"

林彪、康生等对贺龙所说的一切诬词、罪状，都是仅凭主观意愿的信口雌黄，经不起一点事实的检验。一遇到事实，他们就像肥皂泡一样，被击得粉碎，只剩下他们罪恶的赤裸裸的心暴露在那里。

林彪、江青一伙自抓"二月兵变"后，不仅使贺龙的"罪行"升了级，追查"二月兵变"的大规模行动也迅速展开，株连极广，迫害极凶。许多与贺龙共事的和在其领导下的人遭到监禁、毒打。许多优秀运动员如容国团等被迫自杀。

在康生的煽动下，不明真相的群众立即成立了"斗争贺龙筹备委员会"，发"通令"，游行示威，制造舆论，向中央施加压力。

当时，造反派要揪贺龙，并冲到了象鼻子沟，周恩来得知后即叫杨德中找中央"文革"，造反派才没冲进去。杨德中对此回忆说："老总在西山的地点，周总理是严格保密的。1967年7月22日，戚本禹他们组织的什么五大领袖闹了起来，要冲玉泉山揪贺老总，把我们的政治部主任都打了。当时总理在钓鱼台，我也在那里，总理叫我马上找中央'文革'，我去问他们这是怎么回事？他们死不认账，说解放军打了他们。7 月 30 日，他们又到象鼻子沟去闹。8 月 1 日，总理在人民大会堂宴会厅，我们接到电话，造反派冲到了象鼻子沟，要抓贺龙，已经冲到头一道哨，请示怎么办。我报告了总理，总理要我去找戚本禹处理这件事，戚就在桌子的那一头坐着，他的态度非常恶劣，瞪了我一眼说：'抓贺龙到象鼻子沟，我还不知道贺龙在那里呢！'总理对我说：'我就不告诉他们！'总理还指示卫戍区部队要顶住，不能让他们把老总抓走。"

## 晏章炎的揭发材料林彪爱不释手

在林彪、康生一伙制造贺龙"二月兵变"罪状的同时，又抓了贺龙的另条"罪状"即"乞降"。"乞降"一事由来是这样的。1934 年春，红3 军在蒋介石的重兵"围剿"和中央分局书记夏曦的错误肃反下，元气大伤，只剩下 3000 余人，没有根据地，只在湘鄂川黔边游荡，就在红 3 军最困难之际，国民党南昌行营第一厅第二处处长的晏勋甫，奉蒋介石之命，派遣了国民党政府参议员熊贡卿为代表前往鄂西龙山游说贺龙，结果，熊被贺龙枪毙。这天为 1934 年 1 月 23 日。

同年 3 月 17 日，湘鄂西中央分局将此情况报告了中共中央，报告写道："去年 12 月，蒋介石曾派了一代表熊贡卿来游说贺龙同志，企图收编。熊先派一个梁素佛来，贺龙同志首先发觉来人之阴谋，认为这是对己之侮辱，便提到中央分局。我们为要得到蒋介石对中央苏区及四方面军之破坏工作之消息，遂允熊来。据熊说，蒋已派 4 人（有 2 个是浙江人）到四方面军去，派数人至江西中央苏区。此等人均做上层收买工作。我们遂将熊事公开，举行群众审判枪毙之。"

时任红 3 军司令部司务长的王海清对此回忆说："1934 年 1 月，贺龙在茨岩塘处决熊贡卿时，我在红 3 军司令部当司务长。熊是坐轿子来的，住司令部。他带的警卫班，头两天也住在司令部，第三天把这一伙人放在管理科住。后来，他的屋门就站上了哨兵。有一天，贺龙、夏曦、关向应在屋里研究问题，贺龙说话声音很大，有几句话被我听到了。贺龙说：'让我投降，我是不投降的……干脆把他处理了算了。'第二天就接到通知，要管理科在茨岩塘搭台子。于是我们就在茨岩小街旁边的小场子上，用七八张方桌拼了个台子。后来贺老总给部队讲话，就是站在这些方桌上讲的。"

时任贺龙警卫员的萧庆云回忆说："枪毙熊贡卿是贺、关、夏一起商量定的。部队走到茨岩塘，头天天没黑时开了团以上干部会。会后，廖汉生就布置逮捕熊贡卿。抓熊的时候，他还在睡觉，从被子里抓出来。熊贡卿带来的警卫人员愿意当红军的留下，不愿意的给钱放回去。当时部队就要往桑植行军，出发前开了大会，贺老总讲了话，宣布了熊贡卿的罪状。"

时任政工科长、具体负责抓捕熊贡卿的廖汉生回忆说："一天凌晨，红3军准备从茨岩塘往桑植进发。贺龙军长命令我同一名警卫员去逮捕熊贡卿。熊贡卿住在军部旁边的一座屋里。他的那些护兵住在远离军部的特务大队驻地，早已被严密控制起来了。我受领任务后，带上警卫班长张伢闯进熊贡卿的房里，他还在酣然大睡。我上前一把扯开他的被子，厉声喝道：'起来！'熊贡卿从梦中惊醒，莫名其妙地问：'你们干什么？'我说：'逮捕你！'他坐起来，惊慌地说：'你们误会了吧，我是贺军长的客人。你们抓人，贺军长知道吗？'他还是赖在床上不动。我说：'我们就是奉贺军长命令来的。'熊贡卿当时就吓瘫了。我们提起他的小皮箱，把他押到特务队。"

参与处决熊贡卿的贺文玑回忆说："那天，在茨岩塘出发前，开了个大会，贺老总讲了话。讲话后即将熊贡卿枪毙了。是军部警卫班班长刘开绪用九子棒步枪打的。熊是个高个子，白面书生；梁素佛是个矮子，一起杀掉了。"

蒋介石得到熊贡卿的死信儿，很是难过，1934年3月3日，蒋氏亲自给熊贡卿等签发了一项优恤的训令。

在南昌行营1934年3月编印的内部刊物《军政旬刊》第十七期《抚恤伤亡官兵月报表》上有"特派招抚员熊瑞龄赴鄂西招抚贺龙，被匪惨杀，特恤3000元，搬运丧葬费1000元"的记载；又在第十八期上刊登了晏勋甫签呈给蒋介石后蒋介石为此事发给军政部长何应钦的训令，原呈及训令全文如下：

　　训令：
　　训令军政部部长何应钦据本行营第一厅第二处处长晏勋甫呈

称熊瑞龄奉派招降贺匪惨被诱杀拟恳特加优恤令布该部长从优

议恤

抚字第五〇六号二十三年三月三日。

案据本行营第一厅第二处处长晏勋甫签呈称，窃查熊瑞龄于上年 11 月奉派赴鄂西招降贺龙一案，兹接湖北何主任来电，谓被贺匪诱杀等语，查熊瑞龄籍隶湖南，曾充省议会议员，与何主任成浚贺次长耀祖及职均系旧识，品学兼优，见义勇为，因与贺匪昔年友善，鉴于湘鄂匪势渐平，恐该匪入川与徐匪会合，遂愿深入虎穴，招安投诚，迨行抵施南后，与该匪见面，一切办法，均已议妥，不料该匪阳为归降，阴实叵测，竟将熊瑞龄惨杀。该员亲老子幼，身后可怜，拟恳特加优恤，卑妥幽魂，等情，据此。查该故员因招降贺匪，致遭惨杀，殊堪悯惜，除指令外，合行令布该部长照少将阵亡例，从优议恤，为要！此令。委员长蒋中正。"

签呈及训令明确记载，1933 年底，当贺龙率红 3 军由湘西向鄂川边界活动时，蒋介石恐怕贺龙入川与徐向前部会合，才派熊贡卿"招降"贺龙，并不是因此前贺龙"要求投降"。至于贺龙与熊贡卿"昔年友善"等等，只不过是 1925 年贺龙任澧州镇守使时，湖南督军赵恒惕派熊贡卿来找过他，为赵的女儿要鸦片烟，贺龙给了他，从此熊就时常到澧州为赵恒惕要这要那。

这本是一段已十分清楚的历史，但是到了 1967 年初，这段历史成了贺龙的一大罪状。

1967 年 2 月，一份由武汉教育系统上送的检举贺龙曾受招安的材料，送到了陈伯达、江青的手中，教育系统造反派在说明中写道："敬爱的陈伯达、江青同志：晏章炎同志向我教育公社反映的有关贺龙的材料，我们十分重视。贺龙的反革命活动，根据晏的材料揭发，并不是解放后才背着毛主席干的，而是有其历史根源。我们认为晏章炎的这份材料是真实的。……我们感到处理这件事下一步工作中的困难：一、此材料系晏章炎所反映，别无旁证。二、据了解晏勋甫的一个机要秘书卢耀庭还在，但不知其地点（请江青同志派中国人民解放军革命造反派协助调查）。三、晏章炎于 1964 年、1966 年两次反映的材料，据晏说还在档案中，我们不能查阅

（请江青同志派人查看，这也能作一件旁证）。"信后附晏章炎的揭发材料，其中写道："大约是1934年国民党反动派对江西进行第五次'围剿'后，晏勋甫当时任伪南昌行营第二厅厅长（主管作战情报）。有一天（月份记不清），他收到一个从邮局寄来的报纸卷，上面写的是'南昌行营第二厅晏厅长亲收'。他将报纸卷打开后从里面掉出一张小字条，纸条上没有写上款，内容是'请派人来接洽'，落款是一个'龙'字。他看到这张纸条就猜到是什么事了。（据我现在的分析和以前听见过的一些事，贺龙的叛变也是经过晏勋甫策划的）。于是他就派了二厅的一个工作人员（大约是姓黄或者姓王）到苏区去，不久这个工作人员回来汇报说：'对方（指贺龙）答应投诚（其实是叛变），条件是给他（指贺龙）1个军的编制由他提任军长。'晏勋甫根据这个汇报马上向蒋介石请示，蒋介石只同意给1个师的编制，由贺龙任师长。于是晏勋甫又派了那个工作人员到苏区去联系。过了不久这个人回来汇报说：'对方坚持要一个军的编制。'晏勋甫再次向蒋介石请示。蒋介石仍不同意，并且表示'人先过来，以后看情况再说（大意如此）'。晏勋甫按照这个指示，第三次派了那个工作人员去苏区，但是，这个工作人员这次没有回来，他又派了其他人员化妆去苏区，结果在半路发现这个人被杀。根据这个情况晏勋甫估计可能是贺龙因为条件不合，怕这个工作人员泄密，因此杀了灭口。以后晏勋甫没有再派人去接洽，贺龙也没有什么其他举动。以上是事实的经过。在晏勋甫谈完这件事以后，又对我说：'我先说怕别人杀我灭口是有原因的。解放后有一次我去北京开会（大约是1955年），在一个场合里遇见贺龙，他装作没有看见我的样子。我看见他既然如此，也只好装作没有看见他，彼此心中明白就算了。'晏勋甫说那天还有唐孟潇（唐生智）在场。并且说：'现在我犯了错误，他要趁机害我，我是一点办法都没有的。'"

晏章炎为晏勋甫之子，晏勋甫于1933年任蒋介石南昌行营专门从事共产党和红军队伍的情报厅厅长。解放前夕，晏章炎奉父命到了台湾，后晏勋甫随程潜、陈明仁起义，留在了大陆，晏章炎也从台湾回到了武汉。时为武汉市第二十中学教员。2月14日，晏章炎颠倒黑白，无中生有地写了一份揭发材料，编造了贺龙在历史上向蒋"乞降"之事（晏章炎在1983年被武汉市中级人民法院追究诬陷贺之罪，判处有期徒刑7年）。

晏章炎的揭发材料是依其父对他的谈话而写成的。

晏章炎写这份材料时，正是林彪"四人帮"一伙高喊打倒贺龙"剪除双翼"之时，1967年1月5日，成都军区司令员黄新廷被抓。1月6日，北京军区政委廖汉生被抓。1月7日，武汉军区政治部主任唐金龙在被抓前夕开枪自杀。1月13日，空军副司令员成钧被抓。短短几天，曾在贺龙手下工作过的头头面面的人物全部被抓、被关押，连家乡族人和体育系统的优秀运动员、教练员也不能幸免。

晏章炎的揭发材料首先被送到中央专案第二办公室。时间为1967年2月20日上午，中央二专办负责人见到材料后，即在上面批示："呈报林副主席、总理、伯达、康生、江青同志阅示"。并称："此件是革命群众送来的，要我转送伯达、江青同志的。建议专案组派人去当地查实。"

该材料在2月22日日转到林彪处后，林彪看了如获至宝，连连看了几遍，爱不释手。林彪知道，这颗重磅炸弹，太及时了，贺龙不死也得脱层皮。当即批示"呈主席批示"。毛泽东当天阅后即批示"退林彪"，对二专办负责人提出派人去当地查实的意见未置可否。

随后，此材料又被复印一份送到军委办公厅。军委办公厅负责人于3月4日签送总参谋部负责人，并附信说："群众来信揭发一个问题，说贺龙1934年曾密谋投敌未遂，但缺少可靠旁证材料，此件如何处理，请示。"

总参谋部负责人于3月6日批示："即送呈林副主席"。

林彪于3月9日阅后（这是他第二次阅此材料）批示："送江青同志阅后转呈主席阅"，并注明"共两件"，（另一件为贺龙秘书的揭发材料）。

3月10日，毛泽东在送呈文件上画圈后退给了林彪，未附任何意见。这样，在2月22日到3月10日不到20天的时间里，同一材料被送呈毛泽东两次，并且第二次是在明知毛泽东此前已经阅看过此材料的情况下签送的。

虽然毛泽东对此件没表态，但林彪仍指示叶群：这封信材料还不够，要多找旁证材料。于是，第二专案办公室负责人派了朱铁铮、李书范二人到武汉找晏章炎，又找了经晏章炎提供的他的叔祖、1933年任南昌行营第一厅副厅长的晏道刚，他父亲的同学、1933年在南昌行营任课长的钟秀实，他的外表哥、1933年时任南昌行营上尉参谋的卢耀庭，以及他父亲的秘书、他的堂兄晏文章，但是，几经调查，一无所获。

为深入调查，朱铁铮、李书范二人又到了南昌。他们在国民党南昌行营的档案中找到1934年3月编印的内部刊物《军政旬刊》第十七期刊登的《抚恤伤亡官兵月报表》，在上面看到了"特派招抚员熊瑞龄赴鄂西招抚贺龙，被匪惨杀，特恤 3000 元，搬运丧葬费 1000 元"的记载；又在第十八期上看到晏勋甫签呈给蒋介石后蒋介石为此事发给军政部长何应饮的训令。

7 月 8 日，朱铁铮、李书范回到北京。二人虽然没得到什么情况，却写了这样的文字："我们以为，晏章炎的揭发是可信的，贺龙不仅在恩施同敌人见了面，而且'议妥'了投降的办法，只是由于敌人没有完全满足他的私欲，或因客观情况的变化，而叛变未遂。"

在 7 月上旬一天的中央"文革"碰头会上，叶群举着晏章炎的揭发信和调查人调查得来的材料说："贺龙叛变投敌，证据确凿，这里有很多材料，问题严重。"

叶群要求立案审查。康生、江青、陈伯达、戚本禹当即积极配合。戚本禹在 12 年以后的 1979 年 5 月 22 日写有供词中称："1967 年秋，在当时的日常工作会议上多次讨论过设立各种专案的问题，包括专案办公室和各专案领导小组的人员、机构、领导、工作方针等等问题。在建立刘少奇等几个大的专案组之后，就讨论了成立贺（龙）的专案问题。……在讨论时，叶群提出了许多骇人听闻的问题。如说贺龙同志在湘鄂西同国民党人员秘密接头企图投敌等问题，还拿出来一些照片做旁证。康生也讲了一些攻讦的话，如诬陷贺老总在晋绥搞独立王国等。江青积极支持。陈伯达倒没有说什么攻讦的话，但也表示支持。其他人，像我、谢富治等人也都表示支持。在这种情况下，总理也被迫同意。于是，决定从部队调几名军级、师级的干部组成贺龙专案小组，由吴法宪等人负责领导。"

在另一份供词中，戚本禹还特别提到康生在反贺龙中的特殊作用："这里，我想谈一下反贺龙同志的有关情况。反对贺龙，虽然先有林彪发起，后有江（青）、陈（伯达）鼓噪，但康（生）起的恶劣作用，实不下于林彪、江（青）、陈（伯达），我、其他人、北京的青年群起反贺，大抵受康生的煽惑多。其原因是由于林（彪）、陈（伯达）、江（青）的反贺尽管狂热之极，但他们一下子还提不出很多口实，人们听了半信半疑，而康生却一下就提出许多事实。如说贺龙私自调动军队搞'二月兵变'，在北京军区修了碉堡，……还有什么贺龙在体育口阴谋组织政变队伍等等。这些乱言，使许多不明真相的人一听就义愤填膺，振臂欲起，那时谁能想到，而且谁敢想，那么一个名望甚高的党中央常委讲的全是瞎话呢？"

为了造打倒贺龙的声势，7 月 29 日，江青、叶群、戚本禹唆使国家体委造反派组织以"揪贺联络站"名义，串联了首都及外省市 100 多个单位，在天安门午门广场召开"揪贺誓师大会"。宣读了给贺龙的勒令，并向中央"文革"交了请战书。次日，江青、戚本禹唆使一些人冲击香山驻地。

当时看守贺龙的北京卫戍区某部的李姓连长喝斥贺龙、薛明进防空洞躲藏。贺龙见防空洞厚厚的大铁门，怕遭暗害，不进。李连长气汹汹地派战士把贺龙、薛明强行推进，并把被褥、洗漱用具都抱到洞内。

8 月 1 日，"批斗三反分子贺龙联络站"和国家体委造反派代表在人民大会堂西大厅向周恩来提出，要揪斗贺龙。周恩来向代表们解释说："毛主席说了，贺龙的问题要背靠背，因为贺龙在历史上有功劳。"谈到问题，周恩来说："但不一贯正确，至于定性，要由毛主席来定。"

傅传作也写了一份揭发贺龙在空军搞"罢官夺权"的材料，林彪、江青看后很高兴，认为傅传作交待得好，并要傅传作现身说法给抓起来的"贺龙死党"进行教育。傅传作见到被监禁的谷志标说："你看看我，交待了就自由啦！"

林彪、江青一伙见整贺龙的材料编造得差不多了，遂由中央专案审查小组办公室于 9 月 11 日在叶群、康生、吴法宪的授意下起草了《对贺龙问题的审查提要》，9 月 11 日，中央专案办公室的工作人员，在叶群、康生、吴法宪等人操纵下，提出了《对贺龙问题的审查提要》，全文如下："一、贺龙，土匪出身，家庭及社会关系极其复杂，本人历史上曾多次投靠反动军阀，与蒋介石勾勾搭搭。据'国民政府军事委员会委员长南昌行营'1934 年 3 月编印的《军政旬刊》载：'特派招抚员熊瑞龄赴鄂西招抚贺龙'，'与该匪（指贺龙）见面，一切办法，均已议妥'。二、彻查贺龙参加革命后的几个历史时期，反对毛主席的革命路线、执行王明机会主义路线的罪行。如在洪湖地区，搞肃反扩大化，杀害洪湖革命根据地创始人段德昌同志等一批革命干部，以及编写《洪湖革命史》等问题。三、结党营私，培植个人势力，进行篡军反党阴谋地下活动。已揭发的问题有：他支持张爱萍、王尚荣、雷英夫阴谋颠覆以杨成武同志为核心的总参党委；他支持成钧、刘震大搞地下活动，企图颠覆空军吴法宪、余立金的领导；他支持海军苏振华，工程兵谭友林，装甲兵许光达，总后李聚奎、饶正锡，北京军区廖汉生、杨勇，通信兵陈鹤桥进行阴谋活动；他支持罗瑞卿阴谋篡夺国防科委的领导……他伙同罗瑞卿把新疆生产建设兵团划归军队领导，阴谋在新疆搞他的'山头'；他勾结李井泉阴谋把西南变为他自己的天下。四、他与刘少奇、邓小平、陶铸以及彭、罗、陆、杨反革命集团过从甚密，同流合污，必须彻查。五、在军队、体育界推行修正主义路线。他是罗瑞卿搞军事大比武、推行资产阶级军事路线的后台；他在体育界抓住两张王牌：乒乓球和《体育报》，极力推行资产阶级体育路线，为自己捞取政治资本；在'文化大革命'运动中，推行刘邓资产阶级反动路线，幕后操纵、控制、镇压清华大学的'文化大革命'运动。"

这个"提要"是为对贺龙进行专案审查而向毛泽东、林彪所写报告的一个附件。康生、吴法宪加上这一大串名字的目的固然是为了加重贺龙的罪名，但也有泄私愤的成分在内。因为他所列的那些名字，均是与他不合的。他想利用打倒贺龙的机会，把这些人也一起打倒。但是报告送到林彪那里后，林彪倒背手在屋中转了几圈，最后要秘书把吴法宪等人的名字都划掉，送到毛泽东主席那里的只有不到200字的要求对贺龙立案审查的报告。

报告提出由康生任组长、叶群任副组长，黄永胜、吴法宪、张秀川为专案组成员。林彪在专案组提出的报告上圈阅。9月13日，毛泽东批示："同意。"

自此，贺龙专案组正式成立。林彪、江青一伙对贺龙的迫害加紧了脚步，他们决心置贺龙于死地。11月8日，康生和叶群亲自主持讨论和批准了一个《工作设想》。提出要把整个专案工作建立在所谓对贺龙等一小撮反革命修正主义分子的无比仇恨的蔑视上。并指示专案组在工作中"不要纯客观主义，要有倾向性"，"防止右倾"，"不要被同化"。同时，把手伸向贺龙西山住地，使贺龙完全处于专案组的直接控制之下。

秋天到了，西山的枫叶红了。贺龙天天朝外边望，盼着周恩来总理派车来接他。贺龙哪里知道，这时林彪"四人帮"一伙正加紧迫害他的脚步。

11月20日，贺龙专案组按照康生、叶群的要求，一面派人到中央国务院25个部委、15个省市和解放军18个大单位去搜集贺龙的大字报材料，一面将目光移向敌伪档案和过去的报纸材料，目的是根据这样得来的材料去找人证。

与此同时，一场大规模的逼供信在四川成都、宁夏银川、湖南长沙以及北京进行着。萧庆云、廖汉生、谷志标、樊哲祥、贺勋臣、贺文玳等跟贺龙闹革命的亲戚、部下都遭到疯狂的逼供。

专案人员问："萧庆云，我们知道你与贺龙有特殊关系。你不要再对他存什么幻想了，他已被抓起来了，永远翻不了身了。"

萧庆云没有说话。

专案组人员继续问："你知道1933年有一个坐轿子的到红3军吗？"

萧庆云说："我知道。我还在轿子里玩过，后来不是被杀了吗？"

"对，对。你知道那个人与贺龙谈了些什么？是不是有一个穿制服的在他们中间跑来跑去，来回联络。"

"那时跟着跑来跑去的人不少，但不知道他们是不是在来回联络。我那时才7岁，怎么会知道那些事。"

"别人都揭发了，说那个人帮助贺龙谈判投降条件，你在军部，怎么会不知道？"

"我真的不知道。"

"不给你点厉害，你不会说实话。"

专案组的人先把萧庆云坐的凳子撤了，而后又打了他。战士打，干部也打，萧庆云的牙被打掉了一颗，右边的腰也被打伤了，耳朵当时也打聋了。过了两天，专案组人又审问萧："萧庆云，贺龙去年搞'二月兵变'，当年那个坐轿子的也是要搞兵变。你不要死顽固不谈，不谈也能定案。"说着又开始折磨他，打他，直到他晕了过去。

一天，这些人来到人称"老太爷"的贺勋臣家里。贺勋臣一直跟着贺龙干革命，直到全国解放以后退休。由于他年龄较大，红二方面军的人都称他为"老太爷"。这时老人已70多岁了。可是，"老太爷"被打得死去活来，依然什么也不说。

专案组人员找到通信部副主任樊哲祥，要他交待贺龙1933年投敌叛变的问题。樊哲祥说没有此事。说没有就继续审。有一次一连审了34个小时不让他坐，不让他喝水。因他身体弱，时间长了就倒在地上。专案组人员就拧着耳朵将他提起来。他站不住，有人就用带钉子的皮鞋踢他的小腿，疼得他直叫唤。就在这样的情况下樊仍说没有。这样没日没夜地斗，最后都把樊哲祥斗糊涂了，说话前言不搭后语。当他神智不清时，问他什么他交待什么；但稍一清醒就立刻翻案，说刚才说的是假话。于是又打他。他忍受不了，被打糊涂了，又承认；而后又翻，又挨打。就这样一直不停地循环下去。后来，樊哲祥的耳朵被打聋了，说话听不见了，你说什么他都点头。

用这样"一压二打三诱"办法得来的材料难免有不一致的地方，于是专案组根据定案需要确定哪一种说法是"可信"的，而后让不符合这一说法的人去改。有时被提问人实在"想"不起来，总是说不到点子上，他们就以此"可信"的材料去启发、诱导，直到取得一致为止。如果这样还不能消除矛盾，得到理想的材料，就将几个不一致材料中与"可信"材料接近或相一致的几段或几句话剪接拼凑在一起，然后加上头尾，拍成照片，作为定案的证据使用。后来觉得这种方法加工成的证据不好看，就改变作法，让被提审人按照修改过的材料重抄一遍。

用这种逼供的办法得到的证据来定案，必然会产生冤假错案。一个原在贺龙专案组后被清出的工作人员在1979年写的一份材料中提供了如下的讨论定案情况："1933年的问题，我记得也是先从敌伪报刊上发现蒋介石派熊瑞龄到湘西招降贺龙的报道，后来又从蒋介石伪南昌行营公署内部刊物《军政旬刊》上查到熊瑞龄招降贺龙时'一切办法均已议妥'这句话。接着就设法查找'一切办法'的原文（没有查到）。与此同时，就让当时曾在贺龙同志身边工作过的×××、×××、×××（档案原件如此，下同）等同志'交待'这方面的情况。还找了蒋介石南昌行营公署二厅厅长晏勋甫的儿子晏章炎等人调查。×××同志在1968年初，首先'交待'了贺龙与熊瑞龄达成的协议条文和有关情况……"

当时所以认为1933年贺龙叛变投敌是可信的，主要原因有：一是熊瑞龄确实到红3军去过（这一点贺龙自己也承认）；二是'物证'、'人证'都有（特别是那个《军政旬刊》被视为敌档材料）；三是×××同志'交待'了贺龙同志为什么杀熊瑞龄。这第三点可以说是一个关键性的问题，否则，尽管熊瑞龄到红3军去过，也不管他与贺龙达成什么协议，并不能证明贺龙同志有问题。但如果将贺龙同志杀熊瑞龄的问题，按×××同志'交待'的那样来理解，那么问题的性质全变了：贺龙所以要将熊瑞龄杀掉，是因为他的招降活动'遭到红3军广大指战员的激烈反对'。由此就推断出：贺龙准备投降敌人是真的，因为投降的'一切办法均已议妥'，后来没有投降成是因为遭到广大指战员的反对，而不是他不想投降……在这里我不是说这个问题的责任主要由×××同志来负，而是说弄清贺龙同志为什么杀熊瑞龄这个问题的重要性。在当时那样的情况下，即使是×××同志不交待这个问题，也会想出其他办法来解决的。"

这位工作人员说的×××交待的问题，即逼供信的结果。

## "我把部队都交给了党，这是投机吗?!"

一天又一天过去了，西山的红叶被北风吹落，天下雪了，雪压了西山青松。贺龙仍天天盼周恩来派车接他，他哪里知道，因他已被列为专案审查对象，完全被林彪、江青一伙操纵，周恩来已无能为力了。

为彻底把贺龙打倒，贺龙专案组还下设了许多分案组，有：总参谋部的"王尚荣专案组"、"雷英夫专案组"；总政治部的"金如柏专案组"、"李贞专案组"；装甲兵的"许光达专案组"；通信兵的"陈鹤桥专案组"、"樊哲祥专案组"；工程兵的"谭友林专案组"；北京军区的"廖汉生专案组"；成都军区的"黄新廷专案组"、"郭林祥专案组"；空军的"成钧专案组"、"向黑樱专案组"；国家体委的"荣高棠专案组"等等。

贺龙专案组成立之后，即制定了《关于贺龙专案开展工作的设想》，设想中提出要把贺龙"叛变投敌"作为全案的突破口。康生、叶群听了专案组的汇报，认为专案组的设想很好。康生端着面孔说："对案犯不能有任何同情、动摇、犹豫、怀疑。要在'九大'之前定案。"

叶群说："不要纯客观主义，要有倾向性。就是要把贺龙及其死党全部打倒。"

专案组在工作中，一方面继续从档案和图书馆中复制敌伪报刊上刊载的诬蔑贺龙的一些消息、报道，当作贺龙的罪证；一方面派人四处"调查"，会同有关单位把贺龙过去的一些下属干部、他们的子女乃至贺龙家乡的亲友非法关押，私设公堂，采用弯腰、罚站、"坐喷气式"，甚至带上刑具拷打，日夜轮番批斗和不交代问题不给饭吃、不给水喝、不让大小便等非法手段，刑讯逼供，强令他们揭发交待贺龙的所谓"罪行"，湖南省参事室的参事王尚质被逼迫跳楼自杀时高喊："我不能说假话，对不起朋友！"因为是黑夜，周围人听得很清楚。而后，专案组把逼来的矛盾百出的材料采用剪辑、拼凑的手法制造假供，并将其作为不可移易的"口供"和"罪证"上报中共中央。

对贺龙本人，开始专案组只是不时地让他写证明这件事或那件事的"材料"，到了1968年下半年，情况忽然急促起来了，为的是及早给贺龙定个"死案"，以使他不能参加1969年4月举行的中国共产党第九次全国代表大会。专案组开始想"面对面"地搞，但后来经过"中央文革碰头会"的研究，慑于贺龙的"脾气"，怕"斗不过"，又改为背靠背提问题，让贺龙回答。

9月18日，贺龙专案组向贺龙提出了第一批问题提纲，要贺龙交待。这提纲是："南昌起义你干了些什么阴谋活动？你要如实交待罪行。""1929年你怎样派亲信持密信向国民党乞降的？""1933年12月蒋介石的招抚员熊贡卿去你处叙旧，你是怎样向他表示乞降蒋介石的？你们是怎样谈判的？最后达成什么协议？"

贺龙看了这份要他交待的"罪行"提纲，气得浑身发抖。他"叭"地将提纲摔在桌上，提纲的纸散开了。贺龙胡子颤动着，怒吼道："活他娘的见鬼，人都让我毙了。这群狗娘养的，睁着两眼说瞎话。这是栽赃，王八蛋！混蛋！"

屋宇都震动了。哨兵吓得停住了脚步，睁大了眼睛。薛明也吓坏了，她生怕过于激动的贺龙有个好歹。她劝着："你先别急，是黑白不了，是白黑不了。"

贺龙用拐杖敲着床板说："中央分局向中央写了报告，去查嘛！这群狗娘养的，红口白牙说瞎话！"

薛明扶贺龙坐下。贺龙仍两眼圆睁，他对薛明说："1927年，我把20军都交给了共产党。那个李仲公狗日的让我抓起来交给了汪精卫、唐生智。那个熊贡卿的情况中央分局的报告写得清清楚楚，白纸黑字。他们瞎了眼啦！我没有任何问题！从两把菜刀砍盐局到今天，我没有做过半点对不起共产党的事！"贺龙越说越生气，他抡起手杖，敲着墙上林彪的像说："你这个狗杂种，不让我革命，编我的黑话。你有错误，我好心帮你，你两面三刀，杀人不见血。还有你那老婆，不是个好东西！"贺龙又对着薛明大声喊："还有那个江青，是个戏子、婊子！那个康生，更不是个好东西……"

薛明见贺龙越说话越重，忙堵住他的嘴说："别讲了。我们是虎落平川啊！"

贺龙坐下来，喘了半天气，说："他们编造的这些假的，让我签字，我就写'冤枉'。他们枪毙我，我就喊'共产党万岁'！"贺龙喘了口气又说："湘鄂西肃反，他们哪里知道当时的恐怖，我的枪都没收了。我不是肃反委员会的委员，审讯、杀人我都不知道。他们叫我写脱离改组派的声明，我不写！"

这一夜，贺龙在床上翻来复去，通宵达旦没有睡觉。

而这时候，专案组又抓住贺龙的所谓"八五叛变""罪行"不放了。这是怎么回事呢？

在"文化大革命"全面发动后，康生于1966年8月18日给南开大学红卫兵写了个字条："为把无产阶级'文化大革命'进行到底，现有红卫兵小将前来查阅有关档案历史材料，望予支持！"

康生的这一"指示"被作为新的战略部署层层传达、落实。那些被鼓动起来的天真烂漫的红卫兵和学生就跑到一向沉寂的各地图书馆、档案馆，在尘封多年的敌伪报纸刊物中反复寻觅登载有关中国共产党领导人的消息、报道和启事，以作为其"叛党"、"投敌"乃至充当"敌伪特务"的证据。

一天，一个南开大学的红卫兵在1927年8月9日的北京《晨报》第一版左角看到了两条消息。一条是"武汉政府讨伐贺、叶叛逆，已收复南昌，贺、叶向广东方向逃走"。另一条是"贺龙5日致电武汉政府，称此次事变，全然出于误会，敢请宽其既往，以备效力于将来。武汉政府不允所请，决彻底讨伐云"。

红卫兵们认为是"重大发现"，立即向康生和中央"文革"小组做了报告。康生听秘书讲了有关此事后说："我早就怀疑，贺龙那时还不是共产党员，他怎么会参加起义的呢？原来，他这是在投机，是被迫的，起义后看到形势不利，立即向武汉政府发悔过电报投降。"他指示："进一步查。"

红卫兵们又按照指示，又"顺藤摸瓜"在当时的《世界日报》、《泰晤士报》、《满洲报》上看到同样内容的消息，只是字句、时间稍有不同。《世界日报》在《贺龙向武汉求和未允》的标题下登载了电通社武汉6日的消息说："据传贺龙已于5日来电，向武汉政府请求，准予悔过自新，惟政府仍拟加以讨伐，不纳其降。"而《泰晤士报》的消息是转载自《晨报》，《满洲报》的消息又转载自《泰晤士报》。除此之外，任红卫兵们如何查，包括遍查了事件发生地南昌、武汉的各种报纸杂志，别说是内容相同的报道，就是可与之印证的片纸只字也没有。

《晨报》、《世界日报》均为当时北京的报纸，《泰晤士报》为当时天津英租界的报纸，《满洲报》为日本人在大连出版的报纸，他们离事件发生的中心地点——南昌、武汉均有数千里之遥，且分属不同的政权，何以只有他们登载了此消息，而最为利益相关、最有资格和条件登载此消息的本地报纸倒没登载？

1967年9月贺龙专案组成立以后，专案组即将所谓贺龙南昌起义后发"八五"悔过电报的事当做"贺龙最关键最要害的问题"集中主要力量来查，但仍是除了那几家报纸登的消息外，再没找到支言片语。于是，他们又找到了当年曾任过江西总督的彭程万，问他："1927年南昌起义后你听到贺龙的什么没有？"

彭答没有听到什么。

于是，调查人员到九江邮电局去找1927年在报房工作的老职工，但大部分未找到，最后总算找到一个，问他："贺龙在南昌起义后，有无向武汉政府和唐生智发过电报？"

这个老职工开始说"不知道"，后来又说"好像发过"。再问他："是向谁发的，什么内容？"就又什么都说不出来了。专案组便同这位老职工一起翻箱倒柜查找当时的电报底稿，到处都找遍了，结果还是什么也没有找到。最后他们来到南京，用了一个多月时间将存在南京档案馆的敌伪档案和旧报刊翻了个遍，也没有找到这方面的内容。于是，北京方面通知他们把精力放在贵州和湖南上"，并指示"一定要在1969年4月'九大'以前取得决定性成果，否则不能回京"。

贵阳点由专案组副组长路逢喜负责。他制定了一个所谓"贵阳点02号战斗方案"。方案称："分析认为，贵阳地区对搞清贺龙的问题，战略地位十分重要。1927年的问题（即所谓'八五'悔过电报问题）能否定案，贵阳点起着决定性的作用。"他们还从贵州空军部队和省公安厅抽调了人员，最多时有20多人。主要活动地点在贵阳市。除此之外，还到过铜仁、松桃、毕节、湄潭等地县，先后找了原贺龙部队驻武汉办事处联络员、解放后任贵州省第一任法院院长、省参事室主任的陈纯斋，找了原何应钦秘书、后任伪国防部秘书的谢北运，找过旧军官、与贺龙结拜过把兄弟的王天锡，找过北伐时在贺龙部任重要参谋职务的严汝珊的侄子严文达，找过曾任贵州省主席、后随贺龙部长征到延安的周素园的子女等等。为了让这些人讲出他们所需要的材料，他们采取了随意拘捕、变相体罚、指供、诱供，乃至让其子女在现场对其父做工作等非法手段。

尽管如此，他们实际所得硬的材料仍有限，这时，北京方面一再要求他们一定要在"九大"之前取得突破。于是，他们重新调整力量，重点攻唐生智、陈浴新、欧百川。

唐生智，字孟潇，湖南省东安人。1912 年保定军官学校毕业，1920年任湘军第 2 师第 2 旅旅长，次年升为第 4 师师长。1926 年任第四方面军总指挥、第四集团军总司令。1933 年任国民政府军事委员会委员兼军事参议院院长。唐生智与蒋介石在大革命时期就有矛盾，他曾 3 次举兵反蒋。后来虽与蒋介石有所合作，也是貌合神离。抗日战争胜利后，他深知以蒋介石的为人，内战不可避免，遂毅然拒绝蒋介石委任他的"西北行政长官"职务，带领全家由重庆返回湖南东安老家。1949 年蒋介石逃离大陆前，唐生智出任湖南省人民自救会主席，通电响应程潜等人的起义。解放后，被中央人民政府任命为湖南省人民政府副主席、副省长、湖南省政治协商会议主席。1970 年 4 月病逝于湖南长沙。

陈浴新原在唐生智的第四集团军司令部任职。1926 年第一次北伐时，唐生智任北伐军前敌总指挥，贺龙所部第九军第一师即为其麾下。当1927 年 6 月贺龙率部由河南返抵武汉时，唐生智又派陈浴新来贺龙部当参谋长。南昌起义时，陈浴新曾与刘伯承一起制订起义计划。起义发动后的第三天，贺龙及起义军总指挥部撤离南昌时，陈即叛逃回到武汉唐生智处。陈叛逃后，先到唐生智部第 17 军（周澜任军长）任政训处主任，随后升任副师长、参谋长。1949 年程潜率国民党在湖南的军政人员起义时，陈也在其中。解放后安排在湖南省参事室任参事。

欧百川，苗族人，曾任贵州铜仁县民团团长。1926 年贺龙率部由川回湘参加北伐时，他率部参加了贺龙的部队。北伐中曾立过战功。南昌起义时任贺部第 20 军第 1 师副师长。当起义军到达广东，在云落、乌石、陆丰一带激战时，他却煽动叛变。以后，欧百川到了国民党部队，最后升到副师长。1949 年随程潜起义。先后任西南军政委员会委员，贵州省副省长，1957 年被划成右派。

这里，笔者还要把八一南昌暴动略作介绍。

八一南昌暴动是国共两党合作北伐取得胜利之际，蒋介石、汪精卫集团破坏了孙中山先生的"联俄、联共、扶助农工"的三大政策，举刀屠杀共产党员。在关键时刻，当时还不是共产党员的贺龙把他的第 20 军交给了共产党，他同周恩来等一起在南昌发动了武装起义，打响了中共武装革命第一枪。

在起义的第五天，任第 20 军参谋长的陈浴新叛逃回武汉。并带走了第 20 军第 5 团的 700 多人。其抵武汉，即向唐生智报告了起义军的情况。

关于陈浴新当时叛逃的情形，吴玉章在南昌起义失败不久赴莫斯科向共产国际报告，称："第 20 军参谋长陈浴新及第 20 军第 5 团约 700 人叛逃归唐生智。"陈"知我由寻邬至东口的计划，已告武汉政府披露各报"。

当时叛变的还有叶挺师的张姓参谋处长。汉口《民国日报》1927 年曾登有张发奎给武汉政府的微电（5 日）称："本军 24 师张参谋处长由南昌逃回，据称叛军计划 5 号由南昌开拔完毕，向抚州逃窜，限 16 日到寻邬集中，向潮梅入寇，进取广州等语，请即电转知李任潮、黄绍竑，严密防堵。"

张参谋处长和陈浴新叛逃后，即分别由九江来到当时武汉政府和北伐军总指挥部所在地武汉。《晨报》、《世界日报》和天津《泰晤士报》、大连《满洲报》的有关消息也来自此一时间。这种巧合使人们很清楚地看到，说贺龙"八五"悔过投敌的报纸消息，与陈浴新等叛变后的供述有关。但武汉、江西等报纸由于深知其内幕，只登了陈浴新、张参谋处长叛逃的消息，而没有将其与贺龙联系起来。而《晨报》等北方的 4 家报纸，由于不明就里，将此事加到了贺龙头上，但也都使用了"据说"、"据传"字样。

当湖南点的贺龙专案组调查人员找到唐生智时，他正因年老多病住在医院里。专案组问起他所谓贺龙发"八五"悔过电报时，他说："当时一直命令部队'追剿'，贺、叶不停地南下广东，不可能发这种电报。"

专案人员启发他："是你要陈浴新代发的，陈已交待了。当时的报纸也登了。"

唐生智说："如果是这样的话，那就可能是我的部下没有告诉我。"

专案人员说："这样大的事，怎么可能不告诉你！是不是告诉了你，你忘记了？"

唐生智说："这不可能！我虽然年纪大了，但记忆力一直很好，如果有这种事，我会记得的。"

但专案组人员就是赖着不走，反复说这件事情确实是有的，而唐生智始终咬定没有此事。搞得专案组的人没有办法。

参与调查的一专案组人员对此回忆说："1968 年春节之前，我们通过省统战部找到了唐，问他'八一'南昌起义后，贺龙有无给武汉政府和唐去信或电报。唐开始说没有听到和看到任何东西。后来只说了，南昌起义后，听他的秘书长讲，贺龙带口信问他好和叙说旧情……可这话没过几天唐又否定掉了。"

参与调查的另一专案组人员回忆说："唐在一开始也不承认贺龙给他发过这类电报。在不得已的情况下，只承认如果给他发过电报，可能是他的部下没有告诉他，已忘记了。外调人员抓住他这些话，就让他进一步交待，逼得他有时承认，写了材料，不久又推翻，反复多次，最后一次去时仍是如此。"

当贵州点的贺龙专案组找到陈浴新时，问他："南昌起义后，贺龙发电报给武汉政府表示悔过，你知道这件事吗?"

陈开始说不知道，并说也没听说这件事。

当专案组人员声色俱厉地对他说："陈浴新，你不要装了。8月5日你和贺龙一起离开南昌，你就叛逃到唐生智那里去了。你所以能够得到叛逃的机会，就是因为贺龙要你去九江发过电报，是不是这样?"

陈浴新一听揭了他的老底，立即脸色大变，连连诺声说："是，是这样。"

专案人员说："那你说说是怎样发的，内容是什么?"

陈浴新看了看专案调查人员，一时说不上话来。专案调查人员说："那时报纸都登了，你亲自办的事，怎么还会想不想来?"

陈浴新说："大概就是那样。"

专案人员说："都发给谁了?"

陈浴新说："发给武汉政府、汪精卫、唐生智，还有蒋介石。"

专案调查人员说："陈浴新，你又在顽抗。当时武汉政府和蒋介石是对立的，而蒋介石当时去了日本，你怎么能给他发电报?"

最后，在专案组的一再逼问下，陈浴新承认了共发了4封电报，而且连4封电报的原文也分别写了出来。虽然专案组知道这是陈浴新编的，但他们很满意。

专案组调查人员找到了欧百川，欧百川当年叛离过贺龙，现在感到贺龙已虎落平川，更是顺风倒了，并认为这是自己立功时刻到了，于是，他对专案组提出的每一个问题都积极予以配合，专案组需要什么，他就编什么。专案组对他很是满意。

专案组还向他调查王尚质，王尚质曾为国民党湘西王陈渠珍部队的参谋长。1934 年的一天，王尚质同欧百川谈天时，王尚质曾问起南昌起义的一些情况及贺龙为什么会跟着起义。贺龙与王也很熟悉。当时欧百川说："贺龙参加起义完全是被迫的。在南下潮州去梅县途中，他曾说过，他参加起义是为了取得共产党的帮助，将来打下广东，取得出海口，可以通向外国，到那时，有了外国援助，什么共产党不共产党，杀不得的吗?"

欧百川的话是顺嘴说的，不料王尚质在解放前将欧百川告诉他的这些话记在一份材料里，这份材料在"文革"中被查抄。为此王被刑讯逼供，他被逼不过，最后跳楼而死。跳楼时曾高喊："我已经有一次对不起朋友了（指所记材料被抄出），我不能再一次对不起朋友!"

因为王尚质已死，专案组就追问欧百川："贺龙是什么情况下说这样的话的，除你之外，还有谁在场?"

欧百川自然又是一通胡编。

当专案组从欧百川等人处搞来材料后，即要贺龙交待"八五叛变"罪行，贺龙斩钉截铁地说没有，并愤愤地对薛明说："他们说我贺龙参加南昌起义是投机! 当时是党找到我，我说我不怕失败，我把我所带的部队都交给了党，从没有二心，这是投机吗? 世界上有这样投机的吗? 是 40 年前一同参加起义并吸收我入党的周恩来、谭平山、周逸群他们了解我为什么参加起义，还是 40 年后的他们?!" 说着，贺龙愤怒地将专案组送来要他交待"南昌起义时是如何投机革命"的字条狠狠地摔在地下，又说："说我在起义后南下途中进行了反革命破坏活动，我进行过什么反革命破坏活动?! 那时后有追兵，前有截敌，天天与总指挥部和革命委员会委员在一起，随时研究南下中的各种问题，如果我有'反革命破坏活动"，革命委员会的人能不知道吗? 失败后我由香港到上海找党中央党中央还会信任我吗? 还会派我和周逸群一起回湘鄂西创建革命根据地吗?! 胡扯，胡扯，完全是胡扯!" 贺龙又对薛明说："说贺锦斋最后在海陆丰交枪是我策动的! 当时，我们都没有走在一起。过揭阳后，他带 1、2 师打前站先出发，我和总指挥部在他出发一天后才出发，走到乌石就被敌截断了。我派李奇中去找他，要他带 1、2 师回来接应，但还没有等李奇中回来，我们就和 24 师叶挺部队被敌人冲散了。人都没见，我怎么可能策动他交枪?! 胡扯，全是胡扯!" 贺龙又愤恨地说："还说我曾发过什么悔过电报! 参加起义是我自愿的，是铁了心的，有什么过可悔? 完全是造谣!" 说到这里，贺龙对薛明说："写，你就这样写：我贺龙参加南昌起义是自愿的，不是什么投机！在南下途中进行的都是革命活动，没有什么反革命活动！字要大一点，让他们睁着眼看清楚！"

薛明代贺龙写好后，清清楚楚地注明是"记录稿"，"1968 年 10 月 5 日抄"。贺龙看完后，用力地签上了自己的名字。

但是，贺龙专案组仍不顾事实地写出了贺龙是"通敌分子和篡权的阴谋家"的罪行结案报告。其中关于所谓贺龙向武汉政府发的"八五"悔过电报部分写道："8 月 5 日，起义部队撤出南昌时，贺龙急忙致电国民党武汉政府，称他参加南昌起义是'全然出于误会'，哀求'宽恕'，表示要继续为国民党'效力'。他还惟恐'一纸电文'不能'奏效'，又密派其参谋长陈浴新亲赴武汉与唐生智勾结，表白他'倾心于唐是始终不变'的决心。在南下途中，贺龙为实现其反共反人民的罪恶目的，又密谋在部队到达广东补充实力后，仿效蒋介石的办法，公开叛变革命。"

到了 1968 年 9 月，康生根据专案组的上述调查，提出取消贺龙参加定于 1969 年 4 月举行的中国共产党第九次全国代表大会的资格。康生在听取专案组的汇报会上说："从汇报来看足以说明贺龙他共产党不能当，中委不能当，天安门不能上。"

## 李仲公的诬陷

贺龙把专案组要他交待"罪行"的提纲扔在了一边后，这时，他想的很多、很深，他对薛明说："我们党里出了奸臣，这个奸臣就是林彪一伙。1966 年 9 月我和他谈话时，他说我的问题可大可小，主要是支持谁，反对谁。他们这群狗杂种，我能和他们同流合污吗？"

贺龙生过气之后，终于冷静下来。他对薛明说："我说，你写，把他们提出的问题写清楚，这是我们和这伙奸人的战斗。"

于是，贺龙说，薛明记录，把专案组提出的"罪行"，前因后果，来龙去脉都写得明明白白。

以后，专案组还先后提出："长征时你与张国焘如何勾结，干了些什么反革命活动？""抗日战争时期你如何宣传蒋介石？""在西南你是怎样反对毛主席、反对毛泽东思想的？大区撤销时，你说中央不相信你，你这是什么意思？"对这些凭空捏造的所谓"问题"，贺龙都坚决顶了回去。贺龙的这种不屈服态度，可以从当时专案组所写的报告及康生的批语清楚地看出来。

林彪一伙对贺龙的迫害更加紧了。看押贺龙的警卫人员的态度也变得更加恶劣。大热天，他们把窗帘拉上，还故意在米饭里放砂子，并把饭泼在地上，让贺龙、薛明从地上拣着吃。贺龙、薛明只好戴着老花镜边吃边拣砂子，就这样的饭也不让吃饱。贺龙没了烟抽，薛明托一个战士买了几角钱的烟，又向战士要了些纸，卷烟抽。剩下的烟蒂也舍不得扔，撕开重卷。

生活待遇的恶化，使贺龙敏感到林彪一伙对自己的迫害加剧了。一天，他对正缝棉衣的薛明说："要有准备，他们完全可能把我们分开。"贺龙说完又补充一句："这些坏家伙，什么坏事都能干得出。"

薛明说："不能分开，我得照顾你。"

贺龙又重复一句说："他们什么坏事都做得出。"

天气越来越热，而水却限量，理由是水源困难。大热天，每天只给他们一小壶水，贺龙和薛明只好不洗脸，不漱口。薛明忍着干渴，留给贺龙喝。

一天，下起了大雨。薛明很高兴，赶忙把大铝盒、脸盆、茶缸都摆到院里。盆里水接满了。不料当贺龙和薛明抬水盆时，贺龙脚下一滑，跌倒扭伤了腰。整整18天，贺龙靠着椅子不能动，大便也解不下来。薛明就用氧气筒的导管，口含肥皂水给他灌肠。肥皂水把薛明的口腔粘膜都烧坏了。

由于长时间不洗脸和睡木板上，薛明的耳朵眼里竟结了一层蜘蛛网，且藏有小蜘蛛。当贺龙发现后，薛明不由一阵心酸，眼泪涌了出来，她怕贺龙看见难过，忙背转身去。

秋天到了，西山的枫叶红了。贺龙天天朝外边望，盼着周恩来派车来接他。一天又一天过去了，西山的红叶被北风吹落，天下雪了，雪压了西山的青松，而周恩来没有派车接他。贺龙哪里知道，因他已被列为专案审查对象，完全被林彪、江青一伙操纵，周恩来已无能为力了。

贺龙一遍遍地读《毛泽东选集》。1968年3月26日，贺龙读《关于正确处理人民内部矛盾》时，对薛明说："毛主席这里讲得多好哇。可现在呢，矛盾都乱了。把自己人当成了敌人，洪洞县里没好人了。"贺龙说到激动之处，突然不能说话了。薛明吓坏了，赶紧抱住他。问话时，贺龙只点点头。薛明赶紧把贺龙送到二六七医院——即警卫一师的医院（现在的武警总医院前身），医生不但不认真医治，还虐待贺龙。贺龙语言一恢复，医院死活不让住院。贺龙又被押回到象鼻子沟。

杨德中对此回忆说："1967 年 6 月 22 日，老总病了。当时三○一根本不能去。曾绍东将老总的病情报告了周总理。总理亲自交待住卫戍区一师医院治疗。那里的条件较差，大概住了 3 天就出院了。这一次，我的印象老总患的是感冒、高血压、糖尿病。1968 年 3 月 26 日，老总又病了。这次老总病得较重，说不出话，总理交待我们去医院看老总，是黄介元同志去的，当时专案组的卢凤歧、马瑞群也去了。一师从三○一请了两个大夫，作了心电图，诊断结果，老总患的是脑血管一度痉挛。这次住了十天，4 月 6 日出院，出院以后仍回原来的地方。"杨德中还回忆说："老总那里的报销费，1967 年医药费包括乌兰夫同志用的是 557 元，修房费638．63 元，煤费 7104．7 元，公杂费 327．4 元，炊具费 20．7 元，共计8648．43 元；当时谁也不给报，最后是总理批给国务院管理局报销的。总理批条时说，我当总理以来，批这样的条子，还是第一次。

贺龙在医院治伤期间，有个战士悄悄告诉他又有几个部队的领导干部打倒了。贺龙回来后把这消息告诉了薛明。贺龙担心而又难过地说："很清楚，他们要把老同志统统打倒。"贺龙叹了口气又说："都打倒了，党和国家还靠谁呢？我们的江山得来实在不容易啊！"贺龙说到激动之际，竟捶着床板喊起来，又时而声音哽住，半天讲不出话来。

一天，报上发表了一篇国家体委的"大批判"文章，诬蔑体委系统"长期脱离党的领导，脱离无产阶级政治，钻进了不少坏人，成了独立王国"。贺龙看后，气愤地说："简直是胡说八道，这是否定体委成立以来的全部工作。唉，不知又有多少干部受牵连了。"

贺龙的身体自住院后很差，薛明打算给周恩来写封信，报告贺龙的身体情况。贺龙摆摆手说："还是算了吧，如果总理有能力，他一定会管我，如果无能为力，此信落在别人手中，还认为是向他们求情。不就是没有药吃吗？我不吃药也倒不了。"

就在这时，1968 年的 3 月 28 日，原国务院参事室参事李仲公伪造了两封陷害贺龙的信。

李仲公，贵州人，1926 年国民党革命军北伐时，任南京政府北伐军总司令部秘书处处长。在 1927 年这个重要历史转变关头，李仲公坚定地站在蒋介石和国民党右派一边。其于 1927 年初在重庆策动刘湘拥蒋反共之后，又来到了汉口，拟策动在汉口的川黔将领拥蒋，反对仍打着拥共招牌的武汉国民政府。

一天，贺龙来到住汉口的严仁珊家中。严仁珊时为贺龙所部第十五师司令部秘书长。严仁珊对他说："蒋介石的秘书长李仲公要来见你。"

贺龙问："他来找我干什么？"

严仁珊说："他没说有什么事，只说要见你。"

与贺龙见面后，贺龙见李仲公30多岁的年纪，一派春风得意的派头。

两人说了几句客套话后李就告辞了。

第二天，李仲公在汉口日租界假刘湘办事处请客，贺龙也应邀出席。出席宴会的多是川、黔将领，连各军、师都派代表出席。宴席也很丰盛，还请汉口名伶清唱。贺龙一见这种挥霍的举动，就知道李仲公是有任务来的。当即把情况报告给了唐生智。

当晚，李仲公与贺龙相邀在严仁珊家中打牌。打牌之际，唐生智派人通知贺龙逮捕李仲公。于是，贺龙下令将李逮捕，同时被捕的还有一个杨殷之，他也是先到四川杨森处为蒋介石进行游说活动的。李、杨二人被捕后，武汉政府本拟将二人杀掉，但在讨论决定时，时任国民党中央执行委员、中央政治委员会委员、中央农民部部长的邓演达保了李仲公。结果只杀了杨殷之一个人。

全国解放之际，李仲公归顺了共产党，被安排在国务院参事室当了参室，到了1950年6月，中共中央筹组西南大区军政委员会时借口对这一地区情况比较熟悉，要求被安排在这个委员会中任职。开始时，名单也列有他的名字。但在协商讨论时西南人士纷纷提出他在重庆"三·三一"惨案中的责任问题，有关单位对此进行了调查。

周恩来想到了贺龙曾在1927年逮捕过李仲公，为此写信向他询问情况。同年6月19日，贺龙回函与周恩来，称："关于在武汉时期李仲公被捕的经过情形，我尚记得是1927年2月间（日期记不清楚了），我在汉口严仁珊家中，经严的介绍，说他是蒋介石的秘书长，与其相识后，互相谈了几句客气话。第二天，李假刘湘的办事处（汉口日租界）请客，我亦前往，席间尚请有汉口名票清唱。我当时观察，李由南京来汉口后，这种挥霍的举动，就知道他是有任务来活动的。席散后，当晚又在严仁珊家中一起打牌。此时唐生智派其秘书长前来告谓我：李仲公是来汉口捣乱革命的，要我将他逮捕起来。打完牌之后，我即将李用汽车送至唐的总指挥部，经几日后，邓演达将其保出，这就是逮捕李的经过情形。"

周总理又为此询问过聂荣臻。聂荣臻回信说："李仲公问题详贺龙信为证。"

最后，中央根据各方的意见在中央拟任命西南大区军政委员的名单中划去了李仲公的名字。李仲公自此嫁怨于贺龙。

1957年，毛泽东主席召开最高国务会议，提出扩大统一战线。中央根据这一指示，决定扩大安排民主党派人士到政府各部门任职。身为国务院参事室参事的李仲公又向周恩来提出要求安排他到贵州去任省主席，结果又被贺龙拦住了，李仲公由此更深深地恨上了贺龙，伺机报复。

"文化大革命"初期，李仲公没有发作。当他看到满街都是打倒贺龙的大字报时，他依然没有发作。他明白，像贺龙这样的大人物，光靠群众说打倒不行，必须中央说话才行。当1968年初江青在工人体育场举行的一次10万人大会上公开高喊出"打倒贺龙"时，李仲公认为时机成熟了。

1968年2月中旬的一天，北京体育学院成立的贺龙专案组（分支）的人员靳海东来到了李仲公家，向李仲公了解30年代贺龙的有关情况，李仲公不仅不顾病体虚弱，对当时的每个细节都谈得非常详细，以至于第一次竟没有谈完。靳海东后来回忆说："这次谈话给我的印象是李故意把事情谈得很详细，并留下许多我们要了解的问题'活口'，以便我们再来找他。"

3天后，靳海东再一次来到李仲公家，由李接着谈。谈着谈着，李仲公突然说："在30年代，贺龙还曾给我写过信，想通过我向蒋介石说情、乞降，可惜信在我来北京时，被我爱人烧掉了。"

靳海东回到学校后，立即向造反派头头刘长信汇报了此情，刘长信听后竟高兴得跳了起来，说："这个线索太重要了，必须紧紧抓住。你明天就去让他写个材料，不然老家伙一死就没证据了。"

次日，靳海东又来到李家，要求李仲公把信的情况写一个材料给他。靳海东对此回忆说："李仲公事先有所准备，写时不时看一下手中写得很小的纸头。1000多字的材料，很快就写好了，中间还有许多年月日和人名。"

贺龙专案组得知此事后也立即派人到北京体育学院，看了材料，听了靳海东的汇报，并要刘等不要再去找李仲公，继续调查的事就由贺龙专案组负责。

现将李仲公写于1968年3月28日的这份材料摘录如下："贺龙在第

一次大革命以前是一个由土匪起家，分投于四川、贵州地方军阀的山头主义的小军阀。我和他认识是在1926年7月，我以'国民革命军总司令部'秘书处长身份随同蒋介石从广州出师北伐进驻长沙的时候，他由湘西派了一个日本士官学生、曾在东京与我们相知的贵州人毛景园见我。打下武汉后，在1927年2月我到汉口，才开始和他见面的。但到是年3月，由于汉口的'国民党中央'发动反蒋独裁，准备出兵讨蒋，贺龙受到唐生智以反蒋还是拥蒋向他威胁。他为了取得汉方的信任而将我出卖并将我逮捕后，就和他断绝关系了。1928年的春夏之间（月日记不清了），我在南京伪'交通部'。有一天忽然有他派的人持着他的信来见我（这是贺龙于参加南昌暴动之后又拖着他的队伍回到湘西老巢建立山头的时候）。我看了信，对于来人来见3次都予拒绝，要回信也置之不理。但信是留着的。可惜此信存在苏州住宅，在1949年8月我来北京之后，我的爱人为了防后患，把它取出烧掉了。但信里的要点我是记得清楚的。内容是：称我为'次长'，称蒋介石为'总座'。首先是说：1927年3月之事，完全是出于严仁珊的计陷，极力对我道歉，望加原谅。接着是力述参加南昌暴动是迫于当时的情势，实非本心，要求我代向蒋介石解释，仍愿当年追随北伐的宿衷，再予收编为国军，誓效忠于总座及国民政府，敬慈援助并候示复。末署'贺龙呈上'等语。"材料最后写道："以上就是我所知的关于贺龙这个头号大叛徒的一个铁证。我今天所以把这个材料揭发出来，绝不是出于修旧怨报私情的动机，而是完全出于捍卫、拥护伟大的毛主席、伟大的毛泽东思想、伟大的毛主席无产阶级革命路线和伟大的中国共产党的一片忠诚。在当前无产阶级'文化大革命'两个阶级两条路线尖锐激烈斗争的运动中，也是我作为一个党外的革命干部所应有的一种战斗任务。因此，我就把它揭发出来以作批斗这个罪大恶极的大叛徒的一种材料。"为了说明解放后他与贺龙的关系，李仲公还特意做了如下一条补注："在全国解放后18年的当中，除了在1949年8月我来北京之后的一两个月内，由于周总理和郭沫若同志约我聚餐和贺龙见了两面以外，始终就没有直接会见过。"

国务院参事室军管组对这份材料作了如下批注："李仲公是党外人士，现任国务院参事，所谈情况仅供参考。"

1968年5月16日下午，有关此事的汇报会在人民大会堂东厅会议室进行，康生、吴法宪等参加了会议。当汇报到李仲公说1928年贺龙曾给他两封信后来因搬家被烧掉了时，康生说："留下又烧了？可能那两封信更重要！"

吴法宪说："应给李仲公做工作，要他交出这两封信。要告诉他，如果将这两封信交出来，是有功的。"

于是，贺龙专案组立即将工作放在了要李仲公交出两封根本就不存在的信上。

6月下旬的一天，贺龙专案组的赵秀峰、刘士艺来到李仲公家，两人向仲公说明了来意。李仲公一阵沉默了。

李仲公何尝不知如果交出两封原信可以立功，并藉此对贺龙进行报复，只是原信根本不存在，他拿什么交呀。

专案组的人走了以后，李仲公思来想去，最后决定伪造。当贺龙专案组第三次派人来找他时，已是1969年的7月份了，来人对他说："'九大'已经召开了，原为政治局委员的贺龙并没有出席这次大会，你还有什么顾虑呢？"

这次，李仲公交出了两封信，并说是他老婆害怕才谎说烧了。

李仲公交出的所谓贺龙1929年给他的两封信中，第一封信写道：

> 　　仲功吾兄次长勋鉴。前岁因严仁珊等之欺骗，既导兄之难堪，复陷弟于绝境，并终无以自解。至今每一思及，恨痛交并，故志今属擢，托熊贡卿、贺贵严诸兄代向中央疏解，借表心迹，经以山河阻隔音信等由，恂恨事也。近阅报章知冯逆叛状益彰，全国声讨。弟亦为党员一分子，能不愤慨。甚愿即率所部万余健儿就近直捣逆巢，灭此朝食，以报党国，而慰主座。伏乞我兄代呈主座为荷。信不有诸，希亮察，如能帮忙，即请设法示复，以便再正式派人晋京回候教益矣。专此敬叩
> 　　勋安
> 　　　　　　　　　　　　　弟　贺云卿亲笔上
> 　　　　　　　　　　　　　五、十八

第二封信写道：

仲功吾兄次长勋鉴前补达，十六年秋间之事完全为奸人利用，结果虽促成宁汉统一，而弟一人之牺牲其痛苦不可言状，始知今日之政治须多受教训方能渐得其中之奥妙矣。弟本武夫，且生性忠实，何能快慰应付当今千变万化之时局，不能为天下人谅者理应然也。爱我如兄将何以教我，前言皆系至诚。务求敬代陈主席请求一切为盼。临颖神驰，不尽依依。此叩

　　勋安

　　　　　　　　　　　弟　贺云卿亲笔上
　　　　　　　　　　　五月二十六日

　　李仲公还写了说明，为："1929 年 5 月中，我连接到贺龙请我代他向蒋介石解释、愿意投蒋的两封亲笔信（署名贺云卿，云卿是他的字）。我之所以交出这两封信，因为这是贺龙叛党的铁证。李仲公亲笔。1969 年 12 月 26 日于北京。"
　　李仲公并画了信封的格式是：

　　　　　　　　　专呈　交通部
　　　　　　李次长　仲公　勋启
　　　　　　　　贺云卿　上

　　专案组对李仲公交出的两封信，既不能肯定，也不能否定。在两难中，最后还是康生一锤定音："这两封信是贺龙通敌的铁证！"
　　自此，专案组即依据康生指示，把这两封信作为贺龙叛变投敌的证据使用。直到贺龙被迫害致死两年以后，专案组于 1971 年 5 月 17 日最后一次写的所谓《贺龙罪行的审查的报告》，仍是如此。
　　到了 1974 年，周恩来在处理大量遗留的党和国家要事之后，开始腾出手来处理李仲公的诬告信问题。他在一个文件上批示，要对李仲公写信诬陷贺龙的问题"进行彻查"。同年 9 月 23 日，公安部得出的结论是："求降信"所用的纸张、墨水是 1940 年以后出产的。调查人建议处理李仲公。周恩来说："把调查结果告诉他就能把他吓死，算了，他已经 80 多

了。"但周总理还是在材料上批示："约李仲公一谈,告以在 1968 年交出贺的 1929 年 5 月两封信,非贺龙亲笔,且贺字云青,并非云卿,代笔定非新近之人,可以断为伪造之信。……望李老实交代,可得宽恕,否则将进行彻查,以弄明真相。"

一场严肃的谈话在国务院参事室的一个会议室里进行,李仲公自然无法自圆其说,坐在那里,冷汗直流。

1978 年 5 月 26 日,有关单位对李仲公交出的两封信进行了结案报告。《报告》写道:"李仲公在'文革'中交出的两封伪造信,是配合林彪、'四人帮'反党集团蓄意陷害贺龙同志的铁证",是"一起极其严重的反革命事件"。《报告》指出:"李仲公搞伪造信件陷害贺龙有其深刻的阶级根源和思想基础。首先,李是一个多年的反共政客,他对贺龙同志 1927 年在汉口拘捕他的事耿耿于怀,有报复思想。二是 1950 年 6 月西南军政委员会成立时,李未被选上,他怀疑贺龙同志把他刷掉了。三是'文化大革命'初期,林彪、'四人帮'掀起一股打倒老帅的妖风,李听说江青在一次体育馆开的大会上叫嚣要打倒贺帅。很显然,在此气候下,李认为有机可乘,因而炮制两封伪造信,妄图鱼目混珠,借机整倒贺帅"。《报告》在最后还提出了对李仲公问题的处理意见。

这个《报告》很快得到了中央的批准。

《对李仲公问题的处理决定》写道:"李仲公,男,现年 88 岁,原籍贵阳市人,原任国务院参事。关于 1968 年春李仲公交出的两封伪造信陷害贺龙同志的问题,审查小组报经中央批准,认为这是李仲公配合林彪、'四人帮'反党集团蓄意陷害贺龙同志的一起极其严重的反革命事件。李仲公罪行严重,又不老实交代。根据党的'坦白从宽、抗拒从严'的政策,本应从严惩处,逮捕查办。但考虑李已年近 90、生活不能自理的情况,不再捕办,决定撤销其国务院参事职务,每月发给生活费 80 元,交国务院参事室监督。"

## 毛泽东说他对贺龙不保了

轰击贺龙的"罪恶炮弹",经林彪、康生、江青等人之手,一发又一发地打来。1968 年 4 月 3 日,李作鹏、王宏坤、张秀川给中央写信,诬陷贺龙、叶剑英配合刘少奇、邓小平、陶铸企图篡军夺权。

4月18日，黄永胜对专案组指示说："贺龙专案很重要。贺龙是大土匪、大军阀、大阴谋家。这案很大，面很宽，有很多人，要在这个基础上继续努力。搞专案本身就是一场阶级斗争，要把埋在毛主席身边的定时炸弹挖出来，要穷追猛打，要团结一致，共同对敌……"

黄永胜的指示为贺龙专案组的工作人员张来普记在笔记本上，留下了黄永胜等林彪死党迫害贺龙的罪证。

4月22日，江青、康生在接见中央专案组第二办公室工作人员时，康生说："我提醒你们，体委是贺龙现行反革命活动的重要地点。他给体委发了枪、炮。炮安在什刹海，炮口对准中南海。海军、空军都有他的国防俱乐部，有无线电俱乐部。贺与刘仁、与团中央王照华都有关系，一次发枪700条……"

江青说："贺龙是个大刽子手！"

江、康二人一唱一和地把"二月兵变"升了格，于是，所谓"二月兵变"越传越悬，轰动全国。这条纯属虚构的罪名，也成了贺龙被立案审查的重要内容之一。

5月12日，下发《中共中央、国务院、中央军委、中央文革命令》，内称："国家体育运动委员会（包括国际俱乐部）系统，是党内头号走资本主义道路当权派伙同反革命修正主义分子贺龙、刘仁、荣高棠完全按照苏修的办法炮制起来的。"

接着，康生在人民大会堂接见了贺龙专案组的全体人员，康生用指示的口气说："贺龙这个大土匪，历史上叛变投敌，他的现行反革命活动也一定会有，可以由'此'到现实的这个'彼'，由这个问题想到另一个问题。"

在康生讲话的两天后，即5月18日，贺龙专案组给江青、康生、陈伯达写了《贺龙专案组案情进展综合报告》，称："贺龙专案组自去年9月13日建立，现有办案人员24名，负责审查的案犯18名，有关案犯5名，共23名。其中省、军以上的19名（内有政治局委员2名，中央委员1名，候补中央委员1名）。"

林彪一伙为搞倒贺龙，对贺龙过去的一些下属干部，及贺龙子女乃至亲友部下的刑讯逼供更加紧了，不少好干部含恨而死。其中死得最惨的是大将许光达。

从1967年8月14日起，国防部副部长、中国人民解放军装甲兵司令员许光达大将被捕，并被诬蔑为"贺案中的二号人物"。

许光达遭到了刑讯逼供。这位沧海泛舟千里找党的开国功勋，黄埔五期的热血男儿，任凭筋断骨折，也没说一句违心的话。从1968年2月开始，许光达咳嗽吐血，心脏病时常发作。然其照样一次次的挨批斗，最长一次竟达53个小时。造反派们轮流吃饭、睡觉、休息，许光达却一直站在那里，被怒骂和不时的拳打脚踢。他终于挺不住而昏死过去。

许光达的罪名是"二月兵变"的黑参谋长和贺龙专案中的二号人物。

造反派们为攻下许光达的口供，以达到向"九大"献礼的目的，遂对许光达迫害更剧。

1969年4月10日，许光达写下了这样的"交待材料"："凡是已经做过坏事的人们，赶快停止做恶，悔过自新，脱离蒋介石，准其将功赎罪。老实人、敢讲真话的人，归根到底，于人民事业有利，于自己也不吃亏。爱讲假话的人，一害人民，二害自己，总是吃亏。只要通通（痛痛）快快承认错误，改正错误，就好了，就取得了主动。越吞吞吐吐，扭扭捏捏，就越会被鬼缠住，越陷越深，老是被动，最后还得解决。假的就是假的，伪装应当剥去……隐瞒是不能持久的，总有一天会暴露出来。一切依靠帝国主义的寄生虫，不论如何蠢动一时，他们的后台总是靠不住的，一旦树倒猢狲散，全局就改变了。"

1969年6月3日晚8时30分，许光达大将含恨而去。他在留下的《毛泽东选集》扉页上写下了一首诗："身经百战驱虎豹，万苦艰辛胆未寒，只为人民求解放，粉身碎骨若等闲。"

到了1978年7月6日，中国人民解放军装甲兵党委向中央军委并总政治部呈送了《关于许光达同志被迫害致死的情况报告》，称："……1966年7月，康生诬陷贺龙同志搞所谓'二月兵变'。8月，某军政委程世清向林彪写信，诬告说许光达同志对林彪'最不满、最仇恨'，'有里通外国之嫌疑'，'一旦有事，就是修正主义的旗手，一个大危险人物'。9月8日，林彪在军委常委会议上，诬陷贺龙同志'要夺取政权'，说'贺想利用许光达控制总参'。1967年3月6日，装甲兵机关从此开始着手组织批斗许光达。5月11日，装甲兵向全军'文革'报告：'请示审批将许光达、张文舟作为重点批判斗争对象。'6月15日，装甲兵政委提出对许、张处派岗哨加以控制。7月5日，为向军委报告，装甲兵政委主持装甲兵党委、常委扩大会议，非法决定成立'斗许、张专案组'。8月12

日，许光达同志被隔离关押。11 月 13 日，'斗许、张专案组'改组，分成'许光达专案组'和'张文舟专案组'。1968 年 2 月 12 日，'贺龙专案组'派朱铁铮等 5 人到'许光达专案组'直接参加迫害活动。朱铁铮宣称：许光达是'贺案中的二号人物'。从此，加紧了对许光达同志的迫害活动。从 1967 年 12 月起，对许光达同志进行政治迫害和身体摧残。他们无中生有，编造假材料，诬陷许光达同志'参与贺龙篡军夺权'，'里通苏修'，'是混入我党的假党员'，是'三反分子'，并且有计划地一个问题一个问题地进行刑讯、逼供。把许光达同志硬打成'假党员'、'三反分子'，剥夺了许光达同志出席党的'九大'的权利。在一年多的批斗、审讯中，经常罚站、弯腰、请罪，多次搞'车轮战'，其中一次长达三天三夜。还多次把许光达同志搞到外单位去游斗。许光达同志被整得昏厥过去，经医生抢救后，继续审讯。专案人员都曼林、党志壁拳打在许光达的脸上、腰上，打得口流鲜血。关押期间，降低伙食，室内空气污浊，夜里开大灯泡睡觉。1968 年 11 月中旬，许光达同志夜间咳嗽，出现痰中带血、吐血等症状。专案组人员毫无怜悯之心，照样频繁审讯和逼写材料。从 11 月中旬到住院，两个月中，共审讯 79 次，逼写材料 25 次。专案组不顾许光达病重，把病房当牢房，加紧审讯和逼写材料。据记载，在第一次住院的 78 天里，被审讯 29 次，逼写材料 29 次。出院后 21 天，审讯 8 次，写材料 7 次。第二次住院，已是生命垂危，仍有审讯活动，直到逝世前 3 天，还被迫请罪。……"

当林彪、江青、康生一伙对贺龙迫害加剧时，对其子女也迫害加剧。1967 年 10 月，贺鹏飞患了重病，无法就医。后陈毅知道此事，仗义执言，才使贺鹏飞住进了医院。然病还没好，谢富治即冠以贺鹏飞"企图外逃"罪名，将其送进位于北京昌平的"少年管教所"。同时被关押的还有贺黎明和其他老干部的子女。被管押审讯半年之后，贺黎明与几个老干部子女被送到陕北插队落户。一天夜里，一伙人撞了进来，扑灭油灯，而后棍棒与拳脚相加，将贺黎明等毒打，有的被打成重伤。贺晓明到了贵州一个最偏僻的山寨插队。

1968 年 6 月 13 日，贺龙由中央办公厅保护改为由中央专案第二办公室作为专案审查对象，实行监护。贺龙专案组的手伸进了象鼻子沟，于是，对贺龙的迫害加剧了。伙食更差了，每天的菜就是清水煮萝卜、白菜，或是老得不能咬的豆角。掺砂子的米饭也装不满一饭盒。薛明见贺龙吃不饱，就自己用筷子沾点菜汤，把菜节省下来给贺龙吃。

饭不够吃，贺龙的身体越来越差。薛明没有办法。她看到院子里长的野菜，就拔些回来，从伙房要点盐，洗洗烫烫后，用盐拌拌充饥。

床上的被褥也被搬走了。贺龙、薛明只好睡硬床板，用胳膊代替枕头。

贺龙的身体越来越坏了。他步履艰难，连上趟厕所的力气都没有了。贺龙对薛明说："我看透了，他们是要把我拖死。杀人不见血。我不死！我要和他们斗到底，我相信，党和人民是了解我的，毛主席总有一天会说话的！"

这天晚上，薛明因失眠无法入睡，想去找医生要些安眠药，结果刚一出房门，眼前一黑摔倒了。贺龙见薛明久出不归，出门寻找，见薛明倒在地上，想拉又拉不动，去叫人时，也栽倒在走廊的一头。哨兵发现后，才把二人扶上床。

睡到半夜，贺龙、薛明听到窗外哨兵小声地唱"洪湖水哟，浪呀么浪打浪哟，洪湖岸边是呀么是家乡哟……"

歌声传入贺龙耳内，他和薛明都激动地坐了起来，在这样困难时刻，他们想不到还能听到"洪湖水"这样的歌声。贺龙眼里滚出了泪花。他悄声隔着窗子问："同志，你是什么地方人呀？"

"我是湖北沔阳的！"

"啊，沔阳的。洪湖归沔阳管。"贺龙兴奋地向薛明谈起洪湖，谈起湘鄂西。谈到最后，贺龙说："人民是创作历史的动力，人民是历史的真正主人，谁为人民做好事，人民不会忘记他，谁做坏事，人民也不会饶恕他！"

薛明的花镜摔坏了。1968年7月的一天，负责看押的北京卫戍区某团的一个姓黄的军官把薛明叫出，面孔冷冷地对她说："走，去配眼镜。"

薛明想起贺龙说的林彪一伙很可能把他们分开的话，脑子里立即想到这方面，她担心此一去不能再回来，就又回到屋里，把此情况对贺龙说了。贺龙也犹豫，薛明想想说："他们不会让我们分开。分开了，就写不成材料了。他们知道你身体虚弱，不能写东西了。"

贺龙点点头，有力地握了下薛明的手说："再见。"

而后，姓黄的把薛明带到位于城西永定路的第二六七医院。医生没好气地给了她一个300度的老花镜。薛明说度数大，医生说："能看就行。"

薛明只好拿着这个镜子回来。直到现在，薛明还保留着这个伤心镜子。薛明说："戴上就忘不了那段历史。"

贺龙不交待所谓"实质"问题，江青又出坏点子，她对专案组说："不能让专案对象闲着，要让他们写自传，从记事起一直写到关起来为止，然后从中找矛盾，找漏洞。"

于是，专案组要贺龙写自传，开始贺龙表示坚决不写，说："难道我革命一辈子，党还不了解我的历史？不写，不写，写了也没有用处。"又说："我的问题很简单，就看毛主席一句话了，只要毛主席说'贺龙是我们的同志'，我的问题也就解决了。"后来考虑到，通过系统回顾自己一生的历史，可以很好地揭露那些诬陷他的丑类们的嘴脸，他对薛明说："林彪说我要负洪湖肃反扩大化责任，也罢，现在没事可干，我把自己经过的事谈谈，你记录。这也许对后人有启示。"

于是，贺龙谈起了往事。他的思绪回到了几十年前："我出身很苦，家中经常吃不上饭，灾年更苦，有时啃树皮，平时吃合渣饭，小时候盼过年，希望吃糍粑，糍粑平时是吃不到的。年幼时经常看到保长到村子里，不是催粮就是逼债，受苦人苦苦哀求，对他们说多少好话也不行，有时还遭到毒打，这些狗仔子不管穷人的死活，他们一离开村，穷人就骂娘，但总是希望他们给穷人一碗饭吃。见鬼！他们没有菩萨心肠。我小时候对官府的人很反感！……"

贺龙说着，薛明记着。1天、2天、3天……到了3月初，薛明记了厚厚的一叠纸。那些日子，贺龙完全沉浸在往事的回忆中，沉浸在战斗过的岁月里。后来，这份回忆，竟成了1份珍贵的史料。

贺龙专案组把贺龙写的带有自传体的历史材料上报了康生、黄永胜、吴法宪、叶群。8月6日，康生在贺龙所写的材料上批示："贺龙写的材料没有交待一点实质性的问题。到底如何要他交待，要在中央碰头会上议一议。"

中央碰头会上议过后，8月12日，康生又严厉批评了专案组不该将贺龙写的材料原样呈送。康生批评说："不摘要，不提问题，不说你们的看法，即送出传阅，这办法很不适当。望注意。"

贺龙专案组根据康生的批评立即进行了检讨、改进。8月27日，他们把贺龙写的另一份材料经过剪接、摘录后上报康生，并在上报材料上附了报告，报告写道："康生、永胜、法宪、叶群同志：遵照康生同志指示，现将贺龙的历史自传后两部分摘要呈上（附原件），请阅示。贺龙所写的材料极力吹嘘、标榜自己，不交待实质性的问题。并有诬蔑、攻击无产阶级司令部的意向……态度极不老实。……由于我们水平低也缺乏历史知识，摘录的内容可能有错误，希首长给予批评指示。"

黄永胜批示："只谈了些过程，极不老实，请康生同志阅。"

康生批示："贺龙自传，空洞无物，吹嘘自己，掩盖错误，不交待问题。我建议专案组要仔细研究，寻找漏洞。似不必传阅，以免干扰。如何，请二办考虑。"

为了提高专案组的办案水平，康生接见了专案组，并指示："搞专案，首要一条是立场，不能纯客观主义，要有倾向性，不是'左'就是右。我希望你们当'左'派，不要当右派，中间路是没有的。"

专案组决心当"左"派。

1968年9月11日，贺龙专案组在中央档案馆查到了1934年3月17日湘鄂西中央分局给中央的报告，报告中清清楚楚地写明湘鄂西中央分局枪毙熊贡卿的经过。由于这份报告对迫害贺龙不利，专案组既未作证据使用，又未上报中央和毛泽东、周恩来，即不顾事实，于9月24日，依靠制造出来的"证据"提出给贺龙定"两变"即历史上叛变、现行政变——指所谓的"二月兵变"。随后又于10月17日和12月30日先后写出《对贺龙策划叛变和篡军夺权阴谋搞反革命政变的罪行的定案报告》和《贺龙可以定案的问题要点和几个主要罪证材料》。

当时，林彪、江青一伙最害怕的是毛泽东同意周恩来的建议，让贺龙参加即将召开的党的第九次全国代表大会。因为毛泽东对贺龙一直没有明确的态度，所以，他们加紧对贺龙罪名的罗织。

贺龙针对林彪、江青一伙对他的诬蔑，就参加"八一"南昌起义、湘鄂西肃反、枪毙熊贡卿以及其他一些历史问题所写的回顾材料不虚掩，不夸大，实事求是说明了每一件事情的原委。

贺龙不"交待"，并不影响林彪一伙对他的迫害。9月24日，中央专案审查小组在研究"审查对象"定案会上，把贺龙的"罪行"定为两条，一是历史上的叛变罪，二是搞"二月兵变"，企图政变罪。

而此时，毛泽东已被林彪、江青一伙所蒙蔽，在1968年10月13日举行的中共第八届十二中全会上，公开宣布，他对贺龙不保了。"文革"

开始不久即被关在西山一隅的贺龙，哪里会知道这些情况！

12月28日，贺龙专案组写报告给康生、黄永胜、吴法宪、叶群、李作鹏，称："建议将贺龙现存的药品全部收回，由卫戍区选派一政治可靠的护士或医生，专门掌管。"

黄永胜批示"同意"。

于是，专案组选来挑去，经过6次政审，从北京军区后勤部第八分部所属的天津第254医院选派神经科的男护士王贺志到贺龙处，调走了警卫一师三团某营部的沈医生。沈医生对贺龙是很关心的，除了药物保障外，还利用出入之便，为薛明买些日用必需品。王贺志到后，专案组的副组长对他说："关于贺龙的医疗问题，尽量用现有的药物，维持现在的水平即可。"

于是，王贺志即以检查药品质量为借口把贺龙从家中带来的药收缴或控制。

贺龙、薛明本来住在山上。一天深夜，突然来人勒令他们搬到下面去住，这样，二人不论散步和上厕所，都要经过王医生的住处。薛明对此很生气。贺龙说："不要跟他犯气，他们就是整我的嘛！"

贺龙这位叱咤风云的元帅，到了此时，真可谓"时来天地皆同力，运去英雄不自由"了！这句诗是1967年9月24日凌晨4时毛泽东批评王力、关锋、戚本禹时引用唐朝诗人罗隐的《筹笔驿》中两句。全诗为："抛掷南阳为主忧，北征东讨尽良筹。时来天地皆同力，运去英雄不自由。千里山河轻孺子，两朝冠剑恨谯周。惟余岩下多情水，犹解年年傍驿流。"

当时，毛泽东引此诗句之意是批评王、关、戚等人，在"文化大革命"开始以来，时来运转、红极一时，似乎天、地、人都协力支持他们，一切都很得手。而这时的贺龙，正是运去英雄不自由之际。一个小小的王医生，竟把开国元帅要来要去，真是龙入浅滩遭虾戏了。

薛明警惕性更高了。一天，王贺志送来了药，薛明见胶囊已破，且上面有明显的手印，遂对贺龙说："这药不能吃。"

贺龙点点头说："林彪这个阴鬼，什么事都能做的出。连救命恩人他都不放过的。"贺龙接着说："115师的副师长陈光，湖南宜章人，参加过湘南起义，陈光当年曾救过林彪的命，林彪对'救命之恩'不仅不图报，反而于建国初把陈光逼死。他连救命恩人都要谋害，何况我这眼中之钉。"

薛明听得毛骨悚然。

贺龙用手仗敲着林彪的头像，愤怒地说："你这个卑鄙的家伙，搞阴谋诡计的老手。心虚得很哩，怕别人攥着你的把柄！党内出了奸臣，这个奸臣就是你。"又转身对薛明说："江青也是个整人的家伙。你看报纸上那一套都是他们搞的。他们是要把老同志都搞光，搞得毛主席身边没有人了，他们好大换班！"贺龙又怒道："还有林彪的老婆叶群也不是个好东西，过去你在延安整风时揭发了她那么多严重问题，她能饶得了你？"

薛明说："可能由于我当年揭发她牵累了你。"

贺龙说："你不要这样想，不是由于你的问题他们要打倒我，是因为我妨碍他们篡党夺权，他们才打倒我，是我牵累了你。"在谈到康生时，贺龙说："这个人老奸巨滑，做尽了坏事。"又说："我本来就是在共产党最背时最困难的时候参加革命的，所以，无论什么背时我都不怕。可是，现在搞成这个样子，党怎么办？国家怎么办？"贺龙仰天叹道："现在不是我们个人命运如何，而是整个党、整个国家正处在危难之中，我们的人民正在遭受苦难！我们党里出了鬼，出了奸臣啦！"

几天后，一个战士送药来。薛明见药内有一片不曾见过的。遂问战士："怎么这药里多了一粒。"

战士说："是医生让送的，我不清楚。我去叫医生来。"

战士走后不一会儿，那位王医生来了。薛明问他，他支吾说发错了药。贺龙火了，说："药都发错，你还算什么医生？"

那位医生横了贺龙一眼说："你以为我愿来，不是经黄总长批准，你想要我来我还不伺候你呢。"

贺龙用手杖戳着地说："我骂的就是你那上级。骂的就是黄永胜那个王八蛋！"说着火了："你给我滚！"

那个医生横眉怒目地看了贺龙一眼走了。薛明说："你跟他发什么火？他是个战士。"

贺龙说："他是什么战士？战士，战场上的勇士，他贼眉鼠眼，鬼鬼祟祟，不是个好东西！"

两天后，那个王医生又来了。他通知贺龙、薛明，说暖气管裂了，不能供暖，要他们克服困难。——这是1969年1月，正是北京滴水成冰的季节。没了暖气，室内冷如冰窖。贺龙、薛明被冻得缩成一团。贺龙这位开国元勋，受着非人的虐待。

从1969年2月起，贺龙就明显感到身体不行了，走路不断摔跤。贺龙对薛明说:"他们要把我拖死,杀人不见血。我,我死不了,我还要和他们斗!"贺龙扬起脸,望着窗外,喃喃地说:"我没有别的想法,只希望毛主席说一句:'贺龙是我们自己的同志'就够了。"贺龙说完,拉着薛明到了室外,指着眼前的山说:"我死之后,把我的骨灰放到高山顶上,我要看那些奸佞是怎么死的!"

1969年4月1日至24日,中共第九次全国代表大会在北京召开,出席的代表有1512人代表全党约2200万党员。毛泽东提出大会的任务是:总结经验,落实政策,准备打仗。

4月1日举行大会开幕式。毛泽东致开幕词。大会选举了以毛泽东为主席、林彪为副主席、周恩来为秘书长的176人组成的主席团。

林彪代表党中央作了政治报告。报告阐述了"文化大革命"的准备和过程,搞好斗、批、改及各项政策,党的整顿和建设等问题。报告竭力宣扬所谓"无产阶级专政下继续革命的理论",全面肯定"文化大革命",还将毛泽东1962年八届十中全会上关于阶级斗争要天天讲的论点称之为"党在整个社会主义历史阶段的基本路线",强调"我们的目的,是粉碎修正主义,夺回被资产阶级篡夺了的那一部分权力,在上层建筑包括各个文化领域实行全面的无产阶级专政",并把党的全部历史歪曲成是两条路线斗争的历史。

4月2日至13日分组讨论政治报告和党章修改草案。14日开大会,周恩来、陈伯达、康生、孙玉国、纪登奎等人发言。大会通过了政治报告和党章。新的党章对毛泽东思想作了歪曲的阐述,砍掉党员的权利的规定,对林彪大肆吹捧,把他作为"毛泽东同志的亲密战友和接班人"写入总纲。

4月15日至24日,酝酿选举新的中央领导机构。主席团秘书处提出规定,毛泽东、林彪为当然候选人;原八届中委和候补中委提名为九届中委和候补中委候选人的不得超过53人;九届中委和候补中委总数不得超过250人,后来改为279人。24日,大会选出中央委员170名、候补中央委员109名。其中原八届中央委员和候补中央委员53人,只占八届中央委员、候补中央委员的百分之二十九,占九届中央委员和候补中央委员总人数的百分之十九。林彪、江青一伙不择手段地为自己拉票,并塞进不少亲信、骨干。

"九大"使"文化大革命"的错误理论和实践合法化,加强了林彪、江青等人在党中央的地位。这次大会在思想上、政治上和组织上的指导方针都是错误的。

贺龙从报上得知"九大"召开，又见把林彪作接班人写入党章，他怒不可遏地用手戳着报上林彪的像说："他就是把名字刻在石碑上，摆在泰山顶上，也牢靠不住。相处四十多年，我还不知道林彪是个什么东西！我贺龙没瞎眼。"贺龙叹了口气，对薛明说："薛明啊，我的话只你一人听到，在看林彪这人上，不是我错了，就是毛主席错了。我错了还好，若是毛主席错了，我们的党可就完了。"贺龙沉默了一刻，又说："薛明啊，在如何看林彪这人上，我不会看错的，毛主席上了当啊！"贺龙点着江青、叶群、吴法宪、李作鹏等人的名字说："他们反老干部有功，青云直上。"贺龙看到中央委员里有傅传作的名字，说："傅传作在湘鄂西时是警卫排的一个班长，本事不大，能力一般，不知在什么事情上对林彪他们有贡献，不然他不会当上中央委员的。"

从5月上旬起，贺龙的病情恶化了。据《看守日志》记载，半月之内，贺龙即连续摔倒七次。

6月8日早上，贺龙吃过早饭就连续吐了起来，并上腹痛，薛明见了，非常着急。由于贺龙久患糖尿病，薛明对糖尿病的知识也有一定的了解，她担心是酸中毒了，便急忙去找那个王医生。回答说医生不在。直到中午12点，那位王医生才来。他不问贺龙病情，只给打了一针止吐针。薛明对他说："该不是酸中毒吧。"

王医生没好气地说："死不了！"

中午开饭时间到了，有人送来一碗清汤寡水的老黄瓜煮的汤。贺龙看了看，没有吃。到了下午5时，贺龙血压降低，上腹部疼痛加剧。薛明焦急地找看押部队。又过了4个小时，才从267医院来了两个医生。这中间，整整过了13个小时。这2人对贺龙病情不作任何检查，也不听薛明的叙述，便说贺龙得的是肠胃炎，并立即给贺龙输葡萄糖。薛明说："他是糖尿病人，不能随便使用高渗葡萄糖，那样会加剧酸中毒。用胰岛素吧，那是特效药。"

那两个医生喝斥薛明："我们是医生，还不懂糖尿病人不能输糖？告诉你，我们怀疑他服毒自杀。"

薛明听后气极了，还要争辩，两个医生却出了屋。他们拿贺龙的尿样，却不去做糖尿病的检查，而是送到丰台区药品检验所去化验，企图给贺龙戴上畏罪自杀的帽子。

贺龙由于输了葡萄糖，病情更加严重，而且昏迷了。不一会儿，贺龙又醒了过来。这时屋里已经没了医生。贺龙喘着气对薛明说："他们要害我死。"

薛明握着贺龙瘦骨嶙嶙的大手，泪水刷刷地滚了下来。

到了6月9日零时5分，丰台区药品检验所的报告回来了，他们失望了。这时，那些医生和看押的部队主官，又害怕贺龙真的死在他们手中日后无法交待，便在零点40分请示将贺龙送往301医院。301医院当即请示邱会作，邱会作指示说："如果专案组找医院，叫我们派医生，不要派主任，派一般医生即可了。"

时间一分一秒地过去。到了6月9日早晨5时30分，专案组人员和301医院的医生才来到象鼻子沟。他们先是作检查，后又向医院请示。直到7时许，医院才答复说："可以送来。"

贺龙听说要把他送往301医院，说："我不去那里，那个医院不是我住的地方。"

这时，卫戍区部队的一名姓黄的参谋指着贺龙对薛明说："把他送到301，是组织上的决定。"

薛明说："他血压不稳，还吊着瓶子。"

黄参谋像没听到一样，指挥着身边的人，强行把贺龙抬到车上。时贺龙神智还清醒，他对薛明说："你也去吧。"

薛明便收拾东西，可等她出门时，救护车已经开跑了。她茫然地站在那里，呆呆地望着远去的车，不知所措。

救护车开到山下后，又停了下来。车上的医生们担心贺龙到不了301就会死去，想改送309医院，可又怕309医院不收，几经商讨，最后决定还是送往301医院。

薛明回到屋里，屋里空荡荡的。她呆坐着，两眼发直。几十年同自己生活在一起，患难与共、相濡以沫的贺龙，竟这样走了。她不相信这是真的。她浑身木僵地坐着，从上午9时坐到下午，仿佛贺龙没离开这屋，还在她身边。

8时25分，贺龙被送到了301医院。专案组将他化名为"王玉"。由于邱会作有指示，301医院即遵循医疗为专案服务的原则，直到10时25分才开始检查病情和治疗。10时55分，贺龙的血压下降到70/40。11时

30 分，主治医生提出请有经验专家会诊，但医院负责人不允许，并不顾病情，把会诊又后推了两个小时，即 13 时 30 分才进行。

会诊是背靠背的，只让专家们根据"汇报情况，结合化验和 X 光片讨论"。一个半小时后，贺龙这位叱咤大半个世纪的英雄、这位中共的领袖之一、这位伟大的开国元勋，没有倒在敌人的刀剑丛中，却被奸佞迫害致死，成为千古奇冤，时为 1969 年 6 月 9 日 15 时零 9 分。他比许光达晚走了六天。

这天下午 3 时多，薛明正木呆呆地坐着，有人敲门。进来的仍是那个军官黄参谋，他是北京卫戍区的一个参谋。黄参谋面孔冰冷地对失神的薛明说："马上到医院去，核实一个材料。"

薛明望着黄参谋的面孔，突然一种不祥之兆涌上心头。但是想到能马上见到贺龙，她快步地随此人出了屋。

吉普车飞速驶往 301 医院，停在了 14 病区——黑帮楼。黄参谋没带薛明进病房，而是到了一间房内，房中有不少军人。薛明看去，这些人眼中都闪着凶恶之光。这不是人民解放军军官应有的，她好像在哪里见过，猛然，她想起来了，这不是小时候在城隍庙里见过的泥塑的鬼眼的光嘛！

对方开口了："我们是军委办公厅的。"

话依然冷冰冰。薛明看了他们一眼说："我是军委办公厅的委员，我怎么不认识你们。"

"旧军委办公厅已经砸烂，我们是新来的。"

薛明说："你们找我干什么？"

"我们告诉你，贺龙已经死了！"

薛明听了，如五雷轰顶。顿时，泪水刷地流了下来，她不相信这是事实。突然，她发疯地喊道："你们这群狗强盗，贺龙是糖尿病，你们不给治疗。你们活活地害死了他，别忘了，血债要用血还的。我报不了这仇，党和人民也会报的。……"

"把她的嘴捂起来！"一个军官模样的人恶狠狠地说。

过来两个战士，把薛明的嘴堵住。薛明仍挣扎着喊："你们把我也杀了吧！"

那个军官恶狠狠地说："反动透顶！"

这时，一个军人走进来对那军官说："请示了黄总长，把贺龙的孩子接来了。"

薛明听了，怒睁双眼说："人活着，你们不让孩子去看贺龙，人死了，你们去接，你们想刺伤孩子的心。你们还有一点人味儿吗？"薛明说着放声大哭起来。

贺捷生、贺晓明和贺鹏飞分别来到301医院，当他们在医院一间潮湿阴暗的房间看到薛明时，一下扑了过去，贺晓明抱着母亲放声大哭。

在14病室的17号病房，贺龙的遗体停放在病床上，白布床单蒙在元帅的身上。薛明和孩子们都要扑过去。专案人员凶恶地下了命令："不准靠前！不准哭出声！"

没有哀乐，没有花圈，没有党旗，没有同志和战友，亲人不能靠前，哭都不能出声，这就是让敌人闻风丧胆，让林彪、江青一伙日夜不安的元帅死后的待遇。

泪水模糊了薛明和孩子们的眼睛。滴落在地上，这无声的泪、无声的悲，蕴积着巨大的愤怒。他们觉得贺龙没有走，正在空中高声喊着："是谁杀害了开国功臣？天理不容！"

当天，贺龙被火化了。火化之际，劈雷滚滚，闪电道道，北京下了百年未遇的特大暴雨。老天也为贺龙鸣不平。

专案组在贺龙的骨灰盒上写了"王玉"两个字。

6月10日上午，黄永胜、吴法宪、邱会作召集贺龙专案组人员开会。黄永胜指示说："贺龙的死亡报告，要写得详细，要写清某年某月治过病，让人们知道我们做过许多工作。"

邱会作说："要写明白，我们给他派了专门医生，让人家知道我们尽了责任。"

6月11日，专案组的聂国玺、卢凤岐，按着黄、吴、邱的指示，写了贺龙死亡的报告。报告最后写的是"经多方全力抢救，终于无效而死"，以此欺骗中央。

岳飞被秦桧诬陷杀害之际，韩世忠责问秦桧，秦桧说了"莫须有"三个字，意思是不一定有，故后人称"莫须有"为"三字狱"。不料800多年后，贺龙竟被"莫须有"罪名所害。

元帅虽然含恨而去了，但"贺龙"这个名字，将名垂青史，万古流芳。时有人写诗叹道："胸襟磊落须眉扬，股肱元老邦之良，一世精忠'三字狱'，铸张罗织肆谤伤。松崩幽谷无人晓，百折病魔终卧床，可怜开国功勋将，双目不闭恨未偿。"

## 人世无情天有情

薛明被送回西山象鼻子沟。她进了屋里,看见贺龙的遗物,忍不住放声大哭起来。突然,她想到那些输液的瓶子,拉开抽屉一看,都没了。她问那个王医生和战士,都说没看见。到了晚上,那个连长来了,高声大嗓地喊:"给你搬个家!"

薛明说:"我在这里挺好。"

那个连长没好气地说:"别废话,快走。"

薛明被安排在一间小平房里,与战士们为邻。每天,战士们轮流在她门前站岗。后来,又给了她一个小煤油炉,让她自己做饭吃。屋子小,有人监视,薛明每天就坐一会儿,躺一会儿,想一会儿,想到难过之处就流一阵泪。

那个王医生每天照例送安眠药。薛明问王医生:"你们抬贺龙走时,他说话了吗?"

王医生支支吾吾的不正面回答。薛明叹了口气,不再问了。

一天夜里两三点钟,那个连长把薛明吆喝起来,押上吉普车,在外边转了两三个小时,又把薛明拉了回来。薛明进屋后,见室内东西被翻遍了。

不久,薛明被关进了颐和园的一间屋内,门窗都用木条钉上。他们用500瓦大灯泡日夜烤她,折磨她。到了11月下旬,又把她押送到贵州花溪农学院,这里是贵阳机场附近的一个小山沟,是空军的一所"五七"干校。他们给她穿上了黄上衣蓝裤子,并给她化名叫王树芬。由于她不说话,人们也不知她是谁,都叫她"神秘的老太婆"。

薛明哪里知道,把她弄到这里是叶群的主意。原来,在贺龙死后,叶群给吴法宪打电话:"胖子,贺龙死了,还有薛明呢,她对我们的情况很了解。要把她送得远远的,一不让她死,二不让她逃,三不让她胡说八道。"

这样,薛明就被吴法宪一个指令搞到了贵州。

薛明在空军"五七"干校仍然有人监视,初名为"王树芬"不久,又改名"刘春兰"。接着,她被送到磊庄空军机场附近的"五七"干校劳动。

在这里，薛明喂猪、捋茶、喷农药。劳动使她忘记了一切。

1970年8月23日至9月6日，九届二中全会在庐山召开的。毛泽东主持。到会中央委员155人，候补中央委员100人。会议议程是：讨论修改宪法、国民经济第四个五年计划和加强战备问题。

在九届二中全会召开以前，林彪一伙就疯狂进行反党活动。林彪并不满足于九大党章规定他为"接班人"，他担心"夜长梦多"，怕接班人地位不稳，因此，他不顾毛泽东等的反对，坚持要在宪法草案中规定设国家主席，一心想当国家主席。林彪死党吴法宪等在宪法起草小组中，同江青反革命集团的张春桥等为设国家主席问题，多次发生矛盾斗争。毛泽东几次表示和批示不设国家主席。8月14日，中央政治局会议在没有任何争论的情况下，通过了不设国家主席、不提天才的宪法草案。林彪一伙则作好准备，要在中央全会上发难。

8月23日九届二中全会上，林彪搞突然袭击，发表讲话，讲了一通"天才"。林彪反革命集团的主要成员陈伯达、吴法宪、李作鹏、邱会作等也随即纷纷进行活动。

毛泽东识破了林彪一伙的阴谋。8月25日，毛泽东主持的政治局常委扩大会议，决定立即停止讨论林彪的讲话，收回华北组第二号简报，责令陈伯达检讨。8月31日，毛泽东写了《我的一点意见》，批判了陈伯达一类假马克思主义的政治骗子。全会对陈伯达进行了批判，挫败了林彪集团的阴谋。

全会批准了国务院关于全国计划会议和1970年国民经济计划的报告，批准了中央军委关于加强战备工作的报告，并决定向全国人大常委会建议在适当的时候召开四届人大。

9月6日，全会闭幕。中央宣布对陈伯达进行审查。会后开展了批陈整风运动。

1971年5月17日，贺龙专案组向康生、黄永胜、吴法宪、叶群写出了《关于通敌分子、篡军夺权阴谋家贺龙罪行的审查报告》，用拼凑和一些人的不实的口供，把贺龙定为"党内军内通敌分子"和"篡军反党分子"，提出了"开除党籍、军籍，并在一定范围内公布其罪行，肃清流毒和影响"的处理意见。由于九届二中全会后形势发生了变化。这一结论没能做成。

虽然专案组上报的贺龙罪行结论没能做成，但对贺龙子女亲属的迫害仍在继续。

就在这时，"九一三"事件发生了。林彪一伙进行反革命政变未遂，驾机外逃，在蒙古的温都尔汗"折戟沉沙"。

"九一三"事件发生之际，受"改造"的薛明一点也不知道，但她敏锐地感到气氛不对，缘附近的机场突然紧张起来，负责看押她的是小个子卢姓军官，卢小个子告诉她要打仗了，要她打好背包在室内练"行军"，想大小便还得"报告"。

薛明被折腾病倒了，卢小个子就要她穿萝卜条儿。

薛明得了美尼尔氏综合症。这天，她刚穿了几条萝卜，突然感到头晕，便躺倒了。就在这时，有两个军人进了门，进门就喊："薛明同志。"

薛明像是做梦，"同志"二字她已3年多没听到了。她怔怔地望着两个人，又习惯拿出红语录，刚要摇晃，那两人自我介绍说："薛明同志，告诉你，林彪、叶群叛国投敌，已经摔死了。周总理要我们来接你……"

薛明听到这里，泪水刷地流了下来，是悲伤、是高兴，是委屈……千言万语，都在这眼泪之中。

来的两个人眼圈也红了，他们一个姓齐，叫齐英武，一个姓徐，叫徐心坦，是八三四一部队的。当时，周恩来怕林彪余党杀害薛明，杀人灭口。因为贺龙遇害之际，只有薛明一人知道。齐、徐二人为找薛明，在这干校里费了很大的周折。起初，干校负责人楞说薛明不在这里，最后，他们拿出了总理亲自批示的文件，干校负责人冒汗了。

1971年10月底，薛明回到北京。出站后空军和八三四一的车都来接她。八三四一的齐英武叫薛明和护送的两位医生都上他们的车，不能上空军的车，因空军很乱，很可能出差错。之后，薛明被送到二里沟新疆办事处，住进后楼第三层。这时，迟群插了手，他叫空军的两位医生回去，从263医院派来两名护士，一个叫张汝妮，一个叫张赤军。张汝妮叫薛明放心，说她虽然奉组织命令来看押重要犯人，但她们全家都敬重贺老总，有什么事她会通气的。

这时，迟群向薛明追问1936年她和叶群的情况，并亲自来找薛明谈话，被薛明顶了回去。

1972年初的一天，薛明终于同孩子们团聚了。这时，贺鹏飞已同原北京市委书记处书记冯基平的女儿冯璐结了婚。冯基平在运动之初就被打倒了。贺鹏飞夫妇生了两个孩子，不能姓贺，就一个取名"加加"，一个取名"贝贝"，加起来是个"贺"字。当时，贺鹏飞在甘肃武都修汽车；贺晓明在贵州凯里地区雷山县当收发，与原海军航空兵部参谋长纪亭榭的儿子纪平结了婚，生了一儿一女，一个叫"纪龙"一个叫"珂珂"；贺黎明到甘肃志丹县插队，廖承志的儿子廖春也插队，他们二人结了婚，并生了个女儿。

劫后余生的薛明看到孩子们，泪水又刷刷地流了下来，她仿佛觉得自己在做梦。

一次，薛明在 301 医院看病。与被看押在这里的罗瑞卿见了面。但二人只是互望，虽是无言，但薛明仿佛向罗瑞卿说了千言万语。

薛明接着又被审查到 1973 年，也没个结论，不了了之。

迟群要薛明搬到前圆恩寺 22 号。由于这些年，贺龙、薛明停发了工资，没有一个钱，生活苦的没法说。

林彪一伙虽然"折戟沉沙"，但江青一伙还没放松对薛明的迫害。1973 年 2 月 29 日，毛泽东在中南海游泳池对张春桥说："我看贺龙没有问题，策反的人都被他杀了。我听了一面之词。贺龙要平反。"

毛泽东的指示，张春桥没有在政治局传达，更谈不上为贺龙平反。

是年年底，在全国八大军区司令员对调之际，毛泽东在军委扩大会议上说："我看贺龙是搞错了，我要负责。"毛泽东又说："当时我对他讲，你呢，不同，你是一个方面军的旗帜，要保护你，总理也保护你。都是林彪搞的，我听了林彪一面之词。所以我犯了错误。"毛泽东指示说："要翻案呢，不然少了贺龙不好呢。"

到了 1974 年 9 月 4 日，贺龙仍未平反，毛泽东发急了。他催问有关人员："贺龙恢复名誉搞好了没有？不要核对材料了！"毛泽东对刚刚恢复工作的邓小平说："要给贺龙平反。"

邓小平向病重的周恩来报告，并在政治局会上作了传达。虽然江青一伙仍在阻挠，然终于在 9 月 29 日，由中共中央发出了第 25 号文件，即为贺龙恢复名誉的通知。通知决定对贺龙予以平反，推倒了林彪一伙强加给贺龙的"通敌"、"乞降"、"图谋篡夺军权"及"二月兵变"等"罪名"。但是，由于江青一伙气焰仍盛，在他们干扰之下，通知中写了"中央当时认为把贺龙同志的问题搞清楚是必要的"。明明是迫害致死，通知中却写成了"病故"。

周恩来派邓颖超去看望薛明。薛明见到邓大姐,抱住邓大姐就哭了。

1975年元月5日,薛明突然接到江青请她和罗帅夫人林月琴去钓鱼台的通知。两人都吓了一跳。她们知道江青是个反复无常、心毒手黑的女人,却仍居高位。两人真不想见她,可又不能不去。她们只好硬着头皮到了钓鱼台。在江青处她们见到了谭震林、叶飞、李井泉等几个老同志。原来,江青想趁周恩来生病,在即将召开的四届人大上组阁,受到了毛泽东的批评。她想找些人谈谈,于是,把谭震林等找了来。自然这些人与江青是话不投机半句多。

这时候,贺龙的骨灰找不到了。没有骨灰,无法举行安放仪式。薛明找301医院,找服务处,找八宝山火葬场,费尽周折,最后总算找到了。这是一个很差的盒子,上面贴着"王玉"二字,34号。薛明买了块红缎子布,请许光达的儿媳妇缝了个骨灰袋。贺鹏飞又花了100多元钱买了个骨灰盒,把贺龙的骨灰重新安放好。但是,中组部部长和总参的领导通知薛明,说骨灰安放仪式不准开追悼会,不准送花圈,不准奏哀乐,不登报,不通知外地亲友。最后,那位中组部部长说:贺鹏飞的妻子冯璐和贺晓明的丈夫纪平也不能参加,理由是冯璐的父亲冯基平、纪平的父亲纪亭榭还在关押改造。这一系列的不准使薛明火了。她对中组部部长说:"都株连到第二代、第三代了,这个平反平不成了。"

周恩来了解此情后指示:要开追悼会,要送花圈,要奏哀乐,要登报,要通知亲友参加,中组部部长和总参谋部领导说的那些不准一律取消。

1975年6月9日下午4时,在贺龙逝世六周年之际,贺龙骨灰安放仪式在八宝山革命公墓举行。薛明去得早,在休息室坐着。邓颖超来了,她见到薛明,握着薛明的手说:"总理也可能来,见了总理克制点儿,总理有病。"

周恩来抱病参加贺龙骨灰安放仪式。当周恩来见到薛明时,薛明也看到了他。薛明疾步过去,一下就扑在总理的怀里,泪水刷刷地滚下。周恩来也哭着说:"我没有保护好老总啊⋯⋯"

贺晓明抱住周恩来的脖子哭着说:"总理,您要多保重啊!"

周恩来轻轻叹了口气说:"我的日子也不多了⋯⋯"

顿时,室内一片哭声。

这天，邓小平因为有外事活动没能到场。周恩来在签名薄上手哆嗦着写下自己名字后，对薛明说："小平同志非常关心贺龙的平反哪，回头把这本子拿到他家，让他签个名吧，本来我可以替他签，可这手抖得写不成字啊，今天他要不是有外事活动，一定来的。"

仪式开始后，在哀乐声中，周恩来在贺龙遗体前鞠了8个躬。而后，他那颤抖着的手拿着悼词，心情沉重地说："贺龙同志是一个好同志，在毛主席、党中央的领导下，几十年来为党、为人民的革命事业曾作出重大的贡献。在他的一生中，无论在战争年代，或在解放以后，他是忠于党、忠于毛主席革命路线、忠于社会主义事业的。他的逝世，是我党我军的重大损失。"

追悼会上，一片哭声，原红二方面军的许多老将军、老部下嚎哭着要下跪，被贺捷生、贺鹏飞、贺晓明和工作人员拉住了。

贺龙的骨灰安放仪式虽然使江青等极度不满，虽然他们千方百计阻挠，但安放仪式终于举行了。然而，事过不久，江青就大叫这次仪式是"用死人压活人"，是"右倾翻案风的典型"，并又开始收集与贺龙一起工作过的老同志的材料，妄图把经平反的问题再翻过来。

贺龙平反后，组织上退赔薛明两万两千多元钱。薛明捧着钱，泪不住地流。经过几年的磨难，她和孩子们的身体都已被糟踏得不成样子。虽然到了一起，可吃没吃的，穿没穿的。薛明穿的还是在西山关押时的破衣服，每天去买些便宜菜。但当时有人却暗示她把钱交党费。薛明听了，想：也罢，贺龙都没了，还要这伤心钱干啥？孩子们好歹还都活着，这已是不幸中之大幸了。这钱就交党费吧。可交给谁呢？她想起了邓小平。

这天，薛明把钱装在一个军用旧背包里，坐公共汽车到了宽街。时邓小平家住在那里。到了门口，薛明自报了姓名，说来看邓政委。这是薛明劫后余生第一次见到邓小平。邓小平正在屋里坐着，他看见了薛明，起身握住薛明的手，第一句话就是："看你，把身体搞成这个样子。"

薛明坐下后，邓小平说："生活还好吧？"

薛明说："贺龙平反了，退给我两万两千多元钱。他受难时，没吃没喝，他有病，得不到治疗，人都没了，我替贺龙交党费吧。"

邓小平听了，把手一摆说："用不着。你们一家都成了什么样子？你要把身体养好，孩子们也都要好一点。不去交，不想这问题。'文化大革命'搞错了，贺龙被迫害死，他不欠组织的，组织欠他的。公家也不缺这几个钱，你看看你都成了什么样子。拿回去，好好保养身体，有了好身体就有了一切。"

邓小平的话简单明了，说得薛明心里热乎乎的，眼里转了泪。

此后不久的一天，叶剑英元帅请薛明去吃饭，同时请的还有林月琴，邓小平也去了。那天，邓小平上身穿的是军服，下身穿的是黑裤子，脚登黑布圆口鞋。他看见薛明和林月琴说："两位女将来了！好，我今儿带来了白兰地，一起喝两杯。"

吃饭时，叶帅对小平说："薛明的身体不好，每天还得推着车子买菜。给她安排个服务人员，帮帮她。"

邓小平说："她现在连住的地方还没有，当务之急是找房子。"

叶帅说："那就给他安排个住处吧。"

就这样，在叶帅和邓小平的关怀下，薛明一家人的住处解决了。当时，组织上安排了几个地方要薛明选。薛明想：还选什么呢？自己在西山关押时，在山沟里滚，耳朵眼里都长了蜘蛛网，如今有个住处就满足了。所以，她也没挑，看了第一处就定了，此后就再没搬家。

又不久，"四人帮"刮起了反击右倾翻案风，矛头对准了邓小平。1976年1月8日，周恩来逝世了。薛明和孩子们哭得死去活来。他们一家人需要总理，党和国家需要总理。在"四人帮"猖狂篡党夺权之际，总理走得太早了。4月5日，愤怒的群众在天安门广场和全国许多地方悼念周恩来，表达对邓小平等老一辈革命家的爱戴。群众的吼声，激怒了"四人帮"。他们大施淫威，对群众进行镇压。4月7日，中央政治局通过了《关于撤销邓小平党内外一切职务的决议》，邓小平第三次被打倒。

这当儿，薛明一家人又陷入了困境，没人再敢和他们来往了。邓小平的下台，使薛明心头蒙上了一层阴云。当时，邓小平一家住在东交民巷内，这是贺龙生前住过的地方。薛明多么想去看看邓小平。可那种情况下，办不到。每天她都想：小平同志在做什么呢？他是否正在院里散步？他住的是哪间房？客厅里有个地灯，不知卓琳知道不知道。要把地灯打开，使光线充足，小平同志心情不好，别摔倒了。那些天，薛明的心里像压着大石头，随时准备再受"四人帮"迫害。她常常内心叹息：小平好，国家就好，自己家就好。自己一家人的命运和小平的命运紧紧相连啊！

"四人帮"终于被打倒了，拨开了乌云见了天日。薛明怀着对"四人帮"和林彪反党集团的无比义愤，写下了《向党和人民的报告》一文，控诉了林彪、"四人帮"迫害贺龙的经过。文章写好后，她拿不准，又想到了邓小平。当时，邓小平还没出来工作。薛明到了邓小平家。屋里就邓小平一人，在沙发上坐着。邓小平见薛明来了，很热情地打招呼，要她坐。薛明坐下后说："邓政委，贺龙同志被迫害死了。他被迫害致死的全过程，只有我清楚。我把这经过写出来，也算向党中央、向人民做个报告。你帮我看看吧。"

邓小平接过稿子，认真地看了一遍。看完之后，他说："很好，符合事实，可以发表。"

这样，这篇文章发表了，立即引起社会各界的震动。林彪、"四人帮"对贺龙的残酷迫害引起人们的愤慨。胡耀邦看了两个多小时，是流着泪看完的。

1978年秋，中央军委和总政治部下了文件，批示要彻底查清林彪、"四人帮"反党集团谋害贺龙的事实真相。随即由总政治部保卫部牵头，总政干部部、组织部、总后勤部、装甲兵部派人参加，组成了联合调查组，对这一冤案进行调查。在调查中，1979年6月6日，中共中央指示中央保健委员会组织和邀请地方医务专家对贺龙在被迫害到死亡期间的医疗经过情况进行分析。在专家们签名的《对贺龙同志医疗经过的意见》结论部分这样写道："1. 贺龙同志的糖尿病本来是轻的，稳定的，这种病在正常情况下愈后良好。1967——1968年的情况进一步证明，即使存在其他不利因素，只要有一般的药物和饮食条件，病情仍能保持平衡。2. 贺龙同志的病情恶化是从1969年初开始的。这种恶化具有明显的诱因，主要是失去了充分的药物治疗和必要的饮食治疗，精神折磨也有重要关系。没有这个量变的基础，不致引起最后酮症酸中毒的发生。3. 酮症酸中毒虽然是糖尿病的严重并发症，但在通常情况下，只要有恰当和及时的医疗措施，愈后仍属良好。但是在贺龙同志的酮症酸中毒治疗过程中，在某些方面存在着与一般治疗原则相反的、有重大错误的治疗措施，以至不但起不了治疗作用，反而促使病情一步步趋于严重，直至造成死亡。"

至此，贺龙被迫害致死的原因澄清，贺龙冤案大白于天下。1980年3月24日，联合调查组作了结案报告，报告最后称："贺龙同志完全是被林彪、康生、江青一伙残酷迫害致死的。……林彪、江青、康生一伙直接操纵和控制专案组对贺龙在精神上肆意摧残折磨，生活上虐待，医疗上限制、拖延和反治疗，使贺龙同志的糖尿病发展、恶化成酸中毒和引起一系列并发症后，含冤而死。"

同年 11 月 2 日，中华人民共和国最高人民检察院特别检察厅把林彪、江青反革命集团有预谋地诬陷、迫害贺龙，作为他们的重要罪状之一向中华人民共和国最高人民法院特别法庭提出起诉。

1982 年 10 月 16 日，中共中央发出〔1982〕43 号文件《关于为贺龙同志彻底平反的决定》。《决定》称："贺龙同志原任党的第八届中央委员、中央政治局委员、中央军委副主席、国务院副总理，'文化大革命'中被林彪、江青和康生一伙诬陷迫害致死。中央决定为贺龙同志彻底平反。"《决定》写道："贺龙同志是湖南省桑植县人，1896 年生。他出身贫苦，早年向往革命，拥护孙中山的革命主张，1914 年参加了中华革命党，在桑植、石门县做兵运工作。1916 年，他领导湘西暴动，攻打石门，后在桑植县讨伐袁世凯的民军中任总指挥。他为了反对苛捐杂税，两把菜刀闹革命，夺取反动派的武器，投入了反帝反封建的武装斗争。大革命时期，他积极参加北伐战争，历任师长、军长，屡建战功，是当时国民革命军中著名的左派将领。1927 年蒋介石叛变革命，在革命处于低潮、我党处境极端艰险的情况下，贺龙同志依然坚决站在共产党和革命人民一边，在党中央代表周恩来同志领导下，率国民革命军第二十军英勇地参加了南昌起义，担任起义军总指挥，并志愿加入中国共产党。南昌起义部队转战进入广东汕头失利后，贺龙同志请求中央同意他回到湘鄂西，同周逸群等同志组织革命武装，创建了湘鄂西根据地。以后，贺龙同志历任工农革命军第 4 军军长和前委书记、2 军团总指挥、3 军军长、中央分局委员和红二方面军总指挥等职。贺龙同志领导的革命武装在同任弼时等同志领导的红 6 军团会合后，开展湘西攻势，粉碎敌人的'围剿'，歼灭了整师整旅的敌人，有力地配合了一、四方面军和其他革命根据地的斗争，创建、发展了湘鄂川黔根据地。贺龙同志被任命为中央军委分会主席、中共湘鄂川黔边省委委员和湘鄂川黔革命委员会主席、军区司令员。1936 年，贺龙同志和任弼时同志领导了红二方面军的长征，与四方面军、一方面军会合后到达西北革命根据地。抗日战争时期，贺龙同志和关向应等同志开辟了晋绥抗日根据地，历任 120 师师长、冀中军政委员会书记、晋北军区司令员、陕甘宁晋绥联防军司令员、晋绥军区司令员等职。在党的第七次代表大会上，贺龙同志当选为中央委员。解放战争时期，贺龙同志任西北军区司令员、西北局第二书记。建国后，贺龙同志曾任西南军区司令员、西南局第三书记、中央人民政府委员、国防委员会副主席、国家体委党组书记等职。"《决定》写道:"贺龙同志是我党的优秀党员,久经考验的无产阶级革命家,卓越的军事家,是我军的创始者之一。他在土地革命战争、抗日战争和解放战争中历尽艰险,百折不挠,英勇善战;在党中央、毛主席的领导下,坚决执行正确的政治路线和军事路线,为人民军队的创建、发展、壮大,为人民战争的胜利,为中国人民的解放事业和新中国的诞生,建立了丰功伟绩。建国后,在社会主义革命和建设中,他对我军革命化、现代化建设,对我国体育事业的创建和发展以及国防工业建设等,都做出了重大的贡献。他的一生是战斗的一生,革命的一生,光辉的一生。他忠于党,忠于人民,忠于社会主义事业,善于把马列主义、毛泽东思想运用于实际。他光明磊落,刚直不阿,顾全大局,豁达大度,平易近人,对革命坚信不移,对困难从无畏惧,始终充满革命乐观主义。他的英雄形象和崇高品德,受到了全党、全军和全国各族人民的爱戴和崇敬。"《决定》写道:"贺龙同志光辉的革命历史,早为全党、全军和全国各族人民所共知。但是,在'文化大革命'中,林彪、江青和康生一伙,阴谋反军乱军、篡党夺权,视贺龙同志为重大障碍,对他有计划有组织地罗织罪名、打击陷害。1966年7月,康生无中生有地诬陷贺龙同志搞所谓'二月兵变';8月中旬,林彪指使吴法宪等人写材料,诬陷贺龙同志在海军、空军等单位夺权;9月8日,林彪在军委常委会议上诬蔑贺龙同志在军委各总部、各军兵种和一些地方搞'颠覆活动','伸手夺权'。江青则紧密配合,处心积虑地打倒贺龙同志。林彪、江青一伙用编造的假材料,欺骗中央做出同意对贺龙同志进行审查的决定。在'九一三'事件以前,所谓审查工作,又一直被林彪、康生、江青、黄永胜、吴法宪、叶群、李作鹏等人所把持。他们为达到把贺龙同志置于死地和打倒一大批老干部的反革命目的,竟把非法搞来的材料和各种伪证,加以拼凑编造,诬陷贺龙同志'通敌叛变',并株连迫害了一大批同志。他们伪造的所谓贺龙同志'通敌叛变'的材料,完全是颠倒历史,混淆黑白。1933年12月,蒋介石派反动政客熊贡卿游说贺龙同志,妄图收编我军。熊先派梁素佛来试探,贺龙同志首先发觉敌人的阴谋,当即将情况报告了湘鄂西中央分局,经分局决定,'为要得到蒋介石对中央苏区及四方面军之破坏工作的消息',可诱使熊贡卿来我军驻地。在熊贡卿供述情况后,贺龙同志当即'将熊事公开,举行群众审判',予以处决。湘鄂西中央分局于1934年3月17日曾将此事经过报告了中央。林彪一伙本已查到了这份重要报告，不但隐匿不报，反而对有关人员大搞逼供信，捏造伪证，制造冤狱。至于所谓贺龙同志'阴谋篡夺军权'、搞'二月兵变'等问题，已经查明，均无其事，完全是林彪、康生等为陷害贺龙同志而蓄意制造出来的谎言。"《决定》写道："贺龙同志被关押期间，林彪、江青一伙对他在生活上百般虐待，在精神和肉体上摧残折磨，在医疗上横加限制、拖延，但贺龙同志始终坚贞不屈，对林彪、江青一伙进行了坚决斗争；他始终坚持党的原则，坚持实事求是，表现了共产党员坚贞不屈的气节和高尚品德。1969 年 6 月 8 日，在贺龙同志病情恶化后，林彪、江青一伙不但不采取应有的抢救措施，反而使用了促使其病情恶化的卑劣手段，致使贺龙同志于 1969 年 6 月 9 日含冤逝世。"《决定》写道："贺龙同志被林彪、江青和康生一伙残酷迫害致死，是十年内乱期间发生的一起令人极为痛心的大冤案。毛主席、周总理和邓小平同志曾多次指示要为贺龙同志平反，恢复名誉。1974 年 9 月 29 日中央发出了《关于为贺龙同志恢复名誉的通知》。但《通知》对贺龙同志的平反是不彻底的，有些提法是错误的。因此，中央决定，撤销原中发 [1974] 25 号文件和中发 [68] 71 号文件，为贺龙同志彻底平反昭雪，恢复名誉。对林彪、江青和康生一伙强加给贺龙同志的一切诬陷不实之词，全部予以推倒；同时为受贺龙同志冤案所株连的所有同志彻底平反，消除影响。"

1993 年 11 月 1 日，在《贺龙传》出版发行之际，中央军委在人民大会堂会议厅召开座谈会，隆重纪念贺龙同志诞辰 97 周年。中共中央政治局常委、中央军委副主席刘华清主持会议，中央军委副主席张震、全国人大常委会原副委员长廖汉生、国务院副总理余秋里、国家体委主任李梦华、国防科工委副主任戴学江分别讲了话。中共中央总书记、中央军委主席、中华人民共和国主席江泽民在会议结束时讲话，高度评价了贺龙的一生。

江泽民说，贺龙同志是我党的优秀党员，久经考验的无产阶级革命家、军事家，党和国家的卓越领导人，我军的创始人之一。在大革命时期，他就是功勋卓著的北伐名将；在土地革命战争、抗日战争和解放战争中，他在党中央、毛主席领导下，坚决执行正确的政治路线和军事路线，为中国各族人民的解放事业和新中国的诞生，建立了丰功伟绩；建国后，在社会主义革命和建设中，他对我军革命化、现代化、正规化建设，对新中国体育事业的创建和发展，对我国的国防工业和国民经济建设，都做出了重大贡献。他以其坚强的党性和高尚的品德赢得了全党、全军和全国人民的爱戴和崇敬。

也许是天意吧，贺龙元帅的骨灰盒于八宝山革命公墓灵堂中的位置，刚好是81号。"八一"这个人民解放军诞生之日，同贺龙这位"八一"南昌起义的总指挥的名字是分不开的，真可谓"人世无情天有情"啊！贺龙，这位开国元勋、杰出的共产主义战士、伟大的无产阶级革命家，他将永远活在人民的心中！

2016年3月22日（农历二月初九），是贺龙元帅诞辰120周年，笔者写了如下联语和诗句，纪念这位开国元勋。

其一

黄沙百战成大业；
肝胆相照入青云。

其二

生年不满百，功勋盖世长。
莫道君远去，浩然正气扬。

其三

盖世功勋同峻嶒；
浩然正气贯日月。

2016年10月1日完稿

# 附录　主要参考文献及书目

《毛泽东选集》，人民出版社 1964 年版。

《毛泽东军事文集》，军事科学出版社、中央文献出版社 1993 年版。

《朱德军事文选》，解放军出版社 1997 年版。

《周恩来军事文选》，人民出版社 1997 年版。

《任弼时》，湖南人民出版社 1979 年版。

《彭德怀军事文选》，解放军出版社 1992 年版。

《叶剑英军事文选》，解放军出版社 1996 年版。

《邓中夏文集》，人民出版社 1983 年版。

《贺龙军事文选》，解放军出版社 1989 年版。

《贺龙年谱》，中共中央党校出版社 1988 年版。

《贺龙传》，当代中国出版社 1993 年版。

《贺龙元帅丰碑永存》，上海人民出版社 1985 年版。

《南昌起义前的贺龙资料选编》，湖南人民出版社 1986 年版。

《南昌起义资料》，人民出版社 1979 年版。

《中共党史参考资料》（多卷），人民出版社 1979 年版。

《中共中央文件选集》（多卷），中共中央党校出版社 1991 年版。

《中共党史人物传》（多卷），中央文献出版社。

《中共党史资料》（多卷），中共中央党校出版社。

《陕西党史资料丛书》（多卷），陕西人民出版社 1992 年版。

《中国工农红军第一方面军战史》，解放军出版社 1992 年版。

《中国工农红军第二方面军战史》，解放军出版社 1992 年版。

《中国工农红军第二方面军战史资料选编》，解放军出版社 1995 年版。

《中国工农红军第四方面军战史》，解放军出版社 1991 年版。

《湘鄂西风暴》，长江文艺出版社 1992 年版。

《红6军团征战记》，解放军出版社1994年版。

《湘鄂西革命根据地史》，湖南人民出版社1988年版。

《湘鄂川黔革命根据地史稿》，湖南人民出版社1985年版。

《湖南近百年大事纪述》，湖南人民出版社1959年版。

《红2、6军团战鄂西》，军事科学出版社1991年版。

《湘鄂西苏区历史简编》，湖北人民出版社1982年版。

《甘肃党史资料》（多卷），甘肃人民出版社。

《西北革命根据地》，中共党史出版社1998年版。

《海陆丰革命根据地》，中共党史出版社1991年版。

周春云等：《苏区红军冤杀大纪实》，四川人民出版社1995年版。

《六大以来》，人民出版社1980年版。

《共产国际文件汇编》，三联书店1956年版。

《革命回忆录丛书》，贵州人民出版社1981年版。

《中国人民解放军历史资料丛书》（多卷），解放军出版社1992年版。

《红军人物志》，解放军出版社1988年版。

《红旗飘飘》（多卷），中国青年出版社1980年版。

王凌云：《关向应传》，河南人民出版社1986年版。

《谢觉哉日记》，人民出版社1984年版。

《怀念李达上将》，长征出版社1997年版。

傅俊生、孙泱：《火龙将军段德昌》，湖南少年儿童出版社1984年版。

《萧克回忆录》，解放军出版社1997年版。

《张宗逊回忆录》，解放军出版社1990年版。

《廖汉生回忆录》，解放军出版社2003年版。

《余秋里回忆录》，解放军出版社1996年版。

朱家胜：《飘动的篝火》，新疆人民出版社1991年3月版。

杨秀山：《鲜血殷红》，北京出版社1986年版。

贺彪：《红二方面军从湘鄂边到陕北长征纪实》，华夏出版社1990年版。

贺彪：《湘鄂西红军斗争史略》，华夏出版社1988年版。

《柳直荀》，天津人民出版社1979年版。

《王震传》，当代中国出版社2001年版。

唐承德、姜之锋：《周逸群传》，中共党史出版社2006年版。

《回顾长征》，人民出版社 1985 年版。

［美］埃德加·斯诺：《二万五千里长征》，上海文孚出版社 1949 年版。

《红军长征文献》，解放军出版社 1985 年版。

《文史资料选辑》（多卷），中国文史出版社。

各省、市、自治区、各县文史资料（多卷），各地政协编辑、各当地出版社出版。

《张国焘问题研究资料》，四川人民出版社 1982 年版。

张国焘：《我的回忆》，东方出版社 1991 年版。

《中国国民党史稿》，中华书局 1960 年版。

《中华民国史》，中华书局 1981 年版。

《中华民国史档案资料汇编》（多卷），江苏古籍出版社 1991 年版。

姜克夫编著：《民国军事史略稿》，中华书局 1991 年版。

《四川军阀史料》，四川人民出版社 1987 年版。

《中国国民党党史》，西安交通大学出版社 1990 年版。

《西安事变资料》，人民出版社 1980 年版。

《围追堵截红军长征亲历记》，中国文史出版社 1990 年版。

曹剑浪：《国民党军简史》，解放军出版社 2004 年版。

各省市、地区、县党史、文史资料选集。

中央档案馆、中央军委档案馆、各省市、各地区、各县档案馆馆藏资料。

《中国人民解放军第 1 军战史》，1990 年编印。

《中国人民解放军第 3 军战史》，1990 年编印。

《资料选编》（多卷），总参《贺龙传》编写组 1980 年 10 月编。

《中国人民解放军第 1 军第三次国内革命战争史》，1958 年 12 月编印。

《晋绥根据地大事记》，中共吕梁地委党史资料征集办公室 1984 年 8 月编印。

《集宁战役》，军事科学出版社 2009 年 2 月版。

《第 120 师陕甘宁晋绥联防军战史》，解放军出版社 1995 年 2 月版。

《吕梁抗日丰碑》，中共党史出版社 1995 年版。

《烈士传》，第 1 军政治部 1949 年编印。

《第 120 师陕甘宁晋绥联防军工人武装自卫旅部队发展史》，"工卫旅"编写组 1997 年 7 月编印。

《晋绥军区解放战争战史》，总参《第 120 师战史》编写组 1997 年 7 月编印。

《第 120 师陕甘宁晋绥联防军资料丛书》（14 卷），总参《第 120 师战史》编写组 1999 年编印。

《八路军事件人物录》，上海人民出版社 1988 年 8 月版。

《"文化大革命"史稿》，四川人民出版社 1995 年 9 月版。

孟昭群、张弦编写：《中国人民解放军历史资料丛书》。

魏宏运主编：《中国现代史大事记》，黑龙江人民出版社 1984 年 6 月版。

《汉口民国日报》《汉口楚光日报》《民国日报》《国闻周报》《时事新闻》《大公报》（长沙）《国民公报》（四川）《济川公报》《新蜀报》《丰都日报》《川报》《万州日报》《嘉渠日报》。

《剿匪战史》（台湾，多卷）。

以上书目均为公开或内部出版。凡回忆记录、各种手抄、打印、油印的文字资料目录（包括敌伪档案资料目录），均没列入。

责任编辑:孙兴民　张帅奇

封面设计:徐　晖

责任校对:张　彦　闫翠茹

**图书在版编目(CIP)数据**

贺龙传/刘秉荣 著. —北京:人民出版社,2018.10(2022.1 重印)

ISBN 978－7－01－019017－4

Ⅰ.①贺…　Ⅱ.①刘…　Ⅲ.①传记文学-中国-当代　Ⅳ.①I25

中国版本图书馆 CIP 数据核字(2018)第 039717 号

# 贺龙传

HELONG ZHUAN

刘秉荣　著

**人民出版社** 出版发行

(100706　北京市东城区隆福寺街 99 号)

保定市北方胶印有限公司印刷　新华书店经销

2018 年 10 月第 1 版　2022 年 1 月北京第 2 次印刷

开本:710 毫米×1000 毫米 1/16　印张:35

字数:556 千字

ISBN 978－7－01－019017－4　定价:88.00 元

邮购地址 100706　北京市东城区隆福寺街 99 号

人民东方图书销售中心　电话 (010)65250042　65289539